DOROTHY ALLISON

Heimkehr nach Cayro

Buch

Cayro, ein Provinznest tief im amerikanischen Süden. Hier ist Delia Byrd aufgewachsen, hier hat sie zusammen mit ihren beiden Töchtern Amanda und Dede gelebt – und mit Clint Windsor, dem Mann, der ihr das Leben so lange zur Hölle machte, bis sie den Ort eines Tages Hals über Kopf verließ. An der Seite des Musikers Randall hat sie seitdem versucht, die Vergangenheit zu vergessen. Mit ihm und ihrer gemeinsamen Tochter Cissy begann ein neues Leben. Sie fuhr als gefeierte Rocksängerin von Auftritt zu Auftritt durch die Staaten, mit jedem Ort unterwegs zu einem neuen Triumph, mit jedem Ort ein Stück weiter entfernt von Cayro. Aber Delias exzessive Lebensweise hat ihren Preis. Nach einigen Jahren ist sie ausgebrannt, die Liebe hat sie ein zweites Mal enttäuscht, und die Schatten ihres früheren Lebens quälen sie noch immer.

Dann kommt Randall bei einem Unfall plötzlich auf tragische Weise ums Leben. Und Delia erkennt: sein Tod ist der Wink des Schicksals, noch einmal einen Neuanfang zu wagen und aus der lähmenden Leere, die sie empfindet, auszubrechen. Ebenso überstürzt wie sie damals Cayro verließ, beschließt sie jetzt, dorthin heimzukehren und ihre beiden Töchter, die sie damals bei Clint lassen mußte, zurückzugewinnen. Als sie zusammen mit Cissy endlich in Cayro eintrifft, gibt es indes ein böses Erwachen. Die alten Bekannten gehen ihr aus dem Weg, und Clint weigert sich, die Kinder herauszugeben. Doch Delia weiß, sie hat nur diese eine Chance. Sie darf sich nicht geschlagen geben …

Autorin

Dorothy Allison wurde 1949 in Greenville, South Carolina, geboren. Sie studierte Anthropologie, engagierte sich in der Frauenbewegung und lebte einige Jahre in Washington und New York. »Heimkehr nach Cayro« erhielt enthusiastische Kritiken und stand wochenlang auf den amerikanischen Bestsellerlisten. Neben ihrer Lehrtätigkeit an verschiedenen Universitäten verfaßte Dorothy Allison Essays, Kurzgeschichten und Gedichte. Heute lebt sie in San Francisco.

Ein weiterer Roman ist bei Goldmann in Vorbereitung.

Dorothy Allison

Heimkehr nach Cayro

Roman

Aus dem Amerikanischen
von Sabine Lohmann

GOLDMANN

Die amerikanische Originalausgabe erschien 1998 unter
dem Titel »Cavedweller« bei Dutton, New York

Umwelthinweis:
Alle bedruckten Materialien dieses Taschenbuches
sind chlorfrei und umweltschonend.

Der Goldmann Verlag
ist ein Unternehmen der Verlagsgruppe Random House

Taschenbuchausgabe August 2001

Umschlaggestaltung: Design Team München
Umschlagfoto: Photonica/Rank
Druck: Elsnerdruck, Berlin
Verlagsnummer: 45007
AL · Herstellung: Heidrun Nawrot
Made in Germany
ISBN 3-442-45007-1
www.goldmann-verlag.de

1 3 5 7 9 10 8 6 4 2

Für Wolf und Alix,
meinen Sohn und meine Liebe.
Sie haben mich gelehrt,
wie das Herz Heilung findet.

[illegible] Anrede [illegible] anderen [illegible]

[illegible] die [illegible] dies [illegible]

[illegible] ist [illegible] gegenüber [illegible] daß [illegible]

[illegible]

[illegible] des [illegible]

[illegible] Jahren [illegible] er [illegible] Kontakt [illegible]

[illegible] daß [illegible] Erbe, die [illegible] er [illegible] Herbst [illegible]

KAPITEL 1

Der Tod ändert alles.

Kurz nach Sonnenaufgang am einundzwanzigsten März 1981 wurde Randall Pritchard auf dem Autobahnzubringer südöstlich von Silverlake mit seiner Triumph Bonneville aus der Kurve getragen. Das siebzehnjährige Mädchen hinter ihm flog mit einem Schrei des Entsetzens vom Sitz, überschlug sich ein paarmal und knallte mit dem Gesicht auf den Asphalt. Sie brach sich beide Handgelenke, verlor vier Schneidezähne und wurde glücklicherweise ohnmächtig. Randall gab keinen Laut von sich, er schoß im hohen Bogen vom Motorrad, der Sonne entgegen. Seine langen Haare glänzten im rotgoldenen Morgenlicht, als er mit ausgestreckten Armen auf den rostigen Eisenspitzen des Bauzauns am Fuß der Betonpfeiler landete. Ein magerer, pickeliger Teenager aus Inglewood durchwühlte in der Nähe gerade einen geklauten Rucksack und sah Randall in einer Wolke aus Staub und Steinen auf den Zaun aufschlagen und sah auch das Blut, das Randalls blaues Hemd durchtränkte.

»›Delia‹«, sagte der Junge später zu den Reportern. »Er hat nur noch ›Delia‹ geflüstert, dann war er tot.«

Delia Byrd war seit einer Stunde auf. Während sie in dem kleinen Garten hinter ihrem Haus in Venice Beach auf und ab ging, konnte sie an nichts anderes denken als an den einzigen Laden im Ort, wo man rund um die Uhr Alkohol bekommen konnte, wenn auch überteuert. Die aufgehende Sonne vor Augen, preßte sie die Fäuste in die Magengrube und sang leise vor sich hin. Halb vergessene, unzusammenhängende Strophen aus all den Liedern, die sie seit fünf Jahren nicht mehr auf der Bühne gesungen hatte, eine Mischung aus Rock 'n' Roll und Folk. Ihre Freundin Rosemary hatte nur gelacht, als sie ihr einmal sagte, daß diese alten Melodien eine ganz eigene, mantrahafte Magie besäßen, aber Delia brachte es tatsächlich nach etlichen Wiederholungen ihrer Songfetzen fertig, den Blick vom

Bann der Sonne zu lösen und ihren Wunsch nach einem Drink zu vergessen.

»Oh, he never returned«, sang Delia, als Randalls Kopf vornüberfiel und zum letzten Mal dunkles Blut hervorquoll. Dann hielt sie inne. Vielleicht hatte irgend etwas sie in der kühlen Morgenluft gestreift, aber sie spürte es nicht. Sie konzentrierte sich ganz auf ihre verspannten Schultern, die ihr immer weh taten, umfaßte mit beiden Händen ihre Ellbogen und drückte so fest, bis sie vor Anstrengung zitterte. Plötzlich ließ sie los und fühlte sich angenehm befreit, als hätte sich wenigstens ein Teil der drückenden Last von ihr gehoben, die sie seit zwei Jahren mit sich herumschleppte – jener Last, niemals mehr dem quälenden Verlangen nachzugeben, sich mit einem kleinen Whiskey nach dem anderen die Welt schön golden und friedvoll zu trinken. Nur dann weinten und wisperten Dede und Amanda Louise, die Töchter, die sie zurückgelassen hatte, nicht mehr ständig mahnend in ihrem Hinterkopf. Seit November hatte sie keinen Tropfen mehr angerührt, und diese Anstrengung saß tief.

Müde bin ich, müde, dachte Delia in dem Moment, als Randall starb. Ein Müllwagen rumpelte die schmale Straße hinter dem Haus entlang. Eine struppige graue Katze sprang jaulend über den Gartenzaun. Als ein Sonnenstrahl durch die zerfledderten Palmwedel vor dem Zaun fiel, verkrampften sich Delias Nackenmuskeln wieder. »Ich will nach Hause«, sagte sie laut. Die beiden Mädchen in ihrer Erinnerung hoben die schattenhaften Köpfe, als horchten sie auf.

Drinnen in dem kleinen Haus hinter Delia drehte sich die zehnjährige Cissy im Schlaf um und kuschelte sich tiefer in die Decke. Ihr Daddy flog auf seinem Motorrad durch einen rotgoldenen Feuerring. Er lachte und streckte die Arme ins gleißende Licht und sah so glücklich aus, daß Cissy beinahe aufgewacht wäre. So glücklich hatte er lange nicht mehr ausgesehen. »Daddy«, flüsterte Cissy und glitt sanft in einen Traum, wo das Ozeanwasser so süß wie die Cola mit Rum war, an der Delia sie nippen ließ, wenn sie zu betrunken war, um nein zu sagen.

Um neun rief Rosemary an, aber Delia hatte die Meldung schon aus dem Kofferradio in der Küche gehört, das sie morgens immer leise laufen ließ. Sie hatte sofort alle Rolläden heruntergelassen und die Haustür mit einem Haufen alter Zeitungen und vergammelter Blumentöpfe verbarrikadiert. Es sollte aussehen, als ob niemand zu Hause wäre.

Als Cissy aufstand, gab ihr Delia eine Schale Erdbeeren und getoasteten Rosinenkuchen und sah ihr beim Essen zu. Dann setzte sie sich, um ihrer Tochter mitzuteilen, daß Randall tot war.

Cissy legte den Löffel weg und sah Delia zornig an. »Das glaube ich dir nicht. Du lügst. Du würdest alles sagen, was dir gerade einfällt, damit ich meinen Daddy nicht mehr sehen kann.«

»Ach, Schatz, du weißt, daß das nicht wahr ist«, seufzte Delia.

»Nein!« Cissy schüttelte Delias Arm ab und schubste sie von sich. »Das ist alles deine Schuld!« schrie sie. »Nur deine Schuld! Du hast ihn rausgeekelt! Ich hasse dich!«

Delia schwieg. Schon längst konnte sie nicht mehr zählen, wie oft ihr Cissy diese Worte in den letzten zwei Jahren an den Kopf geworfen hatte. Seit Delia bei Randall ausgezogen war. Sie hatte es sich angewöhnt, Cissys Wutanfälle resigniert zu ertragen.

Cissy stieß ihren Stuhl zurück. »Du hast ihn getötet«, fauchte sie. »Du hast meinen Daddy getötet.«

»Cissy, bitte«, sagte Delia. »Wir haben jetzt doch nur noch uns beide.« Delia rang immer noch um Beherrschung. Sie verschränkte die Arme vor der Brust. »Und so solltest du wirklich nicht mit mir reden.«

»Ja, wie denn sonst?« begehrte Cissy auf. »Soll ich vielleicht sagen, bitte bitte, Mama, fall nicht betrunken auf den Boden? Oder: bitte, Mama, vergiß nicht wieder, welcher Tag heute ist, und schick mich nicht in die Schule, wenn keiner da ist?«

Wie unter einem Peitschenhieb zuckte Delia zusammen.

Cissy starrte sie unversöhnlich an. »Ich hasse dich«, wiederholte sie. »Ich hasse dich mehr als alle Teufel zusammen.« Sie wandte sich ab, um die Tränen zu verbergen, die sie nicht mehr zurückhalten konnte.

Delia zwang sich, ihre Tochter anzusehen, mit deren Profil eine merkwürdige Änderung vorging. »Du glaubst doch gar nicht an die Hölle«, sagte sie leise.

»Tu ich doch«, schluchzte Cissy. »Da kommst du nämlich her.«

Delia spürte, wie ihr Nacken versteinerte. Beim Anblick ihrer

Tochter, die sich so bitter gegen sie verschloß, hätte sie am liebsten geweint. Cissys linkes Augenlid hing ein bißchen seit dem Unfall, aber sie hatte genau Amanda Louises Augen und den gleichen Mund wie ihre kleine Dede.

Zuerst wirkte Cissy wie ein Abbild von Randall, aber allmählich wurde sie ihren zurückgelassenen Töchtern immer ähnlicher. Mit jedem Tag, den Delia nüchtern verbrachte, wurde Cissy blasser und kälter und immer zorniger und verletzter. In Delias Träumen verschmolzen ihre drei Mädchen zu einem einzigen, anklagenden Wesen, zu einem Monsterkind, das sie verfluchte.

»Ich hasse dich« wurde der ständige Kehrreim, der Delias Puls verlangsamte, bis sie glaubte, in einer Schlammlawine zu schwimmen, so verklebte ihr der Bodensatz ihrer Schuld die Herzkammern. Zwei endlose Jahre hatte sich Delia kasteit und kasteit, nur um nicht das zu sein, was sie war – verhaßt, mit vollem Recht von ihrer gesamten Verwandtschaft gehaßt. Sie hatte ihre kleinen Kinder im Stich gelassen und fast ein ganzes Jahrzehnt betrunken verbracht. Nun haßte sie sogar die Tochter, die sie immer zu beschützen versucht hatte.

Bei jedem Rückfall sang Delia dasselbe Lied. Sie nannte es das Haßlied. Es hatte keine Worte, nur Cissys Fluch, und keine Melodie außer Delias eigenem Pulsschlag. Tag und Nacht und Nacht und Tag, verdammt in alle Ewigkeit. Delia sang so, wie sie damals für Mud Dog gesungen hatte; aus tiefster Seele, mit jedem Tropfen Blut. Die Leute sagten, bei Delia höre man auf der Bühne ein gebrochenes Herz in einer ganz neuen Tonart. Ihre Stimme war so aufwühlend, so mitreißend, daß sie alle bis ins Innerste erbeben ließ. Aber das Lied, das Delia stumm für sich sang, war härter als alles, was man je auf der Bühne gehört hatte. Sie konnte es kaum selbst ertragen, so grausam war es.

Als Rosemary an jenem Nachmittag vorbeikam, hockte Delia auf dem Sitzkissen neben der langen Ledercouch und schob immer die gleichen sechs Fotos auf ihren Knien hin und her. Drei davon waren Farbfotos. Auf dem einen lehnte sich Delia mit ihrem Baby Cissy auf dem Arm an einen schläfrig dreinblickenden Randall. Eines zeigte die fünfjährige Cissy strahlend auf den Schultern ihres Vaters. Das dritte, zwei Jahre später aufgenommen, hielt sie in der gleichen Pose fest. Nur Randall war inzwischen hagerer, sein Gesicht grau und zerfurcht, und Cissy trug einen dicken Verband über dem linken Auge.

Die anderen waren alte Schwarzweißfotos mit brüchigen Ecken. Delia betastete sie zärtlich. Das oberste war ein Bild von ihr mit einem Baby auf dem Arm, genau wie auf dem Farbfoto mit Cissy. Neben ihr ein ernstes Kleinkind, und über ihre Schulter beugte sich ein Mann mit verwischten Zügen und stumpfer Wut in den Augen. Delia verdeckte mit dem Daumen sein Gesicht. »Zum Teufel mit dir, du Mistkerl«, zischte sie. Als sie aufblickte, stand Rosemary vor ihr.

Wortlos nahm ihr Rosemary die beiden anderen Fotos aus der Hand. Der Mann von vorhin – Clint Windsor – mit der kleinen Amanda auf dem Arm vor einem mickrigen Holzhaus mit einem kahlen Vorplatz aus gestampftem Lehm und einer schief herunterhängenden Karodecke als Sonnensegel. Und auf dem letzten verblichenen Foto die Töchter Amanda und Dede mit dünnen weißblonden Babyhaaren zu beiden Seiten einer dunkelhaarigen älteren Frau, deren Hände plump zum Gebet geballt waren. Die Frau hielt den Blick auf ihre Hände gesenkt, aber die Mädchen schauten mit großen, runden Augen starr in die Kamera.

»Was wirst du jetzt tun, Schätzchen?« fragte Rosemary und gab Delia die Fotos zurück.

»Heimfahren«, sagte Delia, »ich fahre nach Hause, um meine beiden Kleinen zu holen.« Aus dem Hinterzimmer hörte man Cissy bitterlich weinen.

»Ach, Delia.« Rosemary schüttelte den Kopf. »Guter Gott, das ist doch nicht dein Ernst. Die beiden sind inzwischen schon fast erwachsen. Sie haben dich seit über zehn Jahren nicht mehr gesehen. Niemand wird dich da unten mit offenen Armen empfangen, Schätzchen.«

»Woher willst du das wissen? Ich habe Bekannte dort. Ich habe Freunde.« Delia stand plötzlich auf. »Außerdem sind es *meine* Mädchen. Ich bin ihre Mutter. Das kann man nicht einfach wegwischen. Sicher werden sie eine Wut auf mich haben, aber damit kann ich leben. Hier habe ich ja auch damit leben müssen.«

»Aber du mußt auch an Cissy denken, Delia«, wandte Rosemary mit einem Blick zum Hinterzimmer ein. »Hör doch mal hin. Sie hat gerade ihren Daddy verloren, und du weißt ja, wie sie Randall vergöttert hat. Die arme Kleine denkt, daß sie an allem schuld ist und daß er in seinem ganzen Leben nie was falsch gemacht hat. Laß dir ein bißchen Zeit, Delia. Laß dir Zeit und überleg dir erst mal in Ruhe, was du nun machen wirst.«

»Natürlich denke ich an Cissy. Ich denke an alle meine Mädchen.« Delias Schultern bebten. Sie preßte die Ellbogen fest an die Rippen, die Fotos in ihrer Hand zerknickten.

»Rosemary, ich muß es einfach tun«, sagte Delia. »Ich hätte es schon vor Jahren tun sollen. Ich gehöre nicht hierher. Ich habe nie hierher gehört. All das, was mir die Musik bedeutet hat, hat mit diesem Leben hier nicht das geringste zu tun. Ich hasse Los Angeles. Es ist der äußere gottverdammte Kreis der Hölle.«

Rosemary biß sich auf die Lippe. Auf Delias Stirn standen Schweißtropfen, ihr Gesicht war gerötet, aber sie roch nicht nach Alkohol. Sie wirkte nur fiebrig und aufgebracht, harsch, verbittert.

»Liebes«, sagte Rosemary und legte ihr die Hand auf die Schulter. »Ich sag doch bloß, daß du nichts überstürzen sollst. Gib Cissy erst mal Gelegenheit, die ganze Sache zu verarbeiten.« Aber Delia hörte nicht zu. Sie geht weg, dachte Rosemary. Zurück nach Cayro, um für ihre Töchter zu kämpfen, gegen alle Irren dort. Widerwillig streichelte sie weiter Delias harte Schulter. Ihre Augen wanderten zu den verknitterten Fotos in Delias Hand, zu den allzu ernsten Babygesichtern, deren Düsterkeit sich in der Miene ihrer Freundin widerspiegelte.

»O Delia«, sagte Rosemary noch mal. »Laß dir ein bißchen Zeit, um über alles nachzudenken.«

Alle Zeitungen brachten das Begräbnis und bauschten die ganze Sache mächtig auf. Der Mann von Columbia Records, der Delia mit einem Wagen abholen lassen wollte, war erstaunt, als sie sagte, daß sie nicht zur Bestattung kommen wolle. »Das könnte euch so passen, mich in Tränen aufgelöst zu sehen«, meinte sie. »Von mir aus sollen die das junge Ding fotografieren, das Randall beinahe umgebracht hätte, eine nette Großaufnahme ohne Zähne.« Rosemary gegenüber beteuerte sie, sie wolle lieber Dreck fressen, als die tragische Witwe im schwarzen Schleier zu mimen. Dennoch konnte sie es der trauernden Cissy nicht abschlagen, am Begräbnis teilzunehmen. Man hatte eine Grabparzelle in Forest Lawn gestiftet, aber niemand konnte beschwören, daß Randall wirklich dort landen würde. Booger, stocknüchtern und doppelt so dick wie als Bandmitglied, war extra den ganzen Weg aus Oregon hergekommen, um die Formalitäten abzuwickeln. Nur auf die Frage nach dem Verbleib von Randalls sterblichen Überresten hüllte er sich beharrlich in Schweigen. »Laß das nur meine Sorge sein«, sagte er, »laß das nur meine Sorge sein.«

»Der wird Randalls Leiche in die Mojave-Wüste zerren und nach Indianerart in Rauch aufgehen lassen«, ereiferte sich Rosemary.

»Na und, soll er doch«, entgegnete Delia. Vorsichtshalber so leise, daß Cissy es nicht hören konnte.

Cissy weinte während der ganzen Aussegnungsfeier, in der Booger schlecht und recht eine Rede zu Ehren des Toten zusammennuschelte. Delia ließ alles tränenlos und stumm über sich ergehen. Einige der Bandmitglieder standen auf, um ein paar Worte zu sagen, faßten sich zum Glück aber kurz. Ständig wartete Delia darauf, daß einer aussprach, was alle dachten: daß Randalls Tod im Grunde eine Art Selbstmord war und daß keiner von ihnen im letzten Jahr etwas mit ihm zu tun gehabt hatte, außer in Geldangelegenheiten. Aber statt dessen sahen alle zu Randalls schluchzender Tochter hinüber und überdachten sichtlich, was sie hatten sagen wollen. Bei den Gospelliedern, die gemeinsam angestimmt wurden, kam sogar allseits echte Rührung auf.

»Ist gar nicht mal schlecht gelaufen«, sagte Delia hinterher zu Booger. Er nickte zustimmend. Rosemary und ein paar andere von der Band hatten die Blumen besorgt – riesige Gladiolensträuße und geradezu lächerlich lebensfrohe Sonnenblumen aus Brasilien. »Na, wenigstens können wir das noch der Plattenfirma in Rechnung stellen«, grinste Rosemary. Mit vereinten Kräften hatten sie es auch geschafft, die bei Trauerfeiern allfällige Predigt zu verhindern.

»Randall war nicht gerade religiös«, hatte einer der Saxophonisten dem Pfarrer erklärt und damit bei den übrigen Bandmitgliedern eine Lachsalve ausgelöst.

Als sie am Schluß auf den Kirchenstufen standen, sagten alle dasselbe: »Gar nicht mal schlecht gelaufen.«

»Nein, ganz und gar nicht.«

Was man vom Leichenschmaus weniger behaupten konnte. »Was für ein blöder Zirkus«, sagte Rosemary hinterher verächtlich zu Delia. *»Rock and Roll is dead«* – nach diesem Motto lief das Ganze ab, und dazu gab es kistenweise Getränke aus einem nahe gelegenen Discountmarkt. Die meisten Trauergäste waren schon betrunken oder bekifft, als sie mit Hängebacken und dicken Sonnenbrillen vor den Augen ankamen. Es war ein Fehler, die Sache in Randalls Haus abzuhalten, meinte einer der Typen von Columbia Records. All die alten Kumpel von der Band zogen schon in den ersten Stunden wieder ab, zurück blieben unzählige Trittbrettfahrer: Roadies und Studiomusiker, Dealer und Junkies, die Randall wie Parasiten umgeben hatten, und natürlich die vielen Frauen, die bei ihm ein- und ausgegangen waren, seit Delia weg war.

»Rock and Roll is DEAD!« brüllte die Meute den ganzen Abend lang. Die Betrunkenen wurden immer aggressiver. Die Leute wanderten durchs Haus und sackten Erinnerungsstücke ein oder hinterließen eigene. Gegen Mitternacht zerschmetterte einer die Glasgitarre, die Randall nach der fünfhunderttausendsten Platte von *Diamonds and Dust* bekommen hatte. Der Zwischenfall löste ein allgemeines Tohuwabohu aus. Ungehemmt warfen die Leute mit Gläsern um sich, nur um die Scherben fliegen zu sehen.

»Wo ist Delia?« schrie einer der Betrunkenen.

»Ach, die ist fix und fertig«, bekam er zu hören.

»Ja, verdammt noch mal, und ich erst!«

Ohne Rücksicht auf die weinenden Mädchen und die fluchenden Männer ging Rosemary nach oben, um Randalls Schubladen zu durchstöbern. Die Siebzehnjährige, die hinten auf dem Motorrad gesessen hatte, beschimpfte sie mit schiefem Mund. Aber mit ihren wehen Gipshänden konnte sie nichts dagegen machen, daß Rosemary in aller Ruhe sämtliche Fotos von Delia und Cissy an sich nahm und obendrein noch ein paar Schmuckstücke aus der großen Teakschatulle, in die Randall immer seinen Krimskrams geworfen hatte.

Drunten brachten die Spätnachrichten eine Reagan-Rede, nachdem das Video von der Beerdigung zu Ende war. Seine schmalen Lippen bewegten sich lautlos, während die Roadies Unflätigkeiten brüllten und Bier in den Fernseher kippten, bis er endlich explodierte und sich alle vor Lachen nicht mehr halten konnten. Rosemary machte beim Verlassen des Hauses einen Bogen um den schwelenden Teppich. Hier hatte das Feuer, das kurz vor Sonnenaufgang ausbrach, angefangen, gespeist von den vielen Dutzend Kerzen im Wohnzimmer mit den dünnen, schimmernden Goldvorhängen. Die Festgäste schworen hinterher Stein und Bein, das Feuer sei von Randall selbst entfacht worden. Es hieß, sein Geist sei zu später Sunde mit einer Flammenspur im Schlepptau durchs Haus gezogen.

»Er hat sich sein Haus geholt«, sagte einer der Roadies zu einem Reporter vom *Rolling Stone*, »und ist damit zur Hölle gefahren.«

Kaum unter der Erde, wurde Randall bereits zur Legende. Sie stilisierten ihn zum tragischen Prinzen des Rock 'n' Roll in Schlangenlederstiefeln, Fransenjacke und Sonnenbrille. Er sei als strahlender Geist wiederaufgetaucht, um das verletzte Mädchen auf den Rasen hinauszugeleiten, ehe er sich mit seinem Haus endgültig in Rauch und Asche auflöste. Die Plattenfirma nahm sofort die Gelegenheit wahr, eine Gedenkausgabe von *Diamonds and Dust* zu pressen, die sich noch weit besser verkaufte als die erste Fassung. Auf dem neuen Cover war nur noch Randall zu sehen, nachtumwölkt bleckte er in Schlangenleder die Zähne. Delia und der Rest der Band waren spurlos aus dem Bild verschwunden.

»Randall hätte seine Freude daran gehabt«, meinte Delia, die gerade mit einem Becher schwarzem Kaffee in Reichweite Cissys Kleider sortierte, als Rosemary ihr von der Trauerparty erzählte. Ihr Gesicht war von Tränen und Schlafmangel fahl und verquollen. Seit Randalls Tod waren ihre Talismanlieder zu wortlosem Geraune und Gesumme verkümmert. Noch immer hatte sie keinen Tropfen angerührt, aber auch das war kein Trost, denn eines wußte sie: wenn sie sich nicht schleunigst auf den Weg machte, würde sie wieder rückfällig werden. Nach Hause, das war die einzige Lösung. Abbitte leisten, die Mädchen wieder zu sich nehmen – an etwas anderes wollte und konnte sie zur Zeit nicht denken.

»Cayro«, hatte sie zu Rosemary gesagt. »Wenn ich erst in Cayro bin, kommt alles wieder ins Lot.«

Rosemary nickte. Es war sinnlos, mit einer Verzweifelten herumzustreiten. Tief in Delias Innerstem wartete die Trauer, und wenn sie zuschlug, würde Delia wie all diese Blumen in der Hitze der Kirche dahinwelken. Dann brauchte sie jemanden, der sie stützte, aber wer in diesem verdammten Cayro würde das auf sich nehmen? Rosemary schauderte. Nicht einmal Delia zuliebe würde sie nach Georgia umziehen.

»Gott nee, Schätzchen«, nuschelte sie betont lässig, »eines wissen wir doch beide: Randall hätte lieber gleich ganz Venice Beach in die Luft geblasen.« Sie zeigte auf die *Times*, wo Randalls Haus als rußgeschwärzte Ruine abgebildet war. »Der hatte schon immer was für großes Feuerwerk übrig. Wenn das Columbia-Haus abbrennen würde, käme er wahrscheinlich zurück, um in die Glut zu pinkeln.«

Delia lachte. Gleich darauf schielte sie schuldbewußt zu Cissy hinüber, die mit leerem Blick auf der Couch hockte, an einer schmuddeligen roten Haarsträhne kaute und das silbergerahmte Foto ihres Daddys an die Brust drückte, das Rosemary ihr mitgebracht hatte. Sie hatte sich geschworen, nicht mehr zu weinen, sosehr ihr auch danach zumute war. Außerdem hatte sie sich vorgenommen, Delia zu ignorieren, was aber noch schwieriger war. Ihre Mutter hatte den ganzen Tag lang wie eine Verrückte gepackt, die Bücher aus den Regalen genommen und die Bilder von den Wänden. Alles, was nicht in den Wagen paßte, hatte sie Rosemary geschenkt. Andauernd redete sie davon, nach Hause zu fahren, als ob Cissy sich darüber freuen sollte. Und jetzt kam sie herüber zur Couch und fing wieder mit ihrer Litanei an.

»Keine Angst, Schatz, in Cayro wird alles anders«, sagte Delia. »Die Leute sind dort ganz anders als hier. Da kümmert sich einer um den anderen, und man nimmt sich Zeit, miteinander zu reden. Sie lügen und betrügen nicht, und darum haben sie auch keine Angst, weil sie nicht immer so vorsichtig sein müssen. Sie wissen, wer sie sind und was im Leben zählt. Und denk doch mal, mein Schatz, dann bist du mit deinen Schwestern zusammen und nicht mehr so allein auf der Welt.«

»Ich komme nicht mit«, sagte Cissy. Dieselben Worte hatte sie Delia schon damals an den Kopf geworfen, als sie nach Venice Beach umzogen. Vergeblich.

»Aber du wirst dort viel glücklicher sein.« Delias Augen glitzerten wie die Felsen am Strand. »Es wird so sein, wie ich's mir schon immer gewünscht habe. Du und ich, Amanda und Dede, wir alle endlich zusammen. Deine einzigen Verwandten leben in Cayro, deine Schwestern und dein Großvater, Granddaddy Byrd.«

Cissy drückte Randalls Foto noch fester an sich und schaute wie ein in die Enge getriebenes Tier zu Rosemary hinüber.

»Deine Schwestern«, betonte Delia, »die werden vielleicht staunen, wie sehr du ihnen ähnlich siehst. Du wirst es selbst nicht glauben.« Eine Träne glitzerte flüchtig in ihrem Augenwinkel und rollte die Wange hinab.

Cissy starrte auf die feuchte Spur. Ihre Schwestern. Amanda und Dede. Dede und Amanda. Solange sie zurückdenken konnte, klangen ihr diese Namen in den Ohren. Und wie sehr ihre Mutter immer um sie getrauert hatte. Ihre kostbaren verlorenen Kinder. Delia sagte immer, Cissy habe dieselben braunen Augen wie Amanda und ihre rotblonden Haare glichen denen der kleinen Dede. An all ihren Geburtstagsgeschenken, Weihnachtspäckchen und Osterkörbchen hingen immer dieselben Kärtchen: »Von deinen Schwestern.« »Von Amanda.«–»Von Dede.«–»Bis wir uns endlich treffen.«–»Bis bald.«

Was sollte Cissy denn glauben? Daß die Schwestern, die sie gar nicht kannte, von ihr träumten? Daß sie diese Geschenke eingewickelt und die Kärtchen unterschrieben hatten? Nein. Die gleichen Geschenke wurden auch in ihrem Namen versandt, und Cissy wußte, wie egal ihr das war. Sie unterschrieb und beschriftete die Kärtchen auf Delias Geheiß in unpersönlicher Blockschrift. Die Tränen, die Gefühle – das gehörte Delia, die nie zu merken schien, wie Cissy den Kopf abwandte, wenn sie Amanda und Dede erwähnte.

»Ach, Cissy, Kleines.« Delias Stimme war ganz heiser vor Rührung. »Wie schön, wieder nach Hause zu kommen. Wart's nur ab, du wirst schon sehen.«

Cissy legte die Lippen auf den Silberrahmen des Fotos und leckte heimlich an der süßen Legierung. Sie war immer so gern auf Randalls Rücken geklettert und hatte das Gesicht an seinen Nacken gedrückt. Ihr Daddy hatte immer so rauchig und süß geschmeckt, wie niemand sonst auf der Welt. Als Delia sie auf der Beerdigung in die Arme nahm, hatte ihr Hals nach schalem Bier geschmeckt, und daran würde sich nichts ändern, auch wenn sie für immer nüchtern blieb. Bitter und garstig – das war eben Delia. Cissy schaute zu ihrer Mutter hinüber und saugte noch stärker an dem kalten Metallrahmen.

»Wenn wir in Cayro sind, rufe ich dich sofort an, von Granddaddy Byrd aus«, sagte Delia zu Rosemary, die auf Cissys ausdrucksloses Gesicht blickte.

Cissy wußte, was Cayro war: der Geburtsort ihrer verrückten Mutter. Der hinterletzte Platz der Welt, an dem sich Randall Pritchards Tochter vorstellen konnte zu leben.

»Ich komme nicht mit«, murmelte Cissy in sich hinein.

Der Rock 'n' Roll hätte Delias Meinung nach auch schon 1976 das Zeitliche segnen können, als die Mud Dog ihre letzte Tour beendet hatten. Damals hatte Randall das Büro seines Agenten kurz und klein geschlagen und sich dann für zwei Wochen zum Ausnüchtern nach Palm Springs zurückgezogen. 1978 – die Stones hatten eine Disco-Platte aufgenommen – schwor Randall dem Whiskey ab und entschied sich für die Keith-Richard-Lösung, wie er es nannte: Heroin mit einem Schuß Speed, um dynamisch und charmant zu bleiben. Er überredete die Leute bei Columbia, Delia wieder unter Vertrag zu nehmen und noch mal ein Studio für die Band anzumieten, aber im Frühling baute er mit seinem Thunderbird einen Totalschaden, der Cissy fast das Augenlicht kostete und den letzten Rest von Delias Liebe zu ihm auslöschte.

Als sie beschloß, Randall zu verlassen, sagte sie es ihm mitten ins Gesicht. Erst hatte sie ihm einen Brief schreiben wollen, aber schwarz auf weiß hätte das, was sie sagen wollte, allzu absurd ausgesehen. Lieber Randall, du hast uns beinahe umgebracht. Lieber Randall, von jetzt an kannst du sehen, wo du bleibst. Lieber Randall, du hast mir das Herz gebrochen. Statt dessen spürte sie ihn in irgendeinem Nebenbau des Tonstudios auf, wo er natürlich eines seiner Mädchen dabeihatte, ein völlig zugekifftes junges Ding von nicht mal zwanzig.

»Wie heißt du?« fragte Delia, als sie an die Tür kam.

Das Mädchen blinzelte nur.

»Hol Randall her«, sagte Delia.

Nach ein paar Minuten tauchte Randall auf. Mit riesigen, glasigen Pupillen stand er da und strahlte sie wie üblich an.

»Was ist los, Süße?«

»Ich ziehe aus.«

»Ausziehen?«

»Hör zu, Randall, wir können nicht mehr mit dir leben.«

»He, was soll der Scheiß, Delia!« Unbehaglich wand er sich unter seiner weiten Jeansjacke. »Kümmere ich mich denn nicht um euch? Behandle ich dich und Cissy nicht gut?«

Delia sah ihn an, bis er rot wurde, aber sein Lächeln blieb.

»Du kannst das Haus in Venice Beach haben«, sagte er schließlich. »Das ich mit Booger zusammen gekauft habe. Ist ziemlich schmutzig, aber leer. Booger mochte die Umgebung nicht. Wir könnten's für euch aufmöbeln.«

Delia zögerte und blickte zur Seite. Das Mädchen beobachtete sie aus dem Anbau. »Na gut«, sagte Delia, »von mir aus.«

»Brauchst du was?« Randall zog ein paar Scheine aus der Tasche.

Sie schüttelte den Kopf.

»Ach, Delia.« Ihr Name ging ihm nur schwer von der Zunge. Und dann: »Süße«, aber selbst das war kaum zu verstehen.

Einen Moment lang haßte sie ihn. Sie war nicht nur irgendein Mädchen, das er unterwegs aufgegabelt hatte. Sie war die Mutter seines Kindes, die Frau, die alles für ihn aufgegeben hatte. Er hatte kein Recht, ihren Namen mit diesem Schlafzimmerlächeln zu lallen. Sie stand da und ließ ihn die Verachtung in ihrer Miene sehen.

Randall hielt ihr die Scheine hin. Sie gab ihm eine Ohrfeige, dann lehnte sie sich vor und küßte ihn auf die Wange. Der Geruch seiner Haut ließ sie zurückzucken.

»Tut mir leid«, sagte er.

Während Cissy in ihrem Zimmer schluchzte, wischte sich Delia beim Packen den Schweiß vom Gesicht und dachte daran, wie seine Haut damals gerochen hatte: scharf und salzig, ganz typisch. Seltsam, wie wenig sein Tod sie berührt hatte. Für sie war er schon so lange tot, daß es schwerfiel, erneut um ihn zu trauern. Während alle anderen normal weiterlebten, schien er sich in den letzten Jahren allmählich aus seinem Leben zu stehlen. Daß er sie, Delia, und Cissy beinahe mit sich genommen hätte, das war es, was ihr im Gedächtnis blieb. Sie spürte noch immer die explodierenden Glassplitter auf der Haut brennen und roch seine Haut, die bitter geworden war. Er hatte nie erwartet, daß sie zu trinken aufhören oder ihn verlassen würde. Nie hatte er erwartet, daß sich etwas änderte.

Delia klebte eine vollgepackte Kiste zu und gab ihr einen Tritt. Sie hatte Randall geliebt, seit sie sein strahlendes Engelslächeln zum erstenmal im Kreuzfeuer der Scheinwerfer gesehen hatte. Es war wie ein Wunder gewesen, als er sie in den Tourbus zog, das Blut von ihren aufgeschürften Händen schwarz auf seinem hellen Hemd.

»Mädchen, Mädchen«, hatte er gesagt, »Gott, wie siehst du denn aus.«

Delias Erinnerung an jenen Augenblick war golden wie zwei Finger hoch rauchiger Whiskey in einem dicken Glas. Jim Beam auf dem Tisch, zerstoßenes Eis in einem Handtuch, der allgegenwärtige Duft von Marihuana und Patchouli. Seit Randall ihr in den Bus hinaufgeholfen hatte, fühlte sich Delia benommen und verletzlich. Der Whiskey, den er ihr gab, wärmte ihren Bauch, und das eiskalte Glas kühlte ihr die blaugeschlagene Schläfe. Aber erst Randalls sanfte Umarmung, die offene, selbstverständliche Art, wie er sie an sich zog, verwandelte alles. Sie hätte ihm nicht vertrauen sollen, hätte sich nicht so willig von ihm berühren lassen sollen, während sich die Spuren von Clints Wut in ihrem Gesicht immer dunkler verfärbten. Vielleicht war es der Whiskey, vielleicht auch die gleichmäßig rollenden Räder, die sie weiter und weiter von dem Alptraum fortbrachten, der hinter ihr lag. Vielleicht hatte sie sich schon allzulange von zu Hause weggesehnt. Aber vielleicht war es auch einfach nur Randalls Charme.

Beim Gedanken an jenen Körper, der schon damals mitten im Leben zu zerfallen begonnen hatte, hätte Delia am liebsten geschrien. Er war so schön gewesen, als er sie in die Arme genommen hatte, so stark und zärtlich, und sie so verletzt. Er schien der einzige Mann auf der Welt zu sein, bei dem sie sich sicher und geborgen fühlen konnte. Wie hätte sie ihn da nicht lieben sollen? Sie liebte ihn mehr als ihr Leben.

Nach dem Unfall im Topanga Canyon stellte sie ihre Besuche bei Randall allmählich ganz ein. Auch wenn sie rückfällig wurde, ließ sie sich nicht mehr mit Vertragsangeboten von Plattenfirmen ködern, nicht einmal für Soloauftritte. Sie mochte die Partys nicht mehr, und das Geschäftspalaver hatte ihr nie gelegen. Ob betrunken oder nüchtern, Delia wohnte jetzt in der kleinen Stadt in ihrem Herzen, die ihre Zuflucht war.

In Venice Beach versuchte sie so zu tun, als sei es nur ein kleiner

Ort wie Cayro, als lägen hinter ihrem Haus nicht Abertausende andere Wohnkästen, die sich von Santa Monica bis San Diego die ganze Küste entlang ausbreiteten. Delia bewegte sich selten aus ihrer Nachbarschaft fort, und solange sie die Highways mied, konnte sie sich einreden, ganz von der Welt abgeschnitten zu sein. Wenn sie Cissy zu Randalls Haus in West Hollywood fuhr, nahm der Ausblick auf Los Angeles ihr immer wieder den Atem. Die Wolkenkratzer am Wilshire Boulevard, die grotesken Nobelvillen in Beverly Hills, die verschlungenen Freeways. Randalls Revier blieb ihr fremd. Ihre Welt waren das kleine Haus und der Garten, der Lebensmittelladen an der übernächsten Straßenecke, Cissys Schule noch eine Ecke weiter, und gelegentliche Ausflüge zu Rosemary in Marina Del Rey.

»Komisch, immer wenn ich was trinke, trete ich eine Zeitreise nach rückwärts an«, sagte sie kurz nach der Trennung zu Rosemary. »Dann stelle ich mir vor, ich bin wieder im Tourbus, ohne besonderes Ziel, einfach nur unterwegs mit der Band.«

»Hmm.« Rosemary blies den Rauch durch die Nase. »Immer unterwegs zum Klo, um dir die Seele aus dem Leib zu kotzen und Randall bei jedem neuen Schwall zu verfluchen? Ich weiß noch genau, wie übel dir auf diesen Bustrips während deiner Schwangerschaft war.«

Delia strich sich eine Haarsträhne aus den Augen und zuckte die Achseln. »In meiner Phantasie ist es immer 1971, und wir sind alle jung und glücklich. Es ist wie ein Traum, einfach wunderbar.«

Rosemary schüttelte den Kopf. »Ja, ja, das Leben ein Traum, was?«

Delia war die einzige in der Band, die gerne unterwegs war. Während alle anderen bald blaß und übernächtigt waren, blühte sie regelrecht auf. Den fehlenden Schlaf glich sie zwischendurch oder hinter der Bühne aus. Sie trank viel und aß wenig, meist nur Obst und Reis, und mied auch die Pillen und Pülverchen, die den Rest der Band bis zur totalen Erschöpfung aufputschten. Mitten im Chaos blieb Delia stets gelassen, driftete lächelnd mit der Flasche in der Hand durch den überladenen Bus und strich mit ihren langen Fingern über fettige Resopalfächer, als ob es Seerosen wären. Manchmal stand sie einfach nur da, hatte die Augen fast geschlossen, hielt sich mit einer Hand fest und wiegte sich im Fahrtrhythmus. Für sie war das wie Tanzen, eine fortwährende Freude, dieses Stillstehen und doch vorwärts getragen zu werden.

Was Delia nicht mochte, waren die Motels und die Partys, die devoten Roadies, die nebenher dealten, was das Zeug hielt, die hysterischen Fans, die sich auf sie stürzten, ehe sie in Deckung gehen konnte. Ständig machten sich Leute an sie heran. Allmählich scheute sie sogar vor Randall oder Rosemary oder Booger zurück, ja selbst vor Little Jimmy, dem schüchternen Schlagzeuger. Sie wurde immer dünnhäutiger. Manchmal konnte sie sich kaum überwinden, der Band auf die Bühne hinaus zu folgen. Nach einer Weile machte die Straße mürbe, bis man sich nicht mal mehr richtig an der Musik freuen konnte, wegen der alle herbeigeströmt waren. Dabei wußte Delia, daß sie nur eines wirklich ohne Vorbehalte liebte: die Musik in ihrem Kopf. Die Straße, nein, die konnte man nicht lieben, egal ob schmale schwarze Landstraße oder sechsspurige Autobahn mit den ewigen Raststätten, wo nur die Eier und das Flaschenbier halbwegs vertrauenerweckend aussahen. Ganz unmerklich schlug einen die Straße in ihren Bann – die subtile Poesie der Ortsschilder und das beruhigende Blinken der Reflektoren an den Kilometersteinen, der stete Takt der Räder auf dem Asphalt und das Lied, das er in Delias Kopf weckte. Sie berauschte sich an der Straße wie am Whiskey, ein angenehmer Rausch, ungebunden, heiter und sorglos wie der Tod im Vorübergehen.

Im Bus träumte Delia wie sonst nirgendwo. Sie summte zum Klang der Räder, die Augen einen Spalt offen, gerade genug, um die Lichter der Straße einzufangen. In diesem Zustand zwischen Wachen und Schlaf träumte Delia von zu Hause, von Cayro und von Amanda und Dede, die sie sich als halbwüchsige Mädchen ausmalte, von ihr behütet und versorgt. Und weinte dabei vor Erleichterung, als der Traum alles auslöschte, was nach Dedes Geburt passiert war. Im Traum gab es keine Band, kein Haus in Venice Beach, keine Cissy, kein drittes Mädchen mit Randalls geschwungenen Lippen und ihrem eigenen roten Haar. Nein, im Traum war Delia eine gute Mutter, die auf dem staubigen Pfad vor ihrem Haus in Cayro kniete und Dedes Babygesicht umfing, während ihr die Tränen heiß über die Wangen liefen.

Manchmal kehrte Delia im Traum als Engel zurück, eine Woche nachdem sie in Randalls Bus geklettert war. Mit mächtigem Flügelschlag rauschte sie auf den Hof, riß ihre beiden Kinder in die Arme und hob sich in die Lüfte, um sie weit davonzutragen, wie die Wirbelwinde über Südkalifornien.

»Mama«, sagten die Traummädchen mit einer Stimme, »Mama«, und Delia bekam Herzklopfen. Die Traumkinder klammerten sich an sie: »Mama, wir wußten, daß du kommen würdest.« Ihre Wangen waren heiß und rot, ihre Haare rochen erdig und süß wie Delias Hände, wenn sie im Garten arbeitete. Sie sog ihren Geruch ein und erzitterte. Aber die Arme, die sich nach Delia ausstreckten, waren Einbildung und die Traumtöchter Geister, Geschöpfe der Phantasie. Die Straße führte überallhin, nur nie nach Cayro. Wenn der Duft sich auflöste, wurde Delia mit einem Schlag tränenüberströmt wach, und mit aller Macht wollte ihr Körper festhalten, was gar nicht da war.

Im wachen Zustand war Delia klar, daß diese Träume nichts als eine beruhigende Lüge waren. Falls ihre Töchter von ihr träumten, waren es sicher keine liebevollen Träume. Aber in den Wochen nach Randalls Tod fing sie wieder an, von ihren Töchtern zu träumen, wie damals während der Tournee, Träume voll Sehnsucht, Schuld und Hoffnung.

Während sie die Schränke in ihrem Haus leerte, war ihr, als risse die Wunde in ihrem Gewissen wieder auf. Zehn Jahre waren vergangen und Dede und Amanda keine Babys mehr. Sie waren elf und dreizehn, bald erwachsen. Aber was wäre, wenn sie sie doch nicht haßten? Wenn sie sich ebenso nach ihr sehnten wie sie sich nach ihnen? Aus »was wäre, wenn« wurde dann sehr schnell ein Vielleicht, ein Möglicherweise, ein Sicherlich. So dachte Delia eben, wenn sie getrunken hatte, so unrealistisch wie möglich. Die kleine, beschwörende Stimme im Hinterkopf war es, die ihr immer versprach, daß ein Glas mehr nichts schaden würde. Lieber dem Teufel verfallen als der Verzweiflung, flüsterte die Stimme und lockte sie immer weiter. Delia hatte geschworen, nie wieder zu trinken, aber ihre Mädchen waren keine Hirngespinste. Ihre Mädchen waren Wirklichkeit. Cayro war wirklich. Cayro war Heimat. Vielleicht konnte niemand Vergebung erlangen, aber mit diesem Flüstern im Ohr packte Delia Byrd alles zusammen, was sie besaß, und beschloß, es zu versuchen.

KAPITEL 2

Eben noch in dem kleinen Haus mit den rosa Blumenkästen, im nächsten Moment mit dem gesamten Hausrat auf dem Rücksitz des alten Datsun im Eiltempo über den Highway – so hatte es Cissy später immer empfunden.

Vor Tagesanbruch waren sie aufgebrochen, zwei Wochen nach Randalls Tod. Delia schlug die Haustür zu, warf den Schlüssel durch den Briefschlitz und drehte sich lächelnd zu Cissy um: »Alles klar, es geht los.«

Cissy starrte sie empört und trotzig an und weigerte sich, ins Auto zu steigen. »Ich komme nicht mit!«

Sie hatte die Worte noch nicht ganz ausgesprochen, da packte Delia sie, hob sie mühelos hoch wie alle Kisten und Koffer, die sie die ganze Zeit geschleppt hatte, und drückte sie auf den Beifahrersitz. Sie knallte die Autotür zu und warf einen wütenden Blick durchs Seitenfenster.

Geschockt kauerte sich Cissy auf dem Sitz zusammen. Nie hatte Delia sie geschlagen, nicht einmal der kleinste Klaps. Auch wenn sie trank, hatte sie sich immer gewissenhaft die Zeit genommen, ihre Tochter durch Reden von ihrem unartigen Verhalten abzubringen. Vernunft, sagte sie immer, nur Vernunft überzeugt. Aber jetzt blieb die Vernunft auf der Strecke. Das war Wahnsinn. Cissy schaute hilflos zu dem kleinen Haus zurück. Zwei Jahre lang war es ihre Heimat gewesen, der einzige Platz auf der Welt, wo sie sich geborgen fühlte. Daß Delia sie von hier jetzt fortriß, war unbegreiflich. In Cissys Augen verschmolz diese Tat mit dem Tod ihres Vaters. Ihre ganze Welt war plötzlich im Chaos versunken. Als Delia vom Venice Boulevard auf den Highway 10 abbog, begann Cissy, in ihre Fäuste zu schluchzen.

»Um Himmels willen«, sagte Delia müde, »das ist doch kein Grund zum Weinen.«

Nach vier Monaten ohne Alkohol war ihr Gesicht nicht mehr aufgeschwemmt, statt dessen zeigten sich Schatten unter den

Augen und neue Falten um die Mundwinkel. Sie hatte wieder angefangen zu rauchen und letzte Nacht ihre langen rotblonden Haare kurzerhand abgeschnitten. Dabei hatte sie sich eingeredet, alles würde wieder gut werden, wenn sie erst einmal unterwegs wäre. Und wenn sie in Cayro ankämen, wüßte sie bis dorthin, was sie zu tun hätte.

Egal, ob Cissy weinte oder der Motor wieder einmal stotterte, Delia ließ sich nicht aus der Ruhe bringen.

Sie summte vor sich hin und blickte unverwandt auf die Straße. Das Stottern legte sich allmählich, aber bei jedem Bremsen gerieten die Vorderräder ins Schlingern. »Ach, der muß sich nur erst mal warmlaufen«, sagte Delia zuversichtlich. Um sich von Cissy und dem Auto nicht die Laune vermiesen zu lassen, trommelte sie auf das Lenkrad und schlug sich mit beiden Händen zufrieden auf die Schenkel. »Wir fahren nach Hause. Verdammt noch mal, jetzt gib endlich Ruhe, wir fahren heim!« Sie drückte sich tiefer in den Sitz, ließ den Motor aufheulen und nahm unbeirrt Kurs auf Georgia.

»Setz deine Brille auf«, sagte Delia, als Cissy sich die Augen rieb.

»Alles in Ordnung.«

»Setz sie auf, habe ich gesagt!«

Schmollend kramte Cissy in der Tasche zu ihren Füßen, bis sie die Brille fand. Auch wenn sie dieses Gestell haßte, so dämpfte es doch das grelle Licht und tat ihren brennenden Augen gut.

Delia zog ärgerlich an ihrer Zigarette und blies den Rauch aus dem Fenster. »Also wirklich, Cissy, du tust alles, um mich auf die Palme zu bringen. Du weißt doch, daß du dich bei grellem Licht vorsehen mußt. Was haben wir davon, wenn du nachher wieder Kopfschmerzen bekommst.«

Cissy versetzte der Tasche auf dem Boden einen Tritt. Allein vom endlosen Vorübergleiten der Straße mit den vielen Ausfahrtsschildern hatte sie bereits Kopfschmerzen.

Eine ganze Weile verlief der Highway auf Stelzen. Cissy konnte den Leuten in die Gärten sehen, in braven kleinen Rasenflächen unter buschigen Bäumen mit Garagen und Wäscheleinen und Liegestühlen. Genau so hatte sie es sich immer vorgestellt: eines Tages durchbrennen, auf die Alltagswelt hinabblicken und für alle unerreichbar sein. Doch in ihrer Phantasie war sie wild und frei gewesen und hatte die Leute da unten verachtet. Jetzt wollte sie nur noch eines: sich am nächsten Meilenstein festhalten und wieder Boden unter den Füßen bekommen.

Die Ausfahrt nach San Diego sauste vorbei, und Cissy erinnerte sich an die seltenen Gelegenheiten, bei denen sie mit Randall und Delia und der Band im Tourbus hatte mitfahren dürfen. Meistens hatte man sie bei Sonny und Patch gelassen, wo sie Biokost essen und mit deren Sohn Wren im Stockbett schlafen mußte. Sie hatte sich verstoßen gefühlt, obwohl Randall schwor, es sei nur zu ihrem Besten, und Delia immer betonte, die Straße sei nichts für Kinder. Jahrelang hatte Cissy vom Reisen geträumt, von den Käsetoasts, die Booger auf dem Gaskocher brutzelte, von mitternächtlichen Raststättenbesuchen und von den Leuten, die den großen blauen Bus bestaunten, während sie bei ihrem Vater auf dem Schoß saß. Der Bus war ein anderes Land, in dem Delia lächelte und Whiskey nippte und Randalls Haare kämmte und Cissy einen langen dünnen Zopf flocht. Friedlich war es im Bus, ganz friedlich, gedämpftes Licht und immer Musik, Musik aus zwei oder drei Kassettenrecordern gleichzeitig. Für ein Kind war dies das Paradies, und Cissy hatte es ihren Eltern nie verziehen, daß sie aus dem Bus verbannt worden war. In ihren Ausreißerträumen saß Cissy in einem großen Fahrzeug mit verspiegelten dunklen Fenstern und einem Radio, das ununterbrochen alle Songs ihres Daddys spielte. Während Delia irgendwo hinter ihr herweinte und Randall in einem Lied ihren unersetzlichen Verlust beklagte, erfand die kleine Cissy auf der Straße ihr eigenes Lied. Sie sauste die schnurgerade blanke Asphaltspur entlang, leckte sich das Fett von den Fingern und schwenkte den Zopf im Takt einer Band, die eines Tages ihre sein würde.

Wo der Highway nach unten führte, reihte sich ein Einkaufszentrum ans andere, dazwischen mexikanische Restaurants, Schuhdiscounter, Tankstellen. Als sie in die Ebene kamen, wurde es nach und nach grüner, immer mehr Bäume säumten die Straße, bis sich das Grün nach einer Stunde in einer kargen Wüstenlandschaft verlor, um bei Palm Springs wieder zurückzukehren. Die flimmernde Landschaft tat Cissys Augen weh. Immer wieder schob sie sich die Brille auf die schweißnasse Stirn. Erst als der Zeiger auf leer stand, hielt Delia endlich an, und Cissy konnte sich eine Cola und eine

Tüte Doritos holen. Nur jetzt nicht an gegrillten Käsetoast denken. Diese war nicht die Straße ihrer Träume.

»Wir kommen gut vorwärts«, sagte Delia, als Cissy zum Auto zurückkam. Sie deutete zum strahlenden Himmel. »Was für ein Tag! Wolkenlos. Der April ist ideal zum Reisen. Kein Schnee, und noch nicht zu heiß. So schön bleibt es sicher die ganze Strecke.«

Cissy leckte die orange Puderschicht von einem Dorito, knabberte alle drei Ecken an und verschlang den Rest. Dann trank sie einen Schluck Cola und angelte sich das nächste Stück aus der Tüte, um das Ritual von vorne zu beginnen.

Achselzuckend stellte Delia das Radio an. »I am sailing« quäkte es gleich aus zwei Kanälen. »Es geht doch nichts über einen echten Hit«, spottete sie. Randall hatte diesen Sound gehaßt. Einmal hatte er sogar die Stereoanlage umgetreten, nur weil Rosemary es gewagt hatte, eine Rod-Stewart-Platte aufzulegen. »Dem Kerl fehlt 'ne anständige Baßlinie«, murmelte Delia mit einem Seitenblick zu Cissy hinüber, die immer noch Doritos kaute. Delia seufzte und drehte an dem Senderknopf, bis sie einen Discjockey fand, der einen Erinnerungstag an John Lennon eingelegt hatte. »Na prima«, meinte sie, aber nach ein paar Meilen stellte sich heraus, daß er das *Double-Fantasy*-Album nur spielte, um die üblichen abfälligen Kommentare über Yoko Ono loszulassen.

»So ein Widerling. Der Mann ist erst ein paar Monate unter der Erde, und schon zerreißen sich alle wieder das Maul über sie. Eine Rock-and-Roll-Witwe. Alle finden, sie könnte genausogut sterben, wenn sie nicht vorhat, sich in eine Nachlaßpriesterin des Toten zu verwandeln.« Delia hatte John Lennon nie getroffen, aber sie hatte einmal zugesehen, wie Yoko mit stoischer Geduld eines dieser Marathoninterviews über sich ergehen ließ, die sie selbst nie ausgehalten hatte. Wieder wechselte sie den Kanal und blieb bei irgendwelchen Beach-Boys-Nachahmern hängen, die im Falsett energisch ihre Surfliedchen trällerten.

Hinter Palm Springs tauchten überall Indianernamen auf, Reservatsschilder und Reklametafeln, die Türkisschmuck und traditionelle Töpferwaren anpriesen. Das Schild Cabazon-Reservat hing windschief neben einem, auf dem Colorado-River-Aquädukt stand. Cissy wunderte sich, wie es unter einem so steinigen, staubigen Boden Wasser geben konnte. Ihre Augen brannten. Sie blickte zu dem Becken im Schatten zurück, wo ein Rohr aus dem Sand ragte. Die Leute lebten auf der Straße, sie schliefen sogar in Abwässerkanälen. War es das, was sie erwartete? Mit Delia in Straßengräben übernachten und Essensreste aus den Mülleimern bei McDonalds stehlen?

»So viel Wüste«, sagte sie. Sie konnte ihr Gesicht im Seitenspiegel sehen. Das Weiß ihrer Augen war von kleinen roten Linien durchzogen wie die Landkarte auf dem Sitz neben ihr.

»Ach, das ist noch gar nicht die richtige Wüste.« Delia wischte sich den Schweiß aus den Augenwinkeln. »Warte nur, bis wir in New Mexico sind. Da gibt's nur noch Saguaros und Disteln. Wenn ich diese Comics mit dem Roadrunner und dem Kojoten sehe, muß ich immer an New Mexico denken.«

»Ich muß mal.« Cissy starrte immer noch in den Seitenspiegel.

»Herrgott, Cissy, unser letzter Stopp ist doch kaum 'ne Stunde her!«

Cissy drehte ihr wortlos den Kopf zu.

Delia trat das Gaspedal durch. »Du kannst in Arizona aufs Klo. Ich halte erst an, wenn wir aus Kalifornien raus sind.«

Arizona war genauso braun und ausgetrocknet wie Kalifornien. Aber bei Quartzsite gab es direkt an der Straße einen riesigen Parkplatz. Ein Schild kündigte einen Edelsteinmarkt an. Der Parkplatz war so voll, daß die Autos schon am Straßenrand standen. Delia bog in eine Chevron-Tankstelle ein, stieg aus, reckte sich und rieb sich den Rücken.

»Hier kannst du aufs Klo«, sagte sie. »Aber lauf nirgendwohin, klar?« Sie humpelte mit der Geldbörse in der Hand auf die Werkstatt zu.

Cissy wunderte sich, wie sauber der Waschraum war. Sogar Papierhandtücher mit grünen Rändern gab es und eine grüne Eukalyptusseife, von der Cissy aber lieber die Finger ließ. Als sie wieder herauskam, sah sie Delia mit einem Mechaniker an der offenen Kühlerhaube des Datsun stehen. Er blickte auf einen Ölprüfstab und schüttelte bedenklich den Kopf.

Weiter hinten gab es einen lauten Knall, und als Cissy sich umdrehte, sah sie einen Strauß roter und blauer Luftballons, die an das Schild zum Rockhound-Camping gebunden waren und in den warmen, staubigen Luftwirbeln hin und her hüpften. Die Farben der Ballons waren verblichen, wenn auch nicht so sehr wie die Zeltplanen vor den Campingbussen. Hier unter der Wüstensonne waren alle Farben zu müden Pastelltönen verblaßt.

Hinter den Bussen reihten sich Flohmarktstände, und Cissy sah Menschen mit flachen, alterslos braunen Gesichtern durch den Staub wandern. Ohne nachzudenken schloß sie sich ihnen an. Viele saßen vor ihren Campingbussen auf Gartenstühlen an Klapptischen, auf denen sich tellerweise grob polierte Steine der verschiedensten Größen häuften. Manche waren auch schon auf Ketten aufgezogen. Cissy blieb unter einer blauen Plane stehen und streckte vorsichtig die Hand nach einer dunkelrot glitzernden Kette aus.

»Roter Turmalin.« Der Atem der dicken Frau am Stand roch nach Anis und Zitronen. Sie hatte große, ebenmäßige Zähne und strahlte Cissy an.

»Wo bekommen Sie die?« Cissy konnte sich nicht vorstellen, wo all diese ungeschliffenen Schönheiten herkamen. Hunderte von Perlenschnüren in allen Schattierungen zwischen Rot und Schwarz lagen da vor ihr, fünfzig oder sechzig Perlen pro Schnur, immer zwanzig bis dreißig Schnüre zusammengeknotet. Das ganze Bild erinnerte an edelsteinbedeckte Riesenschlangen, die in sinnlichen Kurven dalagen.

Die Frau hob die Schultern und legte den Kopf schief. Das bunte Kopftuch unter ihrer Schirmkappe legte sich in Falten. Ihr ganzer draller Körper bebte wie auf Sprungfedern.

»Oh, gibt's überall im Handel. Billig einkaufen, bißchen weniger billig verkaufen.« Sie nickte zu dem Campingbus hinter ihr. »Manchmal wunderbare Sachen, die verkauft man nie mehr.« Sie hob die Hand zu dem ovalen Jadeanhänger an ihrem Hals, der von innen heraus gelbgrün zu leuchten schien. Cissy beugte sich vor, um den Stein genauer zu betrachten.

»Gefällt dir?« Die Frau lächelte wieder und schob ihre Zähne zurecht. »Hast ein gutes Auge. Welche willst du?«

Cissy blickte auf den Tisch. Unter den Steinketten gab es nicht nur perlenförmige, manche waren auch wie Sterne oder Halbmonde geschliffen. Sie legte die Hand auf einen Strang schwärzlicher Sterne. Er fühlte sich warm und fast lebendig unter ihren Fingerspitzen an.

»Gutes Auge. Vulkanlava aus Italien, Blutstein aus Tennessee. Schön für nicht viel Geld.« Mit einem entschlossenen Nicken packte die Frau Cissy bei den Schultern, zog sie dicht zu sich heran, schnupperte tief und stieß die Luft in einem langen Atemstrom wieder aus. »Ah.« Lächelnd ließ sie Cissy los.

»Schwarzer Diamant ist guter Herzstein.« Die Frau nahm einen Hämatitbrocken und fuhr damit über das weiße Papier. Zwei dünne rote Striche erschienen hinter dem Stein.

»Oh.« Nur mit Mühe gelang es Cissy, nicht entsetzt vom Tisch zurückzuweichen.

»Kratz damit, er kratzt rot. Steinpulver gibt blutrote Tinte. Herzzeichen.« Die Hand ließ den Stein los, schwebte suchend über den Ketten. Unvermittelt ein durchdringender Blick aus scharfen Augen. Grüne Augen, bemerkte Cissy verwundert, ausgebleicht wie das Gras rings um den Campingbus. Die Frau lächelte, als könnte sie Cissys Gedanken hören.

»Was magst du, Mond oder Sterne?« Die Hand schwankte.

»Sterne.« Randall hatte Silbersterne auf seinem Hutband gehabt. Silbrig-schwarz glomm der Hämatit in der Sonne.

»Aha.« Die Frau schlug auf den Tisch, daß alle Steine aufblitzten. »Hämatit ist besonders. Kopfkissen von ägyptischen Mumien waren aus Hämatit, weißt du? Ganz besonders. Zieht deinen Haß ganz aus dir raus.« Sie raffte eine Sternenschnur zusammen, hob sie hoch und streckte ihr die Hand hin. Wie gebannt blickte Cissy in die grünen Augen.

»Heilt dein Herz, Mädchen.«

Cissy kam mit einer Doppelreihe schwarzer Sterne um den Hals zum Wagen zurück.

»Wo, zum Teufel, bist du gewesen? Wo hast du das her?« blaffte Delia sie an, doch als sie Cissys unglückliches Gesicht sah, setzte sie milder hinzu: »Na ja, ganz hübsche Kette, etwas gewöhnlich, aber hübsch.«

Meine Kette, dachte Cissy errötend. Sie kauerte sich auf ihrem Sitz zusammen und betastete die Steine, die sich noch immer warm und weich anfühlten, aber keine Kerbe bekamen, als sie versuchte, die Fingernägel hineinzudrücken.

Der Motor röhrte laut beim Anlassen. Vielleicht hält er nicht mehr lange, dachte Cissy. Vielleicht kommen wir von der Straße ab und überschlagen uns. Sie streichelte den Sicherheitsgurt auf ihrem Bauch. Delias Gurt lag auf der Landkarte neben ihr. Vielleicht fliegt sie durch die Scheibe und bricht sich das Genick. Wenn sie tot wäre, könnte ich... Was könnte ich? Cissys Magen krampfte sich so plötzlich zusammen, daß sie sich beinahe übergeben hätte.

»Wir müssen quer durch das ganze Navajo-Reservat«, erklärte Delia, »rauf in die Berge. Bei Mondlicht hat man einen Wahnsinnsblick auf die Steilhänge. Da bleibt dir die Luft weg.«

Cissy schaute unverwandt zum Fenster hinaus.

»Ich war früher mal mit Randal in Monument Valley«, fuhr Delia vorsichtig fort. »Es ist überwältigend, wie eine Kathedrale ohne Dach. Das muß man einfach gesehen haben.«

Cissy sah das Ausfahrtsschild nach Buckeye vorbeiflitzen und drüben am Horizont die lilagrauen Berge. Alles hier war eine Kathedrale, riesig weit und karg wie der Tod.

Hinter Phoenix kamen sie auf den Highway 10. Delia breitete die Karte aus, um Cissy die Route zu zeigen. »Hier. Auf dem Vierziger können wir jetzt fast den ganzen Rest der Fahrt bleiben, der ist wie der Zehner, ewig lang, jedenfalls bis nach Nashville.«

Cissy schwieg noch immer. Delia stellte wieder das Radio an. Zweimal stieß sie auf Sender, die Mud Dog spielten, aber sie drehte rasch weiter. Nur das nicht mehr. Schließlich fand sie einen Rocksender aus Tempe, der unverdrossen Captain Beefheart und Steely Dan spielte, als ob nie jemand gestorben wäre. Dabei blieb sie, so lange der Empfang gut war.

Am späten Nachmittag erreichten sie New Mexico. Cissy sah immer mehr indianische Namen auf den Schildern. Hinter Gallup gab es Wegweiser zum Laguna Pueblo. Kleine handgemalte Plakate priesen erstklassigen Türkisschmuck und traditionelle Dekken an. Albuquerque – war das auch ein Indianername? Oder spanisch? Egal. Delia riet Cissy, die Augen zu schließen und ein Nickerchen zu machen. Sie dachte gar nicht daran, zum Schlafen anzuhalten.

Cissy träumte von Kanaldeckeln und Betonrohren, von Sternen und Monden, die in schwarzem Wasser schimmerten, und von schattenhaften Frauen, die sich niederbeugten, um Tränenperlen zu schöpfen. Als Delia in der Nähe von Tucumcari hielt, wachte sie mit verklebten und verquollenen Augen auf. Dank des guten Wetters waren sie ordentlich vorangekommen, aber jetzt waren beide müde und verschwitzt. Als der Datsun beim Überholen eines Schwertransporters ins Schleudern kam, merkte Delia, daß sich ihre Arme und Beine allmählich taub und gummiartig anfühlten. Plötzlich fiel ihr auf, daß sie seit Los Angeles nur Chips und Cola zu sich genommen hatten. Hier in New Mexico wimmelte es von billigen Lokalen, sogenannten Familienrestaurants. Delia beschloß, in der nächstbesten Raststätte einzukehren, und parkte neben einer langen Reihe von Lastwagen.

Eisbergsalat mit Tomatenscheiben und Käsewürfeln, Chilihuhn und Texastoast. Cissy konzentrierte sich ganz aufs Essen und trank drei Gläser Eistee. Delia stocherte in ihrem Rührei herum und schaute sehnsüchtig zu den biertrinkenden Männern am Tresen hinüber.

»Bis Mitternacht sind wir in Amarillo«, sagte sie.

»Warum hast du's nur so eilig?« Im Neonlicht hob sich Cissys Kette schwarzrot von ihrem Hals ab.

Delia wischte ihr tropfendes Teeglas mit der Serviette ab. »Dein Granddaddy Byrd erwartet uns.« Sie starrte in das Glas.

Cissy ließ ihre Gabel sinken. »Du hast ihn angerufen?«

»Er erwartet uns«, wiederholte Delia. »Cissy, bitte. Du sollst wissen, daß du nicht allein auf der Welt bist. Das war immer mein einziger Wunsch.«

In dem dunkellackierten Tisch konnte Delia ihr Spiegelbild sehen. Ihr Gesicht wirkte leicht verschwommen, wie unter Wasser, das unklare Bild einer Frau, die es nie geschafft hatte, ihre Gedanken auszusprechen. Sie erinnerte sich, mit welchem Blick sie Granddaddy Byrd in seinem Haus aufgenommen hatte – dieser dumpfe Groll unter der Trauer. Und daran, wie sie angefangen hatte, für sich selbst zu singen, um die Welt mit etwas anderem anzufüllen als mit Einsamkeit. Sie wischte mit der Handfläche über das Bild auf dem Tisch.

»Eine Familie zu haben«, platzte sie heraus, »Schwestern, auch wenn du sie nie getroffen hast – das ist ein Segen, Cissy. Du bist ein Teil von etwas Größerem als nur du allein. Als ich aufwuchs, hatte ich nur Granddaddy Byrd.« Sie schüttelte den Kopf. »Und das kam mir manchmal schlimmer vor, als allein zu sein. Der Mann war der härteste Brocken, den ich kannte, ein Fels in Menschengestalt.«

»Ein Fels, aha. Ich kann es kaum erwarten.«

»Er war ja nicht mit Absicht so.« Delia rutschte unbehaglich auf ihrem Stuhl hin und her. »Er war nur zu verletzt, um sich oder mich zu trösten. Und zu alt, um noch ein Kind großzuziehen.«

»Warum hat er's dann getan?«

Einen Augenblick dachte Cissy, Delia würde sie schlagen, doch dann sagte sie: »Er mußte es tun. Sonst war keiner da.« Sie wischte mit der Serviette auf dem Tisch herum, aber sie konnte ihr Bild nicht glätten.

Cissy rührte in ihrem Chili. Sie hatte gedacht, Chilihuhn sei etwas Besonderes, aber das hier war nichts Besonderes. Das Huhn war trocken und faserig, die Soße bitter, und der Chilipfeffer betäubte ihre Zunge. Das Beste auf dem Tisch war der Salat, und der bestand aus – Wasser.

Delia stand auf, um zu zahlen. Cissy rieb mit den Fingerspitzen über ihre Kette und drückte die Ellbogen an die Rippen. In ihren Alpträumen war Amanda eine schwarzgefiederte Krähe mit scharfem Schnabel, die laut hinter Cissys gebeugtem Nacken hervorkrakelte. Dede war ein borstiges Wildschwein mit scharfen Hufen, das dicht vor Cissys nackten Füßen herumtanzte. Cayro, Georgia, ein Abgrund aus rötlichem Lehm und Staub, ein tiefer Trichter, aus dem Cissy nicht mehr herauskriechen konnte. Und Granddaddy Byrd war ein Fels. Sie preßte die Hände so fest auf die Augen, bis sie Sternchen im Dunkel sah. Cayro, Georgia – das war das Ende von allem, das Ende der Welt. Und dann noch die Familie, die Delia mehr liebte, als sie Cissy jemals lieben würde.

Jemand hatte das Rückfenster des Datsun eingeschlagen, der Kofferraum stand offen. Drinnen lagen nur noch der Ersatzreifen und der Wagenheber. Cissy beugte sich über den Rücksitz ins Auto, wo die Diebe eine Tasche Kleider zwischen den Sitzen ausgeleert hatten.

»Die Tasche haben sie wohl für die Kassetten gebraucht«, sagte Delia. Nur eine kaputte Jefferson-Airplane-Kassette war ihr noch geblieben.

»Sie haben uns *alles* geklaut!« jammerte Cissy.

»Nein, nicht alles.« Delia drückte ihre Handtasche an die Brust. »Wir können uns neue Sachen kaufen. Vielleicht brauchen sie es nötiger als wir. Hecheln wie die Kojoten hinter allem her, was sie kriegen können.« Delia hatte die Ellbogen aufs Wagendach gestützt und drückte das Kinn gegen die geballten Fäuste. Ihre kurzen Haare klebten dunkel vor Schweiß an der Stirn.

Cissy starrte sie empört an. Wen kümmerte es, was die Diebe brauchten? Und was war mit ihr? Es waren *ihre* Kleider, *ihre* Bücher, *ihre* Straßhaarspangen, die Daddy ihr zum letzten Geburtstag geschenkt hatte. »Ich will nach Hause! Du kannst doch Rosemary anrufen. Wir könnten bestimmt bei ihr wohnen.« Sie putzte sich die Nase mit einem Stück Papier, das sie auf dem Boden zwischen den Sitzen gefunden hatte, und warf Delia einen kläglichen Blick zu.

»Wir fahren ja nach Hause«, entgegnete Delia friedlich. Ohne den ganzen Kram fühlte sie sich leichter und freier, ja auf absurde Weise geradezu abgeklärt. Sie zog ein Kopftuch aus der Tasche und wischte damit die Glassplitter von der Sitzbank. Dann wühlte sie in den Klamotten am Boden, bis sie ein großes T-Shirt fand, das sie zwischen den Kleiderhaken und einem Riß im Sitz vor das kaputte Rückfenster spannte.

»Wir schaffen es schon«, sagte sie. »Wenn wir erst mal in Cayro sind, ist alles in Ordnung.«

»Was heißt hier in Ordnung?« schrie Cissy. »Du denkst nur an dich! Ich bin dir völlig egal! Du entführst mich einfach! Jawohl, du bist der Dieb.«

Etwa zehn Meter weiter sah ihnen ein Fahrer aus dem offenen Seitenfenster seines Lastwagens zu. Er kaute ein Sandwich und grüßte mit der Wasserdose zu Delia hinüber.

»Sie hat's erwischt«, rief er mit vollem Mund. »Das passiert hier dauernd.« Er griff hinter sich und holte noch eine Dose Wasser hervor, die er mit routiniertem Griff aufriß. »Hier, geben Sie ihr die. Die Kleine ist total fertig, die braucht jetzt viel zu trinken, und dann lassen Sie sie schlafen. Die Hitze hier draußen ist schon schlimm genug, ohne daß man ausgeraubt wird. Ich hab' auch noch 'n paar Brote übrig, mit Hackfleisch und Ei. Wollen Sie eines?«

Delia ging hinüber und nahm die Dose. »Danke, nein, wir haben gerade gegessen. Aber das Wasser ist 'ne gute Idee.«

Der Mann deutete mit dem Kinn auf Cissy, die aufgehört hatte zu schreien und zusammengesunken am Kotflügel lehnte. »Ich hab auch 'ne Tochter. Können einen rasend machen.« Er kniff die Augen zusammen. »Sagen Sie, Lady, kenne ich Sie nicht irgendwoher?«

Delia sah ihm ins Gesicht. Er blinzelte angestrengt, als ob er versuchte, sich an irgend etwas zu erinnern. Nein, dachte sie. O nein. »Glaube ich nicht.«

Er biß von seinem Brot ab, kaute und nickte. »Wissen Sie, wem Sie ähnlich sehen?«

Delia wartete.

»Dieser Rocksängerin mit den langen roten Haaren.« Der Mann runzelte die Stirn. »Die gestorben ist«, sagte er. »Janis, oder? Janis Joplin. Das hören Sie wahrscheinlich öfters.«

»Doch, ja.« Delia nickte lächelnd. Kein Mensch hatte sie je mit Janis Joplin verwechselt, aber das war jetzt auch egal. Sie wollte nur weiter. »Also dann, noch mal vielen Dank.«

»Der wußte, wer du warst.« Auf Cissys Gesicht zeichneten sich Tränen und Schweißtropfen ab.

Delia schüttelte den Kopf und reichte Cissy die Wasserdose. »Aber Schatz, der hat nie im Leben etwas von Mud Dog gehört. Ich wette, der fährt nur auf Countrymusik ab. Er fand, ich sähe aus wie Janis Joplin.«

»Ach die, die ist doch schon ewig tot.« Cissy rieb sich mit dem Handrücken über die Nase.

Mit unbewegter Miene öffnete Delia die Wagentür und winkte Cissy einzusteigen.

Cissy beachtete sie nicht. »Wir haben jetzt ja jede Menge Platz«, sagte sie und krabbelte auf den Rücksitz.

Ihre Arme und Beine fühlten sich an, als ob Sandkörner darüberkratzten, aber vielleicht waren es auch Glassplitter vom Rückfenster. Delia stopfte ihr eine zusammengerollte Jeans als Kissen unter den Kopf, aber Cissy schob sie zur Seite. Als sie wieder auf dem Highway waren, bettete sie das Gesicht in die Armbeuge und weinte leise vor sich hin. Da der Fahrtwind durch das offene Fenster pfiff, konnte Delia sie sowieso nicht hören.

»Wir kriegen das schon hin«, sagte Delia immer wieder, aber Cissy wußte, daß sie mit sich selbst redete, wie eine Verrückte. Entnervt hielt sie sich die Ohren zu.

Die ganze restliche Fahrt blieb der Wagen offen, offen für Staub und Wind und alle möglichen Diebe. Cissy empfand dies als deutliches Zeichen, aber Delia klebte nur ein Stück Pappe vor das Fenster, als sich das T-Shirt lockerte. »Weißt du«, meinte sie, »aus den meisten Sachen warst du sowieso schon fast rausgewachsen. Wir kaufen dir einfach ein paar neue Shorts und Sommerkleider, bevor wir nach Hause kommen.« Als ob die gestohlenen Sachen das Problem wären, dachte Cissy. Und nicht sie selbst, alle beide, zwei aufgebrochene Menschen, Wind und Wetter ausgeliefert. Die Wut zwischen ihnen dröhnte so laut wie der Motor.

Cissy verschlief die ganze Fahrt durch Texas. »Hast nichts verpaßt«, sagte Delia, als sie aufwachte.

»Ich will anhalten.«

»Kommt nicht in Frage, Kind, wir müssen weiter, weiter.«

Cissy knabberte an ihrer Kette. Der Hämatit schmeckte seltsam salzig. Die Sonne stand knapp über dem Horizont, und das Land ringsumher war blaugrau und flach wie ein Teller. Oklahoma sah aus wie New Mexico: Ab und zu ein paar Felder, doch meistens steinige Wüstenböden, und immer in der Ferne Hügelketten. Grün. Cissy sehnte sich nach Grün, nach der leuchtenden üppigen Pflanzenwelt ihrer Heimat. Als sie in Oklahoma City die sattgrünen Baumalleen sah, hätte sie vor Erleichterung beinahe geheult. Sie streckte den Kopf aus dem Fenster und sog in vollen Zügen die kühle Luft ein. Es roch tatsächlich nach Regen, feucht und lebendig und wundervoll, eine ganz andere Art von Kathedrale.

Am östlichen Stadtrand drohte Cissy, einen Streifenpolizisten anzuhalten. Delia klopfte nur auf ihre Handtasche. »Hier drinnen habe ich deine Geburtsurkunde.« Lachend blies sie Rauch aus dem Fenster. »Außerdem, schau dich doch an, glaubst du etwa, ein Polizist merkt nicht, daß du zu mir gehörst?«

Cissy lehnte sich wieder aus dem Fenster. Richtig, sie war Delias Miniaturausgabe: rötliches Haar und hellbraune Augen, der gleiche Körperbau – unverkennbar Mamas kleines Töchterchen. Sie mußte an den letzten Erntedanksonntag denken, als Randall zu spät zum Essen gekommen war. Er hatte Cissy auf den Arm genommen und ihr gesagt, wie sehr sie ihrer Mutter ähnelte. »Das einzige, was du von mir hast, ist der Name von meiner Mom und meine Zähne, meine weichen kleinen Milchzähne von früher«, sagte er. »Paß mir ja gut auf diese Zähne auf, kleine Cecilia.« Er schob mit der Zunge sein Gebiß herunter und wackelte damit hin und her.

»Wenn du vernünftiger leben würdest, könntest du den Rest deiner Zähne vielleicht behalten.« Delia war seit zwei Wochen trocken, aber am Abend würde sie doch wieder rückfällig werden, was alle wußten. Nachsichtig lächelte Randall sie an und ließ Cissy an seinem Whiskeyglas nippen. Delia schoß von ihrem Stuhl hoch. »Hör auf damit! Hast du nicht schon genug angerichtet?« schrie sie ihn an. Randall stand auf und ging.

»Du hast ihn verletzt«, warf Cissy ihr vor, als sie sie ins Bett brachte.

»Pah, ich würde ihn gerne noch ganz anders verletzen«, fauchte Delia. Sie war bei Randall ausgezogen, um mit dem Trinken aufzuhören, aber jedesmal, wenn er zu Besuch kam, fing sie wieder an.

Auf dem Rücksitz öffnete Cissy die Augen und sah zu, wie sich die bunte Leuchtreklame in den Fenstern spiegelte. Wenn Delia sich betrank, würde sie sofort ein Motel ansteuern, um den Rausch auszuschlafen. Betrunken war Delia immer gut zu haben. Zu Hause sang sie dann mit dem Radio mit und schnippelte kichernd riesige Mengen Obstsalat. Nein, schwierig wurde es nur, wenn sie nüchtern war. Nüchtern war sie unduldsam und mürrisch, schimpfte Cissy ständig aus und rieb sich den Nacken. Nüchtern bekam sie Migräne. Betrunken tat ihr nie etwas weh. Eine Wolke von Zigarettenqualm zog zum flatternden Pappdeckel am Rückfenster hinaus.

»Ich habe Durst«, nörgelte Cissy. »Ich trockne hier hinten noch total aus.«

Delia antwortete nicht.

Cissy setzte sich auf und beugte sich über den Vordersitz. Sie stützte das Kinn auf die klebrige Rückenlehne und seufzte. »Brauchst du denn keine neuen Zigaretten?«

Delia drehte kurz den Kopf zu ihr um und zuckte die Achseln.

»Ich könnte dir doch welche holen und mir bei der Gelegenheit auch etwas, einen Orangensaft mit viel Eis.« Cissy leckte sich die Lippen. »Mann, hätte ich jetzt gerne einen Orangensaft mit Eis, am besten mit ganzen Orangenscheiben im Glas.«

Delia wechselte routiniert die Fahrspur. Es herrschte dichter Verkehr. Alle Leute hatten es eilig, irgendwohin zu gelangen.

»Saft«, bettelte Cissy. »Laß uns doch endlich mal anhalten.«

»Vielleicht an einer Bar?« Delia schnippte ihre Kippe aus dem Fenster. »Für dich einen Saft und für mich auch eine Erfrischung?«

Delia beugte sich vor und zerrte eine Papiertüte unter dem Sitz hervor. Zwei Stangen Marlboro landeten auf dem Beifahrersitz. Delia schaute in den Seitenspiegel und gab Gas, um ein Oldsmobile abzuhängen, das sie aus der Spur zu drängen versuchte.

»Wenn wir tanken müssen, kriegst du deinen Saft«, sagte Delia. »Und von mir aus auch ein Eis, wenn du willst. Aber ich halte erst an, wenn wir müssen. Wir sind nicht zum Vergnügen auf der Straße, Cissy, ich sehe zu, daß wir nach Cayro kommen, und zwar so schnell es geht.«

Gegen Mitternacht hielt Delia endlich an einem Rastplatz, tankte den Wagen voll und kaufte eine neue Kühltasche, die sie mit einem Saftkarton, einer Extraportion Aufschnitt, zwei Tüten Cracker, einer Riesenpackung Erdnüsse, einem halben Dutzend Schokoriegel und einem kleinen Beutel Eis füllte.

»Proviant«, sagte sie zu Cissy, als sie die Kühltasche auf dem Boden zwischen den Sitzen abstellte. Ohne sich um Cissys verärgerte Miene zu kümmern, riß sie einen der Schokoriegel auf und ließ den Motor wieder an.

Den ganzen Rest des Weges durch Oklahoma kaute Cissy Erdnüsse, krabbelte ein paarmal auf den Vordersitz, wenn es hinten zu sehr zog, sagte aber kein Wort mehr. Delia drehte das Radio an. Cissy stellte es wieder ab. Schweigend fuhren sie durch die dunkle Frühlingslandschaft, bis Delias Energie schließlich doch aufgebraucht war und sie notgedrungen am Straßenrand halten mußte. Unruhig schliefen sie bis zum Morgengrauen. Die ganze Zeit hielt Delia die Autoschlüssel fest. Sie fürchtete, jemand könnte ihnen womöglich noch den Wagen stehlen.

Sobald sie Tennessee erreicht hatten, fuhr Delia in einem Tempo, als ob ihr Seelenheil davon abhinge. Auf Rastplätzen schmierte sie für Cissy Erdnußbuttersandwiches auf der Kühlerhaube, aber längere Pausen kamen nicht in Frage. Egal, wie gut sie auch vorankamen, Delia schien es immer noch nicht schnell genug zu gehen. Andauernd rieb sie sich den Nacken und knirschte mit den Zähnen.

An einer Tankstelle bei Chattanooga löste Delia zum erstenmal seit New Mexico ihr Kopftuch und kämpfte gegen eine Welle von

Übelkeit an, die ihr der Benzingestank verursachte. Der Tankwart glotzte sie an. Kein Wunder, dachte sie, sicher sah sie zum Fürchten aus. Das Kopftuch hatte einen hellen Streifen auf ihrer Stirn hinterlassen, ihre Lippen waren aufgesprungen, ihre Nase schälte sich von der Sonne. Der Kragen ihrer Bluse war steif vor Schweiß und ihr Nacken schon ganz rotgescheuert. Cissy, die mit den Fußballen ungeduldig gegen das Handschuhfach trommelte, sah auch nicht besser aus: sonnenverbrannt, verschwitzt und total fertig mit den Nerven. Schockiert bemerkte Delia, daß Cissys linkes Auge rot und geschwollen war.

»Herrje«, sagte sie, »wo hast du denn deine Brille?« Sie kramte durch den Abfall auf dem Sitz, bis sie die dicken dunklen Gläser gefunden hatte. »Setz sie sofort wieder auf.« Zum erstenmal seit Beginn der Fahrt wurde ihr bewußt, wie verzweifelt ihre Tochter aussah. Sie streckte die Hand aus und versuchte, ihr begütigend die Schulter zu tätscheln.

Cissy zuckte zurück. »Laß mich in Ruhe.« Sie stieg aus und kroch auf den Rücksitz.

Delia biß die Zähne zusammen und tankte den Wagen voll. Mit einem kurzen Blick in den Rückspiegel zu Cissy legte sie den Gang ein und fuhr wieder los.

Auf dem Highway überlegte Cissy, ob sie die Brille nicht einfach aus dem Fenster werfen sollte, aber sie wußte, Delia würde auf jeden Fall zurückfahren, um sie aufzusammeln.

Spätnachts kamen sie schließlich in Cayro an. Cissy schlief tief und fest auf dem Rücksitz. Delia hielt auf dem Motelparkplatz und kringelte sich schlecht und recht unter dem Lenkrad zusammen. »Ich glaube, ich ruh' mich mal eine Minute aus«, murmelte sie und war schon eingeschlafen.

Als es hell wurde und der Verkehr zunahm, wachte Cissy auf. Delia schlief vorne noch tief und fest. Ein Stück der total verknitterten Landkarte schaute unter ihrer Hüfte hervor. Cissy lag matt und apathisch da, bis ein gräßliches Knirschen sie den Kopf heben und aus dem Fenster schauen ließ. Ein riesiger gelbroter Sattelschlepper manövrierte sich langsam an dem Datsun vorbei. Flüchtig überlegte Cissy, was der Laster wohl transportieren mochte, dann streckte sie sich und öffnete die Tür. Ihr Gesicht war schmutzig, auf den Wangen zeichneten sich rote Striemen von den Nähten des Plastikbezugs auf dem Sitz ab. Sie rieb sich die Augen und blickte sich um. Ein buntes Band quer über dem Highway kündigte ein Maryland-Fried-Chicken-Restaurant an der übernächsten Ausfahrt an. Ein grünweißes Schild zeigte mit einem Pfeil Richtung Atlanta. Ein wenig humpelnd ging Cissy zum Motel hinüber. Sie fühlte sich ganz steif.

»Grüß dich, Schätzchen.«

Die Frau hatte dickes dunkles Kraushaar und trug einen weißen Kittel. Ein Zimmermädchen, dachte Cissy. Dann sah sie sie durch eine Seitentüre im Restaurant verschwinden. Aha, wohl doch eher die Kellnerin.

Schätzchän, wiederholte Cissy für sich und versuchte, den komischen Akzent nachzuahmen. So redete man also in Georgia. Das hier mußte wohl schon Cayro sein. Cissy war hier gelandet, weil ihr Daddy tot und ihre Mama durchgeknallt war. Na ja, hier gab es wahrscheinlich eine ganze Menge Verrückte.

Schätzchän. Cissy versuchte, die Silben so gedehnt auszusprechen, wie Delia es immer tat, wenn sie betrunken war. Randall hatte diesen Südstaatenakzent geliebt. Cissy haßte ihn.

Sie machte sich auf den Weg ins Restaurant. Niemand hielt sie auf, also ging sie gleich weiter zum Waschraum, schnappte sich eine Handvoll Papiertücher und rubbelte sich Gesicht und Hände mit kaltem Wasser ab. Am liebsten hätte sie sich ganz ausgezogen und über und über mit kaltem Wasser begossen, aber sie hatte Angst, daß jemand hereinkommen könnte. Deshalb wusch sie sich mit den angefeuchteten Papiertüchern, so gut es eben ging, selbst unter dem T-Shirt und den Shorts. Mit den nassen Haaren im Gesicht kam sie sich in dem beschlagenen Spiegel über dem Becken irgendwie anders vor als sonst, älter, fast schon wie ein Teenager. Ein Rotfuchs mit großen braunen Augen und Sommersprossen. »Schätzchän«, sagte sie zu dem Teenager und lachte überrascht auf. Sie klang genau wie Randall.

Als Cissy aus dem Waschraum kam, stand die Kellnerin an der offenen Hintertür neben der Telefonkabine und rauchte eine Zigarette. Sie musterte Cissy von Kopf bis Fuß, sagte aber nichts. Zur Sicherheit versuchte Cissy gar nicht erst, an ihr vorbeizukommen, sondern nahm den Vordereingang. Sie ging um das ganze Motel, fand eine Eismaschine, nahm ein paar Würfel heraus und setzte sich dann auf die Stoßstange des Datsun. Eislutschend sah sie zu, wie die Sonne höher stieg und zu brennen anfing. Noch zweimal holte sie sich Eis aus der Maschine, bis sich Delia schließlich auf dem Vordersitz rührte.

Schätzchän. Mit dem Mund voller Eiswürfel versuchte Cissy immer wieder, den Akzent nachzuahmen. Absichtlich wandte sie Delias rotem schlafverquollenen Gesicht den Rücken zu. Kein Wort würde sie mit ihrer Mutter reden. Heute nicht. Vielleicht nie wieder. Im Restaurant gingen Leute aus und ein, ab und zu kamen welche mit Koffern aus der Moteltür, warfen Cissy einen kurzen Seitenblick zu und gingen ihrer Wege. Cissys Haare stellten sich beim Trocknen zu Locken auf. Die Sonne stach sie mehr und mehr in die Augen, aber Cissy fühlte sich viel zu matt, um sich dagegen zu wehren. Sie war so hungrig, daß sie sich schon ganz hohl vorkam.

Cissy haßte die Schule und bettelte fast jeden Tag, zu Hause bleiben zu dürfen, aber beim Anblick des Motelparkplatzes hätte sie gerne hoch und heilig versprochen, nie wieder einen einzigen Tag zu fehlen, wenn Delia sie nur auf schnellstem Wege wieder zurück nach Kalifornien brächte. Wie konnte Delia ihr das nur antun? Cissy wischte sich mit dem Handrücken über die trockenen Augen. Auf Kinder hörte eben keiner. Die Erwachsenen konnten tun und lassen, was sie wollten. Delia konnte jederzeit hinfahren, wo es ihr paßte. Cissy konnte sich auf den Asphalt werfen und die Seele aus dem Leib heulen, kein Mensch kümmerte sich darum.

Das Eis in ihrem Mund war geschmolzen. Cissy blickte sich nach Delia um, die aus dem Wagen gekrochen war und in die Sonne blinzelte wie ein Vogel, der gerade gegen eine Fensterscheibe geprallt war.

»Komm, wir gehen frühstücken, Schätzchen, du mußt ja schon halb verhungert sein«, sagte sie. Cissy zog eine Grimasse.

Drinnen am Tresen bestellte ihr Delia Toast mit Spiegelei und ein Glas Milch und ging sich dann erst mal waschen. Sie mußte die Kellnerin um neue Papierhandtücher bitten und merkte nicht, wie diese vorwurfsvoll zu Cissy hinsah.

Um Delia zu ärgern, hätte Cissy gerne das Essen stehengelassen, aber sie konnte nicht eher aufhören, bis alles verspeist war, bis auf den letzten Krümel, sogar der sauer eingelegte rote Apfel am Tellerrand. Sie hätte noch mehr essen können, mochte aber nicht danach fragen. Sie beobachtete die Leute, die um sie her beim Frühstück saßen und ihre Morgenzeitung lasen. Die Männer hatten müde Gesichter unter den tief herabgezogenen Schirmmützen, und alle Frauen trugen das Haar mit kleinen bunten Spangen hochgesteckt.

Delia kam frisch gekämmt zurück, in einer blütenweißen Bluse, die ihre Miene aufhellte. Sie winkte der Kellnerin und bestellte ein Doughnut und eine Tasse Kaffee, und zählte dann eine Handvoll Münzen ab, um ihr ein anständiges Trinkgeld zu geben.

Sofort wurde die Kellnerin gesprächig. »War wohl 'ne lange Reise, was?«

Delia lächelte. »Zu lange.« Das Doughnut war mit Zimt bestreut, ihre Lieblingssorte. Sie aß es schnell auf, ehe sie den ersten Schluck Kaffee trank.

»Hat aber 'nen guten Appetit, die Kleine«, sagte die Kellnerin, als sie Cissys Teller abräumte.

»Ist auch ein gutes Kind«, nickte Delia.

Cissy machte ein finsteres Gesicht.

»Tja ja, die Kinder«, grinste die Kellnerin verständnisvoll, als hätte sie selbst jede Menge großgezogen.

»Mhm.« Delia trank ihren Kaffee aus. In Kalifornien war ihr der Kaffee immer zu stark, aber diesen hier hätte sie den ganzen Tag lang trinken können. Er war genau richtig, so wie auch die Luft hier genau richtig roch, schön feucht, eine Wohltat für ihre ausgedörrte Haut. Delia mußte sich beherrschen, um nicht laut herauszujubeln. Endlich zu Hause. Die ganze Atmosphäre war so anheimelnd, so vertraut.

»Ich kenne Sie.« Die Köchin lehnte sich aus der Durchreiche zur Küche, die dicken weißen Arme über dem Rahmen verschränkt. »Ich kenne Sie«, sagte sie noch mal.

Delia fuhr der Schreck durch alle Glieder. Sie hatte nie daran gedacht, daß man sie in Cayro wiedererkennen könnte. Einen Moment lang zögerte sie, ehe sie ihr bewährtes Lächeln aufsetzte. Randall hatte ihr beigebracht, automatisch zu lächeln, danke zu sagen und weiterzugehen, wenn die Leute sie anhalten wollten, um auf sie einzureden. »Gib ihnen so wenig wie möglich«, hatte er immer gesagt, »aber gib ihnen irgend etwas. Sie ermöglichen uns immerhin unser Leben.« Aus alter Gewohnheit klopfte sie sich die Taschen ab, aber sie hatte keinen Stift dabei, um ein Autogramm zu signieren. Mit einem verlegenen Achselzucken sah sie zur Kellnerin auf.

»Sie sind die Rabenmutter, die abgehauen ist und ihre Kinder im Stich gelassen hat«, verkündete die Köchin laut und deutlich.

Die Kellnerin starrte sie mit runden Augen an. Delia spürte, wie ihre Knie weich wurden. Cissy fixierte die Köchin halb empört, halb erwartungsvoll.

»Sie sind doch damals mit dieser Rockband weg, stimmt's? Haben sich wohl schön amüsiert die ganzen Jahre, wie? Aber glauben Sie ja nicht, daß die Leute hier sich nicht erinnern. An so eine wie Sie erinnern wir uns immer.« Die Köchin verschränkte die Arme fester unter dem Busen und nickte bekräftigend.

Der Mann, der neben Delia am Tresen saß, drehte sich auf seinem Barhocker zu ihr um. Seine gestärkte Uniformjacke knisterte. Er hatte dünne Haare, im Nacken mit einem Gummiband zusammengebunden. »Delia? Delia Windsor?« Sein Blick wanderte an ihr herab und wieder hinauf. Ein verblüfftes Lächeln spielte um seine Mundwinkel. »Verdammt noch mal!« sagte er. »Das ist ja 'n Ding!« Er warf der Köchin einen mißbilligenden Blick zu. »Hören Sie bloß nicht auf die alte Kuh.«

Delia wich langsam vom Tresen zurück. Die Kellnerin war vor Wut ganz blaß um die Nase. Alle glotzten. Jemand fragte: »Wer is'n das?« und bekam eine hastig gewisperte Antwort. Weiter hinten standen die Leute auf, um besser zu sehen.

Die Kellnerin hob die Hand mit dem Trinkgeld und schleuderte es auf den Linoleumboden. Ein klirrender funkelnder Münzenregen.

Delias Mund füllte sich mit Speichel, als ob sie sich übergeben müßte. Sie zerrte Cissy von ihrem Hocker und zog sie am Arm zur Tür. Alle sahen zu, wie sie taumelnd, aber hoch erhobenen Hauptes das Lokal verließ. Noch nie war sie so fertig von einer Bühne abgegangen. Und noch nie war sie so grimmig entschlossen gewesen, sich nichts anmerken zu lassen.

Hilf mir, lieber Gott, betete Delia, während sie Cissy hinter sich herschleppte. Hilf mir.

Kaum waren sie draußen, riß sich Cissy los. Delia sah sie mit leerem Blick an und bewegte sich wie ein Roboter auf den Datsun zu. Cissy blickte sich um: gaffende Gesichter an den Fenstern, ein ganzer Pulk von Leuten, die sich in der Tür drängelten und die Köpfe reckten. Das war also Cayro. Das war ihr Zuhause.

Bis ans Ende ihres Lebens schmeckte die Verzweiflung von da an für Cissy nach Eiswürfeln und Schweiß. Die Angst trug eine tief herabgezogene, fleckige Schirmmütze. Die Scham hatte bunte Haarspangen und einen verkniffenen Mund. Und das Kosewort »Schätzchen« war zu einem Fluch geworden.

KAPITEL 3

Cayro wird dir gefallen. Die Leute sind dort ganz anders«, spottete Cissy, sobald sie im Auto saßen.

Delia blickte mit hochrotem Gesicht starr durch die Windschutzscheibe. Ihre Unterlippe zitterte. Sie umklammerte das Lenkrad und schaute noch einmal zum Restaurant zurück. Im Fenster hingen zwei Plakate; das eine warb für eine Grillparty, die von der örtlichen Feuerwehr gestiftet wurde, das andere kündete eine Woche der offenen Tür in der Holiness-Redeemer-Kirche an, mit einem Gastprediger aus Gaithersburg. Sie konnte sehen, wie die Kellnerin sie über das Kirchenplakat hinweg beäugte.

»Nichts, was eine Kugel im Kopf nicht in Ordnung bringt«, pflegte Randall immer zu sagen, »eine Kugel im Kopf, ein paar Prisen Koks und ein ordentlicher Schluck Tequila.« Delia schluckte.

Was hatte sie sich nur eingebildet?

Nach all der Zeit konnte sie noch immer das unverwechselbare Aroma von Tequila auf der Zunge schmecken. Ohne Salz. Sie liebte das Gefühl, wie der Tequila über ihre Zunge lief und den ganzen Unrat wegbrannte. Randall lutschte Limettenschnitze dazu und zog sich das weiße Pulver in die Nase. Randall vögelte ein halbes Dutzend Mädchen und raste halsbrecherisch über kurvige Küstenstraßen. Der einzige Kick, den Delia je gebraucht hatte, war ein Drink in der Hand. Eine Flasche Bier, ein Glas Hochprozentiges, diese süße Schärfe hinten auf der Zunge.

Neben ihr zappelte Cissy ungeduldig auf dem Sitz hin und her. Widerstrebend wandte Delia den Kopf, um nach ihrer Tochter zu sehen, die unter dem Sonnenbrand ganz blaß war. Ihre braunen Augen schwelten fast so finster wie die Hämatitsterne an ihrer Kehle.

Was habe ich getan?

Delia schloß die Augen. Randall hatte sie gewarnt. »Cayro, Georgia, wird dir niemals verzeihen«, hatte er gesagt. »Wenn du deine Mädchen wiederhaben willst, mußt du sie entführen.« Sie hatte nie auf ihn gehört, ihm nie geglaubt. Aber die Leute im Restaurant, diese harten, haßerfüllten Gesichter – die hatten sie angegafft, als ob sie ein Ungeheuer wäre.

Ich hätte nicht zurückkommen sollen.

»Fahren wir?« Cissys Stimme klang dünn. Ihr blutunterlaufenes linkes Auge tränte.

Ich bringe ihr nichts Gutes, weder ihr noch den anderen.

Delia pochte das Herz im Halse, vor ihren Augen flimmerten die geparkten Autos in der Sonnenglut. Das alte Lied sirrte ihr wieder durch den Kopf, der alte Refrain: Ich bin es nicht wert zu leben.

»Fahren wir weiter?« Die ganze Strecke quer durchs Land hatte Cissy geweint und gewütet, aber jetzt drohte ihre Stimme bei jeder Silbe überzukippen. Das Kind war mit den Nerven am Ende.

»Wir fahren«, sagte Delia so ruhig, wie sie konnte.

Ein Glas Tequila oder eine Kugel im Kopf, letztlich war alles gleich. Aber nun hatte Delia Cissy die ganze Strecke mitgezerrt. Sollte sie da Amanda und Dede nicht einmal sehen? Sie ließ den Motor an und schüttelte die strähnigen Haare aus der Stirn. Sie würde Cissy ordentlich unterbringen und sich vergewissern, daß ihre Mädchen gut aufgehoben waren. Dann konnte sie immer noch wählen: eine blauschimmernde Metallkugel oder ein Glas Tequila pur. Dies war nicht Kalifornien. Hier in Georgia konnte sie sich ebenso leicht eine Schußwaffe beschaffen wie eine Flasche Cuervo Gold.

Die Fahrt durch Cayro zu Granddaddy Byrds Haus dauerte länger, als Cissy erwartet hatte. Zweimal hielt Delia so lange an Stoppschildern, daß die Leute hinter ihr zu hupen anfingen. Sie krallte die Fäuste so fest ums Lenkrad, daß die Knöchel weiß hervortraten. Ihr Mund stand offen, als ob Luft allein ihr nicht mehr zum Atmen genügte.

»Alles in Ordnung?« fragte Cissy schließlich, als sie zum zweitenmal so lange stehenblieben. Irgendwie gönnte sie Delia ihre Seelenqual. Es geschah ihr ganz recht, aber andererseits machte ihr der Zustand ihrer Mutter auch mehr und mehr angst.

»Doch, doch«, sagte Delia. »Geht schon.«

Cissy zuckte unbehaglich die Achseln und stocherte mit dem Fingernagel ein Stückchen Toast zwischen den Zähnen heraus, während sie in die vorbeiziehende Landschaft schaute. Ständig mußte sie an die Leute im Restaurant denken. Keine ihrer Schreckensvisionen während der ganzen langen Reise kam auch nur annähernd an die Wirklichkeit heran. Das Volk hier war tatsächlich so schlimm, wie Randall immer behauptet hatte: hartherzig und kalt. Von solchen Leuten stammte Delia ab. Sie paßten zu ihr. Cissy sah kurz zu ihr hinüber und drehte sich schnell wieder zum Fenster.

Auch Cayro, Georgia, war nichts weiter als ein öder Streifen Land am Highway 75. Die meisten Leute, die von Atlanta nach Norden unterwegs waren, verschwendeten kaum einen Blick an die Gegend. In der Ortsmitte liefen drei Straßen zu einem Platz zusammen, der nicht größer war als ein Basketballfeld. WILLKOMMEN stand auf einem Schild an der einen Seite. AUF WIEDERSEHEN an der anderen. An jeder Ecke der Kreuzung gab es Wegweiser mit Pfeilen, auf die Smiley-Gesichter gesprüht waren. Die Straße nach Norden führte zum Highway 75, zurück in Richtung Nashville, gleichzeitig zeigte ein anderer Smiley-Pfeil an, daß dies ebenfalls der Weg zum Kreiskrankenhaus war. Auf dem Schild, das nach Süden wies, stand MARIETTA, die Straße nach Westen dagegen war ein Rätsel, denn auf dem Schild sah man neben dem Smiley-Gesicht nur die Silhouette eines Huhns.

»Wo geht es da hin?« fragte Cissy.

»Zum Fluß«, sagte Delia. »Farmland.«

»Alles Hühnerfarmen?«

Delia rieb sich den Nacken. »Weiß nicht genau, scheint so, aber auch Milchvieh und Erdnußplantagen.«

»Was hat denn Granddaddy Byrd auf seiner Farm?«

»Dreck.« Delia schnitt eine Grimasse. »Er hat sicher seit dreißig Jahren nichts mehr angebaut. Eine Weile hat er noch eine Hundezucht gehabt, gute Jagdhunde, sagten die Leute, aber das verlangt eine Menge Energie und Einsatz. Und die hatte er schon nicht mehr, als ich bei ihm einzog. Seitdem hat er vom Ersparten gelebt und immer mal wieder ein Stück Grund verkauft. Wahrscheinlich ist kaum noch etwas von der ursprünglichen Farm vorhanden.«

Langsam fuhr Delia weiter, alle paar Minuten rieb sie sich den Nacken. Sie zeigte Cissy ihre ehemalige Schule und das Krankenhaus, einen neuen Backsteinbau, der das niedergebrannte alte ersetzt hatte. Cissy starrte bedrückt aus dem Fenster. Auf einmal kehrte Delia um und fuhr quer durch Cayro zurück, am Landgericht und an der Methodistenkirche vorbei, kurvte suchend um den Parkplatz und bog schließlich in die Hauptgeschäftsstraße ein.

»Fahren wir denn nicht zu Granddaddy Byrd?«

Delia hielt vor einem kleinen Laden mit bonbonrosa Neonlettern hinter einer schlierigen Glasscheibe: Bee's Bonnet Beauty Salon. »Da kommen wir noch früh genug hin«, sagte sie und lehnte sich aus dem Wagen, um in das Schaufenster voller vertrockneter Topfpflanzen zu spähen.

»Hier habe ich gejobbt, bevor deine Schwestern geboren wurden«, erklärte sie. »Der Laden gehört Mrs. Pearlman. Sie war immer nett zu mir.«

Als sie endlich vor dem kleinen Farmhaus hielten, war es fast Mittag. Die staubige Veranda war völlig kahl, die Fenster mit ausgeblichenen blauen Gardinen verhängt. Delia blieb hinter dem Lenkrad sitzen, drückte ihre Handtasche an die Brust und sah sich mit weit aufgerissenen Augen um.

»Scheint nicht dazusein«, meinte Cissy.

Delia schüttelte den Kopf. »Er ist da. Er ist immer da.«

Langsam schwang die Fliegengittertür auf. Ein alter Mann trat in die sengende Sonne heraus und starrte grimmig zu ihnen hinüber. Leicht gebeugt, das Kinn angriffslustig vorgestreckt, mit offenem Hemd und wirr vom Kopf abstehenden grauen Haaren. Zögernd kam er die Verandastufen herab, als müßte er jedem Muskel einzeln befehlen, was zu tun sei. Aber sobald er auf ebenem Boden war, bewegte er sich mit entschlossenem Schritt auf sie zu. Delia stieg aus und lehnte sich an den Kotflügel.

Er hat uns ja gar nicht erwartet, schoß es Cissy durch den Kopf, als er sie mit einem finsteren Blick streifte und dann langsam um den schmutziggrünen Datsun herumging.

»Was für eine jämmerliche Schrottkarre, Delia.« Er wischte sich mit dem Hemdsärmel übers Gesicht.

Delia lächelte zaghaft und wollte die Arme nach ihm ausstrecken, ließ sie aber sofort wieder entmutigt sinken. Sie stand einfach nur in der Bruthitze da und fing zu weinen an. Der alte Mann zuckte zusammen, als sie sich plötzlich an ihn lehnte und schluchzend das Gesicht in seinem Kragen vergrub. Schreckerfüllt beobachtete Cissy sie von ihrem Sitz aus. Sie hatte Delia noch nie weinen sehen.

»Jetzt mal mit der Ruhe, Delia«, sagte Granddaddy Byrd und klopfte ihr mit der knochigen Faust unbeholfen auf den Rücken, als pochte er an eine fremde Tür. Ungeduldig wanderte sein Blick zu Cissy hinüber. Vielleicht meinte er, sie solle ihre Mutter zur Vernunft bringen, aber Cissy blieb, wo sie war, zog die Beine auf den Sitz und stützte das Kinn auf die Knie.

»So, jetzt aber, Delia«, brummte der Alte wieder, doch Delia klammerte sich nur noch fester an ihn. Endlich richtete sie sich auf und wischte sich die Augen.

»Entschuldige«, sagte sie. »Es war eine lange Fahrt. Kommt mir vor, als hätte ich seit Los Angeles nicht mehr geschlafen.« Sie schaute zum Wagen. »Cissy, komm mal her.«

Seufzend stieg Cissy aus. Sie wußte nur allzu gut, wie unvorteilhaft sie aussah: Zottelhaare, Sonnenbrand, Knitterfalten, Reisestaub. »Hallo«, sagte sie vorsichtig.

Der alte Mann wandte sich von Delia zu Cissy um. Seine strenge Miene wurde noch abweisender. »Mädel.« Er nickte knapp, mit merkwürdig vorgestülpter, flachgezogener Unterlippe. »Hrrrmpf«, grunzte er. Vielleicht war es ein Räuspern oder eine Begrüßungsformel, die in Cayro üblich war. Nach Willkommen hörte es sich nicht gerade an, fand Cissy.

»Ich war mir nicht sicher, ob wir es schaffen würden.« Delia strich sich die Haare zurück. Sie wirkte fast beschwipst vor Erleichterung. »Wirklich, ich schwör's dir, Granddaddy, es war wie ein Wettrennen gegen das Schicksal. Als ob sich die Erde vor uns öffnen und uns verschlingen würde, wenn ich nicht so schnell, wie's irgend geht, nach Hause komme. Als ob du dann nicht mehr da wärst.«

»Wo soll ich denn sonst sein?« Granddaddy Byrds Stimme wirkte, als ob sie eingerostet wäre und nicht mehr ans Sprechen gewöhnt. Ein heiseres, gereiztes Flüstern. »Ich treib' mich nicht in der Weltgeschichte herum. Hier bin ich, und hier bleibe ich.«

»Ich weiß, ich weiß.« Wieder fuhr sich Delia durch die Haare und hielt sie im Nacken fest. »Es war ja auch ganz unsinnig, nur so ein Gefühl, als ob Cayro selbst plötzlich nicht mehr dasein würde. Wie in einer schrecklichen Fernsehshow, wo Leute und Orte einfach verschwinden und man glaubt, man sei verrückt geworden.« Delia ließ die Hände sinken. »Man kann sich gar nicht vorstellen, wie weit so eine Autofahrt quer durchs Land tatsächlich ist.«

»Ich habe keinen Fernseher«, brummte Granddaddy Byrd. »Keine Ahnung, wovon du da redest.«

»Nein, nein, natürlich nicht«, sagte Delia hastig. »Ist schon gut, jetzt ist ja alles in Ordnung. Ich bin nur müde.« Sie wandte sich zum Haus hin. »Laß mich kurz duschen, dann könnte ich uns allen eine Tasse Tee machen.« Sie blickte auf ihre staubigen Sandalen. »Magst du Tee, Granddaddy?«

Der Alte schüttelte den Kopf. »Ich brauche nichts«, sagte er. »Aber mach dich ruhig erst mal frisch. Und paß in der Dusche auf. Die Rohre laufen verkehrt, wo heiß drauf steht, kommt kalt raus.«

Delia lächelte ihn an. »Das hast du in all den Jahren nie ausgetauscht?«

Er zuckte die Achseln. »Wozu? Funktioniert auch so.«

Zögernd schob Delia die Fliegengittertür auf und trat ein. Sie schien Angst zu haben, der Boden könnte unter ihr nachgeben. Cissy biß sich auf die Lippen. Ohne sich die Mühe zu machen, in den Schatten auszuweichen, setzte sich Granddaddy Byrd auf die Verandastufen und zog eine zusammengefaltete Packung Sharpe's Tabak aus der Hemdtasche. Cissy hockte sich neben ihn, wobei sie sich bemühte, so wenig Platz wie möglich einzunehmen. Sie wollte diesen merkwürdigen Alten zu gerne weiter beobachten.

Granddaddy Byrd schaute sie mißtrauisch von der Seite an. Cissy senkte den Kopf und konzentrierte sich auf seine Hände auf der Tabakpackung. Wie ein Großvater wirkte dieses runzelgesichtige Reptil ganz und gar nicht. Seine Finger waren lang und mager, mit dicken Knöcheln, die Nägel abgebrochen und schwarz an den Rändern. Während sie zusah, wie er den faserigen Tabak ins Papier drehte, fiel ihr auf, daß seine linke Hand unentwegt zitterte. Dagegen war die Rechte, die das Papier hielt, vollkommen ruhig, so daß er trotzdem keinen Krümel Tabak verstreute. Langsam und geschickt rollte er ihn ins Papier ein. Dann glomm die fertige Zigarette satt über der Flamme auf.

»Klasse«, sagte sie bewundernd.

»Hrrrmpf.« Eine ganz eigene Sprache. Er hielt die Zigarette in der zitternden Linken. Cissy wunderte sich, warum er dazu nicht die Rechte benutzte.

Aus dem Haus tönte Delias Stimme: »Cissy, willst du irgend etwas?«

»Nein«, rief Cissy zurück. Sie legte den Kopf schräg und sah wieder auf die rechte Hand, die immer noch die Packung Sharpe's hielt. Die langen Finger mit den geschwollenen Knöcheln lagen dicht nebeneinander und endeten in einer geraden Linie. Cissy legte ihre eigene Hand flach auf ihren Schenkel und bemerkte sofort den Unterschied. Ihr Mittelfinger überragte die beiden daneben um gut einen Zentimeter, während bei Granddaddy Byrd alle die gleiche Länge wie der kleine Finger hatten. Den drei mittleren fehlte jeweils ein ganzes Fingerglied.

Cissy hob die Augen zu seinem Gesicht. Ohne eine Miene zu verziehen, erwiderte er ihren Blick. Sie errötete vor Verlegenheit. Er hatte sich nicht die Finger abgehackt, denn die Nägel waren noch alle da. Nein, Granddaddy Byrd war ohne diese drei Fingerglieder zur Welt gekommen. Und sie hatte seine Hände andauernd angestarrt. Sie senkte den Blick. Jetzt hielt er sie sicher für taktlos.

Cissy ballte ihre Finger zur Faust und deutete mit dem Kinn auf den stilisierten Indianerkopf auf der Tabakpackung. »Sieht genauso aus wie du«, sagte sie mit unnatürlich hoher Stimme.

»Hrrmpf!« Granddaddy Byrd schnippte mit einem seiner verkürzten Finger einen Tabakkrümel von der Unterlippe. »Red keinen Unsinn.« Weder sein Ton noch sein Blick verrieten das geringste Interesse. Cissy fiel ein, was Delia ihr über ihn erzählt hatte: daß er schon alt gewesen war, als er sie damals zu sich genommen hatte. Wie alt mochte er jetzt erst sein?

Als die Zigarette bis auf einen Stummel heruntergeraucht war, drehte er sich gemächlich eine neue. Cissy konnte weder seine Hände anschauen, noch schaffte sie es, den Blick abzuwenden. So saß sie nur da und verglich ihn mit dem Indianer auf der Tabakpackung. Die Federn des Kopfschmucks rings um die kantig gezeichneten Gesichtszüge erinnerten an dicke Zigarren. Der Indianer mit seinen eckigen Wangenknochen und den hellgrauen Augen sah gut aus. Granddaddy Byrd sah nicht gut aus, sondern nur uralt und eingefallen wie eine Mumie. Randall hatte ihr nach einer Mexikoreise einmal Bilder von Mumien gezeigt.

»Da unten ist es so trocken«, hatte ihr Daddy erklärt, »so verdammt ausgedörrt, daß die Toten einfach einschrumpeln und sich ewig halten. Sie lehnen als ledrige Statuen an den Höhlenwänden. Sieht ganz schön gruselig aus, wie sie alle mit ihren offenen Mündern und tragischen Gesichtern aufgereiht sind. Stimmt einen doch etwas nachdenklich. Da begreift man erst richtig, wie kostbar das Leben ist.«

Granddaddy Byrd sah nicht so aus, als ob er sein Leben für kostbar hielte. Er sah aus, als könnte er es gar nicht erwarten, es endlich hinter sich zu haben. Ein lebender Toter.

Cissy beäugte die vielen kleinen Warzen in seinen tief eingekerbten Halsfalten. Sie schauderte. Häßlich, dachte sie, häßlicher und älter als Gott. Sie wartete darauf, daß er etwas sagte, aber er tat ihr den Gefallen nicht. Er schaute bloß, schaute und schaute, als ob er die Augen der Welt im Kopf hätte – einer unendlich grausamen Welt. Ich weiß, wer du bist, schienen seine Augen zu sagen, während seine Lippen fest zusammengepreßt blieben, flach und schmal. Ich weiß Dinge, die du dir nicht einmal vorstellen kannst. Ich weiß, wie kalt und gemein die Welt ist.

Cissy spürte, wie ihr Bauch vor Angst bebte. Die Verlegenheit von vorhin, der leichte Anflug von Mitleid, hatte sich in glühende Wut verwandelt. Dieser alte Mann war von Anfang an unfreundlich zu ihr gewesen, er hatte Delia zurückgestoßen wie einen stinkenden Köter. Jetzt starrte er vor sich hin, als ob sie gar nicht da sei, und strahlte eine Verachtung aus, die sie genauso spürte wie die Hitze, die noch immer von der Kühlerhaube des Datsun aufstieg.

Garstiger alter Mann, dachte Cissy, aber ihre Wut konnte die Angst nicht ganz überdecken. Sie hielt den Kopf gesenkt. Nicht noch einmal wollte sie sich dem Blick dieser Augen aussetzen, nicht noch einmal von dieser schneidenden Zunge gerügt werden. Delia hatte gesagt, der Alte sei hart, aber gerecht. Nein. Gemein war er, nur gemein, sonst nichts.

»Er hat ein hartes Leben gehabt«, hatte Delia gesagt. Und Granddaddy Byrd sah tatsächlich so hart aus wie der festgebackene Lehm in seinem öden Vorgarten. Eine solche Härte braucht ein ganzes Leben, um sich Schicht um Schicht anzusammeln. In diesem Panzer gab es keinen Riß, der Alte war aus einem Guß. Ein Granitbrocken.

Immer wieder falteten Granddaddy Byrds Hände die Tabakpackung. Sein Blick schweifte zum fernen Horizont und kehrte dann wieder zu Delias Datsun zurück. Bisher hatte er mehr Interesse für den Wagen gezeigt als für Delia oder Cissy. In der Küche klapperte Delia mit Geschirr herum. Man hörte, wie sie etwas eingoß und eine Schranktür auf- und zumachte. Ein Windhauch wehte eine dünne Staubwolke auf die Verandastufen. Granddaddys Zungenspitze schnellte hervor, er leckte sich kurz die Lippen.

Alte Eidechse, dachte Cissy. Granddaddy Byrd starrte zum Datsun hinüber, als überlege er, wie er sie möglichst schnell wieder in den Wagen verfrachten könnte. Sicher sehnte er sich nach der ungestörten Ruhe, die er wie einen Schatz gehütet hatte, bis sie in seinen Hof gefahren waren. Erbost stand Cissy von den Stufen auf und ging auf den Vorplatz hinaus. Sie hörte Delias Sohlen über die Veranda schlappen. Sie trat aus der Küche und setzte sich neben Granddaddy Byrd, der sofort ein Stück wegrückte.

»Willst du wirklich nichts trinken?« Delias Stimme klang weicher. Ihre Haut schimmerte, ihre Haare waren zurückgekämmt, der offene Kragen ihrer Bluse war feucht. Sie sah fast wieder wie ein Mädchen aus.

Granddaddy Byrd blickte Delia einen Moment aus zusammengekniffenen Augen an, dann räusperte er sich krächzend und spuckte aus. »Warum bist du zurückgekommen?«

Delia holte tief Luft. »Die Mädchen«, flüsterte sie. »Ich will meine Mädchen wiedersehen.« Plötzlich fiel Cissy auf, wie mager Delia war, nur Haut und Knochen. Ihre Knie und Ellbogen standen spitz heraus. Wie sie da neben Granddaddy Byrd saß, sah sie wie ein Halloween-Skelett im Minirock aus.

»Hast du schon mit Clint geredet?«

Cissy stellte einen Fuß auf die Stoßstange des Datsun. Sie hörte den Motor beim Abkühlen leise knacken. Delias Glas klirrte auf der Verandstufe, als sie es abstellte.

»Nööö.« Es war, als hätte der Wind das Wort so gedehnt, nicht Delia. Der neue Hoffnungsschimmer auf ihrem Gesicht verschwand.

Granddaddy Byrd hustete ärgerlich. Cissy beobachtete, wie alle Farbe aus Delias Gesicht wich. Sie sah noch fahler aus als vorhin im Restaurant.

»Nööö«, wiederholte sie. Ihre Augen richteten sich auf Cissy. Sie waren noch eine Schattierung heller als Granddaddy Byrds Augen, konnten aber wie bei ihm plötzlich hart werden. Jetzt glitzerten sie wie Schiefer an schroffen Felskanten, Schweißtropfen perlten in ihre Halskuhle. Sie schluckte angespannt, sagte aber nichts.

»Du kannst dem Mann nicht ewig aus dem Weg gehen, Delia. Vor allem, wenn du die Mädchen sehen willst.«

Granddaddy Byrd sah nicht, was seine Worte anrichteten, wie Delia in sich zusammensackte. Er redet ja wie ein Prediger, dachte Cissy. Randall hatte immer vor Leuten mit einer Vorliebe für Moralpredigten gewarnt, vor Menschen, die das Wort Gottes wie ein Rasiermesser auf der Zunge trugen. Randalls Daddy war ein Prediger gewesen. »Und er war die Bosheit in Person«, hatte er gesagt. »Noch auf dem Totenbett hat er gegen seine Kinder und seine Frau gewettert, gegen meine Mama, die gütigste Frau, die man sich denken kann. Der Kerl hat sie mit seiner Niedertracht ins frühe Grab gebracht. Also, trau nie einem Prediger, Kleines, halte dich von diesen Rasiermesserzungen fern.«

»Du mußt mit ihm reden«, beharrte Granddaddy Byrd mit raspelnder Stimme. Er sah immer noch starr geradeaus, als befände sich Delia irgendwo da draußen auf dem Vorplatz und nicht direkt neben ihm.

»Ich weiß nicht.« Delia griff fahrig nach ihrem Glas. Wieder klirrte es gegen die Stufe. »Ich glaube kaum, daß Clint sonderlichen Wert darauf legt, mich zu sehen.« Sie hielt den Kopf gesenkt. Der heraufgewehte Staub legte sich auf ihre Haare, ihren Rock, ihre nackten Arme und Beine.

»Clint ist immer noch dein Ehemann.« Jetzt blickte Granddaddy Byrd sie direkt an. »Er hat sich doch nicht von dir scheiden lassen, oder? Nein, er ist standhaft geblieben, die ganze Zeit über, die du weg warst. Und er hat wie alle anderen hier gehört, was du getan hast.« Seine verkrüppelte Hand deutete abfällig in Cissys Richtung. »Sicher erwartet er, daß du dich bei ihm meldest, wo du nun schon mal zurück bist.«

»Wüßte nicht, wieso.«

»Delia.«

Starr und feindselig sahen sie sich an, ein Kräftemessen zwischen unversöhnlichen Gegnern. Cissy sah Delia langsam von dem Alten wegrutschen, sah ihre Schultern einknicken. Immer kleiner wurde sie, aber noch immer senkte sie nicht den Blick. Mochte sie auch zerbrechen, erweichen lassen würde sie sich nie. Als Granddaddy Byrd die Ellbogen an die Rippen preßte und beschwörend die Hände faltete, durchlief ein leichtes Beben seinen langen Körper, vom ledrigen Hals bis zu den knochigen Knien.

»Du mußt mit Clint reden.« Wieder diese Predigerstimme.

Cissy drehte sich weg und hockte sich auf den steinigen Boden. Sie beobachtete eine Ameisenkolonne, die eine sonnenheiße Glasscherbe umrundete. Hinter ihr klang Delias Stimme ganz erstickt vor Verzweiflung.

»Granddaddy, hör auf. Du weißt doch so gut wie ich, daß Clint mir nicht erlauben wird, meine Mädchen zu sehen.«

»Ja, wie willst du sie denn sonst sehen, wenn du nicht zu Clint gehst?«

Gequält rutschte Delia auf der Stufe hin und her. »Ich hatte gehofft, du würdest mir helfen«, sagte sie. »Ich dachte, du könntest vielleicht mit ihm reden.«

»Was hab' *ich* dem zu sagen?« Wieder spuckte Granddaddy Byrd aus.

Cissy schaute auf den Fleck, wo seine Spucke gelandet war, doch da war kaum etwas zu sehen, nur körniger grauer Staub.

»Delia. Du hast noch nie auf mich gehört. Würde mich wundern, wenn du jetzt damit anfängst. Aber das solltest du wirklich.« Granddaddy Byrd rollte seine Tabakpackung zwischen den Handflächen hin und her. »Du hast den Mann ja mal geheiratet. Clint Windsor war vielleicht ein grober Klotz, aber das sind die meisten. Kein Grund, einfach so auf und davon zu gehen.«

Delia schlug eine Hand vor den Mund, die andere umklammerte immer noch ihre Knie.

Granddaddy Byrd schaute finster in Cissys Richtung. »Ja, für wen hältst du dich denn?« sagte er. »Meinst du, du kannst plötzlich nach Cayro zurückrauschen und deinen Willen durchsetzen? Kein Mensch hier denkt, daß du noch ein Recht auf diese Mädchen hast. Nicht eine Menschenseele hast du hier auf deiner Seite.«

Er stand langsam auf und streckte sich ächzend.

»Du willst mir also nicht helfen?« sagte sie, so leise, daß er es gut und gern hätte überhören können.

»Nein.« Er kehrte ihr den Rücken zu. »Geh und rede mit den Windsors. Was anderes bleibt dir nicht übrig. Mach einen Kniefall und beichte den Mädchen, was du all die Jahre getrieben hast. Mir brauchst du's nicht zu erzählen.«

Cissy preßte die Zähne zusammen und hob einen Stein auf. Während Granddaddy Byrd über die Veranda schlurfte und durch die Fliegengittertür verschwand, blieb Delia wie ein Häuflein Unglück auf der Stufe hocken und wiegte sich hin und her. Ohne ihre große Wut auf Delia hätte sich Cissy vielleicht aufgerafft, dem Alten nachzurennen und ihm all den Schmerz ins Gesicht zu schreien, den sie in Delia anwachsen fühlte.

»Cissy. Wir müssen los.« Abrupt stand Delia auf und ging schwankend auf den Datsun zu.

Cissy zerquetschte eine Reihe Ameisen im heißen Kieselstaub, warf den Stein weg und folgte Delia ins Auto.

KAPITEL 4

Etwa zur selben Zeit, als Delia Granddaddy Byrds Haus verließ, fuhr Marjolene Thomasina Jackson vor dem Haus ihres frisch geschiedenen Gatten Paul vor. Sechs Fuhren hatte es gebraucht, um M.T.s gesamten Besitz in ihr neues Domizil nahe der High-School zu transportieren. Nur ein paar Teller und Gardinen waren an der alten Adresse zurückgeblieben, aber es war der Rittersporn, der sie noch mal umkehren ließ, die jungen Stecklinge und die Kiste mit dem Gartengerät.

»Gardinen und Teller kann man leicht ersetzen«, hatte sie zu ihrer Schwester Sally gesagt, »aber ich denke gar nicht daran, Paul und wen immer er jetzt anschleppt meine schönen Setzlinge zu überlassen.«

Also noch eine siebte Fahrt durch die Stadt, diesmal ohne Sally, die inzwischen Kisten auspacken und den Zwillingen Ruby und Pearl ihr neues Zimmer einrichten helfen sollte. Es war besser, wenn Sally nicht sah, was sie mit dem rund ums Jahr üppig blühenden Beet am Küchenfenster vorhatte, das ihr ja strenggenommen nicht mehr gehörte.

M.T. war eine kräftig gebaute Frau, mit Muskeln wie ein Preisboxer unter den weichen weiblichen Rundungen. Mit einem breiten Grinsen nahm sie den Spaten und zerstach die hohen Ritterspornstiele zu graugrünem Matsch.

»Der Mann hat mir zwölf Jahre meines Lebens gestohlen. Bildet sich ein, er hätte mein Bestes bekommen, der Idiot, und jetzt bin ich ihm nicht mehr gut genug.« Sie hackte und stampfte auf die liebevoll gepflegten Pflanzen ein und ließ die ganze Wut, die sie Paul nie hatte spüren lassen, an ihnen aus. »Verfluchter Mistkerl«, fauchte sie. »Das hat er jetzt davon, der blöde Arsch.« Als sie fertig war, standen ihr Tränen in den Augen, aber sie war zufrieden.

»Vielleicht wächst hier noch mal was nach«, sagte sie zu sich, als sie zum Auto zurückging, »aber schön wird es nicht mehr aussehen.« Sie beugte sich zum Seitenspiegel, um sich die Schmutzspuren aus dem Gesicht zu wischen, und sah einen grünen Datsun in die Einfahrt einbiegen.

Später erzählte sie die Geschichte immer so, als hätte sie die beiden sofort erkannt: ihre langvermißte beste Freundin und deren Tochter. Doch die ausgezehrte und erschöpfte Delia sah der besten Freundin von einst kaum noch ähnlich. M. T. hätte es niemals zugegeben, aber zuerst hielt sie die Frau im Wagen für eines von Pauls albernen Flittchen und das Kind daneben für einen seiner zahlreichen unehelichen Sprößlinge. Der Kerl hatte sie ja weiß Gott lange genug betrogen. Vielleicht war die Frau aufgetaucht, um von M. T. die faire Behandlung einzufordern, die sie von Paul nie bekommen würde. Wenn der rechtmäßigen Ehefrau schon so übel mitgespielt wurde, was konnte da erst eine verflossene Geliebte erwarten? Aber dann blickte Delia zu M. T. auf, ihre Augen trafen sich.

»Verdammt!« Sie ließ den Spaten fallen. »Delia!« Sie stürzte auf das Auto zu.

Delia öffnete die Tür. Sie fielen einander in die Arme, während Cissy sich den Schweiß aus den Augen rieb und hoffte, jemand möge ihr endlich etwas Kaltes zu trinken bringen.

»Verdammt, Delia, verdammt.« M. T. schüttelte Delia wie eine Puppe und brach in Tränen aus. »Verdammt«, sagte sie immer wieder unter Lachen und Weinen, und es klang so staunend feierlich wie ein Dankgebet.

Delia flüsterte nur M. T.s Namen, dann fing auch sie zu schluchzen an.

»Nur eine Minute später«, erzählte M. T. danach noch oft, »nur eine einzige Minute, und ich wäre weg gewesen. Delia war so übel dran, einfach unglaublich, so erledigt, sie konnte sich ja kaum noch auf den Beinen halten.«

Und das stimmte. Wenn M. T. das Blumenbeet nicht zerhackt hätte, dann hätten sie sich wahrscheinlich verpaßt, was schrecklich gewesen wäre. Denn Delia war tatsächlich am Ende ihrer Kräfte. Auf der kurzen Fahrt von Granddaddy Byrd zu Pauls und M. T.s altem Haus hatte sie den letzten Rest Kampfgeist aufgebraucht, der sie befähigte, sich um alles Notwendige zu kümmern. Sie hatte sich aufgegeben. Die Delia, die M. T. in die Arme fiel, war schwach und hilflos wie ein Kind.

»Halt mich fest«, flüsterte Delia ihrer alten Freundin zu, und

M. T. nahm sie beim Wort, drückte sie an sich, küßte ihr Gesicht und weinte mit ihr Wange an Wange. Als sie die Hand ausstreckte, um Cissy die Wange zu streicheln, hielt sie Delia noch immer fest um die Schultern gefaßt.

»Schau mal, wer da ist«, rief sie strahlend, »Delias kleines Mädchen!« Als Cissy nur verdrossen die Haare in die Augen schüttelte, lachte sie gutmütig und schob beide in ihren Buick. Offensichtlich war Delia nicht mehr in der Lage, Auto zu fahren. Den schmutzigen Karton mit den Setzlingen stellte sie Cissy auf den Schoß und zog Delia auf dem Vordersitz mütterlich an ihre Schulter.

Cissy brauchte zehn Jahre, um alles über die Hintergründe dieser Freundschaft zu erfahren, die von Rivalitäten und Ressentiments ebenso geprägt war wie von unverbrüchlicher Hilfsbereitschaft und Loyalität. Irgendwann rückte M. T. mit den Geschichten heraus: Wie sie Delia in ihrem eigenen Flitterwochenhäuschen versteckt hatte. Oder wie sie Delia 1978 einmal mitten in der Nacht todunglücklich angerufen hatte und postwendend einen Scheck von Randall zugeschickt bekam, ohne jede Rückfrage. Aber von allen Ereignissen jenes Tages behielt Cissy ganz besonders M. T.s warmherziges Willkommen in Erinnerung. Ihre Freude, als sie Delia erkannte, und die selbstverständliche Art, in der sie sie bei sich aufnahm. Zu Hause angekommen, zerrte M. T. sie förmlich aus dem Buick und führte sie ihrer Schwester wie Trophäen vor.

»Sieh mal, wer hier ist!« trompetete sie. »Meine beste Freundin, meine Delia ist zurückgekommen!«

M. T. schickte Sally los, um Delias Wagen zu holen, und packte Delia in ihr eigenes Bett. »Du mußt dich ausruhen«, beschied sie resolut. Dann nahm sie Cissy in ihre erst halb ausgepackte Küche mit, fütterte sie mit Huhnsandwiches und fragte sie über die lange Reise aus.

»Ach, das tut mir aber leid wegen deinem Daddy«, sagte sie, als Cissy Randalls Tod erwähnte. »Ich habe ihn ja nie kennengelernt, aber ich weiß, wie es ist, wenn man jemanden verliert, den man liebt.«

Cissy schaute in M. T.s breites, weiches Gesicht und war plötzlich selbst den Tränen nahe. Ihr Daddy war tot. Und sie saß jetzt hier am Ende der Welt fest.

»Ist schon gut.« M. T. kam um den Tisch herum und zog Cissys Kopf an ihren Bauch. »Es wird ja alles wieder gut, Schatz. Deine Mama und ich werden schon dafür sorgen.« Besänftigend strich sie ihr übers Haar, während Cissy sich kurz und heftig ausweinte. Als Cissy einen Schluckauf bekam, nahm M. T. einen nassen Waschlappen und hockte sich vor sie hin, um ihr das Gesicht abzuwischen. »Du wirst schon sehen, zusammen kriegen wir das ganz prima hin. Wir werden uns gut um dich kümmern, Schatz. Du sollst es hier gut haben.«

Cissy hielt den Atem an. Die Tränen waren schon schlimm genug, aber dieses Hicksen war ihr restlos peinlich. Hinter M. T.s breitem Rücken konnte sie zwei Mädchen durch die Küchentür lugen sehen.

»Entschuldigung«, sagte Cissy.

»Aber wofür denn.« Gelassen stand M. T. auf und warf den Waschlappen auf einen Haufen Wäsche neben der Spüle. »Du hast deinen Vater verloren und eine mörderische Tour durchs halbe Land hinter dir. Da sind ein paar Tränen nur allzu verständlich. Und mehr noch. Du kannst hier weinen, soviel du willst. Ich bin auch eher sentimental, genau wie meine Töchter.« Sie winkte die Zwillinge heran. »Ich habe mich schon gefragt, wo ihr beiden steckt. Cissy, ich möchte dir meine Lieblinge vorstellen, Ruby und Pearl.«

M. T. zog die beiden Mädchen an sich. Sie waren so dünn wie sie dick, hatten schmale Gesichter mit einem spitzen Kinn und einen dunklen Pagenkopf. Trotz ihrer Ähnlichkeit glichen sie sich nicht wie ein Ei dem anderen. Sie waren gut vier Jahre älter als Cissy, also schon große Mädchen, Teenager. Und keineswegs so gutmütig wie ihre Mutter. Ruby gab bei den beiden offensichtlich den Ton an, denn sie fixierte Cissy mit herausfordernder Miene: »Dein Daddy war Gitarrenspieler in einer Band, oder? Berühmt, oder?«

»Berühmt, oder?« echote Pearl.

Cissy machte den Mund auf, zögerte dann aber. Delia hatte ihr erzählt, Randall wäre bei weitem nicht so berühmt gewesen, wie er es gerne gehabt hätte. Und daß Mud Dog gerade mal mühsam über die Runden kam. Lieber also nicht gleich so sehr auftrumpfen.

»Ein bißchen berühmt«, sagte sie. »Er ist tot.«

Ruby stieß ihre Schwester an. »Schade.«

»Schade«, pflichtete Pearl brav bei.

Ruby musterte Cissy von Kopf bis Fuß und lächelte kühl. »Na, macht nichts«, sagte sie. »Willkommen in Georgia, Cissy Byrd. Was Mama dir nicht sagt, erfährst du von uns. Alles, was es über Cayro zu wissen gibt.«

»*Absolut* alles«, nickte Pearl.

»Also, Mädels«, lachte M. T., »zeigt doch Cissy erst mal euer Zimmer.«

Ein leiser Angstschauer durchrieselte Cissy. Diese beiden würden ihr sicher keine Hilfe sein.

»Echte Freundinnen kümmern sich umeinander«, sagte M. T. am Abend, nachdem sie schon Dutzende Male nach Delia geschaut hatte. »Echte Freundinnen vergessen einander nie. Deine Mama und ich sind echte Freundinnen.«

Cissy sah sie wie betäubt an. Sie fand es anstrengend, für jemanden, den sie kaum kannte, so wichtig zu sein.

»Herrje, Kind, wieso bist du denn noch auf?« sagte M. T. plötzlich. Sie führte Cissy ins Mädchenschlafzimmer zurück, steckte sie in Pearls schmales Himmelbett und gab ihr einen Gutenachtkuß auf die Stirn. Dankbar schloß Cissy die Augen und betete um Schlaf.

»Du hast in Hollywood gewohnt?« flüsterte Ruby aus dem Nachbarbett.

»Wie ist es in Hollywood? Sind da alle steinreich?« warf Pearl ein.

Cissy hätte beinahe laut gestöhnt.

»Hast du irgendwelche Filmstars getroffen?« Ruby stützte sich auf dem Ellbogen auf. Die Zwillinge lagen mit den Köpfen am Fußende ihres Bettes, und als sich nun auch noch Pearl aufsetzte, fühlte sich Cissy wie vor Gericht.

»Nein«, sagte sie. »Keine Filmstars.«

»Ich habe gehört, dein Daddy hatte so einen tollen alten Tourbus. Auf den ist deine Mama aufgesprungen, und so haben sie sich kennengelernt. Hat dein Daddy dich auch im Bus mitfahren lassen?«

Cissy kniff die Augen zu. Sie war nur ein paarmal in den Bus gestiegen, aber das mochte sie Ruby und Pearl nicht erzählen, und sonst fiel ihr nichts ein, was die Neugierde der beiden befriedigt hätte. Das Wichtigste für sie waren immer die Aufenthalte bei ihrem Daddy gewesen, aber Delia hatte sie in den letzten Jahren nicht mehr oft zu ihm gelassen.

Als Cissy nicht bereitwillig Antwort gab, verloren Ruby und Pearl bald die Geduld. Außerdem lehnten sie längst den Eindringling ab, der sie zwang, ein Bett zu teilen. Wie kamen Cissy und Delia dazu, hier auf einmal aufzukreuzen und alles durcheinanderzubringen?

»Wieso haben berühmte Leute nur immer so doofe Kinder?« fragte Ruby und streckte dabei den Kopf in die Luft, als ob sie niemand Speziellen damit meinte.

Pearl pflichtete begeistert bei. »Ja, und anscheinend bringen sich unheimlich viele davon um.«

»Habe ich auch gehört.«

Cissy fuhr sich mit der Zunge über die Schneidezähne. Die scharfen Kanten machten ihr Mut. Sie drehte sich um und sah zu Ruby hinüber. »Wie heißt deine Mama eigentlich richtig? Oder hat sie gar keinen richtigen Namen? Und wieso hat sie euch so blöde Namen gegeben?«

»Sag ja nichts gegen meine Mama«, zischte Ruby.

»Genau, red nicht so über Mama«, folgte es prompt von Pearl, nur lauter.

»Och, ich mag ja eure Mama.« Cissy rieb sich nachdenklich mit dem Daumen über die Lippe. »Aber ihr müßt doch zugeben, Ruby und Pearl, das klingt ganz schön kitschig.«

»Du bist eine dumme Ziege«, sagte Ruby.

»Noch schlimmer als deine Mama«, setzte Pearl hinzu.

»Hochnäsig.« Ruby ließ sich aufs Bett zurückplumpsen.

»Aufgeblasen«, kam das Echo von Pearl. Einen Moment lang starrten die beiden Cissy finster an, dann drehten sie ihr gemeinsam den Rücken zu.

Ich will nach Hause, dachte Cissy. Aber sie hatte ja kein Zuhause mehr. Trotzig biß sie in ihr Kopfkissen. Vor denen heulen, das fehlte noch. Sie hörte Ruby und Pearl so leise miteinander flüstern, daß sie nichts verstehen konnte. Erst als sie ruhig waren, drehte sich Cissy um. Das Kissen lag wie ein Schutzwall zwischen ihr und dem anderen Bett.

Vielleicht hätte Delia ohne die Anwesenheit von M.T. völlig die Fassung verloren. Es war wie eine Erlaubnis, sich fallen zu lassen. Nun hatte sie M.T., die ihr das Kochen abnahm, die Cissy in der Schule anmeldete und dem Kind ein paar Sachen zum Anziehen kaufte. Sie besorgte ihnen sogar eine Unterkunft: das Haus unten am Fluß, das Richie gehörte, ihrem Kollegen von der Fleischabteilung im Supermarkt. Natürlich erzählte sie Delia nicht, wie schwierig es gewesen war, Richie erst einmal zu überreden.

»Tja, ich weiß nicht«, hatte er gesagt. »Ist das nicht die Frau, die ihre Kinder im Stich gelassen hat?«

»Aber sie ist meine liebste, beste, älteste Freundin«, beschwor ihn M.T., »und du kennst mich doch, Richie. Wenn ich sage, sie ist okay, dann ist sie okay.«

»M.T., du bist das vertrauensseligste Schaf, das es gibt, soviel ist sicher. Und du kannst mich nicht beschwatzen, so eine Person als Mieterin zu nehmen. Wer sich nicht einmal um seine eigenen Kinder gekümmert hat, läßt mein altes Haus erst recht verkommen.«

»Ach, Richie, das kannst du doch nicht ernst meinen.« M.T. lächelte süß, klimperte mit den Wimpern und zog alle Register der Schmeichelei, bis er schließlich *ihr* das Haus vermietete und nicht Delia. Obendrein mußte sie ihm versprechen, daß er »diese Person« niemals treffen und auch keine Reparaturen vornehmen müsse, falls irgend etwas im Haus nicht in Ordnung sei.

»Meine Frau zieht mir das Fell über die Ohren, wenn sie das hört«, jammerte Richie.

»Im Gegenteil, sie wird sich über das Geld freuen«, beruhigte ihn M.T. in der stillen Hoffnung, daß Delia mehr Ersparnisse auf der hohen Kante hatte, als sie bisher hatte verlauten lassen. Zweimal in den zehn Jahren, die sie weggewesen war, hatte Delia ihr auf ihre Bitte hin Geld geschickt, ohne es je zurückzufordern. Doch seit M.T. sie vor Pauls Haus aufgelesen hatte, war Delia jedesmal beim Thema Geld in Tränen ausgebrochen, als ob sie nur noch die kleine Rolle Scheine hätte, die M.T. in ihrer Tasche gesehen hatte. Das konnte doch nicht sein, sagte sich M.T. Sicher würde früher oder später noch etwas nachkommen. Nach all der Zeit in Kalifornien konnte Delia unmöglich so abgebrannt heimgekehrt sein.

Es würde noch ein paar Wochenenden brauchen, um das Haus herzurichten, sagte M.T., als sie mit Delia und Cissy hinausfuhr, aber dann würde es sicher sehr gemütlich. Während M. T. die Fensterläden öffnete und sogleich mit Besen und Schaufel ans Werk ging, hockte Delia kraftlos auf einem Küchenstuhl. Ein paarmal machte sie Anstalten, aufzustehen und zu helfen, aber immer wieder sank sie zurück, ehe sie irgend etwas zustande gebracht hatte. Nach einer Weile versuchte sie schon gar nicht mehr, sich zu beteiligen, sondern sah nur noch zu, wie M. T. fröhlich schwatzend das ganze Haus fegte. »Das nächste Mal holen wir noch meine Schwester zu Hilfe«, versprach M. T. »Die schafft das alles im Handumdrehen.« Aber Sally hatte zuviel anderes zu tun, und darüber vergingen die Wochen.

Jedesmal wenn M. T. Delia weinend im Bett vorfand, nickte sie mitleidig. Sie hatte ähnliches durchgemacht, als sich Paul mit dieser Tänzerin aus Augusta einließ. Doch als M. T. weinend im Bett gelegen hatte, hatte niemand Verständnis dafür gehabt.

»Manchmal muß man einer Frau einfach ein bißchen Zeit lassen«, erklärte sie Cissy.

»Hrrrmpf«, machte Cissy nur und schaute zu, wie sich Delia in den Kissen verkroch und die Knie an die Brust zog wie ein Baby. Die Familiensprache hatte schon genauso auf sie abgefärbt wie die kalte Verachtung. Delia hatte es gut, sie durfte ungestraft vor sich hin flennen. Cissy konnte sich das nicht erlauben. Die ersten Tage in der Schule hatte sie schon mit zusammengebissenen Zähnen überstanden und das Getuschel um sie herum stoisch ignoriert.

Nein, Cissy wagte nicht, sich gehenzulassen, lieber kaute sie sich die Fingernägel blutig. Sie ging zur Schule, weil sie keine Möglichkeit sah, sich davor zu drücken. Außerdem war es immer noch besser als zu Hause zu bleiben, wo Delia in Weltschmerz zerfloß und die Zwillinge keine Gelegenheit ausließen, sich über sie lustig zu machen. Und selbst M. T. strich ihr nur im Vorbeigehen zerstreut übers Haar, während sie Delia wie eine Glucke teilnahmsvoll umsorgte. Cissy hatte das Gefühl, als lägen bei ihr sämtliche Nerven bloß. Nachts schlief sie zusammengekauert unter dem Bett, nachdem die Zwillinge sie einmal mit einem Eimer Wasser begossen hatten. Tagsüber hielt sie die Arme fest vor der Brust verschränkt und ließ sogar diejenigen schroff abprallen, die versuchten, nett zu ihr zu sein, zum Beispiel die beiden anderen Neuen in ihrer Klasse und die Lehrerinnen, die sie »Cecilia« nannten. Delia verschanzte sich hinter ihren Tränen, und Cissy mauerte sich in ihren Trotz ein, als könnte sie sich auf diese Weise unsichtbar machen.

In der Schule waren die Plattenhüllen von Hand zu Hand gegangen: *Diamonds and Dust* mit dem Panorama von Hollywood, und die Originalausgabe von *Mud Dog/Mud Dog* mit dem blumen- und fahnengeschmückten Tourbus. Wohin sie auch ging, immer wurde Cissy mit der Band ihres Daddys konfrontiert. Hatte sie schon mal Drogen genommen? Wußte sie, wie dieser oder jener Song weiterging? Jungs und Mädchen fragten sie und sangen ihr ein paar Zeilen von Liedern vor, die sie kaum kannte, da Delia sie ihr nie vorspielen wollte. Alle kannten ihren Namen und den Namen ihrer Mama, alle wußten über Randall und die Band und das Hippieleben in Kalifornien Bescheid, und erst recht über Clint Windsor und die Schwestern, die sie noch nie getroffen hatte. Sie begann ständig ihre Sonnenbrille zu tragen, nicht als Schutz vor dem Licht, sondern vor den Fragen, gegen die sie sich nicht zu wehren wußte.

Man hatte sie für den letzten Monat im Schuljahr in die vierte Klasse geschoben, und so saß Cissy mit unbewegter Miene in der letzten Reihe, die Augen hinter ihrer dicken dunklen Brille verborgen. Als die Lehrerin sie aufforderte, »mal ein bißchen was von Kalifornien« zu erzählen, stand Cissy stocksteif an der Tafel, während die Klasse sie neugierig musterte.

»Kalifornien ist der einunddreißigste Bundesstaat. Die Hauptstadt heißt Sacramento«, sagte sie und ging an ihren Platz zurück.

Als die Pausenklingel schellte, lehnte sich Marty Parish zu Cissy herüber. »Bist wohl 'ne ganz Freche, was?« Er schielte zu ihrem aufgeschlagenen Heft hin, in dem Cissy eine ganze Seite mit dem Wort »Cayro« vollgekritzelt hatte.

»Hast du das Talent von deiner Mama geerbt?« fragte er. »Singst du auch so geile Songs und wackelst dazu mit dem Hintern?«

»Laß mich in Ruhe.«

»He, du kennst dich aus, das seh ich schon. Kannst mir noch was beibringen, oder?« Ein Grüppchen Mitschüler hatte sich zwischen Cissy und der Lehrerin versammelt, die vorne in ihren Papieren herumsuchte. Grinsende Jungs und ein nervös zwinkerndes pausbäckiges Mädchen. Und alle schienen darauf zu warten, daß Cissy in Tränen ausbrach oder aus dem Klassenzimmer rannte.

»Die Frauen in deiner Familie sollen alle echt scharf sein«, stichelte Marty weiter. »Was man so von deiner Schwester Dede hört – Mannomann.«

Mit einem Ruck stand Cissy auf, klemmte ihr Heft unter den Arm und behielt Marty dabei fest im Auge. »Geh mir aus dem Weg«, sagte sie.

»Marty?« Die Lehrerin kam zwischen den Pultreihen auf sie zu. »Gibt's hier ein Problem?«

»Nee, nee, überhaupt nicht.« Marty schüttelte den dunklen Schopf und trat einen Schritt zurück. »Wir haben bloß über Kalifornien geredet.« Er grinste Cissy an und zuckte die Achseln.

Die Lehrerin sah Cissy prüfend an, aber sie gab keinen Laut von sich. Beim Hinausgehen blieb sie betont an Martys Seite. »Klar kenne ich mich aus, ich war mit der Band unterwegs, im Tourbus«, flüsterte sie ihm ins Ohr. »Ich war überall, wo du in deinem ganzen Leben nie hinkommst.«

Seit dem Besuch bei Granddaddy Byrd hatte Delia nicht mehr von Amanda und Dede gesprochen, nicht einmal ihre Namen hatte sie erwähnt. Dagegen sorgten Ruby und Pearl dafür, daß Cissy alles über ihre Schwestern erfuhr.

»Paß bloß auf, die suchen schon nach dir«, warnte Ruby sie schadenfroh. »An deiner Stelle hätte ich ständig Alpträume, wie sie durch die Büsche schleichen und durchs Fenster einsteigen, um dich mit Knüppeln und Rasierklingen fertigzumachen. Du kannst froh sein, daß Dede nicht mehr auf der Grundschule ist, sonst hätte sie dich schon windelweich gehauen.«

»Aber wie!« kam wie üblich das Echo von Pearl. »Sind ja alle Spinner in eurer Familie, aber die beiden, au weia, die sind echt gestört.«

»Gestört, genau.« Ruby lächelte Pearl anerkennend zu. »Die alte Amanda läuft wie eine Betschwester herum, selbst bei dreißig Grad im Schatten noch bis oben hin zugeknöpft. Und dann immer diese weißen Socken und Spangenschuhe, wie ein ewiger Erstkläßler.«

»Immer betet sie und droht den Leuten mit dem Höllenfeuer«, ergänzte Pearl.

»Und Dede ist genau das Gegenteil, einfach unglaublich.«

»Das ist eine!«

Pearl kicherte hinter vorgehaltener Hand. Ruby nickte bestätigend. Nach einem vielsagenden Blickwechsel lächelten beide Cissy befriedigt an.

»Alle sagen, sie hat's schon mal gemacht.«

»Mhm. Das sagen alle.«

Cissy runzelte verwirrt die Stirn. »Was denn?«

»Na, was wohl. Sex.« Pearl hopste auf Rubys Bett auf und ab.

»Die ist keine Jungfrau mehr, da kannst du Gift darauf nehmen«, sagte Ruby. »Aber jeden Sonntag in der Holiness-Redeemer-Kirche macht sie auf fromm, mit ihrer Schwester und ihrer Oma. Der liebe Gott sollte sie mit einem Blitz erschlagen, die Heuchlerin. Wie alt ist sie wohl? Zwölf?«

»Ich glaube euch kein Wort.«

»Sie schleicht sich nachts bei ihrer Oma aus dem Haus und fährt mit Jungs durch die Gegend. Alle wissen das«, betonte Ruby höhnisch.

Cissy setzte sich im Schneidersitz auf die Matratze und verschränkte die Hände im Nacken. »Na ja, mich geht das alles nichts an.« Sie schloß die Augen. »Ich habe sie nie getroffen und will sie auch nicht treffen.«

»Oh, das wirst du aber.« Ruby trat einmal kräftig gegen das Bett und sah sich im Zimmer um, als suche sie noch etwas anderes zum Abreagieren. »Wie ich schon sagte, sie sind hinter dir her.«

Cissy hielt die Augen geschlossen. Sie wollte Ruby nicht die Genugtuung geben, daß sie ihr Angst eingejagt hatte. In Wahrheit träumte Cissy immer wieder von Amanda und Dede und hielt auch nach ihnen Ausschau. Sie war Dede sogar schon einmal über den Weg gelaufen. Und das hatte sie ebenfalls Ruby und Pearl zu verdanken.

Die letzten Wochen war Cissy jeden Samstagnachmittag zu Crane's gegangen, dem Secondhandbuchladen, um die Schmöker einzutauschen, die sie den Zwillingen nach und nach heimlich wegnahm. Bücher waren das einzige, worum Cissy sie beneidete. Ihre eigenen hatte sie fast alle in Venice Beach zurücklassen müssen, und die wenigen, die Delia ihr mitzunehmen erlaubte, waren gestohlen worden. Es war nicht schwer, den beiden ab und zu ein paar Bände aus dem vollgestopften Bücherregal zu klauen und sie in einer Papiertüte im Kofferraum des Datsun zu verstecken. Bei Crane's bestand eine unerschöpfliche Nachfrage nach der Art von

Büchern, die die Zwillinge horteten und die Cissy ohnehin für Schund hielt.

M. T. und ihre Töchter hatten alle drei eine Leidenschaft für historische Kitschromane mit Rittern und Burgfräulein, Abenteurern und Kurtisanen, mit britischen Aristokraten, die unter ihrem Stand heirateten, oder Dienstmägden, die eine glänzende Partie machten. Die Regale quollen von Herz-Schmerz-Romanzen über, der Rest stapelte sich in Kisten unter jedem Bett. M. T.s modernere Schmachtromane über Ärzte und Schwestern oder Sekretärinnen und Chefs rührte Cissy nicht an, aber es machte ihr diebischen Spaß, Pearls und Rubys geliebten Kitsch gegen die Fantasy-Geschichten einzutauschen, die sie selbst bevorzugte. Eine Welt, in der die Bösen mit schrecklichen Hexenflüchen bestraft werden konnten – danach sehnte sich Cissy.

Eines Samstags stand sie gerade vor dem Regal mit Krimis und Science-fiction-Romanen und wollte nach Vonda McIntyre's *Dreamsnake* greifen, da legte sich noch eine Hand über den Buchrücken. Als sie aufschaute, sah ein mageres blondes Mädchen sie an. Reglos standen sie einander gegenüber, bis Mrs. Crane ein paar Bücher fallen ließ und den Bann brach. Mit rotem Kopf hob Mrs. Crane die Bücher auf, ohne die Mädchen aus den Augen zu lassen, die beide auf die gleiche Weise die Stirn runzelten und ihre Hand zurückzogen.

Warum hatte Cissy nichts gesagt? Aber was hätte sie sagen können? Mit ihrem Pferdeschwanz und den durchdringenden kühlblauen Augen hatte Dede ausgesehen wie viele andere blaßblonde Teenager. Am meisten wunderte sich Cissy später, wie normal ihre Halbschwester aussah: keine geheimnisvolle Aura, kein Kribbeln bei ihrer Berührung. In den Schmökern der Zwillinge hätte es sicher einen dramatischen Moment schwesterlichen Erkennens gegeben. Aber Cissy stand nur ratlos da, während die andere das Buch aus dem Regal nahm und es auf das zerfledderte Taschenbuch legte, das sie schon in der Hand hielt. Während Dede, ohne sich noch einmal umzusehen, weiter den Gang entlangschlenderte, legte Cissy sofort ihre beiden Bücher hin und verließ stumm den Laden. Zu Hause ging sie als erstes zu M. T.s Spiegel, um zu prüfen, ob es zwischen ihr und Dede wirklich eine Ähnlichkeit gab, die sogar ein Fremder bemerken würde. Trotz ihrer roten Haare und den braunen Augen sah sie im Spiegel, was jedem auffallen mußte: beide sahen sie wie Delia aus, hatten ihre Nase, ihr Kinn und die gleichen fein geschwungenen Brauen.

Eines aber wurde auf den ersten Blick klar: Dede war hübsch. Zum erstenmal fragte sich Cissy, wie sie wohl aussehen würde, wenn sie älter war. In Venice Beach hatte Rosemary ihr einmal gezeigt, wie sie sich schminkte, und gesagt, sie hätten beide herzförmige Gesichter. »Besser als ein breites Mondgesicht«, hatte sie gelacht. »Make-up kann zwar keine Wunder vollbringen, aber warte nur, mit dem Gesicht wirst du so hübsch wie deine Mama.«

Cissy war das ziemlich egal gewesen, aber nun konnte sie beim Blick in den Spiegel, wo sich die Erinnerung an Dedes Gesichtszüge noch ganz frisch über ihre eigenen legte, sehen, was »hübsch« bedeutete. Was sie nicht recht zu ergründen vermochte, war der Ausdruck, den sie in jenem Gesicht gesehen hatte. Dede hatte sie neugierig angesehen, nicht ablehnend oder voll Haß. Ihr Blick war neutral gewesen, kühl, distanziert, aber nicht feindselig. Das Gesicht, das Cissys so sehr ähnelte, war fast so undurchschaubar gewesen wie ihr eigenes.

Das Haus am Fluß war eine kleine, wenn auch möblierte Schachtel mit zwei Schlafzimmern und einem Wohnzimmer, das kaum größer war als die angrenzende Küche. Das Bad, ein dunkles, muffiges Loch zwischen den Schlafzimmern, starrte vor Schimmelflecken, und die Fensterluke war mit oranger Farbe zugekleistert.

An einem schönen Juniwochenende nahmen M.T. und Sally sich das Haus ernsthaft vor und schafften in kürzester Zeit Beachtliches – bis auf das Badezimmer. In alle Ritzen sprühten sie Insektengift, ließen es ein paar Tage einwirken, schrubbten Wände und Böden zweimal mit scharfer Lauge und lüfteten zwischendurch gründlich, aber es stank nach wie vor.

Am nächsten Samstag kam Sally an, holte tief Luft, kletterte mit einem kernigen Fluch auf den Klodeckel, holte mit dem Fuß aus und trat das Fenster aus dem Rahmen. Licht und Luft strömten herein, und eine kleine Armee von Kakerlaken hinaus. Sally nickte befriedigt und ließ ihre Helfer von den Dust Bunnies antreten, dem Reinigungsdienst, den sie leitete. Sie zerrten den Teppich aus dem Wohnzimmer und verbrannten ihn hinterm Haus. Dann dichteten sie alle Fenster ab und räucherten das Haus mit wahren Giftbomben aus. Zwei Tage später räumten sie sämtliche Möbel nach draußen und putzten die Räume gründlich durch, während Sallys Mann ein neues Fenster im Bad einsetzte. Von verschiedenen Jobs hatten Sally und ihre Truppe noch Farbe übrig. Damit strichen sie die Wände im Bad und in der Küche und frischten das Schlafzimmer auf. Als sie fertig waren, räumten sie die Möbel wieder ein und rollten im Wohnzimmer einen von M. T. gestifteten Teppich aus.

Am nächsten Tag fuhr M. T. Delia und Cissy mit ihren paar Habseligkeiten hinüber und brachte auch noch neue Gardinen mit, darunter eine leuchtend gelbe fürs Bad. Während M. T. ihnen erzählte, wie Sally das Fenster eingetreten hatte, schlurfte Cissy finster durch die Küche, spürte die Linoleumbeulen unter ihren Sohlen und wünschte, Sally hätte alle Fenster eingetreten. Lieber hätte sie unter freiem Himmel campiert, als in diesem scheußlichen Haus zu wohnen. Was für ein Abstieg nach ihrem schönen Häuschen in Kalifornien! Aber Delia setzte sich sofort an den Küchentisch und weinte vor Rührung, weil alles so blank und sauber war.

Sally bot Delia einen Job bei den Dust Bunnies an, den sie dankbar annahm. Da es sich um Nachtschichten handelte, mußte sie wenigstens mit keinem Menschen reden. Jeden Abend fuhr sie in denselben Jeans und demselben T-Shirt zum Büroputzen in Cayros sogenannten Industriepark und kam kurz vor Tagesanbruch mit strähnigen Haaren zurück, die sich aus dem Gummiband im Nacken lösten. Sie hockte dumpf am Küchentisch, bis Cissy aufwachte, dann machte sie ihnen ihr gewohntes Frühstück aus Weißbrotscheiben mit Apfelbutter. Wenn Cissy sich danach zum Lesen in ihr Zimmer zurückzog, legte Delia den Kopf auf den Tisch und weinte eine Weile, ehe sie schließlich ins Bett ging und bis zum Spätnachmittag schlief.

»Heulsaison«, antwortete Cissy auf M. T.s Frage, wie es ihnen ging. Manchmal beneidete sie Delia um ihre ungehemmten Tränen, manchmal haßte sie sie dafür. Cissys eigene waren nach dem einzigen Gefühlsausbruch bei M. T. versiegt.

Ihren elften Geburtstag verbrachte Cissy im Haus am Fluß mit einer Biographie über Elisabeth I., die ihr Pearl widerwillig überlassen hatte. Als M. T. die Zwillinge aufgefordert hatte, Cissy zum Einzug ein paar von ihren alten Büchern zu schenken, hatten sich beide Mädchen nach Durchsicht ihrer sorgsam gehegten Sammlung beklagt, daß etliche Bände fehlten. M. T. sah ein leises Grinsen über Cissys Gesicht huschen und behauptete schnell, sie selbst habe sie ein paar Frauen aus ihrem Kirchenkreis geborgt.

»Tut mir leid, Baby«, sagte sie zu Ruby. »Mal sehen, vielleicht können wir einige nachkaufen als Ersatz für eure Lieblingsbücher.« Auf ihr Drängen hin suchten Ruby und Pearl schlecht gelaunt ihre zerfleddertsten und langweiligsten Schmöker für Cissy zusammen, und M. T. schwatzte auch ihren Freundinnen noch den einen oder anderen Karton alter Bücher ab.

»Delias Kleine ist eine Leseratte«, erklärte sie den Leuten, »und ihr wißt ja, daß Delia keinen Pfennig mehr besitzt.« Niemand glaubte ihr. Ganz Cayro war überzeugt, daß Delia wie jeder Rockstar im Geld schwamm, aber M. T. zuliebe trennten sie sich von einigen zerlesenen Taschenbüchern, vergilbten King-James-Bibeln und einem Regalmeter mit Reader's-Digest-Heften. Cissy war damit hochzufrieden, denn was ihr nicht zusagte, konnte sie immer noch gegen Besseres eintauschen. Nie hätte sie zugegeben, daß sie Rubys und Pearls Kitschromane alle gelesen hatte, ehe sie sie zu Crane's brachte. So verbrachte sie den größten Teil der Heulsaison in einer Phantasiewelt aus Mantel-und-Degen-Geschichten, unter französisch parlierenden Edelleuten und glutäugigen Kreolinnen mit Stilett im Strumpfband. Hin und wieder schlug sie mit den Fingern das Hexenzeichen und versuchte, ganz fest an die Macht von Bannflüchen zu glauben.

Als M. T. an einem späten Sonntag nachmittag gerade Cissys Zimmer einrichten half, schaute Stephanie Pruitt mit einem Korb Gemüse aus ihrem Garten vorbei. »Ich habe dich nicht mehr gesehen, seit du sofort nach der Schule geheiratet hast«, rief sie und fiel Delia um den Hals, als wären inzwischen nur Wochen vergangen und nicht ein ganzes Jahrzehnt.

Steph bat Cissy um eine Erfrischung, »vielleicht ein Täßchen Tee, wenn's keine Umstände macht, Liebchen«. Dann ließ sie sich am Küchentisch nieder, um Delia mit dem neuesten Klatsch aus der Nachbarschaft einzudecken, ohne auf M. T.s warnende Blicke zu achten. Der erste auf ihrer Liste war natürlich Clint Windsor.

»Der Mann ist nicht mehr auf die Beine gekommen, seit du weg warst«, erzählte Steph vergnügt. »Wenn du mich fragst, kann man daraus wirklich lernen. Eine Menge Leute haben Clint die Schuld daran gegeben, daß du so plötzlich abgehauen bist. Alle wußten, daß er genauso war wie sein Alter, nur noch verrückter.«

M. T. beugte sich hinüber und legte Delia die Hand auf den Arm. »Mach dir nichts mehr daraus. Dagegen konnte keiner etwas tun.«

»Die ganze Familie war doch schon immer eine Bande von Pharisäern«, fuhr Steph fort. »Selbstgerecht wie die Teufel, der alte Windsor und seine Louise. Aber haben sie je etwas getan, um die Zustände bei euch zu ändern?«

Wieder drückte M. T. beruhigend Delias Arm. »Steph hat recht, Schatz. Du weißt ja nur zu gut, wie Clint sich aufgeführt hat. Und er hat sich nicht gebessert. Du lieber Gott, keiner von uns konnte mehr ein vernünftiges Wort mit ihm reden, nachdem du weg warst. Alle wußten, wieviel er trank. Irgendwie hat er noch da drüben bei Firestone gejobbt und sich ansonsten um den Verstand gesoffen.«

»Mhm«, nickte Steph. »Ganz hager ist er geworden und ausgemergelt wie ein Alter. War grau im Gesicht und stand ständig unter Strom. Er soll ja nur noch auf eurer Veranda geschlafen haben. Selbst geduscht hat er draußen hinterm Haus, wahrscheinlich war drinnen kein Platz mehr vor lauter leeren Whiskeyflaschen.« Sie zwinkerte Cissy zu.

»Säufer leben lieber allein, da können sie in Ruhe vor die Hunde gehen mit ihrem ganzen Haß auf alles, was nicht besoffen oder tot ist.«

M. T. rang sich ein müdes Lächeln ab. »Herrgott, ja, die spinnen halt, die Trinker. Klugerweise ist er in seinem Suff wenigstens zu Hause geblieben. Ein Glück, daß die Mädchen bei ihrer Oma wohnen konnten, Delia. Die hat sich besser um sie gekümmert, als er es je fertiggebracht hätte.«

Delia setzte sich auf und sah M. T. an, als wäre sie gerade aus einer Trance erwacht.

»Ich dachte, Clint hätte Grandma Windsor zu sich geholt«, sagte sie. Randall hatte einen Anwalt aus Atlanta angeheuert, um das Sorgerecht für die Mädchen zu erkämpfen. Doch die gerichtlichen Befunde waren zu ihren Ungunsten ausgefallen, bestärkt durch böse Briefe vom Sozialamt. Der alte Windsor hatte die Richter und das gesunde Volksempfinden hinter sich. Nichts, was Delia und Randall taten, konnte daran etwas ändern. Während der ganzen Streitigkeiten hatte sich Delia die Mädchen immer in ihrem Zuhause an der Terrill Road vorgestellt, in dem gemütlichen alten Vorstadthaus, das sie mit Clint zusammen renoviert hatte. In ihrer Abneigung gegen die alte Mama Windsor hatte es sie immer getröstet, sich die Mädchen in der geräumigen Küche vorzustellen, wie sie von den karnevalbunten Tellern aßen, die sich Delia am Anfang ihrer Ehe ausgesucht hatte. Aber jetzt begriff Delia, daß dies alles nur Illusion gewesen war, ein Traum, den sie sich geschaffen hatte, um ihre eigenen Ängste zu beschwichtigen. In Wirklichkeit waren die Mädchen schon die ganze Zeit bei Grandma Windsor auf der Farm gewesen, wo nach Clints eigenen Worten sogar der Ackerboden sauer und geizig war. Delia preßte die Handflächen auf die Augen.

»So, wie Clint sich verhalten hat, hat die alte Louise deine Mädchen wahrscheinlich gerettet«, schwatzte Steph munter weiter. »Es geht ihnen gut, sie sind so hübsch wie du früher, flachsblond und gescheit. Dede ist dir wie aus dem Gesicht geschnitten, stimmt's, M. T.?«

Delia sah zu M. T. hinüber. Ein paarmal setzte sie zum Sprechen an, brachte aber kein Wort heraus. Steph merkte nichts davon. »Na, ich muß wieder los. Hast du gehört, was für eine super Entschädigung ich von der Feuerversicherung bekommen habe? Jetzt sind wir ordentlich ausstaffiert mit Wohnwagen nebeneinander und sogar mit einer vergitterten Veranda davor. Du mußt uns unbedingt einmal besuchen kommen.« Sie trank ihr Teeglas aus und wischte sich die Oberlippe ab.

Wortlos stand Delia auf und ging geradewegs in ihr Schlafzimmer zurück. M. T. starrte ihr mit besorgter Miene nach.

»Na so was!« Stephanie schaute verblüfft zwischen M. T. und Cissy hin und her. »Habe ich etwas Falsches gesagt? Ist es wegen der Mädchen? Du lieber Himmel, darüber sollte sie aber doch langsam weg sein. Das alles ist doch mindestens zehn Jahre her. Nee, also wirklich.«

Die ganze Heulsaison gab M. T. ihr schwer verdientes Geld an Delia weiter. Alles Mitleid und Verständnis, das sie bekommen hatte, als Paul sie betrog und sie sich gewehrt hatte – all das ließ sie jetzt ihrer besten, ältesten Freundin zukommen.

Die meisten Leute in Cayro fanden, Delias Verhältnisse nach ihrer Heimkehr – all die hoffnungslose Trauer in ihrer Miene, die Monate, die sie in Sallys Putzkolonne schuftete – seien nur die angemessene Buße für eine Frau, die ihre Mädchen im Stich gelassen hatte. In Cayro war man noch nicht soweit, eine solche Sünde zu verzeihen oder zu verstehen. Noch mochte man nicht bedenken, daß eine Frau, die unter Lebensgefahr vor ihrem Ehemann floh, alles aufs Spiel gesetzt hatte. Denn dieser Mann hätte sicher nicht gezögert, sie zu erwürgen, wenn er sie geschnappt hätte, bevor sie in Randalls Bus kletterte. Nein, in Cayro hielt man Delia immer noch für eine Sünderin, und ihre rotgeränderten Augen erfüllten alle mit rechtschaffener Genugtuung.

Und so hätte M. T. gar nichts Klügeres tun können, als die widerstandslose Delia Woche um Woche in die Cayroer Baptistenkirche zu schleppen. Jeden Sonntag saß Delia bleich und mit leerem Blick auf der harten Kirchenbank, die Hände rauh und aufgequollen vom Bodenschrubben und Kloputzen.

»Gott holt seine verirrten Schäfchen doch immer wieder heim, nicht wahr?« sagte Reverend Myles am ersten Sonntag schmunzelnd zu M. T., die Delia fest untergehakt hielt und bedächtig nickte. Sie wußte genau, was sie tat.

Am zehnten Sonntag legte Mrs. Pearlman, die mühsam durch den Mittelgang humpelte, Delia die Hand auf die Schulter. Wie sehr ihr die Arthritis auch zusetzen mochte, nie hätte Mrs. Pearlman die Sünderin berührt, wenn sie sich nicht als reuig erwiesen hätte. Diese Geste war ein Versprechen, daß Aussicht auf Vergebung bestand. Nach dem Lauf der Dinge verstießen Frauen und Männer gleichermaßen gegen die Regeln, aber die Sünden der Frauen wurden von ihren Kindern und Freundinnen abgegolten. In diesem Fall hatte die Schuld eine ganz konkrete Dimension. Einer Frau, die sich ins Lotterleben geflüchtet hatte, konnte niemals verziehen werden, wohl aber der, die gebrochen zurückgekehrt war, die schmerzhaft nüchtern und standhaft alles ertrug, die so bitterlich vor aller Augen litt. Diese Frau hatte eine Chance, diese Frau konnte wieder in den Kreis aufgenommen werden.

Leide ruhig noch ein bißchen weiter, Mädchen, schien Marcia Pearlmans Geste zu sagen, das verstehen wir. Zum Glück war Delia jenseits des Verstehens angelangt. Ihr Stolz hätte das nicht überlebt.

Die Delia aus Mud-Dog-Zeiten hätte solche Gönnerhaftigkeit nicht ertragen, jene Delia, die Clint bekämpft und verlassen hatte. Wutentbrannt hätte sie aufbegehrt. Nur eine Delia, die ihre Heulsaison abbüßte, konnte mit gebeugtem Kopf sitzen bleiben und nichts merken, als die Hand Gottes sich nach ihr ausstreckte. Nicht Vergebung, aber Verständnis. Nicht Vergebung, aber Freude über die Reuige. Welch ein Anblick, welche Genugtuung. Keine der Frauen in der Gemeinde hätte es ausgesprochen, aber alle wußten es. Schau sie jetzt an, lieber Gott, wie trist sie nun aussieht, schau sie an. Marcia Pearlmans Hand auf Delias Schulter sagte mehr als alle Rechtfertigungen, die M. T. draußen auf den Kirchenstufen flüsterte.

In den ersten Monaten nach ihrer Rückkehr war M. T. für Delia wie ein Fels in der Brandung, denn sie bewies ihre Freundschaft auf jede erdenkliche Weise. Selbst wenn Delia sich weigerte, mit ihr zu reden, war M. T. nie gekränkt. Alle paar Tage kam sie vorbei und fragte Cissy: »Na, wie geht's?« Es war ein Code.

»Gut, gut«, antwortete Cissy, und M. T. verstand, daß es Delia noch nicht besser ging.

»Schon recht, Schatz, laß ihr nur Zeit. Es braucht, was es braucht.«

Jeder Tag in Cayro zog Delia tiefer in ihre Jugendzeit zurück. Sie versank in sich selbst und wurde wieder das ungezähmte Mädchen, dem sich keiner zu nähern wagte. Nicht einmal ihren eigenen Körpergeruch bemerkte sie. Die mitleidigen Blicke der anderen Frauen in Sallys Putzkolonne prallten an ihr ab. Delias einziger Gedanke war, sich aufrecht zu halten. Für alles andere hatte sie keine Energie mehr. Sie trug immer dasselbe lose T-Shirt und ihre abgeschnittenen Jeans und zog sie aus und wieder an, bis Cissy sie heimlich gegen saubere Sachen austauschte. Wenn möglich hätte Delia auch noch damit geduscht und wäre naß ins Bett gegangen, dachte Cissy.

Sicherheit. Das einzige Gefühl, das Delia brauchte, war – Sicherheit. Wer würde sie in diesen zerrissenen Sachen anfassen, die um ihren mageren, zusammengesunkenen Körper schlotterten? Wer würde sie ansprechen? Wer einen Blick in dieses fahle Gesicht mit den gleichgültig zurückgebundenen Haaren werfen? Wer war diese Frau? Nicht Delia Byrd. Laßt sie in Ruhe, sagte ihr Äußeres.

In der Leihbücherei fand Cissy ein Buch über Märtyrer. Es habe

Heilige gegeben, hieß es darin, die jahrelang dasselbe Gewand getragen hatten. Eine Kutte. Keine Rede davon, ob sie je gewaschen worden war. Vielleicht nie oder nur zufällig in einem Regenguß. Die Kutte zerschliß und fiel in Fetzen von dem ausgemergelten, in frommer Inbrunst kasteiten Körper ab, um dann von einer ebenso schlichten Hülle ersetzt zu werden. Keine Eitelkeit, kein Gedanke an Äußerlichkeiten. Keine Angst, kein Begehren. Die Kutte diente dazu, das Fleisch zu verbergen, nicht zu schmücken. Vielleicht war die Heiligkeit ein Virus, und Delia hatte sich angesteckt.

Während sie die Tage in dem kleinen Haus am Fluß verschlief, träumte Delia wieder von ihren Mädchen. Sie träumte, Amanda und Dede und Cissy wären Babys, die sich mit offenen, hungrigen Mündern zu ihren Brüsten hochreckten. Alle drei waren gleich groß und schrien nach ihr und ruderten mit den Ärmchen, als sie versuchte, sie alle gleichzeitig auf den Arm zu nehmen. Unweigerlich rutschte immer eins der Kinder wieder ab. Delia versuchte mit einem Schrei, die eine Tochter festzuhalten, doch dabei rutschte die nächste ab, und die dritte röchelte, als ob sie in Delias Griff erstickte. Sosehr sie sich auch abmühte, nie konnte sie alle drei auf einmal festhalten. Beim Aufwachen liefen ihr Tränen über die Wangen, und die Arme taten weh. Ihr war nur noch ein einziges Bedürfnis geblieben: ihre Mädchen zu beschützen und zu versorgen, auch wenn Amanda und Dede schon fast erwachsen waren. Die ganze lange Fahrt hierher hatte Delia ihren ungestillten Hunger, ihre Bedürftigkeit gespürt. Sie sind immer noch meine Babys, sagte sie sich.

Manchmal wurde Delia im Schlaf nicht von Alpträumen heimgesucht, sondern von Erinnerungen an früher, als man ihr die geliebten kleinen Körper zum erstenmal in den Arm gelegt hatte. Amanda war noch ganz blutbefleckt und schrecklich winzig und strampelte verzweifelt. Als Clint das gnomenhafte Wesen zum Halten bekam, riß er die Augen vor Schreck auf.

»Mein Gott«, keuchte er, weil er nicht glauben konnte, daß eine derart ungebärdige Lebenskraft aus dem stumpfen und passiven Wesen kommen konnte, zu dem Delia in den letzten Schwangerschaftsmonaten geworden war. Im Reflex hatte er ihr das Kind wieder hingestreckt und verständnislos zugesehen, wie es die prallgefüllte Brust verweigerte. Das Baby schrie und strampelte, während Delia schluchzend in die Kissen zurücksank. Vor soviel Unglück war Clint auf einmal ganz weich geworden und hatte mit seinen schwieligen Pranken erst Delia, dann das Baby gestreichelt und zu beruhigen versucht.

Dieser Augenblick war einer der ergreifendsten und zärtlichsten, die Delia je gekannt hatte. Mit diesem Widerspruch wurde sie nicht fertig. Denn zwischen dem Clint, der wie ein fremder Gewalttäter blutdürstig durchs Haus stürmte, und dem Mann, der solche Angst hatte, Amanda weh zu tun, daß er beim Anblick seiner groben Finger neben der zarten Babywange in Tränen ausbrach, lagen unvereinbare Welten.

Vielleicht lag es an dem Geruch von Milch und Blut, denn bei jeder Geburt hatte es diesen flüchtigen Moment der Zärtlichkeit gegeben. Als Dede zur Welt kam und sich unverzüglich mit Blasebalgbacken an Delias Brustwarze festsaugte und ihre hellrosa Fäustchen gegen die weiße Brust stemmte, beugte sich Clint ehrfürchtig über sie und stützte sich dabei aus Versehen auf Delias Hüfte ab. Als sie vor Schmerz zusammenzuckte und der Mund des Babys kurz von der warmen Quelle abrutschte, fuhr Clint schuldbewußt zurück und blickte mit rotunterlaufenen Augen in Delias Gesicht. Und Delia spürte, wie sie erneut Herzklopfen bekam. Die Hoffnung wollte nicht aufgeben.

Sobald er Delias Blick wieder an sich gefesselt hatte, schien Clint die beiden lebensprallen Kinderkörper nicht mehr wahrzunehmen. Delia galt sein Ein- und Ausatmen, Delia schlug er grün und blau, und von ihr träumte er, wie sie wehrlos in seinen Armen lag. Ihr feuchtes, geprügeltes Fleisch erregte ihn, während ihn die auf gespenstische Weise gemeinsam gezeugten Kinder nur störten. Delia wußte, sie war das einzige im ganzen Haus, was für Clint je Wirklichkeit besessen hatte. Erst als sie weg war, wurde er sich seiner Töchter bewußt, und dann auch nur als Teil von ihr. Clint hatte Amanda und Dede nicht hergeben wollen, weil sie ihn für alle Zeit mit Delia verankerten.

»Eigentlich will er sie gar nicht«, sagte Delia zornig zu Randall, nachdem der Richter in Atlanta Clint das alleinige Sorgerecht zugesprochen hatte. Sie umklammerte ihre wenigen Fotos und keifte wie eine Verrückte. »Der Dreckskerl will mich nur quälen, ausbluten lassen will er mich. Das ist die Sünde, für die Gott ihn strafen wird, das ist sein Verbrechen. Der Mann könnte sich vor dem Thron des Allmächtigen die Pulsadern öffnen, und keine Mutter würde ihm jemals verzeihen, was er getan hat. Verflucht soll er sein, bei Gott, auf ewig verflucht.«

Im kleinen Haus am Fluß träumte Delia von Randall und Clint, von Dede und Amanda, von ihren Babys und ihrer Wut, und wachte mit brennenden Augen und geballten Fäusten auf. Wie sollte sie das alles je erklären? Ihre Mädchen würden so viele Fragen haben, wie konnte sie ihnen gegenübertreten? Mit schmerzenden Brüsten warf sich Delia im Bett hin und her wie an dem Tag, als sie die zehn Monate alte Dede ahnungslos in ihrem Kinderbettchen zurückgelassen hatte. »Lieber Gott«, betete Delia, »gib, daß sie mir verzeihen. Gib mir die Chance, sie zum Verzeihen bringen zu können.«

Die Heulsaison endete ganz plötzlich ohne ersichtlichen Grund. Eines Morgens kam Delia von der Arbeit heim und beschnüffelte ihr T-Shirt mit gekrauster Nase.

»Verdammt«, sagte sie zu Cissy. »Das stinkt ja schauderhaft.« Sie zog sich das Hemd über den Kopf, knüllte es zusammen und wischte sich damit über die Magengrube. Cissy wunderte sich, wie klein ihr Busen war; kaum zu glauben, daß damit einmal Babys gestillt worden waren.

Delia lachte über Cissys verblüffte Miene. »Keine Sorge, so etwas bekommst du noch früh genug.« Sie warf das Hemd in den Mülleimer und ging erst einmal ausgiebig duschen.

Als M. T. später vorbeischaute, stellte sie keine Fragen. Sie sah Cissys Gesicht, als sie die Stufen hochkam, nickte zufrieden und sagte: »Ich besorge uns ein Huhn. Heute gibt's ein Festessen.«

Cissy hatte sich schon gefragt, was jetzt wohl passieren würde. Die alte Delia war nie eine gewesen, die den Leuten weinend um den Hals fiel. Die neue offenbar auch nicht. Sie gab ihrer Freundin einen Kuß und trat zurück. Die eigentliche Überraschung war, daß sich nichts verändert hatte. Es schien M. T. nichts auszumachen, daß Delia ihren mütterlichen Trost nicht mehr brauchte. Unter Freudentränen brutzelte M. T. ihr Huhn und war mit der genesenen Delia ebenso einverstanden wie früher mit der tragischen Heldin. Sie murrte nicht einmal, als Delia sich am nächsten Sonntag weigerte, mit ihr zur Kirche zu gehen.

»Ich habe anderes zu tun«, hörte Cissy sie am Telefon sagen, während sie ein opulentes Frühstück zubereitete.

»Was glaubst du, was das heute für ein Tag wird?« fragte Delia, als sie Cissy lächelnd einen Teller Spiegeleier mit Schinken vorsetzte.

»Ein guter Tag zum Abreisen«, sagte Cissy.

Delia lachte. »Du lieber Gott, Kindchen, wir sind doch gerade erst angekommen.«

KAPITEL 5

Drei Sonntage nacheinander fuhr Delia allein zur Holiness Redeemer Kirche hinüber, um die Gemeinde zusammenkommen zu sehen. Nur an diesem Ort konnte sie sicher sein, sie zu sehen – Amanda und Dede und Grandma Windsor, die beide vor sich her schubste. Wenn die Tür am Ende des Gottesdienstes aufging, hielt sie sofort nach ihren Mädchen Ausschau, aber Grandma Windsor war immer die letzte, die aus der Kirche kam, wie es Delia in Erinnerung hatte. Während die Leute aufstanden und im Hinausgehen überlegten, ob sie sich nicht wieder hinsetzen und über ihre Sünden nachdenken sollten, blieb die alte Frau an ihrem Platz, bis alle Bänke um sie herum leer waren, die Augen gesenkt und ins Gebet vertieft.

Als Clint und Delia am Sonntag vor ihrer Hochzeit mit ihr zur Kirche gegangen waren, war Delia kaum aufgestanden, als sie merkte, daß Grandma Windsor schon voll Vorfreude auf ihren Fehler gelauert hatte. Verächtlich fixierte sie die Frau, dann huschten ihre schwarzen Augen rasch zu Clint hinüber, um sich zu vergewissern, daß auch er Delias Fehler bemerkt hatte. Vorher hatte Delia nie wahrhaben wollen, daß Clints Mutter sie haßte. Nach diesem Vorfall ließ sich nicht mehr leugnen, daß Grandma Windsor auf Kriegsfuß mit ihr stand. Lieber hätte sie ihren Sohn zu Grabe getragen, als ihn mit dieser Byrd-Tochter liiert zu sehen, die nicht einmal genug Manieren hatte, um still in einer Kirchenbank sitzen zu bleiben, bis eine Respektsperson ihr das Zeichen zum Aufstehen gab.

Delia sah die Leute in Zweier- und Dreiergrüppchen aus der Kirche kommen, aber erst, als keiner mehr dazusein schien, trat Grandma Windsor mit den Mädchen ins Freie. Sie drückte ihre große Tasche an sich und nickte dem Prediger zu, ein gewisser Reverend John Hillman, wie Delia auf dem Schild an der Kirche ablesen konnte. Außerdem stand da zu lesen: »Tut Buße! Tut Buße! Mahnt das Blut des Gotteslammes.« Amanda und Dede hielten die Augen gesenkt und imitierten Grandma Windsor mit jeder Bewegung. Delia atmete keuchend, als gäbe es nicht mehr genug Luft in der Welt, um die Leere ihrer Lungen zu füllen. Mit weit aufgerissenen Augen in einem vor Schmerz erstarrten Gesicht blickte sie den Mädchen nach. Sie entsprachen genau ihrer Vorstellung und waren doch längst nicht so wie erhofft. Amanda wirkte wie eine größere, strengere Ausgabe von Grandma Windsor, wogegen Dede Delias verstorbener Mutter derart ähnlich sah, daß sich ihr Herz verkrampfte. Delia beugte sich vor und preßte das Kinn gegen das Lenkrad, um ihnen nicht hinterherzustürzen. Ihre Mädchen sahen so unglücklich aus, als könnten sie selbst für alles Gold der Welt nicht fröhlich dreinschauen.

Dede tappte mit schmollender Miene hinter ihrer Großmutter und ihrer Schwester her. Wie eine Marionette am Faden hielt sie den Oberkörper von ihnen abgewandt und setzte ruckartig einen Fuß vor den anderen. Amanda hielt sich mit unterwürfig gekrümmtem Rücken dicht an der Seite der Alten, die in allem ihr Vorbild zu sein schien: vom festgezwirbelten Nackenknoten über die säuerlich zusammengepreßten Lippen bis zum vorsichtigen Gang, als ob ihre jungen Beine schon alterssteif und arthritisch wären. Mit tränenverschleiertem Blick dachte Delia daran, wie sehr die Mädchen der jungen Delia glichen. Verdrossen und einsam bemühten sie sich krampfhaft, sich ihre Gefühle nicht anmerken zu lassen.

Gott will, daß das weh tut, dachte Delia, während ihre Arme vor Anspannung pochten und prickelten. Fast konnte sie Dedes zarte Schultern unter den Händen spüren, den herben Seifenduft von Amandas flachsblonden Haaren riechen. Sie wollte aus dem Datsun springen, zu ihnen hinrennen und ihnen die Liebe mit Gewalt in die wunden Herzen pressen. Ihr Blick schweifte zu den anderen Gemeindemitgliedern hinüber, Frauen, die sie zuletzt auf ihrer Hochzeit gesehen hatte, Männer, die auf Granddaddy Windsors Veranda ihren Whiskey getrunken hatten. Nicht alle hatten sie gehaßt. Ein paar hatten sie mitleidig angesehen. Aber jetzt würden sie kein Mitleid mehr mit ihr haben. Sie war die gefallene Frau, die Hure von Babylon, die läufige Hündin, die ihre Jungen verlassen hatte. Keiner dieser ehrbaren Bürger würde sie an ihre Mädchen heranlassen. Wie eine Aussätzige würde man sie fortjagen.

Am zweiten Sonntag drehte sich ihr fast der Magen um, als Clint vor Beginn des Gottesdienstes in seinem rostigen weißen Chevy-Pickup vorfuhr und Grandma Windsor einen Briefumschlag aus dem Autofenster reichte. Wider Erwarten sah er älter und hagerer aus. Seine schmutzigblonden Haare hingen über den Kragen eines jener weißen Uniformhemden, die Delia so oft gebügelt hatte. Als er in ihre Richtung sah und sie sein Gesicht deutlich erkennen konnte, biß sie sich in den Daumenballen. Nein, das war nicht Clint, nur irgendein blauäugiger Mann in seinem Alter. Delia zitterte am ganzen Leib. Sie erinnerte sich an Clints schiefergraue Augen, die noch dunkler wurden, wenn er wütend war. Während ihrer letzten zwei Jahre in Cayro waren ihr diese Augen fast schwarz erschienen. Der Mann im Chevy hob die Hand, um dem Reverend zuzuwinken. Delia war viel zu entnervt, um erneut auf ihre Mädchen zu warten, und startete den Wagen.

Am dritten Sonntag stieg Delia aus. Als sie hinter den letzten Nachzüglern die Kirchenstufen hochging, stimmte die Orgel gerade den ersten Choral an. Von der hintersten Reihe aus konnte sie die Mädchen in einer der vorderen Bänke sehen, ihre gebeugten blonden Köpfe neben Grandma Windsors straffem grauen Haarknoten. Die ganze Zeit starrte Delia zu ihnen hin und zwang sich, sitzen zu bleiben, bis Reverend Hillman den Gottesdienst beendete. Hier wollte sie sitzen, wenn sie an ihr vorbeikamen, und die Hand nach ihnen ausstrecken und ihre Gesichter sehen, wenn sie begriffen, wer sie war.

Tränen rollten über ihre Wangen. Sie hatte kein Ohr für die Predigt, selbst den Chor hörte sie kaum. Erst nach einiger Zeit fiel ihr auf, daß eine Familie, die auf der anderen Seite des Mittelgangs saß, unentwegt zu ihr herstarrte – der Vater wütend, die Mutter steif und verkniffen. Die beiden braunhaarigen Buben rutschten unruhig hin und her und schauten fragend zu ihren Eltern auf. Die Kinder, kaum älter als acht oder neun, konnten nicht wissen, wer Delia war, aber die Entrüstung ihrer Eltern war nicht zu übersehen. Unentwegt wanderten ihre neugierigen Blicke zwischen Delia und ihrem Dad hin und her.

Delia spürte, wie ihr das Blut ins Gesicht stieg. Sie fing zu schwitzen an. Allmählich drehten sich immer mehr Leute nach ihr um. Jeder Blick war ein Messer, jeder mißbilligende Mund legte einen Nerv bloß. Delia ballte die Fäuste und hielt für den Rest des Gottesdienstes die Augen gesenkt. Sie hatte sich fest vorgenommen, der Verachtung der Leute standzuhalten, selbst wenn sie

Grandma Windsor in aller Öffentlichkeit ohrfeigen und verfluchen würde. Alles wollte sie ertragen, nur um einmal ihren Mädchen nahe zu sein und ihre Namen auszusprechen. Aber nach dem Segen stand Delia sofort auf und ging hinaus, ohne sich umzusehen. Sie hatte sich geirrt. Sie war noch nicht bereit. Wenn diese Fremden sie schon mit solcher Abscheu ansahen, was würde sie dann in den Augen ihrer Töchter finden?

Doch als Delia von der Holiness Redeemer wegfuhr, holte die Hand Gottes sie erneut in Gestalt von Mrs. Pearlman ein, die an jenem Morgen vergebens nach ihr Ausschau gehalten hatte und sich nun auf den Kirchenstufen unverblümt an M. T. wandte. Die Arthritis in ihren Armgelenken hatte sich so verschlimmert, daß sie Bee's Bonnet nur noch mit eisernem Willen und unter extremen Schmerzen weiterführen konnte. Aber trotz ihrer grenzenlosen Sturheit konnte sie kaum mehr die Finger biegen und traute sich nicht mehr zu, mit der scharfen Schere zu hantieren. Selbst ihre Stammkundinnen wanderten bereits nach Marietta ab.

»Schick Delia zu mir«, sagte sie zu M. T. »Falls wir uns einigen können, habe ich vielleicht Arbeit für sie im Bonnet.« Ihre gepuderten Wangen zitterten beim Sprechen, und die rechte Hand stützte sich schwer auf den Stock, aber ihre Stimme war fest und für die Umstehenden sehr gut hörbar. M. T. nickte.

»Marcia, was fällt dir ein?« sagte Nadine Reitower, die Vorsitzende des Mütterhilfswerkes. »Du wirst doch nicht dieses Flittchen in deinem Geschäft einstellen.«

Ruby und Pearl kicherten hinter ihren Bibeln, aber M. T. hörte sie nicht.

Mrs. Pearlmans Augen blitzten. »Von Geschäft kann wohl kaum mehr die Rede sein, und dich habe ich auch schon länger nicht mehr gesehen, stimmt's, Nadine?«

Mrs. Reitower errötete. Unwillkürlich hob sie die Hand zu dem kleinen Hut, der ihre dunklen Locken bändigte, ließ sie aber in halber Höhe wieder sinken. »Dieses Frauenzimmer ist ein Skandal«, sagte sie. »Wenn du sie einstellst, kommt gar niemand mehr zu dir.«

Marcia sah sich nach den Frauen auf den Kirchenstufen um. »Gute Christen schon«, sagte sie. »Gute Christen, die wissen, was es bedeutet, zu sündigen und um Vergebung zu bitten. Sie werden kommen, denke ich. Ehrliche Reue und harte Arbeit sind kein

Skandal. Und Delia Byrd hat ja früher schon bei mir gearbeitet. Ich weiß, daß sie etwas kann. Sie war eine der besten Friseusen, die ich je hatte, und das Talent wird sie sicher nicht verloren haben. Wahrscheinlich wird sie sogar mit deinen rebellischen Wirbeln fertig, Nadine, da könntest du dir eine Menge Geld für Hüte und Haarklammern sparen.«

Nadine schaute beleidigt, und M. T. lachte laut los. Sie scheuchte die Zwillinge in den Buick und fuhr direkt zu Delia, um ihr die gute Nachricht zu erzählen. »He, Mädel«, rief sie triumphierend, als Delia ihr in der Einfahrt entgegenkam, »hör dir mal an, was du in der Kirche verpaßt hast.«

Delia kündigte bei Sally und fing zwei Wochen später im Bonnet an, zunächst nur mittwochs und samstags. Den Rest der Woche arbeitete sie im Kaufhaus Beckman's in Marietta, in dem kleinen Schönheitssalon hinter der Abteilung für Junge Damenmode und Wintermäntel. Die ersten Kundinnen, die ins Bonnet kamen und sie dort sahen, starrten sie an, als hätte sie zwei Köpfe mit dem Satanszeichen auf, aber inzwischen hatte Delia ihren früheren Gleichmut zurückgewonnen. Sie nickte den empörten Gesichtern nur höflich zu und zog sich zurück, wenn sich jemand beschwerte. Die Arbeit machte ihr keine Mühe, sie hätte sie mit geschlossenen Augen erledigen und in Gedanken abschweifen können. Wenn sie einer Frau die Hände auf den Kopf legte, fühlte sich Delia Byrd fast so mächtig wie damals bei Mud Dog auf der Bühne. Diesen Job beherrschte sie, diese Arbeit machte sie gut. Und das hatte eine wohltuende, geradezu heilende Wirkung auf sie, auch wenn sie vorerst nur geduldet war und viel zu schlecht bezahlt wurde.

Frauen, mit denen sie die Schulbank gedrückt hatte, legte sie jetzt Dauerwellen und färbte graue Haare wieder braun. Unbeteiligt schnitt sie den halbwüchsigen Töchtern von Frauen, die kein Wort mit ihr wechseln wollten, gemäßigte Punkfrisuren und ignorierte ihre schüchternen Fragen über Randall und die Band. Als Marcia sie lobte und die Chefin bei Beckman's ihr Gehalt erhöhte, schien Delia das kaum zur Kenntnis zu nehmen. Es war, als hätte sie den Kopf bereits zu voll, als müßte sie zu viel in zu kurzer Zeit bedenken. Sie selbst trug Wickelröcke aus der Kleidersammlung, nur für Cissy hatte sie ein paar neue Jeans und weiße T-Shirts gekauft.

Hin und wieder fand Cissy ihre Mutter noch mit leerer Miene am Küchentisch sitzen, aber sobald sie zur Tür hereinkam, sprang Delia auf und begann, geschäftig hin und her zu eilen.

»Hast du Hunger, Kleines, magst du etwas essen?« Delias Stimme klang betont munter.

Cissy schüttelte dann nur den Kopf und verkroch sich in ihr Zimmer. Dies war eine ganz neue Mutter, nicht mehr die vertraute, herumstolpernde Delia aus Venice Beach, und auch nicht jene Verrückte, die sie im Eiltempo quer durchs Land gefahren hatte. Manchmal vermißte Cissy tatsächlich die weinende Gestalt im stinkenden grauen T-Shirt. *Diese* Delia hatte sie wenigstens in Ruhe gelassen.

Reverend John Hillman wohnte in der Poinsette Road im Südwesten der Stadt. Delia hatte ihn schon einmal samstags nach der Arbeit aufgesucht, doch da war er gerade bei irgendwelchen Kranken draußen auf dem Land gewesen, wie seine Frau ihr gesagt hatte. Mit undurchdringlicher Miene hatte sie Delia angesehen, nur die Augen flackerten feindselig. Sofort mußte Delia wieder an die Köchin denken, die sie an jenem ersten Morgen in Cayro vor allen Leuten bloßgestellt hatte. Wahrscheinlich hofft sie, daß ich in der Hölle schmoren werde, dachte Delia, wobei sie sich sorgsam bemühte, ihren Gesichtsausdruck ebenso unter Kontrolle zu halten wie Mrs. Hillman.

Bei ihrem zweiten Versuch sah Delia den Reverend gerade zu seinem Wagen gehen, als sie vorfuhr. Erleichtert grüßte sie ihn, denn eine neuerliche Konfrontation mit seiner Frau hätte sie nur schwerlich ertragen.

»Reverend«, sagte sie, »ich bin Delia Byrd.« Den Namen Windsor brachte sie einfach nicht mehr über die Lippen. Außerdem wußte der Mann sicher genausogut wie seine Frau, wer sie war.

Reverend Hillman streckte ihr die Hand hin. »Mrs. Byrd«, sagte er. »Ich habe Sie schon erwartet.«

Delia war überrascht. »Tatsächlich?«

»Meine Frau hat mir gesagt, daß Sie schon einmal da waren.« Er lächelte milde. »Außerdem habe ich Ihre Mutter gekannt, wissen Sie.«

Delia bekam weiche Knie. Reverend Hillman hatte tiefliegende

Augen, traurig und voller Mitgefühl. Er sah sie an wie ein Kind, das hingefallen war und hoffte, er würde es wieder aufrichten. Einen Moment fühlte sich Delia tatsächlich wie ein Kind, dann überkam sie eine Welle von Übelkeit.

»Nein, das wußte ich nicht«, flüsterte sie und schluckte schwer.

»Nun, ich bin kein junger Mann mehr.« Der Reverend beugte sich vor und klopfte den Staub von seinen Hosenbeinen. »Und ich habe die meiste Zeit meines Lebens in Cayro verbracht. Als Sie Clint Windsor heirateten, war ich allerdings nicht am Ort, leider. Die Gemeinde habe ich erst übernommen, als Sie schon fort waren.«

Fort, dachte Delia, nicht fortgelaufen. »Ich erinnere mich nicht an Sie.«

»Aber ich mich an Sie.« Reverend Hillman legte die Fingerspitzen aneinander. »Ich weiß noch, wie Sie Ostern ganz allein zur Kirche kamen, nachdem Ihre Familie verunglückt war. Welch schreckliches Leid für so ein kleines Mädchen, habe ich damals gedacht und von ganzem Herzen für Sie gebetet. Aber ich war noch jung und unsicher. Als Sie nicht wiederkamen, habe ich nie versucht, Sie in die Gemeinde zurückzuholen. Das habe ich jahrelang bereut.«

»Ach, ich war auch so ganz gut aufgehoben«, sagte Delia.

»Waren Sie das?« Reverend Hillman sah sie eindringlich an. Na ja, wahrscheinlich nicht, dachte Delia.

»Und jetzt? Sind Sie denn jetzt ›gut aufgehoben‹, wie Sie sagen?«

Delia lachte. »Wahrscheinlich nicht.« Auf so direkte Fragen war sie nicht vorbereitet gewesen.

Er lächelte zurück. »Nun, vielleicht können wir ja etwas tun.«

»Ich möchte meine Mädchen treffen«, platzte Delia heraus. »Darum bin ich zu Ihnen gekommen. Sie wohnen bei Grandma Windsor.«

»Louise Windsor, ah ja.« Reverend Hillman nickte und sah zu seinem Wagen herüber. »Es war nicht leicht für sie, glaube ich. Aber Deirdre und Amanda sind ausgesprochen nette Mädchen. Es ist ja ganz natürlich, daß Sie mit ihnen zusammenkommen wollen. Wer wüßte besser als Sie, wie schlimm es ist, die Mutter zu verlieren?« Er wandte sich wieder zu ihr.

»Ich habe Sie vor ein paar Wochen in der Kirche gesehen, aber Sie sind früh gegangen. Haben Sie denn schon mit Mrs. Windsor gesprochen?«

»Nein, ich dachte, sie würde nicht mit mir reden wollen.«

Er betrachtete angelegentlich seine glänzenden schwarzen Schuhspitzen. »Tja, ich fürchte, Louise Windsor hat noch eine Menge Zorn in sich.« Er seufzte. »Möchten Sie, daß ich ein gutes Wort für Sie einlege?«

Delia fühlte sich auf einmal sehr unsicher. Sie wußte nicht, wie sie sich verhalten sollte, außer wenn sie in höchster Anspannung um etwas kämpfte oder sich wehrte. Würde er ihr wirklich helfen? »O ja«, hauchte sie.

Reverend Hillman räusperte sich. »Ich muß Sie etwas fragen, Mrs. Byrd. Wollen Sie ein praktizierendes Mitglied der Holiness-Redeemer-Gemeinde werden?«

Delia erstarrte. »Darüber habe ich noch nicht nachgedacht. Bisher weiß ich nur, daß ich in Cayro bleiben werde.«

Einen Moment lang stellte sich Delia vor, wie es wäre, jeden Sonntag unter den mißbilligenden Blicken von Mrs. Hillman und Grandma Windsor in der Kirche zu sitzen. Gut, der Reverend war ein freundlicher Mensch und hatte ihre Mutter gekannt, aber das war kein Grund, sich jeden Sonntag dieses Spießrutenlaufen anzutun.

Reverend Hillman schien sie mit seinem traurigen, wissenden Blick mühelos zu durchschauen. »Nun ja«, sagte er nach einer Weile, »lassen Sie sich ruhig Zeit mit Ihrer Entscheidung. Ich bin auf jeden Fall froh, daß Sie hierbleiben wollen. Es gibt hier viele gute Menschen, manche vielleicht ein bißchen verhärtet und vom Leben geschlagen, aber doch von Grund auf anständig – und die werden über Sie wachen, all die vielen aufrechten Seelen.«

Delias Kehle schnürte sich zusammen. Er würde ihr also doch nicht helfen. Sie preßte die Fäuste fest in die Magengrube. »Danke«, sagte sie, »danke, daß Sie mich angehört haben.«

»Ach, danken können Sie mir später noch«, entgegnete Reverend Hillman, »nachdem ich mit Louise gesprochen habe. Falls sie mit sich reden läßt. Und dann werden wir sehen, ob wir Ihnen nicht ein Treffen mit Ihren Töchtern ermöglichen können.«

Delia starrte ihn verblüfft an. Reverend Hillman strich sich über die schütteren Haare und ging auf seinen Wagen zu. »Wir sprechen uns wieder«, sagte er. »Louise wird nicht sehr erfreut sein, mich zu sehen, darum wird es wohl etwas dauern. Ich gebe Ihnen Bescheid, wenn ich etwas für Sie erreicht habe.«

Delia blickte ihm nach, als er wegfuhr, dann sah sie sich nach dem Haus um. Mit bitterbösem Gesicht und verkniffenen Lippen stand Mrs. Hillman am Fenster. Delia nickte ihr lächelnd zu. Manchmal bekommt man wenig, dachte sie. Und manchmal viel.

Seit drei Monaten arbeitete Delia im Bee's Bonnet, als Marcia Pearlman eines Samstagnachmittags beim Abschließen ihres Geschäfts einen Schlaganfall hatte. Krächzend sackte sie zur Seite. Bis Delia von ihrem Auto zurückrannte, war Mrs. Pearlman schon bewußtlos.

Während Marcia im Krankenhaus lag, blieb einige Wochen das Geschäft geschlossen. Delia besuchte sie jeden zweiten Tag und beobachtete, wie sie allmählich ihr Sprach- und Bewegungsvermögen zurückgewann. Erst war sie wütend auf die Ärzte, dann auf Gott. »Verdammt«, sagte sie zum ersten Mal im Leben, wobei ihr die Tränen über die Wangen liefen. Sie wollte sich aufsetzen, wollte sagen, was sie zu sagen hatte, und sich wie gewohnt um sich selbst kümmern. Aber bei jedem Versuch knickte ihr linkes Bein ein, und der linke Arm baumelte mit verdrehtem Handgelenk und bläulich verfärbten Fingern seitlich herunter.

Der Arzt lobte sie für ihre Fortschritte. So ein Schlaganfall sei nie vorhersehbar. Es hätte noch viel schlimmer kommen können: gelähmt, zu keinem Wort mehr fähig. »Verdammt«, sagte Mrs. Pearlman nur, »verdammt, verdammt«, und scheuchte ihn wie eine lästige Fliege vom Bett weg.

»Ich habe niemanden«, raunte sie Delia in stockendem Flüsterton zu. »Fast keine Rente. Kaum etwas gespart.« Ungeduldig stupste sie ihren linken Arm an. »Und die verdammte Hand tut auch weh. Verdammt.«

»Sie haben doch Freunde«, sagte Delia. »Gute Freunde.«

»Ach, Freunde«, seufzte Mrs. Pearlman. »*Geld* brauche ich. Sie können für mich verdienen.« Ein durchdringender Blick aus braunen Augen. »Sie haben Talent. Ich lasse Sie den Laden führen. Verdienen Sie Geld für mich.«

Delia runzelte die Stirn.

Der Laden und das Gebäude gehörten ihr, erklärte Mrs. Pearlman mühevoll. »Aber verkaufen will ich nicht. Ich vermiete an Sie, und Sie bringen mir Geld ein. Und« – sie hielt inne und zwang ihre

Lippen zu einem Lächeln – »Sie müssen mir auch die Haare machen. Jede Woche.«

»Wenn ich den Laden übernehme, kommt vielleicht keiner mehr.«

»Und wer kommt jetzt?« Mrs. Pearlman zuckte kraftlos die Schultern. »Aber Sie sind gut. Mit der Zeit werden die Leute schon kommen. Und durch Sie komme ich zu dem Geld, das ich brauche.« Sie schloß die Augen, öffnete sie wieder und fixierte Delia streng.

»Alles, was Sie an dem Laden verändern wollen, zahlen Sie selbst«, sagte sie. »Ich steuere keinen Cent bei.«

Delia nickte langsam.

»Gut.« Mrs. Pearlman schüttelte wieder ihren Arm. »Verdammt«, murmelte sie stirnrunzelnd. »Verdammt, verdammt.«

Marcias Versicherungsmann setzte einen Mietvertrag auf, und Delia rief Rosemary in Kalifornien an und bat sie um ein Darlehen. Wenn sie den Laden übernahm, wollte sie wenigstens die vernachlässigte Einrichtung ändern.

»Genau, was ich mir schon immer gewünscht hab«, schrie Rosemary ins Telefon. »Mitbesitzerin eines Schönheitssalons!«

»Na ja, vorerst ist er ja nur gemietet, aber dafür mache ich dir auch die Haare, wenn du zu Besuch kommst.« Rosemary konnte Delias Lächeln förmlich hören. »Ich werde mir die neuesten Frisiertricks aneignen, und dann mach ich dir's genau, wie du's haben willst.«

Vierzig Jahre war das Bonnet Marcias Schönheitssalon gewesen. Vorher hatte er als Garage gedient, ein schmuckloser Anbau am ehemaligen Cayro-Hotel, das aber längst abgerissen war. Viel Staat war mit dem Bonnet nicht zu machen. Es bestand aus einem einzigen großen Raum mit ein paar Waschbecken hinter einer bogenförmigen Trennwand, aber es war der erste Ort, an dem Delia je Geld verdient hatte. Hier hatten sich viele einschneidende Dinge in ihrem Leben abgespielt. Vom hinteren Fenster aus hatte sie zugesehen, wie die Polizei ihren Onkel Luke abführte und wie Granddaddy Byrd fäusteschüttelnd auf den Sheriff losgegangen war. Durch das Schaufenster mit seiner Sichtblende aus vertrockneten Topfpflanzen hatte sie an jenem Abend die Sonne untergehen sehen, an dem sie sich entschloß, Clint Windsor das Jawort zu geben. In dieser Eingangstür war sie gestolpert und hatte an dem nagenden Schmerz und der plötzlichen Nässe zwischen den Schenkeln gespürt, daß Amanda ihre Geburt ankündigte.

Als Delia beschloß, das Bonnet zu übernehmen, kündigte M. T. ihren Job im Supermarkt. »Wir schaffen das schon«, sagte sie zu der protestierenden Delia, »zusammen kommen wir ganz prima klar. Wir bringen den Laden im Nu zum Laufen, wart's nur ab.«

M. T. las jeden Artikel über Buchhaltung, belegte einen entsprechenden Kurs im College und tüftelte sogar ihr eigenes, genau auf Delias Bedarf ausgerichtetes System aus. »Echte Freundinnen«, sagte M. T. zu Cissy, »deine Mama und ich sind echte Freundinnen. Darum halten wir zusammen, komme, was da wolle.«

»Das will ich hoffen«, lachte Delia. »Entweder schaffen wir's, oder wir gehen mit Mann und Maus unter, auf jeden Fall sitzen wir zusammen in einem Boot.«

»Warum war Marcia Pearlman eigentlich so scharf darauf, daß du ihr Geschäft übernimmst?« fragte Steph, die ebenfalls in das Projekt eingestiegen war – natürlich auf reiner Kommissionsbasis, ganau wie M. T.

»Vielleicht weiß sie so gut wie ich, daß es zu mir paßt.«

»Ach ja?« M. T. blätterte eine Seite in ihrem Lehrbuch um. »Wie maßgeschneidert, oder was?«

»Na ja, eher wie ein Gewicht, das ich tragen kann«, sagte Delia. »Und dafür bin ich, weiß Gott, dankbar. Mit etwas anderem könnte ich meinen Lebensunterhalt sowieso nicht verdienen. Allerdings weiß ich auch, was sich Marcia Pearlman dabei gedacht hat. Für eine Baptistin hat die Frau fast katholische Vorstellungen von Schuld und Sühne. Sie will, daß ich hier öffentlich Buße tue, aller Welt bis an mein Lebensende die Haare mache und mir meine eigenen bei jeder Wasserrechnung ausraufe. Und trotzdem meint sie's wohl auch gut mit mir, denn so gibt sie mir die Chance, meine Seele zu retten. Ich glaube nicht, daß es sie interessiert, ob mir meine Tätigkeit Spaß macht. Glücklichsein spielt für die Baptisten keine so große Rolle.«

»Meinst du etwa, deine Hippies interessiert's, ob du glücklich bist?« M. T. schniefte gekränkt. Wie immer ging sie sofort in die Defensive, wenn Delia über die Baptisten spöttelte.

»Nein«, gab Delia zu. »Hippies haben sich hier auch nie blicken lassen.«

Eines Nachmittags, als Delia und M. T. und Stephanie mit der Ladenrenovierung beschäftigt waren, fuhr ein großer himmelblauer Oldsmobile vor. Granddaddy Byrd stieg aus. Delia hatte den Wagen noch nie gesehen und die Frau am Steuer auch nicht.

»Haben Sie sich eine Freundin angelacht?« scherzte M. T., als er hereinkam.

»Hrrumpf!« machte er nur, bekam aber etwas rote Wangen.

Delia, die an einem der Waschbecken stand, sah ihn auf sich zukommen. Seit ihrer Ankunft in Cayro hatten sie nicht mehr miteinander gesprochen. Sie konnte sich nicht vorstellen, was ihn jetzt ins Bonnet geführt hatte.

»Ich habe ein paar Sachen für dich.« Granddaddy Byrds Zunge schnellte vor und befeuchtete seine Unterlippe. »Gardinen und Sachen, die du in Kartons gelagert hattest. Dachte mir, du kannst es hier vielleicht brauchen.« Sein Gesicht wurde zusehends röter.

M. T. winkte Stephanie zu. »Komm, wir holen uns 'ne Cola, meine Kehle ist schon ganz ausgedörrt von all dem Staub.« Mit einem verschmitzten Lächeln in Delias Richtung quetschten sich die beiden Frauen an dem Alten vorbei.

»Vielen Dank für die Gardinen«, sagte Delia, »und für die Mühe, sie extra vorbeizubringen.« Sie blickte aus dem Fenster. Die breite, mondgesichtige Frau im Wagen wirkte keineswegs wie eine Geliebte.

»Das ist Mrs. Stone«, erklärte Granddaddy Byrd schnell. »Der Sheriff meint, ich solle nicht mehr fahren, und da hilft sie mir ab und zu aus.«

»Hast du einen Unfall gehabt?«

»Ach was, nur vor der Post eine läppische Mülltonne eingedellt, sonst gar nichts.« Wieder leckte er sich über die Lippen. »Da sind auch noch ein paar Blumentöpfe im Wagen. Als Ersatz für das vertrocknete Gestrüpp im Schaufenster, dachte ich.«

»Das ist wirklich nett von dir, Granddaddy.«

»Du hast noch nicht mit Clint geredet, oder?« sagte er abrupt.

Delia griff nach dem Schrubber, den M. T. ans Waschbecken gelehnt hatte. »Nein.«

»Er ist ziemlich krank«, sagte Granddaddy Byrd. »Angeblich etwas Ernstes. Könnte vielleicht daran sterben, heißt es.«

Delia klammerte sich an den Schrubberstiel. Krank? Was hatte er denn? »Davon habe ich noch nichts gehört«, sagte sie.

Granddaddy Byrd nickte ihr zu. »Dachte ich mir schon. Ich fand, du solltest es wissen.« Er blickte sich im Laden um. »Du arbeitest ganz schön hart, wie ich sehe.«

»Warum?« fragte sie. »Warum meinst du, sollte ich es wissen?«

Ihr Großvater sah sie an. »Du hast doch mit Reverend Hillman gesprochen, stimmt's? Du warst doch in der Kirche? Clint geht nie hin, und Louise Windsor macht sowieso nie den Mund auf. Von irgendwem mußt du ja mal erfahren, was los ist.« Er trat unbehaglich von einem Fuß auf den anderen. »Du willst doch zu den Mädchen, also solltest du auch über die Lage der Dinge Bescheid wissen.«

Sie sahen sich an, der Alte mit den geröteten Wangen und den ausgeblichenen Augen, und Delia mit den Händen am Schrubber, als ob das ihr einziger Halt wäre.

»Danke«, sagte sie schließlich.

Granddaddy Byrd senkte den Blick. »Du mußt mir tragen helfen, wenn du das Zeug im Wagen haben willst.«

Delia schleppte gerade den letzten Karton herein, als M. T. und Steph zurückkamen.

»Alles in Ordnung?« fragte M. T.

Delia setzte den Karton ab. »Er hat mir gesagt, Clint sei krank. Weißt du etwas davon?«

»Krank oder verrückt, das weiß keiner so genau.« Steph ließ sich auf einen Stuhl fallen, strich sich die mausbraunen Haare aus dem Gesicht und betrachtete sich im Spiegel. Sie hatte schon überlegt, sie so rot zu färben wie Delia.

»Letzten Sommer hat mal einer gesagt, Clint sei krank.« M. T. runzelte nachdenklich die Stirn. »Aber jetzt hat ihn schon so lange keiner mehr gesehen ...«

»Arbeitet er denn nicht mehr bei Firestone?«

»Nee, seit letztem Jahr nicht mehr.« Steph drehte sich zu Delia um. »Ob er Krebs hat? Die Leute haben so etwas gemunkelt, aber ich dachte, das ist nur wieder der übliche Tratsch.«

»Du weißt, die Windsors lassen sich nicht in die Karten schauen«, sagte M. T. »Eines ist sicher: Clint hat all die Jahre gesoffen wie ein Loch, das konnte nur böse enden. Ich glaube, ich habe ihn nicht mehr gesehen, seit sein Vater gestorben ist und seine Mama diese große Trauerfeier abgehalten hat. Du weißt doch, ich schrieb dir damals, daß ich die Mädchen dort gesehen hatte.«

Delia nickte.

»Na ja, und dann hat Clint ein paar Jahre bei seiner Mama gewohnt und sich ein bißchen zusammengerappelt, aber euer altes Haus hat er trotzdem behalten. Er hat es sogar mit dem Geld aus der Lebensversicherung seines Daddys gekauft. Sicher hätte es seine Mama lieber gesehen, wenn er bei ihr und den Mädchen geblieben wäre, aber das hat er nicht getan.«

Steph fuhr mit ihrem Stuhl Karussell. »Mein Lyle schwört, daß Clint seine Mama nicht ausstehen kann. Deshalb hat er das Haus behalten. So muß er nicht dortbleiben, wo er's nicht aushält.«

»Sie ist eine steinharte Frau.«

»Kann man wohl sagen.«

»Aber meint ihr, er ist wirklich krank?« Delia stand auf und griff wieder nach dem Schrubber.

»Also, ich weiß von nichts«, sagte M. T.

»Das werde ich herausfinden«, versprach Steph. »Gib mir nur ein paar Tage, und ich weiß alles.«

Der Wiedereröffnung des Bonnets im Februar standen nur noch zwei Hürden im Weg. Eine davon war die mühsame Renovierung, wobei Rosemarys Scheck ganz beträchtlich half. Außerdem scheuten weder Delia noch M. T. harte Arbeit. Steph jammerte zwar, aber auch sie beteiligte sich wacker am Schrubben und Scheuern, nur das Anstreichen besorgten Delia und M. T. selbst. Die meiste Farbe bekamen sie wieder von Sally, die in ihrer Garage endlose Reste gehortet zu haben schien. Allerdings waren die Dosen schon alt und die Farben darin ziemlich seltsam. Delia und M. T. experimentierten so lange herum, bis sie eine Riesenmenge gelb orangefarbener Tünche zusammengerührt hatten.

»Sehr hübsch«, meinte Steph, und damit war die Sache entschieden. Zum Glück gefiel die Farbe allen, denn die fettigen, fleckigen Wände benötigten drei Schichten. Außerdem hatten sie noch Geld für weiße Deckenfarbe übrig.

»Zuviel des Guten ist immer ein Problem«, sagte Steph. »Ich glaube, ich bekäme Gallensteine, wenn hier alles gelb wäre.«

Die Gardinen, die Granddaddy Byrd mitgebracht hatte, waren lappig und vergilbt, aber die Blumentöpfe konnte Delia gut verwenden. Die wenigen Pflanzen aus Mrs. Pearlmans Beständen ergänzte sie durch neue und zauberte damit einen blühenden, einladenden Zierpflanzendschungel ins Schaufenster.

Nachdem die Renovierungsarbeiten erst einmal in Schwung gekommen waren, zeichnete sich die nächste Hürde um so deutlicher ab. Eines Nachmittags hielt Nadine Reitower M. T. auf dem Gehsteig an und fragte sie unverblümt, was sie sich eigentlich dabei dächten, eine ehrwürdige Institution wie das Bonnet an eine Dahergelaufene wie Delia Byrd abzutreten. Da sie bei Marcia Pearlman kein Gehör fand, hatte sie beschlossen, den Stier bei den Hörnern zu packen.

»Ich habe ihr gar nichts abgetreten«, entgegnete M. T., »obwohl ich's jederzeit mit Vergnügen getan hätte. Sie wissen so gut wie ich, daß Marcia ihr das Geschäft nur vermietet hat, weil sie's selbst nicht mehr führen kann.«

Nadine zupfte nervös an dem Spitzenkrägelchen, das aus ihrer hochgeknöpften rosa Strickjacke hervorschaute. »Ich habe Marcia ganz klar gesagt, ich werde es nicht dulden, daß Delia Byrd Hand an mich legt. Und jetzt übernimmt das Flittchen den einzigen Friseurladen, wo ich mir je die Haare habe machen lassen!«

»Na, wissen Sie, es wird schon nichts auf Sie abfärben«, sagte M. T. »Sie brauchen keine Angst haben, daß Delias Hände Sie mit Sünde infizieren.«

»Marcia hätte ihr das Geschäft nie überlassen sollen!« Nadine warf den Kopf zurück, wobei ihr brauner Dutt gefährlich ins Rutschen kam. Man sah ihr an, daß sie schon länger nicht mehr beim Friseur gewesen war.

»Sie hat es ihr nicht einfach so überlassen.« Allmählich riß M. T. der Geduldsfaden. »Delia zahlt Miete, und nicht zu knapp. Ich finde, Sie sollten lieber dazu beitragen, daß Marcia ihren Lebensunterhalt von der gefallenen Frau bezieht, anstatt die gefallene Frau daran zu hindern, anständige Arbeit zu leisten. Was, bitte, sollte sie denn sonst machen? Soll sie sich vielleicht auf der Straße verkaufen, um sich und ihr Kind durchzubringen?«

»Sie sind eine grobe und ordinäre Person.« Vor Ärger stand Nadine der Schweiß auf der Stirn.

»Jawohl, und außerdem bin ich spät dran.« Hoch erhobenen Hauptes marschierte M. T. an Nadine vorbei auf den Eingang des Bonnet zu.

Am Abend besprachen M. T. und Steph das Problem bei Shrimps und Pommes in Goober's Restaurant.

»Meinst du, es kommt überhaupt jemand?« fragte Steph sorgenvoll.

»Ach, ein paar auf jeden Fall, allein wegen Delias Verrufenheit. Und einige werden immer wegbleiben, auch wenn sie plötzlich einen Heiligenschein hätte.« M. T. tunkte eine Kartoffel ins Ketchup und schob sie sich in den Mund. »Verrückt, wenn man bedenkt, daß ihr das Bonnet sowieso längst gehören könnte, wenn sie nicht abgehauen wäre, um reich und berühmt zu werden.«

»Sie hat wirklich ein Händchen für Frisuren«, nickte Steph.

M. T. kaute zufrieden. »Eben, und daran müssen wir alle Leute erinnern, bevor Nadine Reitower sie erinnert, was für eine Sünderin Delia ist.«

»Es wäre sicher ganz nützlich, wenn sich Delia mit Clint versöhnt.« Steph stocherte in ihren Shrimps herum. Sie sahen kläglich aus, aber dafür machte Goober's die besten Pommes weit und breit. »Ich habe mich schon ein bißchen umgehört, du, es sieht wirklich so aus, als ob der alte Byrd recht hätte. Er macht's wohl nicht mehr lange.«

»Alles zu seiner Zeit«, sagte M. T. »Aber das Wichtigste zuerst: wie kriegen wir die blöden Weiber ins Bonnet?« Sie spießte die letzten Kartoffel auf. »Meinst du, wir sollten eine Werbekampagne starten? Mit Sonderangeboten?«

»Nee, nee.« Steph quetschte einen dicken Strahl Ketchup auf ihre Shrimps. »Discountpreise höchstens für Teenies. Wenn sich unter denen herumspricht, daß ihre Mütter nicht zu Delia gehen, weil sie so eine Skandalnudel ist, dann kommen sie erst recht zu uns. Und die Mütter bekommen wir auch noch, wenn sie sehen, wie toll ihre Töchter frisiert sind. Hauptsache, wir bieten günstigere Tarife als Beckman's.«

M. T. lachte. »Alle Achtung, Stephanie, du hast wirklich Geschäftssinn.« Und zur Feier des Tages bestellte sie noch eine Portion Pommes.

KAPITEL 6

Reverend Hillman fuhr dreimal in vier Wochen zur Windsor-Farm hinaus, um mit Louise über ein Treffen zwischen ihren Enkelinnen und deren Mutter zu verhandeln. Er hatte von vornherein gewußt, daß es nicht leicht sein würde. Louise Windsor machte es keinem leicht, das lag in der Familie. Der alte Windsor hatte sich stets geweigert, mehr als zweimal im Jahr zur Kirche zu gehen: in der Woche vor Weihnachten und in der Woche vor Ostern. Die Feiertage selbst blieb er zu Hause, nur Louise nahm seit jeher zuverlässig am Gottesdienst teil. Immer an ihrem angestammten Platz in der dritten Bankreihe, flankiert von den zwei ernsten kleinen Mädchen in den gleichen billigen Baumwollkleidern, die offensichtlich von der Großmutter ausgesucht worden waren. Das ältere Mädchen, Amanda, kam auch regelmäßig zur Sonntagsschule und zum Gebetskreis. Dede, die jüngere, kam nur zur Holiness-Redeemer-Kirche, weil ihre Großmutter sie mitzerrte, und blickte nie zu ihm auf, wenn er sie ansprach. Sie war es, deren Anblick ihm Gewissensbisse bereitete. Sie erinnerte ihn so schmerzlich an Delias Mutter, daß er jedesmal dankbar war, wenn sie der Kirche fernblieb.

»Es ist immer wieder ein Schock, sie zu sehen«, sagte seine Frau einmal zu seiner Verblüffung, denn genau das hatte auch er gedacht. »Sie ist Deirdre Byrd wie aus dem Gesicht geschnitten, nicht wahr?«

»Tja, so ist das eben mit Kindern«, hatte er geantwortet. »Hin und wieder gleicht eines haargenau irgendeinem Verwandten, als ob der liebe Gott versucht hätte, das gleiche Modell noch einmal richtig zu formen.«

Mrs. Hillman hatte nur die Nase gerümpft. »Kein Wunder, bei der Familie hat ja auch kaum einer lange genug gelebt, um mehr zu tun, als ein paar Babys in die Welt zu setzen und wieder zu verschwinden.«

Den Vater der Mädchen hatte Reverend Hillman nur einmal in

zehn Jahren getroffen, bei der Beerdigung des Alten. Damals hatte ihn Clint mit einem kurzen Kopfnicken steif begrüßt und sich sofort wieder abgewandt. Während der Beerdigung war er abseits gestanden, die Hände in die Seiten gestemmt, den Blick starr auf den Sarg geheftet. Kein einziges Mal hatte er seine Töchter angesehen, obwohl sie oft zu ihm hinschauten. Der Hunger nach Zuwendung, den Reverend Hillman in beiden Mädchengesichtern sah, hatte ihn angespornt, noch eindringlicher über die Wichtigkeit von Liebe und Vergebung zu predigen. Hinterher sprachen ihn einige Leute darauf an, wie inspiriert seine Worte gewesen waren, doch weder Clint noch Louise Windsor sagten einen Ton. Erneut rang sich Clint nur ein abruptes Nicken ab, als er ihm einen Umschlag mit genau fünfunddreißig Ein-Dollar-Scheinen überreichte.

Die Frau des Reverend hatte den Kopf geschüttelt. »Die Beerdigung war gut und gerne fünfzig Dollar wert«, sagte sie, »aber diese Windsors nehmen den Unterschied ja gar nicht wahr. Der Kerl hätte seinen alten Daddy am liebsten in seinem Erdnußacker verscharrt, um auch noch das Geld für den Sarg zu sparen.«

Als er zum dritten Mal vor der Windsor-Farm vorfuhr, erinnerte sich Reverend Hillman schweren Herzens an die Worte seiner Frau. Damals hatte er sie wegen ihrer Härte getadelt, aber insgeheim mußte er ihr recht geben. Clint Windsor hätte wahrscheinlich liebend gerne jedes Frühjahr über die Knochen seines Vaters hinweggepflügt, und Louise hätte schadenfroh dabei zugeschaut. Wie würde es wohl aussehen, wenn die Alte einmal lächelte? Das hatte er in all seinen vielen Dienstjahren noch nie erlebt. Aber was gab es für sie auch zu lächeln? Ihr Mann war ein Säufer und Grobian gewesen und der Sohn offenbar kein bißchen besser geraten. Reverend Hillman wischte sich den Schweiß von der Stirn und dachte daran, wie oft die Frau mit blauen Flecken oder verquollenen Augen in die Kirche gekommen war. Nie hatte er sie zu dem Eingeständnis bewegen können, daß irgend etwas nicht in Ordnung war. Was brachte eine Frau dazu, eine solche Behandlung klaglos hinzunehmen, fragte er sich zum tausendsten Mal. Und welche Frauen machte sie dadurch aus den Mädchen, die ihrer Obhut anvertraut waren?

»Sie werden ja langsam zum Dauerbesucher«, sagte Louise, als er die Verandastufen heraufkam. Hinter ihr konnte er Amanda in

Schürze und Kopftuch sehen. »Aber ich habe heute Kesseltag und keine Zeit, mit Ihnen zu diskutieren.«

»Kesseltag?« Auf der Veranda schlug ihm ein Dunst von Seifenlauge entgegen.

»Na, woher solltn Sie das kennen. Ihre Frau ist zu jung dafür, aber manchen von uns wurde beigebracht, daß eine Hausfrau ihre ganze Weißwäsche zum Winterende erledigt haben muß. Bis dann sollte alles ausgekocht und frisch gestärkt sein, damit der Frühling einziehen kann. Manche Jahre mache ich es etwas früher, manche etwas später.« Sie schaute kurz ins Haus zurück und rieb sich das Kreuz. »Dieses Jahr trägt meine Forsythie schon sehr früh Knospen, also fange ich zeitig damit an. Der Winter war so naß und scheußlich. Vielleicht wünsche ich mir den Frühling eher als sonst herbei.«

Reverend Hillman lächelte. »Tun wir das nicht alle?«

Louise warf ihm einen mißtrauischen Blick zu. »Sind Sie wieder hergekommen, um mich zu bearbeiten?«

»Nur für ein Gespräch. Ja, ich möchte mit Ihnen reden, über die Mädchen und ihre Mutter.«

»Ihre Mutter!« Louise verzog angewidert den Mund. »*Ich* war den Mädchen weit mehr eine Mutter, als sie es je sein wird.« Sie schüttelte den Kopf. »Sie verschwenden nur Ihre Zeit, Reverend. Delia ist keine Mutter. Wenn sie hierherkommt, bringt sie die Mädchen nur durcheinander. Bei der ersten kleinen Schwierigkeit ist sie doch sofort wieder über alle Berge. Und was dann, ha? Kommen Sie dann nach ein paar Jahren wieder, um ein gutes Wort für sie einzulegen?«

»Sie scheint jetzt ernsthaft in Cayro bleiben zu wollen«, sagte Reverend Hillman. »Ich glaube nicht, daß sie den Mädchen schaden will. Im Gegenteil, vielleicht tut es ihnen gut, wenn sie wissen, daß sie ihr etwas bedeuten.«

»Gut!« schnaubte Louise. »An dieser Person ist nichts Gutes dran.«

»Jeder von uns hat etwas Gutes in sich«, erwiderte der Reverend sanft.

»Das sagen Sie, aber ich bin kein Prediger. Ich bin eine schwer arbeitende Hausfrau, die zwei störrische, verstoßene junge Dinger großzieht, und ich will nicht, daß diese Person ihnen auch noch

Flausen in den Kopf setzt. Habe so schon Ärger genug.« Wieder sah sie sich zum Haus um. Offensichtlich wollte sie nicht, daß die Mädchen etwas von dem Gespräch mithörten. Amanda war hineingegangen, wohl zurück zu ihren Waschkesseln in der Küche.

Er räusperte sich und versuchte es mit einem neuen Ansatz. »Tja, ja«, sagte er, während sein Blick langsam über den Hof schweifte, »verständlich, daß Sie Ärger vermeiden wollen. Das habe ich auch zu Diakon Hayman gesagt, als er mir seine Besorgnis wegen dieser Angelegenheit mitteilte. Keiner von uns möchte Familienstreitigkeiten vor Gericht sehen, am Ende mischt sich womöglich noch die Sozialfürsorge ein ...«

»Bei mir würden sie nichts auszusetzen finden«, fuhr Louise mit zornrotem Gesicht auf. »Ich erziehe die Mädchen richtig!«

»Da würde ich Ihnen jederzeit zustimmen.« Reverend Hillman nickte bekräftigend. »Wenn Sie vors Familiengericht müßten, würde ich allen sagen, wie hart Sie für Deirdre und Amanda gearbeitet haben.«

»Ich muß aber nicht vors Gericht!« Jetzt war sie wirklich erschrocken.

»Nun, wir wollen's nicht hoffen. Aber Sie wissen ja, wie diese Bürokraten sind. Die Leute vom Sozialamt haben Ihnen doch früher schon mal ziemlich zugesetzt.«

»Das war nur wegen dem Hippie, mit dem sie losgezogen ist. Der und sein Geld und seine gekauften Anwälte!« schäumte Louise.

»Tja, Anwälte machen immer Ärger.« Scheinbar gleichmütig beobachtete Reverend Hillman ihr Gesicht.

Sie überlegte einen Moment. »Hat Delia jetzt auch noch Anwälte?« Ihre Stimme klang schon etwas unsicherer.

»Ich weiß nicht«, sagte er. »Aber beim Gespräch mit mir schien sie sehr entschlossen. Außerdem hatte ich gehofft, wir könnten dafür sorgen, daß es keinen Ärger geben wird. Sie sagte, sie wolle die Mädchen nur mal treffen.«

»Sie will sie nicht zu sich nehmen?« warf Louise schnell ein.

»Wie könnte sie das denn?« Revernd Hillman zögerte absichtlich, während Louise immer nervöser wurde. »Hat das Gericht denn nicht Ihnen das Sorgerecht zugesprochen?«

»Das Sorgerecht hat Clint. Auf dem Papier steht mir gar nichts zu. Ich habe nur immer die ganze Arbeit gemacht.«

»Ach so. Clint.« Reverend Hillman zuckte die Achseln. »Das stellt aber auch kein Problem dar, oder?«

Louise musterte ihn lauernd. »Haben Sie viel mit ihr geredet?«

»Nein, nein«, wehrte er ab. »Nur das eine Mal.«

»Also gut.« Louise blickte seufzend in den Hof hinaus. »Vielleicht können wir ja verabreden, daß sie die Mädchen einmal besuchen kommt. Wenn sie weiter nichts verlangt.«

Der Reverend nickte, ohne sie aus den Augen zu lassen. »Weiter nichts«, sagte er. »Sie will sie nur sehen.«

Louise verzog den Mund zu einer bitteren Grimasse. Als sie Reverend Hillman ins Haus treten ließ, wurde ihm klar, daß sie Angst hatte. Wahrscheinlich sah sie jeden Besucher als potentielle Gefahr, und das vermutlich nicht ganz zu Unrecht.

Dede und Amanda nahmen die Nachricht von der Rückkehr ihrer Mutter ohne sichtliche Gemütsregung auf. Zu dem Reverend sagten sie nur, sie würden tun, was ihre Großmutter wolle. Was sie zu ihr sagten, konnte er natürlich nicht wissen. Aber sie waren in diesem schäbigen Hof aufgewachsen, hatten ihr Leben lang die Tomateneintöpfe ihrer Großmutter gegessen und ihren säuerlichen Groll und ihr schwelendes Mißtrauen auf alles geschluckt, was sie nicht bleichen oder schrubben oder in Lauge versenken konnte. Sie hatten ihre zugeknöpfte Miene übernommen und verbargen ihre Gedanken so sorgfältig, daß sie vielleicht selbst nicht mehr wußten, was sie wollten. Ihr Alltag war von Grandma Windsors bevorzugten Bibelversen geprägt, und die Hure von Babylon war für sie keine Parabel, sondern eine reale gefallene Frau. Delia war der Fluch ihres Lebens. Päckchen, die zu Festtagen eintrafen, wurden nicht angenommen oder ungeöffnet weggeräumt, Glückwunschkarten verbrannt. Hinter ihrem Rücken wurden böse Witze geflüstert oder absichtlich laut wiederholt, um ihnen eine Lektion zu erteilen. Ständig rochen sie nach hausgemachter Seife, und ihre Klassenkameraden lachten über die altjüngferlichen Kleider, die ihre Großmutter ihnen aufzwang. Die Schwestern atmeten Wut und Verdruß förmlich ein. Ihre Mutter hatte sie nicht genug geliebt. Was kümmerte es die beiden, wenn sie jetzt auf einmal daherkam?

Delia beschloß, das Bonnet genau am Valentinstag wiederzueröffnen. Mit Cissys widerwilliger Hilfe klebte sie Werbestreifen ans

Schaufenster und an jeden Laternenmast in der Stadt. M. T. nahm Handzettel zur Kirche mit, und Steph legte einen ganzen Packen davon in der Damentoilette bei Beckman's aus. M. T. hatte seit der Geburt ihrer Zwillinge nicht mehr als Friseuse gearbeitet, aber sie hoffte, es mindestens so gut zu machen wie Steph, die nach der Schule nur noch Hausfrau gewesen war.

»Meine Familie und meine Freundinnen kommen auf jeden Fall zu mir«, behauptete M. T. zuversichtlich, und Delia nickte lächelnd. Dabei war sie keineswegs sicher, ob tatsächlich jemand kommen würde. Schließlich war es nur eine Kleinstadt und Beckman's auch nur ein paar Ecken weiter.

Die ersten Tage füllten die drei ihr Schaufenster mit frischen Blumen und ihre Frisiersessel mit Freundinnen, die gratis bedient wurden. Am Eröffnungssamstag brachte Delia Frühstückskaffee und Maisbrötchen mit eingebackenen Speckstreifen mit.

»Du mußt aber früh aufgestanden sein, um die noch in den Ofen zu schieben«, witzelte M. T.

»Bin ich auch«, gab Delia zu. »Ich konnte sowieso nicht schlafen. Sie sind ein bißchen zu schwer geraten, aber na ja, ich hatte noch nie Talent zum Backen.«

»Du hättest zu Biscuit World gehen sollen«, mümmelte Steph mit vollen Backen. »Der alte Reitower kann's wirklich. Das beste Salzgebäck weit und breit, besonders die Würste im Blätterteig, eine Delikatesse, sag ich dir. Da schmeckt der Kaffee gleich noch mal so gut.«

»Na, wenigstens taugt einer aus der blöden Sippe noch zu etwas.« M. T. nippte Sahnekaffee und strich sich den Rock glatt, der ihr kaum bis an die molligen Knie reichte. Auch wenn ihr Hintern in die Breite gegangen war, ihre Beine blieben hübsch und wohlgeformt. Auf dem Herweg war sie kurz im Biscuit World gewesen. Beim Gehen hatte sie gemerkt, wie ihr der Besitzer und sogar sein Sohn auf die Beine starrten. Was Nadine Reitower wohl dazu sagen würde, diese hagere alte Zimtzicke?

»Sobald der Laden etwas abwirft, spendiere ich euch gerne auch Blätterteiggebäck«, sagte Delia. »Im Moment kann ich mir kaum das Maismehl leisten.«

»Ich dachte, du mußt doch Geld wie Heu haben.« Steph schwenkte mit großer Geste ihr Brötchen und streute sich dabei

Krümel auf den Rock. »Ich dachte immer, im Musikgeschäft sind alle reich, tragen tolle Klamotten und fahren in ihren aufgemotzten Bussen herum.« Grinsend deutete sie auf Delia. »Und nicht zu vergessen die Drogen.«

»Ja, ja, Drogen.« Delia schüttelte den Kopf. »Jede Menge Drogen. Marlboros und Camels, Southern Comfort und Jim Beam, Whiskey pur aus einem warmen Glas…«

»Genauso klang es auch«, warf Steph ein. »Bei manchen Songs war deine Stimme so rauh, als ob du etwas gesüffelt hättest.«

»Weit mehr als das«, entgegnete Delia barsch. »Die meiste Zeit in Kalifornien war ich regelrecht betrunken.« Sie reichte die Brötchen herum und merkte, daß Cissy zuhörte. »Wozu sollte ich euch etwas vorlügen. Es war schrecklich, aber meistens war mir das gar nicht bewußt.«

»Na, es kann doch nicht *alles* schrecklich gewesen sein.«

Verlegen wandte sich M.T. ein wenig in ihrem Sessel ab, um Cissy und Steph nicht ansehen zu müssen. »Ich meine, manches war sicher auch ganz schön.«

»Klar, Randall war doch ein gutaussehender Kerl.« Steph errötete leicht. »Und berühmt sein ist auch kein Nachteil für einen Mann. Berühmt *und* reich. Er hat eine Menge Zaster mit diesen Platten gemacht.«

»Ach was, Randall war niemals reich. Das sah nur so aus. *Diamonds and Dust* war die einzige Platte, mit der Mud Dog jemals Geld verdient hat.« Delia pustete gedankenverloren auf ihren Kaffee. »Randall hatte nur eines: Ausstrahlung. Er sah aus wie ein Star und benahm sich wie einer. Er brachte die Leute dazu, an ihn zu glauben.« Randall hatte die Leute von der Plattenfirma mit seinem Charme so eingewickelt, daß sie ihm sogar seine Starallüren finanzierten. Reporter und Fotografen, wo er ging und stand, teure Hotelzimmer zum Verwüsten, glasige Augen – alles nur Show. All die Rechnungen, die lässig an besorgte Buchhalter weitergereicht wurden. All die sorgfältig auf spiegelblanken Tischplatten gezogenen Koksstraßen. Das Starleben, der Starkult. Kein Bargeld zur Hand, aber jede Menge Vergünstigungen.

»Geld war eigentlich nie da«, sagte Delia.

Steph zog ungläubig die Augenbrauen hoch. »Kein bißchen?«

»Nicht ein Cent.« Delia lehnte sich in ihren Stuhl zurück. »Jahrelang hatte ich nicht einmal ein eigenes Telefon. Ich konnte nur von Randall aus anrufen oder mal aus irgendeinem Büro.«

M. T. und Steph starrten sie verdattert an. Unvorstellbar – ein Luxusleben ohne Geld. Wie konnte das gutgehen?

»Verrückt, wie man gerade mit leeren Taschen den Reichen spielen kann. Man gewöhnte sich daran, alles auf Kredit oder auf Rechnung der Plattenfirma zu besorgen.« Delia schob ihren Stuhl zurück. »Nur mit der Unterwäsche war es immer schwierig. Tolle Kleider für die Auftritte warfen die mir nach, aber Slips und BHs und Strümpfe konnte ich ja schlecht von der Plattenfirma zahlen lassen.« In sieben Jahren hatte sie nie mehr als vierhundert Dollar in bar besessen. Es war, als lebte man in einer eng begrenzten Grauzone. Wenn man ein paar Schritte zur Seite trat, löste sich alles in nichts auf.

»Kann ich ein Gehalt bekommen?« hatte Delia Randall gefragt, als *Mud Dog/Mud Dog* in Arbeit war.

»Wozu ein Gehalt? Du wirst in Geld schwimmen!«

»Bis dahin hätte ich gern etwas, auf das ich zählen kann.«

»Du kannst auf mich zählen.«

»Randall!«

»Mädchen, Mädchen.«

Als versöhnliche Geste brachte Randall die Leute von Columbia dazu, Delia monatlich tausend Dollar zu überweisen. »Das ist aber knauserig«, hatte sich Rosemary an ihrer Stelle beklagt. Sie bekam Prozente, wenn sie ihr beim Songschreiben half.

»Delia braucht kein Geld. Wird doch sowieso alles bezahlt. Sie muß nicht für Miete und Auto und Lebensmittel aufkommen. Und wenn sie etwas Besonderes will, kaufe *ich* es ihr«, blaffte Randall. »Delia ist *mein* Mädchen! Sonst hat sie nichts zu brauchen, verdammt noch mal!«

Der Witz war aber, daß sich Randall ständig Geld von ihr »borgte«. Und so besaß sie bei ihrem Auszug lediglich ihr altes Auto und sechstausend Dollar.

»Sechstausend Dollar, wofür? Acht oder neun Jahre?« Steph wiegte bedenklich den Kopf. »Da komme ich mit meinem Lyle aber besser über die Runden.«

»Tja, ich habe leider nie an Geld gedacht«, sagte Delia. »Ich habe Randall blind vertraut, selbst als ich's schon hätte besser wissen müssen. Vielleicht lag es am Alkohol, aber in Wahrheit hatte Randall einfach etwas Magisches an sich. Er hat es nie wirklich zu nutzen verstanden, es war ihm egal, aber wenn er dich mit diesen großen dunklen Augen ansah, dann warst du weg. Man konnte sich nicht vorstellen, daß auch er nur sterblich und albern wie wir alle war. Nur weil er so schön singen konnte, daß es einem das Herz brach, fühlte er sich als Halbgott.«

»Vielleicht sollten wir den Laden hier in Rock Star Shop umbenennen.« Steph sah den Passanten durchs Schaufenster hinterher. Es war Zeit zu öffnen.

Bei dieser Bemerkung zuckten alle zusammen. Durch ihr nervöses Gerede hatte Delia völlig übersehen, daß sie gerade ihren hochheiligen Schwur brach, niemals über die Jahre mit Randall zu reden.

Cissy hatte die ganze Zeit zugehört. Sie schaukelte mit dem Stuhl gegen die Wand, beobachtete hinter der Sonnenbrille ihre Mutter und dachte dabei an ihren Daddy. Delia hatte kein Recht, so beiläufig über ihn zu reden, und Steph war nicht berechtigt, aus seinem Berühmtsein Kapital zu schlagen.

»Mir gefällt ›Bee's Bonnet‹«, sagte sie laut. »Das hat Tradition. Das war immer schon da.« Sie deutete mit dem Arm auf die pfirsichgelben Wände. Es war ein grauer Morgen gewesen, aber nun strömte Sonnenlicht durchs Fenster, und Kaffeeduft überdeckte den Geruch nach frischer Farbe. Sollte Delia den Laden umbenennen, würde Cissy einen Weg finden, ihn anzuzünden.

Delia strahlte Cissy dankbar an. »Um so besser«, sagte sie. »Mir täte auch das Geld für ein neues Neonschild leid.« Sie steckte einen dünnen Toupierkamm in ein Glas mit blauer Desinfektionslösung.

Alle lachten. Der Moment, in dem alles eine andere Richtung hätte nehmen können, ging vorbei. Cissy schlug mit der Hand gegen den Mauerbogen und biß sich auf die Lippe.

Die erste zahlende Kundin im Bonnet war Gillian Wynchester, Cayros Vorzeige-Emanze. In ihrer berühmten Rede vor ihrer Bingogruppe hatte Gillian einmal verkündet, sie habe vollstes Verständnis für das Verbrennen von Büstenhaltern. Sie selbst würde auch lieber alles locker tragen, statt sich in die kratzigen Spitzenmieder zu zwängen, die ihr Mann immer von seinen Dienstreisen nach New Orleans mitbrachte.

»Da geht er abends in diese Tittenbars«, erzählte Gillian ihren Freundinnen, »und schleppt mir dann Reizwäsche an, die ich auch noch für ihn anziehen soll. Das unmöglichste Unterzeug, was man je gesehen hat. Dabei habe ich sowieso kaum Oberweite. Wozu aus Teetassen Suppenschüsseln machen wollen?«

Gillian grinste über die schockierten Mienen, die ihre Sprüche hervorriefen. Von da an legte sie es regelrecht darauf an, allen zu beweisen, was für ein Freigeist sie war. »Man kann nie wissen, wozu ich noch fähig bin«, beteuerte sie, obwohl sie ihrem Mann seit dem Tag ihres Jaworts noch nie etwas verweigert hatte – nicht einmal das grünseidene Bustier, das ihre Backfischbrüstchen höchst albern aus dem Nachthemdausschnitt hervorschob. Allerdings achtete sie immer darauf, daß ihr Töchterchen Mary Martha fest schlief, bevor sie das Ding anlegte. M. T. hatte schon vorhergesagt, Gillian würde eine der ersten Kundinnen im Laden sein, aber sie tauchte sogar schon vor der eigentlichen Öffnungszeit auf.

»Ich möchte etwas Neues und Aufregendes«, sagte Gillian zu Delia, als sie den Kopf über das Becken zurücklehnte. »Vielleicht auch noch ein bißchen Farbe, wo ich schon mal hier bin, so honigblonde Strähnen wie die Wetterfee im Frühstücksfernsehen.«

»Hmmmm.« Abwägend strich Delia durch Gillians dürftige braune Lockenpracht. »Ein bißchen aufhellen könnte nichts schaden. Und ein neuer Conditioner für mehr Spannkraft, um das Ganze etwas aufzupeppen.«

»O ja, aufpeppen«, seufzte Gillian, während ihr Delia mit kräftigen Fingern die Kopfhaut massierte. Die nächste Stunde erzählte sie kichernd Skandalhistörchen von ihrem Mann, während Delia lächelnd nickte und mit ihren Händen wahre Wunder vollbrachte. Als Delia ihr dann die Haare auskämmte und sie zum Spiegel herumdrehte, war Gillian zum ersten Mal sprachlos.

»Mein Gott«, sagte sie schließlich und betastete scheu die angestuften Föhnwellen um ihr Gesicht.

»Sie sind eine gutaussehende Frau«, sagte Delia und bauschte ihr mit dem Kammstiel das Deckhaar noch etwas auf. Dieselbe Frisur hatte Gillian seit ihrer Hochzeit getragen, aber zum erstenmal war sie so geschnitten, daß sie ihre schmale Wangenpartie vorteilhaft umschmeichelte und ihren leicht stechenden Blick milderte.

»Doch, kann man schon sagen, nicht?« strahlte Gillian. Im Spiegel sah Delia, wie Steph M. T. verstohlen zublinzelte. Gillian hatte ihre Einkaufsrunde durch die Stadt noch nicht beendet, da begann das Telefon im Bonnet schon zu läuten. Bis zum Wochenende füllten die anfangs nur zaghaft auftauchenden Einzelkunden stetig den Terminkalender, und gegen Ende des Monats gaben sie sich buchstäblich die Klinke in die Hand.

Wenn die Frauen errötend und mit verträumtem Blick in den Laden kamen, um sich verschönern zu lassen, legte Delia ihnen ein feuchtkühles Handtuch in den Nacken und reichte ihnen einen Stapel Zeitschriften, von der dicken Frühlingsausgabe der *Vogue* mit dem Hochzeits-Sonderteil bis zur Herbstausgabe von *Mademoiselle* mit den vielen Schulmädchenfrisuren. »Suchen Sie sich aus, was Ihnen gefällt«, sagte Delia ermunternd. »Dann schauen wir, was wir tun können.« Egal, wie sehr sich auch die Wirklichkeit von den Hochglanzbildern unterschied, Delia fand immer einen zufriedenstellenden Kompromiß.

»Sie haben zwar nicht ganz so viel Haarsubstanz«, sagte sie beispielsweise zu einer Frau reiferen Alters, die ihr das Foto einer Sechzehnjährigen mit hüftlanger Mähne entgegenstreckte. »Aber wir können Ihr Haar ein bißchen länger aussehen lassen, indem wir es eine Schattierung heller tönen und dann fülliger schneiden.«

»Blind und dumm und ganz verdreht vor Lust«, konstatierte Steph, sobald die Frauen zur Tür hinaus waren. Steph redete nie von Liebe, nur von Lust. »Frühlingsgefühle«, sagte sie, »da gerät man in Hitze. Wirklich, man sieht's sogar an der Haut.«

»Du solltest dir ruhig ein paar Frühlingsgefühle zulegen, Steph, das bringt dich auf Trab«, neckte sie M. T. »Ein bißchen Hitze von innen ist gar nicht schlecht, das frischt deinen Teint auf. Besser als ein Schluck Whiskey oder ein Mittagsschlaf. Ehrlich, Schatz, du solltest dir welche gönnen, sonst vergißt du noch ganz, wie das ist.«

»Du hast gut reden.«

»Ganz recht.« M. T. strahlte.

»Dann erzähl das lieber Delia, die hat's nötiger als ich.«

»Laßt mich ja aus dem Spiel«, wehrte Delia lachend ab. »Ich bin auch so zufrieden. Besten Dank.«

Träume, Phantasien, heimliche Sehnsüchte – das alles hielt einen Schönheitssalon am Laufen. Und trotz aller Neckereien genossen die Frauen im Bonnet diese Stimmung in vollen Zügen.

»Du bist ja verliebt«, sagten sie oft zu einem Mädchen, das sich beim Hereinkommen noch gar nicht über seine Gefühle klar gewesen war.

»Ist er *so* toll?« fragte M. T. solche Mädchen gern. »Wird dir schon beim Gedanken an ihn heiß?« Sie zwinkerte Delia oder Steph zu, während sie ihr Opfer freundlich anlächelte.

»Ach, na ja«, sagte das Mädchen vielleicht leise errötend, »jedenfalls denke ich an ihn.«

Mit M. T.'s Fingern an den Schläfen und Delias Lächeln im Spiegel wirkte alles eher aufregend als peinlich. In einem Schönheitssalon konnte man solche Leidenschaften ungestraft zugeben. »Doch, er ist schon ganz schön nett«, hieß es dann, »schön *und* nett.« Und anschließend wurde heftig über den eigenen Geistesblitz gekichert. Ja, wenn die Liebe zuschlug, wußten alle, wo der Beichtstuhl stand. Die Frauen im Bonnet waren Hohepriesterinnen der verständnisvollen Zuwendung.

»Na komm, Kleine, wir bringen dich mal richtig in Schuß.«

»Nur Mut, Kindchen, frisch gewagt ist halb gewonnen.«

»Also los, man muß schon etwas riskieren, um den Mann zu kriegen, der's wert ist.«

Die Haare konnten gefärbt, gestuft, gesträhnt, gewellt oder auftoupiert werden. M. T. konnte die Nägel in jeder Farbe lackieren und nach Wunsch sogar verlängern. Steph konnte neue Pflegecremes und Make-up-Tricks vorführen, mit denen die Haut samtiger und die Augen größer wirkten. Delia reichte lächelnd ihre Zeitschriften herum, beriet und nickte und sprach den Zaghaften Mut zu. Und wenn eine Kundin dann am nächsten Samstag fahl und mit vor Enttäuschung verquollenen Augen wiederkam, forderte Delia erneut ein Quentchen Hoffnung zutage.

»So, jetzt machen wir Sie mal richtig schick. Ich habe da eine Idee, die könnte Ihnen gefallen.«

Manchmal überlegte Cissy, ob jener Nachmittag im Bonnet, wenn die Frauen kichernd vor sich hin träumten, nicht schon das Beste an der ganzen Romanze war. Sicher würde der parfümgetränkte Glanz junger Verliebtheit die banale Realität schweißtreibender Rangeleien auf Autositzen bei weitem übertreffen. Die überschwengliche Hingabe der Frauen im Bonnet verklärte sogar Liebeskummer und Herzeleid.

Im Bonnet kursierte der Witz, daß eine Frau, die ihre Frisur änderte, auch ihr Bett neu bezog. »Rosa Satin statt weißer Baumwolle«, sagte M. T. »Madrigal Whiteman braucht eine Frisur, die zur Satinbettwäsche paßt.«

»Die?« lachte Delia. »Die hat doch ihren braven Pagenschnitt schon seit einer Ewigkeit!«

»Tja, aber seit heute morgen trägt sie einen fedrigen Bob wie auf dem Starfoto, das du auf dem Tresen hattest.«

»Aha, sie wollte wohl wieder jung aussehen, wie?«

»Sie wollte etwas Pflegeleichtes, hat sie gesagt.«

»Verstehe, einen Schnitt, der ohne Lockenwickler auskommt, wenn man mal eine sündige Nacht im Motel verbringt. Hätte nie gedacht, daß Madrigal in ihrem Alter noch so etwas vorhat.«

»Angeblich soll sie ja dem Geschäftsführer im neuen Supermarkt schöne Augen machen, diesem, ähem, wie heißt er noch gleich?«

»Ach, dieser Schmalzlocken-Schönling?«

»Gott, du hast vielleicht ein böses Mundwerk!«

Nur Delia änderte nie etwas. Sie wechselte weder Frisur noch Laken. Während der Arbeit trug sie ihre schulterlangen rotblonden Haare straff nach hinten gebunden oder hochgesteckt. Erst abends, wenn sie auf den Stufen vor ihrem Haus hockte, ließ sie sie lose herabhängen.

»Ich spüre eben gerne meine Haare, wenn ich sie ausschüttle«, sagte sie, als ihr M. T. riet, sie abzuschneiden.

»Kurz ist doch praktischer. Lange Haare sind etwas für kleine Mädchen.«

»Als kleines Mädchen habe ich immer kurze getragen. Granddaddy Byrd war das Durchbürsten immer zu lästig, und als ich einmal eine Kinderkrankheit bekam, hat er sie von Mrs. Pearlman raspelkurz schneiden lassen. Der Mistkerl hat behauptet, lange Haare rauben einem die Kraft.«

»Ein paar von den Alten denken immer noch so. Die meinen, man müßte Kindern, wenn sie mehr als zwei Tage lang Fieber haben, die Haare abschneiden, um ihre Abwehrkräfte zu stärken. Früher trugen die Mädchen immer lange Zöpfe, bis sie krank wurden oder auch nur zu widerspenstig. Alles nur dummer Aberglaube.«

»Granddaddy Byrd hat das sicher auch geglaubt. Auf alle Fälle hat er versucht, mich zu zähmen.« Delia strich sich ein paar lose

Strähnen aus dem Nacken und zwirbelte sie in ihren Knoten. »Er wollte mir wohl seinen Stempel aufdrücken, darum hat er mir diesen scheußlichen Schnitt verpassen lassen, sosehr ich auch heulte und zeterte. Ich war gar nicht mehr ich selbst, bis meine Haare endlich nachgewachsen waren.«

»Es gab eine Zeit, in der haben sich die Mädchen die Haare abgeschnitten, um zu zeigen, wie erwachsen sie waren oder wie aufmüpfig.«

»Also, ich habe mir nie die Haare schneiden müssen, um aufmüpfig zu sein.«

»Das stimmt. Bei dir war das auch so klar.«

Reverend Hillman ärgerte sich. Obwohl Louise Windsor eingewilligt hatte, Delia zu ihren Mädchen zu lassen, zögerte sie den Moment ständig hinaus, indem sie vorgab, seelisch noch nicht dafür bereit zu sein. Ob er nicht noch einmal am Samstag nachmittag vorbeikommen wolle, um mit ihr in der Bibel zu lesen, damit sie sich besser zur Vergebung rüsten könne? Zuerst war er froh gewesen, daß die starrköpfige Alte so unverhofft Besserungswillen zeigte; er rief Delia im Bonnet an und bat sie, sich noch ein bißchen länger in Geduld zu fassen. Aber nach einigen Wochen seelsorgerischer Opferbereitschaft wurde deutlich, daß die Alte lediglich Zeit schinden wollte. Auf alles, was er sagte, hatte sie stets ein »Ja, aber« bereit, jedem seiner versöhnlichen Bibelverse hielt sie einen über Ehebruch und gottlose Hurerei entgegen.

»Ich glaube, sie meint ihr Versprechen nicht ehrlich«, sagte Reverend Hillman zu seiner Frau.

»Und das fällt dir jetzt erst auf?« spottete sie und errötete, als sie seine betretene Miene sah. »Laß dich ja nicht von ihr aufreiben. Bring wieder den Anwalt zur Sprache. Anwälte haßt sie.«

Reverend Hillman beherzigte den Rat seiner Frau und noch mehr: er suchte alle Bibelstellen heraus, die in irgendeiner Weise mit Anwälten zu tun hatten. Viele klangen sogar ausgesprochen bedrohlich. Nur zehn Minuten vergingen, dann sah ihn Louise Windsor an, als hätte sie eine Schlange an ihrem Busen genährt.

»Also gut, eine Viertelstunde«, sagte sie, stand abrupt auf und schob die Bibel ins Regal zurück. »Nächsten Samstag bekommt sie ihre Viertelstunde, und keine Sekunde länger.«

Gillian Wynchester war gerade an der schlüpfrigsten Passage einer langen Geschichte über die letzte New-Orleans-Reise ihres Gatten angelangt, als Reverend Hillman ins Bonnet kam. Beim Klang seiner Stimme drehte sich Delia um, aber Gillian schlug die Hand vor den Mund. »Wie nett, Sie zu sehen, Reverend«, quietschte sie. »Entschuldigen Sie mich.« Sie rannte ins Bad. Ihre Ohren leuchteten genauso rosa wie das Handtuch um ihre Schultern.

Delia stand da und streckte die Schere in die Luft, während der Pfarrer so leise auf sie einsprach, daß keiner ein Wort mitbekam. Aber kaum hielt er inne, warf sie ihm mit einem Freudenschrei die Arme um den Hals, wobei sie beinahe Stephanie erstochen hätte, die neugierig näher gekommen war. »Oh, danke, danke«, stammelte Delia immer noch, als Reverend Hillman schon fast wieder zur Tür hinaus war.

»Ich bin froh, daß ich Ihnen helfen konnte«, sagte er und nickte M. T. und der unter ihrer Crememaske unkenntlichen Frau vor ihr zu. Vor Verlegenheit hatte sein Gesicht schon beinahe die Farbe der Wände angenommen.

Den Rest der Woche verbrachte Delia wie in Trance. Ihre ganze Freizeit benutzte sie dazu, Geschenke auszusuchen, die ihren Mädchen gefallen könnten: Spitzenborten für Amanda, Haarspangen für Dede und für jede eine Bluse und eine Duftkerze. »Ich weiß nicht, was ich wem schenken soll«, beklagte sie sich bei M. T. »Vielleicht mag Amanda die mit dem Stehkragen, und Dede die mit der Stickerei. Und Kerzen sind doch eigentlich nie verkehrt, oder? Alles kommt mir so unpersönlich vor.«

M. T. tätschelte ihr beschwichtigend die Hand. »Ach was, alles wird gut. Du weißt doch, daß es gar nicht auf die Sachen ankommt. Du bist das einzige, was sie wirklich sehen werden.«

»Dede ist krank«, sagte Grandma Windsor, als Delia an der Tür stand. »Ein Magen-Darm-Virus, seit gestern schon. Und Amanda geht's auch nicht besonders, sie wird sich wohl angesteckt haben. Also dann, vielleicht ein andermal.« Trotz ihres Lächelns schwang in ihren Worten jahrealter Zorn mit. Jahre der Bitterkeit, der tapfer zurückgehaltenen Tränen und erstickten nächtlichen Schluchzer, Jahre vergangenen Kummers und künftiger Leiden. So kärglich dieser Moment der Rache auch sein mochte, Grandma Windsor kostete ihn voll aus.

Delia drückte stumm ihre Geschenktüte an die Brust.

Nervös strich sich Grandma Windsor über die Schürze. »Ich weiß, du bist jetzt sicher enttäuscht. Aber was macht ein bißchen länger warten schon aus, nach all der Zeit?«

Delia schaute in die Tüte. Die liebevoll eingewickelten Päckchen schimmerten im Sonnenlicht. »Krank?« setzte sie an, aber Grandma Windsor ließ ihr keine Zeit.

»Nächste Woche«, beschied sie knapp. Ihr Gesicht war ein Bild der Befriedigung. »Vielleicht.«

Im Wagen umklammerte Delia das Lenkrad und schnappte geschockt nach Luft. Grandma Windsor beobachtete sie von der Veranda aus, während Delia unbeweglich dasaß und die Sonne am kalten blauen Himmel höher und höher stieg. Schließlich lockerte Delia ihren Griff und ließ den Motor an.

»Ein andermal«, sagte sie mit einem kurzen Blick auf Grandma Windsor. Sie rieb sich den Nacken, atmete tief durch und fuhr zurück zum Bonnet.

»Sie hat dich nicht hereingelassen!« M. T. konnte es nicht glauben.

»Eiskalt abgewiesen!« empörte sich Steph.

»Ja, eiskalt.« Delia hatte die Geschenke im Wagen gelassen. Sie hätte sie abgeben sollen, sagte sie sich, aber es war der Alten zuzutrauen, daß sie sie den Mädchen gar nicht aushändigte.

»Also, ich finde, wir sollten sofort los und uns den Drachen vorknöpfen.« M. T. wischte die Hände an ihrem Kittel ab. »Wollen doch mal sehen, wer hier besser Feuer speien kann!«

»Laß uns lieber noch ein bißchen abwarten, bevor wir ihr die Bude einrennen.« Steph wandte sich zu Delia. »Clint geht nicht mehr arbeiten. Er ist so krank, daß er nicht einmal mehr zu Dr. Campbell gehen kann. Seine Sprechstundenhilfe Marvella war hier. Sie hat erzählt, man würde ihn nicht wiedererkennen, so schlimm sieht er aus. Aber inzwischen bekommt ihn sowieso keiner mehr zu Gesicht.«

»Stimmt, Reverend Myles hat zu Sally gesagt, er würde noch vor Weihnachten sterben.« M. T.s Gesicht spiegelte Wut und Unsicherheit wider. »Er sagte, es sei Krebs in der Wirbelsäule, auf jeden Fall Knochenkrebs. Grauenhaft. Anscheinend kann er sich kaum noch auf den Beinen halten, und Grandma Windsor bringt ihm das Essen ins Haus. Sie sucht dringend eine Zugehfrau für ihn, hat aber bisher nur Absagen bekommen. Sie hat ja kein Geld, und außerdem war sie immer schon ein Geizhals. Weiß Gott, wie entstellt der Mann inzwischen sein mag.«

Delia riß entsetzt die Augen auf und lehnte sich haltsuchend an eines der Waschbecken. »Mein Gott«, sagte sie.

»Ganz recht«, nickte Steph. »Wenn das kein Beweis ist, daß es einen Gott gibt.«

Delia schüttelte den Kopf. »Krebs? Ich dachte immer, jemand schießt ihn eines Tages über den Haufen. Oder er bringt sich selbst um. Aber Krebs? Das paßt doch gar nicht.«

»Delia?« sagte M. T. behutsam. »Was geschehen ist, ist geschehen. Da kann man jetzt auch nichts mehr machen. Aber an eines solltest du denken, Liebes. Wenn Clint stirbt, während die Alte noch die Mädchen bei sich hat, kriegen wir sie in diesem Leben nicht mehr von ihr los.«

»Ich weiß«, flüsterte Delia. »Ich weiß.«

»Gut, dann mußt du schleunigst etwas unternehmen.«

»Ich weiß.«

»Ein andermal.«

Immer, wenn Delia hinfuhr, um ihre Mädchen zu sehen, bekam sie dieselben Wore zu hören. Grandma Windsors Augen glitzerten schwarz und hart wie Schiefer in der Sonne. Jedes Wochenende, wenn Delia an der Tür auftauchte, geboten ihr diese Augen Einhalt. Eine Erkältung im Anzug, leichtes Fieber, alle beide gerade wieder krank oder leider außer Haus – jedesmal dasselbe. Manchmal kam es ihr vor, als bewegte sich die Gardine, als huschte ein Schatten hinter der Fliegengittertür vorbei. Aber Delia wurde nie über die Schwelle gelassen, und die Mädchen kamen nie zu ihr heraus.

Wieder und wieder eine neue Ausrede, ein kaltes Lächeln, irgendein Grund, weshalb die eine oder andere unpäßlich war.

»Dede fühlt sich nicht wohl, sie kann unmöglich in dieser Hitze losziehen. Wir müssen den Ausflug auf ein andermal verschieben.«

»Wenn sie sich hingelegt hat, könnte ich doch wenigstens kurz mal zu ihr reinschauen.« Delia erwog schon, sich mit Gewalt Einlaß zu verschaffen, aber sie wollte Amanda und Dede nicht erschrecken.

»Nein, das geht jetzt nicht.«

Abweisende Augen. Steinernes Herz. Amanda hatte sich erkältet. Dede hatte ihre Periode. »Und sie bekommt sie immer so heftig, die Arme.« Magenverstimmung, Schnupfen, Migräne, verstauchte Knöchel. Und auf keinen Fall konnte die eine ohne die andere mitkommen. Sie waren sich ja so nahe. Davon kannst du nichts wissen, sagten die Augen der Alten.

»Wenn du die Mädchen kennen würdest, ja, dann würdest du es verstehen.«

Jedesmal, wenn Grandma Windsor sie so abfertigte, wurde Delias Nacken steifer, hielt sie den Kopf noch höher. Sie war genauso starrsinnig wie die Alte.

»Ich brauche die Mädchen heute bei der Gartenarbeit. Ein andermal.«

Ich brauche. Die Mädchen brauchen. Irgend etwas. Nur nicht ihre Mutter.

Am fünften Samstag ging Delia bebend zum Wagen zurück. Mit aller Kraft umklammerte sie das Steuer, ließ los und drehte den Schlüssel im Zündschloß. »Diesmal bist du zu weit gegangen, Alte.«

Ihre Worte waren so starr wie ihre ausdruckslosen Pupillen.

Alte.

Die Reifen drehten sich, Kies spritzte auf, in einer Staubwolke schoß der Wagen vorwärts. Mit allen hatte Delia über ihre Mädchen geredet: mit Granddaddy Byrd, M. T., Stephanie und Reverend Hillman. Jetzt behielt sie ihre Gedanken für sich und begann, Pläne zu schmieden.

KAPITEL 7

Delia fuhr direkt von Grandma Windsor zu dem kleinen gelben Fertighaus, das sie vor so langer Zeit mit Clint bewohnt hatte. Sie parkte in der Einfahrt und blieb noch einen Moment im Wagen sitzen. Erinnerungen überschwemmten sie. Das war einst ihr Zuhause gewesen, aber jetzt war es ganz heruntergekommen. Die gelbe Farbe blätterte von der Holzverschalung, der Garten lag vernachlässigt und stellenweise kahl da. Die beiden Pfirsichbäume vor dem Haus waren fast abgestorben, die Hecke bräunlich vertrocknet. Auf der Veranda fehlten einige Planken, und über den Seitenstufen hatte man mit Eisenklammern eine Sperrholzplatte als improvisierte steile Rollstuhlrampe befestigt. Alles sah abgenutzt und verlottert aus.

Delia dachte an ihr ärmliches, schimmelverseuchtes Häuschen am Fluß. Sie hatte dort schon ein Stückchen Erde freigescharrt, wo sie einen Gemüsegarten anlegen wollte, sobald das Wetter besser wurde. Tomaten und Kürbisse wollte sie dort ziehen und jede Menge Sonnenblumen, Dahlien und Astern. Schon immer hatte sie gerne im Garten gearbeitet. Was war mit all ihren Pflanzen hier geschehen? Sie blickte hoch. Über dem Hausdach konnte sie gerade noch die Wipfel der schattigen Nußbäume sehen, unter denen sie in jenem letzten Sommer mit ihren Kindern Zuflucht gesucht hatte.

Die Tür schwang auf. Ein langer, hagerer Mann mit wirrem Haar stand auf der Schwelle und hielt sich mit beiden Händen am Türrahmen fest. Er taumelte bei dem Versuch, sich gerade aufzurichten.

»Mein Gott.« Delias Miene erstarrte vor Entsetzen. Rote Flecken brannten auf ihren aschfahlen Wangen. Unbewußt schüttelte sie den Kopf, als wehrte sich ihr Innerstes gegen diesen Anblick, gegen die vertraute und doch so veränderte Gestalt dort in der Tür.

Eine Weile sahen sich beide schweigend an, Delia völlig reglos, Clint leise schwankend. Seine Augen saugten sich förmlich an ihr fest. Sein Mund stand offen, und seine Zunge lag grau und aufgequollen auf seiner Unterlippe.

»Delia«, sagte er schließlich. »Ich habe mich gefragt, ob du herkommen würdest.«

»Bist du sicher, daß es eine gute Idee ist?« fragte M. T., während sie Gläser und Geschirr in Zeitungspapier einwickelte. Sie half Delia beim Umzug ins gelbe Haus.

»Hast du nicht selbst gesagt, daß ich meine Mädchen nie kriegen werde, falls Clint stirbt, solange sie noch bei Grandma Windsor sind?«

Dagegen konnte M. T. nichts einwenden, aber sie war immer noch besorgt. »Vielleicht erholt er sich wieder«, meinte sie. »Wir wissen doch gar nicht, wie schlecht es ihm geht.«

»Ich weiß, wie schlecht es ihm geht. Ich habe ihn gesehen. Er hat vielleicht noch etwas mehr Zeit, als du dachtest, aber auf jeden Fall nicht mehr lange. Eine Bedrohung ist er für niemanden mehr.«

»Selbst ein Sterbender kann dir noch eine Kugel durch den Kopf jagen.«

»Clint wird niemanden erschießen«, winkte Delia ab. »Er wirkt, als hätte er sich bekehrt oder so, jedenfalls völlig verändert.«

»Na, wollen wir's hoffen.« M. T. schien nicht sehr überzeugt. »Sonst würde der Kerl nämlich geradewegs zur Hölle fahren. Glaubst du, der Krebs hat ihm Gottesfurcht beigebracht?«

»Weiß ich nicht, ist mir auch egal. Ich weiß nur, daß wir eine Vereinbarung getroffen haben.« Delia stopfte eine Handvoll ausgefranster Geschirrtücher in einen Plastiksack. »Einen Teufelspakt! Er wird mir helfen, Amanda und Dede zu bekommen, und ich werde für ihn sorgen, bis er stirbt.«

»Hier hast du früher gewohnt?«

Cissy saß wie angenagelt auf dem Beifahrersitz des Datsun und starrte ihre Mutter ungläubig an. Als sie hörte, daß sie zu Clint ziehen sollten, hatte sie ihren Ohren nicht getraut, und nun traute sie ihren Augen nicht. Diese Hütte sah keineswegs so aus, als ob Delia sie je als ihr Zuhause akzeptiert hätte.

»Hier habe ich gewohnt, als deine Schwestern geboren wurden«, sagte Delia. »Beim Einzug war es ein hübsches Haus.«

»Wie lange ist das her?«

Delia rutschte unbehaglich auf ihrem Sitz hin und her, zog ein Kleenex aus der Schachtel am Boden und wischte sich den Schweiß vom Nacken. »Als du zur Welt kamst, war Dede gerade zwei Jahre alt. Sie ist am vierten Mai geboren, ein Stierbaby, du am achtundzwanzigsten August, eine Jungfrau.« Sie faltete das Kleenex zusammen und tupfte sich die Augen ab. »Amanda ist ein Fisch, fünfzehnter März. Sie ist vier Jahre älter als du.«

Cissy spürte, daß sich Delia alle Mühe gab, ihre Scham zu überwinden und ganz beiläufig über Dinge zu sprechen, die sie sonst nie erwähnte. »Wie alt war Dede, als du weggegangen bist?« fragte sie, um Delia noch ein bißchen zu quälen.

Delia starrte auf das Haus, als hätte sie Scheuklappen auf. »Zehn Monate. Ganze zehn Monate.«

»Furchtbar«, sagte Cissy, »noch ein richtiges Baby.«

Die Minuten dehnten sich. Cissy konnte Delia mit den Zähnen knirschen hören. Gerade als sie überlegte, ob ihre Mutter je wieder ein Wort sagen würde, trat Clint auf die Veranda hinaus. Augenblicklich fühlte sich Cissy an Granddaddy Byrd erinnert – die gleiche hagere Statur, die gleiche geduldige Reglosigkeit. Nur die dunklen Augen waren erschreckend: zermürbt, düster und von Schmerzen gequält. Und jung, viel zu jung für dieses bleiche, zerfurchte Gesicht.

Clint Windsor hatte nicht die geringste Ähnlichkeit mit dem Mann, den sich Cissy vorgestellt hatte. M. T. hatte gesagt, er sei ein großer böser Junge, aus dem ein großer böser alter Mann geworden war. Aber dieser Mann war nicht mehr groß und noch weniger furchteinflößend. Er sah aus wie eine lange, dürre Heuschrecke, zu kraftlos, um sein eigenes Gewicht zu tragen.

Wie Donnerhall dröhnte in Cissy das Echo all der Geschichten wider, die sie je über diesen Mann gehört hatte. »Einen gottverdammten sturen Hinterwäldler« hatte ihn Randall immer genannt. Delia hatte seinen Namen stets wie einen Fluch hinausgeschrien und mit der Faust gegen die Wand neben dem Telefon geschlagen, wenn sie mit Randalls Anwälten sprach. »Zum Teufel mit dem Mistkerl!« So viel leidenschaftliche Wut. So viele Erinnerungen. Und all dies bündelte sich in dieser zaundürren Gestalt im Türrahmen.

Cissy zog die Beine auf den Sitz und umschlang ihre Knie. Sie fragte sich, ob Clint noch fähig sei, ihrer Mutter weh zu tun. Dazu bräuchte er sie nicht einmal anzufassen. Jahrelang hatte er ihr das Herz zerrissen. Cissy blickte aus dem Seitenfenster über das Hausdach zu den flirrenden Baumwipfeln hin. Hier hatten sie gelebt, als all das Schreckliche passierte. Als ihre Schwestern geboren wurden und er Delia fast totgeschlagen hätte. Als Delia weglief und Randall sie fand und in Kalifornien alles von vorne begann. Hier hatte die Geschichte mit der Rockband angefangen, ja sogar Cissys eigene Existenz. Denn hier war Delia zu der Frau geworden, die sie war. Alles Spätere war nur wegen der Ereignisse in diesem Haus geschehen.

»Komm, Cissy.« Delias Stimme dröhnte ihr in den Ohren.

Cissy schluckte und stieg aus. Nebeneinander gingen sie auf die Veranda zu.

»Cecilia«, sagte Clint mit heiserer Stimme. »Ich habe mich immer gefragt, wie du aussehen würdest.« Sein Blick streifte Delia und senkte sich wieder auf Cissy. »Genau wie deine Mutter.«

»Und du siehst aus wie eine Heuschrecke«, sagte Cissy.

Clint grinste. »Richtig«, sagte er. »Nur kann ich nicht mehr solche Sprünge machen.« Seine umschatteten Augen begegneten Delias Blick. »Sie ist deine Tochter«, sagte er, »ganz und gar deine Tochter, soviel ist sicher.«

Auf dem Rückweg zum Haus am Fluß zupfte Delia noch ein Kleenex aus der Schachtel und putzte sich die Nase. »Es wird eine schwere Zeit werden, Cissy«, sagte sie. »Sehr schwer, aber auch sehr schön. Dort werden wir alle zusammen leben, du und ich und Clint und deine Schwestern.«

In Kalifornien hatte sich Cissy ihre Schwestern immer wie schemenhafte Gestalten aus einem überbelichteten Film vorgestellt. Fremde, die keine wirkliche Rolle spielten, verschollene Familienangehörige. Sie waren so weit weg, daß man sich nicht mit ihnen auseinandersetzen mußte. Schließlich waren sie ja bei Clint in Georgia geblieben. Cissy wußte nicht genau, was zwischen Delia und Clint vorgefallen war, aber es hatte sie auch nie interessiert. Ihre Welt waren Delia und Randall und die vielen Freunde, die sie bewundernd auf den Arm nahmen und zu Delia sagten, wie hübsch sie sei, wie sehr sie ihrem berühmten Daddy und ihrer schönen Mama gliche. Zugegeben, Delia war immer betrunken gewesen und Randall selten da, aber Cissy kannte es nun mal nicht anders.

Von dem Tag an, als die Heulsaison endete, brach Cissys Welt endgültig zusammen. Jetzt drehte sich alles um »deine Schwestern«. Amanda und Dede waren das Wichtigste, und Cissy fühlte sich herzlich überflüssig. Granddaddy Byrd, M. T., Pearl und Ruby, Stephanie und die Frauen, die zu Bee's Bonnet kamen – alles Leute, die sich nichts aus Cissy machten. Vom ersten Augenblick an hatte sich Cayro, Georgia, wie eine Schraubzwinge um ihr Herz gelegt. Seither lasteten zwei Mädchen auf ihr, die sie nur aus ihren Träumen kannte.

»Deine Töchter«, sagte sie zu Delia. »Deine Töchter, nicht meine Schwestern.«

Clint hielt sich exakt an sein Versprechen. Noch ehe Delia und Cissy bei ihm einzogen, traf er die nötigen Vorkehrungen. Es würde ein Weilchen dauern, sagte er, aber Delia würde ihre Mädchen bekommen. Er war der Vater. Grandma Windsor konnte ihm keinen Widerstand entgegensetzen.

Am Tag des Umzugs konnte Clint schon nicht mehr ohne Hilfe aus dem Bett aufstehen. »Es ist nicht mehr genug von ihm übrig«, flüsterte M. T. Cissy zu, »um eine Frau noch irgendwie zu reizen. Er ist so zusammengeschnurrt, und er war doch mal so ein kräftiger Kerl.«

Cissy war sich da nicht so sicher. Wenn sie Clint ansah, wie er in seinen Kissen lag, mußte sie immer daran denken, daß er einmal Delia bei der ersten Gelegenheit hatte erschießen wollen. Vielleicht mit einem seiner kostbaren Jagdgewehre, die an einem blankpolierten Fichtenregal über seinem Bett hingen.

In dem gelben Häuschen gab es drei Schlafzimmer. Das große auf der Rückseite war Clints Sterbezimmer. Das kleinste war für Delia, und das gegenüber von Clints Zimmer sollten sich die Mädchen teilen. Vom ersten Tag an begann Delia, es für Dede und Amanda einzurichten. An die eine Wand schob sie drei schmale Betten, an die andere stellte sie eine Kommode und ein Bücherregal links und rechts neben den Kleiderschrank.

»Es wird ein bißchen eng werden«, sagte sie zu Cissy. »Aber es wird schon gehen. Dafür machen wir's euch auch richtig gemütlich.«

Cissy erwiderte nichts. Das Zimmer war für drei halbwüchsige Mädchen nicht groß genug, aber sie wußte, was sich Delia dabei dachte. Bald würde ja noch ein Zimmer frei werden. Cissy quetschte ihre Sachen in eine Ecke und ließ Delia den Rest des Raumes nach Herzenslust herrichten.

»Die werden Amanda bestimmt gefallen.« Delia hatte zwei kleine Keramiklampen mit hellgrünen Schirmen gefunden. »Und Dede braucht natürlich eine Leselampe. M. T. sagt, sie holt sich dauernd neue Bücher aus diesem Tauschladen in der Stadt.«

Ja-ha. Ganz recht.

Delia kochte breiige, ungewürzte Speisen für Clints empfindlichen Magen, meist Kartoffeln und Reis, die zu einem farblosen Mus vermischt wurden. Sie schrubbte das Haus und wischte Clints Krankenzimmer. Sally weigerte sich, ihre Putzkolonne zur Verfügung zu stellen. Sie habe schon mehr als genug für diese Chaosfamilie getan. M. T. drängte sie nicht, denn sie war immer noch unzufrieden mit Delias Entscheidung, in die Terrill Road zu ziehen.

»M. T. glaubt, Krebs sei ansteckend«, sagte Steph. »Wie Herpes oder Geschlechtskrankheiten.«

»Tu ich *nicht!*« M. T. knallte die Kassenschublade zu. »Ich bin nur nicht gerne mit Kranken zusammen.«

»Aber Billy Trencher hast du eine Woche lang jeden Tag besucht, als er sich das Bein gebrochen hatte«, entgegnete Stephanie spitz. »Du hast ihm die Wäsche gemacht und fast jeden Abend für ihn gekocht.«

»Billy ist ein alter Freund, und außerdem war er nicht krank, sondern verletzt. Das ist etwas ganz anderes.« M. T. funkelte Steph zornig an. »Soviel ich weiß, hast du deine Hilfe bisher auch noch nicht angeboten.«

»Ich konnte Clint Windsor noch nie ausstehen, nicht einmal als Gesunden. Von mir aus kann der Kerl in seiner eigenen Pisse ersaufen.«

»Ihr müßt ja gar nichts tun.« Delia war sichtlich verlegen. »Das Haus ist in Ordnung. Jetzt muß nur noch der Garten gemacht werden, und das erledige ich alleine.«

Während Delia die Erde umgrub, harkte und säte, beobachtete

Clint jede ihrer Bewegungen aus dem Fenster heraus. Er hatte ihr seine Hilfe versprochen, sie erfüllte ihren Teil des Vertrags. Sie würde ihre Mädchen bekommen. Wenn dazu ein Anwalt, ein Richter, ein Prozeß nötig wäre, würde er dafür sorgen. Clint hatte ihr sein Versprechen gegeben, und Clint war der Weg zum Erfolg.

Cissy vermied es sorgfältig, der spindeldürren Gestalt in die Quere zu kommen, die an das breite Doppelbett gefesselt war. Das Badezimmer lag direkt neben Clints Zimmer, aber Cissy benutzte nur den kleinen Waschraum neben der Küche. Sie hätte sich lieber unter dem Gartenschlauch geduscht, als Clint Windsor unter die Augen zu kommen. Drei Tage lang begnügte sie sich mit Katzenwäsche, bis Delia die Geduld verlor und sie mit scharfen Worten in die alte Zinkbadewanne scheuchte. So vorsichtig wie möglich stieg Cissy hinein, um nur ja kein Geräusch zu machen. Die ganze Zeit stellte sie sich vor, wie Clint auf der anderen Seite der Wand unter seinem Gewehrregal lag, auf jedes Geräusch horchte, haßerfüllt mit den Zähnen knirschte und geduldig abwartete.

Cissy war inzwischen fast zwölf. Alles, was sie sich mittlerweile zusammengereimt hatte, belastete sie schwer. Sie wußte, daß es Clint das Herz gebrochen hatte, als Delia ihn wegen Randall verließ, und daß halb Cayro sie dafür haßte. Aber Cissy wußte auch, daß viele fanden, es sei ihm ganz recht geschehen, und daß er genauso verhaßt war wie Delia. Von M. T. und Stephanie hatte sie gehört, Clint sei genau wie sein Vater, der seine Frau ein halbdutzendmal krankenhausreif geschlagen hatte. Jede normale Frau hätte ihn schon längst verlassen, ehe Delia schließlich in Randall Pritchards Bus geklettert war.

Cissy meinte, die Geschichte zu durchschauen. Delia sei naiv und töricht gewesen und Clint böse und grausam, ähnlich wie Granddaddy Byrd. Jedesmal, wenn Clint sie ansah, würde er in ihren Gesichtszügen Randall erkennen. Jedesmal würde er dann daran erinnert, daß Delia ihn nicht liebte, daß er ihre Liebe zerstört und sie fortgetrieben hatte. All das war kaum weniger kompliziert als die Schicksalswirren in Pearls und Rubys Liebesschmökern, nur noch viel gemeiner. Auf jeden Fall war Cissy überzeugt, Clint müsse Delia hassen.

Nachdem sie ihm eine Woche aus dem Weg gegangen war, hörte Cissy eines Sonntag nachmittags, als Delia gerade draußen die Wäsche aufhängte, wie er in seinem Zimmer seltsam röchelnde Geräusche von sich gab. Auf Zehenspitzen schlich sie zu seiner Tür und sah, wie er sich über die Bettkante beugte und mühsam in eine Schüssel am Boden erbrach. Er zog sich hoch, fiel in die Kissen zurück und sah sie im Türrahmen stehen. Mit großen Augen registrierte sie sein mühsames Blinzeln. Ihr blasses Gesicht war das Gegenteil zu seinem roten. Plötzlich mußte Cissy an die Fotos denken, die M. T. ihr gezeigt hatte: Delia und Clint an ihrem Hochzeitstag, so jung und strahlend. Der kraftstrotzende Mann von damals war nur noch ein Bündel Knochen, mit pergamentdünner, schuppiger Haut überzogen. In seiner Miene war kein Haß zu sehen, nur dieser unbeteiligte Blick, alt und müde.

»Soll ich dir Wasser bringen?« flüsterte Cissy.

Clint nickte schwach.

Sie mußte das Glas für ihn halten. Sie blickte auf sein strähniges Haar hinab, das am Kissen klebte, und spürte, wie ihr das Blut in die Wangen stieg. Sie hatte so viele Geschichten gehört und unter so vielen Alpträumen gelitten, in denen er immer der Bösewicht war, wild und betrunken und gewalttätig. Ein Widerling, der Delia aus Cayro vertrieben hatte, der ihre Mädchen gegen sie ausspielte und ihr keine Freiheit gönnte.

»Brauchst du sonst noch etwas?« fragte Cissy.

Clint wischte sich den Mund ab und schüttelte den Kopf.

Als Cissy am nächsten Tag aus der Schule kam, war Delia noch im Bonnet, das ganze Haus war still. Wieder ging sie in das Zimmer, um nach Clint zu schauen. Schwer atmend schlief er unruhig in dem stickigen Raum. Cissy öffnete das Fenster und lehnte sich an die Fensterbank. Sie sah, wie Clint die Augen aufschlug und sich seine Miene entspannte, während er sie von Kopf bis Fuß musterte.

»Das tut gut«, sagte er.

Cissy wußte nicht, ob er die leichte Brise meinte, die ihm durch die Haare strich, aber sie konnte sehen, daß es ihm guttat und der Schmerz nachließ. Aus dem Blick, den er ihr zuwarf, erkannte sie, daß Clint um etwas betete, was ihn aus sich selbst befreite, und sei es nur für einen kurzen Moment. Wie unter einem Bann blieb sie an Ort und Stelle. In diesem Augenblick sah sie in Clint Windsor nur noch einen schwachen und bedürftigen Menschen, den die bloße Anwesenheit eines anderen schon trösten konnte. Clint hungerte nach Gesellschaft, selbst wenn es nur die von Cissy war. Sie war das fremde Kind eines anderen Mannes, aber sie war auch ein Teil von Delia. Und sie merkte, daß auch er sie trösten konnte, indem er geduldig ihre Gegenwart akzeptierte. Jedesmal, wenn Cissy in sein Zimmer kam, verschlang er sie mit den Augen, aber nicht haßerfüllt, sondern fast schon liebevoll. Natürlich konnte sie nicht vergessen, was sie alles über Clint gehört hatte, aber sie begriff, daß er nicht mehr der Mann war, der Delia damals gequält hatte. Er war jetzt jemand, von dem sie nur eines wußte: Sie konnte ihn glücklich machen, indem sie vor ihm stehenblieb, ohne ihn zu hassen oder wegzulaufen.

Grandma Windsor legte sich so lange wie möglich quer, aber schließlich kam doch der Tag, an dem M. T. und Delia einen orangefarbenen Lieferwagen mieteten und zu dem alten Farmhaus fuhren. Cissy sah zu, wie ihre Schwestern mit hastig gepackten Kartons und verdrossenen Mienen herauskamen. Unwillkürlich war sie doch von der unendlichen Geduld und Hartnäckigkeit beeindruckt, die Delia aufgebracht hatte, um den Widerstand der störrischen Alten zu brechen.

Einen Moment lang tat ihr Grandma Windsor sogar fast ein bißchen leid. Delia schleppte einen großen schwarzen Plastiksack zum Wagen, und M. T. keuchte unter dem Gewicht eines Kartons, der eine feuchte Ecke hatte. Keine von beiden schaute nach rechts oder links, keine beachtete Amandas Schluchzen oder Dedes trotziges Gemurmel. Cissy war im Wagen geblieben, und so war sie die einzige, die Grandma Windsor wie tödlich getroffen auf die Verandastufen niedersinken sah. Als die alte Frau den Kopf wieder hob, schien es fast, als wollte sie sich selbst schlagen. Sie verzog den Mund, wollte aufheulen, brachte aber keinen Laut heraus, sondern wiegte sich nur vor und zurück und preßte die Fäuste in die Augenhöhlen – ein Bild des Jammers.

Clint war der Weg zum Durchbruch gewesen, aber eigentlich spielte er keine Rolle. Dies war ein Krieg zwischen Frauen. Ohne Pardon. Ohne Gnade. Der letzte Karton landete mit dumpfem Aufprall auf der Ladefläche.

»Cissy!« Delias Stimme klang gereizt, aber sie blickte an Cissy vorbei zur Veranda hinüber. »Komm, steig aus.«

Grandma Windsor stand auf und erwiderte Delias Blick. Cissy wandte sich ab. Sie wollte nicht mehr sehen, wie es weiterging, wollte nicht mehr Zeuge in dem grausamen Vernichtungskampf sein, den beide Frauen gegeneinander ausfochten. Die Fliegengittertür knallte zu. Grandma Windsor war ins Haus gegangen. Delia riß die Wagentür auf.

»Na los, Mädchen, du fährst bei M.T. im Buick. Ich nehme Amanda und Dede mit.«

Rumms. Die Türen fielen zu. Eine Gardine flatterte. Von der Veranda wirbelte Staub auf.

»Meine Herrn, lieber würde ich Glassplitter essen, als es mir mit deiner Mama zu verderben.« M.T. wischte sich übers Gesicht und ließ den Motor an.

»Glassplitter könntest du eher heil überstehen.« Cissy beobachtete, wie die Kuchengardinen mit einem Ruck zugezogen wurden.

Auf dem Rückweg zu Clints Haus sagten weder Amanda noch Dede ein Wort. Als sie dort ankamen, mußte Delia sie vor sich her ins Krankenzimmer schieben, wo Clint matt und kaum ansprechbar im Bett lag. Cissy folgte ihnen. Dedes blumiges Parfüm und Amandas strenger Seifengeruch stiegen ihr in die Nase. Stumm standen die Mädchen da und schauten ihren Vater an. Als Amanda sich pflichtschuldig vorbeugte, um seine stoppelige Wange zu küssen, winkte Dede ärgerlich ab.

»Mädels. Schön, euch hier zu sehen«, flüsterte er unbeholfen, aber sein Blick schweifte zu Delia und Cissy hinüber. Offensichtlich interessierte er sich mehr für sie als für die Töchter, die er so lange für sich behalten hatte.

Dede stakste steifbeinig hinaus, aber Amanda blieb an seinem Bett stehen, bis er ihr endlich die Augen zuwandte. »Du siehst nicht gut aus, Daddy«, sagte sie in einem Tonfall, der düsterer klang als eine Verwünschung. Clint zuckte zusammen und blinzelte mit ihren eigenen eisgrauen Augen zu ihr auf.

An jenem ersten Abend versammelte Delia alle um sich zum Abendessen. Sie wirkte ernst und fast feierlich, die Mädchen dagegen mürrisch und verschlossen. Die Spannung zwischen ihnen knisterte spürbar im Raum.

»Ihr müßt wissen, daß ich nie von euch getrennt sein wollte«, sagte Delia.

Ihre Worte waren wie Steine, die aus großer Höhe herabfielen. Amanda faltete die Hände auf dem Tisch. Dede wischte sich die Mundwinkel mit den Fingern ab. Cissy zupfte an ihrer Nagelhaut herum.

»All die Jahre wollte ich euch immer bei mir haben. Ich habe mich in Kalifornien selbst verloren, weil ich nicht begreifen konnte, was uns trennte. Und ich wußte nicht, wie ich euch zurückbekommen sollte.« Delia sah von einer zur anderen. Der Zwang, sich präzise auszudrücken, schien ihr die Lippen zusammenzupressen.

Delia holte tief Luft und schaute Amanda an. »Euer Daddy und ich, wir haben uns wieder versöhnt. Wir werden füreinander sorgen, für uns alle.« Sie zögerte kurz. »Ihr wißt, daß euer Daddy im Sterben liegt. Eine Weile wird er meine ganze Aufmerksamkeit brauchen. Und ihr werdet mir wahrscheinlich alle dabei helfen müssen. Später würdet ihr es sehr bereuen, wenn ihr euch jetzt nicht um ihn kümmert.« Wieder hielt sie inne. Ihre Augen wanderten nervös zwischen Dede und Amanda hin und her.

»Ich weiß, daß ihr nicht hier sein möchtet. Wenn ihr volljährig seid, könnt ihr gehen. So lange dauert das ja nicht mehr, Amanda. Zwei Jahre sind gar nichts. Und eines Tages werdet ihr erkennen, wie sehr ich euch liebe.«

Amanda sah Delia gerade in die Augen. »Ich liebe dich nicht«, sagte sie. »Du bist mir ganz egal.« Dede nickte fast unmerklich dazu. »Du bedeutest mir überhaupt nichts.«

Delia wurde rot, aber sie hielt Amandas Blick stand. »Und ihr bedeutet mir alles. So ist das nun mal.« Schnell sah sie zu Cissy hinüber. »Ihr drei seid mir das Liebste auf der Welt, mehr brauche ich nicht zu meinem Glück. Wenn ihr mich nicht liebt, wundert mich das nicht. Wenn ihr mich haßt, kann ich auch das aushalten. Aber ihr gehört mir, alle drei. Ihr seid alles, was ich bin. Und ich werde für euch sorgen, was auch immer geschieht.«

Cissy rutschte auf ihrem Stuhl hin und her. Dedes Mund stand offen, und ihre Wangen glühten, während sie selbstvergessen eine Haarsträhne um den Finger drehte. Amanda hatte die gefalteten Hände fest zusammengekrampft.

»Gott wacht über uns alle«, sagte sie. »Meinst du, er weiß nicht, was du hier tust? Meinst du, *wir* wissen es nicht? Zwei Jahre sind nichts im Angesicht des Herrn.«

Am ersten Abend flüchtete sich Dede ins Schlafzimmer, das Delia so sorgfältig für sie eingerichtet hatte, stülpte sich ihren Kopfhörer über, warf sich aufs Bett und legte den Arm über die Augen. Ihre Haltung verkündete, sie würde so liegenbleiben, bis sie achtzehn war und endlich als freier Mensch ihrer Wege gehen konnte. Amanda hatte die Wohnzimmercouch in Beschlag genommen, auf der Delia abends immer gerne noch ein Stündchen las. Cissy stand eine Weile unschlüssig in der Tür. Sollte sie sich auch auf die Couch setzen oder sich fast in Reichweite von Dede mit ihrem Buch aufs Bett legen? Clint hustete krächzend in seinem Zimmer. Delia machte sich in der Küche zu schaffen.

Ohne Cissy eines Blickes zu würdigen, stand Amanda auf, stellte den Fernseher an und knipste von einem Sender zum nächsten, bis sie auf die Nachrichten stieß. Dann kehrte sie zu ihrem rechtmäßigen Platz zurück und streckte die Beine unter dem Couchtisch aus.

Cissy setzte sich zu ihr, aber ans andere Ende der Couch. Sie wußte nicht, was sie sich davon erwartete, sicher keine richtige Unterhaltung, aber vielleicht doch die eine oder andere Bemerkung über die Nachrichten, das Wetter oder die Sportnotizen.

»Dieser Typ mit seiner Perücke«, sagte sie und deutete auf den Nachrichtensprecher. »Einmal ist sie ihm zur Seite gerutscht, und er hat die ganze Zeit so getan, als ob er nichts merken würde, obwohl man die Leute im Fernsehstudio ganz deutlich kichern hören konnte.«

Amanda beachtete sie nicht. Mit übertriebener Sorgfalt klappte sie ihren mitgebrachten Rucksack auf und zog eine riesige Schachtel Vanillewaffeln und ein ebenso riesiges Glas Erdnußbutter hervor, die sie dann langsam und konzentriert auf die Waffeln zu streichen begann. Ihre ganze Aufmerksamkeit galt den Keksen und dem Fernseher. Als jede Waffel gewissenhaft bestrichen war und alle in Reih und Glied auf dem Tisch lagen, begann sie sie paarweise aufeinanderzuklappen, säuberlich Kante auf Kante. Dann wischte Amanda mit ausgestrecktem Zeigefinger ringsum die herausquellende Erdnußbutter von den Doppelkeksen und schleckte den Finger jedesmal mit zierlich gespitztem Mund ab. Fasziniert beobachtete Cissy den Vorgang, bis der Couchtisch mit einer ganzen Keksbatterie bedeckt war und der Raum penetrant nach Vanille und Erdnußbutter roch.

Nach einem ausdruckslosen Seitenblick auf Cissy wandte sich Amanda wieder ihrer Beschäftigung zu. Aus den Tiefen ihres Rucksacks förderte sie eine Plastiktüte zutage und schichtete die Kekse Stück für Stück hinein. Als der Tisch bis auf einen Doppelkeks und eine Unmenge Krümel leergeräumt war, faltete sie die Tüte sorgfältig zu und verstaute sie in ihrem Rucksack.

Cissy merkte plötzlich, wie ihr der Mund offenstand. Kopfschüttelnd klappte sie ihn zu und drehte sich wieder zu dem Nachrichtensprecher um. Als sie noch einmal über die Schulter zurückschaute, kaute Amanda gerade ihre letzte Waffel. Ihre Augen fixierten Cissys Gesicht.

»Ich verachte dich«, zischte Amanda ihr zu, »und *sie* auch!« Sie deutete Richtung Küche. Ihr Mund bewegte sich kaum beim Sprechen.

»Auch wenn ich dafür in die Hölle komme«, sagte Amanda und zog mit grimmiger Miene den Reißverschluß an der Rucksackklappe zu. »Gott wird mich verstehen.« Sie drückte den Rucksack an die Brust. »Aber du landest auf jeden Fall in der Hölle.«

»Ich gehe jetzt ins Bett«, sagte Cissy. Dede hatte schon das Licht ausgemacht und sich unter die Decke verkrochen. Hastig schlüpfte Cissy in ihr Nachthemd und krabbelte ins Bett. Dede lag in unmittelbarer Reichweite.

»Was ist mit deinem Auge?« Dede stützte sich auf den Ellbogen und spähte zu Cissy hinüber.

»Gar nichts.«

»Weinst du?«

»Nein, mir tränen nur manchmal die Augen.«

»Nur das eine.«

»Na und?«

Dede zuckte die Achseln und legte sich stumm wieder hin, als Amanda hereinkam und zum Abendgebet niederkniete.

Vier Tage lang aß Amanda ihre Kekse und lehnte alles ab, was Delia ihr anbot. Zum Frühstück und zum Abendbrot nichts als Vanillewaffeln mit Erdnußbutter. Ihren Mittagsimbiß kaufte sie in der

Schule und warf das Pausenbrot weg, das Delia ihr zurechtgemacht hatte. Von diesen Leuten wollte sie nicht einmal den kleinsten Happen geschenkt. Beim Schlafengehen legte sie sich so stocksteif hin, als wollte sie es sich in Delias Bettwäsche nie und nimmer bequem machen.

»Du kommst in die Hölle«, sagte sie jeden Morgen zu Cissy, wenn sie auf dem Weg ins Bad an ihr vorbeimußte. Cissy erwiderte nichts. Ihre Empfindungen konnte sie sich selbst kaum eingestehen. Es lag an Amandas Gesichtsausdruck, sagte sich Cissy, an diesem funkelnden, entschlossenen Blick. Ihre Stimme klang so aufrichtig, so sicher, und immer roch sie so frisch gewaschen – ein Mädchen, das keine Kompromisse kannte. Wider Willen war Cissy von ihr hingerissen. Amanda war einfach großartig, und sie waren vom selben Blut. Amanda war Delias Tochter, Cissys Halbschwester, jemand, auf den man stolz sein konnte, auch wenn Cissy wünschte, sie wäre nie geboren worden.

Obwohl Amanda und Dede denselben Vater hatten, waren sie unglaublich verschieden, ohne daß der Unterschied auf den ersten Blick sichtbar war. Nebeneinander wirkten sie fast wie Zwillinge: beide gleich schlank und feinknochig, mit den gleichen weißblonden Haaren, ohne eine Spur von Delias Rotschattierung. Aber Amanda trug schulterlange Haare, während Dedes weit über den Rücken flossen. Man hätte nicht sagen können, daß Dede schön war und Amanda nicht. Eigentlich hätte Amanda die Schöne sein können. Grandma Windsor hatte die Mädchen ihre Himmelsrosen genannt, aber Dede war die Blüte und Amanda der Dornbusch.

Erst bei längerem Zusammensein trat der Unterschied zwischen beiden zutage. Die Leute, die sie kannten, vergaßen ihre Ähnlichkeit. Obwohl sie dieselbe Figur hatten, wirkte Dede graziös und biegsam, Amanda dagegen unbeholfen und hölzern, wie eine stachelige Wüstenpflanze. Amanda hatte diese unglaublich hellgrauen Augen, die wie Rauhreif glitzerten, während Dedes Augen vergißmeinnichtblau und trügerisch friedlich waren. Ihr leicht schiefes Lächeln wirkte fast sanft, während Amandas strenges, abschätziges Lächeln die Leute erschauern ließ. Unwillkürlich schaute jeder prüfend an sich herab, ob irgend etwas nicht in Ordnung war: ein offenes Schuhband, ein abgerissener Saum, ein heraushängendes Taschenfutter.

»Zaundürr«, hieß es allgemein von Amanda, aber wenn Dede vorbeiging, stießen sich die Leute an: »Sieh mal, das Mädel, was für ein hübsches kleines Ding.«

Je älter Amanda wurde, desto stärker bekamen ihre Züge etwas Nonnenhaftes. Ihr Gesicht wurde immer länger, bis es so flach wie die Rückseite eines Spatens wirkte. Ihr Nasenrücken stach scharf hervor und ihre Nasenflügel gingen in die hochhängenden Mundwinkel über. Es war das traurige Gesicht einer Ikone, die gesenkten Blicks unter den Augenbrauen hervorschaute. Dedes Gesicht war offen und heiter und bot Kinn, Nase, Wangenknochen und Brauen furchtlos den Blicken dar. »Die ist ja noch hübscher als ihre Mama«, sagten die Männer. Dede schien immer geradeaus zu schauen, zuversichtlich und neugierig. Trotz ihrer häufig zusammengepreßten Lippen hatte sie nichts von Amandas verklemmter Ausstrahlung. Bei Dede war die Traurigkeit verhaltener, nicht so abweisend. Bei Dede wirkte sie beinahe anziehend.

Diese Traurigkeit hatten sie vielleicht von Clint geerbt, dieses tief verwurzelte Mißtrauen einem Leben gegenüber, das immer etwas Schreckliches bereithielt. Beide waren auf Widrigkeiten gefaßt. Amanda mit störrisch eingezogenem Kopf, während Dede dem Schicksal die Stirn bot, als wollte sie sagen: »Und was nun?«

Auch ihr Schweigen war verschieden und hatte nichts mit Delia zu tun, die immer vor sich hin zu summen schien. Wenn Dede verstummte, vibrierte die Atmosphäre um sie her so durchdringend wie Delias Stimme auf den alten Platten. Und Amanda Louise konnte mit einem wortlosen Blick mehr ausdrücken als die meisten Leute mit einer ganzen Schimpftirade. Bei ihr war das Schweigen ein Meer von Verachtung, über dem hin und wieder eine Verwünschung oder ein Stoßgebet aufblitzte. Cissy fragte sich manchmal, wie das bei ihr wäre. Sie sah sich als stillen, zurückhaltenden Beobachter, war sich aber nicht sicher, ob auch die anderen sie so sahen. Trotzig und unversöhnlich hatte M. T. sie genannt, und M. T. irrte sich selten. Aber Cissy hatte guten Grund für ihren Ärger. Delia war das Prisma, in dem sich ihr ganzer Unmut bündelte. Delia war der Angelpunkt.

»Deine Schwestern sind wirklich zu sonderbar für diese Welt«, sagte M. T. zu Cissy, als sie entdeckte, daß Dede ihre Zimmerdecke schwarz und silbern angemalt und mit Spiegelscherben beklebt hatte. »Immer, wenn ich sie sehe, bin ich gottfroh, daß ich meine Pearl und meine Ruby habe.«

Einerseits mußte Cissy ihr recht geben. Dede und Amanda waren schwierig. Delia war zwar überglücklich, ihre Mädchen wiederzuhaben, aber sie bezahlte ihren Triumph mit jedem Nerv ihres Körpers. Die Schwestern ließen sich nicht nur in dem Haus nieder, sie nahmen es komplett in Besitz und stellten alles auf den Kopf. Und doch gab es für Cissy keinen Zweifel, daß Delia sie M. T.s heuchlerischen Töchtern allemal vorzog.

Dede malte nicht nur das Zimmer an, sondern versteckte auch Zigaretten in Cissys Wäscheschublade und gab ihr mit drohenden Blicken zu verstehen, daß sie es ihr sehr übelnehmen würde, wenn sie bei Delia petzte. Amanda, die auf die Cayro High School ging, sich aber keinen Deut um den Spott ihrer Klassenkameradinnen scherte, organisierte einen Gebetskreis, der nur dem Zweck zu dienen schien, Gottes Augenmerk auf ihre heidnische Familie zu richten. Cissy hielt sich viel in Clints Zimmer auf, um den anderen aus dem Weg zu gehen.

Als die Schwestern, die sie nur aus der Ferne oder von Fotos kannte, mit dem Duft des wilden Klees aus Grandma Windsors Garten in Clints Haus traten, war Cissy eines klargeworden: Hinter der Fassade aus Verachtung und Groll mußte sich wohl noch mehr verbergen, von dem sie keine Ahnung hatte. In Dedes bleicher Miene lag eine Welt voll gerechtem Zorn und auf Amandas verkniffenen Lippen eine schlichte stählerne Kraft. Dede war nur zwei Jahre älter als Cissy, Amanda nicht ganz fünf, doch trotz aller Ähnlichkeit hatten sie nichts mit ihr und Delia gemein. Ein Schauer lief ihr über den Rücken, wenn sie ihre lang verschollenen Schwestern anschaute. Ihr ganzes Leben hatte sie sie gehaßt. Aber als sie durch Clints Türe traten, war Cissys Gewißheit dahin. Delia hatte immer gesagt, die verschollenen Schwestern seien ein Teil von ihr, und zum ersten Mal dämmerte es Cissy, warum sie damit recht haben könnte.

KAPITEL 8

Nadine Reitower war außer sich. »Ich sag's Ihnen, völlig schamlos, dieses Flittchen«, redete sie auf ihre neue Friseuse bei Beckman's ein. »Schlimm genug, daß dieses Haus in unserer Straße schon all die Jahre eine Beleidigung fürs Auge war, wenn dieser verlotterte Säufer ein und aus torkelte. Aber jetzt ist auch noch sie mit ihren jämmerlichen Töchtern eingezogen. Weiß Gott, was sich da drin nun abspielt. Und ihre Jüngste, dieser Teufelsbraten, ständig muß sie meinen Nolan belästigen.«

Nolan Reitower war Cissys erster echter Freund. »Ich glaube, er ist der einzige Junge hier in der Gegend«, hatte M. T. gesagt, als Delia und Cissy bei Clint einzogen. »Und seine Mama hält ihn ordentlich an der Kandare. Nicht ganz einfach, die Dame.«

Die ersten Male hatte ihn Cissy stets mit einem neuen Taschenbuch auf der Veranda seiner Mama sitzen sehen. Es waren die Bücher, die sie anzogen. Nadine schnaubte pikiert, als Delias Tochter eines schönen Tages auf die Veranda marschierte und Nolan fragte, was er lese. Aber Nolan schob nur die Brille auf seiner schweißglänzenden Nase hoch und hielt ihr das Buch hin: *Starship Troopers* von Robert A. Heinlein.

»Hast du *Fremder* gelesen?« fragte Cissy.

»Ich habe alle gelesen. Nur *Bürgerin des Mars* war nicht so mein Fall, das ging mir auf die Nerven.«

»Ja, als ob er's unter Drogen geschrieben hätte, oder so.«

Von Nadines Stuhl drang mißbilligendes Räuspern herüber. Sie zupfte lose Fäden aus einem Rocksaum, den sie gerade verlängerte.

»Magst du Science-fiction?« fragte Nolan.

»Und wie.«

Nolan markierte die Seite mit einem bunten Bändchen und legte das Buch hin. »Komm mit«, sagte er und führte sie um das Haus herum in den Keller. Die ganze Längswand der Werkstatt, die sein Daddy selten benutzte, war mit Regalbrettern ausgefüllt, gerade breit genug für Taschenbücher. Jedes Regal war mit alphabetisch eingeordneten Bänden vollgestellt und jeder neue Buchstabe mit Pappschildchen gekennzeichnet.

»Meine Sammlung«, sagte Nolan stolz.

»Du lieber Gott.« Cissy blieb vor Hochachtung fast die Stimme weg. Zaghaft strich sie mit dem Finger über die Bücherrücken. »Das ist ja richtig profimäßig.« Sie schaute auf und sah, daß Nolan sie anlächelte.

»Wenn du willst, kann ich dir welche leihen.« Er sagte es wie nebenbei, aber Cissy wußte, daß dies kein leichtherziges Angebot war. Ein Junge, der seine Bücher so penibel sortierte, obwohl er sie im Keller aufbewahren mußte, würde sich bestimmt überwinden müssen, sie mit jemandem zu teilen. Während sie sich seine Sammlung ansah, begriff Cissy mehr über ihn als seine Mama in Jahren.

»Ich weiß dein Vertrauen zu schätzen«, sagte Cissy. »Und ich werde auch ganz vorsichtig mit den Büchern umgehen.«

In diesem Augenblick wurden Cissy und Nolan Freunde. Es störte sie nicht einmal, als sie entdeckte, daß er in Dede verknallt war. Ein Junge, der Tolkien und Heinlein las, mußte ja romantisch veranlagt sein, und Nolans erste Begegnung mit Dede lieferte den Beweis dazu.

»Lieber Gott«, platzte Nolan heraus, als er mit ein paar Büchern für Cissy unter dem Arm auf den Türstufen mit Dede zusammenstieß, die gerade herausgerannt kam. »Was bist du schön!«

Dede lachte. »Und du«, gab sie zurück, »du bist wohl Mamas kleines Herzblatt.« Sie streifte ihn mit einem Blick voller Teenagerhochmut und ließ ihn stehen.

»Was hat sie gesagt?« fragte Cissy, als sie an die Tür kam.

Aber Nolan schüttelte nur den Kopf. Zum Glück konnte er sich nicht mehr genau an Dedes Worte erinnern, nur an das Prickeln, das ihre Nähe und ihre blitzblauen Augen auslösten. Wunderbar, dachte er, und wurde jedesmal rot, wenn er Dede auf der Straße sah. Ihm war egal, daß sie zwei Jahre älter war und ihn nicht im geringsten beachtete. Nolan brannte lichterloh. Dede hätte ihm die gräßlichsten Verwünschungen an den Kopf schleudern können, er wäre nur dagestanden und hätte auf Wiederholung gehofft.

Nolan war nicht der einzige, den Dede bezauberte. Trotz ihrer Jugend zog sie bereits alle Augen auf sich, wie ein funkelnder Edelstein. Ganz unfreiwillig drehten sich die Jungs nach ihr um, und wenn sie neben ihr standen, konnten sie gar nicht mehr wegsehen. Vielleicht lag es an ihrem besonderen Duft. Wenn brave, wohlerzogene Jungs einen Hauch von Dede erhaschten, fingen sie plötzlich an, Marlboro zu rauchen, schmutzige Witze zu reißen, und wurden von unerklärlichen Sehnsüchten geplagt.

Ruby und Pearl hatten mit ihrem Gerede über Dedes heimliche Eskapaden recht gehabt, allerdings ging es dabei nicht nur um das eine. Fast das ganze Jahr, das sie bei Grandma Windsor verbracht hatte, hatte sie sich mit den Petrie-Jungs davongestohlen, wenn Amanda bei ihrem Gebetskreis war. Delia erzählte sie, sie würden ihr das Autofahren beibringen. Als die grobknochigen sechzehnjährigen Zwillinge eines Tages an Clints Tür auftauchten, mußte Delia nur einen Blick auf sie werfen. Schon an ihren verlegenen Mienen und unsteten Augen erkannte sie, daß sie Dede mehr beigebracht hatten, als den ramponierten Chevroletlaster ihres Daddys zu schalten.

»Du bist zu jung zum Autofahren.« Delia musterte die nervös mit den Füßen scharrenden Jungs.

»Meine beiden Schwestern haben's auch schon mit vierzehn gelernt.« Leroy Petrie versuchte, Delias Blick standzuhalten, sonst würde er sie nie und nimmer von seiner Harmlosigkeit überzeugen können. Aber bei jedem Blick in ihre Augen zuckte es ihm wie ein elektrischer Schlag durch den Unterleib. Er sah zu seinem Bruder hinüber, aber auch der war keine Hilfe. Offensichtlich befürchtete Craig genauso wie er, daß sie Dede den Umgang mit ihnen verbieten würde.

»Ich bin ein guter Lehrer«, sagte Leroy beschwörend. »Wirklich, Ma'am. Ich bin ganz vorsichtig.«

»Das bezweifle ich auch gar nicht.« Delia sah sich nach Dede um, die mit einer Zeitschrift und einem leichten Lächeln um die Mundwinkel auf der Couch saß. Sie machte keine Anstalten, in den Wortwechsel einzugreifen.

Dede hatte das Interesse an Leroy und seinem Bruder verloren, obwohl sie mit Grandma Windsor monatelang um jeden Moment gerungen hatte, den sie zwischen den beiden Jungs im Lastwagen verbringen konnte. Sie hatte fahren gelernt, aber das lag weniger an den Jungs als an ihrem eigenen Freiheitsdrang. Wenn sie an die Fahrstunden zurückdachte, waren es eher die körperlichen Eindrücke, die in ihr nachhallten: ihre heißen, aufgeschürften Knie zwischen dem Schaltknüppel und Craigs Schenkel, ihre Hüfte an Leroys knochiger Seite und die Hände der Jungs, die wie hungrige, vorwitzige kleine Tiere über ihre Haut huschten. Sie hatten sie eigentlich nie mehr als einige Häuserblocks weit fahren lassen. Während sie zwischen den Brüdern in der Mitte der Sitzbank hockte, aufs Gaspedal trat und das Lenkrad festhielt, begrapschten die beiden sie fiebrig durch den dünnen Stoff ihrer Bluse. Sie hatten weit weniger Angst vor einem Unfall, als davor, vollends die Kontrolle über sich zu verlieren, so sehr berauschte sie Dedes Duft.

»Dede fährt gut«, stieß Craig hervor. »Sie ist ein echtes Naturtalent.«

Dede grinste. Craig hatte zu ihr gesagt, sie müsse schon ein paar von den störenden Klamotten ablegen, falls sie mal richtig ans Steuer wolle. Und da lag das Problem. Sie wollte gerne autofahren lernen, war aber nicht so dumm, den Petrie-Jungs noch mehr zuzugestehen als bisher: kurze, streng begrenzte Berührungen, so begrenzt wie ihr Zugang zum Lenkrad. Leider hatte sie allmählich immer mehr nachgegeben, um längere Strecken fahren zu dürfen, und früher oder später würde die Sache aus dem Ruder laufen.

»Ich weiß eure Hilfsbereitschaft wirklich zu schätzen, Jungs. Aber ich kann Dede sehr gut selbst beibringen, was sie wissen muß.« Delia sah die Sehnsucht in ihren Gesichtern, mit denen sie zu Dede hinschauten, die freundlich zurücklächelte. Sie war sich ihrer weiblichen Trümpfe bewußt, ohne sie auszuspielen.

»Soll ich dir Fahrstunden geben, Dede?« fragte sie.

Dede zuckte lässig die Achseln. »In deinem alten Schrottauto?«

Delia versuchte, sich ihre Enttäuschung nicht anmerken zu lassen.

»Na ja, wäre nett, mal richtig mit Vollgas durch die Gegend zu düsen«, setzte Dede gönnerhaft hinzu.

Delia drehte sich zu den geknickten Jungs um. »Leroy«, sagte sie, »Craig, danke, daß ihr vorbeigekommen seid.« Ohne Rücksicht auf ihre traurigen Hundeblicke in Richtung Dede komplimentierte sie die beiden hinaus.

Später sagte Delia immer, es sei ihr schlauester Schachzug gewesen, Dede das Autofahren beizubringen. Diese Entscheidung brach das Eis zwischen ihnen, auch wenn sie sich damit ein halbes Jahr

Angst und Schrecken einhandelte. Craig hatte recht, Dede war wirklich ein Naturtalent am Steuer. Ihr Instinkt, ihre Augen und Reflexe waren hervorragend, aber das Mädchen kannte keinerlei Vorsicht, keine Angst. Damit wurden Delias pädagogische Fähigkeiten einer starken Zerreißprobe unterzogen, bis sie Dede halbwegs klargemacht hatte, daß es beim Autofahren nicht darum ging, das letzte aus der Maschine herauszuholen.

»Ein Auto ist nur ein Fortbewegungsmittel, sonst nichts. Es ist kein Spiegel deiner Persönlichkeit, nichts, womit du beweisen kannst, wie toll du bist. Wenn du auf Risiko fährst, spielst du nur mit dem Leben anderer Leute«, erklärte Delia mit einem besorgten Blick in das desinteressierte Gesicht ihrer Tochter.

»Verstehst du, Dede? Hast du verstanden?«

»Jaja, alles klar, aber ich frage mich, wie schnell diese Kiste hier eigentlich fahren kann?«

Nur Amanda verharrte in ihrer feindseligen Ablehnung. Sie versuchte nicht einmal, Delia und Cissy zum Kirchgang zu bewegen, obwohl sie nicht mit Sticheleien sparte. Dede war fasziniert von der Idee, daß man sich am Sonntagmorgen einfach aussuchen konnte, ob man zur Kirche ging oder nicht.

»Wenn ich will, darf ich auch zu Hause bleiben, oder?« fragte sie Delia jeden Sonntag.

»Aber ja, ganz wie du willst«, sagte Delia, woraufhin sich Dede grinsend wieder ins Schlafzimmer verzog. Vielleicht kam sie schließlich doch noch fertig angezogen heraus, aber das ließ sich nie vorhersagen.

»Cissy meint, du bist Buddhistin. Glauben Buddhisten denn nicht an die Hölle?« fragte sie Delia einmal.

»Ich würde mich nicht als Buddhistin bezeichnen«, entgegnete Delia. »Außerdem haben Buddhisten eine ganz andere Vorstellung von Himmel und Hölle, als es unsere Prediger vermitteln. Sie halten das irdische Leben für eine dauernde Mühsal. Ihr Ziel ist es nicht, in den Himmel zu kommen, sondern vom Rad des Lebens erlöst zu werden.«

»Uii!« Dede strahlte. »Meinst du, ich könnte eine gute Buddhistin abgeben?«

»Ich meine eher, du solltest dir noch ein bißchen Zeit lassen, bevor du von einer Religion zur anderen hüpfst, nur um sonntags nicht aus dem Bett zu müssen.«

Wenn Dede zu Hause blieb, gab Amanda Delia die Schuld daran. »Dir ist es egal, ob wir in die Hölle kommen, aber mir nicht«, sagte sie. »Du glaubst ja nicht einmal an die Unsterblichkeit deiner Seele, aber Gott weiß es besser.« Sie konnte sich regelrecht in Rage reden, zitierte Reverend Hillman und Grandma Windsor und verschiedene Pamphlete, die sie gelesen hatte. Aber Delia nickte nur schulterzuckend und erinnerte Amanda dann sanft daran, daß sie noch zu spät kommen würde, wenn sie nicht bald aufbrach. Noch einmal redete Amanda Dede ins Gewissen, um sich am Ende mit Opfermiene allein auf den Weg zu machen.

Wenn Dede aber tatsächlich mitkam, schien Amanda auch nicht zufriedener. »Sieh mal an«, bemerkte sie dann, »da wird Gott aber überrascht sein!«

Der Weg von der Terrill Road zur Holiness-Redeemer-Kirche war etwas umständlich. Trotzdem schlug Amanda Delias Angebot, sie hinzufahren, jedesmal aus und nahm den Bus. Am ersten Sonntag nach dem Umzug zuckte Reverend Hillman schmerzlich zusammen, als Amanda vor dem Gottesdienst mit ausgebreiteten Armen auf Grandma Windsor zurannte und die Alte sich abwandte. Sonntag um Sonntag stieß Louise Windsor ihre Enkelin zurück, als ob es deren Schuld sei, daß sie bei der Hure wohnte, die Louises schwachen, sterbenden Sohn überredet hatte, sie zum Herausgeben der Kinder zu zwingen. Als Reverend Hillman sich erbot, mit ihr zu beten, erwiderte Grandma Windsor mit ausdruckslosem Blick, er habe ohnehin schon genug getan.

Grandma Windsors Kälte brach Amanda das Herz, deshalb begann sie schließlich zum Cayro Baptist Tabernacle zu gehen. Die Gemeinde war so zahlreich versammelt, daß sie M. T. dort leicht aus dem Weg gehen konnte. Außerdem mochte sie Reverend Myles ganz gern, im Gegensatz zu Reverend Hillman, den sie in gewisser Weise für ihr Exil verantwortlich machte. Reverend Myles erinnerte sie an Hillmans Vorgänger an der Holiness Redeemer. Seine Predigten donnerten ebenso pathetisch wie die von Reverend Call, unter dem nach Grandma Windsors Aussage die Kirche noch ein echter Tempel des Wortes gewesen war. »Das war vielleicht ein Prediger!« schwärmte sie immer, »ein wahrer Mann der Bibel!«

Amanda erinnerte sich an Reverend Calls dröhnende Stimme und an die roten Flecken, die sich auf seinen wächsernen Wangen abzeichneten, wenn er in Erregung geriet. Und er geriet oft in Erregung, so sehr, daß sich Amanda als Kind vor ihm gefürchtet hatte. Reverend Call predigte gern von der weltweiten Bedrohung durch die Kommunisten und der Perfidie der Liberalen in Washington.

»Satanisches Freidenkertum!« wetterte er von der Kanzel herab. »Als ob nicht Gott allein der Herr über unsere unsterblichen Seelen wäre, dem wir es schuldig sind, die rote Gefahr in Schranken zu weisen!« Für ihn war der Vietnamkrieg nie zu Ende gegangen, er kämpfte mit seinen Mitteln wacker gegen die Aufweichung der Fronten an: Die Lokalblätter druckten seine Leserbriefe, in denen er leidenschaftlich insistierte, daß Tausende von amerikanischen Soldaten in den unterirdischen Kerkern von Hanoi festgehalten würden.

»Wo liegt Hanoi?« fragte einer der Jungen in der Bibelstunde. Zornrot fuhr Reverend Call zu ihm herum, seine Halsadern schwollen an, die Augen traten ihm aus dem Kopf, und er brach röchelnd auf dem nächstbesten Stuhl zusammen.

Apoplexie, nicht direkt ein Schlaganfall, mehr ein warnender Fingerzeig Gottes, erklärte der Pfarrer später seinen Diakonen. »Diese Kinder werden in Unwissenheit aufgezogen. Der Teufel legt seinen Samen in ihren Herzen ab.« Tränen liefen ihm aus den rotgeränderten Augen.

»Sie sind erschöpft«, sagte einer der Diakone. »Sie müssen sich ausruhen.«

»Der Teufel ruhet nie«, psalmodierte Reverend Call. »Die Macht des Bösen schläft nicht.«

»Nur ein paar Wochen«, beruhigte man ihn. Er schloß die Augen und schlug die Hände vors Gesicht.

Der Urlaub war kein Erfolg. Der stellvertretende Pfarrer entdeckte, daß eine große Menge Gemeindegelder für gewisse Herrenmagazine abgezweigt worden war, die dem Reverend in braunen Umschlägen zugeschickt wurden. Seine Frau, so wurde gemunkelt, verbrachte die meiste Zeit auf Besuch bei ihrer Mutter.

Reverend Call wurde gezwungen, vorzeitig in Ruhestand zu treten, nachdem seine Frau enthüllt hatte, daß er die neue Englischlehrerin an der High School mit nächtlichen Anrufen belästigt hatte. Der Reverend schwor, er habe nichts damit zu tun. Er behauptete, die Lehrerin sei Mitglied einer internationalen kommunistischen Verschwörung, was allein schon dadurch erwiesen sei, daß sie eine Schulaufführung von *Jesus Christ Superstar* organisiert habe.

»Eine Blasphemie«, schäumte der Reverend. »Ein weiterer Nagel zum Sarg unseres Landes.«

Auf Betreiben der Diakone kehrte Reverend Hillman als Prediger an die Holiness Redeemer zurück. Reverend Call, hieß es, sei nach Arizona gezogen, wo er spätnachts im Radio predigte und weiter gegen die kommunistische Gefahr hetzte. Wenn sie sonntags im Baptist Tabernacle Reverend Myles zuhörte, dachte Amanda oft an Reverend Call zurück. *Er* hatte sie wenigstens verstanden. Er hatte ihr ein Silberarmband mit dem eingravierten Namen eines vermißten Soldaten geschenkt und ihr die Schulter getätschelt, als sie ihm sagte, wie sehr sie Gott liebe.

»Bleibe stark in deinem Glauben«, hatte er bei seiner letzten Predigt zu ihr gesagt. Grandma Windsor hatte ihm einen Butterkuchen gebacken und darauf bestanden, daß Amanda ihn dem Reverend überreichte. Der alte Mann küßte Amanda feucht auf die Stirn, als er den Kuchen entgegennahm. »Du bist ein gottgesegnetes amerikanisches Kind«, flüsterte er ihr feierlich zu. Amanda nickte und vermied es noch tagelang, sich die Stirn zu waschen.

»Ich bleibe stark«, hatte sie Gott gelobt. In ihrer Phantasie sah Gott wie Reverend Call aus, hatte Grandma Windsors Augen und den Kragenspiegel eines Sergeant am Talar.

Amanda beschränkte ihren missionarischen Eifer nicht allein auf Dede. An der Cayro High School stellte sie sich die Aufgabe, einen Verein Christlicher Mädchen zu gründen, der regelmäßig in der Cafeteria tagen sollte, um eine Kampagne gegen Abtreibung und Sittenlosigkeit zu planen. Sie erklärte Dede, ihre Schule sei die vorderste Front ihres Bemühens um die Verbreitung von Gottes Liebe. Den Einwand ihrer Schwester, man solle es den Leuten doch lieber selbst überlassen, an was sie glauben wollten, ignorierte sie.

»Es geht um Leben und Tod, Dede«, dozierte Amanda. »Wir

sprechen hier vom Wort Gottes, nicht von vergleichenden Religionswissenschaften in irgendeinem Ausbildungsprogramm. Du kannst mir alles über Buddhismus und den Islam und esoterische Heilslehren erzählen, aber hier geht es um unser aller unsterbliche Seelen. Du willst mich mundtot machen, damit du dich genau wie alle anderen mit irgendwelchem modischen Schwachsinn beliebt machen kannst? Na, dann mach's doch wie alle anderen, die schon auf dem Weg zur Hölle sind!«

Auch als der Schuldirektor ihr Ansinnen zurückgewiesen hatte, in den Freistunden Flugzettel verteilen zu dürfen, ließ sie sich nicht lange stören. Sie überredete einfach ein paar Mädchen aus dem Kirchenkreis, ihre Flugzettel unter die Leute zu bringen. Als man ihrem Verein den Zutritt zur Cafeteria verbot, schickte Amanda die Mädchen auf den Parkplatz hinter dem Bonnet und versprach, Mitfahrgelegenheiten für alle zu organisieren, die den Bus nach Hause verpaßten. Sie wollte eine militante Anti-Abtreibungs-Gruppe auf die Beine stellen, die am Dienstag und Donnerstag nachmittags vor der Frauenklinik in Marietta Posten beziehen sollte. An diesen Wochentagen stellte die Klinik Überweisungen zur Familienplanungsstelle in Atlanta aus.

»Als Minderjährige kann man euch nicht strafrechtlich verfolgen«, erklärte Amanda den potentiellen Rekruten, die sich auf der ersten Versammlung einfanden. »Aber stellt euch nur vor, wie das in der Stadt einschlagen wird. Wie die Soldaten Gottes würden wir uns aufstellen, und nach ein paar Wochen hätte die Klinik keine Kundschaft mehr.«

Das Problem war allerdings, daß sich die meisten Mädchen an der Cayro High School die Telefonnummer der Klinik sorgsam notiert hatten. Denn die Klinik bot nicht nur streng vertraulich Aufklärung zur Geburtenkontrolle an, sondern eben auch jene lebenswichtigen Überweisungen zu Abtreibungspraxen in Atlanta, falls doch einmal etwas schiefgegangen sein sollte. Obwohl sie hofften, diese Hilfe nie benötigen zu müssen, hatte kaum eines der Mädchen ein Interesse daran, der Klinik in Marietta das Geschäft zu verderben. Nur ein kleiner Fehler in der Hitze des Augenblicks, und auch sie würden sich am Dienstag oder Donnerstag heimlich in die Klinik stehlen müssen. Sechsundzwanzig Tage von achtundzwanzig war die Klinik kein Thema, aber hin und wieder konnten die letzten zwei Tage die Mädchen ganz schön das Fürchten lehren. Zwei Tage banges Warten – und die Welt sah anders aus. Zwei Tage panische Stoßgebete – aber wenn das Befürchtete dann doch eintrat, gab es wenigstens einen gnädigen medizinischen Eingriff, und man konnte wieder aufatmen und normal weiterleben. Nein, die Klinik war schrecklich, aber notwendig, ein Ort, an dem Frauen tun konnten, was sie tun mußten, selbst wenn es das letzte war, was sie tun wollten.

Die Mädchen, die Amandas Verein beitraten, waren also nur solche, die nie mit Jungs ausgingen. Zum ersten Treffen kamen genau fünf, und zwei davon stiegen nach einigem Getuschel im Schulwaschraum gleich wieder aus. Die drei übrigen scheuten jedes militante Auftreten derart, daß Amanda überzeugt war, die Mächte des Bösen hätten sich gegen sie verschworen.

Es kam der Tag, an dem sich Amanda allein auf dem Parkplatz wiederfand. In jener Nacht träumte sie von ihrer eigenen Kreuzigung. Wie sie selbst dort oben mit durchbohrten Händen hing und auf alle hinabstarrte, die sie verraten hatten. Grandma Windsor verbarg das Gesicht in den Händen. Dede fiel weinend auf die Knie. Hinter ihnen stand schuldbewußt ein genesener Clint, während Delia in Schlaghosen, Poncho und Perlenschnüren zum Himmel flehte: »Mein Gott, mein Gott, vergib mir.« Eine erbärmliche Schar von Kindersoldaten in Tarnanzügen und dunkelhäutige Nonnen in schwarzen Kutten blickten ehrfurchtsvoll zu Amanda auf. Und Amanda lehnte sich an den Kreuzbalken wie auf einen seidenen Diwan und sah mit müdem Mitleid auf alle hinab. Die Geißelungsmale auf ihrem Leib schimmerten in allen Regenbogenfarben, und von ihrer linken Schläfe rann ein dünner Streifen Blut. Als Krankenschwester und Lehrerin war sie zu ihnen gekommen, und sie hatten sie geschlagen und zum Sterben aufgehängt. All die Qualen hindurch hatte sie am Namen Jesu festgehalten und sich geweigert, Gott zu verfluchen, um freigelassen zu werden. Ihre Tapferkeit würde in die Legende eingehen und den jungen Mädchen späterer Generationen als leuchtendes Beispiel gelten.

Amanda wußte nicht genau, weshalb sich die vielen Leute eingefunden hatten, um ihrem Martyrium beizuwohnen, aber es war richtig, daß sie anwesend waren. Denn nun erkannten sie die wahre

Amanda, eine gesegnete Tochter des lebendigen Gottes. Ihr Glaube war so stark, daß sie über die trivialen Grenzen der Konfessionen hinweg zu predigen vermochte. Nach diesem Tag würde es eine Flut von Bekehrungen geben. Satanisten würden dem Teufel abschwören, und die Länder, in denen ihre Geschichte verbreitet wurde, würden um Eingliederung in die amerikanischen Staaten ersuchen. Reverend Hillman würde einen Erweckungsgottesdienst zu Amandas Gedächtnis abhalten. Reverend Call würde aus Arizona zurückkehren. Die Erdkundelehrerin an der Cayro High School würde um Verzeihung bitten für ihre spöttischen Bemerkungen über Amandas Wunsch, Missionarin in Kambodscha zu werden, obwohl sie gar nicht wußte, wo das lag.

Amanda stöhnte laut auf, und Grandma Windsor schrie ihren Namen. Delia ließ ihren Poncho fallen und streckte die Arme nach der Tochter aus, die sie zu lieben vorgab. Dede schüttelte den Kopf und schaute zu Amanda hoch, als erwache sie gerade aus einem Tagtraum.

»Ach, um Himmels willen«, kicherte sie hinter vorgehaltener Hand.

Verzweifelt wand sich Amanda am Kreuz und reckte das Gesicht zum Himmel. »Nein«, keuchte sie, während ihr Blut schneller lief und die Menge unruhig wurde und die Soldaten sich wie Jungs auf dem Schulhof anschubsten.

»Nein, nein«, flüsterte Amanda, aber die Nonnen rafften hastig ihre Kutten und stoben davon.

Dede krümmte sich vor Lachen. »Um Himmels willen, Amanda, das geht wirklich zu weit, sogar für dich.«

Delia hob ihren Poncho auf und schüttelte den Staub herunter. »Na ja, vielleicht ist es besser so. Du wolltest ja sowieso nie bei mir wohnen.« Sie blickte sich in der wogenden Menge um und trat zurück. »Kannst du Cissy von da oben irgendwo sehen? Ich weiß nicht, wo sie ist.«

»Los, komm runter«, kommandierte Grandma Windsor, ohne auf Amandas immer heftigere Verrenkungen zu achten. Sie staubte sich mit grimmiger Miene den Rock ab. Einer der Soldaten gab der letzten Nonne Feuer, während sie ihren Schleier zurückschob.

»Mein Gott, mein Gott«, rief Amanda. »Warum hast du mich verlassen?«

»Verdammte Hippiebrut«, hörte Cissy auf dem Rückweg von der Schule zur Bushaltestelle hinter sich. Sie hob die Augen von Nolans *Winterplanet* und sah sich Marty Marish und zwei fast kahlgeschorenen Jungs gegenüber.

»Wir kennen dich«, sagte Marty zu ihr. »Wir wissen alles über dich.«

»Zum Beispiel?« entgegnete Cissy. Ihr Herz pochte laut, aber sie dachte gar nicht daran, sich einschüchtern zu lassen. Ihr Daddy hatte auch immer allen die Stirn geboten. Sie hatte viele Geschichten von umgeworfenen Tischen und Schlägereien mit Flaschen gehört, von Männern mit Bürstenschnitt und groben Manieren, die ihm nichts anhaben konnten. Wie konnte einer nur auf die bescheuerte Idee kommen, die Haare so kurz zu tragen, daß die Ohren wie Henkel abstanden und jeder seine komische Kopfform sehen konnte? Randalls Haare waren weich über die Schultern geflossen, glänzend und süß duftend hatten sie sein Gesicht wie auf den Jesusbildern in der Kinderbibel umrahmt.

»Deine Mama ist Kommunistin, eine von diesen Roten, die unser Land zugrunde richten. Dein Daddy war ein Hippieschwein – der hat einem anderen Mann die Frau gestohlen.« Marty trat noch einen Schritt vor. »Und du«, sagte er und stach ihr mit dem Zeigefinger gegen die Brust, »du bist ein Bastard.«

Cissy klappte ihr Buch zu und drückte es an sich. Auf einmal wurde ihr sehr beklommen zumute. Die drei Jungs rückten grinsend näher.

»Und du, Marty Parish, bist noch blöder als dein blöder Daddy und dein schwachsinniger Granddaddy.«

Plötzlich tauchte Dede mit ihrem Ringbuch unter dem Arm und wippendem Pferdeschwanz auf dem Weg zur Haltestelle auf.

»Wenigstens bist du nicht ganz so blöd wie häßlich«, lachte sie Marty ins Gesicht.

Marty ballte die Fäuste. »Halt mal lieber deine große Klappe«, knurrte er.

Dede trat neben Cissy und musterte die beiden anderen. »Aber euch würde ich gar nicht mal häßlich nennen. Noch ein paar Jährchen und etwas mehr Fleisch auf den Rippen, und ihr könntet beinahe hübsch aussehen.«

Der mickrige Charlie Jones wurde rot und schlug die Augen

nieder. Der dritte Junge, Junior Hessman, wich einen Schritt zurück.

»He, lauf nicht weg, Junior.« Dede legte Cissy den Arm um die Schultern. »Ich wollte dich gerade meiner kleinen Schwester vorstellen und ihr alles über dich erzählen, besonders, wie du mal zum Direktor geschickt worden bist, weil man dich in der Freistunde mit offener Hose erwischt hat.«

»Ist ja gar nicht wahr!« Junior war jetzt genauso rot wie Charlie.

»Aber sicher, du kannst's halt nicht lassen, an dir herumzufummeln, wenn du dich unbeobachtet glaubst. Darum lachen sich auch alle scheckig über dich, Junior-Schatz.« Sie lächelte Cissy ohne direkten Blickkontakt träge zu.

»Sieh dich lieber vor, Dede Windsor«, sagte Marty und hob die Fäuste.

Lächelnd starrte Dede auf seine mageren Hüften.

»Sag nur, *du* willst dich mit mir schlagen, du halbe Portion?«

Marty erbleichte. »Zur Hölle mit dir!« schrie er und drehte sich so abrupt um, daß er bei seinem Rückzug Charlie anrempelte. Junior folgte ihm. Charlie, dessen Miene zwischen Verlegenheit und Ehrfurcht schwankte, zögerte noch einen Augenblick, dann schloß er sich seinen Freunden an.

Dede lachte zufrieden und ließ Cissys Schulter los. »Alles in Ordnung?«

Cissy kam es vor, als drehe sich die Welt im Zeitlupentempo um sie her. »Danke«, stammelte sie.

Dede sah sie forschend mit ihren blitzblauen Augen an. Ihr Lächeln erlosch. »Du darfst diese kleinen Rotzbengel keinen Millimeter an dich herankommen lassen, hörst du. Damit bringst du uns nur alle in Verruf.« Sie klatschte das Ringbuch gegen ihre Schenkel und reckte das Kinn vor. »Mußt du denn wirklich dauernd diese Brille tragen? Das sieht doch dämlich aus.«

Cissy preßte die Lippen zusammen. »Der Arzt hat es verordnet. Ein Auge ist zu lichtempfindlich, es entzündet sich sofort, wenn ich sie nicht aufhabe.«

»Na gut, aber dann bring Delia um Gottes willen dazu, dir eine zu kaufen, die weniger doof aussieht. Oder willst du wirklich die ganze Zeit wie Ray Charles rumlaufen?« Stirnrunzelnd musterte Dede Cissys starre Miene. »Alles klar?«

»Jaja, schon gut. Aber *du* mußt Delia fragen.«

»Hast du Angst vor ihr?«

»Nein.« Cissy war gekränkt. »Ich mag sie nur nicht gerne um etwas bitten.«

»Tatsache?« Dede beäugte ihre kleine Schwester mit neuem Interesse. »Komisch, das macht mir gar nichts aus.«

Der winzige Fleck in der Iris ihres linken Auges war der einzig sichtbare Hinweis auf die alte Verletzung, die Cissy so angestrengt zu verbergen suchte. Cissy wollte die gleiche Welt haben wie alle anderen auch: Schatten und Licht, Tiefenschärfe und Fernsicht. Statt dessen sah sie auf dem einen Auge immer verschwommen. Ohne die Sonnenbrille tränte es bei grellem Licht, und sie bekam schreckliche Kopfschmerzen. Erst als sie etwas über den Maler El Greco las, begann Cissy ihr eigenes Augenleiden besser zu verstehen. Es gab eben einen Unterschied zwischen ihrer Wahrnehmung der Welt – wie ein flaches, leicht verwackeltes Foto – und jener dreidimensionalen Perspektive, dic alle anderen hatten. Sie konnte sich die Welt vorstellen, wie Dede und Nolan sie sahen, während diese *ihre* Sicht nie und nimmer nachvollziehen konnten. Wenigstens hoffte sie das. Es war schon schlimm genug, Delia Byrds Rock-'n'-Roll-Baby zu sein. Auf die Belastung durch das Mitleid und die Verachtung anderer Leute konnte sie deshalb gut verzichten. Früher hatte Cissy ihre Brille immer nur verflucht, aber seit sie in Cayro war, trug sie sie ständig und war froh über die dunklen Gläser, die ihren Blick verbargen.

Obwohl sie sich der Brille bewußt war, war ihr der Fleck im Auge doch nie aufgefallen. Bis zu Mary Martha Wynchesters Geburtstagsparty. Da Mary Martha als erste aus der Klasse dreizehn und damit ein echter Teenager wurde, hatte ihre Mutter beschlossen, ein Fest zu geben. Cissy hatte den Verdacht, daß Mary Martha sie eigentlich gar nicht hatte einladen wollen, aber als Delias Stammkundin fühlte sich Gillian Wynchester wohl dazu verpflichtet.

Kaum hatte ihre Mutter den Partyraum verlassen, holte Mary Martha die Bourbonflasche ihres Daddys hervor und bot sie der Runde an. Ihre besten Freundinnen Jennifer und Dawn nahmen ein paar schnelle Schlucke und taten sehr kennerhaft. Cissy nippte nur kurz und nickte, obwohl es ihr nicht schmeckte. Lizzie Jones,

Charlies kleine Schwester, kostete zaghaft und schnitt eine Grimasse.

Als die Flasche halb leer war, versammelte Mary Martha alle im Kreis. »Ich habe mir für euch etwas ausgedacht«, sagte sie, löschte das Licht und stellte eine blaue Kerze vor den großen dreigeteilten Toilettenspiegel, den ihre Mutter auf einer Auktion gekauft hatte. Neben die Kerze stellte sie auf einem Dreifuß eine blaue Metallschale mit Räucherkraut, das nach dem Anzünden penetrant süßlich vor sich hin glomm.

»Also, jede von uns wird jetzt in den Spiegel schauen.« Mary Martha hustete. »Ihr schaut auf die Kerzenflamme, atmet den Räucherduft ein und betet darum, die Zukunft zu sehen. Meine Kusine Barbara hat mir hoch und heilig geschworen, daß es bei ihr funktioniert hat. Aber man muß es zur richtigen Zeit machen, ungefähr bei der ersten Periode. Jedenfalls aber bevor man, ähem, ihr wißt schon.«

»Bevor man mit jemandem geschlafen hat, meinst du?« Lizzies Augen glänzten vor Aufregung. »Man muß noch Jungfrau sein?«

Mary Martha nickte.

»Ist doch klar.« Jennifer klang, als wüßte sie bestens über das Thema Bescheid.

Cissys Meinung stand ihr wohl deutlich ins Gesicht geschrieben.

»Doch, echt«, bekräftigte Jennifer.

»Ich habe was von Tempeln in Griechenland und Ägypten gelesen, wo Mädchen im Räucherdampf sitzen und die Zukunft voraussagen. Von heiligen Jungfrauen. Vestalinnen hießen sie.«

»Habe ich auch gelesen.«

Freunde, Ehemänner, Kinder, Karrieren – alles konnte sich im dämmrigen Spiegel abzeichnen. Absolut alles. Man würde es aber nur für einen kurzen Moment sehen, warnte Mary Martha und probierte es als erste. Mit der linken Hand zündete sie die Kerze an. Cissy biß in ein Stück Kuchen und legte es wieder hin. Langsam wurde ihr etwas übel.

Reichtum, zwei Ehemänner, zwei Söhne – Cissy staunte, daß sich Mary Martha gleich *zwei* Ehemänner zugedacht hatte. Jennifer kam als nächste dran: eine Filmkarriere, sogar ein Oscar! Cissy biß sich auf den Daumen, um nicht laut herauszuprusten. Lizzie starrte zu lange in den Spiegel und beteuerte dann, sie habe etwas gesehen, aber nur undeutlich.

»Ich glaube, es war ein Haus, ein riesiges Haus.«

Dawn zierte sich eine Weile, behauptete, der Spiegel stünde nicht im richtigen Winkel, so daß alles noch mal verschoben werden mußte. Nach allerlei theatralischem Hineinspähen mit vorgerecktem Kopf schnappte sie plötzlich nach Luft und warf die Haare zurück. »Ein Rennwagen. Ich schwör's euch, ich habe mich in einem Rennwagen gesehen, so ein ganz flacher mit einer Nummer an der Seite.«

»Oh, mein Gott! Ich wußte ja gar nicht, daß du autofahren kannst.«

»Ich lern's gerade.«

Mary Martha nahm noch einen Schluck Bourbon und prostete ihr mit der Flasche zu. »Auf unsere Rennfahrerin! Vielleicht wirst du der erste weibliche Star auf der Piste!«

Cissy kicherte in sich hinein. Mary Martha sah sie mißbilligend an.

»Worauf wartest du, Cissy? Du bist dran!«

Cissy hatte sich den ganzen Abend bemüht, möglichst nicht aufzufallen und alles Gebotene so begeistert mitzumachen, bis sie sich schon selbst satt hatte. Sie nickte und hockte sich gehorsam auf den Schemel vor die Kerze. Eine Minute konnte sie ja so tun als ob, und ihnen dann sagen, sie sehe nichts. Sie starrte in den Spiegel. Die Kerzenflamme schien dort größer und heller, aber ringsumher sah Cissy nur schwankende Schatten. Sie rückte ein bißchen zur Seite. Ihr eigenes Spiegelbild erschien in dem dämmrigen Rahmen.

Die kleine Flamme zitterte, Cissy richtete den Blick auf den blauen Hitzekreis um den Docht. Das stechend helle, durch einen unmerklichen Luftzug flackernde Licht tat ihren Augen weh und schien sich in einem Punkt am Rande ihrer linken Pupille vielfach zu brechen. Da war ein winziger dunkler Strich, ein Riß in der glatten Oberfläche. Klein, aber klar erkennbar zeichnete er sich im Kerzenschein ab. Mit weit aufgerissenen Augen beugte sich Cissy noch näher an den Spiegel heran.

Dawn stupste sie ungeduldig an. »Cissy?«

Cissy beachtete sie nicht. Sie hatte diese Narbe noch nie gesehen. So dicht wie möglich hielt sie das Gesicht an die Flamme.

»Siehst du etwas?« flüsterte Mary Martha heiser vor Spannung.

Cissy drehte den Kopf hin und her und beobachtete die Bewegung ihrer Augen. Normalerweise lief ihr linkes Auge synchron mit dem rechten, außer wenn sie sehr müde war, aber auch dann schielte sie nicht auffällig.

»Mist«, flüsterte Cissy.

»Was? Was ist denn!« Mary Martha hielt es nicht mehr aus.

Delia redete nie über den Unfall. Randall hatte sich die linke Seite übel gequetscht, Delia den Fuß gebrochen, und Cissy, die zwischen ihnen saß, war mit Glassplittern überschüttet worden. Der Vorfall kam erst nach Cissys Einschulung in Cayro zur Sprache. Ihre Lehrerin hatte ihr ein Briefchen mit nach Hause gegeben, in dem sie Delia bat, sie bezüglich Cissys Augenfehler zu kontaktieren. Delia explodierte. »Es war ein Unfall«, sagte sie wütend zu M. T. »Cissy war noch so jung. Sie hat auf dem einen Auge nur minimale Sehkraft, aber das ist doch kein Problem!« Sie schlug mit der Faust auf den Küchentisch. »Was hat die Ziege sich da einzumischen, verdammt! Das geht sie gar nichts an. Das geht niemanden außer uns etwas an.« Ihr Zorn verblüffte Cissy ebenso wie ihre knappe Erklärung. Ein Unfall. Cissy konnte sich an keinen Unfall erinnern.

»Randall hätte gar nicht fahren dürfen«, sagte Delia. »Ich habe dich nie wieder mit ihm fahren lassen.« Ihr Gesicht war wie versteinert vor Scham und Selbstanklage.

»Mist«, wiederholte Cissy und blinzelte in den beschlagenen Spiegel. Sie schloß die Augen. Sie konnte sich an die Streitigkeiten zwischen Delia und Randall erinnern und wie ihr Daddy mit schwerer Zunge auf sein Recht gepocht hatte. Als sie später nicht mehr bei ihm wohnten, lehnte Randall manchmal das Gesicht an Cissys Wange und weinte. Das hatte sie gern, sie genoß seine Nähe, auch wenn sie bitter und kummervoll war. Aber jetzt verstand sie zum ersten Mal Delias Wut, das nackte Entsetzen in ihrer Miene. Obwohl Randall am Steuer gesessen hatte, gab sich Delia selbst die Schuld.

»Ich erinnere mich«, hauchte Cissy. »Ich sehe es vor mir.«

»Was siehst du? Sag doch, Cissy.« Mary Martha konnte sich kaum noch beherrschen.

Randall hatte sie beinahe getötet. In seinem verantwortungslosen Drogenrausch hätte er sie alle drei fast umgebracht. Nur ein kurzer Moment der Unachtsamkeit, der alles kaputtgemacht hatte. Ein Glassplitter, ein winziger Lichtpfeil war Cissy ins Auge geflogen. Blut lief ihr über die Wange. Mit einem Aufschrei hatte Delia Cissy in die Arme gerissen. Sicher hatte es weh getan. Sie konnte Delia förmlich schreien hören, fühlte den Hagel von Glassplittern. Sie hatte davon geträumt. Es war schrecklich gewesen. Aber im Traum hatte sie keinen Schmerz gespürt, als der Pfeil ihr Auge traf. Spürten Augen denn nichts? All das Glas hatte jedenfalls keine Narben hinterlassen.

Wenigstens hatte sich Cissy immer für unversehrt gehalten – bis sie jetzt die kleine folgenschwere Narbe entdeckte.

Unverwandt starrte Cissy in den Spiegel. Der Widerschein der Kerze brachte ihre Augen zum Tränen, und der feuchte Schimmer ließ den Makel im Auge noch stärker hervortreten. Ein harter glitzernder Diamant im Kern ihres Wesens. Schön und grausam zugleich. Cissy blinzelte und spürte die warmen Tränen an den Wimpern. Sie blickte noch einmal auf die kleine gezackte Einkerbung am Rand ihrer Pupille und wandte sich dann zu Mary Martha um.

»Was hast du gesehen?«

»Einen Riß in der Welt«, sagte Cissy. »Ich habe einen Riß in der Welt gesehen.«

KAPITEL 9

Delia schreckte mit Herzklopfen auf. Sie war kurz auf der Couch eingenickt. Für einen Moment war sie wieder in Kalifornien gewesen, in ihrem Garten in Venice Beach. Betrunken. Wieder quälte sie der alte Phantomschmerz, das Bedürfnis, ihre Kinder in die Arme zu nehmen. Und wie immer zerriß es ihr das Herz, daß sie es nicht tun konnte. Aber es war nur ein Traum. Die Mädchen waren ja da, ganz in ihrer Nähe, hinten im Schlafzimmer. Sie lehnte sich zurück und rieb sich die Arme. Sie hatte einen säuerlichen Geschmack im Mund. Herrgott, was hätte sie jetzt für einen Drink gegeben. Das Verlangen war so stark, daß sich ihr Magen zusammenkrampfte.

»O nein«, flüsterte Delia im Dunkeln. »Wann hört das endlich auf?« Zwei Jahre waren vergangen, seit sie zum letzten Mal betrunken gewesen war, aber noch immer spielte ihr Magen verrückt. Die alte Sehnsucht nach einem Glas Whiskey würgte sie wie ein Watteknebel. Damit würde alles Bittere weggespült, und sie könnte wieder singen. Delia zog die Beine an und umarmte ihre Knie. Ihr schlimmster Fehler war gewesen, das Singen mit dem Trinken zu verbinden. Jetzt vermißte sie beides schmerzhaft und wagte doch keines. Sie hatte Angst, daß eines das andere unweigerlich nach sich ziehen würde.

Sie konnte hören, wie sich Clint murmelnd in seinem Bett bewegte. Der Geruch in seinem Zimmer wurde immer schlimmer. Morgen würde sie ihn wieder in die Sonne hinausschleppen müssen und dann den Boden schrubben und die Wände mit Essig abwaschen. Aber egal, wie oft sie seine Bettwäsche wechselte und Lysol in die Ecken sprühte, in wenigen Tagen war der Geruch wieder da. Stank der Krebs so widerlich? Oder Clint, dessen Seele vor sich hinrottete?

Beim ersten Mal war es am schlimmsten gewesen. Als sie seine Haut berührte, schwoll ihr die Zunge im Mund an, und alles verkrampfte sich. Sie mußte sich regelrecht zwingen, nicht vor ihm zurückzuzucken. Doch mit der Zeit schaffte sie es, ihn auf dem Weg ins Bad zu stützen. Clint biß die Zähne zusammen und sah starr geradeaus. Delia blickte auf ihre Hände, auf den Boden, auf irgend etwas, nur um ihm nicht ins Gesicht sehen zu müssen.

»Es tut mir leid«, hatte er gesagt, als sie ihn am Nachmittag badete. Die Bemerkung hätte sich auf seine Hinfälligkeit beziehen können, auf die Mühe, die er ihr mit der Pflege machte, aber Delia wußte, daß damit mehr gemeint war. Sie brummte etwas Undefinierbares und schleppte ihn schneller zurück ins Bett, als ihnen beiden guttat.

Seine Hände zitterten, seine Beine trugen ihn kaum noch. Mit rotem Kopf gestand er, daß er öfter in die Wanne gepißt hatte als ins Klo. »Manchmal«, flüsterte er, »setze ich mich hin und komme nicht wieder hoch.«

Delia nickte ausdruckslos. Im Flur und im Bad hatten sie inzwischen Haltestangen für ihn angebracht. Einer von den alten Kollegen bei Firestone hatte hundert Dollar für den Job kassiert, aber Delia wußte, daß die Stangen nicht lange von Nutzen sein würden. Die Tage waren gezählt, an denen Clint sich ohne Hilfe vorwärts schleppen konnte.

»In der Klinik wärst du besser aufgehoben«, sagte sie einmal zu ihm, sobald sie ihn in der Wanne hatte.

»Keine Klinik, das hast du versprochen.« In seinen Augen glomm Panik auf.

Delia antwortete nicht. Sie zog ihm den Pyjama aus, wobei er ihr zitternd zu helfen versuchte. Er stand mit dem Rücken zu ihr in der Wanne und hielt sich krampfhaft an der Stange fest. Delia zog den Duschvorhang zu, ließ aber eine Hand drinnen, um Clint abzustützen.

»Das Haus geht an die Mädchen«, sagte er mit gesenktem Kopf. »Das Haus und die Versicherung. Den Laster habe ich verkauft, aber draußen bei Mama liegt noch das Boot, ein paar Möbel und alte Münzen.« Er hatte die Augen halb geschlossen und vermied es, sie anzusehen. Sein wirres Haar war mehr grau als blond, und seine Haut so trocken, daß sie sich an Huften und Schultern schälte. »Die Nachlaßpapiere hab ich in der Bank hinterlegt. Sie werden sie dir aushandigen. Wenn ich tot bin, bekommst du das ganze Zeug.«

Delia drehte den Hahn auf. Als das Wasser warm genug war,

schob sie den Duschhebel hoch. Clint hob das Gesicht, sein Mund wurde schlaff. Die lose Haut hing ihm in Falten herunter. Als das Wasser über seinen zitternden Körper floß, urinierte er dankbar. Kaum hatte er sich etwas entspannt, rann ihm flüssige Scheiße die Beine hinab.

Delia wandte sich ab. Gott hatte wirklich einen teuflischen Humor. Sie entsann sich, wie sie mit Dede schwanger auf dem Boden desselben Badezimmers gelegen und sich vollgepinkelt hatte, weil sie zu verletzt gewesen war, um sich hochzurappeln. Clint rieb sich die linke Hüfte, wo der Knochen hervorstand. Sie konnte seinen Schwanz nicht sehen, trotzdem wußte sie, wie er aussah. Es hatte eine Zeit gegeben, da hatte sie ihn geliebt, lange, lange bevor er zu dem Mann wurde, den sie haßte. Damals war er ein anderer Mensch gewesen, und sie ebenfalls. Vor vielen Jahren hatte sie auf dem Flohmarkt an der Schnellstraße nach Atlanta einen Revolver gekauft. Damals hatte sie geglaubt, sie müsse ihn töten. Sie war in dieses Haus zurückgekehrt und hatte sich mit dem Revolver an den Eßzimmertisch gesetzt.

Der Kerl, der ihr die Waffe verkauft hatte, war ein krausköpfiger Texaner gewesen, der die heiße Ware unter einer grünen Filzdecke feilbot. Keine Fragen, alles bar auf die Hand. Als sie das blauschwarz glänzende Ungetüm linkisch aufhob, hatte er ihr lachend auf die Finger geklopft: »Vorsichtig, Schätzchen, das ist eine echte Waffe, kein Spielzeug.« Am liebsten hätte sie ihn über den Haufen geschossen, aber sie zahlte brav und stieg wieder in den Wagen. Zu Hause setzte sie sich hin, legte den geladenen Revolver auf den Tisch und wartete.

Clint hatte ihr nicht geglaubt, als sie sagte, sie würde ihn erschießen, wenn er sie noch einmal schlage. Und wenn sie sich danach selbst erschießen müßte. Falls er ihr die Waffe wegnähme, würde sie sich einfach eine neue besorgen. »In den Südstaaten gibt es keine Sklaven mehr«, sagte sie. »Du hast versucht, mich zur Sklavin zu machen.« Clint sah sie nur zähneknirschend an. Schmutzigblonde Haarsträhnen hingen ihm ins Gesicht. Seine Augen funkelten schwarz vor Haß. Er lachte rauh, drehte sich um und ging hinaus. Sie wollte ihm nachrennen und das ganze Magazin auf ihn abfeuern. Statt dessen vergrub sie den Kopf in den Händen und weinte bitterlich.

Wenn die Leute fragten, weshalb sie weggelaufen war, weshalb sie Clint und die Mädchen einfach verlassen hatte, konnte Delia es nie erklären. Sie dachte dann an den Revolver und an die kühle Tischplatte unter ihrer Wange. Sie erinnerte sich an die Verzweiflung, die sie überflutete, wenn die kleine Amanda zu schluchzen anfing und Delia sich nicht aufraffen konnte, zu ihr zu gehen. Sie hatte ihre Kinder schon lange verlassen, ehe sie schließlich in Randalls Bus kletterte.

Stöhnend schwankte Clint unter der Dusche. Er bebte wie ein Pferd nach langer Hetzjagd. Delia reinigte ihm mit dem Handrücken das Gesicht, griff nach der Plastikflasche und quetschte Duschgel über seine Schultern. Dann rubbelte sie ihn brüsk mit dem Schwamm ab, wobei sie nur durch den Mund einatmete. Ihr Blick war verschwommen, ihre Bewegungen automatisch. Damals habe ich ihn nicht getötet, dachte sie, und jetzt muß ich es nicht mehr tun. Ich muß nur noch ein bißchen länger durchhalten, die nächsten Tage, vielleicht auch Wochen, höchstens noch ein, zwei Monate. Nach allem, was ich hinter mir habe, werde ich wohl auch das noch schaffen.

Als Clint erneut aufstöhnte, drehte ihn Delia ungeduldig um und seifte seine Vorderseite ein. Schaum tropfte auf die schlaffen Schenkel und den geschrumpften Schwanz. Das schüttere blonde Brusthaar stand in nassen Stacheln ab. Er legte den Kopf zurück und ließ sich das Wasser übers Kinn laufen. Er mußte sich so darauf konzentrieren, nicht umzukippen, daß er nicht merkte, wie Delia ihn ansah. Als sie den Hahn zudrehte und ihn ins Badetuch wickelte, sank er ihr wie ein erschöpftes Kind in die Arme. Taumelnd hielt sie ihn fest, bis er die Kraft aufbrachte, mit ihr durch den Flur zurückzuschlurfen.

Das schaffe ich nicht noch einmal, dachte sie, als Clint endlich ins Bett sackte. Sie wischte sich den Schweiß aus den Augen und sah, wie Amanda sie von der Tür aus mit grimmiger Miene beobachtete. Herrgott, immer mußten die Mädchen sie beäugen, ohne daß sie wußte, was in ihren Köpfen vorging.

Zitternd hob Clint die Hände und strich sich die feuchten Haare über dem ausgemergelten Schädel zurück. »Danke«, keuchte er. »Alleine hätte ich kaum stehen können.«

Delia nickte und drückte das Handtuch an die Brust. Vielleicht könnte sie einen Rollstuhl auftreiben und sich dabei nach einer Pflegehilfe erkundigen. An der Tür hörte sie hinter sich fast ein Schluchzen. Trotzig schaute sie nicht zurück. Soll er sich die Decke doch selber hochziehen, dachte sie. Sollte er doch so naß, wie er war, in seinem Bett sterben.

Erst nach Mitternacht legte sich Delia endlich wieder auf die Couch. Morgen würde sie früh im Bonnet sein müssen. Sie hatte alles in wüster Unordnung zurückgelassen, als sie am Nachmittag davongeeilt war. Obwohl M. T. und Steph hinter ihr herräumten, kam sie Tag für Tag weiter ins Hintertreffen. Wenn sie Clint in die Klinik schaffen könnte, würde sie zwei Tage freinehmen und einfach durchschlafen. Dann hätte sie endlich Zeit, mit den Mädchen zu reden, den Garten sauber zu harken, die Rechnungen durchzusehen und vielleicht sogar an Rosemary zu schreiben. Aber wenn sie Clint in die Klinik verlegte, würde Grandma Windsor hier sofort mit einem Anwalt auftauchen und vielleicht auch noch Reverend Hillman mitbringen. Die Alte hatte die Mädchen nicht ein einziges Mal seit dem Umzug besucht, doch Delia spürte, daß sie nur auf eine Chance zum Eingreifen lauerte. Und Reverend Hillman war sicher verärgert, daß Amanda zum Baptist Tabernacle übergelaufen war. Zweifellos behielt auch er sie im Auge. Von allen Seiten fühlte sie sich beobachtet, selbst beim Einkaufen im Supermarkt, wo man sie mit öliger Zuvorkommenheit grüßte, um sich dann hinter ihrem Rücken grinsend zuzuzwinkern. Nein, wenn sie Clint in die Klinik steckte, würde sie die Bankpapiere niemals bekommen.

»Wir haben eine Abmachung«, hatte er zu ihr gesagt, und sie hatte gedacht, sie könnte alles tun, was zu tun war. Sie könnte ihn zur Not auch allein zum Friedhof tragen und eigenhändig verscharren. Aber diese wochenlange Pflege, die Mädchen vor seiner Zimmertür, und Cissy, die ihn immer wie gebannt anstarrte – das war zuviel. Delia roch den Franzbranntwein an ihren Fingern und darunter den süßlichen Krankengeruch seiner Haut. Ihr ganzer Körper zitterte vor Erschöpfung.

Draußen im Dunkeln bellte ein Hund, es klang wie das Geheul eines Jagdhundes, so klagend und melancholisch wie einst Delias Lieder. In Kalifornien wäre es jetzt drei Uhr morgens. Rosemary wäre vielleicht noch auf. Sie war eine unverbesserliche Nachteule, wie sie selber immer sagte. Vielleicht saß sie auf ihrer Terrasse und sah sich den Mondschein auf ihren geliebten Kakteen an.

»Ich bin eine Kaktusblume«, hatte sie einmal zu Delia gesagt. »Stachlig, verlockend und gefährlich für die Unvorsichtigen.« Delia hörte sie zufrieden in sich hineinlachen. »Und ich bin wie du«, sagte Rosemary. »Ich kann praktisch mit nichts überleben. Ein Nichts genügt, wenn man weiß, wer man ist.«

»Ich brauche Hilfe«, flüsterte Delia in die Nacht hinaus.

Sie rieb sich mit den flachen Händen übers Gesicht. Irgendwo im Haus klappte eine Tür zu, vermutlich ging eins der Mädchen ins Bad. Delia rappelte sich hoch. Sie wollte noch den Wasserkessel füllen, um sich am Morgen etwas Zeit zu sparen. Im Flur sah sie eine schattenhafte Gestalt vor Clints offener Tür stehen. Vielleicht war es Dede, aber im Dunkeln konnte man nicht genau erkennen, wer da mit hängenden Schultern zu dem sterbenden Mann hineinspähte.

»Dede?« flüsterte Delia, aber die Gestalt drehte sich nicht um, sondern huschte drei Schritte weiter zur nächsten Tür und schlüpfte ins Mädchenzimmer. Amanda.

Warum stand sie im Flur und beobachtete ihren Vater in seinem unruhigen Schlaf? Delia verharrte einen Moment reglos und lauschte: auf den rasselnden Atem im Krankenzimmer, auf die völlige Stille bei den Mädchen. Was löste diese Situation in ihnen aus? Wie empfanden sie es, das alles mitanzusehen, ohne weglaufen oder irgend etwas daran ändern zu können? So viel Wut auf Clint hatte sie nicht erwartet, so viel aufgestauten Groll in den Gesichtern, wenn Dede und Amanda an seinem Zimmer vorbeigingen. Manchmal kam es ihr vor, als haßten sie ihn mehr, als sie es tat. Manchmal schien es, als hätte nur Cissy Mitleid mit dem Mann, der dalag und sie alle aus brennenden, tief verzweifelten Augen beobachtete.

O ja, Clint litt fürchterlich, das wußte sie. Er büßte für seine Sünden. Fegefeuer, hatte M. T. es genannt, Fegefeuer zu Lebzeiten. Aber kein Fegefeuer war heiß genug für Delias Wut auf Clint. Eines wußte sie: Cissy hielt sie für grausam. Cissy sah sie so vorwurfsvoll an, als sei es Delia, die sich an Clint versündigt hatte. Manchmal hätte sie die Kleine am liebsten durchgeschüttelt, um ihr begreiflich zu machen, was sie beim besten Willen noch nicht einsehen konnte: jede Frau, die einen Mann so hassen gelernt hat, wie Delia Clint haßte, konnte ihn in diesem Leben nie mehr als menschliches Wesen betrachten. Sie kann ihm nicht einfach verzeihen und ihren Frieden mit ihm machen, dazu müßte ein Wunder geschehen. Was Clint ihnen allen angetan hatte, diese Sünde konnte sie ihm nicht verzeihen. Vielleicht konnte Gott verzeihen, aber nicht Delia.

Sie trat an die Zimmertür der Mädchen und lauschte ihren ruhigen Atemzügen. Dann blickte sie hinüber zu Clints Zimmer, wo es seltsam still geworden war.

Vorsichtig schob sie die Tür noch weiter auf. Am Fußende des Bettes brannte ein kleines Nachtlicht, und das Radio lief so leise, daß sie nur undeutliches Stimmengemurmel hören konnte. Sie beugte sich hinein und schaute nach Clint. Sein Kopf lag zurückgekippt auf dem Kissen, sein Mund stand offen. Seine Bartstoppeln wirkten wie schwarze Pfefferkörner. Er sah aus wie eine Leiche. Zähneknirschend registrierte Delia, wie sich seine Brust hob und senkte. Nein, er schlief nur tief, aber das kam so selten vor, daß sie mit Recht besorgt reagierte. Vielleicht war der Knochenkrebs wie durch ein Wunder zurückgegangen und hatte sich in eine Art Winterschlaf verkrochen. Vielleicht war er sogar schon langsam im Schwinden begriffen – solche Wunderheilungen gab es manchmal, sogar bei Mistkerlen, die es weiß Gott verdient hatten, in der Hölle zu schmoren.

»Nein«, flüsterte Delia. Nein, er durfte nicht davonkommen. Clint wurde unruhig, schnappte nach Luft. Rasselnd setzte der Atem wieder ein, jener langsame, schmerzliche Rhythmus, an dem Delia die Wochen abzählte. Einen Moment fühlte sie sich schuldig. Hatte sich vorhin ein Wunder angebahnt, das sie unterbrochen hatte?

Delia legte sich die Arme um den Körper. Früher hatte sie einmal im Scherz gesagt, sie sei von Bären aufgezogen worden. Sie hatte selbst nie erfahren, wie normale Leute ihre Kinder aufzogen und mit viel Liebe an langen Zügeln in zivilisierte Bahnen lenkten. Aber wenn Delia von Bären abstammte, dann war Clint unter Wölfen aufgewachsen. Nicht einmal seine Mutter hatte ihn sanft behandelt. Als Delia ihn traf, hatte sie dieses Bedürfnis bezaubert, dieser kindliche Hunger nach einer sanften Hand. Sie hatte ihn mißverstanden. Sie hatte gedacht, sie könnten sich gegenseitig heilen. Jetzt sah sie ihn sterben und empfand gar nichts mehr.

Gott wird über mich richten, dachte Delia, ohne etwas an ihren Gefühlen ändern zu können. Sie rieb sich die verspannten Knoten in der linken Schulter. Er hatte ihr die Arme nach hinten verdreht und ihren Kopf auf den Boden geschlagen. Sie erinnerte sich so deutlich daran wie an den Geruch ihrer neugeborenen Babys. Er hatte sie hilflos am Boden liegenlassen und war hinausgegangen, während Amanda verängstigt im Nebenzimmer schrie. Sie hatte über den Boden kriechen müssen, um zu ihrem Kind zu gelangen. Sie hatte ihre eigenen Schreie in der Kehle ersticken müssen, um ihre Tochter zu trösten.

Delias Zähne schmerzten. Sie hatte sie so fest zusammengebissen, daß ihr Unterkiefer zitterte. Sie öffnete den Mund und versuchte, ihren Nacken zu entspannen. Immer setzte sich die Spannung im Kiefer und im Nacken und in den ausgerenkten Schultern fest. Gott, wie sie sich nach einem Drink sehnte. Sie wollte Whiskey trinken und die alten Platten hören, wollte in Randalls Armen liegen und wissen, daß alles gut war, selbst wenn sie jetzt sterben müßten. Delia schüttelte den Kopf und blickte wieder zu Clint hinüber. Wie versprochen sorgte sie gewissenhaft für ihn, sie hielt sich an die Abmachung. Dr. Campbell hatte sich überrascht gezeigt, wie lange Clint durchhielt.

Sie sah sich in Clints Zimmer um. Die Wände waren durch ihr Schrubben schon ganz fleckig. Selbst im Boden hatte sich der säuerliche Krankengeruch eingenistet. Man müßte den ganzen Raum neu streichen und die Dielen sogar abschmirgeln. Sie strich mit den Zehen über die Türschwelle. Auch einen Teppich würde sie besorgen, einen hellen, flauschigen, mit einem hübschen Muster. Wenn er weg ist, putze ich das Zimmer so schön heraus, daß es nicht mehr wiederzuerkennen ist, dachte sie. Dann bekommt es Amanda. Sie braucht ein Zimmer für sich. Was war in Amanda vorgegangen, als sie hier stand und Clint ansah?

Clint stöhnte im Schlaf und drehte den Kopf hin und her. Ein Alptraum, dachte Delia. Er zog ein wenig die Beine an, weiter konnte er sie inzwischen kaum noch bewegen. Aus diesem Bett würde er nicht mehr aufstehen.

»O Gott«, flüsterte Delia. Vielleicht könnte sie eine Hilfe finden. Nicht M. T., die schon zu würgen begann, wenn sie nur das Haus betrat, und erst recht nicht Steph, die ständig böse Witze über halbverfaulte Säuferleichen riß. Nein, vielleicht könnte sie Geld für eine geschulte Pflegerin auftreiben.

Irgendwie war von Amanda etwas Erschreckendes ausgegangen. Ihre gebeugten Schultern hatten fast gespenstisch gewirkt. Wie Amanda ging Delia einige Schritte zurück und legte ihre Hände an die Tür, hinter der ihre Mädchen schliefen. Der saure Geschmack im Mund war immer noch da, und ihre Augen fühlten sich heiß an, als hätte sie Sandkörner unter den Lidern. Ihr ganzer Körper schrie nach einem Schluck Alkohol: Tequila – ein Stromstoß für die Nerven, Bourbon – ein Balsam für die Seele, klirrende Eiswürfel und ein dickes Glas zur Beruhigung in der Hand. Delia biß sich auf die Fingerknöchel und schmeckte Blut und Bitterkeit, während ihr der Pulsschlag in den Ohren pochte.

»Du kannst nicht alles alleine durchziehen«, hatte M. T. gesagt. »Laß dir von deinen Freundinnen helfen. Laß mich für dich tun, was du für mich tun würdest.«

Dasselbe hatte auch Rosemary gesagt. Beim letzten Telefonat hatte sie mit Delia geschimpft. »Du verschweigst mir doch etwas. Sag endlich, was los ist. Sag mir, was ich tun kann. Ich könnte in fünf Tagen bei dir sein. Sogar in drei, wenn du mir einen guten Grund dafür nennst.« Und dann hatte sie aus voller Kehle losgelacht.

Das war es, was Delia brauchte. Keinen Whiskey, sondern den Klang von Rosemarys Lachen. Sie ging ins Wohnzimmer und wählte die Nummer, die sie auswendig kannte.

Die ersten Momente, die Amanda und Dede mit Rosemary Depau verbrachten, waren nicht frei von einer gewissen Verlegenheit. Delia hatte den Mädchen gesagt, daß ihre Freundin aus Los Angeles eine Weile bei ihnen wohnen würde, um ein bißchen mitzuhelfen. Clint bräuchte mehr und mehr Pflege und der Laden laufe auf Hochtouren. Sie hatte aber nicht erwähnt, daß Rosemary die schönste schwarze Frau war, die ihnen je begegnen würde.

Am Tag ihrer Ankunft trug Rosemary eine rosa Seidenbluse und eine breite Goldkette, die die Narbe an ihrer Kehle verdeckte, eine dünne blauschwarze Linie, die sich bis zum linken Ohr zog. Sonst war sie makellos. Ihr dunkler Mahagoniteint schimmerte rötlich, und ihr hinreißender, dunkelroter Mund erinnerte an eine Rosenblüte. Ihr kurzgeschnittenes Haar glänzte von duftendem Haaröl und brachte ihre anmutige Kopfform zur Geltung. Als sie aus dem Mietwagen stieg, reagierte Amanda erst einmal verblüfft und eingeschüchtert. Dede war einfach hingerissen.

Rosemarys schwarze Kulleraugen glitzerten wie die kleinen goldenen Muscheln, die perfekt auf ihre Ohrläppchen paßten. Goldschmuck, volle Hüften, ein üppiger Busen, dazu eine schmale Taille, raffiniertes Make-up, das die Augen noch größer wirken ließ, eine lässige Zigarette zwischen den feuchten Lippen. Rosemary sah aus, als wäre sie den Hochglanzseiten des *Jet*-Magazins entstiegen. Wenn da nicht die feinen Augenfältchen gewesen wären und ein Hauch von Traurigkeit in den Gazellenaugen. Ein Phantasiegeschöpf war sie, eine schwarze Diva in Jeans und pinkfarbener Seidenbluse.

»Und ihr seid in Kalifornien echte Freundinnen gewesen?« erkundigte sich Dede bei Delia, während Rosemary ihr Gepäck in Delias Zimmer abstellte. »So wie du und M. T.?«

»Ja, genau wie mit M. T.«, nickte Delia. »Rosemary hat mich in L. A. am Leben gehalten. Immer wenn ich dachte, ich müßte sterben, war sie für mich da. Wenn du Glück hast, wirst du eines Tages auch so eine Freundin finden, der du alles anvertrauen kannst, sogar dein Leben. Ich habe das unwahrscheinliche Glück, *zwei* zu haben. Eine Frau, die solche Freundschaft erlebt, kann nie völlig einsam sein.«

»Was wir brauchen, ist Gott«, bemerkte Amanda säuerlich.

»Na ja, Gott ist gut«, gab Delia mit ernsthafter Miene zurück, »aber Rosemary und M. T. schienen nie so weit weg zu sein wie Gott.«

Obwohl Rosemary aus Rücksicht auf den Kranken nur im Garten rauchte, war sie ständig in Zigarettenqualm eingehüllt. Cissy war überrascht, daß sie sich freiwillig so einschränkte, denn als Delia sie Clint vorstellte, hatte Rosemary nur kurz zu der ausgemergelten Gestalt im Bett hinüber genickt. Sie hatte kein Wort gesagt, und er auch nicht. Wieder einmal hatte sich Delia verpflichtet gefühlt, das Eis zu brechen, und nervös geplappert, wie sehr sie Rosemarys Hilfsbereitschaft zu schätzen wüßte, während ihre Freundin die langen, eleganten Finger wie Insektenfühler aneinanderrieb.

In der Küche hatte ihr Rosemarie dann reinen Wein eingeschenkt. »Paß auf, ich rühre diesen Mann nicht an. Ich tue alles, was du willst. Ich koche und putze, ich leihe dir Geld und stehe dir gegen jeden zur Seite, der dir übelwill. Aber diesen Mistkerl rühre ich nicht an, bis er tot ist.«

Blaß, mit hängenden Schultern und bläulichen Schatten um die Nasenflügel, lehnte Delia am Tisch. Die Erschöpfung war ihr deutlich anzusehen. »Du mußt nicht bleiben«, sagte sie. »Ich bin froh, daß du gekommen bist, aber du mußt nicht dableiben, wenn's dir zuviel wird.«

Rosemary nahm sie mütterlich in die Arme. »Scht, sag nichts mehr.« Sie drückte Delia an sich und rieb ihr über den Rücken. »Ich bleibe, das weißt du doch. Du bist kurz vor dem Umkippen. Glaubst du, das sehe ich nicht? Glaubst du, ich lasse dich hier allein mit diesen verrückten Teenagern und dem gräßlichen Kerl? Außerdem bin ich froh, wenn ich mal ein bißchen zur Ruhe komme. Das wird wie Ferien für mich.«

Delia entspannte sich etwas und ließ den Kopf an die Seidenbluse sinken. »Ach, Rosemary«, seufzte sie.

»Ja, Schätzchen, ist ja gut.« Rosemary strich mit sanften Fingern Delias Wirbelsäule entlang. »Es wird schon werden. Aber du und ich, wir haben uns niemals angelogen, und ich wollte jetzt nicht damit anfangen. Ich hasse den Kerl. Ich kann mich nicht um ihn kümmern, sonst würde ich ihm irgendwann mal Rizinusöl in die Milch kippen.«

Delia kicherte und schlug schuldbewußt die Hand vor den Mund. Rosemary grinste.

»Spiel du nur die Heilige«, flüsterte sie Delia ins Ohr. »Tu du, was ich nicht kann, und ich übernehme den Rest. Keine Bange, wir schaffen das schon.« Sie drückte Delia noch fester an sich und grinste noch breiter. »Und wenn er endlich stirbt, betrinke ich mich für uns beide.«

»Rosemary ist echt eine gutaussehende Frau«, sagte M. T. zu Dede, als sie am Sonntag mit einem Korb frischer Tomaten vorbeikam. Es war ein glühendheißer Tag, und Rosemary hatte Delia auf einen Ausflug entführt, zweifellos, damit sie sich in Ruhe unterhalten konnten. M. T. trank eine Cola und erholte sich eine Weile am

Küchentisch. Amanda saß mit ihren Notizen von der Bibelstunde auf der Veranda, und Dede bügelte, nur in Slip und BH, am Fenster. Cissy hatte in Clints Zimmer gelesen, war aber herausgekommen, als sie M. T.s Stimme hörte.

»Hast du sie in Los Angeles gekannt?« wandte M. T. sich an Cissy. »Was hat sie gemacht?«

»Weiß ich nicht.« Cissy wischte sich mit einer Serviette den Schweiß von der Stirn.

»Wie kannst du nur in dieser Hitze bügeln?« fragte M. T. Dede, die stoisch die Achseln zuckte und weiter eine Bluse einsprengte. Sie spritzte etwas Wasser auf das Bügeleisen, daß es nur so zischte und dampfte.

»Es muß gemacht werden. Außerdem ist mir sowieso schon so heiß, da kommt's darauf auch nicht mehr an.« Dede besprühte sich Bauch und Schultern. »Willst du auch?« Grinsend schwenkte sie die Plastikflasche zu M. T. hin.

»Danke, ich bin naß genug.« M. T. wandte sich wieder zu Cissy. »War Rosemary damals nicht auch in der Band?«

»Mhm, glaub schon.«

M. T. runzelte die Stirn. »Und hat sie denn gesagt, wie lange sie hierbleiben will?«

»So lange wie Delia sie braucht.« Cissy schaute zu Dede hinüber. »Zwei bis vier Wochen, hat Delia gemeint.«

»Also, ich weiß ja nicht, welche Frau sich erlauben kann, zu Hause alles stehen- und liegenzulassen und einfach zu verschwinden.« M. T. seufzte und blickte sich in der Küche um. An einem ordentlich gefalteten Haufen Jeans und T-Shirts lehnte ein Stapel frischer Leintücher auf dem Bord neben der Waschmaschine. Im Geschirrkorb standen nur vier Gläser und eine Schüssel. Nirgendwo mehr halbvolle Töpfe mit Kartoffelbrei, der Clints Hauptnahrung war. Auch der muffige Krankengeruch, der im ganzen Haus vorgeherrscht hatte, war einem strengen Scheuergeruch gewichen. Zum erstenmal seit Monaten sah es hier wirklich sauber aus.

»Immerhin scheint sie sich ja nützlich zu machen, während sie hier ist«, sagte M. T.

»Rosemary geht ran wie die Feuerwehr«, meinte Dede. »Sie dreht morgens früh das Radio an, und dann geht's los, und zwar ohne Pause. Wenn sie sich zwischendurch mal hinsetzt, dann nur, um eine Liste von all dem zu machen, was noch erledigt werden muß. Delia meint, sie weiß nicht, was sie ohne sie machen wird, wenn sie wieder abfährt.«

M. T. schaute auf ihren straff gespannten Rock hinunter. »Ach, tatsächlich?« Sie trank den Rest Cola aus der Flasche und stand auf. »Dann grüßt sie mal schön von mir. Sagt ihr, wie froh ich bin, daß sie da ist.«

Cissy und Dede sahen ihr nach, wie sie zu ihrem Auto ging. »Scheint ihr ganz schön an die Nieren zu gehen, daß Rosemary sich jetzt um Delia kümmert«, sagte Cissy.

»Ach, das steckt sie locker weg.« Dede beugte sich wieder übers Bügelbrett. »M. T. ist hart im Nehmen, die hat schon ganz andere Sachen ausgehalten.« Sie hielt die Wasserflasche hoch und sprühte in die Luft, so daß ein feiner Tropfenschleier auf ihr Gesicht niederregnete.

Rosemarys Besuch war *der* Skandal in Cayro. Nadine Reitower sagte zu ihrem Mann, sie sei sicher, daß es in dem Haus bald zu einer Tragödie kommen würde. Wenn Delia Byrd diesen Clint Windsor nicht in seinem Bett erstickte, dann würde es garantiert diese schwarze Nutte aus Los Angeles tun. »Man braucht sie sich ja nur anzusehen, um zu wissen, woran man ist«, sagte Nadine immer wieder. Ihr Mann schüttelte den Kopf, sah sich aber Rosemary sehr wohl an. Jeder Mann in Cayro schaute ihr nach. Freitagabends im Goober's rissen sie ihre Witze über sie. »Habt ihr gesehen, wer da bei Delia Byrd zu Besuch ist?« feixten sie. »Heißes Teil«, hieß es einstimmig. »Yankee-Negernutte«, meinte Harold Parish, Martys älterer Bruder. »Früher hätten wir eine wie die mit der Peitsche nach New York zurückgejagt.«

»Die kommt doch aus Los Angeles«, warf Richie Biron träge ein.

Die Männer um ihn herum lachten. »Bleibt trotzdem 'ne Yankee-Nutte«, grölte einer.

»Jetzt reg dich mal ab, Junge«, sagte Lyle Pruitt zu Richie. »Sie tut doch ein gutes Werk, wenn sie bei Delia und Clint aushilft.«

»Diese Delia ist auch eine von der Sorte.«

»Delia Byrd ist hier bei uns im Bartow County geboren«, mischte sich jetzt der Barkeeper ein. »Ich kannte ihren Daddy, bevor er verunglückt ist.«

»Er war vielleicht einer von uns, aber seine Tochter hat trotzdem 'ne Yankee-Seele.«

»Also, ich weiß nicht. Habt ihr euch mal was von der Band angehört, wo sie gesungen hat? Wie hieß die noch? Mud Dog?«

»Nöö, kenn ich nicht.«

»Die ist und bleibt 'ne Negernutte, sag ich euch.«

»Wer, Delia?«

»Nöö Scheiße, Mann, die Farbige, die bei ihr wohnt.«

»Ach, halt die Klappe, Harold.«

Trotz seiner rassistischen Ansichten ließ sich Harold Parish am nächsten Sonntagnachmittag im Piggly Wiggly nicht von einem Flirt mit Rosemary abhalten. »Hallo, wie geht's, wie steht's?«

Mit gleichgültigem Blick streifte sie seine verschwitzte Miene. »Ich stehe hier für ein Kilo Schweineschulter an, falls Sie das interessiert.« Sie musterte Harolds aknenarbiges Ohrfeigengesicht. »Aber was ich garantiert nicht brauche, ist Zoff mit irgendwelchen breitschultrigen Typen.« Hoch erhobenen Hauptes schob sie sich an ihm vorbei.

Harold wurde rot. Irgend etwas in Rosemarys Augen gab ihm das Gefühl, ein echtes Mannsbild zu sein, als hätte jemand unter seiner schlechten Haut und seiner schlaksigen Statur endlich den guten Kern erkannt. Von diesem Tag an duldete Harold keine ordinären Sprüche mehr über sie.

»Ist ja nicht so, daß ich mit 'ner Schwarzen ausgehen würde«, vertraute er seinem Freund Beans an. »Aber wenn schon, dann mit ihr.«

In der zweiten Woche nach Rosemarys Einzug kaufte sich Steph ein breites Modeschmuck-Halsband, das Rosemarys Goldkette fast zum Verwechseln ähnlich sah. »In Los Angeles tragen das jetzt alle«, belehrte sie die Kundinnen, die ihr Komplimente machten. M. T. verlor kein Wort darüber, aber Delia errötete beim Anblick des Halsbands, denn sie hatte schon mit dem Gedanken gespielt, sich selbst so eines anzuschaffen.

M. T. war immer sehr höflich zu Rosemary, wenn sie ihr zufällig begegnete, kam aber nicht mehr ins Haus und nahm sich sogar ein paar Tage frei, um ihre Kusinen in Tallahassee zu besuchen. »Typischer Fall von Revierverteidigung«, lachte Rosemary. »Ich hätte M. T. bestimmt nett gefunden, wenn wir uns zufällig getroffen hätten, und sie mich vielleicht auch. Aber so, wie die Dinge liegen, macht sie sich natürlich Sorgen, daß ich Delia überreden könnte, wieder nach Los Angeles zurückzuziehen.«

»Und? Hast du das vor?« fragte Dede hoffnungsvoll.

»Um Gottes willen.« Rosemary strahlte sie an. »M. T. würde mir sicher das Fell über die Ohren ziehen.«

Rosemary war nicht nur hinreißend schön wie ein Model, sie scherte sich auch keinen Deut um die kleinstädtischen Vorurteile und lief ganz selbstverständlich in halb durchsichtigen Klamotten herum. Manchmal verdeckte sie ihre Narbe mit der Goldkette, manchmal mit einem hellen Seidenschal. Als sie Amanda eines Tages dabei ertappte, wie sie ihr neugierig auf den Hals starrte, vertraute sie ihr an, daß sie die Narbe am liebsten mit Glitzerschminke betonen würde.

»Ein leichter Makel gibt einem Edelstein erst seinen besonderen Charakter«, sagte sie. Als Amanda hastig das Weite suchte, rief sie ihr hinterher: »Meinst du nicht, daß ich etwas Besonderes bin?«

Die beiden gerieten ständig aneinander. Amanda beklagte sich, daß es im Haus nicht genug Platz für Delias Freundin gab, und Rosemary bemerkte spitz, manche Leute sollten lieber etwas weniger beten und dafür mehr aufräumen.

»Meine eigenen Sachen räume ich auf«, konterte Amanda beleidigt.

»Rosemary ist unser Gast und hilft uns, wo sie nur kann«, sagte Delia. »Sei nicht so unhöflich zu ihr.«

»Ich bin ja gar nicht unhöflich!« schrie Amanda.

»Vielleicht hat sie Angst, ich könnte dich von hier weglocken«, meinte Rosemary, nachdem Amanda türenknallend zu ihrem Gebetszirkel abgerauscht war.

»Nein, nein«, entgegnete Delia. »Ich glaube kaum, daß Amanda mich vermissen würde. Du bringst nur ihr festgefügtes Weltbild durcheinander.«

»Na, das wäre ja ein Segen. Deine Mädchen haben noch eine viel zu naive Vorstellung von der Welt.« Rosemary quetschte gerade wieder weichgekochte Kartoffeln durch ein Sieb. Obwohl sie sich nach wie vor weigerte, Clint zu füttern, erledigte sie die gesamte Küchenarbeit.

»Nein, Rosemary, das Problem liegt anders. Sie klammern sich an feste Strukturen, weil sie keine Sicherheit kennen.« Delia, die allmählich mehr Zeit zum Ausruhen gefunden hatte, klang auf einmal wieder sehr müde. »Denk daran, wie sie aufgewachsen sind. Für Amanda und Dede gibt es niemanden auf der Welt, dem sie so völlig vertrauen können wie ich jetzt dir. Sie hatten nie einen Menschen, der immer für sie da war.«

Rosemary runzelte die Stirn und fuhr schweigend fort, die letzten Kartoffeln durch das klebrige Sieb zu stampfen.

Amanda konnte sich nicht genug wundern, daß Rosemary Sonnencreme benutzte. »Das UV-Licht schadet mir genauso wie dir«, erklärte Rosemary. »Vielleicht noch mehr, denn meine Haut ist feinporiger als deine.«

»Das stimmt«, stellte Dede fest, als Amanda verärgert aus dem Garten rannte.

»Gott sei Dank bin ich nicht so empfindlich.« Rosemary lächelte Dede zu. »Sie ist immer auf dem Sprung, stimmt's?«

Dede grinste. Sie und Rosemary hatten eine Gemeinsamkeit entdeckt: beide nahmen Amanda gern auf die Schippe und hegten außerdem die gleiche Begeisterung für Mode und Kosmetik. Rosemary hatte Dede gezeigt, wie sie ihre Augen mit schwarzem Lidstrich betonen und die blonden Brauen dezent und effektvoll nachzeichnen konnte. Stundenlang hielten sie das Badezimmer für ihren Schminkunterricht besetzt und hatten sogar einen Spiegel in der Küche aufgestellt, damit Dede ihr Make-up bei Tageslicht kontrollieren konnte.

»Schau mal, das Rouge hier solltest du nicht vor Sonnenuntergang benutzen«, sagte Rosemary. »Bei Nacht ist es optimal, aber im Tageslicht siehst du damit wie ein Clown aus.«

»Sieht zu jeder Tages- und Nachtzeit bescheuert aus«, nörgelte Amanda. »Könnt ihr mich vielleicht endlich mal ans Waschbecken lassen?«

Amanda wurde immer wütender, je mehr Dede Rosemary nacheiferte. Anständige christliche Mädchen hatten sich vor der Ehe nicht zu schminken. In Amandas Augen war Make-up nur ein weiteres Indiz dafür, daß Dede sich auf den Pfad der Sünde begeben wollte.

»Sie ist vierzehn, nicht vierzig«, beschwerte sich Amanda bei Delia.

Delia sah darin kein Problem. »Wo soll sie denn üben, wenn nicht zu Hause? Immer noch besser, sie lernt das Schminken von Rosemary, als daß sie sich's von manchen Mädchen abguckt, die wie ein Tuschkasten ins Bonnet kommen.«

»Sie sollte sich mit dem Zeug gar nicht abgeben.«

»Amanda, deine Schwester hat ihren eigenen Geschmack. Sie ist nun mal nicht wie du, und das muß sie auch gar nicht sein.« Delia wollte keinen Streit, hatte aber gemerkt, daß man Amanda klar die Meinung sagen mußte, statt sich vor jeder Auseinandersetzung zu drücken.

»Geschmack! Was für einen Geschmack? Teufelszeug!« Amanda deutete mit dem Finger auf Delia. »Warte nur, bis sie sich auf der Straße herumtreibt. Warte nur, bis sie schwanger heimkommt und nicht mal den Vater nennen kann.« Sie verschränkte die Arme vor der Brust. Mit diesem Thema kannte sie sich aus. Sie hatte an dem speziellen Familienprogramm im Baptist Tabernacle teilgenommen. Mit Lucy Graham und ihrem Bruder Michael, von dem alle sagten, daß er einst in Reverend Myles' Fußstapfen treten würde. Gemeinsam hatten sie eifrig Traktate über die Macht des Gebets und die gefährlichen Verlockungen studiert, die der Teufel für die Jugend bereithielt. Michael plante, mit Amanda einen Kurs für Jugendliche über Wunder im Alltag abzuhalten. Außerdem hatte er ihr schon gesagt, wie sehr ihm ihr ungeschminktes Gesicht und ihre Verachtung für weltliche Eitelkeit gefielen. Amanda hätte es nie über sich gebracht, Delia und Dede von Michael zu erzählen. Wie er ihr in die Augen lächelte, welche Gefühle er in ihr auslöste. Wenn er sie berührte, wußte sie besser als je zuvor, welcher Gefahr sich Dede mit ihrem Leichtsinn aussetzte.

»Dede wird garantiert noch in Schwierigkeiten geraten, wart's nur ab«, verkündete Amanda.

»Ich bin nicht taub, weißt du«, rief Dede aus dem Badezimmer. »Und ich werde mich schon nicht schwängern lassen. Ich bin doch kein Vollidiot!«

»Sie treibt sich nicht auf der Straße herum.« Delia bemühte sich, die Stimme zu dämpfen.

»Wart's nur ab, sage ich dir. Ich weiß, was ich weiß.«

Dede kicherte nur über Amandas Dauerpredigt, aber Delia machte sich Sorgen. Jeden Tag setzte sich Amanda jetzt vor dem Schlafengehen zu Clint, um ihm aus der Bibel vorzulesen, erst das Buch Hiob, dann die Psalmen. An dem Abend, als sie bei Psalm 107 angelangt war – »Die da sitzen mußten in Finsternis und Dunkel, gefangen im Zwang und Eisen« –, kam Cissy zweimal an die Tür und sah, wie Clint mit zusammengebissenen Zähnen zur Decke starrte. Jedes Wort aus Amandas Mund schien ihm durch Mark und Bein zu gehen.

»Wenn sie so weitermacht, bringt sie ihn noch um.«

Cissy zuckte zusammen. Hinter ihr im Flur stand Dede. »Natürlich wäre das gar nicht so schlecht, oder?« Dede nickte zu Clint hinüber, der unter Amandas gnadenlosem Vortrag allmählich zu zittern begann.

»Haßt du ihn wirklich so sehr?«

»Jawohl«, gab Dede freimütig zu. »Grandma Windsor hat immer gesagt, man muß vom selben Blut sein, um sich richtig zu kennen. Und so gut, wie ich den Mistkerl kenne, hasse ich jeden Blutstropfen in seinen Adern.« Sie lächelte abschätzig. »Du haßt ihn überhaupt nicht, oder?«

Cissy sah wieder zu der Gestalt unter den Bettüchern hin. Clint hatte den Kopf zur Tür gewandt. Er hatte die Lippen zurückgezogen, bleckte die Zähne. Flehentlich suchte er Cissys Blick.

»Nein«, sagte sie, »ich hasse ihn nicht.«

»Schön dumm von dir«, lachte Dede, »du ahnungsloses Schaf.«

»Wo kommst du eigentlich her?« wollte Dede von Rosemary wissen, die hinter ihr in den Badezimmerspiegel schaute. Rosemary wischte die allzu üppig aufgetragene Grundierung von Dedes Wangenknochen und lächelte über ihre selbstverliebte Miene. »Ich bin in New Bedfort, Massachusetts, geboren und in Los Angeles, Rio de Janeiro und Ceylon aufgewachsen. Mein Vater war Ingenieur bei einer Ölgesellschaft. Er hat sogar ein spezielles Raffinierungsverfahren für Rohöl erfunden. So kompliziert, daß man sich nicht mal den Namen merken kann.« Sie strich sich mit der Fingerspitze über die seidigen Brauen. »Ich bin der schlimmste Alptraum deines Opas, Schätzchen – eine schwarze Yankeefrau, die es zu Reichtum und Ansehen gebracht hat.«

Rosemary lachte so schallend, daß Cissy im Nebenzimmer aufhorchte. Sie kannte dieses Lachen. Einen Moment lang sah sie alles wieder vor sich: Rosemary in Kalifornien in einem getigerten Bikini und mit herzförmiger, lilagetönter Sonnenbrille. Sie sprang auf und lief ins Bad, wo Dede und Rosemary immer noch kicherten.

»Du warst mit Booger zusammen«, platzte Cissy heraus.

»Was, dieser Blödmann?« versetzte Rosemary abwinkend. »Mit dem war ich nie *zusammen*, ich habe ihn höchstens als Begleiter geduldet, weiter nichts. Booger hatte Talent, aber keinen Stil. Meine Männer *haben* Stil, und wie.«

»Amen«, sagte Delia, die gerade mit einem Stapel frischer Laken durch den Flur kam.

Wer war sie nur? fragte sich Amanda. Vielleicht eine Art Prostituierte? Nur so konnte sich Amanda Rosemarys Erscheinungsbild erklären. Wo sollte das alles sonst herkommen, diese Arroganz, dieser Schmuck, die teuren Klamotten, der ganze Luxus? Von der Sünde, die schändlichen Früchte der Sünde.

»Hat sie denn keinen Job, zu dem sie irgendwann mal zurückmuß?« fragte sie Delia, wie es auch M. T. schon getan hatte.

»Rosemary besitzt Immobilien«, erklärte Delia. »Die kann fabelhaft mit Geld umgehen.«

»Welche Immobilien?« Dede war fasziniert.

»Einkaufszentren«, sagte Rosemary mit honigsüßer Stimme. »Als gute Geschäftsfrau lege ich Wert drauf, daß Besitz auch etwas abwerfen muß. Das habe ich schon von meinem Vater gelernt: Geld läßt man arbeiten, oder man verschenkt es.«

»Hast du viel verschenkt?« fragte Dede.

»Ach, Kindchen, ich habe mehr davon verschenkt, als die meisten Leute je im Leben verdienen.« Rosemary legte Dede den Arm um die Schultern und lachte hell wie ein Paradiesvogel. »Stimmt's, Delia? Habe ich nicht mehr verschenkt, als wir zählen konnten?«

Delia nickte, und Amanda funkelte sie zornig an. Dede lehnte sich in Rosemarys Arme zurück. Cissy hätte gerne gefragt, was es mit dem vielen Geld und den Jahren in Kalifornien auf sich hatte, mit all den Dingen aus ihrer Kindheit, an die sie sich verschwommen erinnerte, aber Delias Gesichtsausdruck gebot ihr Einhalt. Hinter der glitzernden Erfolgsstory, schien Delias Miene zu sagen, verbarg sich noch etwas anderes, eine düstere Kehrseite, die man besser nicht heraufbeschwor.

Rosemary griff nach ihrem Sodaglas und trank in langen, durstigen Zügen. »Bekomme ich auch 'nen Schluck?« fragte Dede.

»*Das* ist nichts für dich«, sagte Rosemary barsch.

»Sie trinkt ziemlich viel, nicht?« griff Cissy ein paar Tage später das Thema wieder auf, als sie mit ihrer Mutter allein in der Küche war. Rosemary war zum Markt gefahren. »Wenn wir im Bett sind, bleibt sie noch eine ganze Weile auf und trinkt wie ein Fisch.«

»Was für ein alberner Vergleich.« Delia schüttelte Krümel aus dem Lappen, mit dem sie eben den Tisch abgewischt hatte. »Glaubst du, ein Fisch trinkt Wasser, wie wir Luft holen?«

»Na ja, vielleicht schluckt sie ja nur so viel, als ob sie in einen Pool gefallen wäre.«

Delia hielt schweigend den Teekessel unter den Wasserhahn.

»Auf jeden Fall trinkt sie jeden Abend, oder?«

»Davon weiß ich nichts«, sagte Delia.

Amanda tauchte in der Tür auf. »Doch, das tut sie. Ich habe aufgepaßt. Seit letztem Samstag ist die Flasche schon wieder halb leer. Die Frau betrinkt sich regelmäßig, sobald wir im Bett sind.«

Delia knallte den Kessel auf den Herd und drehte sich zu Amanda und Cissy um. »Rosemary ist meine Freundin«, sagte sie. »Vielleicht habt ihr noch nicht darüber nachgedacht, aber das hier ist kein Ort, den eine Frau wie sie nur zum Spaß besuchen würde. Sie ist hier, um mir zu helfen. Wenn ihr euch die Mühe machen würdet, etwas genauer hinzusehen, hättet ihr längst erkannt, was für ein Schatz sie ist.« Delia hielt einen Moment inne. In ihrem blassen Gesicht wirkten die Augen ganz groß.

»Herrgott«, sagte sie, »ihr solltet lieber euch selbst etwas kritischer sehen, statt ausgerechnet an Rosemary rumzumäkeln. Solange sie hier ist, habt ihr sie respektvoll zu behandeln, ist das klar? Und spart euch gefälligst eure frechen Bemerkungen über Dinge, die ihr nicht versteht.«

Cissy schlug die Augen nieder. Selbst Amanda wirkte etwas betreten, als Delia ihnen den Rücken zukehrte. Cissy saß noch eine Weile am Tisch und versuchte zu ergründen, wieso Delia sich plötzlich so aufgeregt hatte. Amanda hatte oft noch viel schlimmere Sachen vom Stapel gelassen. Wahrscheinlich war das der Tropfen gewesen, der das Faß zum Überlaufen brachte.

Cissy dachte immer noch an Delias Wutausbruch, als sie am Abend mit einem von Nolans Büchern in Clints Zimmer saß. Sie schaute aus dem Fenster in den dämmrigen Garten. Ein dünner Rauchfaden hing über der Veranda.

Rosemary hockte auf der dritten Stufe. In ihren großen Augen spiegelten sich die Lichter aus dem Haus. Cissy ging zu ihr hinaus, atmete tief durch und roch den Alkohol in der Nachtluft.

»Hast du noch deinen Tigerbikini und die lila Sonnenbrille?« fragte sie.

Rosemary lachte. »Daran erinnerst du dich noch? Na ja, kein Wunder. Jede Frau in Los Angeles hat so einen Bikini, und früher trugen wir auch alle solche Sonnenbrillen.« Rosemary drückte ihre Zigarette aus und schüttelte eine andere aus der Packung, die neben ihrer Hüfte lag. Mechanisch klopfte sie die Tabakkrümel auf dem Handrücken ab.

»Deine war herzförmig«, sagte Cissy. Es war wieder ein heißer Tag gewesen. Die Holzstufe unter Cissys Schenkeln begann jetzt erst mit Einbruch der Nacht langsam abzukühlen.

»Mhm.« Mit graziösen Bewegungen zündete Rosemary die Zigarette an ihrem Silberfeuerzeug an.

Cissy sah sie inhalieren und erinnerte sich, daß Delia Rosemary das Feuerzeug bei einer Party in Venice Beach geschenkt hatte. Unten am Boden war ein kleiner Spruch eingraviert, irgendetwas über Freundschaft und Lachen. »Warum bist du eigentlich hergekommen?« fragte Cissy.

»Nun, Clint liegt im Sterben, nicht wahr?« Rosemary blies einen fahlgrauen Rauchschwall aus, beugte sich vor, griff nach der Bourbonflasche zwischen ihren Füßen und nahm einen Schluck. »Das ist doch Grund genug zum Feiern. Außerdem hat mich deine Mutter eingeladen. Sie bittet nur ungern jemanden um Hilfe, weißt du.«

»Kanntest du Clint schon früher?«

Rosemary sah Cissy mit glitzernden Augen an, dann drehte sie sich um und starrte in den Garten hinaus. »Ich hatte genug über ihn gehört, wahrscheinlich mehr als die meisten. Als er Delia das Sorgerecht absprechen ließ, hätte sie sich fast umgebracht. Deine Mama mag zwar davongelaufen sein und deine Schwestern verlassen haben, aber sie hat jahrelang versucht, sich irgendwie mit diesem Mann zu arrangieren. Er wollte nicht mal dulden, daß sie ihnen

Geschenke schickt, aber sie hat's trotzdem getan. Wie sehr hat sie sich immer Fotos von ihnen gewünscht, aber nichts, kein Bild, keine Nachricht, wie's ihnen ging. Sie sollte natürlich zurückgekrochen kommen und um Verzeihung winseln, damit er sie wieder mißhandeln und die Mädchen immer weiter gegen sie ausspielen kann. Jede Menge Gründe, würde ich sagen, einen Mann zu hassen, den ich nie getroffen habe.«

»So schlecht ist er gar nicht.« Cissy bekam heiße Wangen.

»Ach nein? Bist du sicher?«

»Auf jeden Fall tut's ihm leid.«

Rosemarys Miene blieb hart. »Mag sein. Die Prediger sagen, der Mensch kann sich ändern. Ich bin da weniger optimistisch.«

»Doch, der Mensch kann sich ändern«, bekräftigte Cissy, obwohl sie sich gar nicht so sicher war. M. T. hatte ihr einmal erklärt: »Du bist der Weg zu ihrem Herzen. Über Amanda und Dede kann er nicht an sie heran, sie hassen ihn zu sehr. Aber du bist neutral. Wenn er dich herumbekommt, schafft er's bei ihr auch. Glaubst du, der Mann weiß nicht ganz genau, was er tut?«

»Mag sein«, wiederholte Rosemary mit samtdunkler Stimme. »Also, ich glaube eher, die Menschen sterben und fangen noch mal neu an. Vielleicht bekommt man beim nächsten Mal eine bessere Chance.«

»Im nächsten Leben?« Cissy hätte beinah laut herausgelacht. Noch eine Buddhistin in Cayro! Sie wollte noch etwas sagen, aber Rosemary wedelte abwehrend mit ihrer Zigarette. Ihre braune Wange war feucht.

»Geh lieber wieder rein«, sagte Rosemary. »Die Nächte hier sind zu heiß, um nüchtern zu bleiben. Und ich kann nicht in Ruhe trinken, wenn du mir dabei zuschaust.«

Cissy erinnerte sich an Delias ärgerliche Mahnung, sie sollten genauer hinsehen. Nun, sie sah hin. Schmerz und Stolz und eine Portion Sturheit. Wer war Rosemary?

»Ach, so schlimm ist es gar nicht«, sagte Cissy. »Jetzt ist es doch fast schon kühl. Du hättest letzten August hier sein sollen. Da war es so heiß, daß ich dachte, ich schmelze in meinen Unterhosen.«

Rosemary zuckte die Achseln und nahm noch einen Schluck aus der Flasche.

Cissy stützte die Ellbogen auf die Knie und das Kinn in die

Hände. Sie lauschte den Zikaden und den knirschenden Autoreifen auf dem Parkplatz vor dem Getränkemarkt an der Straßenecke. In Clints Einfahrt bog nie jemand ein, außer Sheriff Tyler, der dort manchmal Posten bezog, um zu beobachten, wer sich drüben ein Bier kaufte. Delia sagte immer, einmal gäbe es noch ein Unglück mit all den Fahrern, die angetrunken vom Parkplatz Richtung Highway losbrausten. Der Sheriff schien ganz ihrer Meinung zu sein.

Versonnen drehte Rosemary die Flasche hin und her. Sie wippte leicht mit dem Kopf, wie im Takt zu irgendeiner Musik, die nur sie hören konnte. Ihr goldenes Halsband glitzerte.

»Woher hat du diese Narbe?« fragte Cissy plötzlich.

Rosemary hielt abrupt inne. »Was geht dich das an?«

»Reine Neugier.«

»Erzählst du den Leuten, wie das mit deinem Auge passiert ist?«

Cissys Gesicht brannte. »Danach fragt keiner.«

»Ach, so taktvoll sind die hier?« Rosemary trank noch einen Schluck.

»Tut mir leid«, sagte Cissy.

»Mhm.« Rosemary ließ den Bourbon in der Flasche kreisen.

»Tut mir leid, daß ich gefragt habe.«

»Schon gut.« Rosemary zündete eine neue Zigarette an der vorigen an und nahm einen tiefen Zug. »Es war wie mit deinem Auge«, sagte sie nach längerem Schweigen. »Ein blöder Unfall. Ich bin als Kind in Rio in einen Stacheldrahtzaun gerannt. Hätte mir fast die Kehle durchgeschnitten.« Sie strich sich mit der Fingerspitze zart über die Narbe.

»Die Leute denken immer, jemand hätte mich umbringen wollen.« Der Finger streichelte die dunkle Linie unter dem Halsband. »Ich mochte nie zugeben, daß ich mir das selbst zugefügt habe. Habe mir alle möglichen Lügen ausgedacht, nur um nicht sagen zu müssen, daß es passiert ist, weil ich ungehorsam war und aus purem Trotz im Dunkeln herumgerannt bin.«

»Das war sicher gruselig.« Cissy sah zu, wie Rosemary die langen Finger um die Kehle legte.

»Es war keine schöne Zeit.«

»Aber irgendwie ist so 'ne Narbe schon dramatisch.« Cissy wollte Rosemary trösten, ihre Taktlosigkeit wiedergutmachen. »Dede findet sie cool, richtig sexy.«

»Deine Schwester hat noch viele romantische Flausen im Kopf.« Rosemary tippte Asche ins Gras.

»Sie mag dich«, sagte Cissy.

»Ich sie auch.«

»Sie findet, dein Besuch ist das Beste, was je passiert ist. Du bist genau, was Cayro braucht, sagt sie. Obwohl ich ja noch immer nicht ganz verstehe, wieso du hergekommen bist. Du hast doch immer gesagt, daß du nie im Leben nach Georgia willst.«

»Daran erinnerst du dich auch? Ich dachte, du hörst gar nicht zu.« Rosemarys Zigarette glomm auf. »Aber Delia hat mich ja gewarnt, daß du nie was vergißt. Verlaß dich darauf, hat sie gesagt, ein Kind bringt dir immer wieder in Erinnerung, was du am liebsten vergessen willst.«

»Warum hast du denn keine Kinder?«

Die Zigarette sackte herab. Rosemary nahm sie aus dem Mund und blies den Rauch aus. »Ich habe eben keine«, sagte sie. »Und jetzt bekomme ich auch keine mehr. Hat Delia dir davon erzählt?« Sie drückte die Zigarette auf der Stufe aus und schnippte die Kippe ins Gras.

»Nein. Sie hat nur gesagt, du hast deine eigenen Gründe für den Besuch hier.«

Am Haus ging der Rasensprenger an. Delia oder Dede drehten ihn im Hochsommer jeden zweiten Abend auf. Ein kühler Lufthauch drifete zur Veranda herüber, und Rosemary wedelte wieder abwehrend mit der Hand.

»All das hier«, sagte sie. »Du mit deinen harten kleinen Knopfaugen, der Halbtote da drin, der sie jede Minute kostet, Amandas verkniffene Miene, Dede mit ihrem Egoismus, und trotz allem ist Delia glücklich.« Sie schüttelte langsam den Kopf. »Glücklicher, als ich sie je gesehen habe.«

Cissy schwieg gekränkt. Knopfaugen. Sie hatte keine Knopfaugen.

»Vielleicht ist ja doch etwas an diesem ganzen Gerede vom Kinderkriegen dran. Auf jeden Fall scheint das Muttersein jetzt alles ersetzt zu haben, was Delia jemals wollte, bevor ihr auf der Bildfläche erschienen seid. Wahrscheinlich erinnert sie sich nicht einmal mehr daran, wer sie war, bevor sie euch Mädchen geboren hat.«

»Du weißt ja gar nicht, wer wir sind«, maulte Cissy.

»Und du weißt nicht, wer deine Mama ist.« Rosemary hielt die offene Bourbonflasche am Hals und kippelte sie auf der Stufe hin und her.

»Aber du.«

Rosemary schwenkte die Flasche. »Vielleicht auch nicht. Zum Teufel noch mal, ich bin mir jetzt nicht mehr so sicher. Wenn ich mich hier umschaue, ergibt das keinen Sinn für mich. Nicht um alles Geld der Welt würde ich tun, was Delia tut.«

»Sie tut nur ihre Pflicht.«

Rosemary lachte. »Ja, genau. Ihre Mutterpflicht, und davon verstehe ich weiß Gott nichts. Oh, ich hatte auch mal ein Baby. Das hatten deine Mutter und ich gemeinsam. Sie hat ihre Kinder verlassen, und ich habe meines weggegeben. Sie wollte ihre immer wiederhaben, während ich froh war, daß eine andere meines aufzog. Trotz unserer ähnlichen Situation waren wir ganz schön verschieden, deine Mama und ich.«

Cissy war verwirrt. »Du hast ein Baby verloren?«

»Nein, nein.« Rosemary schwenkte die Flasche so heftig, daß etwas von dem Bourbon herausspritzte. Cissy rümpfte die Nase. »Was ich verloren habe, ist ein Leben. Eines, das ich sowieso nicht haben wollte.« Die teebraune Flüssigkeit tropfte die Stufen hinab.

»Verdammt«, murmelte Rosemary. »Verdammt dumm gelaufen. Die ganze Zeit, wo ich keine Kinder wollte, habe ich immer gedacht, ich könnte sie später noch bekommen. Wenn ich dazu bereit wäre, wenn die Bedingungen stimmen würden. Tja, und hier bin ich nun, ohne Kinder, ohne Mann, ohne Familie. Mit nichts als einem Fluch im Leib und einem Lied in der Luft.«

Hinter ihnen im Haus knallte eine Tür zu. Dede und Amanda keiften schrill aufeinander ein. »Du machst mich wahnsinnig!« schrie Dede. Dann murmelte Delias tiefe Altstimme beschwichtigend.

»Tja, ja, die liebe Familie«, flüsterte Rosemary. »Unüberhörbare Familienklänge.« Sie drehte die Bourbonflasche um, schüttelte die letzten Tropfen heraus und streckte sie Cissy hin. »Willst du sie deiner Schwester geben, damit sie eine mehr für ihre Liste hat?«

»Nöö.«

Rosemary stellte die Flasche auf die Stufe. Eine Weile lauschten sie dem Plätschern des Rasensprengers, während es immer kühler und dunkler wurde. Als Cissy schließlich das Schweigen brach, hob Rosemary überrascht den Kopf.

»Delia sagt, du bist ihre beste Freundin.«

Rosemary grummelte nur irgend etwas Undeutliches.

»Sie sagt, du warst die einzige Person in Kalifornien, der sie je vertraut hat.«

»Wäre besser gewesen, wenn sie nur mir vertraut hätte. Ich war die einzige, die nicht versucht hat, sie in irgendeiner Weise auszunutzen.«

»Du warst auch in der Band.«

»Gott, nein.« Rosemary zündete sich noch eine Zigarette an. »Ich kann nicht singen. Nicht alle von uns haben den Blues in der Kehle, weißt du. Ich kann tanzen, aber wieso hätte ich mich damit produzieren sollen? Nein, nein. Aber ich habe ihr den gelben Sportwagen mit dem Schiebedach geschenkt.«

»Mit roten Sitzen.«

»Rote Ledersitze.«

»Ich erinnere mich.« Cissy schloß die Augen und sah den Wagen vor sich, die Sitze, die in der Sonne glänzten, die Rückbank voller Tüten mit bunt verpackten Weihnachtsgeschenken.

Rosemary sah sie an. »Das kann nicht sein«, sagte sie. »Du warst doch noch ein Baby. Aber der Wagen war wirklich ein Prachtstück. Der beste, den ich je hatte.«

»Ich erinnere mich ganz genau«, beharrte Cissy trotzig.

Rosemary ignorierte sie. »Zuerst hat er Randall gehört. Er hat ihn mir überlassen, und ich habe ihn Delia geschenkt. Ha, das hat Randall damals ganz schön geärgert.«

Cissy begriff nichts mehr. »Er hatte ihn *dir* geschenkt?«

»Na, sagen wir, er hat ihn gegen etwas eingetauscht, das er unbedingt von mir haben wollte. Aber frag nicht was, weil ich's dir nämlich nicht sagen werde.«

»Drogen.«

Rosemary lachte. »Logisch, daß du das denkst, aber da liegst du falsch. Da gab's ganz andere Dinge. Frag Delia.«

Cissy zuckte die Achseln. »Die erzählt mir ja nichts.«

Rosemary zog an ihrer Zigarette und strich sich versonnen über die Stirn. »Die zweite Platte von Mud Dog, *Diamonds and Dust*, kennst du die?«

»Auf der Delia ›Lost Girls‹ singt? Die so viel Geld eingespielt hat?«

»So viel nun auch wieder nicht. Aber ein paar von uns haben einen ganz guten Schnitt dabei gemacht.«

Rosemary rubbelte sich mit der flachen Hand über die Haare, die in der feuchten Abendluft ganz kraus geworden waren. Zum ersten Mal hatte Cissy Rosemary nicht ganz so perfekt gestylt gesehen. Aber noch während sie dies dachte, spürte sie sanft ihre Hand an der Wange.

›Lost Girls‹, sagte Rosemary, »und die anderen Songs auf der Platte habe zum größten Teil ich geschrieben. Einiges stammt von Delia, aber ihr war das alles nicht so wichtig. Nur Randall bastelte zielstrebig an seiner Legende. Wir zogen uns einen kleinen Joint rein und legten einfach los. Es brach wie ein Sturzbach aus ihr hervor, und ich schrieb es auf. Danach konnte sie sich an nichts mehr erinnern, obwohl sie manchmal in Tränen ausbrach, wenn sie die eine oder andere Textzeile hörte. Die Worte, die Bilder – das war alles Delias Fantasie. Sie haben mich so gepackt, daß ich dann meine eigene Version davon niederschrieb und das Ganze in Form brachte. Ich wollte, daß sie als Autorin der Songs genannt wurde, aber gegen Randall und die Plattenfirma war ich machtlos. Teufel, dieser Randall mußte immer im Mittelpunkt stehen, so eine Art zweiter Jim Morrison mit düsterem Poeten-Image. Mist, aber so etwas kam beim Publikum an.«

Rosemary hob die Hände und ließ sie wieder fallen, wie ein Dirigent, der den Takt angab. Ihre Bewegung war reine Musik.

»Delia kümmerte sich nicht darum. Randall schon. Ich auch ein bißchen. Die Hälfte aller Mud-Dog-Songs sind mit ›Randall Pritchard und R. D.‹ signiert. Nirgendwo stand, daß ich R. D. war, aber ich hatte einen guten Anwalt, ich bekam mein Geld. Delia bekam gar nichts. Als sie dich hierher zurückbrachte, war ich froh, ihr wenigstens mit dem verdammten Laden auf die Beine helfen zu können. Das stand ihr als Anteil aus den Platteneinnahmen zu. Wir waren das, weißt du, wir hatten die ›poetische Ader für weiblichen Seelenschmerz‹.« Sie seufzte.

»Aber Randall war das Zugpferd, er brachte den kommerziellen Erfolg. Sah super aus, der Bursche, und kannte sich bestens in der Branche aus. Wir anderen kapierten so wenig, daß es uns nicht mal störte. Deswegen ist Delia jetzt hier und nicht in Los Angeles. Sie hatte eben nicht Randalls Ehrgeiz.«

»Los Angeles ist ihr doch völlig schnuppe.«

»Soso.« Rosemary zog eine klassisch geschwungene Braue hoch. »Wie ich schon sagte, du hast keine Ahnung, wer deine Mama wirklich ist.«

Cissy zuckte zusammen. »Und du hast meinen Daddy nie verstanden. Er war großartig. Und sensibel. Er hat verstanden, was das Herz ist. Und eine Menge anderer Dinge.«

»Ach, was soll's.« Rosemary zog die Beine hoch und legte die Arme um die Knie. »Nur gut, daß ich keine Kinder mehr bekommen kann. Ich schaffe es ja nicht einmal, vernünftig mit dir zu reden.«

»Delia ist hier glücklich, das hast du selbst gesagt.« Cissy rappelte sich auf. Ihre Beine waren vom langen Sitzen eingeschlafen. Sie stand vor Rosemary und blickte finster auf sie herunter.

»Glücklicher als in Los Angeles, ja«, nickte Rosemary. »Sie lebt endlich ihre alten Sehnsüchte aus. Für sie spielt es jetzt keine Rolle mehr, daß sie Randall längst verlassen und mit ihrer eigenen Musik viel berühmter hätte werden können, als er es je war. Aber das war deiner Mama nicht wichtig.«

»Sie wollte nach Hause zurück«, sagte Cissy. »Sie wollte lieber hier sein als irgendwo anders Karriere machen.«

»Stimmt genau, Süße. Sie wollte in Georgia versauern und bis an ihr Lebensende hinter dir und deinen Schwestern herräumen.«

Cissy stampfte mit dem Fuß auf. »*Du* weißt nicht, wer Delia ist«, zischte sie. »Du verstehst sie einfach nicht.«

»Mag ja sein.« Rosemary drückte ihre Knie an sich. »Es gibt sicher vieles, was ich nie verstehen werde. Zum Beispiel, wieso ich hier hocke und mit dir wie mit einer Erwachsenen rede, obwohl du nur ein dummes Gör bist, das kein Wort kapiert.«

»Ich kapiere schon genug.« Cissy war nahe daran, vor Wut loszuheulen.

»Ich schwör's, du bist genau wie dein Daddy. Glaubst du, Delia weiß nicht, was für eine Chance sie weggeworfen hat? Glaubst du, sie ist nur dazu fähig, euch zu versorgen? Das könnte euch vielleicht so passen!« Rosemarys Stimme klang rauh.

»Diamanten und Dreck, schillernde Legenden und ruppige Flegel, Dichter, die gar keine Dichter sind, Babys, die nie geboren werden oder verlorengehen, ohne daß wir etwas dafür können. Das Leben schwemmt uns fort wie ein trüber, uferloser Fluß. Das Traurigste für mich ist, daß keiner Delias wahres Wesen erkennt, nicht einmal ihre eigenen Töchter. Da begräbt sie sich und ihre wunderbare Begabung bei diesem kranken Scheusal, nur um dich und deine Schwestern zu retten. Und keine von euch begreift, was für ein Opfer sie bringt. Nein, niemand weiß, wer meine Delia wirklich ist.«

Rosemary stand auf. »Niemand«, wiederholte sie, drehte sich abrupt um und ging ins Haus.

Cissy blieb reglos auf den Stufen sitzen. Sie hörte Dedes fröhliches »Hey, Rosemary!«. Gleich darauf fiel eine Tür zu. »Was hat sie denn?« wunderte sich Dede, und Delia antwortete: »Ach, laß nur, sie braucht auch mal ihre Ruhe.«

Cissy legte den Kopf zurück und schaute in den Nachthimmel, an dem mit zunehmender Dunkelheit allmählich immer mehr Sterne aufschimmerten. In Kalifornien waren die Sterne nie so groß und klar gewesen und die Nacht nie so still. Wenn Cissy abends hinter dem Häuschen in Venice Beach saß und auf Delias leisen Singsang drinnen im Haus lauschte, glühte am Himmel stets ein Widerschein der Großstadt. Ob nüchtern oder betrunken, immer sprudelten Melodien aus Delia hervor, und ihre volle Stimme verging wie bittersüße Schokolade. Oft kamen Leute zu ihr und boten ihr an, bei anderen Bands zu singen oder eine eigene Platte aufzunehmen. Aber auch wenn sie noch so drängten, Delia lehnte alle Angebote rundweg ab. Sie hätte sich anders entscheiden können, sich ein ganz anderes Leben aufbauen können.

Vielleicht hatte Rosemary recht. Vielleicht war Delia ein größeres Geheimnis, als Cissy sich je hatte träumen lassen.

Cissy begann, die Sterne zu zählen, angefangen vom östlichen Horizont über dem hohen Nußbaum. Sie zählte die hellen und die blassen, ohne auf die einzelnen Sternbilder zu achten. Sechzehn, siebzehn, achtzehn, Sterne über Kalifornien, Sterne über Georgia, neunzehn, zwanzig, einundzwanzig.

Wenn ich groß bin, schwor sich Cissy, werde ich keine Kinder in die Welt setzen. Und wenn doch, dann gebe ich sie weg.

KAPITEL 10

Delia fand es beängstigend, wieviel Zeit Cissy bei Clint verbrachte. Sie saß jetzt jeden Tag bei ihm und weigerte sich, Amanda in seine Nähe zu lassen. »Raus«, hatte sie an einem Samstag im August zu ihrer Schwester gesagt. Sie nahm ihr die Bibel aus der Hand, klappte sie zu und gab sie ihr mit so stahlhartem Blick zurück, daß Amanda zum allerersten Mal keine Widerrede wagte.

Als Amanda am nächsten Morgen zur Kirche aufbrach, war Cissy bereits wieder in Clints Zimmer. Delia steckte den Kopf durch die Tür. »Warum gehst du nicht ein bißchen an die Luft? Es ist so schön draußen, und hier drinnen so stickig. Clint schläft doch sowieso noch.«

»Ich bleibe lieber hier«, sagte Cissy.

Delia runzelte die Brauen. »Na los, geh schon, ich setze mich inzwischen zu ihm.«

»Du siehst doch, daß ich lese. Geh du raus. Siehst aus, als könntest du mal etwas frische Luft gebrauchen.«

Delia holte tief Atem und zählte im stillen bis zehn. »Cissy, ich will nicht, daß du dich hier den ganzen Tag vergräbst.«

»Mag sein, aber du kannst mich nicht rauswerfen. Es ist Clints Haus, und er hat nichts dagegen, daß ich hier sitze.«

»Nein.« Delia gab sich geschlagen. »Der sicher nicht.«

Manchmal schien es Cissy, als sei Clint der einzige von ihnen, der endlich alles begriffen hatte. Er hatte als einziger Zeit zum Nachdenken, denn nichts lenkte ihn ab. Manchmal war Nachdenken besser als Drogen, Nachdenken über die Menschen, über sich selbst.

»Das ist wie Musik in meinem Kopf«, sagte er eines Nachmittags zu Cissy, als sie gerade sein Tablett abräumte. Er aß zu jeder Mahlzeit nur noch ein paar Löffel, obwohl ihm Rosemary stets eine ordentliche Portion Kartoffelbrei auftragen ließ. »Als ob Delias Lieder ständig in meinen Halswirbeln summen würden.«

Clints Augen waren riesengroß. Es war ein schlechter Tag gewesen, eine schlechte Woche, die Schmerzmittel schienen nicht mehr richtig zu wirken. Er war entweder eine willenlose Gliederpuppe mit leeren Augen oder ein brennender Busch, und das innerhalb weniger Augenblicke.

Clints rechte Hand, die locker auf der dünnen Baumwolldecke lag, bewegte sich wie im Takt. Als ob ein Skelett Rosemary imitieren würde.

»Gott, wie sie immer gesungen hat.« Seine Finger zuckten im Rhythmus. »Lord, love, Lord, love«, krächzte er im Flüsterton. »Kennst du diesen Gospelsong von ihr?«

»Delia singt nicht mehr«, sagte Cissy. »Der Song ist auf einer von den Platten, aber sie selbst singt die alten Sachen nicht mehr.«

»Ja, ich hab's gemerkt. Schade.« Er lächelte gedankenverloren.

Cissy setzte das Tablett ab. Sie dachte an die lange Anreise im Datsun, an die im Scheinwerferlicht flüchtig aufblinkenden Straßenschilder und das blecherne Radiogedudel im Fahrtwind, der durch die kaputte Heckscheibe wehte. In Kalifornien war Delias Stimme allgegenwärtig gewesen, ein endlos vertrautes Wiegenlied, aber auf jenem Horrortrip verstummten die Worte. Und nach ihrer Ankunft in Cayro hatte Delia nur noch geweint, statt zu singen. Erst mit der Arbeit im Bonnet hatte sie wieder angefangen, leise vor sich hin zu summen, manchmal ganze Melodienbögen, aber nie mehr so wie früher, wo sie den Kopf in den Nacken legte und sang, als ob das Lied ihr ein und alles wäre.

»Schade«, wiederholte Clint mit schwerer Zunge. Seine Nachmittagsdosis begann zu wirken, allmählich überspülten die Morphiumwellen den pulsierenden Schmerz. Sein Mund klappte auf und zu, seine Augenlider flatterten, als ob Murmeln darunter hin und her rollten. Ein tiefes Summen vibrierte im Raum. Cissy merkte, daß es von Clint kam, als ob der Gesang, den Delia aufgegeben hatte, immer noch in seinem Körper nachhallte. Er schlug die Augen auf und blickte verschwommen zur Decke. Draußen vor dem Haus hörten sie Dede und Rosemary kichern.

»Stell das Radio an«, flüsterte Clint keuchend. »Ich möchte etwas hören.«

Clints Gesichtszüge wurden schlaff. Noch immer gab er diesen seltsamen Summton von sich. Ein Windhauch bauschte die Gardine, und von draußen hörte es Cissy wie ein Echo summen. Delia hängte die Wäsche auf und summte dabei selbstvergessen vor sich hin. Cissy sah Clint an, die rastlos rollenden Murmeln unter den fast durchsichtigen Lidern. Alles in ihr bäumte sich auf vor ohnmächtigem Zorn und Mitleid. Sie griff blind neben sich und knipste das Radio an. Es quakte. Clints Hand zuckte nervös, beruhigte sich aber sofort, als Emmylou Harris den Raum mit ihrer warmen Whiskeystimme füllte. Von der Seele sang sie, die in Abrahams Schoß gewiegt wird, und Clints Hand wiegte sich mit ihr.

Cissy blickte zu Delia hinaus. Sie waren beide verrückt, dachte sie, waren schon immer verrückt gewesen. Sie legte die Hände an die Wangen und spürte Tränen, obwohl ihr gar nicht bewußt gewesen war, daß sie weinte. Emmylou gurrte und Clint bewegte sich.

Er war verrückt, aber sie auch. Sie war ihm ähnlicher als seine eigenen Töchter. Vielleicht lag es am Schweigen, das beide wie eine Kutte trugen. Delia und Amanda und Dede – das war ein ständiges Reden und Streiten und Türenschlagen, immer empört, immer energiegeladen. Nur Clint hatte nichts mehr zu sagen. Cissy redete nur, wenn es sein mußte, aber er war vor Schmerz und Schwäche ganz in sich gekehrt, in eine Kapsel des Schweigens. In seinen kurzen Wachphasen hatte er begonnen, mehr und mehr mit Cissy zu reden, aber selbst dann war es doch sein Schweigen, das sie am deutlichsten wahrnahm. Dazu kam seine leidenschaftliche Körpersprache, wenn er sich unter Schmerzen wand und ergeben die Zähne zusammenbiß. Er benötigte seine ganze Kraft, um in diesem Körper zu bleiben. Zum Vergeuden blieb nichts mehr übrig.

Vielleicht war er einst wütend und haßerfüllt gewesen, vielleicht hatte er sich auch geschämt, aber irgendwo auf diesem langen Sterbeweg hatte er eine andere Richtung eingeschlagen. Clint hatte das Bedürfnis verloren, irgendein anderer zu sein als er selbst. Nun schien er ständig nach innen zu blicken, um herauszufinden, wer dieses Ich eigentlich war. Als würde er sich in seinem Krankenbett zuletzt noch einmal neu erschaffen, einen nackten, auf das Wesentliche reduzierten Clint, ohne Polster, ohne Schutzschicht, ohne Verstellung. Während sie ihn so daliegen sah, begriff Cissy plötzlich etwas, das nirgends in ihren Büchern stand: welche Herausforderung der Akt des Sterbens sein konnte. Sie streckte die Hand aus und umschloß Clints kalte Finger. Er atmete leise aus, sein Körper schien sich unter der Decke etwas zu entspannen. Cissy wischte sich mit dem Ärmel über die feuchte Wange und hielt die knöcherne Hand ganz fest.

Falls Clint ahnte, welchen Ärger er zwischen Delia und Cissy provozierte, ließ er es sich in keiner Weise anmerken. Cissy gegenüber redete er immer nur von Delia, ohne daß Cissy bewußt wurde, wie zwanghaft dieses Reden war.

»Hat dir Delia von mir erzählt?« fragte er Cissy immer wieder, als könnte er sich einfach nicht merken, daß sie die Frage längst bejaht hatte.

Seine angegrauten Bartstoppeln sprossen nur mehr langsam und spärlich, wie zum Beweis dafür, daß sein Körper radikal auf Sparprogramm geschaltet hatte. Mehrmals hatte sich Clint schon den Bart wachsen lassen wollen, aber das Ergebnis wurde immer kläglicher, bis er sich schließlich doch wieder seufzend übers Kinn strich und Delia bat, ihn zu rasieren. Er selbst konnte den Apparat nicht mehr halten, seine Hände zitterten zu sehr. Die Idee mit dem Bart entsprang in erster Linie dem Wunsch, Delia die lästige Mühe der Rasur zu ersparen.

»Er sieht furchtbar aus«, beklagte sich Cissy stets bei Delia. »Sag ihm doch, daß er sich keinen Bart stehen lassen kann.«

»Sind doch nur ein paar Stoppeln«, winkte Delia ab. »Er versucht, sich so gut wie möglich daran zu gewöhnen. Laß ihm ruhig Zeit.«

Cissy kochte innerlich. Sie wollte Clint nicht unter die Nase reiben, wie schauderhaft er aussah. Er jammerte zwar, daß der Bart juckte, schaute aber nie in den Spiegel. Darum hatte er keine Vorstellung, wie grau und eingefallen sein Gesicht war, wie spitz Nase und Kinn vorsprangen. Seine Wangen waren so hohl geworden, daß man die Bewegung der Zunge im Mund sehen konnte. Es war sicher besser für ihn, daß ihm sein Aussehen egal war, sagte sich Cissy. Solange er dort bei offenem Fenster und Radiomusik lag, konnte er sich vormachen, daß er nur ruhte und Kräfte für die Genesung sammelte. Ein Blick in den Spiegel hätte ihn mit seinem Todesurteil konfrontiert. Vielleicht würde es ihm eines Tages ja auch noch egal werden, daß er starb.

»Hat Delia von mir gesprochen?« fragte Clint. »Hat sie dir erzählt, warum sie mich verlassen hat?«

Ohne aufzublicken strich Cissy über das Handtuch, das sie gerade auf dem Bett zusammenfaltete.

»Na, komm schon. Sie hat's dir erzählt, ich seh's dir an.«

Cissy hob den Kopf. Clints rotgeränderte Augen fixierten sie.

»Sie hat dir erzählt, daß ich sie geschlagen habe, stimmt's?«

»Sie hat mir ein paar Sachen erzählt.«

»Aha.«

Seine Handgelenke auf der Decke wirkten so zerbrechlich, als könnten sie die Hände nicht mehr hochhalten. Die Knöchel waren geschwollen, die Haut seltsam blaugrau unter den langen Fingernägeln verfärbt.

»Sie hatte recht, zu gehen, weißt du.« Clints Tonfall klang völlig sachlich. »Sie hatte einfach keine Wahl. An dem Abend, wo sie weggelaufen ist, bin ich komplett durchgedreht. Ich hatte sogar selbst Angst vor mir.«

Cissy sah ihm geradewegs in die riesigen, starren Augen.

»Es fällt schwer, an manche Sachen zu denken, aber genau an die denke ich inzwischen fast nur noch. Was ich alles gesagt und getan habe. Und was ich beinahe getan hätte. Weißt du, wenn wir so weitergemacht hätten, hätte ich Delia vielleicht noch umgebracht. Ich war so voller Wut, das kannst du dir gar nicht vorstellen. Jetzt frage ich mich immer wieder, wie ich in diesen Wahnsinn hineingeraten konnte. Ich wäre imstande gewesen, ihr oder mir die Kehle durchzuschneiden. Jedesmal, wenn sie mich ansah – so traurig und verletzt und stur –, dann sah ich einfach rot. Es war, als ob man einen Steilhang hinunterrutscht. Wenn man sich nicht fängt, knallt man unten auf. Ich war kurz davor.«

Seine Hände mit den gespreizten Fingern hoben sich ein wenig. Federlose Flügel, die sich nicht mehr aufschwingen konnten. Er hatte einen seiner manisch redseligen Tage.

»Herrgott noch mal, was für ein Glück, daß sie damals auf und davon ist.«

Der wahre Sinn von Clints Worten traf Cissy bis ins Mark, dieses offene Geständnis, daß er tatsächlich so schlecht gewesen war, wie alle behaupteten. Sie fragte sich, ob er wirklich so tief in sie hineinschauen konnte, wie sein durchbohrender Blick vorgab.

»Warum?« Die Frage war ihr ganz von selbst herausgerutscht.

»Warum?« Clint nickte. »Du triffst den Nagel auf den Kopf.

Warum dreht ein Mensch derart durch? Ich habe sie doch geliebt. Immer schon. Delia ist nicht wie die meisten Leute. Sie hat etwas in sich – etwas Hartes und Starkes und sehr Schönes. Das merkt man, wenn man ihr nahekommt.«

Er hielt inne und wandte den Blick ab. Als er wieder zu sprechen begann, war seine Stimme noch leiser und bedachtsamer. »Die meisten Leute«, sagte er, »jedenfalls die meisten Mädchen im Alter von Delia damals sind innen weich und formbar, und das ist es, was die Männer anzieht. Wie ein Kern aus Ton, aus dem man machen kann, was man will, bis es zu einem paßt. So eine Frau wollte ich auch, eine, die sich mir anpaßt und unterwirft, eine bereitwillig ergebene Frau wie alle Frauen, die ich je gekannt hatte. Ich konnte nicht glauben, daß Delia anders war. Das war mein Fehler.«

Cissys Hände verkrallten sich im Handtuch, ihre Knöchel knackten laut. Clint sah sie irritiert an. Beim Reden war ihm das Blut in die fahlen Wangen gestiegen.

»Teufel, was weiß ich, vielleicht denken die meisten Männer so. Ich war ja noch so jung, kaum richtig erwachsen, aber ich wollte mir unbedingt beweisen, daß ich ein ganzer Kerl bin. Vielleicht hatte ich Angst, daß Delia die weiche Stelle in mir erkennen würde, Angst davor, mich zu sehr auf sie einzulassen. Ich war es, der sich verbog, nicht umgekehrt. Delia war einfach nur sie selbst, klar und gerade und aus einem Guß. Bei ihr wurden alle Kerle nervös, besonders, wenn sie etwas von ihr wollten.« Er lächelte. Noch immer war er stolz auf die unauslöschlichen Bilder in seiner Erinnerung.

Cissy wußte, wovon er redete. Jahrelang hatte sie gesehen, wie Delia die Leute beeindruckte. Delia war wie ein Magnet, dem sich keiner entziehen konnte. Nur am Anfang in Cayro schien sie eine ganze Weile kraftlos, als habe sie all ihre überschäumende, mitreißende Energie unterwegs eingebüßt. Vielleicht lag es an Randall oder an dem Schock der Heimkehr, auf jeden Fall aber war jene gebrochene Delia nicht die, die ihr Clint beschrieb. Vielleicht hatte sie sich doch noch unterworfen. Randall. Aber schließlich hatte sie sich wieder gefangen, war wieder die Frau geworden, die die Männer verunsicherte.

»Damals habe ich tatsächlich noch geglaubt, Delia könnte sich ändern«, fuhr Clint fort. »Habe mir wohl eingebildet, sie würde weich und nachgiebig werden, wenn ich sie nur richtig anpackte.

Also habe ich dauernd versucht, sie meinem Willen zu beugen. Es war, als wollte man einen Lichtstrahl beugen. Ich bekam sie nicht in den Griff, egal wie fest ich zupackte. Jetzt sehe ich das alles ganz klar, und die Erinnerung ist wie ein Scheiterhaufen. Ich brenne, brenne vor Scham und Reue.«

Tränen standen ihm in den Augen. »Verdammt, es ist wahr, ich habe mich selbst zugrunde gerichtet, indem ich versuchte, die Frau zu brechen, die ich liebte. Ich bin nur selbst daran zerbrochen, während Delia nie verstanden hat, was eigentlich los war.«

Ein halb ersticktes Aufschluchzen, das fast wie ein Fluch klang. Cissy starrte auf die Handtücher im Wäschekorb.

Clint räusperte sich, hustete röchelnd. »Ach, verdammt«, stöhnte er, »verdammt noch mal.«

Cissy hob den Korb hoch und ging zur Tür. »Ich muß das hier wegräumen. »Ruf mich, wenn du etwas brauchst.«

In der Küche ließ sie den Korb auf einen Stuhl fallen. Sie fühlte sich jetzt manchmal so ausgedörrt. Die sengende Sonne in Cayro hatte ihr Haar zu einem hellen Kupferton gebleicht, und auch ihre Augen wirkten heller und verblaßten mehr und mehr zu dem Perlgrau von Clints Augen. Allmählich wurde sie durchsichtig und geisterhaft, das Gespenst eines ermordeten Mädchens aus einem Schauerroman.

Delia kam mit einer Heckenschere in der Hand von draußen herein. »Willst du nicht bitte endlich an die Luft gehen?« fragte sie mit einem besorgten Blick auf Cissys abgehärmtes Gesicht.

»Er sollte längst in einer Klinik liegen«, sagte Cissy.

Delia seufzte. »Das haben wir doch alles schon oft genug durchgekaut, Cissy. Er möchte eben lieber hier sein. Und ich hab's ihm versprochen.« Delia haßte diese Auseinandersetzungen. Vor Cissys zorniger Miene fühlte sie sich immer wie vor Gottes Richterstuhl, nur daß Gott ihr nicht solche Schuldgefühle aufgezwungen hätte.

»Und in der Klinik könnten sie auch nicht mehr für ihn tun als wir«, setzte sie hinzu.

»Aber wir tun *nichts*«, begehrte Cissy auf. »Er stirbt. Er stirbt uns einfach unter den Händen weg.«

»Jawohl.« Delias Miene zeigte keine Gefühlsregung. »Er stirbt genau so, wie er es will. Das ist sein gutes Recht.«

Cissy hätte am liebsten mit den Fäusten auf sie eingetrommelt.

Rette mich, wollte sie schreien. Rette mich vor diesem endlosen, quälenden Dahinsiechen, ich kann nicht mehr. Sie fing an zu weinen.

»Du hast gesagt, du haßt ihn. Er ist ein Monster, hast du gesagt, und wenn du den Mumm gehabt hättest, hättest du ihn umgebracht. Und trotzdem wäschst du ihn und fütterst ihn und hältst bei Nacht seine Hand. Ich verstehe das nicht. Ich verstehe das nicht!«

Delia wollte sie an sich ziehen, aber Cissy wich ihr aus. »Es wird nicht mehr allzu lange dauern, Baby.«

»Es dauert schon jetzt zu lange.« Cissy wischte sich über die Backen und zischte kalt: »Außerdem liegt er nur wegen dir da drinnen. Er hat sich innerlich verzehrt. Nach dir.«

»Cissy.« Delia war leichenblaß geworden.

»Ja, sieh ihn dir doch an. Er schert sich nicht darum, daß er stirbt. Er schert sich um gar nichts, außer um dich. Wenn du jetzt zu ihm reingehen und ihm sagen würdest, daß du ihn liebst, käme er wahrscheinlich sofort wieder auf die Beine.«

Sie hat recht, sagte sich Delia. Nichts wünschte Clint sich sehnlicher. Vermutlich würde es ihn nicht heilen, vielleicht aber doch. Konnte Liebe nicht Wunder wirken?

Cissy beobachtete, wie Delia um Fassung rang. »Aber das wäre ja gegen die Abmachung, was? Er überläßt dir Amanda und Dede, und du bringst ihn dafür schön brav unter die Erde, so war das doch? Auge um Auge. Zwei Mädchen dafür, daß du einen verhaßten Mann badest und begräbst.«

Delia sank auf einen der Küchenstühle und faltete stumm die Hände im Schoß. Der Augenblick dehnte sich. »Du bist noch ein Kind, Cissy«, sagte sie schließlich. »Du glaubst, über alles Bescheid zu wissen. Aber es ist nicht alles so klar und überschaubar, wie du es dir in deinem Schwarz-Weiß-Weltbild vorstellst.« Sie seufzte. »Ich wünschte, es wäre so. Ich wünschte, jemanden zu lieben wäre etwas, wozu ich mich einfach so entschließen könnte.«

Clint begann laut und bellend zu husten. Cissy rieb sich mit den flachen Händen über die Augen, durch die Haare. Delia strich nervös ihren Baumwollrock glatt. Beide wandten wie auf Kommando den Kopf zu Clints Zimmer hin.

»Es tut mir so leid«, sagte Delia.

»Na, toll«, höhnte Cissy, »ganz sicher.«

Cissy redete kein Wort mehr mit Delia. Sie mied auch Rosemary und sprach mit Dede und Amanda nur noch, wenn es nicht anders ging. Die Abende verbrachte sie in Clints Zimmer, wo sie mit hochgezogenen Beinen in ihrem Lesesessel hockte. Wenn Dede oder Amanda an die Tür kamen, blickte sie ärgerlich auf, als wollte sie ihren Stammplatz notfalls mit Gewalt verteidigen. Dede ging ihr aus dem Weg, Amanda betete für sie. Rosemary beobachtete sie mit unparteiischer Gelassenheit.

Nur wenn Delia hereinkam, um Clint frisches Wasser zu bringen oder den Eimer neben dem Bett wegzutragen, räumte Cissy das Feld. Delia wechselte stets die Bettwäsche, wenn sie Clint mit dem Waschlappen abrieb.

»Sprich mit mir«, flüsterte Clint jedesmal.

»Es gibt nichts zu sagen.«

»Erzähl mir, was du den ganzen Tag machst, was du denkst. Wir müssen ja nicht über uns reden.« Er sprach mit heiserer, atemloser Stimme und verschlang Delia mit den Augen.

»Es gibt kein uns«, sagte Delia, ohne den Blick von ihren Händen zu heben. Sie tunkte den Lappen in den verdünnten Franzbranntwein, wrang ihn sorgfältig aus und wischte über Clints ausgemergelte Schenkel.

»Und was ist mit den Mädchen?« Clints Stimme war rauh vor Verzweiflung.

»Den Mädchen geht's gut.« Delia zog das Laken wieder hoch. Ihr Blick ging zur Tür, wo Cissy als Aufpasserin stand.

Clint klammerte sich an Cissy wie an eine Lebensader. Wenn er genug Atem hatte, redete er oder sah ihr beim Lesen zu. »Wirst du mich auch nicht vergessen?«

»Nein«, sagte Cissy. »Werde ich nicht.«

Clint lächelte ihr zu, mit einem unendlich sanften, zufriedenen Lächeln, das er nur für sie aufbrachte. Einen Moment lang sah er wie erlöst aus. Dann begann er zu reden, und der frühere Gesichtsausdruck kehrte wieder, jener unstete Blick, der durch den Raum wanderte, als suche er etwas, das er nie finden konnte.

»Das schlimmste«, sagte er, »ist die Wut, die mich an manchen Tagen immer noch packt. Wenn ich aufstehen konnte, würde ich irgend etwas Fürchterliches tun. Dann überfällt mich eine schwarze Wut, und ich liege hier und knirsche mit den Zähnen, als ob ich

Knochen zermalmen wollte. Delias, deine, meine. Zum Teufel, ich glaube, ich bin schon verrückt auf die Welt gekommen, und seitdem habe ich immer erfolglos versucht, normal zu werden. An manchen Tagen bin ich einfach nur noch verrückt.«

Clint hustete gurgelnd, als pustete er einen Pfeifenstiel durch, und fiel hochrot in die Kissen zurück. Seine Augen tränten. »Verdammt«, keuchte er. Das Atmen machte ihm solche Mühe, daß er vor Anstrengung zitterte.

»Delia meint, Jesus hat zu deinem Herzen gesprochen«, sagte Cissy, um ihn abzulenken.

»Meint sie?« Sein Atem ging etwas leichter. »Na, kann sein. Jesus oder sonst einer. Von mir aus auch Jesus. Obwohl, wer weiß, vielleicht war's ja nur der Kuhgott.« Ein spitzbübisches Grinsen huschte über Clints Gesicht. »In Indien oder so soll es ja Leute geben, die an heilige Kühe glauben. Gefällt mir irgendwie. Gott als Bulle – verdammter Quatsch, natürlich, harr-hrmhm.«

Mit einem tiefen Räuspern versuchte er endlich, die Kehle frei zu bekommen. Als der Hustenreiz abflaute, entspannte er sich etwas. »Ach, was soll's, Jesus oder Bulle, ich habe den ganzen Mumpitz immer blödsinnig gefunden. Bockmist, Bullenmist, Pfaffenmist – alles Scheiße.«

Er hielt einen Augenblick inne und warf Cissy einen lauernden Blick zu. Nur sein Kopf nickte leicht, sonst lag er vollkommen reglos unter der Decke.

»Die Wut, Mädchen, diese Wut, du weißt ja nicht, wie das ist, wenn man sich selbst nicht mehr riechen kann. Wenn man ständig stinkwütend oder stinkbesoffen ist. Davon bekommt man einen so sauren, ekelhaften Schweißgeruch. Eines Tages konnte ich's nicht mehr ertragen, so habe ich mich gehaßt. Da habe ich mich sturzbesoffen in Mamas Badewanne gesetzt und stundenlang heißes Wasser nachlaufen lassen und mich ausgeheult. Mama hat immer wieder an die Tür geschlagen und gebrüllt, ich solle endlich rauskommen. Das war nach Daddys Tod, weißt du. Zu seinen Lebzeiten hätte sie sich so einen Ton nie erlaubt. Ich habe sie ignoriert, habe mir nur den Waschlappen zwischen die Zähne gestopft und weitergeflennt.«

Cissy ließ Clint nicht aus den Augen. Fast schien es, als würde er neue Kraft aus der Erinnerung an sein Elend schöpfen. Er atmete jetzt mühelos, und die hektische Röte war aus seinem Gesicht verschwunden.

»Ich dachte, ich hätte keine andere Wahl mehr, als mich umzubringen. Einfach raus aus der Wanne und eine Kugel in den Kopf. Zum Mund rein, zur Schädeldecke wieder raus. Wenn schon, dann richtig. Mit Daddys Jagdgewehr, versteht sich. Ich zog also den Stöpsel, ließ das Wasser raus und wischte mir das Gesicht ab. Ich war fest entschlossen, dem ganzen Mist ein Ende zu machen. Aber plötzlich schien sich der Dampf im Badezimmer aufzulösen, und ich sah vollkommen klar, wie die Sache ablaufen würde. Da hockte ich mit meinem nackten Arsch auf dem kalten Email, die Knie an der Brust, die Finger schrumpelig vom langen Einweichen, und – mir knurrte der Magen.« Er lachte kopfschüttelnd.

»Verdammt noch mal, da wurde mir klar, daß ich auch Amanda und Dede töten müßte, und Mama natürlich. Ich konnte sie doch nicht allein in der Patsche sitzenlassen. Und wenn zufällig jemand vorbeikäme, müßte ich den auch noch umpusten. Und dann würde ich das Haus niederbrennen müssen. Und wo ich schon mal dabei war, konnte ich ja auch gleich ganz Cayro in Schutt und Asche legen.« Er hielt inne und blickte auf seine gespreizten Finger hinunter.

»Komisch, wie man mit einem Mal alles so klar sehen kann. Zuerst kohlrabenschwarze Mordgedanken im Gehirn, und dann – paff! – gibt plötzlich alles einen Sinn. Als ob ein Puzzle aufgeht. Man begreift, wie alles zusammenhängt, wie es vorbestimmt ist. Und ich sah also, was werden würde, wenn ich Schluß machte.« Er faltete die Hände über der Brust wie zum Gebet.

»Vielleicht gibt uns Gott nur einmal im Leben die Fähigkeit, so klar zu sehen. Mir stand in dem Moment jedenfalls alles glasklar vor Augen: das furchtbare Schlamassel, das ich aus meinem Leben gemacht hatte, mein ganzes Sündenregister. Vielleicht wartet Gott, bis man so weit abgedriftet ist, daß man die Erkenntnis überleben kann. Und dann packt er dich. Es traf mich wie eine geballte Ladung Böses. Delia war da noch das wenigste. Mein Daddy, meine Brüder, meine Töchter, jeder Mensch, der mir nahestand, hatte mich immer nur ängstlich oder zornig angesehen. In meinem ganzen Leben gab es keinen liebevollen Blick, und daran war ich selbst schuld. Ich hatte mich allen verhaßt gemacht.« Er ließ die

Hände sinken. Die fiebrig glänzenden Augen waren starr auf Cissys Gesicht gerichtet.

»Ich sah es klar vor mir. Ich sah, daß ich sterben könnte, und niemand würde um mich trauern. Alle wären nur erleichtert, auch die, die mich vor langer Zeit mal geliebt hatten. Die Leute würden mich einfach abschütteln und befreit weiterleben.« Seine Pupillen weiteten sich. Clint sah aus, als würde er sein ganzes Innerstes durch die Augen ausströmen lassen.

»Vielleicht hat Gott mich berührt«, flüsterte er. »Vielleicht hat Jesus seine Hand auf mein Herz gelegt. Vielleicht hat irgendein heiliger Bulle in meine Richtung geschaut. Ich habe nie an irgend etwas geglaubt, aber manchmal spür ich's wieder, nur für einen Augenblick, wie das war, als es mir wie Schuppen von den Augen fiel. Ich war verrückt, ich wurde immer verrückter – und wurde mit einem Schlag klar im Kopf. Ich saß in der leeren Wanne und wollte diesen ganzen Irrsinn nicht mehr.«

Keuchend kämpfte er gegen einen neuen Hustenanfall an. »Wenn dich wer fragt, kannst du sagen: Jawohl, so ändert man sich. Ganz plötzlich, oder nie. Egal, ob man bescheuert oder blöde ist oder sich nur verzweifelt bemüht, nicht mehr der zu sein, der man war. Natürlich muß man dann auch mit der Veränderung leben, Tag für Tag, und das ist dann wieder die Hölle.«

Er hob die knochige Hand und tupfte sich mit fahriger Geste den Mund ab. »Du kannst dir kaum vorstellen, wie grausam schwer diese Umstellung für mich war, Tag für Tag. Und wie ich schon sagte, an manchen Tagen komme ich nicht so gut damit zurecht.«

Clint schloß die Augen. Tränen stahlen sich unter seinen Lidern hervor. Als er weitersprach, war seine Stimme so matt, daß Cissy ihn nur mit Mühe verstehen konnte.

»Es gibt Tage, da bin ich genauso ekelhaft wie eh und je, Tage, wo es gut ist, daß ich im Sterben liege. Denn Gott kann nicht wollen, daß ich weiterlebe, um das zu tun, was ich dann tun würde.«

»Trotzdem hat dich etwas berührt«, sagte Cissy und wußte, daß sie eigentlich sich selbst meinte.

Clint lächelte, ohne die Augen zu öffnen. »Ja.« Das ausgemergelte Kinn nickte einmal, dann regte er sich nicht mehr. Cissy dachte, er sei eingeschlafen. Auf leisen Sohlen tappte sie zur Tür.

Gerade als sie die Tür öffnen wollte, ließ Clints drängende Stimme sie noch einmal innehalten.

»Du wirst mich nicht vergessen?«

»Gott, nein«, sagte Cissy.

»Gott, nein.«

Clint hörte sie immer, seine Frau und seine Töchter. Sie redeten und stritten und liefen im Haus hin und her. Es ärgerte ihn, aber das Morphium vernebelte alle Eindrücke, daß er nicht wußte, was ihn eigentlich beunruhigte und verwirrte. Alles war so trügerisch verschwommen: Dedes Gesicht – das genaue Ebenbild von Delia; Amandas Stimme – wie die seiner Mama; Cissy, die ihn wie sein eigener Spiegel anblickte. Was auch immer er gewesen war, er war es nicht mehr. Der Mensch konnte sich ändern. *Der Mensch konnte sich ändern.* Er atmete schwer. Die Luft war wie Whiskey und der Schweiß wie Blut. Gott würde ihn zu sich nehmen, seine Knochen läutern und ihn an die heiligen Kühe verfüttern. »Gott, richte mich auf«, flüsterte Clint und erinnerte sich wieder, wie es gewesen war.

Er hatte Delia erst in der High School kennengelernt. Eigentlich war das Ganze mehr ein Versehen gewesen. Beide waren zu schüchtern und eigenbrötlerisch, um sich bei ihren Mitschülern beliebt zu machen.

Vor Delia hatte sich Clint nur selten und eher beiläufig mit Mädchen verabredet. Irgendwie schien immer etwas dazwischenzukommen. Eigentlich sah er gut aus, er war nur sehr scheu und unbeholfen und hinkte leicht wegen einer alten Knieverletzung, die keinerlei Leistungssport zuließ. Sein Knie sollte ihn auch davor bewahren, zum Militärdienst eingezogen zu werden, aber das schien damals noch nicht so entscheidend zu sein wie in späteren Jahren, als der Vietnamkrieg gerade für die guten Footballspieler zu einer unmittelbaren Bedrohung wurde. Wie überall im ländlichen Georgia war der Sport auch an der Cayro High School bei weitem das Wichtigste. Sogar für Jungs, die über reichlich Taschengeld und Autos für Spritztouren verfügten, gab es keine größere Auszeichnung als einen Platz in der Mannschaft. Diese Ehre konnte Clint niemals erringen.

Clint hatte ein gewinnendes Lächeln, was ihm schon etwas weiterhalf, aber er verstand es nicht, darauf aufzubauen.

»Der Typ ist ja ganz nett, aber wenn man versucht, ihn zum Reden zu bringen, kommt man sich vor, als ob man in Mayonnaise schwimmt.«

Die Mädchen blickten Clint erwartungsvoll an, und er senkte verlegen grinsend die Augen. Worüber hätte er auch reden sollen? Über seine Mama, die morgens mit einem Gebet auf den Lippen erwachte und kaum je mehr sagte als Frühstück, Mittagessen, Abendbrot, und die Post ist da? Bei den Windsors bestand die ganze Unterhaltung nur aus banalen Floskeln und Grunzlauten. Beschwörungen wurden geflüstert und gemurmelt, und ab und zu hielt jemand zischend die Luft an.

»Bitte nicht, Sir.«

»Doch, Frau.«

Clint biß die Zähne zusammen, während tonlose Hymnen durch seinen Kopf geisterten und seinen Stolz untergruben. Besser nichts sagen. Besser nur lächeln und wegsehen: Besser nicht wahrhaben, was er doch nicht begreifen konnte: den dumpfen Zorn seines Daddys und die schmallippige Duldermiene seiner Mama.

Delias Singen hatte Clint an jenem Nachmittag hinter der Turnhalle aufhorchen lassen. Ein dünner, kalter Nieselregen hüllte den Sportplatz ein, und Clint hatte beschlossen, den späteren Bus nach Hause zu nehmen. Einer jener seltenen Momente, in denen er sich die Freiheit nahm, sich der Farm und den ständigen Arbeitsforderungen seines Daddys zu entziehen. Rauchend lehnte er an der Hallenwand und sah den Footballspielern zu, wie sie ihre Trainingsrunden um den Platz drehten. Er wollte nicht, daß man ihn beim Zuschauen erwischte und am Ende noch für neidisch oder mißgünstig hielt, deshalb verbarg er sich unter dem Vordach am Seiteneingang. Aber kaum hatte er sich dort hingestellt, kam Delia um die Ecke. Eine leise Melodie hatte sich schon aus der Ferne angekündigt, eine Melodie so sanft wie ein Gebet.

Die Überraschung löste ihm die Zunge.

»He, das kenne ich.«

Delia blieb stehen, wandte den Kopf und blickte Clint in die Augen. Eine Funkengarbe sprühte in ihm auf. Plötzlich glühten ihre Wangen. Wie ein Foto und sein Negativ standen sie sich gegenüber: Clints dunkles, ausdrucksloses Gesicht und Delia mit ihren leuchtend rotblonden Haaren und der distanzierten Miene.

»*So lonesome I could die.* Hank Williams.« Er schwitzte vor Verlegenheit. »Ich habe die Melodie gleich erkannt.« Nach Delias dunkelsüßen Tönen kam ihm seine Stimme sehr rauh vor.

»Ja, ich mag diese alten Aufnahmen.« Ihre Sprechstimme klang so weich und gedehnt wie ihr Gesang, wie flüssiges Karamel. So etwas hatte Clint noch nie gehört. Mit den Händen in den Manteltaschen wippte sie leicht auf den Fußballen. »Aber ich stelle mir immer vor, daß die Songs von einer Frau gesungen werden, mehr wie Joan Baez, oder so.«

An den Ausbuchtungen des Mantelstoffes sah Clint, daß sie die Fäuste geballt hatte. Sie hat Angst, dachte er. Aber dann hob Delia den Kopf und fixierte ihn mit trotziger Selbstsicherheit.

»Sollte sie auch«, sprudelte er hastig hervor. »Joan Baez, meine ich. Das käme sicher gut.«

Erstaunlich. Er hatte etwas gesagt. Seine Beklommenheit ließ ein wenig nach, und er riskierte noch einen Blick auf Delias Taschen. Sie hielt den Kopf schräg, als würde sie ihn noch zweifelnd begutachten, aber ihre Hände hatten sich sichtlich gelockert. Er lächelte sie an. Die Belohnung war ein Lächeln, das so unbeschwert und strahlend wirkte wie ihr Lied.

»Hast du eine für mich?« Sie deutete auf die feuchte Zigarette in seiner Hand, die er vergessen hatte, obwohl er sie noch immer sorgsam zwischen Daumen und Zeigefinger hielt. Clint blickte hinunter und dann wieder zu ihr hoch. Ein Mädchen, das rauchte und es auch noch freimütig zugab. Seine Mama und sein Daddy würden das schärfstens verurteilen. Obwohl sie ihn ständig ermahnten, diese üble Angewohnheit abzulegen – ein deutlicher Beweis für seinen schwachen und faulen Charakter –, rauchte er unentwegt, sobald er ihnen entkommen konnte. »Junge, du richtest dich noch zugrunde.«

Laß das bloß bleiben, hätte er fast zu Delia gesagt, statt dessen kramte er seine Packung Winstons aus der Jacke hervor. Delia trat neben ihn. Zu seiner Bestürzung merkte er, daß sie auf Feuer wartete. Er hatte gerade sein letztes Streichholz verbraucht, und er konnte ihr doch beim besten Willen nicht seine halbgerauchte Kippe hinhalten. Ach, verdammt, fluchte er in sich hinein.

Doch wunderbarerweise schien Delia seine Verwirrung gar nicht zu bemerken. Ganz selbstverständlich griff sie nach seiner Hand und zog seine brennende Zigarette an ihre. Sie sog die Wangen ein und wieder aus – ein und aus, dann ließ sie seine Hand los und inhalierte den willkommenen Rauch.

»Guuut«, hauchte sie dankbar und lehnte sich neben ihn an die Wand, ohne darauf zu achten, daß er nach Luft schnappte. Sie blies einen dünnen Rauchstrom zum Dach hoch. »Das tut gut. Wenn der Tag zu Ende geht, will ich nichts anderes mehr.«

Clint schaute unverwandt zum Sportplatz, um ihrem Blick auszuweichen. Daß sie sich so leicht und unbefangen eine Zigarette von ihm geschnorrt hatte, erregte ihn mehr als alles, was er in seinen siebzehn Jahren je erlebt hatte. Daß sie sich an seiner Zigarette Feuer geholt hatte, machte ihn ganz schwindlig vor Verlangen. Im Schutz seiner Jeans fingen seine Knie zu zittern an, und eine neue Hitzequelle pulsierte in seiner Lendengegend. Er konnte nur noch daran denken, wie großartig dieses Mädchen war, das da so unbekümmert neben ihm rauchte. Wieder glomm ihre Zigarette auf, wieder stieg ein heller Rauchfaden in den Himmel. Clint hob zitternd die Hand und sog sich mit einem letzten Zug das Nikotin in die Lungen. Der Rauch schien anders als sonst zu sein, elektrisch geladen und süß. Neben ihm teilte Delia paffend das gemeinsame Schweigen. Sie seufzte auf, und er spürte, wie sie den Kopf an die Mauer lehnte.

»Schau dir an, wie sie rennen, die Deppen«, murmelte sie. Die Mannschaft stolperte gerade in die letzte Runde. Einige Jungs waren schon so erschöpft, daß sie fast in die Knie gingen.

»Arme Schweine«, pflichtete Clint ihr eilfertig bei.

»Kann man wohl sagen.«

Delia räkelte sich wohlig an der Mauer. Er hörte den Stoff ihres Mantels an den Steinen entlangwischen. Alle seine Sinne schienen seltsam geschärft zu sein. Ihr Zigarettenrauch kam ihm anders vor als sein eigener, und er registrierte jedes noch so leise Knacken ihrer Gelenke.

»Als ob sie schon für die Armee trainierten. Gott helfe ihnen, diesen Ahnungslosen.« Delia schüttelte den Kopf.

Aus einem ganz neuen Blickwinkel beobachtete Clint die Jungs, wie sie ihre Runden drehten und auf ihr Schicksal zurannten, ein Schicksal, das er nicht teilen würde. Ihm wurde klar, daß er keinerlei Vorstellung von seinem künftigen Leben hatte. Besonders begabt war er nicht, das wußte er. Sein Daddy hatte es ihm oft genug gesagt. Fürs College würde es nicht reichen. Aber er begriff plötzlich, daß er kein Erdnußfarmer werden wollte. Und wenn er nicht bei seinem Daddy arbeitete, was konnte er dann tun?

Hoffentlich hilft Gott *mir*, dachte er bedrückt und vergaß sogar für einen Moment Delia an seiner Seite. Das Trüppchen Jungs umrundete gerade Schulter an Schulter die nächstgelegene Kurve in der Bahn. Dann rannten sie wieder mit ihren stampfenden Hüften in der Geraden davon, während ihre Turnschuhe rote Sandklümpchen hochschleuderten. Erbärmlich und doch tapfer keuchten sie auf ihren Trainer zu, der sein Clipboard gegen den Schenkel schlug und ganz und gar nicht mit ihrer Leistung zufrieden schien. Clint spürte, wie sich seine Kehle zuschnürte.

»Trostloser Anblick«, flüsterte Delia.

»Wollt ihr wohl rennen, ihr Lahmärsche!« schrie der Trainer mit vor Wut überkippender Stimme. Clint zuckte zusammen.

»Scheiße!« Er schüttelte die Hand. Er hatte sich an der Kippe verbrannt.

»Aber wirklich«, nickte Delia und schnippte ihre halbgerauchte Zigarette zu den anderen auf den Boden. »Da fragt man sich doch, in was für 'ner Welt wir eigentlich leben, nicht?«

Sie drehte sich zu ihm und drückte den Mantel fest an ihre Taille. Der Ausdruck in ihren Augen war wärmer als jedes Lächeln. Du bist o.k., sagte ihr Blick. Wir beide wissen schon, was Sache ist, stimmt's? Clint konnte die Augen nicht von ihr abwenden. Ich bin o.k., dachte er. An mir ist nichts verkehrt. Mit einem Kopfnicken entfernte sich Delia. Wieder summte sie ihr Lied.

Clint schaute sich nach den Läufern um. Zwei waren inzwischen liegengeblieben. Er schob die Hände in die Hosentaschen. »Ich bin o.k.«, sagte er und stieß sich von der Mauer ab.

Clint versuchte sich in seinen fieberheißen Laken auf die Seite zu drehen. Die verkürzten Sehnenstränge von der alten Knieverletzung ballten sich krampfhaft zusammen. Schmerz schoß plötzlich durch den Morphiumnebel. Delia hatte Dr. Campbell überredet, die Dosis zu erhöhen, was ihm deutlich Erleichterung und seltsam losgelöste Träume verschaffte. Er hatte sich vor- und zurückgeträumt, jeden Moment, den er je mit Delia erlebt hatte, durchsetzt mit flackernden Bildern aus der Zeit vor ihr und zersplitterten Visionen von dem, was nach ihm kommen würde. Die Welt schickte sich an, ihn loszuwerden, ihn über Bord zu werfen. Er fühlte sich hochgehoben und konnte weit in die Ferne sehen, zu seinen erwachsenen und immer noch haßerfüllten Töchtern und dann wieder zurück in seine früheste Kindheit, als er an einer Brust hing, die er sich bei seiner Mama einfach nicht vorstellen konnte. Delia würde bleiben, aber er nicht, und das war auch in Ordnung. Er wußte es endlich. Alles war gut.

»Gottverdammt«, stöhnte Clint. Seine Zunge war trocken und starr. Reden war zu mühsam. Verdammt, sagte er trotzdem im stillen und fühlte sich wieder von der Dünung angehoben. Er hörte den Mantel an der Mauer entlangwischen und roch Zigarettenrauch und nassen Sand, das Mädchen neben sich und all die Jahre vor ihnen, ihr Blut an seinen Händen und seine Tränen, die ihm übers Gesicht liefen. Zum ersten Mal seit so langer Zeit spürte er eine Hitze in den Lenden. Er wußte kaum, was es war.

»Verdammt«, sagte er noch einmal laut und schwang sich hoch, hoch, so hoch wie noch nie.

Und ließ los.

KAPITEL 11

Reverend Hillman hielt die Grabrede bei Clints Beerdigung. Die Menge der Teilnehmer hielt sich in Grenzen, wenn es auch nicht so wenige waren, wie M. T. vorausgesagt hatte. Ein paar Frauen von der Holiness-Redeemer-Gemeinde waren mit Grandma Windsor gekommen, dazu ein paar frühere Kollegen von Firestone und mindestens ein Dutzend Stammkundinnen vom Bee's Bonnet, die niemand erwartet hatte.

»Einige sind sicher nur hier, um sich zu vergewissern, daß er wirklich tot ist«, raunte M. T. Rosemary zu, als sie unter dem Baldachin am Grab standen. Rosemary schmunzelte hinter vorgehaltener Hand. M. T. zeigte sich geradezu leutselig, seit sie die Nachricht von Clints Hinscheiden erhalten hatte, und Rosemary wußte, daß nicht nur die Erleichterung über sein Verschwinden den Stimmungsumschwung bewirkt hatte. M. T. war auch keineswegs betrübt, daß Rosemary nun bald abreisen würde. Genau wie Rosemary. Sie hatte die Nase voll von der Kleinstadtluft und saß schon seit Wochen auf gepackten Koffern. Sie hatte sich geschworen, zum Schluß noch eine kräftige Ladung Dreck auf Clint Windsors Sarg zu kicken, und wartete nur, bis sich die Menge endlich zerstreute, damit sie ihr Vorhaben ausführen konnte.

»Wenn ich wieder in Los Angeles bin«, flüsterte Rosemary M. T. zu, »gönne ich mir sofort einen Tag in einer sündteuren Schönheitsfarm und laß mich mit Ölbädern und Massagen so richtig rundum wiederbeleben. Wenn du mich mal besuchen kommst, lade ich dich gerne dazu ein. Du glaubst gar nicht, wie gut du dich danach fühlst.«

»Oh, das würde ich mich bestimmt nie trauen!« M. T. klang, als würde sie der Verlockung nur zu gern erliegen. Sie warf einen schnellen Seitenblick zu Steph hinüber, die Hand in Hand mit Lyle dastand und erfolglos versuchte, eine Trauermiene zur Schau zu tragen.

»Solltest du aber. Los Angeles ist ein brandheißes Pflaster für

Frauen wie uns, voller hübscher, junger Burschen, die uns reifere Damen zu schätzen wissen.« Rosemary lächelte breit und legte M. T. den Arm um die Schultern.

»Gigolos, meinst du.«

»Mhm, kräftige, gut gebaute, junge Gigolos. Genau, was der Arzt dir gegen seelischen Grauschleier und allgemeine Abnutzungserscheinungen verschreiben würde. Ich weiß ja nicht, wie's dir geht, ich jedenfalls fühle mich nach all diesen Monaten ganz schön fertig.« Rosemary drückte M. T.s Arm und drehte sich von Grandma Windsor weg, die ihr schon die ganze Zeit gehässige Blicke zuwarf. »Nee, also, du bist mir vielleicht eine!« M. T. preßte die Lippen zusammen, um nicht loszukichern. Schade, daß Rosemary Cayro nicht mochte. Die Frau hätte ihr doch noch sympathisch werden können.

»Na, und du?« entgegnete Rosemary. »Was meinst du, warum Delia uns beide so gern hat? Wir haben viel gemeinsam, Marjolene Thomasina. Nicht nur unsere Freundschaft mit Delia Byrd.« Sie schaute über die Schulter und warf Grandma Windsor ein strahlendes Lächeln zu. Clints Mutter funkelte sie zornig an und wandte sich zum Gehen.

Cissy hatte Reverend Hillmans salbungsvolle Grabrede kaum aufgenommen. Sie dachte an ihren Daddy und daran, wie sie alle beim Begräbnis von einem seiner Freunde gewesen waren, in einer Kapelle voller Blumenkörbe mit bunten Schleifen. Delia trug eine Samtweste mit einem Feuerwerk aus Straßsternen auf dem Rücken. Randall hatte Cissy auf der Hüfte mit sich herumgetragen, während er Leute umarmte und alte Erinnerungen austauschte. Und schließlich hatte er sie in einen der Blumenkörbe gesetzt, wo ihr die üppigen rosaweißen Blütengarben fast über den Kopf reichten.

»Der Tod ist der Übergang in eine andere Daseinsform«, sagte ein Typ mit lederumwickelten Zöpfen und Batikhemd, der immer wieder an einer Thermoskanne nippte und schon ziemlich Schlagseite hatte.

Randall zog eine mit Blütenstaub gepuderte Cissy aus den Blumen. »Der Tod ist der Tod, und nichts weiter«, sagte er ärgerlich und drückte Cissy fest an sich. »Auf Beerdigungen geht's nicht um den Tod, sondern darum, wie froh wir sind, noch am Leben zu sein.«

Obwohl Cissy all die Jahre nie mehr daran gedacht hatte, erinnerte sie sich an Clints Grab deutlich an die Szene. Danach war Randall mit ihr zwischen den Grabsteinen umhergegangen und hatte über die vielen pompösen Zementengel gewitzelt. »Ich werde mich einäschern lassen, wenn's mal soweit ist«, sagte er, als sie im Schatten einer mächtigen Eiche saßen. »Dann kann ich als Kompost für irgendeinen schönen alten Baum dienen. Ich werde mich in Blumen und glänzende grüne Blätter verwandeln.« Die Vorstellung schien ihn zu erheitern, besonders nach all den Leichenbittermienen seiner Freunde.

Cissy verstand nicht, warum alle so traurig waren. Randall hatte gesagt, sein Freund wäre ohnehin besser dran, er hätte sein Leben hinter sich. Außerdem sei es doch etwas Schönes, den Bäumen Nahrung zu spenden. Als sie draußen vor der Friedhofsmauer an der langen Reihe geparkter Autos vorbeigingen, machte einer der Fahrer eine abfällige Bemerkung über Hippies. Randall lachte ihn aus. »Ja, wir sind reiche Hippies«, sagte er und schwang Cissy auf seine Schultern. Sie erinnerte sich an sein Lachen und an die ruhige Art, wie er davon gesprochen hatte, sich in glänzende grüne Blätter zu verwandeln. Das war es, was Hippies machten, hatte sie damals gedacht, rauschende Partys für ihre Freunde geben und dann friedlich zu Dünger werden.

Es wäre gut gewesen, wenn Clint etwas von einem Hippie an sich gehabt hätte. Die letzte Woche vor seinem Tod hatte er ständig Angst gehabt. Er hatte Delia gebeten, Reverend Hillman zu rufen, und geweint, während der Pfarrer bei ihm saß. Als Cissy ins Zimmer kam, hatte er ihre Hände mit seinen knotigen Fäusten ergriffen und so fest gehalten, daß sie fürchtete, er würde ihr die Knochen brechen. Am Ende hatte er nicht mehr sprechen oder schlafen können, hatte sich nur noch stöhnend im Bett hin und her gewälzt, bis Delia den Arzt dazu gebracht hatte, ihm noch mehr Betäubungsmittel zu geben. Als er gestorben war, hatte Delia die Mädchen aus dem Zimmer gesperrt. Rosemary hatte ihr geholfen, ihn zu waschen und ihm seinen dunklen Anzug anzuziehen. Zum ersten Mal sah Clint wie der Mann auf Delias alten Fotos aus, starr und streng und voll bekleidet, auch wenn der Anzug für seine ausgemergelte Gestalt viel zu weit war.

»Man sollte ihn nackt begraben«, sagte Delia mit gebrochener Stimme.

»Besser verbrennen«, flüsterte Cissy. Delia sah sie ungehalten an. »Und seine Asche in den Garten streuen.«

Dede schauderte. »Dann schon lieber auf die Felsen. Sollen sich doch die Vögel aus seinen Knochenresten ihre Nester bauen.« Sie hatte nicht zur Beerdigung gehen wollen, aber Delia zwang alle, mitzukommen und sich an ihrer Seite aufzureihen.

Daheim strich Rosemary Cissy über den Kopf und lächelte sanft. »Alles in Ordnung, Schätzchen?«

Das Kind erinnerte sie an sie selbst im gleichen Alter. Damals wurde sie in einem Elternhaus voll lauter, fordernder Stimmen kaum beachtet. Cissys Miene wirkte verkniffen und sorgenvoll.

»Jaja, schon gut.« Cissy schüttelte Rosemarys Hand ab.

»Grandma Windsor sah ja furchtbar aus«, nörgelte Amanda. »Ihre Haare sind so strähnig geworden, und erst ihr Hals – so verschrumpelt wie ein altes Suppenhuhn.«

»Eure Großmutter wird eben älter, und es ist hart, einen Sohn zu verlieren«, sagte Delia ruhig.

»Ich dachte, vielleicht sollte ich sie mal besuchen.« Amandas Stimme klang unsicher.

»Warum nicht, wenn du möchtest«. Delia sah nicht so fertig aus wie Grandma Windsor, aber es reichte. Die Schatten unter ihren Augen waren so dunkel wie die Weintrauben in dem Früchtekorb, den ihnen jemand am Morgen vor die Haustür gestellt hatte. Müde blickte sie über den Tisch voll folienbedeckter Terrinen und Aufschnittplatten, zwischen denen kleine Topfblumen die Köpfe hängen ließen.

»Ich glaube, ich leg mich mal ein Weilchen hin«, sagte sie.

Rosemary legte ihr den Arm auf die Schultern, M. T. stützte sie auf der anderen Seite. Zusammen führten sie Delia in ihr Zimmer. Mit jedem Schritt sackte Delia ein bißchen mehr in sich zusammen, bis es aussah, als trügen die beiden Frauen sie zwischen sich.

»Wetten, daß sie bis morgen früh durchschläft?« sagte Dede zu Cissy.

»Mindestens bis übermorgen«, entgegnete Cissy. »Vorhin dachte ich schon, sie kippt uns gleich ins Grab.«

»Und ich dachte, Rosemary fällt rein, so nah hat sie am Rand gestanden, als der Sarg heruntergelassen wurde.«

»Mhm.« Zerstreut pulte Cissy die Folie von einer Platte, obwohl ihr gar nicht nach Essen zumute war. Ihr Schädel pochte, und ihre Augen brannten. »Heuschnupfen«, hatte Rosemary gesagt. »Deine Augen sind ja halb zugeschwollen.« Keiner wollte zur Kenntnis nehmen, daß sie geweint hatte. Amanda hatte ein bißchen geschnieft, aber weder Delia noch Dede hatten eine Träne vergossen. Nur Cissy sah so mitgenommen aus wie Grandma Windsor. Ständig dachte sie an Randall und sein Begräbnis kurz vor ihrer Abreise von Los Angeles.

»Weißt du, was ich jetzt gern hätte?« Dede angelte sich eine Scheibe Schinken von der Platte. »Einen Drink in so einem hohen beschlagenen Glas, wie die Leute sie sich immer im Fernsehen bestellen. Gin Tonic oder Whiskey Soda.« Sie biß in den Schinken und nickte feierlich.

»Ach ja?« Cissy schob ihre Brille hoch und rieb das linke Auge, das wie Feuer brannte. Ihre Miene war so kläglich, daß sich Dede nur mühsam das Lachen verbeißen konnte.

»Was trinkt Rosemary eigentlich immer? Bourbon oder Scotch?« fragte Dede.

»Keine Ahnung.«

»Ist auch egal, paßt alles gut zu Cola. Weißt du was, wir mixen uns jetzt 'nen Drink und machen Picknick im Garten.«

»Meinst du wirklich?« Cissy spähte unsicher in den Flur. Sie wollte sich jetzt nicht mit M. T. oder Rosemary anlegen, und schon gar nicht mit Amanda.

»Na klar!« sagte Dede mit Nachdruck. »Wir tun es für Clint. Er wäre sowieso der einzige hier, der das gutheißen würde.«

In der Küche stand noch ein Rest Scotch und Bourbon, und Dede machte sich daran, die Drinks zu mixen. Sie gab Cissy das Glas mit dem Scotch. Nach dem ersten Schluck hatte Cissy zwar den Verdacht, daß sie genau das erwischt hatte, was sich gar nicht mit Cola vertrug, aber der zweite Schluck war schon nicht mehr so übel. Jedenfalls schmeckte das Schinkensandwich damit doch sehr viel besser. Dede erklärte, von jetzt an würde sie Bourbon bevorzugen. Sie machten es sich unter den Nußbäumen bequem, und nach einer Weile fühlte sich Cissy zum erstenmal seit Wochen ganz entspannt. Vielleicht hatte Randall ja die Wahrheit gesagt, und der Tod war gar nicht so schlimm. Tot hatte Clint beinahe friedlich ausgesehen.

»Wie war dein Daddy eigentlich?« fragte Dede zögernd. »Ich habe Fotos von ihm gesehen und einiges über ihn gelesen. Scheint ein ziemlich irrer Typ gewesen zu sein.« Dede lehnte sich an die Garagenmauer und saß mit einer Zigarette lässig zwischen den Fingern da, als wäre sie längst Gewohnheitsraucherin.

»Er war nicht irre. Nur ein ganz normaler Mensch.« Cissy hatte ihre störrische Miene aufgesetzt. »Er fuhr gerne zu schnell und trank zuviel und war ständig unterwegs. In Geschäften, wie er sagte.« Sie warf Dede einen prüfenden Blick zu. »Aber das habe ich nie so ganz verstanden.«

Dede zuckte die Achseln. »Warst du denn viel mit ihm zusammen?«

»Als ich klein war, ja. Irgendwie.« Cissy dachte einen Moment nach. Hatte sie Randall je wirklich gekannt?

»Irgendwie?« bohrte Dede nach, als ob sie Cissy nicht recht glaubte.

»Na ja, es war eben schwierig, weißt du.« Cissy runzelte bedächtig die Stirn. »Sie waren dauernd auf Achse. Als wir noch bei Randall wohnten, haben sie mich meistens bei Sonny und Patch gelassen. Die haben sich um alles gekümmert, wenn die Band auf Tournee war.«

»Du bist also gar nicht im Bus mitgefahren?« Dede klang enttäuscht.

»Doch, aber da war ich noch so klein, daß ich mich nicht mehr richtig daran erinnern kann.«

»Du hast überhaupt nicht viel von damals behalten, oder?«

»Auf jeden Fall weniger, als die Leute gerne von mir hören würden.« Cissy zog eine Grimasse. »An ein paar Sachen erinnere ich mich schon noch. Wie wir immer im Hotelzimmer gegessen haben, alle drei auf dem breiten Bett. Und wie ich diese endlosen Rolltreppen gegen die Fahrtrichtung hochgelaufen bin. Das hat mir riesigen Spaß gemacht. Ich war einfach gern mit Delia und Randall zusammen, mehr weiß ich nicht. Mir war gar nicht klar, daß es so ein ungewöhnliches Leben war. Und wenn ich zu Hause bleiben mußte, war das auch nicht so schlimm. Sonny und Patch mochte ich gern, sie haben mich immer gut behandelt. Sie hatten einen Jungen in meinem Alter, Wren, aber der sprach nicht.«

»Zurückgeblieben?« fragte Dede.

»Nein, er war nicht blöd, er sagte nur nichts.« Cissy mußte an Wrens breites Lächeln denken, an seinen scheuen Blick. Er war ein niedlicher Junge, und Sonny trug ihn immer auf den Schultern herum. Wenn Delia und Randall zu lange fortblieben, stellte sie sich vor, Sonny wäre ihr Vater und Wren ihr Bruder. Eine wie durch ein Wunder heilgebliebene Familie, während die Stadt in einem Erdbeben untergegangen war. Wenn dann Delia und Randall wiederkamen, schämte sie sich und behandelte Wren schlecht, bis Delia sie ausschimpfte. Nachdem sie bei Randall ausgezogen waren, hatte Cissy keinen von ihnen je wiedergesehen.

»Grandma Windsor hatte Blanche als Kindermädchen für uns.« Dede schien zu spüren, daß Cissy nicht mehr von Wren reden wollte. »Sie war eine entfernte Kusine und wohl kaum älter als vierzehn, als sie bei uns einzog. Amanda mochte sie nicht, aber ich war ja noch ein Baby, mir kam sie immer sehr lieb vor.« Dede schwenkte den Rest Cola im Glas und trank es mit einem Zug leer. Sie setzte das Glas zwischen den Füßen ab und zog eine Zigarettenpackung aus der Tasche.

»Amanda behauptete, Blanche hätte selbst ein Baby bekommen und sei deswegen von der Schule geflogen. Vielleicht war das Baby gestorben, oder ihr Daddy hatte es weggegeben. Sie hat jedenfalls nie davon gesprochen. Hat sowieso nur wenig geredet. Sie war 'ne Art Mondkalb mit großen hellblauen Augen und schwarzen Haaren, hübsch, aber doof, genau die Sorte, die sich von jedem ausnutzen läßt.«

»Aber zu dir war sie nett?« Cissy versuchte, sich die arme Blanche vorzustellen, die mit vierzehn unter Grandma Windsors Fuchtel geraten war und mit zwei jähzornigen Kleinkindern zurechtkommen mußte, während ihr eigenes Baby totgeschwiegen wurde. Wenn sie Blanche gewesen wäre, hätte sie ihr Unglück garantiert an Amanda und Dede ausgelassen und sie gezwickt und an den Haaren gezogen, sobald sie sich unbeobachtet fühlte.

»Doch, sie war okay. Sie hat viel mit uns gespielt, echt rührend, obwohl wir sicher wahnsinnig langweilig für sie waren, aber das schien ihr nichts auszumachen. Sie tat alles, was Grandma Windsor von ihr verlangte: aufräumen, putzen, Kinder hüten. Ich mochte sie sehr.« Dede grinste ironisch. »Weit mehr als meine nähere Verwandtschaft.«

»Und warum mochte Amanda sie nicht?«

»Keine Ahnung.« Dede schnippte sich mit ihrem lackierten Fingernagel einen Tabakkrümel von der Lippe. »Aus Amanda wird man einfach nicht schlau. Als Blanche starb, tat sie, als hätte sie so etwas schon erwartet.«

»Was, Blanche ist gestorben?«

»Es war ein Unfall. Der Dampfkochtopf ist explodiert.« Dede tippte sich an den Hals. »Hat ihr die Kehle durchgeschnitten.« Sie zog eine Linie vom Kinn bis zum Ohr.

»Mein Gott.«

»Der Deckel«, erklärte Dede, »hat ihr mit der Kante ein so großes Loch in die Kehle gerissen, daß eine Teetasse hineingepaßt hätte.« Sie strich sich kurz über den Hals und ließ die Hand sinken. »Grandma Windsor war total erschüttert, aber sie meinte, das hätte ja so kommen müssen. Blanche war immer so achtlos. Töpfe brannten an, die Badewanne lief über, und beim Bügeln gab's ständig versengte Wäsche. Natürlich hatte sie auch beim Dampfkochtopf den Deckel nicht richtig festgeschraubt. Ihr Pech war nur, daß sie gerade daneben stand.«

»Das ist ja furchtbar.« Cissy wurde ganz flau im Magen. Das schwarzhaarige Mädchen, das sie sich vorgestellt hatte, blickte sie mit einem starren Lächeln und einem klaffenden Loch im Hals an.

»Grandma meinte, es sei ein Wunder, daß Blanche nicht schon vorher das Haus niedergebrannt habe. Sie war immer so zerstreut, als ob irgend etwas in ihrem Kopf vorginge, das viel interessanter war als das stinkfade Hausmädchendasein bei uns.«

»Warst du dabei, als es passierte?« fragte Cissy.

»Ich war gerade auf dem Klo.« Dedes Stimme verriet keinerlei Gemütsregung. »Hab den Knall gehört und und bin sofort mit halb hochgezogener Hose rausgestürzt. Blanche saß auf dem Boden, die Hände an der Kehle. Das Blut floß nur so an ihr herunter. Alles war dunkelrot. Sie schaute mich nicht mal an, sondern kippte plötzlich nach hinten um. Grandma sagte, da war sie schon tot. Wenn man so schnell so viel Blut verliert, stirbt man, bevor man weiß, was los ist.«

»Großer Gott!«

Dede klopfte die Asche von ihrer Zigarette. »Immerhin besser, als so langsam vor sich hin zu krepieren wie Clint, findest du nicht?« Sie besann sich einen Moment. »Es hätte genausogut mich erwischen können. Ich hatte ein paar Minuten vorher auch am Herd gestanden. Grandma Windsor meinte, alles sei Vorsehung, aber mir will das nicht einleuchten. Wer weiß denn schon, was vorherbestimmt ist und was nicht? Wieso war Blanche so ein Ende bestimmt?«

»Verdammt gruselig, wenn man sich das vorstellt.«

»Ja, eine Weile hab ich immer noch von ihr geträumt, ich hätte nachgeschaut und den Deckel richtig angeschraubt. Daß sie noch am Leben wäre, sich zu mir ans Bett setzte und mit mir redete.«

Cissy schauderte. Sie dachte an ihre Träume von Randall, der ihr in den letzten Monaten nachts recht oft erschienen war. Er saß auf ihrer Bettkante, kratzte sich bedächtig den Schnurrbart und blickte sich im Zimmer um. »Ich weiß, ich bin dir nie ein sehr guter Daddy gewesen, Kleines«, sagte er. »Ich wollte so gern, hatte aber wohl kein Talent dazu. Na ja, ich wurde als Kind auch ziemlich allein gelassen, und du siehst ja, was aus mir geworden ist.« Dann grinste er, als sei ihm klar, daß dies nicht gerade beruhigend klang. »Ach wo, ich mache nur Spaß, Kleines«, sagte er. »Keine Angst, ich werde immer über dich wachen.«

»Grandma hat gesagt, es sei gefährlich, von Geistern zu träumen. Sie hat Salz um die Bettpfosten gestreut, damit die Träume aufhören. Nach 'ner Weile hat's tatsächlich gewirkt, oder sie haben von selbst aufgehört, wer weiß.«

Cissy fragte sich, ob sie lieber nicht mehr von Randall träumen wollte. Sollte sie vielleicht auch Salz unters Bett streuen? Würde auch Clint in ihren Träumen auftauchen?

»Erzähl mir deine allerschönste Erinnerung aus deiner Kindheit.«

»Die *aller*schönste?« Cissy schloß die Augen und kniff vor Konzentration die Lippen zusammen. Langsam begann ein Lächeln um ihre Mundwinkel zu spielen. Sie schlug die Augen auf. »Das war die Feuershow, die Randall mal für mich gemacht hat, als ich fünf wurde.«

»Was ist eine Feuershow?« fragte Dede neugierig.

»Das hatte er sich selbst ausgedacht.« Schon bei der Erinnerung strahlte Cissy übers ganze Gesicht. »Randall hatte draußen am Swimmingpool eine große Statue von einem Vogel, ein häßliches eckiges Ding aus schwarzem Metall. Delia konnte sie nicht leiden, aber Randall hängte immer alle möglichen Sachen daran auf – Schnüre mit Glöckchen und Windharfen und Luftballons für Partys. Und an meinem Geburtstagsabend hat er Plastiktüten daran befestigt. Delia hob sie immer für den Müll auf. Sie konnte nie etwas wegwerfen, und er meinte, das Zeug müßte doch endlich mal sinnvoll eingesetzt werden. Als die Sonne unterging, hat er die Tüten eine nach der anderen angezündet.«

»Er hat Mülltüten abgefackelt? Was war da so toll daran?«

»Sie brannten in den irrsten Farben. Manche qualmten nur schwärzlich vor sich hin, aber viele gingen rot und blau und grüngold schillernd in Flammen auf, wie Ölschlieren. Ja, und dann hat er einen Haufen Tüten genommen und sie alle aneinandergeknotet. Als er sie anzündete, wechselten die Farben ständig, während das Feuer an dem Tütenstrang entlangleckte.«

Cissy wiegte sich sachte hin und her, ganz in die Erinnerung versunken. »Es war ganz unheimlich und seltsam und wundervoll, und als es richtig dunkel war, wurde es noch besser. Randall lief im ganzen Haus herum und sammelte alles aus Plastik zusammen, was er nur finden konnte, sogar die Vorhänge vom Pavillon am Pool mußten daran glauben.«

»Ganz schön verrückt.« Dede holte eine halbgerauchte Zigarette aus ihrer Schachtel und zündete sie an.

»Ja. Delia war auch stinksauer, als sie heimkam. Überall schwarze Schmiere auf dem Gras und auf den Steinfliesen um den Pool, die ganze Statue voll mit geschmolzenen Plastikfetzen. Ich hatte eine Brandwunde am Fuß, und Randalls Jackenärmel waren total verkokelt. Sie war stinkwütend.«

»Kann ich mir vorstellen.«

»Aber ich fand's toll.«

»Na ja, du warst fünf, da gefällt einem so etwas natürlich.«

»Nein, es war wirklich wunderschön«, beharrte Cissy.

Dede sog den Rauch ein. »Ich mag Feuer auch, aber Grandma Windsor hat mich nie etwas verbrennen lassen. Ich mußte bloß immer die Blätter im Garten zusammenharken, aber das Feuer mußte dann Amanda machen, obwohl Amanda Feuer haßt.«

Cissy nickte bedächtig. »Typisch, daß Amanda etwas gegen Feuer hat. Und was ist deine schönste Erinnerung?«

Dede zuckte die Achseln und blies auf die Glut an ihrer Kippe.

»Ich weiß nicht. Die Kühe mochte ich ganz gern. Granddaddy Windsor hatte zwei gute Milchkühe im Stall, so richtig liebevoll gepflegt, mit 'ner dicken Lage Stroh und weißgekalkten Wänden. Im Stall war's sauberer als im Haus, und ich habe mich da immer versteckt. Im Winter habe ich mir heimlich 'nen Becher kuhwarme Milch aus dem Eimer geschöpft und dann ganz langsam oben auf dem Heuboden getrunken.«

»Hat die süß geschmeckt?« Cissy versuchte, sich kuhwarme frische Milch vorzustellen.

»Nöö, doch nicht süß, nur ein bißchen komisch, nach Stall. Aber mir war das egal, ich habe Brot reingebrockt und das als Abendessen gelöffelt, wenn Grandma sauer auf mich war. Dann kam man ihr nämlich besser für 'ne Weile nicht mehr unter die Augen.«

»Sie wurde bestimmt sehr schnell sauer, was?«

»Ja, aber vor allem war sie immer müde. Amanda meinte, sie wäre einfach verbraucht und wollte auf ihre alten Tage lieber ihre Ruhe haben, aber da waren eben wir. Nur wenn sie allein war, wirkte sie zufrieden. Wenn sie mal ganz für sich im Garten saß, war sie richtig entspannt und lächelte sogar. Aber kaum sah sie eine von uns, hat sie gleich wieder ihr strenges Gesicht gemacht. Ich glaube, sie hatte nicht besonders viele angenehme Erinnerungen.«

Cissy dachte an Grandma Windsors Gesicht bei der Beerdigung: Sie hatte Amanda und Dede geflissentlich ignoriert, und das nach all den Jahren, die sie bei ihr gelebt hatten. »Was ist deine schlimmste Erinnerung?« fragte sie.

Dede zögerte keine Sekunde. »Clint.«

Cissy zuckte zusammen, ihr wurde heiß im Gesicht. Sie erinnerte sich nur zu gut, wie ängstlich und verzweifelt er in der letzten Woche gewesen war. »Was hat er denn getan?«

»Getan?« Dede klang gereizt. »Der mußte gar nichts tun, der mußte nur vorbeikommen, und schon ging alles schief. Grandpa Windsor begann zu fluchen und an Grandma herumzumeckern. Sie krümmte den Buckel und ließ ihren Frust an uns aus.« Dede schüttelte den Kopf. »Meistens hat Clint nichts weiter getan, als regelmäßig besoffen oder verkatert aufzukreuzen und miese Laune zu verbreiten. Uns Mädchen hat er mit einer Miene angestarrt, als ob wir räudige Straßenkoter wären.«

Die Zigarette in ihrer Hand war bis auf den Filter heruntergebrannt. Sie drückte sie auf einem Stein zwischen ihren Füßen aus. »Grandma hat uns sonntags immer gezwungen, ihn zu besuchen. Wir mußten uns brav an den Tisch setzen, aber er glotzte nur dumpf vor sich hin. Total beklemmend, kann ich dir sagen. Und immer dieser Geruch, als ob er in einem Bottich voll saurer Milch gesessen hätte, und dieses rote Gesicht, als ob er sich beim Rasieren die Haut aufgeschabt hätte. Zu sagen gab es nichts. Wir aßen, was Grandma mitgeschickt hatte, und warteten ergeben, bis wir wieder gehen konnten. Das reinste Fegefeuer, dieses sinnlose Abwarten. Und das Schlimmste war, daß alle wußten, daß er unser Daddy war. Alle schauten uns an, als müßten wir genauso mißratene Existenzen werden wie er. Wir kamen uns vor wie Verbrecherkinder!«

Cissy leckte sich über die trockenen Lippen. »So haben mich die Leute auch immer angestarrt. Wegen meiner ausgeflippten Eltern und allem.«

»Ja, aber die waren wenigstens *berühmt.*« Dede spuckte aus. »Das ist nicht dasselbe.«

»Schon, aber es konnte auch furchtbar peinlich sein.« Cissy erinnerte sich, wie Randall einmal wegen seiner Raserei auf der Straße festgenommen worden war und die Reporter sie und Delia durchs Küchenfenster fotografiert hatten.

»Also gut, jetzt bist du an der Reihe«, sagte Dede. »Was ist deine gräßlichste Erinnerung?«

»Der Streit«, entgegnete Cissy spontan, »wenn Delia und Randall miteinander Krach hatten. Sie brüllten herum, Sachen zerbrachen, und Delia hat geheult und geschrien. Vor unserem Auszug haben sie sich oft gestritten.«

Dede zog eine Augenbraue hoch. »Hat er sie geschlagen?«

»Nein. Randall hat nie zugeschlagen.« Cissy rutschte unbehaglich hin und her. »Er hat nur Sachen zerschlagen. Einmal hat er sogar das ganze Wohnzimmer verwüstet, Tische und Lampen umgeworfen, die Vorhänge heruntergerissen und Teller und Aschenbecher in den Kamin geschleudert.«

»Und du warst dabei?«

»Ich war oben an der Treppe. Sie haben gar nicht gemerkt, daß ich sie beobachtete.«

»Ach so.« Dede klang enttäuscht.

»Randall brüllte wie verrückt herum«, fuhr Cissy fort, »und fegte alles mit der Handkante herunter. Delia hat ihn beschimpft. Miese Flasche, armseliger Affenarsch und so weiter, bis er schließlich mit voller Wucht gegen den großen Couchtisch trat und sich den Fuß brach.«

»Was, er brach sich den Fuß?«

»Und mußte dann zwei Monate im Gips herumhumpeln. Zu mir hat er gesagt, das sollte uns allen eine Lehre sein. Man dürfe nicht die Wut über den Verstand siegen lassen.«

Cissy lehnte sich an die Garagenwand zurück und sah den Gewitterwolken zu, die sich über ihren Köpfen zusammenballten. Randall hatte ein hitziges Temperament, aber sein Zorn verflog so schnell wie die Wolken am Himmel. Mit seinem Humor war es genauso: eben noch war er bissig und ironisch, und im nächsten Moment konnte er in Trübsinn abkippen. Launisch. Ihr Daddy hatte zwei Gesichter gehabt. Sie konnte immer noch nicht recht glauben, daß er für immer fort sein sollte, daß er nicht eines Tages wieder mit seinem trägen Lächeln in der Tür auftauchen und sie in die Arme schließen würde. Er *konnte* nicht tot sein. Sie bekam das einfach nicht in ihren Kopf. Manche Gedanken wollten nicht hängenbleiben.

»Er hat sich den Fuß gebrochen!« Dede stieß sich vom Boden ab und kam auf ihren Stiefelabsätzen zum Stehen. »Das hätte ich gerne gesehen. Wenn ich doch nur erlebt hätte, wie Clint mal so richtig auf die Schnauze gefallen wäre.« Sie schob die Zigarettenschachtel in die Hosentasche und lächelte auf Cissy hinunter. »Du erzählst gute Stories, Schwesterchen, wirklich gut.« Auf dem Rückweg zum Haus kickte sie die Blätter vor sich her, daß sie hoch aufwirbelten.

Cissy blickte auf das leere Glas zwischen ihren Füßen hinab. Clint hatte ihr erzählt, wie sehr er den Whiskey liebte, Wild Turkey oder Jim Beam. Er hatte davon geschwärmt, als ob es das Beste auf der Welt wäre. Was hatte Randall eigentlich immer getrunken? Sie erinnerte sich nur noch an eine rotbraune Flasche ohne Etikett, die am Kopfende seines Bettes gestanden hatte. Wieder füllten sich ihre Augen mit Tränen. Diesmal wußte sie nicht, um wen sie weinte. Um Clint, Randall oder sich selbst.

Amanda hatte Grandma Windsor nur noch einmal besucht, wenige Wochen nach ihrem Umzug in Clints Haus. Die Begegnung war kurz und demütigend gewesen. Ihre Großmutter war ihr schon an der Straße mit zwei Papiertüten im Arm entgegengekommen und hatte sie angewiesen, sich nützlich zu machen und den vom Wind verstreuten Müll aufzusammeln. Gehorsam war Amanda hinter ihr hergetappt und hatte Dosen, Flaschen, Zeitungspapier und Milchkartons aufgehoben.

»Wirf doch nicht alles durcheinander, sortier erst richtig«, hatte die Alte sie angeraunzt. Als Amanda versuchte, von Delia zu reden, schickte Grandma Windsor sie zum Aufsammeln auf die andere Straßenseite hinüber. »Wenn du mir schon helfen willst, dann tu's auch«, sagte sie und machte damit deutlich, wie sehr sie es ablehnte, sich irgendwas über Delia, Clint oder die Geschehnisse in dem Haus anzuhören. Schließlich ging Amanda über die Straße, um ihre Großmutter auf die Wange zu küssen, stopfte ihre Mülltüte in die Tonne und ging zur Bushaltestelle zurück. Sie ließ sich nicht wieder bei Grandma Windsor blicken und behielt ihre Enttäuschung für sich.

Drei Tage nach der Beerdigung beschloß sie, es noch einmal zu versuchen.

»Ich habe dir Nüsse mitgebracht«, sagte sie und setzte eine prallgefüllte Tüte auf Grandma Windsors Küchentisch ab.

Die Alte schürzte die Lippen. »Von den dürren Bäumen an der Terrill Road?«

»Aus Clints Garten«, nickte Amanda.

Grandma Windsor schnaubte verächtlich. »Die geben doch nur mehlige kleine Nüsse, gerade gut genug zum Schweinefüttern.«

Amanda errötete. Sie hatte von ihrer Großmutter keine Dankbarkeit erwartet, aber mußte die Alte sie gleich so abkanzeln? Es verletzte sie, daß Grandma Windsor ständig an ihr vorbeisah. Ihr Hals war noch faltiger geworden, und ihre Hände waren ganz rot und rauh. Es war Herbst, tote Blätter bedeckten den Rasen. Grandma Windsor nahm Amanda in den Garten mit, wo sie gerade Blumentöpfe ausleerte und aufstellte, um sie mit dem Schlauch abzuspritzen. Sie hatte eine Heckenschere in der Schürzentasche und zog sie immer wieder hervor, um irgendwelche Ranken abzuschneiden: einen Brombeerzweig, der über den Zaun lugte, Unkrautstengel im Gemüsebeet, ein paar wilde Triebe von den Sträuchern an der Treppe.

»Grandma, ich möchte dir was sagen.«

»Was?« Grandma Windsor hielt inne und warf einen Blick auf Amandas feuerrote Wangen. Unwillig setzte sie sich auf die Bank neben den Komposteimern, wo ein Haufen Apfelzweige darauf wartete, zu Kleinholz verarbeitet zu werden. Amanda erinnerte sich, wie Grandma Windsor immer darauf bestanden hatte, die Apfelbäume im Herbst zu schneiden. Die Alte zog ein paar Zweige aus dem Stapel und begann, sie methodisch in gleich große Stücke zu schnipseln, die sie in ihre Schubkarre warf. Sie mochte den Geruch von Apfelholz in ihrem Ofen, fiel Amanda ein. Mit einem Blick auf die strenge Miene ihrer Großmutter wurde ihr wieder schmerzlich bewußt, wie sehr sie gealtert war. So viel Zeit war vergangen, sagte sich Amanda schuldbewußt, und nie hatte sie sich zu einem Besuch aufgerafft.

»Also, was wolltest du mir sagen?« Grandma Windsors Augen waren auf die Holzstücke geheftet. Vielleicht tat sie nur so geschäftig, um nicht neugierig zu wirken, aber Amanda kam es eher wie Ungeduld vor, eine Ungeduld, die sie selbst auch oft empfand. Als ob Grandma Windsor sich ihre Enkelinnen ein für alle Mal aus dem Kopf geschlagen hätte, als sie zu ihrer Mutter zogen, und es Amanda jetzt übelnahm, wieder mit ihr konfrontiert zu sein.

So verbiestert will ich nie werden, sagte sich Amanda. Ich möchte eine liebende Seele sein. Sie zwang sich, ein paarmal tief durchzuatmen.

»Es geht um Daddy«, sagte sie schließlich. »All die Monate habe ich bei ihm gesessen und versucht, so zu beten, wie du es mir beigebracht hast. Du weißt schon – Herr, Dein Wille geschehe, und nicht meiner. Dabei war ich mir gar nicht sicher, was mein Wille eigentlich war.« Ungerührt schnippelte Grandma Windsor ihre Zweige und füllte langsam ihre Schubkarre.

»Ich liebe ihn nicht«, sagte Amanda ganz leise, dennoch verharrte Grandma Windsors Schere mitten in der Bewegung. »Tut mir leid«, setzte Amanda schnell hinzu und schlug die Hände vors Gesicht.

Da Grandma Windsor immer noch schwieg, redete Amanda weiter. »Früher hatte ich vor ihm Angst. Ich mußte mir alle Mühe geben, ihn nicht zu hassen. Ich erinnere mich noch, wie er dich einmal geschlagen hat.« Sie hörte die Schere jetzt noch schneller schnippen. »Ich weiß, er war betrunken, und du hast gesagt, er hat's nicht so gemeint. Aber es war jedesmal schrecklich, wenn er auftauchte. Entweder war er stinkbetrunken oder stinkwütend, oder er zankte sich mit Grandpa oder war fies zu dir. Ich konnte ihn nie wirklich als meinen Vater betrachten.«

»Er war dein Vater. Ich habe dir beigebracht, ihn zu achten.« Obwohl die Alte wie zu sich selber sprach, waren die Worte deutlich genug.

»Ja, ja, ich habe getan, was du sagtest, Grandma. Ich habe mir vorgestellt, daß Jesus stets an seiner Seite war. Aber als wir dann mit ihm im selben Haus leben mußten – und mit *ihr* –, da habe ich's kaum noch ausgehalten. Ich konnte den Haß einfach nicht mehr unterdrücken.« Amandas Schultern bebten. »Ich habe mich ja so geschämt«, flüsterte sie.

Grandma Windsor starrte Amanda mit undurchdringlicher Miene aus weit aufgerissenen rotgeränderten Augen an. »Er war dein Vater«, sagte sie, »und mein Sohn. Nur Gott kann über ihn urteilen, nicht wir.«

Amanda fing an zu weinen.

»Na, na, was soll denn das, Mädel.« Grandma Windsor faltete die Hände um die Schere in ihrem Schoß. »Gott kennt deine Seele. Wie solltest du auch besser sein, als du bist? Schließlich stammst du genauso von deiner Mutter ab wie von Clint oder von mir.« Sie verzog den Mund zu einem bitteren Lächeln. »So wie sie ihn haßte, wird sie dich wohl kaum das rechte Mitgefühl gelehrt haben. Was konntest du anderes von ihr lernen als Haß?«

»So war es aber gar nicht«, widersprach Amanda. »Sie hat gut für ihn gesorgt. Nie hat sie ein böses Wort über ihn gesagt.«

Grandma Windsor grunzte abschätzig. »Sie hat ihn gehaßt.«

Amanda beugte sich zu ihr vor. »Er lag im Sterben. Ich hatte Daddy seit fast zwei Jahren nicht mehr gesehen, und als ich zum erstenmal in sein Zimmer kam, wußte ich schon, daß es nicht mehr lange dauern würde. So schlimm sah er aus, und er roch auch so schlimm, wie eine Mischung aus Mäusedreck und Fäulnis und getrocknetem Blut. Ich habe ihm immer aus der Bibel vorgelesen, aber dabei hat es mich immer gewürgt.« Amanda wischte sich über die Augen.

»Aber Delia und Cissy sind zu ihm hineingegangen, Delia wegen der Krankenpflege, und Cissy einfach nur, um ihn zu füttern oder mit ihm zu reden. Wir haben ihre Stimmen oft durch die Wand gehört.«

»Und was haben sie gesagt?«

»Ich weiß nicht. Es war zu undeutlich.«

»Sicher nichts als Lügen.« Wieder klang in Grandma Windsors Stimme Ungeduld durch.

Amanda holte noch mal tief Luft und schloß die Augen. Sie wollte jetzt weder Herablassung noch Ungläubigkeit in Grandma Windsors Miene sehen.

»Ich glaube, ich habe den Heiligen Geist gesehen.«

»Den Heiligen Geist?« Grandma Windsors klang vorsichtig.

»Ja.«

Die Alte rieb sich seufzend den Nacken. Ihre Augen schweiften von Amandas ernstem Gesicht zu ihrem Garten. Noch so viel Arbeit, sagte ihr Blick. So viel Arbeit, die getan werden muß, und ich sitze hier herum.

»Grandma, ich war sicher, er würde in die Hölle kommen«, sagte Amanda überstürzt. »Er wollte keinen Prediger sehen. Er sagte, es sei nicht Gott, mit dem er seinen Frieden machen müsse. Uns hat er um Verzeihung gebeten. Eines Abends hat er Dede und mich an die Tür gerufen und gefordert, wir sollten laut und deutlich sagen, daß wir ihm verzeihen. Also habe ich natürlich ja gesagt, aber ich wußte, daß ich's nicht ehrlich meinte. Und er wußte es auch, glaube ich.«

»Und was hat Dede gesagt?«

»Daß er ein Spinner ist und sie mit seinem Seelenquark verschonen soll.«

Grandma Windsor lächelte.

»Danach hat es mir noch mehr gegraust, in sein Zimmer zu gehen. Als Cissy mich hinausbefördert hat, war ich froh. Ich wollte nicht mit ihm reden. Aber ich bin immer wieder zur Tür und habe hineingeschaut. Ich hatte das Gefühl, irgendwie müßte ich mit ihm ins reine kommen. Ich wußte, Gott spricht zu meinem Herzen. Eines Abends stand ich in der Tür, während Delia ihn wusch.«

»Sie wusch ihn?« Grandma Windsor klang skeptisch.

»Sie rieb ihn mit Franzbranntwein ab. Und er murmelte dabei immer wieder ›Gottes Segen‹. Ich weiß noch, wie seltsam es mir vorkam, daß ausgerechnet er so etwas sagte. Er hatte nur eine weite Unterhose an, und um ihn herum war das Laken in bauschigen Falten drapiert. Es sah wie auf einem mittelalterlichen Gemälde aus, wie Jesus in seinem Grabtuch, bevor die Engel ihn holen kamen.« Noch in der Erinnerung überlief sie ein Schauer.

»Sie hat ihn gewaschen«, wiederholte Grandma Windsor nachdenklich.

»Ja«, nickte Amanda. »Ich weiß, es war alles so seltsam, wie ein Traum. Die beiden in dem halbdunklen Zimmer wirkten wie in einer Höhle.«

»Das sieht ihr aber gar nicht ähnlich. Nach all der Zeit, so wie sie sich benommen hat. Ich kann das nicht glauben.« Grandma Windsor blickte kopfschüttelnd in die Zweige ihres Apfelbaumes. »Jetzt laß mich doch erst mal fertig erzählen«, sagte Amanda gekränkt.

Grandma Windsor starrte sie an. »Na gut, dann erzähl es mir.«

»Ich stand also in der Tür und beobachtete sie im schwachen Lichtkreis der Nachtlampe. Plötzlich war alles umgekehrt. Auf einmal waren die beiden im Dunkeln, und der Rest des Zimmers war hell erleuchtet. Die Wände, die Decke schienen aufzuglühen, und dann strahlte ein weiches, goldenes Licht auf die beiden herab. Es war nicht das Lampenlicht, es durchdrang sie geradezu überirdisch. Ich sah, wie Daddy in dem Licht am ganzen Leib erzitterte. Und ich begriff, daß sein ›Gottes Segen‹ kein Dankeschön war, sondern daß er betete, aus tiefster Seele betete. Und daß Gott ihn erhört hatte.«

Grandma Windsor runzelte die Stirn, doch Amanda nickte nachdrücklich. In diesem Punkt war sie sich ganz sicher. Und genau das hatte sie ihrer Großmutter sagen wollen.

»Es war nur ein kurzer Augenblick, Grandma, aber ein Augenblick voller Licht. Ich habe alles ganz genau gesehen. In seinen zitternden Knochen konnte ich seine Seele sehen. Ich konnte Gottes Liebe in dem warmen Licht spüren.«

»Ach, Amanda…« Grandma Windsor kratzte sich die Stirn.

»Nein, Grandma, nein, hör zu. Ich hab's *gesehen.*« Amandas Lippen bebten vor Konzentration. »Als plötzlich aus allen Ecken das Licht aufstrahlte und dann sanft auf sie herabschien, bewegte sich zwischen ihnen etwas Lebendiges. Es strahlte von ihr zu ihm, es strahlte aus ihnen beiden heraus, nach oben, durch die Decke und den Himmel, direkt in Gottes Hand.«

»Du willst Gottes Hand gesehen haben?«

»Nein, nein, gespürt habe ich sie. Ich spürte Gottes Hand und das Licht, das von ihr kam. Es war der Heilige Geist, Grandma, und er hauchte Daddy seinen Atem ein. Ich fühlte es, und da wußte ich, daß ich ihm gar nicht verzeihen mußte, weil Gott ihm schon verziehen hatte.«

»Ach, Gott.« Grandma Windsor klang auf einmal sehr müde.

»Doch, wirklich wahr, Grandma. Es hat in mir gesprochen, ein Flüstern aus Gottes eigenem Mund.«

»Soso.« Die Alte blickte zum Himmel auf. »Nun ja.« Ihre Hände krampften sich um die Gartenschere.

»Hat sie je etwas über mich gesagt?« fragte sie unvermittelt.

Amanda wischte sich über die Augen. »Was?«

»Delia. Hat sie von mir gesprochen?«

Amanda starrte sie an. »Sie hat nur gesagt, wir sollen dich anrufen. Und daß sie uns auch herfahren würde, wenn wir dich besuchen möchten.«

»Hmm.«

»Sie redet nicht von dir, Grandma.«

»Gut.« Die Alte fing wieder an, Apfelzweige kleinzuschnipseln. Amanda musterte sie betroffen.

»Hast du denn gar nichts dazu zu sagen?«

»Wozu?«

»Zu dem, was ich gesehen habe. Zu dem Licht und dem Heiligen Geist.«

Grandma Windsor seufzte. »Ich glaube, du grübelst zuviel, Amanda. Warum gehst du nicht nach Hause und tust etwas Nützliches, anstatt mir diesen ganzen Unsinn zu erzählen?«

Amandas Kinn sackte herab, ihre Augen füllten sich mit Tränen. Grandma Windsor stand auf, packte die vollgehäufte Schubkarre und schob sie zum Holzschuppen hinüber.

Nach Hause, dachte Amanda. Grandma Windsor nannte Delias Haus jetzt also ihr Zuhause. Sie blickte sich in dem Garten um, wo sie mehr als zehn Jahre verlebt hatte. Dies hier hätte ihr Heim sein sollen, aber das war es nicht mehr. Amanda unterdrückte ein Schluchzen und erinnerte sich statt dessen an das goldene Licht und Delias geduldige Hände auf Clints Körper. Wie eine Mutter hatte sie ihn gewaschen und versorgt.

Dort in dem Zimmer war Liebe gewesen, dessen war sich Amanda sicher, Liebe, Vergebung und ruhiges Annehmen. Diesen zwei Menschen, die jeden Grund hatten, sich zu hassen, hatte Gott seine Liebe gesandt. Welche Kälte strahlte dagegen ihre Großmutter aus. Amanda erschauerte. Ihr ganzes Leben war sie kalt gewesen, ihr ganzes Leben lang allein. Aber Gott hatte jenes Krankenzimmer mit seiner Wärme erfüllt. Gott konnte Eisen zum Glühen bringen. Gott konnte selbst das kälteste Herz erwärmen.

»Lieber Gott«, flüsterte Amanda in die kühle Herbstluft, »verzeih auch mir, segne mein böses, bitteres Herz, und ich will dich immer als meinen Vater ehren. Deinen Namen will ich preisen und dein Licht verbreiten. Lieber Gott, segne mich, ich will dein Kind sein.« Sie hob einen dornigen Zweig auf und umschloß ihn ganz fest. Sachte schaukelte sie vor Schmerz hin und her und stellte sich vor, wie das Blut in ihre Hände lief.

»Ich will dein Kind sein«, sagte sie fest.

Amandas Gefühl, von Gott auserwählt zu sein, war tief empfunden und unbeirrbar. Sie war in Sünde geboren worden und mit Härte aufgezogen, aber Gottes Auge ruhte auf ihr. Sie würde es sich zur Aufgabe machen, sein Licht zu verbreiten, das Licht, das er ihr persönlich offenbart hatte. Sie ging in die Kirche wie andere ins Bett, dankbar, glücklich, mit tiefem Frieden im Herzen. Sie ließ Michael Graham ihre Hand in die seine nehmen, sah zu ihm auf und fühlte, wie Gottes Atem sich mit ihrem vermischte. Ihre einzige Furcht war, dieser Lichterscheinung nicht würdig zu sein und selbst einmal niemanden zu haben, der sie als Sterbende so zärtlich pflegte und mit aufopfernder Liebe umgab. Im Hinterkopf hatte sie immer die Stimme ihrer Großmutter, die abschätzig sagte: »Geh nach Hause, Amanda.«

Schonungslos betrachtete Amanda sich selbst, ihr reizloses Gesicht, ihr verschlossenes Herz. Lieber Gott, lehre mich lieben, betete sie. Mach mich deiner würdig. Sie war Delia Byrds und Clint Windsors Tochter, das Kind, das keiner genug liebte, um es bei sich zu behalten. Sie war eine von denen, die sehr an sich arbeiten mußten, um das Licht zu verdienen, aber das Leben war voller schwerer Schicksale, und ihres war nicht so schwer wie manche.

Amanda biß die Zähne zusammen und machte sich auf, eine Liebe zu suchen, die sie einstweilen nur dunkel erahnte.

KAPITEL 12

Vier Monate nach Clints Tod betrat Emmet Tyler das Bonnet mit einer großen braunen Papiertüte unter dem Arm und einem Ausdruck tiefster Niedergeschlagenheit im Gesicht.

»Hier, von meiner Frau. Sie ist sehr krank.« Er streckte Delia unbeholfen die Tüte hin. »Ich hoffte, Sie könnten vielleicht irgend etwas daraus machen.«

Die Tüte enthielt Amy Tylers zweitbeste Perücke. Die beste war einem »Mißgeschick« zum Opfer gefallen, wie die Pflegehilfe es nannte. Sie mochte nicht zugeben, daß sie nicht aufgepaßt hatte, als Amy mit einer Zigarette im Mund eingeschlafen war. Auf der einen Seite war die Perücke schwarz verkohlt. Amy sollte eigentlich nie allein gelassen werden, und rauchen durfte sie natürlich erst recht nicht.

»Solche Sachen passieren eben«, hatte die Schwester zu Emmet gesagt.

»Sicher, sicher«, hatte er nur hilflos genickt. Seine Hände zitterten. Am liebsten hätte er sie geohrfeigt, aber in seinem ganzen Leben hatte er niemals die Hand gegen eine Frau erhoben.

Die zweitbeste Perücke war jetzt alles, was Amy noch hatte, obwohl sie noch immer träumerisch von ihrer besten sprach, ein Geschenk ihrer Freundinnen aus der Versicherungsgesellschaft, eine kostbare Echthaarperücke, extra für sie in Florida geordert. »Wo ist sie denn?« fragte sie immer wieder argwöhnisch, als ob Emmet sie vor ihr verborgen hielte oder sie gar irgendeiner seiner Polizeikolleginnen verehrt hätte.

In letzter Zeit neigte Amy dazu, die Dinge ein bißchen durcheinanderzubringen. Zwischen dem Nebel der Betäubungsmittel und ihrem langsamen Gedächtnisschwund kam ihr einiges an der Realität abhanden. Manchmal erinnerte sie sich, daß sie die Perücke selbst versengt hatte und eigentlich dankbar sein sollte, daß sie nicht mit verbrannt war. Doch manchmal verschmolz alles zu einem unbegreiflichen Wirrwarr: die Perücke, der Krebs und sogar

Emmets vertrautes Gesicht. War sie wirklich eine erwachsene Frau mit zwei toten Kindern und einem Mann, der zu oft nachts im Einsatzdienst unterwegs war und sich mit schwarzem Kaffee wach hielt? Oder war sie noch immer das Mädchen, das sich nicht entscheiden konnte, den netten Tyler-Jungen zu heiraten? Wie war sie dazu gekommen, Tag für Tag Versicherungspolicen zu tippen und eine Fehlgeburt nach der anderen zu erleiden, als ob ein Fluch auf ihr laste, und dann auch noch so früh todkrank zu werden? War das nicht alles nur ein böser Traum? Emmet konnte sich nie mehr ganz sicher sein, mit welcher Amy er gerade sprach. Nur eines war klar: seine Frau war verängstigt und verwirrt und ständig von Schmerzen geplagt.

»Sterben ist schwer«, hatte der Baptistenpfarrer gesagt. Emmet wußte, daß es tröstlich gemeint war, aber irgendwie klang es doch recht schonungslos.

»Es ist vor allem Arbeit«, sagte Emmet. »Mehr Arbeit, als ich je gedacht hätte.«

Er war ins Bonnet gekommen, um die Perücke waschen und legen zu lassen, hatte aber nicht viel Hoffnung, daß es gelingen würde. Schließlich war das Ding ja nur eine billige Übergangslösung gewesen, bevor die richtige geliefert wurde. Die Schwester meinte, ein Frotteeturban aus dem Supermarkt wäre genauso gut, aber Emmet wußte, daß Amy bitterlich weinen würde, wenn er damit ankam. Er wollte, daß die Perücke so aussah wie ihr eigenes Haar, bevor es durch die vielen Medikamente und die Bettlägerigkeit dünn, schütter und strohig geworden war. Er wollte alles vermeiden, was Amy noch mehr kränkte, was die kurzen Glücksmomente einschränkte, in denen sie ihr Siechtum für einen Traum und sich selbst für ein junges Mädchen hielt, das kichernd mit ihm flirtete. Und falls sie doch zu vollem Bewußtsein erwachte, sollte sie ihre Perücke aufsetzen können, um ihre Freundinnen wieder ohne jede Verlegenheit zu empfangen. Sie sollte in Würde sterben dürfen, ohne ihren fast kahlen Kopf irgendeinem außer ihm zeigen zu müssen.

All die Trauer und Hoffnung stand Emmet ins Gesicht geschrieben, als er Delia die Papiertüte hinstreckte. Seine gestammelte Bitte wirkte auf sie wie ein Echo ihrer letzten Monate mit Clint. Sie sah ihn mit der versteinerten Miene einer Frau an, die das Begräbnis von zwei Ehemännern noch immer nicht ganz verwunden hatte. Sie verstand sofort, wieviel erschöpfte Liebe ihn zu seiner Bitte bewog. *Viel kann ich nicht mehr tun, aber wenigstens das.* Dieses Gefühl kannte sie nur zu gut.

Wenn man jemandem im Tod zur Seite steht, kommt irgendwann der Moment, wo alles wegfällt, bis auf das Nötigste. Zuerst verschärfen sich alter Groll und Ärger, um dann abzusterben. Alle Leidenschaft schwindet. Delia hatte ihre ganze Kraft gebraucht, um Clints Krankenzeit durchzuhalten. Und die Hälfte der Zeit blickte sie schon deshalb so stoisch nach vorne, um das Unvermeidliche zu verdrängen – die beschämte Erleichterung, die auf die Pflichterfüllung folgen würde, wenn der Leichnam begraben war und die echte Trauer begann. Erst in den Monaten seit Clints Tod erinnerte sie sich an ihn, wie er als junger Mann gewesen war. Manchmal schien sie unter dem Druck der Erkenntnisse beinahe zu zerbrechen, die bislang zu schmerzlich gewesen waren, um sie zuzulassen.

»Was ist es?« Delia wußte, daß Emmet verstehen würde, was sie meinte. Es – Krebs. Es – Emphysem. Es – irgendeine quälend langsame Todesart, die alle Angehörigen des Kranken so auslaugte, daß sie wie scheintot durch die Gegend wankten. So wie jetzt Emmet, und wie Delia, als Clint im Sterben lag.

»Leberkrebs.«

Sein Blick hatte etwas Magnetisches. Sie zog die Perücke aus der Tüte und schüttelte sie aus. Hinter ihr hustete M. T. und verkündete, sie werde jetzt mal die Waschbecken putzen gehen.

»Wie schnell brauchen Sie sie denn wieder?« fragte Delia sachlich. Sie fuhr mit den Fingern durch die wirren rötlich-braunen Locken und fragte sich, ob die Perücke wohl nach der ursprünglichen Haarfarbe von Emmets Frau ausgesucht worden war, oder ob es nur das erstbeste Haarteil war, das die Klinik vorratig gehabt hatte. Sie hatte Frauen mir den denkbar unpassendsten Perücken auf dem Kopf ins Bonnet kommen sehen, und alle hatten ein seltsam überdrehtes Verhalten an den Tag gelegt. Man wußte nie, ob sie im nächsten Moment losschimpfen oder weinen würden, und manchmal taten sie beides. Am schlimmsten waren die, die so taten, als ob sie gar nicht krank wären.

Delia blickte zu Emmet auf. Wie alle Frauen, die unter Delias kühlen Händen in Tränen ausgebrochen waren, starrte er bedrückt auf die Perücke.

»So bald wie möglich, oder?« half sie ihm sanft auf die Sprünge.

Mit hektischen Bewegungen strich er sich das Haar aus der Stirn. Seiner belegten Stimme war anzumerken, wie sehr er sich zusammennahm, um seinen Schmerz nicht zu zeigen. »Ja, hm, so bald es eben geht.« Wieder strich er sich übers Haar, obwohl keine Strähne abstand. Offenbar wußte er nicht wohin mit den Händen. Schließlich ließ er sie fallen und schob sie in die Gesäßtaschen.

»Ich zahle Ihnen gern, was immer Sie... Na ja, Sie wissen schon. Es ist nur so... also, ich möchte sie ihr möglichst schnell wiederbringen.« Jeder Muskel seines Körpers wirkte verspannt, nur sein Kopfnicken deutete noch an, daß er sich tapfer um eine lockere Haltung bemühte. Delia überlief es heiß, nicht vor Lust, sondern vor Zorn. Gott sollte wirklich besser aufpassen, dachte sie, dann biß sie sich auf die Lippen. Nein, sie wollte nicht wieder zu hadern anfangen.

»Kein Problem, ich werde sie heute noch waschen und eindrehen, dann können Sie sie morgen abholen, sobald ich sie ausgekämmt habe. Irgendwelche speziellen Frisurwünsche?«

»Nein, bloß irgendwie lose und luftig. Amy hat nie Locken getragen, sie haßte Dauerwellen. So viel Umstände, hat sie immer gesagt, und dann sieht's nicht mal gut aus.« Zum erstenmal lächelte er. Delia fragte sich, ob er wußte, daß er von seiner Frau schon in der Vergangenheitsform sprach.

»Komischer Kauz«, bemerkte M.T., als er gegangen war. »Reichlich weichherzig für einen Polizisten.«

»Er ist bei der Polizei?«

»Hast du das Uniformhemd nicht gesehen? Ihn selbst kenne ich nicht, aber das sind doch immer die gleichen Typen. So aufrecht. Sünde ist für die ein Fremdwort, weißt du?«

Delia schnitt eine Grimasse. Sie mochte keine Polizisten. Trotzdem war ihr Emmet ganz sympathisch vorgekommen. Er tat, was er konnte, um mit einer unmöglichen Situation fertigzuwerden. Vielleicht ein Spießbürger, aber einer, der das Herz auf dem rechten Fleck hatte.

Delia machte Überstunden, um die Perücke zu waschen und zu legen. Sie behandelte sie so sorgfältig, als wäre es ihre eigene. Nach einer besonderen Glanzspülung für das künstliche Haar drehte sie es auf dicke Wickler und ließ es über Nacht an der Luft trocknen. Am nächsten Morgen kam sie früh in den Laden, parfümierte die Perücke etwas, um den hartnäckigen Krankenzimmergeruch zu überdecken, und frisierte sie schlicht in leichten Wellen. Gegen Mittag tauchte Emmet so erledigt auf, als habe er die ganze Nacht kein Auge zugetan vor Angst, daß die Perücke nicht anders aussehen würde als vorher. Delia beschlich ein eigenartiges Gefühl bei dem Gedanken, daß sie all das für eine Frau getan hatte, die sie niemals lebendig sehen würde.

Emmet erstarrte geradezu vor Ehrfurcht. »Sie ist absolut perfekt«, flüsterte er. »Ich danke Ihnen.«

Als Amy in der folgenden Woche starb, ging Delia zu der katholischen Trauerfeier. Sie nickte Emmet zu und zündete eine Kerze an, bevor sie die Kirche verließ. Einige Monate später kam er wieder ins Bonnet, als sie gerade schließen wollte. Er torkelte wie ein Kleinkind oder ein uralter Mann, die Haare hingen ihm in die rotgeränderten, wäßrigen Augen. Betrunken, dachte Delia, als sie in sein schweißglänzendes Gesicht sah.

»Mrs. Delia«, lallte er.

Stockbesoffen, korrigierte sie ihren Eindruck und stellte außerdem fest, daß er keine Socken trug.

»Mrs. Delia.«

»Byrd ist mein Name, Delia Byrd. Was wollen Sie denn hier?«

»Ich dachte, Sie würden vielleicht mit mir auf 'nen Drink gehen, oder was essen, oder so.« Er konnte sich kaum auf den Beinen halten.

Delia schüttelte den Kopf. »Wollen Sie, daß sie sich wegen Ihnen im Grab umdreht?« fragte sie streng.

Emmet sah ihr ins Gesicht. Seit Wochen hatte er immer an sie denken müssen. Wie sie sich in der Kirche über die Kerze gebeugt hatte, wie ihr zarter Hals im Halbdunkel geschimmert hatte. Und wie sanft sie Amys Perücke in seine Hände gelegt hatte. Er hatte sich vorgestellt, wie er zu ihr hintreten und sich an sie lehnen würde, während sie ihn in die Arme nahm. Sie war doch auch allein. Sie hatte ihren Mann verloren, wie er seine Frau verloren hatte. Er hatte gedacht, sie würde ihn verstehen, ihn aufnehmen und trösten. Ihr Mund auf dem seinen, dachte er, das war es, was er brauchte. Er hatte nicht damit gerechnet, daß sie ihm so ablehnend mit verschränkten Armen gegenüberstehen würde, als wüßte sie ganz genau, was er wollte, und ihn dafür haßte.

»Wollen Sie nicht mit mir auf 'nen Drink gehen?« versuchte er es noch einmal.

»Nein«, sagte sie. »Einen Kaffee trinke ich mit Ihnen, aber nicht jetzt. Kommen Sie nüchtern wieder, dann will ich versuchen, mich zu erinnern, was für ein aufrechter Mann Sie immer gewesen sind. Dann werde ich eine Tasse Kaffee mit Ihnen trinken gehen.«

Beschämt hob er die Hände und strich sich durchs Haar. »Na gut«, sagte er. »Verstehe. Alles klar.« Er schaffte es, sich auf dem Absatz umzudrehen und halbwegs gerade zur Tür hinauszugehen.

Zwei Tage später war er wieder da, frisch rasiert und schuldbewußt wie ein Schuljunge. Delia beobachtete ihn, wie er in den Laden kam, seinen schlaksigen, schwingenden Gang. Randall war so gegangen, und Clint auch. Das fiel ihr immer auf: die Art, wie ein Mann sich bewegte, wenn er sich nach einer Frau sehnte. Emmet war nicht in Uniform. Er hatte sich mit seinem Aussehen Mühe gegeben. Frisch geschnittene Haare, frisch gebügeltes Hemd, die Hose mit messerscharfer Bügelfalte, die Schuhe blankgeputzt.

Seufzend registrierte sie die störrische Entschlossenheit in Emmets Miene.

Abwarten, dachte sie, und gab sich einen Ruck: »Also gut dann, auf einen Kaffee.«

In einer Sommernacht lernte Dede auf der Brücke über den Bowle River die Leistungsgrenzen des Datsun kennen. Manchmal durfte sie den Wagen fahren, aber nur, wenn Delia dabei war. Doch Dede hatte das Autofahren im Blut, und Delia schien sich nicht über das Risiko klar zu sein, wenn sie den Autoschlüssel am Haken neben der Küchentür hängen ließ. Die ersten Male hatte Dede noch ein schlechtes Gewissen, aber das gab sich schnell. Sie wollte unbedingt nachts allein herumfahren, über die leere Landstraße preschen und den Fahrtwind im Gesicht spüren. Sie war fünfzehn, sie war vorsichtig genug, und sie wußte, was sie tat.

Dede wartete, bis Delia fest schlief, dann schob sie den Datsun leise die Einfahrt hinunter. Erst auf der Straße ließ sie den Motor an, außer Hörweite. Von der ersten Nacht an packte es sie wie ein

Rausch. Die Nacht war die allerbeste Zeit zum Fahren. Wenn der Wind und endloses Grillenzirpen durch die Fenster wehten, trat sie das Gaspedal durch und fing laut zu singen an. Sie stellte sich vor, sie sei von zu Hause durchgebrannt und auf dem Weg zu ihrem Traummann, der sich danach sehnte, daß sie sich zu ihm legte und zärtlich an seiner Schulter summte.

»O warte nur, du Sünder groß«, schmetterte Dede aus vollem Halse. Plötzlich klang Grandma Windsors Lieblingshymne wie ein Rocksong, die schönste Blasphemie, Lockruf und Lobgesang für den Sünder, der ihrer heißen Küsse harrte. Sie hatte eine Sammlung Kassetten, teils gebraucht gekauft, teils hatte Rosemary sie ihr geschickt. Am liebsten mochte sie Patti Smith und Todd Rundgren, wilde, aufpeitschende Rhythmen, die sie leidenschaftlich mitsang. »G-L-O-R-I-A!«

Als Dede eines Nachts gerade wieder zu einer heimlichen Tour aufbrechen wollte und die Kassette mit Wave-Musik schon eingelegt hatte, um sie sie gleich nach dem Start laufen zu lassen, tauchte Cissy wie ein störender Schatten an der Beifahrertür auf.

»Ich will mit«, zischte sie.

»Du spinnst wohl.«

»Du nimmst mich mit, oder ich sag's Delia.«

»Verflixte Petze, laß das ja bleiben.«

Schließlich gab Dede nach, aber nicht, ohne ihr einen heiligen Eid abzunehmen. »Schwörst du, daß du mich nie verraten wirst?«

»Ich schwöre.« Cissy legte eine Hand auf ihren Bauch, die andere aufs Herz.

Dede lachte halb versöhnt. Immerhin war es leichter, den Wagen mit Cissys Hilfe anzuschieben, obwohl die Tour zu zweit nicht mehr soviel Spaß machte und sie sich ziemlich überwinden mußte, um gute Miene zum bösen Spiel zu machen. Cissy verhielt sich still, offensichtlich war sie von Dedes Fahrkünsten schwer beeindruckt. Schüchtern bettelte sie Dede an, es ihr auch beizubringen.

»Kommt gar nicht in Frage«, winkte Dede ab. »Du bekommst sowieso keinen Führerschein. Du schaffst ja nie den Sehtest.«

»Pah, den besteh ich mit links.« Cissy grinste spitzbübisch. »Ich kann die Tafel schon auswendig.«

Dede prustete los. »Haha, du willst dich wohl durchmogeln, wie? Also, wenn du das schaffst, dann sag mir Bescheid. Ich fahre lieber nicht mehr durch die Gegend, wenn du plötzlich die Straßen unsicher machst.«

Von jenem Abend an kutschierte sie Dede immer wieder kreuz und quer durch Cayro, ständig auf der Hut vor Deputy Tyler. Delia konnte sie an der Nase herumführen, aber der alte Fuchs war nicht so leicht zu übertölpeln. In manchen Nächten fuhren sie zum Bowle hinaus und parkten unter dem Hügelkamm, wo die Brückenpfeiler von der Bahnbeleuchtung angestrahlt waren. Dede rauchte, und Cissy hockte neben ihr, und manchmal unterhielten sie sich ein bißchen. Dede fand es komisch, daß Cissy nicht rauchen lernen wollte. In ihrem Alter hatte Dede ständig Zigaretten aus Clints Jacke geklaut und in den Feldern hinter Grandma Windsors Haus gepafft.

»Ich mag diesen abgestandenen Mief nicht«, sagte Cissy. »Wahrscheinlich riechst du es gar nicht mehr, aber Delia stinkt immer nach Zigaretten, und du genauso. Meinst du, sie merkt dir das nicht an?«

»Jedenfalls meckert sie nicht.«

»Kein Wunder, sie traut sich nicht. Sie versucht ja immer noch, sich bei dir und Amanda beliebt zu machen.«

Dede zuckte die Achseln. »Meiner Ansicht nach hat sie Schwierigkeiten, uns so zu aktzeptieren, wie wir sind. Oft starrt sie uns an, als ob wir wildfremde Wesen wären, die sie im Wald aufgelesen hat.«

»Na ja, sie hat auch mein ganzes Leben lang nach euch gesucht.« Cissy stützte die Füße am Handschuhfach auf.

»Ach, nun komm schon, rauch eine mit.« Dede warf Cissy die Zigarettenschachtel zu. »Allmählich nervst du mich.«

»Ich mag aber nicht.«

»Wieso denn? Angst vor Krebs?« Dede blies ihr den Rauch ins Gesicht. »Oder vor Delia?«

Cissy errötete. In Wahrheit befürchtete sie, daß Dede meinen könnte, sie versuche sie nachzuahmen. Cissy holte eine Zigarette aus der Schachtel, zündete sie an und nahm einen Zug. Es brannte im Hals und schmeckte scheußlich, aber sie wollte sich nicht mit kindischem Gehuste blamieren.

»Macht mich nicht besonders an«, krächzte sie.

Dede grinste. »Schätze, das ist wie mit Bier und Whiskey – man muß sich erst daran gewöhnen, wie die Petrie-Jungs immer gesagt haben.« Sie zog an ihrer Zigarette und dachte an Craig. Er konnte ganz witzig sein, solange er sich nicht so aufdringlich benahm. Gerne hätte sie ihn schlafend oder stockbetrunken dabeigehabt, auf jeden Fall so hilflos, daß sie ihn in aller Ruhe anfassen und streicheln könnte. Sie wollte ihn so verwirren, wie es die Brüder bei ihr geschafft hatten. Schön wär's, sagte sie sich, wenn man mit so einem Jungen schlafen könnte, ohne schwanger zu werden und ohne daß er es hinterher überall herumposaunt.

Vielleicht, wenn er bewußtlos wäre? Ginge das denn? Sie kicherte in sich hinein.

»Worüber lachst du?« wollte Cissy wissen.

»Übers Autofahren«, sagte Dede. »Ist doch echt irre, was für 'ne Power in so 'ner Maschine steckt.«

Meistens fuhr Dede dann noch über die Brücke zum Paß hinauf, aber in der Steigung schaffte der alte Datsun nicht mehr als neunzig. Schwierig war nur, sich Benzin zum Nachfüllen zu verschaffen, damit ihnen Delia nicht beim ersten Blick auf den Tankanzeiger auf die Schliche kam. Mehrmals hatte Dede schon etwas aus Mr. Reitowers Wagen abgezapft, aber diesmal würden sie bereits auf dem Rückweg auftanken müssen. Vielleicht konnte Cissy ein paar Dollar lockermachen, sie schien ja hin und wieder Geld zu haben. Dede streichelte übers Lenkrad. Es war ein gutes Auto, wenn es nur schneller fahren könnte. Sie sah zu Cissy hinüber.

»Ich wette, wir bekommen die Karre besser in Schwung, wenn wir die steile Straße drüben hinter der Bahnüberführung herunterfahren.«

»Meinst du?« Cissy klang ganz aufgeregt.

»Logisch.«

Bergab brachte es der Datsun mit gleichmäßig röhrendem Motor locker auf hundertvierzig, auch wenn die Karosserie dabei heftig ins Flattern kam. Als die Tachonadel bis über den Anschlag rückte, johlte Dede triumphierend. Cissy stimmte mit ein. Sie konnte die Nadel nicht sehen, aber sie spürte, wie der Wagen fast abhob, als er in der Talfahrt mehr und mehr beschleunigte. Sie streckte die Hände in die Luft, stemmte sich am Autodach ab und pfiff vor freudiger Überraschung durch die Zähne. Alles war so neu und anders: der plötzliche Adrenalinkick im Geschwindigkeitsrausch, der herrlich tosende Fahrtwind, der ihr fast den Atem nahm, und die Lichter, die auf beiden Seiten der langen Brücke vorbeiflitzten. Noch nie im Leben war sie so schnell gefahren, noch nie hatte sie so viel Angst gehabt und sich zugleich so großartig gefühlt. Dedes Haare peitschten im Wind. Die Feuchtigkeit, die vom Fluß aufstieg, kühlte Cissys Lippen.

»Yippiiie!« jubelte Cissy und strahlte Dede glückselig an. Ihr war ein bißchen flau im Magen. Die Zigarette, redete sie sich ein und schluckte säuerlichen Speichel. Dann platzte der rechte Vorderreifen. Der Wagen kreischte grauenhaft. Die Kühlerhaube schlingerte wie auf Glatteis. Fluchend versuchte Dede, das ausbrechende Fahrzeug gegenzusteuern. Sie fuhren einen Streckenpfosten am Straßenrand um, dann gleich noch einen. Mit jedem umknickenden Pfosten nahm das mörderische Tempo etwas ab. Cissy begriff, daß Dede absichtlich auf die Pfosten zuhielt, um den Wagen irgendwie abzubremsen.

»Ogottogottogott!« schrie Cissy in heller Panik.

»Ja, verdammt, ich tu ja schon, was ich kann!« schrie Dede zurück, während sie gegen einen dünnen Baumstamm prallten und mit einem knirschenden Ruck im dichten Gestrüpp des Straßengrabens zum Stehen kamen.

»Mein Gott«, ächzte Cissy.

»Ist ja gut, Schwesterchen, wir haben's heil überstanden.« Dede zitterte. Ihre Hände umklammerten noch immer das Steuer. »Alles in Ordnung mit dir?«

»Bestens«, sagte Cissy.

»Oje, oje.« Dede ließ den Kopf auf das Lenkrad sinken. »So ein Mist! Jetzt müssen wir Delia doch alles beichten.«

Cissy drehte sich der Magen um. »Verdammt, ist mir schlecht«, winselte sie und übergab sich aus dem Fenster. »Ich habe diese Karre schon immer gehaßt.«

Wie durch ein Wunder überlebte der Datsun den Unfall lediglich mit Blechschaden.

Obwohl Delia fürchterlich tobte, gab Cissy niemals zu, *wie* schnell sie gefahren waren. »Ich wollte nur mal eine kleine Tour mit Dede machen«, verteidigte sie sich. »Das mit dem Reifen war einfach Pech, aber Dede hat uns beiden das Leben gerettet.«

»Du hättest deine Schwester umbringen können«, sagte Delia zu Dede.

Dede sah Cissy an. Auf einmal war sie sehr blaß und kleinlaut. »Ich weiß«, flüsterte sie, »ich weiß«, und begann zum ersten Mal im Leben wie ein Kind zu schluchzen.

Delia mußte daran denken, wie oft sie dasselbe zu Randall gesagt hatte. *Du hättest sie beinahe umgebracht.*

»Aber du hast es ja nicht getan«, setzte sie hinzu und nahm ihre Tochter in die Arme.

Nur anderthalb Minuten hatte Amanda für die Entscheidung gebraucht, Michael Graham zu heiraten, als er nach Abschluß der High School um ihre Hand anhielt. Es war kurz vor Weihnachten, und sie half gerade seiner Mutter, das Baptist Tabernacle mit weißen Nelken und Schleierkraut zu schmücken.

»Moment, ich helfe dir«, rief Michael ihr zu, kam herübergerannt und prallte mit seiner Stirn heftig gegen ihre. Lachend ging seine Mutter hinaus, um noch mehr Blumen zu holen. Amanda sah Sternchen. Michaels ohnehin schon rosiges Gesicht wurde vor Verlegenheit noch röter. Er ist so süß, dachte sie und sagte spontan ja, kaum daß er die Frage hervorgestammelt hatte.

»Gott hat mich zu dir geführt«, beteuerte Michael immer wieder aus tiefstem Herzen. Sein Daddy war einverstanden, seine Mutter strahlte. Amanda war eine gute Christin, manchmal ein bißchen zu ernst und nicht sehr selbstsicher, aber doch eine prächtige junge Frau. Über ihre Mutter erzählten sich die Leute ja einiges, aber Amanda war nicht flatterhaft. Sie war ein zuverlässiges Gemeindemitglied und würde einmal eine vorbildliche Pfarrersfrau abgeben.

Für Amanda stellte sich zunächst nur die Frage, ob sie Michael auch verdiente und gottgefällig genug war, um seine Frau zu werden. Ihre nagenden Selbstzweifel veranlaßten Dede, ihr mehr denn je aus dem Weg zu gehen. Delia machte sich auffällig oft im Garten zu schaffen, und Cissy stöberte schier endlos in der Leihbücherei. Als Amanda zu der Überzeugung gelangt war, sie könnte sich irgendwie zu der Frau mausern, die Michael brauchte, tauchten plötzlich Befürchtungen auf, was vor der Hochzeit alles schiefgehen könnte. Wochenlang stürmte sie hysterisch durchs Haus. Sie war fest überzeugt, daß eine unausdenkbare Katastrophe ihre Eheschließung im letzten Moment verhindern würde. Jeder sonntägliche Kirchgang wurde zum Drama, doch weder Dede noch Cissy ließen sich durch ihre Vorwürfe beeindrucken. Ein paarmal erbarmte sich Delia, sie zum Baptist Tabernacle zu begleiten, in das sie seit der Heulsaison keinen Fuß mehr gesetzt hatte. Unbehaglich rutschte sie zwischen Michaels Verwandten in der Kirchenbank hin und her und bemühte sich, eine milde Miene aufzusetzen. Aber als sie hinterher mit M. T. auf den Kirchenstufen schwatzte und immer wieder schrill auflachte, war die Fassung dahin.

»Ständig muß man sich mit dir genieren, als ob du's mit Absicht machst!« nölte Amanda zu Hause.

»Wieso kann sie den Jungen nicht einfach heiraten und mich in Frieden lassen?« sagte Delia zu Cissy, während Amanda türenknallend in ihr Zimmer stürmte.

Doch Amandas Bekehrungseifer ließ sich nicht so leicht bremsen. Um vor Michaels Familie ihre Eignung als Pfarrersfrau zu demonstrieren, schien sie wild entschlossen, Delia mit Gott zu versöhnen, oder wenigstens mit dem Baptist Tabernacle. Cissy bezweifelte allerdings, daß selbst eine bußfertige Delia Amandas Probleme gelöst hätte. Auf Grund ihrer Herkunft würde sich Amanda wohl nie als rechtmäßiges Mitglied jener gottesfürchtigen, geachteten Familie fühlen, die ihren Michael hervorgebracht hatte.

»Wahrscheinlich müßtest du mich verstoßen«, sagte Cissy boshaft zu Delia, »wenn du wirklich in diesen Kirchenklüngel eintreten möchtest.« Delia zuckte nur wortlos die Achseln.

Amanda heiratete am zweiten Sonntag im März, eine Woche nach ihrem achtzehnten Geburtstag. Am Morgen vor der Trauung verschanzte sie sich lange mit dem Schminkspiegel im Bad, während Dede ständig zum Rauchen nach draußen verschwand. Vor einiger Zeit war wieder Craig Petrie mit einem entschlossenen Grinsen und einem Päckchen Panama Red aufgetaucht. Als er ging, war sein Lächeln noch breiter, und das Päckchen lag mit dem zugehörigen Zigarettenpapier sicher zwischen Dedes alten Büchern in der Garage versteckt.

»Glaub nur nicht, was dir die Leute über den Stoff erzählen«, belehrte sie Cissy, als sie ihr einen Zug anbot. »Ist wie 'ne Flasche Bier, ohne daß man davon dick wird. Obwohl, Hunger bekommt man auch, da muß man aufpassen.« Sie fand noch einen Jungen, der ihr ein weiteres Päckchen günstig verkaufte. Für etwas, das sie so sehr mochte, wollte sie lieber nicht allein auf Petrie angewiesen sein.

Cissy und Dede kicherten über die schrecklichen Brautjungfernkleider, die man ihnen aufgezwungen hatte, und lösten damit eine neue Glaubenskrise aus.

»Vielleicht gar nicht so übel«, meinte Dede, »wenn wir den Rock kürzer machen, den Ausschnitt vergrößern, die Farbe ändern und sämtliche Rüschen abreißen.«

Cissy bog sich vor Lachen und sah dabei zum ersten Mal, daß Dede ihren Rock schon ein gutes Stück abgeschnitten hatte. »Ich finde, wir sollten am besten splitterfasernackt hinter Amanda herwackeln, damit alle sich daran erinnern, um was es beim Heiraten eigentlich geht.«

Amanda schoß halb geschminkt und mit einem Handtuch um die Schultern aus ihrem Zimmer. »Ich habe euch gehört!« Die dicken Drahtwickler auf ihrem Kopf rasselten drohend. An ihren Schläfen baumelten schon wieder schlappe Strähnen. Die Lockenpracht wird sicher nicht bis zur Trauung halten, dachte Cissy.

»Bei dieser Hochzeit«, schimpfte Amanda, »geht es um die Vereinigung unserer Seelen vor Gott. Mit ihr weihen wir uns gemeinsam dem Dienst des Herrn.«

»Ist ja gut, Amanda, nun laß doch mal die frommen Sprüche.« Cissy wußte, sie hätte sie nicht reizen sollen, aber sie konnte es sich nicht verkneifen. »Du heiratest heute, du gehst doch nicht ins Kloster! Und Gott hat bestimmt noch etwas anderes zu tun, als über jede heilige Minute deines Lebens Buch zu führen.«

»Was weißt *du* schon von Gott!« schrie Amanda. »Gott ist der Richter über unser Leben. Warte nur, bis du in der Hölle schmorst und die Flammen an deiner schwarzen Seele lecken.«

»Was ist denn hier los?« Im Türrahmen erschien Delia.

»Ach nichts, wir haben nur über unsere doofen Kleider gelästert«, sagte Cissy.

»Sie hat *Gott* gelästert!« Amandas Wimperntusche fing zu laufen an.

»Und was hat sie gesagt?« Delias Gesicht ähnelte den Teerosen am Brautschleier, den sie in der linken Hand hochhielt. Sie wollte ihn gerade noch mal schnell bügeln, als die Zankerei ausbrach.

Cissy hatte die Hand nach der Kleenexschachtel ausgestreckt und erstarrte mitten in der Bewegung. »Alles Quatsch, ich habe sie ein bißchen geneckt. Eines sage ich dir, sie sollte den lieben Gott dringend um etwas Humor bitten. Ist ja unerträglich, wie sie sich immer als Moralapostel aufspielt!«

»Als Moralapostel würde ich dich keine Sekunde länger im Haus dulden, du Satansbraten. Ich würde dich aus Cayro vertreiben, ja sogar aus ganz Georgia. Denn du bist schon auf dem Weg in die Hölle.«

Cissy blickte von der zornbebenden Amanda zu Dede hinüber, die den Streit unverhohlen genoß. Anscheinend hatte Amanda noch nicht bemerkt, daß sie ihren gelbrosa Glockenrock frech gekürzt hatte. Als Dede aufstand, konnte Cissy sehen, daß sie außerdem das Oberteil mit Sicherheitsnadeln auf Figur getrimmt hatte. Dede fing Cissys Blick auf und lächelte glasig. Total beschwipst, dachte Cissy. Wo hat Amanda nur ihre Augen?

»Na, klar«, spöttelte Dede, »wenn irgend jemand in die Hölle kommt, dann Cissy, keine Frage.«

Dede hatte mit christlichen Dogmen wenig im Sinn. Wenn sie genötigt wurde, Farbe zu bekennen, gab sie sich sogar als Buddhistin aus, aber ihr Glaube war eher von der sporadischen Sorte und schwankte je nach Stimmungslage zwischen glühender Frömmigkeit und völligem Desinteresse. Den Sonntagsgottesdienst verschlief sie gern, um nachmittags auf dem Sportplatz mit den Jungs heimlich Bier zu trinken. Zu Weihnachten und Ostern sang sie begeistert in der Kirche, doch den Sommer über ließ sie es meistens bleiben. Letztes Weihnachten, gleich nach Amandas Verlobung, hatte Cissy sie bekifft und in Tränen aufgelöst unter dem Christbaum gefunden, wo sie das Schicksal des Jesuskindes betrauerte. Das Kreuz, erklärte Dede, sei wie der Baum, die Äste wie die Balken, die den Sohn Gottes getragen hatten. Dede hatte die verkratzten Hände tief in die Tannenzweige gekrallt, und Cissy zweifelte keinen Augenblick an der Ehrlichkeit ihrer Trauer. Sicher waren gewisse chemische Substanzen im Spiel, aber Dedes religiöse Impulse kamen von Herzen, auch wenn sie kurze Zeit später Amandas Drängen, sie auf eine Erweckungsversammlung zu begleiten, mit einem Schulterzucken abtat.

»Ich bin auf meine Weise gläubig«, wehrte sie sich gegen Amandas Vorwürfe. »Ich mache nur nicht immer so ein Riesentheater darum.«

Im Herzen waren Delias ältere Töchter beide tief gläubig.

Amanda zweifelte an ihrem eigenen Wert, aber nie streifte sie der Gedanke, daß es vielleicht keinen Nazarener gäbe, der über sie zu Gericht saß. Obwohl Dedes Frömmigkeit saisonabhängig war, hatte sie nichts Blasphemisches an sich. Nur Cissy fühlte sich von der Idee, daß es einen Gott gab, irritiert wie von einem ständigen Juckreiz. Cissy war die Heidin in der Familie, darüber waren sie sich alle einig.

»Herrgott, können wir's nicht *einen* Tag mal einfach gutsein lassen?« Ungeduldig schüttelte Delia den Schleier.

In einem plötzlichen Wutanfall riß sich Cissy das matronenhafte Kleid vom Leib, warf es Delia vor die Füße, rannte in ihr Zimmer und knallte die Tür hinter sich zu.

»Cissy, um Gottes willen, Cissy, bitte«, jammerte Delia.

Cissy zog Jeans und T-Shirt an. Sollten ihr doch alle den Buckel runterrutschen, dachte sie bockig. Dede fing an zu kichern, Amanda schluchzte, und Delia klopfte flehend an die Tür. Cissy antwortete nicht. Als es endlich still im Haus war, kam sie heraus und fand Nolan auf der Couch vor.

»Soll ich dich mitnehmen?« fragte er.

»Du siehst ja furchtbar aus«, sagte Cissy.

Nolan blickte auf seine hastig geputzten Schuhe und seine zu kurze und viel zu enge schwarze Anzughose hinab. »Stimmt genau«, grinste er. »Also, willst du mitkommen?«

»Na gut«, nickte Cissy. Sie würde zu spät kommen, aber immerhin besser als gar nicht, denn sonst würde es Amanda ihr für den Rest ihres Lebens vorhalten. Als sie mit Nolan in die hinterste Kirchenbank schlüpfte, sah sie, daß man eine von Michaels Kusinen verdonnert hatte, ihre Stelle in dem häßlichen Kleid einzunehmen. Die Arme sah darin so kläglich aus, wie ein lieblos verpacktes weibliches Wesen nur aussehen konnte, aber schräg vor ihr stand Amanda. Frisch geschminkt wirkte sie unter ihrem Brautschleier fast schön, fast glücklich. Dede neben ihr wirkte etwas deplaziert, aber durchaus wohlgelaunt. Auf der kurzen Fahrt zur Kirche hatte sie ihre früheren Sünden noch übertroffen. Sie hatte die Rüschen vom Kleid gerupft und sich eine weitere chemische Isolierschicht zugelegt. In ihrem gekappten Tulpenrock erinnerte sie an eine ganz und gar nicht bußfertige Maria Magdalena, die Cissy unbefangen zu sich nach vorne winkte.

»Komm her«, flüsterte sie deutlich hörbar. »Verabschiede dich. Von heute an bekommst du ein eigenes Zimmer.«

Zuerst schüttelte Cissy den Kopf, aber da Dede nicht aufgab, tappte sie schließlich auf Zehenspitzen zum Altar. Die Hitze dort war überwältigend, Cissy wurde ganz komisch. Die Parfumwolke, der Geruch von Amandas Brautstrauß, Michaels herbes Rasierwasser, Dedes Tabakdunst, Delias Haarspray. Sie sehnte sich verzweifelt nach frischer Luft. Amandas Make-up zierten Tränenstreifen. Verstohlen zupfte Dede die letzte gelbe Borte von ihrem Rock. Plötzlich blickte Michael auf und nickte Cissy mit einem breiten Willkommenslächeln zu.

Wir sind alle eine Familie, sagte sein Lächeln. Gott liebt dich, verhießen seine Augen. Darum hat ihn Amanda so gern, dachte Cissy.

Kaum hatte Reverend Myles ihren neuen Status als Ehefrau verkündet, drehte sich Amanda tränenüberströmt zu ihr um. »Ach, Cissy«, schluchzte sie. »Was soll ich nur mit dir machen?«

»Liebe ist für mich Vergangenheit«, pflegte Delia seit Amandas Hochzeit immer zu sagen. »Das liegt alles so weit zurück, daß ich mich nicht einmal mehr an das Gefühl erinnern kann. Aber manchmal«, setzte sie hinzu, »wenn ich meine Töchter ansehe, beschleicht mich eine Ahnung, wie es hätte sein können. Sie haben, weiß Gott, bessere Startchancen, als ich jemals hatte.«

Nach Amandas Auszug drängte Dede ständig darauf, das Haus zu verschönern. Sie hatte Amandas Zimmer bekommen, Clints Sterbezimmer, was keine von ihnen je erwähnte. Aber das reichte nicht. Jetzt wollte sie auch noch durchsetzen, daß Delia die hintere Veranda zum Wintergarten erweiterte, Blumenkästen vors Küchenfenster hängte und alle Böden abzog und versiegelte. Eigentlich wollte sie ein ganz neues Haus, ein frisch herausgeputztes neues Heim, denn nun war Amanda nicht mehr da.

»Zu teuer«, winkte Delia ab. »Das können wir uns nicht leisten.«

Aber Dede ließ sich nicht von ihrem Vorhaben abbringen. Sie überredete Cissy und Nolan, ihr beim Aufrollen der Teppiche zu helfen, und bestellte eigenmächtig einen Handwerker vom Baumarkt zu einem pauschalen Tagessatz. Zu dritt schleiften sie sämtliche Böden ab und ließen dabei Patti Smith und Kate Bush mit voller Lautstärke durchs Haus dröhnen. Delia hielt sich von der ganzen Aktion fern. Der Krach war ihr zu viel. Es kam ihr wie eine Ironie des Schicksals vor, daß Dede altmodischen Hardrock liebte und sich nichts aus den neuesten Discohits machte. Madonna fand sie albern und ließ höchstens noch Cyndi Lauper gelten. Cissy mochte Prince. Sie hörte sich seine Kassetten nachts unter der Bettdecke an.

»Klingt ähnlich wie Mud Dog«, sagte sie zu Delia.

»Ach was«, widersprach Delia, »ganz und gar nicht!«

Nolan schuftete wie ein Besessener, aber Dede schenkte ihm keinerlei Beachtung, nicht einmal, als er zum Schluß auf allen vieren die Böden mit einem Staubtuch nachpolierte, bis sie wie die Fotos in M. T.s gesammelten Lifestyle-Magazinen glänzten.

»Mein Gott!« staunte Delia, als sie wieder ins Haus durfte. »Es ist wunderschön geworden.« Sie drückte Dede an sich und strahlte. »Ihr drei könntet einen Job daraus machen, das brächte euch 'nen Haufen Geld ein.«

»Ich denke ja gar nicht dran«, sagte Dede. »Für andere würde ich nie so hart arbeiten.«

Cissy und Nolan lachten, aber Delia nickte. »Weißt du was?« bot sie Dede an. »Such einen Stoff aus, und ich nähe uns neue Gardinen, vielleicht auch noch einen neuen Couchbezug.«

»Prima! Dann brauchen wir nur noch ein paar anständige Möbel und 'nen neuen Fernseher.«

»Was soll denn an unseren Möbeln verkehrt sein?«

»Delia!« Dede trat gegen einen der abgenutzten, spindelbeinigen Holztische. »Das Zeug ist älter als ich!«

»Es ist antik, aber deswegen doch nicht schlecht.« Delia blickte sich im Zimmer um. Nun ja, die Couch war schon ziemlich durchgesackt, und der Kaffeetisch bestand aus einer hölzernen Kabeltrommel, die Clint von einem früheren Kollegen geschenkt bekommen hatte. Delia hatte sie mit Sandpapier geschliffen und lackiert, als sie mit Amanda schwanger ging. Vielleicht ließe sich doch etwas Besseres auftreiben, ein paar gut erhaltene Secondhand-Möbel, die sie noch etwas aufpolieren könnte. »Ich werd's mir überlegen«, sagte sie.

»Gut, dann denk auch gleich an neue Bettwäsche. Was du immer auf die Leine hängst, ist einfach peinlich.«

»Hör mit meiner Bettwäsche auf.«

»Was für Bettwäsche?« flüsterte Nolan Cissy beim Hinausgehen zu.

»Kermit, Miss Piggy, Snoopy und Linus, Raketen und Spielzeugeisenbahnen. Delia hat sie mal billig in der Kinderabteilung bei Sears gekauft, und Dede meckert ständig, sie soll den läppischen Krempel endlich rausschmeißen.«

»Ach ja?« Nolan warf einen Blick auf Dede und Delia in dem Zimmer zurück, das er mit so viel Aufwand verschönern geholfen hatte. »Recht hat sie.«

Delia besorgte bei einem Garagen-Flohmarkt neue Beistelltische und einen großen Lehnsessel beim Trödler. Die alten Trommeltische schleppte sie in den Garten hinaus, wo sie nun als Ständer für Blumentöpfe dienten. Auf Dedes Drängen hängte Delia neue Gardinen auf und wechselte sogar den Fernseher aus, aber an ihrer Bettwäsche hielt sie eisern fest. Die knalligen Muster störten sie nicht. Wenn sie nicht auf der Wohnzimmercouch einschlief, legte sie sich im kleinsten Zimmer in ihr schmales, hartes, einsames Bett. Bis auf die bunten Bezüge hätte es das Nachtlager einer Nonne sein können.

»Ich mag nun mal fröhliche Farben«, sagte Delia, als Dede ihr einen Werbeprospekt mit verbilligter Streifenbettwäsche unter die Nase hielt. »Nur weil ich eine erwachsene Frau bin, muß ich doch nicht unbedingt Streifen oder Karos auf dem Bett haben.«

»Aber deine Kinderbettwäsche ist total albern.«

»Na und? Wer sieht sie schon außer mir? Hauptsache, *mir* gefällt sie. Ich muß sie nicht so oft waschen, und sie vergraut auch nicht so leicht. Außerdem sieht es auf der Leine doch lustig aus.«

Tatsächlich wusch Cissy zwar oft die Wäsche, aber niemals die von Delia. Nicht einmal Delias Zimmer betrat sie. Delia hängte ihre Bettwäsche gerne selber auf die Leine, die zwischen der Rückwand des Hauses und der verwitterten Garage gespannt war, wo sie auch ihre Gartenutensilien aufbewahrte. Sonntagmorgens stand sie spät auf und ließ die bunten Bettücher schnell im Kaltwaschgang durchlaufen, während sie ihren Kaffee trank. Während des Schleuderns jätete sie ein bißchen im Gemüsebeet, dann hängte sie die Wäsche in die Sonne und hockte sich auf die Verandastufen, um die Comicfiguren im Wind flattern zu sehen. Mit den Ellbogen auf den

Knien und den Händen in den Haaren summte sie leise vor sich hin, während Dede und Cissy in der Küche herumklapperten. Sie hätte eine glückliche junge Mutter sein können und nicht eine Vierzigjährige, die immer noch allem nachtrauerte, was sie verloren hatte.

Delias Bett reizte nicht nur ihre Töchter zu ironischen Kommentaren.

»Mein Bett paßt zu mir«, beteuerte sie. »Außerdem habe ich nicht vor, mir Gesellschaft einzuladen.«

»Du bist aber noch nicht tot.« M. T. machte keinen Hehl aus ihrer Mißbilligung.

»Und auch nicht verrückt. Ich mag mein Bett, und ich mag es für mich allein haben.«

Nach Clints Tod schauten zwar viele Männer Delia sehnsüchtig nach, aber nur wenige hatten den Mut, sich ihr zu nähern. Delia nahm es kaum zur Kenntnis. Für sie war das alles Schnee von gestern. Sicher ging sie hin und wieder mit Emmet aus, doch das hatte nichts zu bedeuten. Sie habe genug Ärger im Leben gehabt, sagte sie zu M. T. Und wenn Rosemary anrief, witzelten sie darüber, an wie viele Männer eine Frau im Leben wohl ihr Herz verlieren konnte. An einen, vielleicht an zwei, aber niemals an drei. »Nun, ich habe meine zwei hinter mir«, stellte Delia fest. »Mehr könnte ich nicht ertragen.«

Delias Geheimnis war, daß sie ihre geliebte Bettwäsche nur sehr wenig in Anspruch nahm. Ihre Schlaflosigkeit war so schlimm geworden, daß sie ihr Zimmer fast ausschließlich als Kleiderkammer benutzte. Sie nickte nur zwischendurch kurz und unruhig ein. Vor allem brauchte sie eines: Bewegung. Sie hängte Leuchtgirlanden auf die Veranda und an der Garage auf und gewöhnte sich an, nachts im matten Licht der bunten Glühbirnen zu gärtnern. Als es nichts mehr im Garten zu tun gab, begann sie, Möbel zu restaurieren. Zuerst ein paar Gartenstühle, die Steph ihr geschenkt hatte, dann nach und nach alle Tische und Stühle im Haus. Schließlich holte sie sich zusätzlich ein paar Stücke vom Flohmarkt, um sie herzurichten und zu verschenken: einen Eßtisch für M. T., einen Schaukelstuhl für Amanda und ein bildschönes Kirschholztischchen mit Schubladen für Emmet.

»Du hast mir einen Tisch gebracht?« lächelte Emmet, als sie ihn ablieferte.

»Du mußt ihn ja nicht nehmen«, sagte sie. »Ich fand's nur so hübsch, wie beim Abbeizen die Maserung sichtbar wurde, und dachte, es würde gut zu deinem Kirschholzbuffet passen.«

»Stimmt«, nickte Emmet, ohne aufzuschauen. Seine Finger streichelten über die seidige Politur. Er hatte Delia bei Amandas Hochzeit einen Heiratsantrag gemacht. Nach ihrem schockierten Gesichtsausdruck war er sicher gewesen, daß sie ihn nie wieder treffen würde, aber sie waren stillschweigend übereingekommen, die Sache nicht mehr zu erwähnen. Nach wie vor gingen sie fast jede Woche zusammen aus, aßen bei Goober's fettige Shrimps und schauten sich Filme im Autokino an.

»Das war keine Mühe«, erklärte Delia. »Du glaubst nicht, was für schöne Sachen die Leute wegwerfen. Dieses Juwel stand einfach so am Straßenrand.«

»Danke.« Er hob den Kopf.

»Gern geschehen.« Delia sah sich schon nach ihrem Wagen um. »Komm doch nächsten Sonntag mal vorbei, dann zeig ich dir, was ich gerade für Stephanies Geburtstag fertig mache.«

»Gut«, sagte Emmet. Unwillkürlich krallten sich seine Finger an der Kante des Tischchens fest.

»Ich fasse es nicht!« schrie Steph, als Emmet und Delia ihr Geschenk anschleppten, eine antike Frisierkommode. »Teufel, Mädchen, du solltest damit ein Geschäft eröffnen!«

»Ich habe schon ein Geschäft«, sagte Delia. »Mit dem Schmirgeln ist es wie mit dem Frisieren, ich habe einfach ein Händchen dafür. Es ist ungeheuer befriedigend, das Beste aus der Materie herauszuholen.«

»Na, solange du nicht anfängst, eigenhändig ganze Häuser zu bauen, wie diese Verrückte im Fernsehen.« Steph zwinkerte Emmet zu. »So was kann leicht in Besessenheit ausarten.«

Ein paarmal dachte Delia daran, das Bonnet aufzugeben und ihr Hobby zum Beruf zu machen. Dann würde sie nie wieder eine Frau mit einem Handtuch um den Kopf anlächeln müssen. Eine hübsche Vorstellung, aber im Grunde war sie nur ruhelos. Ihre Hüftknochen schmerzten, egal was sie machte, und ob sie im Bett, auf der Couch oder im Gras schlief, irgendwas lastete immer auf ihr.

George, einer von M. T.s neuen Freunden, installierte eine große Antenne auf der Veranda, so daß Delia nun im Radio so weit entfernte Sender wie Phoenix empfangen konnte. Nach zwei Uhr morgens gab es aus dem Südwesten die bigotten Prediger mit ihren sonoren Stimmen zu hören, die Talkshows mit Publikumsbeteiligung veranstalteten. Genau solche Sendungen hatte Delia früher am meisten verabscheut, aber jetzt entwickelte sie dafür eine regelrechte Passion. Sie richtete sich auf der Veranda mit den bunten Glühbirnen und dem Radio eine Werkstatt ein und schmirgelte summend zu den Klängen von Country Rock. Je nach Stimmung wechselten Sender und Tempo. Sie versuchte, ihren Arbeitsrhythmus so abzustimmen, daß sie immer zu Beginn der Talkshows beim Abbeizen war, denn das brachte sie in Rage.

»Dabei packt mich so eine Wut«, sagte sie zu Cissy, »daß man's sogar am Holz sieht. Manchmal schrubbe ich fast die Maserung ab oder schäle mit dem Spatel ganze Streifen raus.«

»Warum hörst du's dir dann an?«

Delia schaute, als ob sich jede Antwort darauf erübrigte. »Weil ich diese Wut *brauche.* Ein lauter Schrei, ein Tritt gegen einen Eimer, irgend etwas zum Abreagieren. Manchmal muß eine Frau einfach eine Stinkwut haben dürfen.«

Eines ahnte Delia nicht, wenn sie unter der Lichterkette schwitzend und schnaufend irgendeinen weit entfernten Gottesmann beschimpfte: Am anderen Ende von Cayro stand Amanda gleichzeitig mit ihr am Bügelbrett und lauschte inbrünstig der gleichen Sendung. Jedesmal wenn Delia »Idiot!« zischte, flüsterte Amanda ein »Amen!«. Ab und zu hielten alle beide inne und hoben mit taktgleich pochenden Herzen im gleichen Moment den Kopf und hauchten: »Herrgott!«

KAPITEL 13

Mit vierzehn liebte Cissy Byrd Folk Musik – besonders Gordon Lightfoot und Delias alte Joan-Baez-Platten –, den Schulschwimmclub, die Wurstbrötchen, die Nolan ihr aus dem Bäckerladen seines Vaters mitbrachte, die Röhrenjeans, die Dede cool fand, und Science-fiction-Romane mit Waisenmädchen, die erstaunliche verborgene Kräfte hatten. Sie haßte Okragemüse und Musikumzüge, ihre Schwester Amanda und die gesamte Kirchengemeinschaft des Cayroer Baptist Tabernacle, wo Amanda ihre ganze Zeit verbrachte. Und Delia. Auf völlig sachliche Weise haßte Cissy Delia und tat, was sie nur konnte, damit sie es merkte. Aber Delia nahm den Haß einfach nicht zur Kenntnis, und manchmal vergaß Cissy ihn beinahe selbst.

Am Samstag nach Cissys fünfzehntem Geburtstag kam Nolan gleich morgens vorbei. »Bist du frei?« fragte er, als Cissy an der Hintertür erschien. Dasselbe hatte er schon am Abend vorher bei seinem Anruf gefragt.

»Wie ein Vogel«, sagte Cissy. »Was hast du vor?«

»Soll eine Überraschung für dich sein. Zum Geburtstag. Hast du deiner Mutter gesagt, daß du den Tag heute mit mir verbringst?«

»Klar.« Cissy setzte den Strohhut mit dem rotweißgrünen Band auf, den Delia ihr geschenkt hatte. »Sie hat gesagt, von ihr aus kann ich bleiben, wo der Pfeffer wächst.«

»Echt?« Nolan war entsetzt.

»Natürlich nicht, Mann. War ein Witz. Das *hätte* sie gesagt, wenn sie einmal sagen würde, was sie denkt. Wir kommen nicht besonders gut miteinander aus.«

»Na, macht nichts«, meinte Nolan unverdrossen. »Mein Vetter Charlie holt uns in zwanzig Minuten ab. Er soll uns fahren.«

»Wohin denn?« Cissy war nicht sicher, ob sie es gut fand, daß Nolan so über sie bestimmte.

»Zu der Überraschung, was sonst.« Mit einem Siegerlächeln schüttelte Nolan seine dunklen Haare zurück. »Wart's ab.«

Charlie hatte Verspätung und schien auch nicht besonders erfreut über den Ausflug zu sein. »Jetzt schuldest du mir aber einen Gefallen, Freundchen«, knurrte er. Nolan nickte und wich Cissys Blick aus. Für seine Geburtstagsüberraschung hatte er offenbar keine Mühe gescheut. Seinen Rucksack mit der Ausrüstung durfte Cissy nicht einmal anfassen. Außerdem waren mit von der Partie: eine Kühltasche mit Sandwiches und Cola und eine Decke, die, laut Charlie, »von den Männern unserer Familie seit Generationen gestärkt wird«, was immer das heißen sollte.

»Ziemlich viel Haut und Knochen, was?« sagte Charlie, als Cissy in den Lieferwagen kletterte. Sie funkelte ihn wortlos an, während Nolan knallrot anlief.

»Red nicht so über sie«, sagte Nolan.

»Oh, ich wollte deine Freundin nicht beleidigen.« Charlie blinzelte Cissy zu. »Teufel, Junge, ich bin ja froh, daß du endlich eine gefunden hast.«

An der Little Mouth Road hielten sie, um Eis für die Kühltasche zu besorgen. Während Charlie mit Nolans Geld tankte und Zigaretten kaufte, entschuldigte sich Nolan bei Cissy. »Nächstes Jahr mache ich den Führerschein«, sagte er. »Mein Vater unterschreibt den Antrag, daß ich ihn früher bekommen kann. Dann brauchen wir uns nicht mehr mit diesem Charlie abzugeben.«

»Mach dir nichts draus«, sagte Cissy. »Er ist doch nur dein Vetter. Du kannst nichts dafür, daß er so ein Blödmann ist.«

Nolan seufzte. »Ich habe alles ganz genau geplant. Das hier ist der unangenehme Teil. Wenn wir erst da sind und Charlie wieder abhaut, ist alles o.k.«

Aber als sie da waren, wollte Charlie nicht weg. Er trank zwei Bier, während Nolan die Kühltasche und den Rucksack in den Wald schleppte. Ständig zwinkerte er Cissy zu und hänselte Nolan, bis Cissy dachte, ihrem Freund müßte der Kragen platzen. Schließlich schnorrte Charlie ihn noch mal um fünf Dollar für Benzin an, versprach, bei Sonnenuntergang zurück zu sein, und fuhr weg.

»Was für ein Affenarsch«, sagte Cissy, als der Wagen mit kiesspritzenden Reifen startete.

»War er schon immer«, nickte Nolan achselzuckend. Dann lächelte er zum erstenmal seit Stunden. »Los, komm«, sagte er. »Ich möchte dir etwas zeigen.«

Dieses Etwas war ein Loch in der Erde, ein tiefes Loch. Cissy beugte sich vor und sah, daß an der einen Seite ein schmaler, gewundener Pfad hinunterführte. Obwohl man sich an Steinen und Wurzeln festhalten müßte, schien es nicht allzu schwierig zu sein, sich hinabzuhangeln. Nolan zeigte ihr, wo ein paar grobe Stufen in den Abhang gehauen waren.

»Sieht aber ziemlich rutschig aus«, meinte Cissy.

»Soll einem ja auch nicht zu leicht gemacht werden«, erwiderte Nolan. »Sonst würden hier ständig Leute herumklettern. Das ganze Gelände heißt Paula's Lost. Es hat mal unserer Familie gehört. Meine Onkel haben die zweihundert Hektar gemeinsam besessen.«

»Seltsamer Name, Paula's Lost«, sagte Cissy.

»Ist auch ein seltsamer Ort. Erst seit ihn meine Onkel in den fünfziger Jahren dem Staat schenkten, ist er auf Karten verzeichnet. Jetzt ist alles ein Naturreservat. War zu trocken und zu steinig für die Landwirtschaft. Meine Vettern haben hier unten schon immer Wettschießen veranstaltet, auch wenn der Sheriff noch so oft dazwischengeht. Der Ort ist richtig berühmt.«

»Wieso?«

»Ach, das ist eine lange Geschichte.« Nolan wischte sich übers Gesicht. Er öffnete die Kühltasche, reichte Cissy ein Sandwich und eine Cola und strahlte glücklich.

»Mein Onkel Brewster hat diese Höhlen berühmt gemacht. Er hat die ersten drei Gänge erkundet und kartographiert. Dann hat er dort Lichtergirlanden aufgehängt und Partys gefeiert. Alles auf eigene Rechnung, wohlgemerkt, mit Unmengen von Bier und Marihuana.«

Cissy nahm einen Bissen von ihrem Sandwich, Gurke mit Ei. Nolan wußte, wie gern sie Gurke mit Ei mochte. Er hatte sich wirklich Mühe gegeben. Still lächelte sie in sich hinein und sah ihm zu, wie er begeistert seine Geschichte erzählte.

Brewster war mit vielen Zahnlücken, drei fehlenden Zehen und einer kaputten Kniescheibe aus Vietnam zurückgekommen. Seine Kameraden versuchten ihn aufzuheitern, indem sie ihn mit einem dicken Marihuanavorrat nach Hause schickten. Der Stoff sollte ihm einen netten kleinen Zuverdienst sichern, aber Brewster war einfach kein Geschäftsmann. Er teilte großzügig mit allen und beschwerte sich nie, wenn er kaum etwas dafür bekam.

»Teufel, man muß das Leben so nehmen, wie's läuft«, lachte er immer. »Immer schön locker bleiben, dann klappt's auch.« Er lachte noch mehr, als bei einer der letzten Partys die Polizei aufkreuzte und keinen Krümel von dem verbotenen Kraut fand, das dort angeblich in Massen geraucht wurde.

»Sie hätten letzte Woche kommen sollen«, sagte Brewster zu Emmet Tyler, als er ihm die Handschellen anlegte, »dann hätten Sie mir gleich lebenslänglich aufbrummen können.«

Emmet knurrte nur gutmütig. Er war noch neu in dem Job und von solchen Nacht-und-Nebel-Aktionen ohnehin nicht begeistert. Obendrein war Brewster zu sympathisch, um als Feindbild in Frage zu kommen. Emmet, der nur wenige Jahre jünger war, konnte eigentlich dankbar sein, daß er aus seinem Militärdienst nicht in dem gleichen Zustand zurückgekehrt war – halb verkrüppelt und mehr als halb verrückt. Die ganze Durchsuchungsaktion war sowieso ein Witz. Unter den alkoholisierten Partygästen fand sich nicht ein einziger Minderjähriger. Also konnte man Brewster höchstens wegen Beschädigung von Staatseigentum anklagen, weil er Haken für die Lichterketten in die Höhlenwände gehämmert hatte.

»Ein ganz schön riesiges Loch im Boden, was, Emmet?« lachte Brewster, als er in den Polizeiwagen geschoben wurde. »Eigentlich komisch, daß so lange keiner etwas davon gewußt hat.«

»Das Land geht vor die Hunde«, brummte Emmet. »Kein Mensch kennt sich mehr aus.« Er wischte sich über den Nacken, wedelte einen Moskito weg und schaute in den Höhleneingang hinab. »Hier gab es früher jede Menge Sträucher und Abfall, den die Leute vor der Müllhalde einfach in der Landschaft verstreut haben.« Er trat gegen einen rötlichen Erdklumpen, der im grellen Scheinwerferlicht silbrig zerbröckelte.

»Keiner wäre auf die Idee gekommen, daß es hier noch etwas anderes gibt. Der Boden ist so fruchtbar, da braucht man nur hinzuspucken, und schon sprießt etwas.«

Das Geheimnis, daß eine so große Höhle so lange in Vergessenheit geraten konnte, verlieh dem Ort eine faszinierende Aura. Trotz der Warnschilder kletterten immer wieder Ausflügler mit Taschenlampen und Bierdosen in den schmalen dunklen Korridor hinab, ohne zu ahnen, welches Risiko sie eingingen. Und wenn sie wieder ans Tageslicht kamen, sogen sie dankbar die frische Luft ein und erinnerten sich schaudernd an die modrigen Abgründe, denen sie glücklich entronnen waren.

Wieder beugte sich Cissy über die Kante. »Wie tief ist es denn?«

»Das weiß keiner so genau.« Nolan öffnete den Rucksack mit der Kletterausrüstung. »Jedenfalls geht's ganz schön weit in die Erde rein. Es soll sogar eine Verbindung zwischen Paula's Lost und Little Mouth geben, aber bisher hat noch niemand den Durchgang entdeckt. Little Mouth ist viel größer und besser erschlossen. Diese Höhle war dagegen immer nur eine Art Familienangelegenheit.« Er holte zwei Taschenlampen hervor, die man mit Karabinerhaken am Gürtel befestigen konnte. Sogar einen zweiten Gürtel hatte er dabei, falls Cissy keinen trug, und außerdem noch zwei Flanellhemden.

»Es ist kalt da unten«, erklärte Nolan. »Die Höhle wirkt wie eine Klimaanlage. Beim Abstieg kommt's einem angenehm kühl vor, aber dann fängt man zu frieren an und wird schnell müde.« Er lächelte sie aufmunternd an. »Wollen wir mal?«

Beim Abstieg rutschte Cissy zweimal auf den lockeren Steinbrocken ab, aber sie lernte schnell mit dem Seil umzugehen, das Nolan an einem der großen Bäume am Höhleneingang befestigt hatte. Ein Glück, daß ich Muskeln vom Schwimmen habe, dachte sie, als Nolan ihr das Seil zu halten gab, um sich Schritt für Schritt hinabzuhangeln. Als sie unten angekommen waren, taten ihr die Schultern etwas weh, aber das Klettern machte Spaß. Wie beim Schwimmen kam es auch hier nur auf die eigene Kraft und Nervenstärke an.

Cissy kam nicht so schnell voran wie Nolan. Die Höhle war ganz anders, als sie es sich vorgestellt hatte. Sie hatte einmal einen Film über Höhlenforscher gesehen, in dem die Leute lediglich über ein paar Steine kletterten, um hineinzukommen. Hier war es viel mühsamer. Nach dem Abstieg verengte sich die Öffnung schnell zu einem schmalen Tunnel.

»Brewster soll das alles hier damals ausgegraben haben.« Nolan trat gegen die kantigen Felsbrocken. »Aber der eigentliche Höhleneingang ist noch weiter hinten.«

Er bestand aus einem engen Spalt in der Felswand. Cissy schlängelte sich seitlich durch, und nach zwei Metern ging es nur noch gebückt weiter. Bald krochen sie auf allen vieren und streckten die Taschenlampen vor sich aus. Es war tatsächlich wie beim Schwimmen, sagte sie sich, während sie sich mit Schultern und Hüften vorwärts arbeitete und den Kopf einzog, um nicht anzustoßen. Ab und zu weitete sich der Felstunnel ein wenig, nur um gleich wieder enger zu werden. Nein, es war wirklich vollkommen anders als alles, was Cissy je gesehen hatte.

Beide waren außer Atem, als sie erneut durch eine schmale Lücke in eine Felskammer kletterten, deren Boden mit feinem rötlichem Sand bedeckt war. Kniend legten sie eine kurze Rast ein. Nolan hielt Cissy die Feldflasche hin. »Hier, trink«, sagte er, »und dann machen wir das Licht aus.«

»Das Licht aus?« Cissy nahm einen Schluck Wasser aus der Flasche. Nolan ließ den Strahl seiner Taschenlampe über die Wände spielen. Die schrägen Felsflächen waren so kantig und schroff wie der Boden. Der unebene Boden, das war das größte Problem, dachte Cissy. Bisher war ihr noch nie aufgefallen, wie wichtig eine ebene Fläche zum Gehen sein konnte. Sie legte die Hand auf den Stein neben ihrem Knie. Er war kühl und glatt. Trotzdem fühlte er sich an, als könnte er leicht zerbrechen, wenn man dagegenhämmerte. Sandstein, weicher Sandstein, den die Kraft des Wassers unendlich vielfältig formen konnte.

»Achtung, fertig, los.« Nolan richtete den Lichtstrahl von unten auf sein Gesicht. Sein lustiges Grinsen bekam etwas Geisterhaftes. »Knips jetzt deine Lampe aus.«

Cissy löschte ihr Licht. Nolans Grinsen wurde noch breiter, als er nach ihrer Hand faßte. Ein leises Klick, und dann war es total dunkel.

O Gott.

Cissy riß die Augen weit auf, um noch irgendeinen Lichtschimmer zu erhaschen. Aber die Schwärze ringsherum war so absolut, daß ihr eiskalter Angstschweiß ausbrach. Einen Augenblick später glomm in der Finsternis etwas Rötliches auf, glühende Pünktchen im samtigen Nachtschwarz. Exquisit und wundervoll. Sie konnte Nolan atmen hören. Ein Lufthauch streifte Cissys Wange. Unwillkürlich wandte sie den Kopf. Funken. Stecknadelfeines Licht. Auf einmal spürte sie, wie sich der offene Raum über ihr weitete. Ihre Nerven waren zum Zerreißen gespannt. Jedes kleinste Geräusch wurde zu Farbe. Der Sand, der unter ihren Knien knirschte, wurde zu einem hauchfeinen Streifen Himmelblau. Als sie das Bein anzog, rieselte der Sand wie Meeresrauschen, und eine tiefblaue Welle schwappte an ihr vorbei. Cissy drehte den Kopf. Das Geräusch ihres Atems war ein rubinrot aufgehender Mond. Sie hielt den Atem an. Ein sonnengelb glitzernder Diamant strahlte hinter ihr auf. Sie lachte leise. Ein Glücksgefühl stieg in ihr auf.

»Schön, nicht?« Nolan drückte kurz ihre Hand. »Ich weiß noch, wie mein Onkel Tynan mich zum erstenmal hierher mitgenommen und mir die Dunkelheit gezeigt hat. Manche können es nicht aushalten, aber für andere ist es wie ein zweites Zuhause. Ich dachte mir schon, daß es dir gefallen würde.«

»Und wie«, flüsterte Cissy.

»Es ist nur menschlich, sich vor der Dunkelheit zu fürchten.« Nolans Stimme klang ein bißchen rauh. Cissy hörte die unterschwellige Angst heraus. Obwohl er sich beherrschte, war sie da, limonengrün und bitter.

»Ich fürchte mich nicht«, sagte Cissy und lachte wieder. Der Klang ihrer Stimme war apfelgrün und nicht ganz echt. Sie fürchtete sich, aber das machte nichts. Sie konnte die Furcht spielend überwinden, wie die Strömung im Bowle, wo sie gerne schwimmen ging. Delia schimpfte sie immer für ihren Leichtsinn aus, wenn sie im Dunkeln schwamm. Und das hier war genauso, etwas gruselig, aber wunderbar aufregend. Ihr Lachen funkelte schwarz auf schwarz, wie Jetperlen auf einem Smokingkragen.

»Siehst du auch so viel...« Cissy zögerte. Würde Nolan sie für überdreht halten?

»So viel was?«

»Farben.« Wie sollte sie es erklären? Wenn sie versuchte, die Farben wirklich zu *sehen*, verblaßten sie sofort. Es hatte mehr mit Fühlen als mit Sehen zu tun.

»Jaja, das ist ein Reflex der Augen, eine Art Halluzination. Kann ganz schön intensiv werden. Muß man sich erst daran gewöhnen, um es zu ignorieren.« Nolan klang sehr selbstsicher. Wie oft war er wohl schon hier gewesen? Cissy leckte sich über die trockenen Lippen. Ob sie je lernen würde, die Farben zu ignorieren? Und warum sollte sie? Sie rutschte ein wenig im Sand hin und her, ihre Hüften fühlten sich wie geschmolzene Schokolade an.

Die Höhlendecke hing dicht über ihnen. Bevor das Licht ausging, war der Sand graurot gewesen. Sie stellte sich vor, wie er jetzt im völligen Nachtschwarz einen zarten Perlenschimmer annahm. Ihre Augen schmerzten. Sie hatte sie so weit aufgerissen, daß sie trocken und überanstrengt waren. Als sie die Lider senkte, ging es ihr gleich besser. Sie öffnete sie wieder und spürte den kühlen Lufthauch aus dem Schacht.

Wenn Weiß alle Farben enthielt, und Schwarz keine, welche strich dann jetzt über ihre trockenen, brennenden Pupillen? Sie lächelte und entspannte sich. Hier konnte ihr nichts geschehen.

»Horch mal«, flüsterte Nolan. »Horch.«

Cissy legte den Kopf in den Nacken. Ihre Schädeldecke fühlte sich an wie eine straffgespannte Trommel, die auf die leiseste Berührung wartete, um subtilste Töne wiederzugeben. Leuchtende Farbtupfer in Notenform. Sie schloß die Augen. Das trockene Brennen verebbte in einem violetten Summen. Gerne hätte sie tief in der Brust mitgesummt, so wie es Delia manchmal tat, aber sie genierte sich vor Nolan. Ihr Nacken, ihr Rückgrat kamen ihr wie der Klangkörper eines großen Musikinstruments vor. Eine Träne lief aus dem brennenden Augenwinkel zum Kinn. Sie wischte sie weg. Die Worte in ihrem Kopf waren weiß auf weiß: Hier bin ich in Sicherheit. Nichts und niemand kann mich hier finden. Wenn ich mich nicht rühre, wird die Dunkelheit sich in mir ausbreiten und mich zu einem anderen, vollkommen furchtlosen Wesen machen. Das ist es vielleicht, was Amanda fühlt, wenn sie so besessen betet – eine Geborgenheit, als ob man fest in Gottes Hand gehalten würde. Ja, dies hier schien wahrhaftig Gottes eigenes Land zu sein.

Nolan knipste die Lampe wieder an. Trauer überspülte Cissy wie eine heiße Flutwelle. Beide kniffen die Augen zusammen, Cissy schlug die Hände vors Gesicht. Das Licht war entsetzlich grell. Zerrissen, aufgelöst die große, gute, heilende Dunkelheit.

»Alles in Ordnung?« Nolan spähte sie blinzelnd an.

»Bestens.« Cissy wischte sich die Tränen ab und setzte eine gleichgültige Miene auf, während ihre Augen sich an die Helligkeit gewohnten.

Die batteriebetriebenen Taschenlampen erzeugten einen schmalen, stechenden Lichtstrahl. Der Widerschein von den Wänden tauchte alles um sie her in tiefen Schatten. Cissy war überrascht, als sich herausstellte, daß Nolan kein bißchen besser sehen konnte als sie. Die Schwärze und die dünnen Stützbalken flachten die Perspektive ab. Erst wenn man davorstand, wußte man, ob es ein Schattenstreifen oder doch eine Felsspalte war. Alles war entweder zu nahe oder unsichtbar, entweder schwarz oder weiß und gnadenlos irreführend. Aber Cissy hatte gelernt, Entfernungen an den subtilsten Zeichen abzuschätzen. Instinktiv ermittelte sie aus den Hell-Dunkel-Kontrasten einen Richtwert sowohl unter wie über der Erde. So krochen sie stetig vorwärts, während Nolan ihr erzählte, was er über die Topographie der Höhlengänge wußte. Im übrigen ließ er sie den Weg allein finden.

»Da vorne ist eine Kante«, zeigte sie ihm.

»Richtig«, nickte er, doch sie nahm seine Zustimmung kaum wahr, so selbstverständlich war ihr hier alles. Das ist *mein* Ort, dachte sie. Sie hätte nicht ausdrücken können, was sie in diesem Moment wollte. Sie krallte sich nur noch fester an den Fels unter ihrer Hand und sagte nichts. Doch als Nolan sie langsam zum Eingang zurückführte, überlegte Cissy, was wohl passieren würde, wenn sie irgendwann einmal allein in die Höhle käme, ihr Licht ausknipste und im Dunkeln dasaß. Wie würde es sein, wenn sie eine Weile hier drinnen bliebe und ihren Hinterkopf allem öffnen würde, was da kommen mochte?

»Du warst großartig«, sagte Nolan, ein wenig atemlos, als sie aus der Höhle ans Tageslicht kamen. Cissy fröstelte.

»Es war herrlich. Was für ein Geschenk!«

Nolan ließ sich an einem der letzten sonnigen Flecken nieder, um eine kurze Rast einzulegen, ehe sie das letzte steile Stück hinaufkletterten. Oben gab es noch Sandwiches und Limo und Tee. Glücklich breitete er die Arme aus. Alles war genau so verlaufen, wie er es sich erhofft hatte. Wenn man von dem nervenden Anfang mit Charlie absah. So ein Blödmann, dachte er und lehnte sich aufseufzend zurück.

»Die Höhlenforscherei artet ziemlich in Arbeit aus.« Cissy massierte ihre verspannten Schultern. Ihre Augen waren noch immer weit aufgerissen und voll von den tiefen Eindrücken der Dunkelheit. »Und das hat dein Onkel damals entdeckt?«

»Jawohl, ganz zufällig, und dann war die Höhle 'ne Weile in unserem Familienbesitz, bis sie wieder verlorenging.« Nolan blinzelte in die untergehende Sonne. »Wir sollten machen, daß wir nach oben kommen, bevor die Sonne weg ist. Nachher erzähle ich dir mehr von Brewster. Wir müssen sicher noch warten, bis Charlie wiederkommt.« Er wollte Cissy aufhelfen, aber sie hatte sich schon das Seil geschnappt, warf ihm das andere Ende zum Halten zu und begann, hurtig die Felswand hochzuklettern. Sie hat echt Mumm, dachte Nolan, genau wie ihre Schwester.

Als sie mit ihren Teebechern am Straßenrand hockten, löste Nolan sein Versprechen ein. »Brewster war mit meiner Tante Mandy verheiratet«, erzählte er. »Die Ehe hat nicht lange gehalten, aber sie sind nach der Trennung trotzdem Freunde geblieben.« Mandy war die Schwester von Nolans Vater. Sie hatte ihr ganzes Leben in Cayro zugebracht, bis sie vor zwei Jahren nach Arizona gezogen war.

»Hat Brewster sie vor oder nach seiner Vietnamzeit geheiratet?« Cissy angelte eine Coladose aus der Kühltasche und rollte sie über ihre verschwitzte Stirn.

»Oh, längst vorher. Die meisten Jungs wurden damals gleich von der Schulbank weg eingezogen. Kaum achtzehn, und schon hieß es, ab in die grüne Hölle, einer nach dem anderen. Brewsters älterer Bruder war auch so ein Pechvogel, ist schon nach drei Monaten gefallen. So blieb Brewster als einziger überlebender Sohn der Familie zurück und mußte nicht in den Krieg. Alle haben ihn beglückwünscht, aber er selbst war gar nicht so froh darüber. Er heiratete Mandy und schrieb sich am College ein, aber nichts wollte ihm glücken, weder die Ehe noch das Studium.«

Nolan hielt inne und horchte mit schiefgelegtem Kopf, ob nicht schon Charlies Auto zu hören sei. Als sich nichts rührte, wandte er sich schmunzelnd wieder Cissy zu. Nolan erzählte für sein Leben gern Familiengeschichten. Für ihn waren sie wie die Miniserien im Fernsehen, wo sich ständig die vertracktesten Konstellationen zwischen den Figuren ergaben: Eine Mutter mit Kind heiratet einen Mann, der ebenfalls schon einen Sohn hatte, der woanders aufwuchs und später den Bruder umbringt, von dem er nichts gewußt hatte, und so weiter, und so fort.

»Jeder ist hier mit jedem verwandt«, hatte Nolan einmal zu Cissy gesagt. Damit meinte er nicht, daß alle Cayroer tatsächlich blutsverwandt waren, sondern daß sich ihre Familiengeschichten im

Grunde ähnelten und bei näherem Hinsehen oft Abgründe an Dummheit und Tragik offenbarten.

»Daddy meinte, Brewster hätte sich damals für eine gescheiterte Existenz gehalten, nur weil er seine patriotische Pflicht nicht erfüllt hatte. Also meldete er sich freiwillig. Er hatte wirklich Glück, denn im Gegensatz zu so vielen anderen kam er wenigstens einigermaßen heil zurück.«

»Zu blöd, um sich rechtzeitig zu ducken«, ergänzte Cissy schnodderig und dachte dabei an Marty Parish und seinesgleichen. Sie schnippte ein einzelnes Teeblatt aus ihrem Becher und trank ihn in einem Zug leer.

»Oder zu mutig. Aufschneider, Draufgänger«, nickte Nolan. »Solche Typen gibt's heute noch.«

»Klar.« Cissy zerdrückte ihren Styroporbecher. »So richtig stahlharte Burschen, was? Aber alle sagen doch, das sei 'ne andere Zeit gewesen. Von Delia höre ich dauernd, daß die Leute einfach nur vergessen haben, wie es damals war.«

»Na, da hat deine Mutter sicher recht. Du solltest mal meine Onkel reden hören. Sogar mein Vater hat sich damals ein bißchen die Haare wachsen lassen. Er legte immer die Allman Brothers auf und meinte, wer sich wie Brewster freiwillig zur Armee melde, der müsse verrückt sein. Dabei ist er selbst total scharf darauf gewesen, aber ihn hatten sie wegen seines Bandscheibenvorfalls abgelehnt. Hat mir Tante Mandy mal verraten.« Nolan schaukelte die leere Thermoskanne auf seinen Oberschenkeln hin und her und blickte hoch, als Cissy aufstand.

»Wie Clint mit seinem Knie.« Cissy sah sich nach den verstreuten Picknickpapieren um, die sie vor der Abfahrt noch einsammeln mußten. »Er mußte nicht nach Vietnam, weil er sich bei einem Unfall auf der Farm das Knie verkorkst hatte.«

»Ja, das war die Legion der Glückspilze – die Verkrüppelten und die Untauglichen.« Nolan grinste. »Handgreifliche Evolution«, nannte Tante Mandy das. Die Verrückten und die Doofen und auch die Pechvögel sind als erste los und nie zurückgekommen. Die Glückspilze und die Krüppel durften hierbleiben und die nächste Generation zeugen, so wie mein Daddy mich und Steve, und dein Daddy dich und Amanda und Dede. Wenn die Dinge anders gelaufen wären, würden jetzt vielleicht Brewsters Söhne hier herumhängen, und ihr Mädchen, tja, ihr wärt vielleicht gar nicht geboren worden…«

»Schreckliche Vorstellung, was?« Cissy lächelte etwas verkniffen. Sie machte sich nicht die Mühe, Nolan auf seinen Irrtum hinzuweisen – daß Clint Windsor gar nicht ihr Vater war. Im Unterschied zu Nolan hatte sie keinen besonderen Hang zum Wiederkäuen von Familiengeschichten. Randall hatte seine Befreiung vom Militärdienst einem rührigen Plattenproduzenten zu verdanken, der es sich zur Lebensaufgabe gemacht hatte, die Goldesel im Musikgeschäft vor der Uniform zu verschonen. Aber Clint war wie Brewster gewesen: er hätte liebend gern in Vietnam gekämpft, wenn man ihn nur gelassen hätte. Ein irres Jahrzehnt. Clint hatte es oft in fast biblischen Worten beschworen. »Alles lief plötzlich verkehrt herum. Die Frauen verliebten sich in Kerle, die mädchenhafter als die Mädchen aussahen. Und echte Männer wurden wie Hunde behandelt.«

Am Wegrand konnte Cissy eines der Werbeschilder sehen, die das Baptist Tabernacle überall in Cayro aufgestellt hatte. »Alle sind in Seinem Haus willkommen«, stand in roter Farbe darauf. Sie dachte an Clint und seine Worte. »Echte Männer« war eine seiner magischen Formeln gewesen. Jedes Mal, wenn er das sagte, hatte es sogar mit seiner heiseren Krankenstimme hart und stark geklungen. Echte Männer. Gute Frauen. Gott und Rechtschaffenheit. Lohn der Sünde. Was eine Frau wirklich will. Diese Phrasen erinnerten an einen Choraltext, der zur Countrygitarre gesungen wurde. Dank Clints erschöpftem Tremolo klangen die Worte abgehackt und penetrant. Er wußte, daß er wie sein eigener Vater und all die anderen zornigen alten Säufer sprach, und manchmal mußte er sogar über sich selbst lachen.

Es war, als hätte sich Clint gespalten, um halb der zu werden, der er vor seiner Krankheit war, und halb der, der er gerne sein wollte. Wenn er diese markigen Worte von sich gab, schnaubte er gleich danach sarkastisch auf. Manchmal hörte Cissy das Echo seiner Stimme in Amandas unverblümt pathetischer Sprache.

»Meine Onkel behaupten, Brewster sei in einer dieser Höhlen beerdigt«, sagte Nolan plötzlich. »Aber ob in Little Mouth oder Paula's Lost oder sonstwo, das weiß keiner außer Tante Mandy, und sie will's mir nicht sagen.«

Nur wenige Wochen nachdem Emmet Tyler den Partys ein Ende gesetzt hatte, war Brewster böse gestürzt. Als er sich zu spät ins Veteranenhospital schleppte, konnten die Ärzte nicht mehr viel für seinen kaputten Knöchel tun. Nolans Onkel Tynan kam ihn besuchen und stellte schockiert fest, daß man Brewster den Fuß amputiert hatte. Er wollte Brewster gleich nach Hause mitnehmen, aber er widersetzte sich energisch. »Laß mich in Ruhe«, sagte er. »Ich bleibe hier.«

Trotz der frühen Nachmittagsstunde hatte Brewster rote, tränende Augen und eine Whiskyfahne. »Du säufst doch nicht etwa?« Tynan konnte es nicht fassen.

»Man kriegt hier alles, was man will«, belehrte Brewster ihn in vernehmlichem Flüsterton. »Egal was. Manchmal muß man's nicht mal bezahlen.« Er sah zum Nebenbett hinüber, wo ein halbnackter Mann sabbernd und zuckend seinen Rausch ausschlief.

»Herrgott.« Tynan drehte sich auf dem Absatz um und ging.

Jedes Mal, wenn jemand aus der Familie Brewster besuchen kam, sagte er ihnen dasselbe: »Laßt mich in Ruhe. Ich bleibe hier.« Er wurde immer magerer und verschlossener. Und immer war er betrunken oder bekifft.

»Wo nimmst du nur das Geld dafür her?« wollte Tynan wissen.

»Ich habe Freunde«, grinste Brewster.

»Feine Freunde! Höllenhunde!« fluchte Tynan, aber er konnte nichts machen. Niemand im Hospital interessierte sich für seine Beschwerden.

Jedesmal schworen die Ärzte, daß die nächste Operation die letzte wäre, doch der Wundbrand kam immer wieder. Stück für Stück mußten sie ihm das ganze Bein abnehmen. Als schließlich auch Mandy zu Besuch kam, hoben die Ärzte bedauernd die Hände und sagten, mehr könnten sie nicht für ihn tun. Sie hob das Laken und traute ihren Augen nicht, als sie den handbreiten Stumpf sah, der von Brewsters Bein übrig war.

»Oh, Brewster!« jammerte sie, doch er schien ihre Anwesenheit kaum wahrzunehmen. Tynans Warnung war eingetreten: er war mitten am Tag betrunken, mit Whisky abgefüllt. »Ich bleibe hier«, lallte er immer wieder. »Was soll ich denn zu Hause?«

»Du stirbst«, sagte Mandy streng, bis er sie schließlich mit etwas klarerem Blick fixierte.

»Na und?« Grinsend leckte sich Brewster über die Lippen. »Ach, Mandy«, flüsterte er. »Du siehst gut aus.«

»Und du siehst furchtbar aus.«

»Ja.« Er sah sich verstohlen um und griff dann nach ihrer Hand. »Du mußt mir helfen«, sagte er. »Bitte, Mandy, laß mich nicht hier beerdigen. Nimm mich mit nach Cayro, wenn ich tot bin. Ich will nicht da unter dem Rasen liegen, wo alle Kranken über mich weglaufen.«

Brewster drückte flehend ihre Hand. Er ist nicht mehr bei Trost, dachte sie, aber sie konnte den Friedhof durch sein Fenster sehen, einen Friedhof ohne Zaun, ohne Grabsteine, nur mit kleinen Urnenplatten im Gras. Männer schlenderten mit gesenkten Köpfen dort herum und blieben hin und wieder stehen, als würden sie zum Zeitvertreib die Namen der Toten lesen.

»Also gut«, versprach ihm Mandy.

Brewsters Finger entspannten sich in ihrer Hand. Er starb noch vor Ende der Woche. Vielleicht war er schon damals nicht mehr ganz bei Sinnen gewesen. Mandy brachte seinen Leichnam heim und begrub ihn irgendwo in der Höhle.

»Glaubst du, er liegt hier in der Nähe?« Cissy schaute den Fichtenhang hinab.

»Kann schon sein.« Nolans Augen hatten plötzlich einen traurigen Ausdruck.

»Tante Mandy sagte, Brewster hätte sie hierher mitgenommen, als sie jung verheiratet waren, um ihr die Fledermäuse zu zeigen. Aber dann wären sie zu sehr miteinander beschäftigt gewesen, um auf den Sonnenuntergang zu achten.« Nolan lächelte. »Das war so ziemlich die einzig nette Geschichte, die sie mir von Brewster erzählt hat. Es klang, als hätte es ihr hier draußen an seinem Lieblingsort wirklich gut gefallen.«

Cissy schaute zum Höhleneingang zurück. Aus dem gähnenden Loch tönte ein seltsam hohles, undefinierbares Pfeifen herauf. Eine Höhle konnte keine Warnlaute von sich geben, aber diese hier schien es zu tun. Der starr aufgerissene, steinerne Mund schien zu atmen und zu röcheln, wie ein lebendiges Wesen, wie Clint auf seinem Krankenbett. Sie schloß die Augen und hörte zu, während die Sonne unmerklich tiefer sank.

»Ja, Brewster hat diesen Ort geliebt«, bekräftigte Nolan.

Cissy nickte. Sie konnte sich gut vorstellen, wie dieser gebrochene Mann sich in ein Loch im Boden verliebt hatte. Es kam ihr absolut plausibel vor.

»Kein Wunder. Es ist wunderbar hier. Der schönste Geburtstag, den ich je hatte.«

Niemand kann mit Sicherheit sagen, was die Leute eigentlich in Höhlen suchen. Bergsteigen ist berauschender. Beim Drachenfliegen hat man eine bessere Aussicht. Skilaufen, Fechten oder Reiten hält mindestens genauso fit. Höhlenwandern ist weniger ein Sport als eine Mutprobe. Ein tiefes, pechschwarzes Loch im Felsen ist der ideale Platz für jeden, der seine Nerven testen will, seine Reflexe, seinen Überlebensinstinkt. Trotz des enormen Risikos, denn das Grauen rührt an die tiefsten Schichten des Unterbewußtseins. Vom ersten Moment an, als sie auf dem lockeren Schiefergeröll in der totalen Finsternis gekauert hatte, war Cissy so bezaubert gewesen wie Brewster, bezaubert von der Fremdheit, der Ruhe, dem Risiko und den unwägbaren Tiefen.

»Können wir nicht irgendwann mit besserem Licht wiederkommen?« fragte sie.

Nolan sah den Hunger, die ängstliche Sehnsucht in ihrer Miene. »Klar«, nickte er. »Wann immer du willst.«

»Bald«, sagte Cissy nur. Ihr Herz klopfte wild, sie spürte die Aufregung bis in die Zehenspitzen.

»Okay. Wir reden mit meinen Cousins und besorgen uns anständige Lampen. Und dann machen wir eine richtige Expedition.« Er zwang sich zu einem gleichmütigen Ton, obwohl er daran denken mußte, wie abfällig sich sein Daddy stets über Brewster geäußert hatte. Man hätte gleich sehen können, daß er nicht richtig ticke, sagte Mr. Reitower, als er mit dem Höhlenfimmel anfing. Partys feiern und über die Stränge schlagen sei ja gut und schön, aber ganz allein in einer dunklen Höhle hocken? Und Tante Mandy hatte genickt und etwas gesagt, was Nolan sehr beeindruckt hatte.

»Die erste Frage, die man jemandem stellt, der in diese Löcher klettert, ist immer: ›Warum?‹ Aber glaube ja nicht, was er dir darauf antwortet.«

KAPITEL 14

Nolan Reitower hatte zwei Passionen: die Klarinette und Dede Windsor. Erstere war neu, und er beherrschte sie mit außerordentlichem Talent; letztere beherrschte *ihn*, und das schon seit Jahren. Leider standen die Chancen hier nicht so günstig. Von Anfang an hatte Dede nie einen Blick für ihn übrig gehabt.

»Der wird nie ein richtiger Mann«, sagte Dede von Nolan. Sie sprach oft aus, was andere Leute nur dachten; und was Nolan anging, hatte sie den Nagel auf den Kopf getroffen. Auch als erwachsener Mann behielt er seine jungenhaften Pausbacken. Aber Dede störte nicht nur, daß er ein Jahr jünger war als sie, sondern daß ihm nichts anderers einfiel, um ihr Herz zu gewinnen, als sie ständig liebeskrank anzuschmachten. Schon als pummeliger Schuljunge war er ihr nachgelaufen. Und in ihren Augen war und blieb er weichlich, als er längst zu einem kräftigen, breitschultrigen jungen Kerl herangewachsen war. Die einzig nette Bemerkung über Nolan war, daß er ein braver Junge sei und seinen Eltern keinen Kummer machte. Keine Empfehlung für die wählerische Dede – für brave Jungs hatte sie kein gesteigertes Interesse.

»So ein Milchbubi«, sagte Dede. »Steckt denn gar nichts Aufsässiges in ihm?« Nein, dachte Cissy, in dem nicht. Das einzig Aufsässige an Nolan war seine Leidenschaft für Dede Windsor. Seit jenem ersten Zusammenstoß auf den Türstufen, als Dede ihn »Mamas kleinen Goldjungen« genannt hatte, war Nolan ihr verfallen. Andere wären gekränkt gewesen, Nolan hatte Feuer gefangen, und dabei blieb es. Für ihn gab es keine andere Frau als Dede Windsor.

Ein paar Monate nach dem Geburtstagsauflug zur Höhle begann Nolan, bei seinem Vater im Laden mitzuarbeiten. Allgemein hieß es, er habe »einen kleinen Herzanfall« gehabt. »Nur ein Schreckschuß, weiter nichts«, winkte Nadine ab. »Eine Warnung. Er muß eben auf sich achten, vernünftiger essen und ein bißchen kürzertreten.« Nolan begriff nicht ganz, weshalb sich Nadine keine Sorgen zu machen schien. Es war, als könnte sie sich eine ernsthafte Bedrohung ihres wohlgeordneten Familienlebens beim besten Willen nicht vorstellen.

Nolan musterte das teigigblasse Gesicht seines Vaters und entwickelte spontan ein Erste-Hilfe-Programm. In aller Stille organisierte er seinen Tag so, daß er jeden Morgen drei Stunden in der Backstube aushelfen konnte, ehe er es gerade noch rechtzeitig zur Schule schaffte. Wenn er ins Klassenzimmer kam, roch er nach Butter und Mehl und hielt in der Hand eine dampfende Tüte frischer Würstchen in Blätterteig. Bald steckten Nolans Augen – das anerkannt einzig Hübsche an ihm – tief zwischen seinen dicken Backen, und er mußte sich seitlich durch die Tür quetschen. Nun konnte er nicht mehr den engen Schacht zur Höhle hinabklettern, und das war aus Cissys Sicht das Schlimmste an seinem Übergewicht.

»Tut mir leid, ich hab keine Zeit mehr«, entschuldigte sich Nolan, was der Wahrheit entsprach. Er hatte kaum noch eine freie Minute, um Klarinette zu üben.

Die Klarinette war Nadines Einfall gewesen. Sie hatte Nolan ins Schulorchester eingeschleusen wollen, um ihm das einsame Stubenhocken abzugewöhnen. Die Klarinette war ihr als passendes Instrument erschienen: nicht zu schrill und nicht zu schwer. Allerdings hätte sie ihm nie zugetraut, daß er so lange damit durchhalten würde. Nolan verlor sonst immer schnell das Interesse an allem. Deshalb hatte sie ihm ein preiswertes Anfängerinstrument gekauft, ohne zu ahnen, daß für ihren schüchternen Jungen das Klarinettespielen bald so lebensnotwendig werden würde wie das Atmen. Durch das Instrument konnte er in eine Welt entkommen, die keiner kannte, eine Welt voll rauschhafter Herrlichkeit.

Nolan übte, wann immer er konnte, meistens nach der Schule, wenn sein Vater daheim war. Der Laden schloß jeden Mittag um eins. Und wenn viel los gewesen war, auch schon eher. »Wenn die Ware weg ist, ist sie weg«, lachte Mr. Reitower dann und dachte schon an sein Bett, während er die Theke wischte. Nolans Vater schlief jeden Nachmittag bis zum Abendessen. Er sorgte sich um Nolan, weil er so früh aufstand und zwischen Arbeit, Schule und Orchesterproben kaum zum Hinlegen kam. »Der arme Junge hat ja nie Zeit für sich selbst«, sagte er zu Nadine. »Er muß doch auch mal einfach nur dasitzen und träumen dürfen. Wie soll er denn sonst herausfinden, was er mal werden will?«

Meistens schleppte sich Nolan ziemlich benommen durch den Tag, bis er endlich zur Klarinette greifen konnte und schlagartig hellwach wurde. Er träumte beim Musizieren, doch das verstand sein Vater nicht. Er stellte sich nicht vor, er sei Benny Goodman, sondern ging einfach in den Klängen auf.

Nolans Musiklehrer, Mr. Clausen, sorgte sich ebenso um ihn wie sein Vater. Nadine hatte den Mann engagiert, nachdem ihr der Leiter des Schulorchesters geraten hatte, sich jemanden zu suchen, »der sein Handwerk verstand«. Mr. Clausen lehrte am College und stand einem kleinen Bläserensemble vor, das viel übte, aber selten auftrat. Cayro war nicht der Ort, wo man sich außer Haus begab, um Musik zu genießen. Als Nadine ihn zum erstenmal anrief, hatte er fast ruppig reagiert, wurde aber nach ein paar Stunden mit ihrem Sohn merklich zugänglicher.

»Es ist ein Wunder. Dieser Junge, wie er spielt! Wer weiß, was noch alles aus ihm werden kann. Ich höre ihm zu und glaube, ich werde verrückt. Ich höre ihm zu und fange an, wieder an Gott zu glauben.«

»Mr. Clausen!« Nadine war entsetzt. »Sagen Sie mir nicht, daß Sie nicht an Gott glauben!« Nadine hätte vieles durchgehen lassen, um ihrem Jungen einen ordentlichen Unterricht zu ermöglichen, aber einen Gotteslästerer konnte sie nicht dulden. Sie wußte, daß Musiker immer leicht gefährlich waren. Freidenker, Hippies, Atheisten, Homosexuelle, Intellektuelle – da war kein Unterschied, und von dieser Sorte Mensch sollte ihr Sohn lieber nicht zuviel wissen. Jungs in seinem Alter waren so leicht zu beeinflussen. Einen Sohn hatte sie schon verloren, und wenn Clausen für Nolan eine Bedrohung darstellte, würde sie ihn nie mehr in seine Nähe lassen.

»Doch, doch, natürlich glaube ich an Gott, selbstverständlich.« Die Angst, seinen besten Schüler zu verlieren, ließ Mr. Clausens Beteuerung geradezu aufrichtig klingen. »Wer hätte mir dieses Wunderkind denn sonst geschickt, als ich drauf und dran war, den ganzen Kram hinzuwerfen? Sie wissen ja gar nicht, wie viele Kinder mir zu Strafe geschickt werden. Besonders meine eigenen. Aber *Ihr* Junge könnte ein Virtuose werden, wenn er nur ein bißchen mehr Schlaf bekäme.« Mr. Clausen zögerte, schließlich wollte er

Nolans Mutter keinesfalls kränken. »Wir müssen alles tun, damit er die Förderung bekommt, die er verdient.« Nadine nickte bekümmert. Auch sie machte sich Sorgen um ihr Kind. Mit seinem älteren Bruder Stephen hatte sie alles falsch gemacht, und sie wollte nicht, daß Nolan nun ebenfalls wütend das Haus verließ und nur noch ein- bis zweimal im Jahr anrief.

Der einzige, der sich keine Sorgen machte, war – Nolan. Bis auf seinen Dauerkummer um Dede war er ein Junge voller Geduld und Selbstvertrauen. Er schlief, wenn er konnte, hing seinen Träumen nach, wenn es sich ergab, und lebte ansonsten fürs Klarinettespielen. Er kannte nur zwei Wachzustände: wenn er die erstaunlichsten Töne aus seiner Klarinette zauberte und wenn er Dede Windsor mit dunklen Hundeaugen nachstarrte. Nolan kannte nur einen Ehrgeiz: sein Instrument so zu spielen, daß die Leute hören konnten, wie es ihn beschwingte, und eines Tages Dedes Liebe zu erringen.

Zwei Wochen vor Nolans High-School-Abschluß starb Mr. Reitower an einem Herzinfarkt, nicht in seiner heißen Backstube, sondern friedlich im Bett. Sein Tod zog einen endgültigen Schlußstrich unter Nolans Ambitionen, Musik zu studieren. Vielleicht hätte er ein Stipendium bekommen, aber wer hätte dann für seine Mutter gesorgt? Die Bemerkungen der Leute über Nolan entsprachen der Realität: Er war ein braver Sohn. Und nachdem Mr. Reitower tot war, brauchte Nadine einen braven Sohn.

Kaum war sie Witwe geworden, verfiel Nolans Mutter in verbittertes Schweigen. Sie war wie vor den Kopf geschlagen und konnte nicht begreifen, was ihr zugestoßen war oder was jetzt getan werden mußte. Ihr guter, stets zuverlässiger Mann hatte die winzigste Lebensversicherung abgeschlossen, die es gab. Es fehlte nicht viel, und sie wären mittellos gewesen, was Nadine einfach nicht fassen konnte.

»Wie konnte er nur?« fauchte sie und funkelte Nolan und die hilfsbereiten Nachbarn vorwurfsvoll an. Es war nicht klar, ob sie seinen plötzlichen Abgang meinte, oder jene jämmerliche Police, die nicht einmal die Kosten der billigsten Beerdigung deckte. Vielleicht meinte sie auch Stephen, der anrief, aber nicht kam, und einen knauserigen Scheck geschickt hatte, der kaum weiterhalf. Vielleicht klagte sie auch Gott an, den sie noch nie in Zweifel gezogen hatte. Nolan hatte allerdings das Gefühl, daß sich ihre Anklage ganz allein gegen ihn richtete. Alles war seine Schuld, sein Versagen.

Kaum eine Woche nach der Beerdigung stürmte Nadine aus dem Haus und stieß ärgerlich die Fliegengittertür auf, die zurückprallte und sie an der Stirn traf. Sie taumelte, fiel die Verandastufen hinunter und brach sich den linken Arm, und, schlimmer noch, den linken Oberschenkelhalsknochen.

»Der Schwachpunkt bei älteren Frauen«, sagte der Doktor. Der Bruch bewies, wie gebrechlich Nadine geworden war. Der Doktor meinte, es hätte auch ein leichter Schlaganfall sein können, aber dafür gab es bis auf diese maßlose, unkontrollierte Wut, die von nun an in Nadine schwelte, keine weiteren Anzeichen. Nolan zögerte keinen Augenblick, das Geschäft seines Vaters zu übernehmen. Er war schon eingearbeitet, und das wohlverdiente High-School-Zeugnis würde man ihm gewiß nicht verweigern. Er war zielstrebig und entschlossen; er würde es schaffen. Er würde Nadine unterstützen, seine Zukunftspläne vorerst auf die lange Bank schieben und jeden Nachmittag auf der Veranda Klarinette spielen. Von dort aus konnte er zum Getränkemarkt hinüberschauen, wo Dede inzwischen jobbte. Wenn er den Mut aufbrachte, konnte er sich dort einen kühlen Drink genehmigen, den sie ihm servieren mußte.

Wenn ihm das tägliche Einerlei zuviel wurde, gab es noch die Nachmittagskurse am Junior College oder Vorspielabende bei verschiedenen Orchesterleitern, die ihn beeindruckt anstarrten und kaum glauben konnten, daß er keine Profikarriere anstrebte.

»Guter Gott, Junge, Sie könnten doch was tun!«

»Tu ich ja.« Lächelnd packte er dann sein Instrument wieder ein und ging. Dieses verhaltene kleine Lächeln sprach für Cissy Bände. Ein paarmal war sie mit Nolan nach Atlanta gefahren, wo sie am liebsten durch die Plattenläden streifte und nach alten Raubkopien von Mud Dog suchte. Aber einmal hatte sie auch hinten in einem abgedunkelten Saal gesessen und Nolan bei seinem einzigen Laster zugeschaut. Und ein Laster mußte es sein, so glücklich und zufrieden sah er beim Spielen aus. Es klang so himmlisch, daß die übrigen Klarinettisten vor Neid ganz blaß um die Nase wurden. Es war, als hätte er eine noch größere Wut als seine Mama in sich, einen heiligen Zorn, der sich durch die Musik in leidenschaftliche Stakkatoläufe und süße, schwebende Töne auflöste. Vielleicht war dies das wahre Wesen der Musik, dachte Cissy. Vielleicht war das Talent eine Messerschneide, kalt und grausam für alle, die weniger hatten. Während sie Nolan beobachtete, sah Cissy in ihm einen tief verletzten Jungen, der durch eine zufällige Schicksalslaune reich geworden war und seinen Reichtum jetzt hortete. Und wenn er bei diesen Vorspielabenden zur Verzweiflung aller anderen Konkurrenten so überlegen lächelte, wurde ihr seltsam weh ums Herz.

Danach war er wieder ganz der alte, schüchterne Nolan, der gespannt auf Cissys Urteil wartete. Er führte sie groß zum Essen aus und schmunzelte noch den ganzen Abend über die Frustration des Dirigenten. Dieser Nolan war ihr Freund, ein richtig netter Kerl. Nur wenn er vom Vorspielen und von den Konkurrenten sprach, klang ein leicht boshaftes Ressentiment durch.

»Ach, die kommen sich immer so toll vor, bis ich auftrete. Die wissen einfach nicht, was Bescheidenheit ist. Das muß ich ihnen dann erst mal beibringen.« Er grinste breit und kaute mit einer Selbstzufriedenheit, die Cissy unheimlich war.

»Du solltest schauen, daß du hier rauskommst«, sagte sie streng.

Nolan sah sie über sein Wasserglas hinweg fragend an. Er wußte, Cissy hatte ihn wirklich gern, während ihm Dede seit all den Jahren die kalte Schulter zeigte. Aber Cissy war keine Musikerin. Sie konnte nicht nachfühlen, was er empfand, wenn er zwischen diesen aufgeblasenen Hornisten sitzen mußte. Er konnte es ihr auch nicht erklären. Also winkte er nur lächelnd ab, doch sie griff nach seiner Hand und hielt sie fest.

»Wirklich, ich sag's dir, geh nach Atlanta oder New York oder Boston, nur weg aus dieser Provinz. Tu etwas, stell dich bei einem richtigen Orchester vor, oder hol dir ein Diplom von der Musikhochschule. Dieser Kinderkram muß endlich aufhören.«

Als Nolan nur lächelnd die Achseln zuckte, fühlte Cissy heftigen Groll in sich aufsteigen. Wenn Nolan sich nur aufraffen könnte, Cayro zu verlassen, würde man ihn überall mit offenen Armen empfangen. Wann immer er sich der Wirklichkeit stellen und von seiner Mutter losreißen würde, wäre ihm eine Karriere sicher, die seinen Entschluß ganz von selbst rechtfertigen würde. Auf Cissy dagegen wartete niemand, weder in Atlanta noch sonstwo. Manchmal fühlte sie sich durch Nolans Lächeln noch minderwertiger als jene anderen Klarinettisten, die er gerade beim Vorspiel ausgestochen hatten.

Wer war sie? Delia Byrds Tochter. Unbegabt, nichts Besonderes. Sie war wie diese Käfer im Bernstein, erstarrt in der Zeit. Sie war noch nie verliebt gewesen, noch nie mit einem Jungen ausgegangen, der sich für sie interessierte. Sie hatte keine Freunde außer Nolan und Dede, und Dede zählte nicht. Nein, Cissy hatte wirklich gar nichts, nur die Höhlen.

Sie war noch fünf-, sechsmal mit Nolan in Paula's Lost gewesen, bis er nicht mehr mitgehen wollte, und dann noch zweimal allein mit Charlie, aber das hatte sie aufgegeben, nachdem er im betrunkenen Zustand sofort handgreiflich geworden war. Cissy konnte nicht erklären, was sie an den Höhlen so faszinierte. Nolan war zu beschäftigt, Charlie wollte ihr nur an die Wäsche, und Dede fand das alles bloß albern. Cissy erzählte niemandem, daß sie bei jeder Gelegenheit allein zu den Höhlen hinaustrampte, nur um in der wohltuenden Dunkelheit zu hocken und glücklich vor sich hin zu summen. Dabei schlief sie meistens ein. Kein Schlaf war mit dem zu vergleichen, dem sie sich dort überließ, in eine alte Decke gewickelt, auf dem Sandboden in der ersten Kammer der Höhle. Aber mit Schlaf ließ sich keine Karriere machen, ebensowenig wie mit Höhlenkletterei.

Nolans Gelassenheit trieb Cissy immer dazu, auf ihm herumzuhacken. »Bestell dir lieber was ohne Soße«, sagte sie. Oder: »Wenn's so weitergeht, heiratet Dede bestimmt noch den Tucker-Jungen. Wart's nur ab.« Dann erstarb Nolans Lächeln, und er sah Cissy mit stummem Vorwurf von unten herauf an.

Cissy war jedesmal verblüfft, wie leicht sie Nolan verletzen konnte. Es war schrecklich, wenn man gegenseitig alle Schwächen so gut kannte. Nolan war immer sanft zu ihr, egal, wie zickig sie sich benahm. Vielleicht war er schon von den Wutanfällen seiner Mutter abgehärtet, oder der dunkle Engel, den Cissy im Konzertsaal erblickt hatte, war doch ganzlich ohne Laster.

»Du hast's gut, du kannst wenigstens etwas«, sagte sie zu Nolan.

»So gut nun auch wieder nicht«, antwortete er wegwerfend. »Ich muß noch viel besser werden.« Er schüttelte leise lachend den Kopf. »Erst, wenn ich deine Schwester dazu bringen kann, freiwillig zu mir auf die Veranda zu kommen, dann bin ich vielleicht jemand.«

Die Musik, der Nolan solche Anmut verlieh, war Cissy ein Rätsel. Das Instrument Klarinette kam ihr so unbegreiflich und fremdartig vor wie die ganze Idee eines Bläserensembles oder einer Jazzcombo. Die Tochter von Delia Byrd und Randall Pritchard kannte sich mit Gitarren und Schlagzeug und Rock 'n' Roll aus. Mit Songs. Aber was Nolan auf der Buffet spielte, die Mr. Clausen für ihn besorgt hatte, auf diesem Wunderwerk aus Ebenholz und Silber, das war eine andere, unbekannte Sprache, die Cissy weder sprach noch richtig zu hören verstand. Wenn Nolan für sie spielte, fühlte sich Cissy wie ein Baptistenkind bei einer katholischen Messe – eingeschüchtert, ehrfurchtsvoll, mißtrauisch. Schöne Klänge, aber furchterregend. Sogar vertraute Melodien bekamen eine außergewöhnliche Note und jagten ihr Schauer über den Rücken. Und das Alleraußergewöhnlichste war, daß diese Musik aus Nolan kam, aus Nolan mit den dicken roten Backen und den schläfrigen Augen. Wenn sie seinen betörenden Tonkaskaden lauschte, kam sich Cissy auf einmal klein und dumm und sehr provinziell vor, während Nolan geradezu mythische Dimensionen annahm, zu einem Orpheus oder Bacchus wurde, einem Genius aus fernen Welten.

Vielleicht wußte Delia, wie es war, wenn die dunkle Macht einer Melodie den Puls schneller schlagen ließ und einen Menschen weit emporhob. Sie hatte in jener magischen Welt gelebt, die nur den Musikern bekannt war. Ihr aber, Cissy, war diese Welt verwehrt. Wie Dede hatte sie eine hübsche Stimme, recht nett, aber weiter nichts. Neben Nolan zu sitzen und zu wissen, daß sie weder seine Begabung noch die ihrer Mutter hatte, war eine permanente Qual für sie. Ihr einziger Trost war die Tatsache, daß auch Nolan an unerfüllter Sehnsucht litt. Eigentlich hätten sie dieses Thema vermeiden sollen, aber Nolan kam von selbst immer wieder auf Dede zu sprechen.

»Mit wem trifft sie sich?« fragte er, als Cissy ihn am Tag nach dem Vorspielen in Atlanta auf seiner Veranda besuchen kam, wo er nachmittags immer übte. Sein ganzer Körper strahlte eine nervöse Unruhe aus, die er nicht unter Kontrolle bekam. »Läuft sie immer noch diesem Tucker nach?« Betont lässig leckte er am Mundstück seiner Klarinette herum.

»Ach Gott, Nolan.« Die Melodie, die er gerade gespielt hatte, hallte immer noch in Cissys Kopf nach. Dankbar wandte sie sich wieder dem banalen Thema alltäglicher sexueller Frustation zu. Schön, daß auch Musiker nicht gegen Einsamkeit und Liebesleid gefeit waren. »Gib's doch auf, Mann, Dede wird nie mit dir ausgehen, selbst wenn sie sich nichts aus Billy Tucker machen würde.«

Nolan rieb sich mit dem Daumen über die Unterlippe. »Weiß ich, weiß ich.« Sein Blick verlor sich in hoffnungslose Fernen. »War ja nur 'ne Frage.«

Das war kein Spiel. Er tat nicht nur als ob. Sein Unglück ließ niemals nach. Jedesmal, wenn Dede mit einem Verehrer Schluß machte, fing Nolans Herz von neuem Feuer. Er nervte Cissy mit Fragen, erledigte Botendienste für Dede, überlegte sich Geschenke, die er ihr im Getränkemarkt vorbeibrachte – nützliche Kleinigkeiten wie stoffbezogene Haargummis oder Radlerhandschuhe, um ihre Hände beim Kistenöffnen zu schützen.

»Man kann sich nicht aussuchen, in wen man sich verliebt«, sagte Nolan zu Cissy. »Manche Leute haben Glück, sie finden auf Anhieb die Richtige. Manche haben Pech und finden sie nie. Mein Daddy sagte immer, Brewster hätte sich nicht von Tante Mandy scheiden lassen sollen, auch wenn sie angeblich nicht seine wahre Liebe war. Denn wahre Liebe sei selten und ein gutes Familienleben eigentlich alles, was man sich erhoffen könne. Außerdem hätte Tante Mandy ihm helfen können, ein bißchen mehr Kontakt mit der Realität zu behalten. Er bekam Diabetes, weißt du, und seine Trinkerei machte alles noch schlimmer. Selbstmord auf Raten, nannte Daddy das. Scheint bei uns in der Familie zu liegen.« Er senkte den Kopf.

»Die Evolution bei der Arbeit?« flachste Cissy, aber er funkelte sie nur verargert an. Man wußte nie, wann er plötzlich verletzt reagieren würde. Sie betrachtete Nolans Finger, die zart und präzise die Klarinette hielten. Stark war er und doch so zerbrechlich, eine Naturgewalt, ein überragendes Talent in einem zutiefst menschlichen Körper.

Schon vor ihrem High-School-Abschluß hatte Dede Schwierigkeiten, einen Job zu finden, den sie nicht sofort wieder verlor. Nach der Schule wurde die Arbeitssuche zur endlosen Odyssee, was nicht allein an der begrenzten Zahl der Angebote lag, sondern auch an ihrem unduldsamen Temperament. Nach der High-School gingen die meisten Mädchen entweder aufs College oder in die Elektronikfirma, die in dem neuen Industriepark bei Marietta aufgemacht hatte. Aber Dede wollte nicht aus Cayro weg. Sie behauptete, überall sonst gäbe es nur Chaos und Drogen. Vor allem aber wollte sie ihr Brot nicht damit verdienen, die Steuerungssysteme von Cruise missiles zusammenzulöten und sich dafür auch noch eine Plastikhaube aufsetzen zu müssen.

»Und schlecht bezahlt ist die Arbeit sowieso«, nörgelte Dede. »Um es am Fließband auszuhalten, muß man sich so viel Stoff kaufen, daß dann kein Geld mehr übrig ist, um sich noch schöne Ferien oder ein ordentliches Auto zu leisten. Ich würde lieber aus Spaß an der Freude kiffen, anstatt aus Verzweiflung über einen langweiligen Scheißjob.« Delia nickte und verbiß sich ein Grinsen.

Eine Weile half Dede in Benny Davis' Hundesalon aus, trimmte Pudel und behandelte sogar Doggen, vor denen Benny Angst hatte, gegen Flöhe und Zecken. Die Arbeit war unregelmäßig und der Lohn mager, aber dafür erhob Benny auch keine Ansprüche auf Pünktlichkeit oder Outfit.

Dann versuchte Dede, die Aufnahmeprüfung zum Hilfssheriff zu machen. Als sie die Anmeldeformulare abholte, setzte sich Emmet Tyler auf die Schreibtischkante und starrte sie an.

»*Du* willst Hilfsheriff werden?« staunte er. »Obwohl du schon so oft um ein Haar im Knast gelandet wärst?«

Emmet machte nun Schreibtischdienst, seit er sich bei einer Verfolgungsjagd mit betrunkenen Teenagern in der Nähe von Little Mouth mit dem Wagen überschlagen hatte. Sein linker Arm war steif, aber er weigerte sich, zum Arzt zu gehen. Statt sich am Wochenende auszuruhen und Heilgymnastik zu machen, legte er Überstunden auf dem Revier ein und hing in dem Café gegenüber vom Bonnet herum.

»Um ein Haar zählt nicht«, sagte Dede. »Ich habe die Schule beendet. Ich bin eine mündige Bürgerin. Ich möchte zur Polizei und Verantwortung übernehmen.«

»Aber Mädel, du weißt doch nicht mal, was Verantwortung bedeutet«, brummte Emmet gutmütig. Er hatte lange gebraucht, um Dede zu mögen. Seit sie vierzehn war, war er immer wieder mit ihr aneinandergeraten. Er kannte ihr Temperament und bewunderte es, obwohl er hoffte, nie im Leben eine volle Breitseite davon abzubekommen. »Was würdest du tun, wenn du einen guten Freund verhaften müßtest? Einen Jungen, mit dem du ausgehst? Na?«

»Manche Jungs, mit denen ich aus war, gehören sowieso hinter Gitter«, lachte Dede. »Bei anderen könnte ich mich ja vielleicht wegen Befangenheit entschuldigen lassen und einen Kollegen vorschieben, oder?« Nachdenklich runzelte sie die Stirn.

Emmet strich sich durch die Haare und holte tief Atem. »Dede, Schätzchen, meinst du nicht, du müßtest dich vielleicht ein bißchen oft entschuldigen lassen?« Als sie wütend auffahren wollte, hob er abwehrend die Hand.

»Du bist clever«, sagte Emmet. »Eines der cleversten jungen Mädchen, die ich je gekannt habe. Deshalb wirst du doch sicher einsehen, wie schwer es werden könnte, Leuten Handschellen anzulegen, mit denen du praktisch aufgewachsen bist.« Sein ruhiger, offener Blick hielt sie in Schach. »Ich habe es selbst oft genug tun müssen. Ich weiß, wie das ist.« Er sah zur Seite. »So verliert man Freunde. Ich möchte nicht, daß dir das passiert.«

Dede biß die Zähne zusammen. Sie wußte, daß Emmet an Delia dachte, die ihn nur noch freundlich abwimmelte, seit er Dede einmal festgenommen hatte: wegen Geschwindigkeitsübertretung und wegen ein paar Gramm Marihuana. Obwohl sie sich über ihn ärgerte, nahm sie beim Gehen keine Anmeldeformulare mit.

Emmet blickte ihr seufzend nach. Er hatte versucht, sich Delias Ablehnung nicht zu sehr zu Herzen zu nehmen und sich mit Arbeit abzulenken, aber bei jedem Gedanken an sie begann sein Puls zu rasen. Wie gerne wäre er noch einmal auf ihr gelegen. Noch einmal wollte er so fest wie möglich in sie hineinstoßen, um dann erschöpft und entspannt an ihrer Schulter zu liegen.

Und wenn es der letzte Akt seines Lebens wäre. Aber sie war unerreichbar für ihn geworden. Schon lange wagte er es nicht mehr, sie zum Essen einzuladen. Nur noch hin und wieder schaute er mit einem Sandwich bei ihr in der Mittagspause vorbei. Ansonsten machte er Überstunden, soviel er konnte, und ging ins Panama City, wenn er eine Frau brauchte. Manchmal half er den Parkhütern aus, stellte Schilder auf und erzählte ihnen Anekdoten aus dem Polizeidienst, die sie noch nicht kannten. Manche gaben seiner Begabung als Geschichtenerzähler die Schuld daran, daß sich immer wieder irgendwelche Dummköpfe in den Höhlen verliefen.

»Tja, nicht jeder, der ins Dunkel steigt, kommt auch wieder rauf«, belehrte Emmet die jungen Kerle, die ihn nach den Partys von früher fragten. Seine Stimme war düster, und er nickte, als ob seine Warnung jedem vernünftigen Menschen zur Abschreckung genügen müßte. Er schien nie zu bemerken, wie sich die Jungs feixend mit den Ellbogen anstießen. Er hatte vergessen, was es hieß, wenn man jung und übermütig und ganz versessen darauf war, Hals über Kopf ins Dunkel zu springen.

»Dummerweise hätte ich am liebsten einen Fahrerjob, und genau den kann ich nicht bekommen. Obwohl ich doch so gut fahre. Vielleicht könnte ich Kurierfahrten übernehmen, oder irgendwas, wo man nicht schwer tragen muß – blöde bin ich ja schließlich auch nicht gerade.« Dede wedelte mit den mageren Armen und grinste Cissy an. »Ich weiß, Getränke könnte ich keine ausfahren, oder kannst du dir vorstellen, wie ich Bierkästen stemme?«

Cissy mußte lächeln. Meistens wog Dede kaum fünfzig Kilo. Skelett nannte Amanda sie, Vogelscheuche. Cissy gab ihr insgeheim recht, sagte aber nichts. Es hatte keinen Zweck, mit Amanda über Dede zu sprechen. Eher noch mit Delia, aber nicht mit Amanda, die Delia ein ganzes Jahr lang in den Ohren gelegen hatte, Dede in die christliche Erziehungsanstalt in Savannah zu stecken.

Ob Vogelscheuche oder nicht, eines stand fest: in Cayro gab es für junge Mädchen wenig Arbeit, die weder Haare frisieren noch in die Fabrik gehen wollten. Die beiden letzten Geschäfte, die in Cayro aufgemacht hatten, waren eine Motorradwerkstatt und ein Handarbeitsladen, und beide waren schnell wieder eingegangen.

Dede wollte ohnehin nie etwas anderes als Auto fahren, am liebsten Lastwagen. Lieferwagenfahrer fand sie sexy, besonderen deren Uniformhemden mit den aufgesetzten Taschen. Vielleicht könnte sie ja Brot und Kuchen ausfahren, sagte sie hoffnungsvoll zu Cissy.

»Am besten Biskuitrollen und Windbeutel, was?« zog Cissy sie auf.

Es war ein trister Sommer. Dede hockte grollend in ihrem Zimmer und warf abwechselnd Valium und Vitaminpillen ein. Eines Nachmittags fand Cissy sie auf ihrem Bett ausgestreckt, wo sie eine halbe Stunde lang über die wohltuende Wirkung von Vitamin C dozierte. »So ausgleichend für die Stimmung«, schwärmte sie,

»besser als Bier.« Sie hob den Kopf und kicherte leise. »Ich dachte, es wäre Dan«, flüsterte sie. Cissy hatte diesen Dan, mit dem Dede im vorigen Monat ausgegangen war, schon seit Wochen nicht mehr gesehen. »Dan könnte auch etwas mehr Vitamin C brauchen«, kicherte Dede wieder, drehte sich auf die Seite und döste ein. Cissy betrachtete sie eine Weile und fragte sich, ob es nicht an der Zeit sei, Delia einzuschalten. Am Ende entschloß sie sich, noch zu warten.

Aus Begeisterung fürs Lastwagenfahren begann Dede, sich mit Truckern zu verabreden. Einer hatte einen eigenen Laster, und Dede witterte sofort, daß dies der Weg zum Erfolg war, obwohl sie keine Ahnung hatte, wo sie den Kredit für einen Lastwagen hernehmen sollte. Und wer würde ihr schon seine Güter zur Spedition anvertrauen? Sie lernte zwar auch ein paar Fahrerinnen kennen, aber die waren entweder mit ihren Teampartnern verheiratet oder halfen nur hin und wieder mal aus.

»Verdammter Mist, daß ich kein Junge bin«, fluchte Dede, als sie sah, daß sie ihren Traum wohl doch begraben mußte. Eines Abends weihte sie Cissy in einen verworrenen Wunschtraum ein. Sie wolle nach Atlanta gehen und dort Taxi fahren. Falls das nicht klappe, täte es auch eine Pferdedroschke. Auch wenn sie sich nicht mit Motoren auskannte, mit einem PS würde sie doch sicher zurechtkommen, lallte sie. Ihre Augen waren glasig und blau umschattet. Cissy beobachtete sie mit wachsender Sorge.

An einem frühen Donnerstag abend rief Amanda im Bonnet an: im Getränkemarkt an ihrer Straßenecke habe es eine Schießerei gegeben. Unter den brummenden Trockenhauben blätterten die Kundinnen friedlich in ihren Zeitschriften.

»Was ist passiert?« rief M. T. erschrocken.

»Keine Ahnung, irgendwem sind die Sicherungen durchgebrannt, und auf einmal hat's geknallt.«

Genaugenommen handelte es sich nicht um einen Überfall, sondern nur um eine dumme Eifersuchtsszene zwischen zugedröhnten Teenagern. Keiner wußte, wer angefangen hatte, aber der Junge war tot und das Mädchen verletzt, und alles voll Blut. In dem allgemeinen Durcheinander räumte dann einer noch die Kasse aus – laut Auskunft der Polizei aber keiner von denen, die an der Schießerei beteiligt gewesen waren.

Dede saß gerade in Stephs Frisiersessel und blätterte die wie immer dürftigen Stellenanzeigen durch. »Das ist ein Wink des Himmels«, sagte sie, sprang auf und stürmte hinaus. Im Getränkemarkt räumte ein neuer stellvertretender Geschäftsführer schon wieder die Regale ein. Der alte hatte gekündigt, als die Polizei mit kreischenden Sirenen vorfuhr. »Lebensgefahr stand nicht im Vertrag«, hatte er gesagt, »und Blut wegputzen auch nicht.«

»Ich habe eine Nase für Leute, die Ärger machen«, stellte sich Dede dem neuen Inhaber vor. Verdattert starrte er sie über einen Whiskeykarton hinweg an.

»Die können hier nicht mehr viel anrichten, wenn ich da bin«, fuhr Dede fort.

Der Mann glotzte immer noch wortlos.

»Ich könnte eine wertvolle Kraft sein.«

»Wertvolle Kraft?«

»Als Verkäuferin. Mit Getränken kenne ich mich aus.«

»Was? Schon so viel geschluckt in deinem jungen Leben?« Er lachte und setzte den Karton ab.

»Genau, aber das ist vorbei.« Dede lächelte friedfertig. Sie war überzeugt, daß sie den Job wirklich gut machen könnte.

Der Mann richtete sich auf und musterte sie von Kopf bis Fuß. »Mädel«, sagte er, »für so eine Arbeit bist du viel zu zart.« Offensichtlich bemühte er sich, geduldig zu sein, doch sein Tonfall klang bereits abschlägig. »Weißt du denn nicht, daß hier gerade jemand erschossen wurde?«

»Keine Angst, *ich* werde nicht erschossen.« Dede blickte ihn herausfordernd an. »Ich kann auf mich aufpassen. Außerdem bin ich nicht so leicht zu bremsen, wenn ich mir etwas in den Kopf gesetzt habe. Gut, ich bin vielleicht kein Bodybuilder, aber trotzdem kann ich ordentlich zupacken. Probieren Sie's doch mal aus, wie ich den Laden hier zum Laufen bringe.«

Inzwischen war der Mann doch einigermaßen beeindruckt, zumindest wußte er nichts mehr zu sagen. Und als Dede nicht lockerließ, schob er ihr schließlich seufzend das Einstellungsformular über den Tresen. Bestimmte Mindestmaße hinsichtlich Größe oder Gewicht waren nicht gefordert, nur ein Mindestalter. Und das hatte Dede gerade erreicht.

Sie füllte den Zettel aus und fragte noch mal nach, ob er ihn auch wirklich an die Zentrale der Ladenkette weiterreichen würde. Sie wollte sichergehen. Es würde bestimmt nichts daraus werden, warnte Delia sie, aber Dede sagte nur: »Den Job schaffe ich, das weiß ich.«

Anfangs stellte man sie erst einmal nur für ein paar Stunden morgens oder abends ein, genau zu den Stoßzeiten, in denen sich die Kunden drängelten. Der Verkäufer, der sie einarbeitete, war der Meinung, sie würde keine Woche durchhalten.

»Unsere Kundschaft ist oft ganz schön ruppig«, brummte er.

»Mir doch egal«, grinste Dede.

Delia machte sich wieder mal Sorgen, aber Amanda war empört. »Säufer bedienen! Ist das dein ganzer Ehrgeiz?«

»Hauptsache, ich tue etwas, das ich kann.« Dede war unerschütterlich. Sie schaute, als könnte sie kein Wässerlein trüben, trank schwarzen Kaffee und schluckte Eisentabletten.

Halbwüchsige Rüpel, zitternde Alkoholiker beiderlei Geschlechts, entnervte Mütter mit einem geparkten Auto voll kreischender Kleinkinder – nichts und niemand konnte Dede bange machen. Normalerweise genügte ein Blick, um zu wissen, wen sie vor sich hatte. Sie hätte den Leuten auf den Kopf zu sagen können, was sie wollten. Ob gefälschte Ausweise oder Langfinger, Dede entdeckte sie jedesmal, bevor sie zum Problem wurden.

Sie kannte die Tricks, weil sie sie oft genug selbst angewandt hatte. Sie wußte, was alles möglich war und wie man mit müden, erwartungsvollen Kindern umgehen mußte. Sie hatte immer einen Scherz parat, um die Situation zu entspannen, oder einen Rüffel, wenn es die kleinen Hosenscheißer nötig hatten.

Dede kannte das Spiel, und sie genoß es. Vielleicht wäre es noch befriedigender gewesen, einen Sattelschlepper zu lenken, aber so einen Laden zu führen sei auch nicht schlecht, brüstete sie sich vor Delia und Cissy.

Sechs Monte vergingen, bis ihre Vorgesetzen bestätigten, was sie die ganze Zeit gewußt hatte. Das zarte Mädel hatte Talent, sie hatte den Laden unter Kontrolle. »Erstaunlich, aber wahr, sie kommt zurecht«, sagte der Chef zu Delia. »Ich hätt's ja nie für möglich gehalten, aber sie ist meine beste Kraft, die Kleine.«

»Ich weiß, ich kann das«, sagte Dede. Ihre Augen strahlten vor Selbstvertrauen, Vitamin E und Beta-Karotin.

KAPITEL 15

Nach ihrer letzten Höhlenexpedition verbrachte Cissy zwei Jahre damit, Literatur über dieses Thema zu sammeln. Über Paula's Lost fand sie so gut wie nichts, aber dafür drei Artikel über Little Mouth, alle von renommierten Forschern verfaßt. Die Höhenforscherei war ein exzentrischer Sport, ein Hobby für mystisch angehauchte Einzelgänger. Es gab weder Medaillen noch Trophäen dafür, höchstens die Anerkennung von anderen Experten. Einschlägige Dokumentationen wurden billig hergestellt und kaum je in größerer Auflage gedruckt. Ihr Stil zeichnete sich durch unterschwellige Arroganz und eine Anhäufung von Fachbegriffen aus, wie es für wissenschaftliche Randgruppen üblich ist. Cissys sehnlichster Wunsch war es, ihren eigenen Bericht über Paula's Lost zu veröffentlichen und dann Delias und Dedes Mienen zu sehen, wenn sie ihr geheimes Leben entdeckten, die unbekannte Cissy, die mutig und kompetent in schaurig-dunkle Tiefen hinabstieg.

Fünf Meilen nördlich von Paula's Lost lag Little Mouth, ein senkrechter Schacht, in den schräge Gänge führten. Nichts Besonderes, eine Kalksteinhöhle mit einem unterirdischen Wasserlauf, die nur teilweise erforscht war. Viele spannende Geschichten rankten sich um diese Höhle, meistens von Leuten erzählt, die höchstens bis zur ersten Felskammer gelangt waren. Unter Geologen galt die Höhle als wenig interessant. Der Abstieg war voller Geröll, und wie in Paula's Lost drohten die Wände jederzeit einzustürzen.

Viele Geschichten handelten von Wunderrettungen in letzter Minute, von Leuten, die sich unten verirrt hatten und fast nicht mehr ans Tageslicht gekommen wären. Die Parkhüter lachten nur darüber, bis 1972 tatsächlich ein Junge sein Leben in Little Month lassen mußte. Danach hatten sie vor der Höhle ebensoviel Respekt wie vor den gefährlichen Wasserlöchern weiter im Norden, wo die Zypressenwurzeln mit ihrer tanninhaltigen Säure das stille Wasser rotbraun färbten wie Tee. Die geringe Sichtweite führte dazu, daß dort immer wieder Taucher verschwanden. Für jeden Ertrunkenen hatte man an den Steilhängen ringsum ein weißes Kreuz aufgestellt, aber auch das konnte die Abenteurer nicht aufhalten. Diese Todeshöhlen hießen Devil's Eye, Red Lady oder Night's Own Hole, und bei den Geschichten, die man sich darüber erzählte, ging es immer um den atemberaubenden Blick durch pulsierendes schwarzes Wasser in ein tiefrot glühendes Lichtauge.

Seit 1972 gab es nun also auch über Little Mouth ein weißes Kreuz, obwohl sich niemand an den Jungen erinnerte, der in der Höhle geblieben war. Viele behaupteten, das Kreuz sei eine Fälschung. Die Polizei hätte es aufgestellt, um die Leute abzuschrecken. Irgendwelche Jungs nagelten Kondome und leere Bierdosen daran, bekritzelten es mit unflätigen Sprüchen und Spitznamen und schossen es in Stücke, aber die Waldhüter paßten auf und ersetzten es jedesmal wieder neu. Der Tod, sagte Emmet eines Sonntag nachmittags zu Cissy, der Tod ist etwas, das junge Leute nicht begreifen, obwohl man ihm in einer halbverschütteten Höhle wie Little Mouth so leicht begegnen kann. Der Blick, den sie ihm zuwarf, sagte deutlich, daß *sie* mehr über den Tod wußte, als er es je für möglich halten würde.

Jean und Mim waren zwei dunkle, schmale Mädchen, die Nolan vom College her kannte. Sie waren ganz begeistert von seinen Brewster-Stories und wollten immer mehr Details über die Höhlen erfahren. Er tat ihnen gerne den Gefallen, und so ergab es sich schließlich auch, daß er sie mit seiner Freundin Cissy bekannt machte. Cissy konnte kaum glauben, daß die beiden aus Cayro stammten; sie kamen ihr wie Heldinnen aus den Science-fiction-Romanen vor, die sie immer von Nolan ausgeliehen hatte. Unter Jeans Blick errötete Cissy, als könnte die schöne Studentin ihre Gedanken lesen, und fühlte sich so eingeschüchtert, daß sie auf alle Fragen nur ja sagte.

Sie hatten von Nolan gehört, daß Cissy schon oft in den Höhlen gewesen war. Sie wollten eine rein weibliche Forschergruppe gründen und Cissy dazu einladen. Cissy war hingerissen. Diese wunderbaren Wesen sprachen mit ihr, und – sie sprachen auch noch über das, was ihr das Liebste auf der Welt war.

»Wenn Mim und ich das machen, rechnet man uns das am College als Punkte im Sport an«, erklärte Jean.

»Außerdem müssen wir dann nicht mit der Männergruppe mitgehen. Da sind nur Neandertaler dabei, die uns immer vorschicken, damit sie uns auf den Hintern glotzen können.« Mim sprach unglaublich schnell und verschluckte bei jedem Wort die letzte Silbe, so daß Cissy etwas Mühe hatte, jede Einzelheit zu verstehen.

»Wir haben sie uns angeguckt«, warf Jean ein. »Ein ziemlich armseliger Haufen. Die Ausrüstung, vergiß es, totaler Schrott. Trotzdem wollten sie uns nichts davon borgen. Kannst du dir das vorstellen?«

»Ja«, sagte Cissy, ohne genau zu wissen, wozu. Sie war sogar mit Charlie in der Höhle gewesen, warum dann nicht mit diesen Mädchen, auch wenn sie ein bißchen zu schnell redeten.

Schon vor ihrer ersten gemeinsamen Expedition nahmen die beiden Mädchen Cissy unter ihre Fittiche und behandelten sie so freundschaftlich, als wären sie miteinander aufgewachsen. Mim küßte Cissy sogar einmal spontan auf den Mund, als Cissy ihr die Karte von Paula's Lost zeigte, die sie mit Nolan zusammen gezeichnet hatte. Cissy war überrascht und gerührt. Auch sie wäre gern so frei und locker gewesen, so kosmopolitisch und selbstbewußt und zugleich exotisch – wie Mim, die nach Lust und Laune mit Küssen oder kernigen Flüchen um sich warf.

»Wo kommt dieses Mädchen her?« fragte Delia eines Tages, nachdem Jean Cissy zu Hause abgesetzt hatte und noch auf ein Glas Tee geblieben war. »Sie sieht nicht aus wie die Leute von hier.«

»Weiß nicht genau«, sagte Cissy.

»Sehr christlich wirkt sie nicht gerade«, sagte Amanda, als könne sie allein so etwas beurteilen. Amanda war gerade mit ihren beiden Söhnen zu Besuch – dem einjährigen Michael junior und Baby Gabriel. Delia hatte nur Augen für den kleinen Gabe in seinem Tragekorb. Cissy zog ein finsteres Gesicht und verkroch sich in ihr Zimmer, um *Die Farbe Lila* zu lesen. Jean hatte es ihr als ergreifendes Beispiel dafür zugesteckt, daß Frauen lernen mußten, sich selbst zu verteidigen.

Cissy wußte natürlich sehr gut, was Amanda mit ihrer Bemerkung meinte. Jean und Mim sahen so ganz anders aus als die langweiligen, flachsköpfigen jungen Gören, die in Cayro herumliefen.

Ihre großstädtische Art – das faszinierte Cissy an den beiden. Als kämen sie direkt aus Los Angeles oder San Francisco. Ihre Art, wie sie über Bücher und Filme redeten und sich beim Abschied locker und selbstverständlich umarmten.

Die drei Mädchen wurden bald unzertrennlich, obwohl Cissy sich mit ihnen nie ganz so wohl fühlte wie mit Nolan. Sie genierte sich ein bißchen. Jean und Mim hatten viel mehr Erfahrung als sie, und es wunderte sie immer wieder, daß sie sie trotzdem zu akzeptieren schienen.

Die Höhlenexpedition würde ihre Freundschaft noch mehr festigen, hoffte Cissy. Wie sie sich darauf freute, endlich wieder in ihr geliebtes Dunkel hinabzusteigen! Sie sehnte sich immer nach den Höhlen und träumte von ihnen in ihrem unruhigen Schlaf.

Jean und Mim hatten Mühe, noch zwei Frauen aufzutreiben, die sich ihrer Gruppe anschließen wollten. Angeblich grenzte es an Selbstmord, allein in die Höhlen zu steigen, also war man erst zu fünft einigermaßen sicher. Man mußte stets mit Unfällen rechnen. Die Leute wurden müde und machten dumme Fehler. Jemanden aus diesen tiefen Gängen herauszutragen kostete eine Menge Kraft. Cissy rief ein Mädchen aus ihrem Schwimmclub an, um sie zum Mitmachen zu bewegen. »Ach, Cissy«, bekam sie zu hören, »hast du's immer noch mit den Höhlen? Such dir doch mal ein anderes Hobby.«

»Verdammt«, sagte Mim schließlich. »Du bist doch Schwimmerin, stimmt's? Und Jean und ich haben jahrelang Judo gemacht, wir sind also alle drei fit, wir schaffen's bestimmt auch zu dritt. Ich will nicht mehr länger warten und womöglich noch die Chance verpassen, eine eigene Karte von der Höhle anzulegen.«

»Na ja, wir wollen uns natürlich nicht umbringen«, lachte Jean. »Aber so totales Neuland sind die Höhlen nun auch wieder nicht. Wie pflegte mein Daddy immer zu sagen: Man hat mehr vom Leben, wenn man ab und zu mal ein Risiko eingeht.«

Als würde man mit Gott flirten, dachte Cissy. Mit Gott oder mit dem Tod oder mit der eigenen Sehnsucht nach Verwandlung. Buddhisten streben nach dem Nirwana, Christen nach dem Paradies. Aber wenn man an gar nichts glaubt, wenn man nur die Dunkelheit liebt, wo war dann das Ziel? Cissy wußte es nicht, sie wußte nur, sie hatte keine Wahl.

Dort unten in der Höhle war es wieder genauso schön, wie Cissy gehofft hatte. Als sie zur gewölbten Felsendecke von Little Mouth aufblickte, war ihr, als würden im dunklen Umkreis ihres dünnen Lichtstrahls Gospelsongs erklingen. Bei jedem Abstieg in die Höhle ertappte sie sich dabei, daß sie an Gott dachte, an den Gott, der Fels auf Fels schichtete und über vaterlose Mädchen wachte.

Gott war Delias Stimme im Dunkeln, wenn Cissy schläfrig war und sie so hell und klar hörte, als sänge sie wirklich selbst. Gott war dieses Unbegreifliche außerhalb ihrer selbst, dieses maßlose Verlangen, in tausend Stücke zu zerspringen und zu brennen. Gott war der Moment nach dem Orgasmus, wenn sie erschöpft mit der Hand über dem Mund auf ihrem Bett lag – nichts, was irgendein Mitglied ihrer Familie hätte wissen dürfen.

Als Cissy noch jünger war, hatte sie Amanda gern mit ihrem Unglauben geschockt, aber seit Amanda selbst Kinder hatte und Michaels Sonntagsschule leitete, war ihre Bereitschaft zur moralischen Empörung merklich abgeflaut. »Schade«, meinte Dede. »Amanda ist so bieder geworden. Früher hatte sie viel mehr Schwung. Damals hat sie sich noch wegen jedem Mist aufgeregt.« Cissy stimmte zu. Ihre einst so bekehrungswütige Schwester war fast so gemütlich geworden wie M. T.

Ich wette, Gott vermißt die Amanda von früher, dachte Cissy, als sie in Little Mouth an der Felswand hing. Ihre hitzige, aufbrausende, herausfordernde, angriffslustige Art. Cissy konte sich nur einen Gott vorstellen, der diese Eigenschaften zu schätzen gewußt hätte. Jedesmal, wenn Cissy die immer abgekämpfte Amanda sah, erinnerte sie sich daran, wieviel unbändige Energie sie ausgestrahlt hatte, als sie damals in Clints Haus eingezogen war. Amanda war herumgestürmt wie ein nervtötender alttestamentarischer Prophet, deren Weisheiten sie ständig zitierte.

Eine von Amandas liebsten Bibelstellen war der Heißkalt-Imperativ, wie Dede es nannte, aus der Offenbarung Johannis. »Ihr seid weder kalt noch heiß«, sagte Amanda gern, »und die Hölle ist voll von Lauwarmen.« Mit lauwarm meinte sie Cissy und Dede, und vielleicht auch Delia. Die Offenbarung erschien Cissy immer wie ein Rückfall ins Alte Testament, zu einem strengen Gott, der nichts dagegen hatte, daß man Lots Töchter dem groben Pöbel von Sodom auslieferte. Um Mitleid und Verständnis zu finden, mußte man sich an Jesus wenden. Der letzte große Familienstreit war losgebrochen, als Dede in bekifftem Zustand angefangen hatte, die Rollen für eine Neuverfilmung der Bibel zu verteilen.

»Alan Alda als Jesus«, hatte sie vorgeschlagen. »Aber nein, der ist schon zu alt. Richard Gere, wie wär's mit dem? Paßt doch ganz gut als Sensibelchen, das Zoff mit seinem Daddy hat, oder?«

Amanda war blau angelaufen. »Die Hölle ist nicht heiß genug für eine wie dich«, keuchte sie. »Da muß der Teufel noch mal extra einheizen!«

Nein, selbst eine von der Mutterschaft ausgelaugte Amanda hatte nichts Lauwarmes an sich. Ihr Jesus war ein Zürnender, der die Geldverleiher aus dem Tempel warf. Im Baptist Tabernacle gab es ein großes Hinterglasbild von Jesus, das mit 60-Watt-Birnen angeleuchtet war. Bei Amandas Hochzeit hatte Cissy das perspektivisch verzerrte Bild so lange von unten angestarrt, bis es ihr wie das Poster eines Rockstars vorkam: die Augen mit Lidschatten umrandet, die Arme vor der Fangemeinde ausgebreitet. Jesus hatte merkwürdig weiblich ausgesehen. Vielleicht sollte Sigourney Weaver ihn spielen, hätte Cissy fast gesagt, aber das hätte Dede wahrscheinlich genauso geärgert wie Amanda.

Weiblich, dachte Cissy jedesmal, wenn sie den Kopf in den kühlen Luftzug aus der Höhle zurückbog. Das Dunkel war weiblich, und Gott war dunkel. Gott war unendlich groß, gefährlich, geheimnisvoll – und weiblich. Manchmal wünschte sich Cissy, sie könnte Amanda erklären, wie sie über das Göttliche dachte. Nicht so biblisch, sondern eher familiär. Nicht Jehovah, sondern Delia, wenn sie aus voller Brust sang. *Das* war spirituell, *das* war höhere Gewalt. Aber wie hätte Cissy eine solche Idee mit jemandem teilen können?

Amandas Gott war nicht Cissys Gott. Amandas Gott zählte die Sünden und teilte Strafen aus. Cissys Gott atmete Güte und Feuer. Amandas Gott belohnte die Rechtschaffenheit mit dicken Babys und einer schattigen Veranda. Cissys Gott bot dagegen nur die Chance auf Seelenrettung in schauriger Dunkelheit. Ihr Gott war ein sardonisches Lächeln im Dunkel, die Schmerzen in ihren Schultern, wenn sie zu weit schwamm, der Stoß, der sie durchzuckte, als Dede den Datsun gegen den Baum fuhr. Jedesmal, wenn Cissy sich ihre schweren Stiefel zu einer weiteren Höhlenexpediton anzog, spürte sie die Vorfreude auf ein neuerliches Zusammentreffen mit dem Geheimnis. Wahrscheinlich mußte Gott sich heutzutage in Höhlen verstecken.

Im Dunkel schien alles möglich. Alles konnte dort entstehen. Die Höhle war eine dämmerige, gewölbte Bühne voll unsichtbarer Bewegungen. In dieser Dunkelheit war Cissy weder Baptistin noch sonst etwas, sondern einfach nur in Gottes Hand. Sie hatte keine Angst vor den scharfkantigen Felsen zu ihren Füßen. Zum Erklettern dieser Schotterhänge war absolute Konzentration nötig. Man mußte genau aufpassen, wohin man seine Füße setzte, durfte sich keinen einzigen Fehltritt leisten. Immer, wenn sie sich so eisern unter Kontrolle halten mußte, hätte Cissy am liebsten die Arme hochgerissen und laut aufgejubelt. Dieses Unterdrücken erzeugte unterschwellig ein Gefühl von Macht, das sich als kribbelndes Gefühl im Nacken entlud. In der Höhle spürte Cissy, wie schnell sie an den Felswänden zerschmettert werden konnte, wie nahe sie hier Gottes Umarmung war, jenem unergründlich dunklen Geheimnis. In der Kathedralenatmosphäre der dritten Kammer von Little Mouth hob Cissy den Kopf und spürte eine Brise über die Wange streichen. Gott oder Geist, Clint oder Randall, die kalten unschuldigen Toten oder die brennende Qual lebenslanger Sehnsucht. Hinter ihr kletterte ein Schatten, der nach Rauch und dem Tequila ihres Vaters roch. Aus den dunkelsten Ecken tönte ein hohles, gespenstisches Husten, eine rauhe Stimme flüsterte Delias Namen, ein keuchendes Echo ließ Cissy erschauern. Jeder Steinschlag klang wie eine Baßnote. Jesus, Magie, Tod – in den Höhlen war alles möglich.

Wie im Traum bewegte sich Cissy durch die Höhle, berauscht von ihrer eigenen Angst, wenn das Seil von der Felskante abglitt. Sie genoß das stetige Geräusch tropfenden Wassers. Hinter ihrem Rücken riefen sich Jean und Mim manchmal ganz plötzlich etwas zu, dann spürte Cissy den Widerhall bis in ihr Innerstes. Nur Kinder Gottes konnten so furchtlos und unbeherrscht schreien. Cissy liebte Jean und Mim dafür. Die Liebe erhitzte ihr Blut, ließ ihr Herz schneller schlagen. Zum erstenmal im Leben fühlte sie sich nicht mehr allein.

Ihre Familie verstand wie üblich nichts. Alle wunderten sich, daß die sonst so zurückhaltende Cissy sich auf einmal für andere Menschen interessierte. Besonders Delia und Amanda waren plötzlich Verbündete. Gemeinsam sorgten sie sich um Cissys neu aufgeflammte Begeisterung für Höhlenexpeditionen und ihre überraschende Freundschaft mit den beiden fremden Mädchen.

»In letzter Zeit bist du ständig unterwegs«, sagte Delia stirnrunzelnd. »Man sieht dich gar nicht mehr zu Hause.«

»Was willst du eigentlich beweisen?« nölte Amanda. »Mit uns redest du wohl nicht mehr.«

Als ob ich das je getan hätte, dachte Cissy.

Mim trat angewidert gegen das schmutzige Wäschebündel, das sie nach ihrer dritten Höhlenerkundung abgestreift hatte. »Bäh, roter Schlamm und gelber Lehm. Das gibt eine schlimmere Wäsche als bei einem Hund.«

»Ach was, wir stopfen die Sachen einfach in die Regentonne«, lachte Jean. »Ein paar Tage einweichen, und fertig.«

Cissy nickte lächelnd. Längst waren die Witze über die verschmutzte Kleidung am Ende ihrer Ausflüge zum Ritual geworden – eine Methode, die Konzentration, den Rausch und die Angst hinter sich zu lassen, wenn sie aus dem Untergrund wiederauftauchten. Das hektische Lachen hinterher, die langsame Entspannung waren vorhersehbar, ganz im Gegensatz zu den Ausflügen selbst. Die Mädchen redeten kaum über ihre klaustrophobischen Ängste, ihr Schaudern, wenn nackte Haut über Felskanten schrappte, ihr Unbehagen, wenn der Helm drückte und die glitschig-feuchten Stollen sie immer enger umschlossen. Nein, hinterher bei heißem Kaffee und Keksen über den Dreck zu schimpfen war das äußerste Zugeständnis in ihrem Code.

»Schaut mal! Ich bin von Kopf bis Fuß voll Lehm, verdreckt bis auf die Knochen!«

»Herrgott, ich habe wieder die ganzen Haare voller Kies!«

In Jeans und Mims Studentenwohnung herrschte eine angenehme Unordnung: zerlesene Bücher und leere Coladosen zwischen Kleidern und Schuhen. Wenn sie von ihren Exkursionen zurückkamen, warfen Jean und Mim schon an der Küchentür die Kleider von sich, stopften sie in einen Waschzuber und gingen dann zusammen unter die Dusche. Cissy beobachtete sie leicht geniert. Sie selbst zog sich immer schnell in der Küche um, setzte sich dann mit einem Glas Wasser an den Tisch und hörte zu, wie die beiden unter der Dusche kicherten. Irgendwann, sagte sie sich, würde sie ihre Scheu verlieren und sich genauso unbekümmert ins Bad begeben. Es mußte wunderbar sein, sich in seinem Körper so heimisch zu fühlen, daß man nicht zögerte, vor aller Augen pudelnackt herumzulaufen. Im Vergleich zu Jean und Mim kam sie sich richtig verklemmt vor.

Cissy hatte ihre eigene Methode, den Schmutz aus ihren Höhlenklamotten zu entfernen. Seit Dede die Waschküche zur Dunkelkammer umfunktioniert hatte, gab es bei Delia nicht nur zwei, sondern drei Becken. Dedes Begeisterung für die Fotografie war längst wieder erloschen, aber Cissy fand die drei Becken sehr praktisch für ihre Handwäsche. Beinahe hätte sie sich erboten, auch Jeans und Mims Sachen zum Waschen mitzunehmen, aber dann sprach sie es lieber doch nicht aus.

Nein, ihnen gegenüber wollte sie nicht dieselbe Rolle einnehmen wie in ihrer Familie. Die beiden sollten gar nicht wissen, daß sie zu Hause die ganze Wäsche machte, sonst hätte sie nicht mehr so locker mit ihnen umgehen können. *Sie* neckten Cissy nie wegen ihrer Schweigsamkeit oder der Art, wie sie sich immer die Haare über die Augen fallen ließ. Sie behandelten Cissy als Erwachsene, und mit der Zeit gewann sie tatsächlich etwas Selbstvertrauen. Auf den Fahrten zu den Höhlen redeten sie nur über ganz banale, alltägliche Dinge. Wie lang die Strecke war, welche Seile man im Marineladen bekommen konnte, wie schwer es war, nach anderthalb Tagen im Untergrund morgens aufzustehen. Die Gespräche mit Jean und Mim waren für Cissy, als ob sie in eine neue Haut schlüpfte. Das luxuriöse Gefühl, eine Weile nicht mehr nur Delias Tochter zu sein. Mit ihnen zu lachen war eine Befreiung.

»Fühl mal, ich glaube, meine Jeans sind zehn Kilo schwerer geworden.«

»Hast du Steine in den Taschen?«

»Ja. Beim Rutschen sind mir Kieselsteine in die Hose gefallen.«

Jean und Mim lachten, und Cissy genoß ihre Anerkennung. Sie waren so ganz anders als ihre Schwestern.

»Du stammst von einem anderen Planeten«, hatte Amanda ihr immer wieder gesagt. »Du hast nichts von einem normalen Menschen an dir.«

Cissy widersprach nicht. Ihrer Ansicht nach hatte Amanda ganz recht. Vielleicht war Delia gar nicht ihre richtige Mama. Vielleicht war sie ein Wechselbalg, den man Delia untergeschoben hatte. Warum wäre sie sonst so verschieden von allen, die sie kannte?

»Na, *so* verschieden von den anderen bist du nun auch wieder nicht«, sagte Nolan häufig. Aber Nolan? War er nicht auch ein Wechselbalg? In Cayro, Georgia, waren sie beide so auffällig wie Außerirdische.

Delias alte Waschmaschine rumpelte, wenn sie überladen war. Damit sie die Bettwäsche wusch, ohne durch die Küche zu tanzen, mußte sich Cissy oben drauf setzen. Sie verkeilte sich zwischen Wand und Türrahmen, so daß die Maschine gut belastet vor sich hin schnurrte, und hatte dann immer noch die Hände frei, um die Radiosender zu wechseln und sich ein Buch vor die Nase zu halten.

Cissy mochte das Gefühl der vibrierenden Maschine unter sich. In der feuchten Hitze der Waschküche verfiel sie oft in so tiefe Trance, daß sie hinterher nicht mehr sagen konnte, woran sie gedacht hatte. Auf der rüttelnden Maschine verwandelte sie sich zum Derwisch, der sich im Tanz drehte. Die feuchtwarme Luft atmete Verklärung wie ein mystisches Treibhaus.

»Das geilt dich auf, was? Wie ein Riesenvibrator unterm Po, ja?« Dede hatte es sofort Delia gepetzt, die nur abwinkte, obwohl ziemlich klar war, daß sie das gleiche dachte. Möglicherweise bot sie einen merkwürdigen Anblick, wenn sie so durchgeschüttelt mit angewinkelten Knien und weggetretener Miene dasaß. Aber in diesem Fall ging es zur Abwechslung einmal nicht um Sex.

Die Waschküche war Cissys Zuflucht. Sie mochte den Geruch nach Seifenpulver und blumigem Weichspüler, in den sich die schärferen Dünste der Putzmittel und der Flaschen mit Terpentin und Salmiakgeist mischten, die in einer alten Plastikkiste in der Ecke standen.

»Das alles darf nicht in den Müll, weißt du?« nörgelte Amanda gewohnheitsmäßig. »Du mußt es auf die Deponie fahren, und zwar bald, bevor es meinen Jungs in die Finger fällt.«

»Cissy wird sich darum kümmern«, sagte Delia genauso regelmäßig. »Cissy kennt sich mit solchen Sachen aus.«

Aber erst im Frühling, als Delia das Haus renovierte, raffte Cissy sich dazu auf. Mit Nolans Hilfe rückte sie die Regale und Maschinen von der Wand ab, weißelte alles neu und stellte einen Ventilator auf, um den Raum zu trocknen. Den Boden schrubbte sie mit Chlorlösung. Hinterher strahlte die Waschküche wie ein Tempel der Sauberkeit. Es gab nichts zu fressen für Ungeziefer, kein Gerümpel mehr in den Ecken, wo sich Staub und Spinnweben sammeln konnten. Wenn Dede oder Amanda irgendwelche Kartons mit altem Zeug dort abluden, brachte Cissy es sofort zur Deponie. Nichts durfte in der Waschküche bleiben, was nicht dort hingehörte. Was Cissy nicht mit Worten sagen konnte, drückte sie in ihrer Waschküche aus: durch die Körbe mit blütenweißen Hemden und Unterhosen, ordentlich gefalteten Bettlaken und Handtüchern, ausgebleichten Baumwolljeans, die sich samtweich auf der Haut anfühlten. All diese makellose Sauberkeit aus Cissys Hand sprach von ihrer uneingestandenen Sehnsucht nach einer heilen Familie, die nur in diesem einen Raum verwirklicht schien. Dort wußte sie genau, wo alles war und wie es hierhergeraten war.

Aber die Wäsche war ein Teil einer Realität, die Jean und Mim nicht mit einschloß, und auch nicht Cissys unbeschwertes Lachen mit ihnen. Zu diesem anderen, häuslichen Leben gehörte der Wunsch nach einer sicheren Kindheit. Nur hier wollte Cissy ihren Tochterpflichten nachkommen. In dem anderen Leben, das sie sich wünschte, zählten nur Muskeln und Sehnen. Es entging Cissy nicht, wie Mims Augen hinter Jeans Schulter bewundernd aufleuchteten, wenn sie sich behende an einer Felswand abseilte. In den Höhlen war sie kein liebes, kleines Mädchen, sondern eine erwachsene Frau, stark und geschickt. Cissy fürchtete sich davor, die verschiedenen Bruchstücke ihres Lebens zusammenzubringen: Amandas Verachtung, Delias Verwirrung, Nolans zuverlässige Freundschaft, Dedes bissigen Humor, Jeans und Mims Freizügigkeit. Und wer war zwischen ihnen allen Cissy? War sie die wagemutige Abenteurerin, die in die dunkelsten Tiefen hinabstieg? Oder das schüchterne Mäuschen, das sich in der Waschküche versteckte?

Nach ihrer letzten Exkursion krochen sie so verdreckt wieder an die Oberfläche, daß sich Jean weigerte, sie in ihr Auto zu lassen, ehe sie sich umgezogen hatten. Also streiften sie sich die Sachen hastig neben dem Kofferraum ab. Wieder genierte sich Cissy sehr und war froh, daß es schon dunkel war. Als ihr Mim Wasser über die nackten Schultern goß und Jean sie von hinten mit dem Handtuch abrubbelte, hob sie das Gesicht zu den Sternen und spürte die Luft wie Seide auf ihrer Haut. Pulsierende Energie erfüllte sie, ein Freudentaumel, am Leben zu sein.

Sie war in die Dunkelheit gekrochen und wieder hinaus, hatte alles riskiert, um schließlich über und über schlammbesudelt ans Sternenlicht zurückzukehren. Den Schlamm abzuwaschen war wie eine Taufe. Cissy knöpfte ihre zweite Armeehose auf und zog sich die schmutzigen Stiefel aus. Wie Mim. Wie Jean. Bewußt vermied sie es, an ihrem eigenen nackten Körper herabzusehen, drehte sich um und rubbelte auch Jeans Rücken mit einem rauhen Handtuch trocken. Den Muskeln unter ihrer Haut konnte sie trauen.

Während sie saubere, trockene Jeans anzog, die nach Weichspüler und Sonnenschein rochen, lachte Cissy laut heraus. Jedesmal, wenn sie aus der Höhle kam, mußte sie an die sonntäglichen Fernsehshows denken, die sie sich in der ersten Zeit in Cayro immer angesehen hatte. Zwischen den Predigten gab es kurze erbauende Einakter, die mit brutaler Eindeutigkeit die Gerechtigkeit Gottes demonstrierten: der fluchende Vater, der Kehlkopfkrebs bekam, die Ehebrecherin, die ein Kind verlor. Genauso war es bei den Höhlenexkursionen. Jeder Fehltritt wurde umgehend bestraft. Wenn man sich gegen den Fels versündigte, forderte das Dunkel seinen Tribut. Wenn man aber tapfer auf dem rechten Wege durchhielt, gelangte man schließlich ans Licht. Dann wurde alles gut. Am Ende wußte man mit fragloser Gewißheit, wer und was man war. Und das hatte man alles nur sich selbst zu verdanken.

KAPITEL 16

In den Jahren nach dem Tod ihres Mannes brach sich Nadine Reitower dreimal den Oberschenkelhals. Seit Nolan aufs College ging, war sie nicht mehr im oberen Stockwerk ihres Hauses gewesen. »Sie wird nie mehr Treppen steigen können«, erklärte Dr. Campbell. »Sicher wird sie bis ans Lebensende im Rollstuhl sitzen.« Trotzdem war Nadine eine glückliche alte Dame. Als sie zum drittenmal gefallen war, hatte sie wohl so etwas wie einen Moment der Gnade erlebt. Eine kleine Ohnmacht, Sauerstoffmangel, zeitweiliger Ausfall der Hirnfunktion.

Fast zwei Minuten hatte Nolans Mutter nicht geatmet. In der Ambulanz stülpten ihr die Sanitäter eine Sauerstoffmaske über. Sie erwachte mit offenem Mund und herausgestreckter Zunge.

»Wie ein junger Vogel«, sagte Nolan später zu Cissy. »Ein hungriger junger Vogel.«

Das war eine einschneidende Veränderung für eine Frau, die in den letzten dreißig Jahren nie tausend Kalorien am Tag konsumiert hatte. Ihr Mann und ihre Söhne waren fett, aber Nadine machte einen Kult aus ihrer Schlankheit. Dünn war niemals dünn genug, sie mußte so mager sein wie eine Bohnenstange. Auf ihre hervorstehenden Hüftknochen und Schlüsselbeine war sie schrecklich stolz und hegte eine geradezu genüßliche Verachtung für ihre dicken Männer, die sie mit all dem fütterte, was sie niemals essen durfte. Sie fand es richtig, daß Männer dick und Frauen dünn waren, und machte in ihrer scharfzüngigen Art auch keinen Hehl daraus. Von Natur aus neigte sie zu bissigen Bemerkungen und unvermittelter Grausamkeit, obwohl sie sich für eine Seele von Mensch hielt. Sie wußte eben ganz genau, wie die Welt sein sollte, die ihr allerdings selten den Gefallen tat, ihren Überzeugungen zu entsprechen. Nadine Reitower kochte Soßen, die sie nie probierte, und buk Torten, von denen sie nur Krümel naschte. Sie stopfte ihre Männer voll und hungerte selbst, bis sie so spindeldürr war, daß ihre Knochen bei der geringsten Erschütterung brachen.

»Ich hätte ihr Kalziumpillen verschreiben und sie in den letzten zehn Jahren mehr zum Laufen animieren sollen«, knurrte Dr. Campbell. »Ich hätte wissen müssen, wohin das führt.« Er war besonders betroffen, weil er Nadine immer für überragend gesund gehalten hatte, ja, ihre ätherische, überschlanke Erscheinung geradezu verehrt hatte. Sie war eine aufopfernde Mutter und Ehefrau, vielleicht manchmal etwas autoritär, aber das war bei einem so willensstarken Wesen ja nur zu erwarten. Erst als Witwe lernte Dr. Campbell die Nadine Reitower kennen, die allen anderen längst ein Greuel war: eine plötzlich alt und gebrechlich gewordene Frau, die ihn einen nutzlosen Idioten nannte. Als sich diese alte Hexe erneut änderte, wußte er zuerst nicht, was er davon halten sollte.

»Nolan«, sagte die frisch aus der Ohnmacht erwachte Nadine, »ich habe Hunger.« Tatsächlich, diese Zweiminutenohnmacht hatte sie radikal verändert. Den ganzen Tag saß sie im Rollstuhl auf ihrer Veranda, ließ sich von einem ambulanten Pflegedienst versorgen, winkte den Passanten zu und rief sie beim Namen.

Cissy. Dede. Amanda. Jeden, der vorbeikam. Sogar Delia. Nadine mochte plötzlich reden, und je pummeliger sie wurde, desto freundlicher gab sie sich. Binnen zwei Minuten hatte sich Nolans Leben von Grund auf gewandelt.

Nadine Reitower war eine neue Frau geworden. Die Veränderung bei Nolan war nicht so auffällig. Nur Cissy schien es zu bemerken, vielleicht, weil sie ihn regelmäßig sah. Während Nadine in ihrem Rollstuhl in die Breite ging, wurde Nolan immer fröhlicher und entspannter. Er streckte sich merklich und begann sogar, mit den Hanteln zu trainieren, die sein Vater in der Garage aufbewahrt hatte. Angeblich hatte das alles nichts mit seinem letzten Zusammenstoß mit Dede zu tun, die wieder einmal erklärt hatte, sie würde nie mit jemandem ausgehen, der wie ein Brötchen auf Beinen aussah.

»Nein, echt, mir ist einfach nach Bewegung«, verteidigte sich Nolan vor Cissy.

»Pah, mir kannst du nichts vormachen. Du willst nur deinen Body stählen, gib's zu, sonst nenn ich dich nur noch Schwarzenegger«, neckte ihn Cissy gnadenlos.

»Ach was, ich mach's nur aus praktischen Gründen«, beharrte Nolan. »Es ist besser, ein paar Muskeln zu haben, wenn man dauernd eine Frau aus dem Rollstuhl heben muß, die immer schwerer wird. Was meinst du, wie das auf den Rücken geht. Ihr Arzt hat gesagt, wenn ich kein Krafttraining mache, werde ich mir noch 'nen Bruch heben.«

»Aha.«

»Außerdem muß ich schnell und effizient sein, um Mama aus dem Bad zu heben.« Nolan errötete. »Sie kichert.«

»Kichert?«

»Gott, ja.« Sein Gesicht wurde noch eine Schattierung röter. Er schloß die Augen. »Die Pflegeschwester und ich setzen sie ins Bad und heben sie dann wieder raus, und sie hält sich die Augen zu und fängt zu kichern an. ›Schau mich nicht an, Söhnchen, schau mich nicht an‹, sagt sie und kichert wie ein Backfisch. Ich habe sie vorher noch nie im Leben nackt gesehen. Früher wäre sie allein bei dem Gedanken daran gestorben, jetzt lacht sie und macht sich über uns beide lustig. Ein Glück, denn es wäre unerträglich, wenn sie sich genauso genieren würde wie ich. Aber auch so ist es nicht gerade angenehm.«

Nolan hielt die Augen weiter geschlossen. Es gab noch so vieles, was er Cissy nicht sagen konnte. Er machte nicht nur Krafttraining, sondern versuchte auch, seine Mutter zum Diäthalten zu bewegen – ein Projekt, das für Mutter und Sohn gleichermaßen schrecklich war. Die neue Nadine haßte Diäten und liebte fettes, reichhaltiges Essen über alles. Und Nolan war sehr gerührt über diese neue Version seiner Mutter, eine erstaunliche Frau, die sich strahlend die Finger abschleckte, fröhlich summend mit ihrem Rollstuhl durch die Küche fuhr und ihm immer sagte, wie gut er aussehe und wie stolz sie auf ihn sei.

Aber der Doktor hatte ihm erklärt, daß sich die Knochenmasse nicht regenerieren könne und Nadine einen weiteren Hüftbruch nicht überleben würde. »Wenn sie noch mehr zunimmt, machen ihre Knochen noch eher schlapp«, sagte der Doktor mit Nachdruck. »Junge, du mußt jetzt der Mann in der Familie sein.«

Nolan verstand, was er meinte. Nadines Körper war nicht dazu geschaffen, das zusätzliche Gewicht zu tragen, auch wenn sie auf ihre alten Tage noch so gerne das Fasten eines ganzen Lebens wettgemacht hätte. Je dicker Nadine wurde, desto größer das Risiko. Wenn Nolan nicht aufpaßte, würde er seine Mama verlieren, kaum daß sie richtig liebenswert geworden war.

Also strengte sich Nolan an, erfand spielerische Übungen für Nadine, um ihre Muskeln zu stärken, und nahm heimlich einige Veränderungen in der Küche vor, während Nadine bei der Physiotherapie war: Süßstoff statt Zucker, ein spezielles Salz, frisches Gemüse, magere Suppen. Er brachte keinen Kuchen mehr nach Hause, sosehr sie auch bettelte, und erpreßte sie schließlich mit ihrer Mutterliebe. »Mama«, flehte er, »du mußt mir helfen. Wie soll ich je eine Frau finden, wenn du mich nicht beim Abnehmen unterstützt?«

Langsam aber sicher streckte sich Nolan in die Länge. Obwohl Nadine um den Verlust von Schokolade und Buttercreme trauerte, bewunderte sie die wunderbare Verwandlung ihres dicklichen Jungen von Herzen. Er sah jetzt aus wie ein Footballspieler, muskulös und durchtrainiert, und manövrierte den fragilen Körper seiner alten Mutter so behutsam durch die Gegend wie seine Klarinette.

»Ich habe *so* einen gutaussehenden Sohn«, schwärmte Nadine allen Leuten vor, die zu Besuch kamen. Diese nickten ganz automatisch, aber wenn sie sich nach ihm umschauten, stellten sie fest, daß sie recht hatte. Der dicke, schüchterne Nolan war zu einem Bild von einem Mann geworden, der seine Mama mit Apfel- und Orangenschnitzen fütterte, den Blick senkte, wenn Frauen ihn ansahen, und so wunderbar musizierte, daß halb Cayro wußte, er würde überall in der Welt damit ankommen.

Wer sich *nicht* nach ihm umschaute, war Dede Windsor. Diejenige, für die Nolan alles getan hätte, warf nie einen Blick zu der Veranda hinauf, wo er wartete.

»Ach, Baby«, seufzte Nadine, wenn sie ihn die Straße hinabschauen sah. Ihre Miene war sanft und weise. »Ach, Baby«, sagte sie in einem Ton, der ihm fast das Herz brach. Nolan zog sie an sich und drückte sie an seine Brust. Wenn meine Mama so werden konnte, dachte er, dann ist nichts unmöglich. Eines Tages wird vielleicht doch alles so kommen, wie ich es mir erträume.

»Irgendwann einmal«, sagte er, und Nadine küßte ihn auf die Wange. Ihr Junge schmeckte nach Apfelpfannkuchen und roch wie ein süßer Krapfen – ein Segen für ihr altes Schlemmerherz.

Nach der Geburt ihrer Söhne flammte in Amanda die alte Besessenheit wieder auf, einen Christlichen Verein Junger Mädchen ins

Leben zu rufen. Diesmal hatte sie die High-School im Visier, jene Mädchen, die vor Dedes Laden rauchten und hinter vorgehaltener Hand kicherten, wenn Amanda mit ihren Jungen des Weges kam.

»Die tun geradeso, als ob sie keine Ahnung hätten, was Gottesfurcht ist«, nörgelte Amanda jedesmal, wenn sie in den Laden kam.

»Haben sie auch nicht.« Dede war die einzige, die im Laden rauchen durfte. Trotzdem schien sie es nur zu tun, wenn jemand hereinkam, den sie nicht mochte. Bei Amandas Anblick zog sie stets ihren Tabak aus der Tasche und fing an, sich eine Zigarette zu drehen. »Nur mich fürchten sie – ein bißchen. Ich arbeite daran, daß es mehr wird.«

»Was denen fehlt, ist Respekt.«

»Ach, den lernen sie schon noch.« Dede lächelte träge und schnippte ihre Asche in die Richtung des Mülleimers. Sie wußte, daß ihre Schwester gekommen war, um wieder mal eines ihrer Vereinsplakate aufzuhängen, auf denen ein dornengekrönter Jesus mit mahnendem Finger zum Himmel zeigte. Doch trotz ihres ungebrochenen Bekehrungseifers schien ihre Schwester in letzter Zeit den Biß verloren zu haben. Oft kaufte sie tatsächlich nur eine Packung Saft oder Trockenmilch, statt ihre üblichen Standpauken abzulassen. An manchen Tagen vermißte Dede geradezu die flammenden Parolen von der ewigen Verdammnis, die seit jeher Amandas ureigenstes Markenzeichen waren.

Nadine aß die Erdbeeren, die Nolan ihr zum Frühstück bereitgestellt hatte, nicht ohne sie vorher in Butter und Zucker zu stippen. Sie schmatzte zufrieden mit fettglänzenden Lippen, immer mit einem wachsamen Auge auf Tacey, die über ihren Heften auf dem Küchentisch eingenickt war. Ihre tief zimtbraunen Arme schimmerten im Sonnenlicht, das durchs Fenster fiel. Tacey Brithouse war bei den Reitowers untergeschlüpft, nachdem sie den Freund ihrer Mutter mit der Gartenharke verprügelt hatte – wie sie freimütig allen erzählte. Sie arbeitete als Aushilfe im Bäckerladen. An jenem Morgen war sie dort aufgetaucht, von oben bis unten mit Blut und Dreck beschmiert und zitternd wie Espenlaub. Nolan hatte eine volle Stunde gebraucht, um sie zu beruhigen und herauszufinden, was passiert war. Der Freund ihrer Mutter hatte eines ihrer Tagebücher verbrannt, und sie hatte versucht, ihn zu erschlagen.

Anschließend versucht Nolan, bei Taceys Mama Althea zu vermitteln, leider erfolglos. Die Frau warf ihm einen Karton mit Taceys Sachen vor die Füße und schrie, ihre Tochter solle sich erst wieder blicken lassen, wenn sie bereit sei, sich zu entschuldigen. Seitdem hatte sich Tacey gegen Kost und Logis um Nadine gekümmert und war in Nadines altes Zimmer im ersten Stock eingezogen. Im Herbst wollte sie mit einem Stipendium aufs College. Unter ihrem Bett hatte sie einen Stapel halbfertiger Manuskripte lagern. »Wart's nur ab«, sagte sie zu Nolan. »Eines Tages wirst du noch damit prahlen, daß du mich in meiner Jugend gekannt hast.«

Eigentlich sollte sich Tacey darum kümmern, daß Nadine ein gesundes Frühstück bekam, ehe sie zur Schule aufbrach, aber da sie meist die Nacht zum Tage machte, döste sie oft am Frühstückstisch ein, während Nadine die Gelegenheit nutzte, sich alles zu genehmigen, was verboten war. So kamen sie ganz gut miteinander aus, obwohl Tacey mächtig staunte, welchen Unsinn die alte weiße Frau zusammenschwatzte. Sie war zum Beispiel überzeugt, Tacey schlafe mit den Müllmännern, dem Postboten, ihren Lehrern, sogar mit dem Prediger ihrer Methodistenkirche.

»Schwarze Mädchen müssen nicht bis zur Ehe warten wie wir Weißen«, behauptete Nadine. »Sie haben das im Blut, all diese Hitze aus Afrika.«

»Ach, echt?« entgegnete Tacey gedehnt.

Nadine nickte. »Aber ja, du weißt doch, schwarze Mädchen dürfen einfach alles. Ich durfte nie etwas.« Nadine seufzte. »Wenn ich als Schwarze geboren wäre, hätte ich an den Brustwarzen der Männer saugen können, seit ich zwölf war.«

»Und wozu?«

Nadine schaute verwundert. »Weil sie so gut schmecken. Besser als die der Frauen.«

»Wirklich? Das wußte ich nicht.«

»Ach was, bei den vielen Männern, die du gehabt hast.«

»Aber, Mrs. Reitower, ich war noch nie mit einem Mann zusammen.«

»Oh, mir brauchst du nichts vorzumachen. Wenn ich aus diesem Rollstuhl aufstehen könnte, würde ich mich morgens nackt auf die Mülltonnen hocken, nur um zu sehen, was mit den schmucken Jungs da los ist.« Sie seufzte aus tiefstem Herzen.

Kopfschüttelnd prustete Tacey los. »Mrs. Reitower, Sie können einen ja echt das Fürchten lehren.«

»Ha, du hättest mich mal früher kennen sollen«, lächelte Nadine.

Nadine hörte sich gerne die Geschichten an, die Tacey schrieb, lange, leidenschaftliche Romanzen von schwarzen Frauen, die darum kämpften, erfolgreich und berühmt zu werden. »Toll, was sie alles erfindet«, sagte Nadine zu Nolan. »Wie diese, na, wie heißt sie noch gleich, bei der man immer das Gefühl hat, man ist mittendrin im Geschehen?«

Tacey lachte. »Jaja, die schwarze Judith Krantz, das bin ich. Also, Mrs. Reitower, ich glaube, ich muß Ihnen zum Vergleich mal was von guten schwarzen Autorinnen vorlesen.«

Gesagt, getan. Die nächsten Wochen las Tacey aus ihren Lieblingsbüchern vor, während Nadine ihre Krankengymnastik absolvierte. Manchmal hielt Nadine in ihren Übungen inne und sagte: »Lies die Passage doch bitte noch mal.« Schon bald gewöhnte sie sich an, ihre üblichen Bibelsprüche mit Zitaten aus den Büchern von Alice Walker oder Gloria Naylor auszuschmücken. »Gottchen, was ich alles nicht gewußt habe«, staunte sie immer wieder. Nolan genoß es, auf seinem Bett zu liegen, den beiden bei ihren Lesestunden zuzuhören und sich von den friedlich murmelnden Stimmen allmählich in den Schlaf lullen zu lassen. Noch im Traum begleitete ihn ihr musikalischer Zweiklang, hie und da von Dedes kehligem Lachen untermalt.

Wenn Tacey aus der Schule heimkam, brachte sie Nadine manchmal frische Krapfen mit, die Nadine dann heimlich im Bad aß, damit Nolan es nicht merkte. Tacey wußte, daß es unvernünftig war, aber der Hunger in Nadines Augen war schwer zu ertragen.

»Dafür lassen Sie jetzt aber die Finger vom Zucker«, ermahnte sie Nadine.

»Aber ja, ich mag dich doch viel lieber als den Zucker, süße Tacey«, beteuerte Nadine.

»Das glaube ich Ihnen gern, und wenn Sie mich in Butter braten könnten, würden Sie mich *noch* viel lieber mögen.«

Dede liebte ihren Job, besonders wenn sie Kartons mit der rasiermesserscharfen Schneideklinge aufschlitzte, die sie stets mit sich herumtrug. Sogar ihre Initialen hatte sie in den Griff eingeritzt.

»Am liebsten hätte ich dafür ein Lederfutteral«, sagte sie zu Cissy. »Wie ein Pistolenhalfter zum Umschnallen, weißt du. Das Ding ist nämlich meine ganz persönliche Waffe. Wenn mir jemand dumm kommt, dann bekommt er ein paar schöne Schmisse verpaßt.«

Diese Klinge hatte sie in der Hand, als Billy Tucker an einem Septembermorgen in den Laden kam. Sie kniete gerade vor einer Palette neu gelieferter Kartons, die sie alle noch öffnen und die Flaschen in die Regale und Kühlfächer einräumen mußte.

»Billy!« Dede war freudig überrascht, ihn zu sehen, denn obwohl sie sich längst getrennt hatten, fand sie ihn immer noch ganz gutaussehend. »Was führt dich denn her?«

Billy trug ein Arbeitshemd mit dem Fimenlogo »Chevron« auf der Brusttasche. Er lächelte sie an und zog eine kleine silberne Pistole. »Das hier«, sagte er und zielte geradewegs zwischen ihre Augen. »Ich werde dich jetzt nämlich einfach abknallen.«

»Himmelherrgott, Billy, mach keinen Scheiß!« Dedes Finger krallten sich ums Schneidemesser, aber da sie zwei Meter von ihm entfernt war, nutzte ihr die Waffe gar nichts. Starr vor Schreck sah sie, wie er die Pistole entsicherte. »Ich habe gar nicht gewußt, daß du verrückt bist«, flüsterte sie.

Seine Augen füllten sich mit Tränen. Heftig blinzelnd bleckte er die Zähne. »Woher denn auch, du Miststück. Du hast mich ja die letzten Monate nur noch ignoriert. Du hattest gesagt, wir würden Freunde bleiben, aber dann hast du mich die ganze Zeit nur ein einziges Mal angerufen, weil du Gras kaufen wolltest! Was soll ich davon halten, ha?« Er fuchtelte hektisch mit der Pistole, als Dede Anstalten machte, sich zu erheben.

»Du rührst dich nicht von der Stelle. Schau mich an, du Miststück, jetzt schau mich mal richtig an.«

»Ich schau dich ja an, Billy«, sagte Dede. »Sag mir, was du zu sagen hast. Ich höre dir zu.« Sie drückte die Messerklinge so fest durch die Kartonstreifen, auf denen sie kniete, daß sie bis in den Linoleumboden schnitt. Mit möglichst sanfter Miene fixierte sie Billys Gesicht. Jetzt mußte sie sich schnell etwas einfallen lassen, aber zum erstenmal im Leben fühlte sich Dede vollkommen ratlos.

Am selben Morgen betrat Althea Brithouse kurz nach zehn die Bäckerei, um mit Nolan zu sprechen. Sie hatte schon zweimal bei ihm zu Hause vorbeigeschaut, wo sie ihn aber stets verpaßt hatte. Auf keinen Fall wollte sie mit Tacey zusammentreffen. Nachdem ihr Zorn sich gelegt hatte und die Empörung abgeflaut war, begann Althea langsam, sich um ihre Jüngste Sorgen zu machen. Im Gegensatz zu Tacey, dachte Althea, waren ihre Söhne wirklich eine reine Wonne. Sie waren genau wie ihr Vater, und wie ihr Vater wußten sie genau, wie sie Althea um den Finger wickeln mußten, um zu bekommen, was sie wollten. Für Jamal hieß das, so früh wie möglich in die Marine eintreten zu dürfen. Für David, nach Atlanta zu ziehen und in der Gärtnerei ihres Bruders zu jobben.

Zum Glück hatte David wenigstens vorher seinen Schulabschluß gemacht, statt wie sein Vater ohne Zeugnis abzugehen. Wenn Sidney nicht so ein braver Ehemann und fleißiger Arbeiter gewesen wäre, hätten sie es kaum gschafft, mit drei Kindern über die Runden zu kommen. Von ihm hatte David den grünen Daumen geerbt, die angeborene Fähigkeit, Pflanzen zum Wachsen zu bringen. Zehn Jahre nach Sidneys Unfalltod gedieh sein Garten immer noch so gut wie eh und je, obwohl Althea nie mehr getan hatte, als ab und zu den Rasensprenger anzustellen.

Schade, daß Tacey so wenig von Sidney an sich hatte. Sie schlug ganz nach ihrer Mama, allerdings hatte sie mehr Grips, wie Althea gerne zugab. Tacey war die Intelligenzbestie der Familie und so dickköpfig, daß sie Althea fast zum Wahnsinn trieb.

»Mutter-Tochter-Konflikte«, sagte Althea zu Nolan. »So normal und vorhersehbar wie das Auf und Ab der Jahreszeiten. Ich selbst habe, seit ich von der Schule abging, fünfzehn Jahre kein Wort mit meiner Mutter geredet, bis zu dem Tag, als Taceys Daddy beerdigt wurde. Das soll nicht heißen, daß wir uns nicht lieben. Ich liebe meine Tochter, ich kann sie im Moment nur nicht ertragen. Aber natürlich will ich nicht, daß sie in Schwierigkeiten gerät, und wehe dem Mann, der ihr übel mitspielt.« Der Blick, den sie Nolan zuwarf, war scharf und unbestechlich.

Nolan nickte etwas unsicher. Er wußte nicht recht, ob er ihre Worte als Drohung oder als Beruhigung auffassen sollte. »Tacey stört uns ganz und gar nicht, Ma'am«, sagte er. »Um ehrlich zu sein, sie hat mir sogar enorm aus der Patsche geholfen. Sie kümmert sich so wunderbar um meine Muttter, und ich kann Ihnen versichern, daß sie keinen einzigen Tag in der Schule versäumt hat.«

»Ich weiß.« Althea schürzte die Lippen und sah sich prüfend im Laden um. »Ich habe mich erkundigt.« Bei der Gelegenheit hatte sie auch ein paar Erkundigungen über Nolan eingezogen. Er schien nicht der Typ zu sein, der sich ihrer Tochter unsittlich nähern würde. Angeblich war er in ein Mädchen verliebt, das im Getränkemarkt arbeitete, und außerdem gut christlich erzogen. Aber die Leute redeten alles mögliche. Und so hatte es Althea vorgezogen, den jungen Mann einmal persönlich in Augenschein zu nehmen.

»Ich habe gehört, daß sie jetzt nicht mehr hier im Laden arbeitet, sondern bei Ihnen zu Hause.« Tacey hatte den Job in der Bäckerei angenommen, um Geld fürs College zu verdienen. Obwohl sie intelligent genug für ein Stipendium war, würde es nie für alle Ausgaben reichen. Deshalb hatte sie sich ein Sparkonto eingerichtet, und Althea hatte versprochen, es mit dem gleichen Betrag aufzustocken, den Tacey selbst ansparen würde. Diese Abmachung hatte dazu geführt, daß sie sich nun auch noch über Geld stritten, da Tacey manchmal keinen Hehl daraus machte, daß sie ihre Mama für strohdumm und nicht sehr zuverlässig hielt.

»Keine Sorge, sie verdient das gleiche bei mir.« Nolan dachte an Taceys Brüder. Riesenkerle, hatte Tacey beteuert. Echte Kraftprotze, wie Footballspieler. Nolan wollte nicht, daß Althea sein Arrangement mit Tacey in den falschen Hals bekam. »Ich zahle ihr sogar noch etwas mehr«, setzte er hinzu. »Und sie kommt prächtig mit meiner Mutter aus – was eigentlich an ein Wunder grenzt, um ehrlich zu sein. Meine Mutter ist, na, sagen wir, etwas sonderbar seit ihrem letzten Schlaganfall.«

Nolan fühlte, wie er errötete, konnte aber nichts dagegen tun. »Sonderbar« war ganz und gar nicht der treffende Ausdruck für Nadine. Um sie richtig zu beschreiben, hätte man viel weiter ausholen müssen. Die mal nervtötende, mal liebenswerte Nadine war mittlerweile von Altheas Tochter völlig abhängig geworden, obwohl sie ihr immer noch mit entwaffnender Herzlichkeit die unmöglichsten Sachen an den Kopf warf.

»Schlaganfälle sind etwas Furchtbares.« Althea tat so, als bemerke sie Nolans roten Kopf nicht. Der Junge schämte sich seiner Mama, was ja auch nicht anders zu erwarten war. »Mein Granddaddy hatte so gelitten, nachdem ihn der Schlag getroffen hat. Ist Ihre Mutter stark gelähmt?«

»Ziemlich. Sie kann nicht mehr laufen.«

Langsam entspannte sich Nolan. Aus Taceys Erzählungen hatte er den Eindruck erhalten, ihre Mutter sei eine Art feuerspeiender Drache, aber diese vernünftige Person, die ihre Gedanken so geradeheraus sagte, erinnerte ihn eher an Dedes Mama Delia. Sie beobachtete die Leute mit der gleichen aufmerksamen Reserviertheit, und das Wohl ihrer Tochter lag ihr offensichtlich sehr am Herzen.

»Tacey ist ein wahrer Segen für meine Mutter, müssen Sie wissen. Wie ich schon sagte, sie hat mir eine Riesenlast von der Seele genommen.«

»Ja, na dann.« Althea drückte ihre wuchtige Handtasche an die Brust. »Ich wollte mich nur vergewissern, daß es ihr gutgeht. Bei ihrem überstürzten Aufbruch konnte man nicht sicher sein, wo sie landen würde. Tacey hat ja so ein hitziges Temperament. Wahrscheinlich genau wie ich.« Sie lächelte kokett.

»O ja, Ma'am. Sie ist sehr selbstbewußt. Sie weiß, was sie will.«

»Allerdings.« Althea strahlte ihn an. »Aber bitte sagen Sie ihr nicht, daß ich hier war. Besser, sie macht erst mal so weiter und kommt erst wieder heim, wenn sie es selbst möchte. Wie ich sie kenne, wird das erst dann sein, wenn sie mir unter die Nase reiben kann, wie gut sie ohne mich zurechtgekommen ist. Wenn sie ihr Stipendium bekommen hat, wird sie bestimmt gleich kommen, um's mir zu zeigen.«

»Ja, Ma'am.«

Nolan war fix und fertig. Nachdem Taceys Mutter gegangen war, hatte die Kundschaft ihm keine Atempause mehr gelassen, so daß er bis elf Uhr schon alles verkauft hatte. Selbst sein Vater hatte den Laden noch nie so früh geschlossen.

»Uff«, seufzte Nolan glücklich. Zur Abwechslung würde er vielleicht sogar zu einem Mittagschlaf kommen. Auf der Heimfahrt hielt er kurz vor Dedes Laden. Donnerstags holte er sich dort immer sein Club Soda und das gratis ausliegende Anzeigenblättchen, das Nadine und Tacey immer gern zusammen durchblätterten. Sobald Nadine etwas kräftiger war, wollten sie eine Runde über die Flohmärkte machen. Das war zwar nicht sehr wahrscheinlich, aber Nadine hatte stets ihren Spaß an den Listen der merkwürdigen Dinge, die von Privatleuten zum Verkauf angeboten wurden.

»Eine volle Babyausstattung«, las sie beispielsweise vor. »Aha, die erwarten wohl keinen Nachwuchs mehr.« Pooltische, Heimtrainer und Stereoanlagen, »so gut wie neu«, regten sie zu Spekulationen darüber an, welche Typen sich wohl neuerdings in Cayro niederließen. »Leute, die Sachen kaufen, die sie dann nie benutzen. Wahrscheinlich aus Atlanta oder Nashville zugezogen. Was wollen die alle hier? In ein paar Jahren werden wir unsere eigene Stadt nicht mehr wiedererkennen.«

Nolan wischte sich über den schweißfeuchten Nacken und rollte den Kopf hin und her, um seine angespannten Schultern zu lockern. Seine Mutter hatte recht, dachte er. Alles veränderte sich hier in beängstigendem Tempo. An Tagen wie heute hatte er das Gefühl, kaum noch mithalten zu können. Am besten, er legte sich zu Hause erst mal in die Badewanne und ruhte sich richtig aus. Und dann ein bißchen Klarinette üben, die neuen Jazzduette, die Delias Freundin Rosemary aus Kalifornien geschickt hatte. Sein Soda konnte er auch noch später besorgen, wenn er nicht mehr so todmüde war. Er schaute zum Ladenparkplatz hinüber, wo nur ein einziger Wagen stand, ein Pick-up mit dem Chevron-Emblem an der Tür.

»Billy Tucker. Auch das noch.« Beinahe wäre Nolan weitergefahren, aber dann erinnerte er sich, wieviel Kundschaft Dede am Nachmittag meist zu bedienen hatte. »Na schön, Freundchen«, sagte er zu Billy Tuckers Pick-up, als er in den Parkplatz einschwenkte. Schon durch die Tür konnte er Billys grünes Hemd erkennen.

Drei Schritte vor dem Laden sah er die Pistole in Billys Hand. Nolan erstarrte. Dieser Tucker stand tatsächlich mitten im Getränkemarkt und bedrohte Dede mit einer Waffe.

»O Gott«, flüsterte Nolan.

Hastig blickte er sich zur Straße um. Kein Mensch weit und breit, nicht einmal ein Auto. Er schaute wieder nach vorne und zwang sich, weiter auf die Tür zuzugehen. Billy trat einen Schritt vor. Die Pistole in seiner Hand zeigte schräg nach unten. Dede kniete am Boden und starrte mit ausdrucksloser Miene zu ihm hin auf.

Plötzlich ein Schrei. Nolan zuckte zusammen. Es war Billy. Der

Arm mit der Pistole ruderte durch die Luft. Durch die Glastür drangen gedämpft unverständliche Laute, es klang wie eine Litanei monotoner Verwünschungen. Billy Tucker ist wahnsinnig geworden, dachte Nolan. Er ist komplett durchgedreht und wird Dede erschießen.

»Willst du wohl unten bleiben, du Miststück!« Die Worte klangen undeutlich und verzerrt, als hallten sie vom anderen Ende eines Tunnels herüber.

Leise schlich sich Nolan näher. In einem Baum neben dem Parkplatz zwitscherte ein Vogel. Dedes Gesicht war immer noch starr emporgewandt. Billy hielt die Pistole jetzt auf halber Höhe vor sich, den Finger am Abzug.

»Gib zu, ich bin dir doch scheißegal!« schrie er Dede an. »Du denkst immer nur an dich, du dumme Pute!«

Nolan stützte sich mit der Hand an der Glastür ab. Ihm war auf einmal schwindlig. Er blickte hinab und sah in dem Sonnenflecken, der durch die Glastür fiel, seinen Schatten, klein und geduckt. Was sollte er nur machen? Wenn ich hineingehe, wird er auch mich erschießen, dachte er.

Langsam schob Nolan die Tür auf.

Billy war vollkommen auf Dede konzentriert. Er wartete darauf, daß ihre Miene irgendeine Regung zeigte, daß sie irgendwie auf ihn reagierte, bevor er sie tötete. Er wollte sehen, wie sie die Nerven verlor und ihre Angst zeigte. Im nächsten Leben würde sie dann vielleicht rücksichtsvoller sein, hatte er gedacht, aber das war Unsinn. Gott würde sie nicht mehr aus der Hölle lassen, wenn er sie dorthin verbannt hatte.

Billy war seit drei Wochen auf Speed. Er hatte keine Nacht mehr als zwei Stunden geschlafen. Er wußte, daß sein Chef ihn feuern würde. Und sein Vater hielt ihn sowieso für einen Versager. Margaret Grimsley hatte ihm gesagt, er sei geisteskrank und obendrein häßlich. Seine Mutter lag ihm ständig in den Ohren, er solle mit dem Prediger reden. Und heute morgen war es ihm beim Blick in den Spiegel auf einmal wie Schuppen von den Augen gefallen. Dede war an allem schuld, also würde er sie erschießen. Und hinterher sich selbst. Dann würde er endlich schlafen. Für immer. Gott, war er müde. Schlafen, nur noch schlafen, dachte Billy. Er spürte einen leichten Luftzug hinter sich, als die Tür aufschwang.

»Du mußt dich entscheiden, was dir wirklich wichtig ist«, hatte Mr. Reitower wenige Monate vor seinem Tod eines Morgens zu seinem Sohn gesagt, als sie vor Tagesanbruch in der Backstube standen und die Öfen einheizten.

»Nutze die Zeit, solange du sie hast, denn manchmal überstürzen sich die Dinge so, daß du nicht mehr zum Überlegen kommst. Wie bei deiner Mutter und mir.« Mr. Reitower lehnte bedächtig nickend an dem mehlbestäubten Arbeitstisch. »Ich wußte, wie schwierig sie war. Ich wußte, daß die Ehe mit ihr kein Zuckerschlecken sein würde, aber ich habe mir die Zeit genommen, meine Gefühle vorher genau abzuwägen, verstehst du?« Er nickte abrupt, als bedürfe es ohnehin keiner langen Erklärung. »Diese Frau wird mich meine ganze Kraft kosten, habe ich mir damals gesagt, aber ich war bereit, es mit ihr aufzunehmen. Ich war mir ganz sicher, und es ist etwas Wunderbares, sich so sicher zu sein und die Frau, die man liebt, so gut zu kennen wie sich selbst. Denn um eine Frau wirklich in ihrem tiefsten Wesen zu kennen, mußt du dich selbst kennen. Du mußt wissen, was du brauchst. Und ich brauchte eben jemanden wie deine Mutter.« Er lächelte breit. »Jemand, der mich in den Hintern tritt und mich auf Trab hält. Und das hat sie weiß Gott getan.«

Nolan hatte nur stumm und etwas unsicher genickt. Kannte *er* sich denn selbst? Wußte *er*, was er brauchte? Es war schwer, sicher zu sein, wenn das, was man immer gewollt hatte, so unerreichbar war. War Dede die Richtige für ihn? Ein Zuckerschlecken würde es auch mit ihr nie sein, so viel stand fest. Auch sie würde ihn immer fordern, um nicht zu sagen *über*fordern. Wollte er das wirklich?

In dem Moment, als Nolan hinter Billy Tucker durch die Tür trat, kam ihm plötzlich jenes Gespräch mit seinem Vater wieder in den Sinn. Wie sicher er gewesen war, so fatalistisch und doch so fröhlich, ein Mensch, der sich aus weiser Selbsterkenntnis mit einem Hauch von Wehmut in sein Schicksal fügte. All das ging Nolan durch den Kopf. Und blitzartig durchfuhr ihn die Erkenntnis, was ihm sein eigenes Leben wert war und wofür er es aufgeben würde. Vielleicht würde Dede Windsor ihn nie so lieben wie er sie, aber die Liebe zu ihr war das Beste an ihm. Sie gab seinem Leben einen Sinn. Die Liebe zu ihr rechtfertigte alle Entscheidungen, die er getroffen hatte: in bezug auf seine Musik, seine Mutter, sein

Ausharren in Cayro. Sie war der Maßstab, den er sich gesetzt hatte. Dede war seine wahre Erkenntnis. Dede war sein Schatz, den es um jeden Preis zu retten galt, auch wenn es sein Leben kostete.

»Das nenne ich Mumm«, sagte Emmet später. »Du hast nicht gezögert, mein Junge, was?«

»Nein, Sir.« Nolan zitterte noch immer und versuchte, es sich nicht zu sehr anmerken zu lassen. Allerdings hatte er erst damit angefangen, als alles vorbei war, als Billy am Boden lag und das Blut ihm durch die Finger lief, die er sich vor den Mund preßte. Vorne an der Jeans sickerte es ebenfalls durch. Dedes Klinge hatte ihn im Handgemenge getroffen.

»Tja, genau so muß man das machen.« Emmet schrieb in sein kleines Notizbuch und nickte wohlgefällig vor sich hin. »Sofort zuschlagen, ohne zu zögern. Überraschungsangriff, zack, direkt aus dem Bauch heraus, Karatetaktik, absolut richtig. Obwohl es natürlich schierer Wahnsinn war, sich einzumischen. Die Pistole war geladen, und Billy hätte wohl Ernst gemacht. Trotzdem hast du goldrichtig gehandelt. So.« Er klatschte das Notizbuch gegen den Handrücken.

»Verstehst du, was ich meine?«

Nolan nickte stumm. Er mußte wieder an seinen Vater denken. »Verstehst du?« hatte auch er gefragt. O ja, und wie er verstanden hatte. Nolan blickte hinaus zu dem Wagen, in dem Dede eine Zigarette nach der anderen rauchte und sicher genauso zitterte wie er. Herrgott, dachte er, was wäre passiert, wenn ich nicht zufällig vorbeigekommen wäre? Er schauderte und sah Emmet väterlich lächeln.

»Schon gut, Junge. Kein Grund, dich zu genieren. An deiner Stelle würde ich jetzt auch bibbern. Als ich zum erstenmal vor einem Pistolenlauf stand, ist mir mein Frühstück aus dem Gesicht gefallen. Am besten, du gehst einfach nach Hause. Hier ist alles unter Kontrolle. Wir werden gut auf den kleinen Billy aufpassen. So schnell fuchtelt der nicht noch mal mit ’ner Knarre rum. Sieht ganz so aus, als hätte er heute schon was gelernt. Im Krankenwagen ist er sofort weggesackt. Man könnte meinen, er hätte das ganze Jahr kein Auge zugetan.«

Dede saß in Nolans Auto und hielt sich an ihrer Marlboro fest. Sie schaute in die Baumkronen und spürte die Sonne auf dem Schoß.

Zweimal hatte sie Emmet bereits den ganzen Verlauf geschildert, nun ließ die Spannung allmählich nach. Nolan, der Gute, hatte ihr eine Cola gebracht und sie in Ruhe gelassen. Als die Aushilfe gekommen war, um für sie im Laden einzuspringen, hatte Nolan sie sogar noch den Kassenzettel unterschreiben lassen. Kluger Kerl, dachte sie, das hätte ich in der Aufregung garantiert vergessen. Als er wegging, schaute sie ihm nach. Er sah irgendwie anders aus als sonst. Männlicher. Als Nolan wiederkam, bot sie ihm einen Schluck von ihrer Cola an.

»Alles wieder o.k.?« fragte er.

»Nö, kann ich nicht behaupten.« Dede zündete sich eine neue Marlboro am Stummel der vorigen an. »Um ein Haar wäre ich tot gewesen, weißt du?«

»Mhm«, nickte Nolan.

Dede nippte an der Cola und schnitt eine Grimasse. Sie trank eigentlich nur Cola Light, das mußte er noch lernen. Sie musterte Nolan noch mal genauer. Er wirkte ungewohnt normal. Kein Hundeblick, kein Angstschweiß, einfach nur ruhig und gelassen, geradezu erwachsen.

»Hast du wirklich nicht daran gedacht, daß er dich umbringen könnte?« fragte sie.

»Nein, nur daran, daß er *dich* nicht umbringen darf.« Nolan blickte die Straße hinunter. »Ich habe zu Hause angerufen. Nadine meinte, ich soll dich mitbringen. Wir haben auch Bier da, hat sie gesagt.«

»Bier?« Dede musterte Nolans Gesicht. Sein Mund, dachte sie. Was ist mit seinem Mund los? Der war doch immer so weich und babyhaft. Und seine Augen. Topasbraun und tief wie die Nacht erwiderten sie ihren Blick. Verdammt, dachte sie. Ich glaube, ich spinne.

»Ich will mehr als Bier.«

»Könnte ich dir besorgen.«

»Tatsächlich?«

»Was immer du willst.«

»Sieh an, sieh an.« Dede blickte auf Nolans Hände am Lenkrad. Große, starke Hände, mit langen Fingern, die leicht und lässig auf dem zerschlissenen Plastiküberzug lagen. Sie erinnerte sich, wie er Billy festgehalten hatte. »Ich könnte dich umbringen«, hatte er ihm ins Ohr gezischt. »Zwing mich nicht dazu.«

»Ich bin froh, daß du Billy nicht umgebracht hast«, flüsterte sie.

»Ach, der wird schon wieder.« Nolan klopfte mit der flachen Hand aufs Steuer. »Er ist nur kurzfristig durchgedreht. Das kommt bestimmt wieder in Ordnung.«

»Ja, vielleicht, oder auch nicht. Aber wenigstens ist er nicht tot.«

»Nein.« Nolan atmete tief aus und lehnte sich in den Fahrersitz zurück. »Nein, er ist nicht tot, und wir auch nicht.«

Lächelnd blickte er Dede von der Seite an. Dede erwiderte sein Lächeln.

»Nolan?« Es kam ihr komisch vor, seinen Namen auszusprechen, so vertraut und doch so neu. »Nolan, kommt es jemals vor, daß du dich betrinkst?«

Er zögerte. »Eigentlich nicht«, gab er zu, »aber jetzt hätte ich Lust dazu.«

»Ich auch«, sagte Dede. »Das wär's jetzt, sich so richtig zuschütten.«

»Sollen wir?«

»Au ja.«

Der Klang ihrer Stimme traf ihn mitten ins Herz. Dede sah ihn groß und unverwandt an. Zum erstenmal sah sie ihn wirklich, das spürte er. Es störte sie nicht mehr, daß er jünger war, daß er der Junge aus der Nachbarschaft war, über den sie sich immer lustig gemacht hate. Nun endlich sah sie ihn so, wie er war.

Nolan lächelte nicht. Er erwiderte nur ihren Blick, mit offenem, strahlendem Gesicht.

»Gut«, sagte er zu Dede. »Dann mal los.«

Als Tacey ein kleines Mädchen und die Familienwelt noch in Ordnung war, hatten sie zu Hause immer Hunde gehalten. Althea züchtete sie zum Verkauf, größtenteils Jagdhunde und Beagles, aber auch ein paar gemischtrassige, die als besonders treue und gutmütige Haustiere geschätzt wurden. Stets gab es einen Wurf junger Hunde im Garten, und manchmal träumte Tacey noch davon, wie sie mit den quietschenden Fellbündeln herumgetollt war.

In den Wochen nach dem Zwischenfall mit Billy Tucker fühlte sie sich oft an diese jungen Hunde erinnert, wenn sie Dede und Nolan zusammen sah. Soviel verspielte Begeisterung, soviel eifrige Zärtlichkeit. Kein Zweifel, die beiden waren sich einig, ihr Inneres schlug im Gleichtakt. Sie waren wie Kinder und Hunde im Sommer: immer freudig am Hecheln, von einem bittersüßen Duft nach Heu und Liebesüberschwang umgeben. Wenn Tacey ihre Witterung erhaschte, mußte sie unwillkürlich lachen, aber manchmal, wenn sie sie so ineinander versunken sah, traf es sie mitten ins Herz, und ihr eigenes Leben kam ihr unnütz und aussichtslos vor. *Sie* hatte niemanden, der sie so aufwühlte, niemanden, der ihr Herz schneller schlagen ließ, der den Wunsch nach Veränderung in ihr weckte. Unter dem Eindruck dieser beiden, die mit einemmal so verwandelt waren, schien ihr alles, was sie je gekannt hatte, in Frage gestellt. Tacey kramte ihre selbstverfaßten Geschichten wieder hervor und las sie mit neuen Augen. Angesichts dieser vibrierenden Lust ringsumher wirkten ihre Erzählungen schal und blutleer. Tacey wälzte sich auf ihrer Matratze hin und her und versuchte, sich die Leidenschaft, die so ganz und gar von Nolan Besitz ergriffen hatte, vorzustellen. Wie fühlte sich so etwas an? Sie fühlte sich in ihrer ziellosen Sehnsucht eingesperrt und hatte gleichzeitig Angst, daß es Dinge im Leben gab, auf die sie in keiner Weise gefaßt war.

Schlimmer noch, sie war sich nie recht sicher, was sie von Dede halten sollte. Von diesem merkwürdigen weißen Mädchen, das Nolan so bezauberte. Dede hatte absolut nichts von einer romantischen Heldin. Dünn und schlaksig, immer ungeschminkt, fast immer verschwitzt, in lappigen Jeans und T-Shirts, wirkte sie, als sei sie von dem, was ihr zugestoßen war, genauso überrascht wie Tacey selbst. Nadine war entzückt, daß nichts verschämt ablief. Dede schlich sich keineswegs durch die Hintertür aus dem Haus, sondern kam morgens ganz vergnügt aus Nolans Zimmer, während Tacey für Nadine das Frühstück machte. Verstrubbelt lief sie, die Turnschuhe am Schnürsenkel in der Hand, kichernd durch die Küche und verströmte aus allen Poren sinnliche Erfüllung. Dann schnappte sie sich ihre verwaschene Jeansjacke und hüpfte auf einem Schuh zur Tür hinaus.

»Schamlose Person«, nannte Tacey sie, und Nadine nickte beglückt.

Wenn Tacey sich nach der Schule ans Putzen machte, hob sie mit spitzen Fingern Nolans feuchte Shorts vom Badezimmerboden auf, schürzte die Lippen und schnüffelte mißbilligend. »Bäh, das riecht ja mal wieder nach Tigerstall.« Daraufhin kicherte Nadine in sich hinein, und Nolan errötete. Im Gegensatz zu Dede hätte Nolan ein bißchen mehr Diskretion angebracht gefunden, aber wenn Dede in der Nähe war, zog er sie sofort an sich und vergaß alle Vorsätze. Die Liebe war wie ein Magnet, und kraft ihrer Liebe würde schon alles gut werden.

Dedes Spuren zogen sich durchs ganze Haus: Bierdosen, nasses Zigarettenpapier und gebrauchte Kondome im Mülleimer, Cremetöpfe, Zahnbürste, Kämme und farbiges Haargel im Badezimmer, und eine kleine Schachtel Patronen für die Pistole, die Craig Petrie ihr hatte zukommen lassen, nachdem er von dem Überfall im Laden gehört hatte. Dede war ein Dauergast im Haus geworden – zum Mittagessen oder nach der Arbeit. Meistens blieb sie über Nacht, trank um vier Uhr morgens mit Nolan Kaffee, bevor er zur Bäckerei fuhr, um dann genüßlich wieder ins Bett zu kriechen und noch ein paar Stunden zu schlafen, bis Tacey aufstand. Nolan wurde immer hagerer, da er vor lauter Glück zu essen vergaß. Manchmal vergaß er sogar, Klarinette zu üben, und zweimal hatte er Nadine schon zu spät zu ihrer ärztlichen Untersuchung abgeliefert. »Tut mir leid«, entschuldigte er sich mit roten Ohren. Mit seinen geschwollenen Lippen, leicht tränenden Augen und nietengroßen Pupillen wirkte er übernächtigt und leicht benebelt. Doch seine Erschöpfung schien ihm nichts auszumachen, er schwamm in einem selbstgemachten Ozean aus purer Lebensfreude, sprudelte förmlich über vor Wohlwollen und lief unter Taceys Blicken ständig knallrot an.

Nolan war kaum mehr zu Hause, außer mit Dede. Wenn er nicht bei der Arbeit oder im Bett war, saß er bei Delia und Dede in der Küche, half ihr im Laden die Regale einzuräumen oder verschwand mit ihr in dem kleinen silbrigen Wohnwagen, den Dede im Trailerpark gemietet hatte. Wo er ging und stand, verströmte er eine intensive Duftwolke nach Lust und Sex.

»Wahnsinn, Mama«, flüsterte er Nadine eines Abends zu. »Ich habe nie gewußt, daß es so stark ist.« Seine Augen füllten sich mit Tränen, bis ihm Nadine zustimmend übers Haar stich.

»Das ist die Lebenskraft«, sagte sie. »Dafür sind wir auf der Welt.«

Tacey funkelte sie ärgerlich an. *Sie* war nicht dafür auf der Welt. Das einzige, was *sie* davon hatte, war – noch mehr Arbeit. Doppelt soviel Wäsche wie vorher und null Freizeit. Sie wagte nicht mehr, nach der Schule mit Lehrern oder Freundinnen zu schwatzen oder auf dem Heimweg zu trödeln, um sich ihre Stories auszudenken. Zu groß war das Risiko, daß Nadine allein zu Hause war und sich derweil mit Zucker und Fett vollstopfte.

»Ich verstehe ja, daß du gerade mitten in einer der großartigsten Liebesgeschichten steckst, die es je gab«, beklagte sie sich eines Nachmittags bei Nolan. »Aber könntest du nicht, bitte, wenigstens einkaufen, bevor du wieder mit deiner Himmelskönigin ins Bett fällst?« Nolan versprach es errötend und vergaß es sofort wieder, als Dede anrief und auf eine Pizza zu Goober's fahren wollte.

Ein paar Tage später fand Tacey Nadine auf dem Küchenboden vor, die still zufrieden an einer Salami nuckelte. »Dede hat sie mir gegeben«, lächelte Nadine, während Tacey sie zornbebend in den Rollstuhl zurückwuchtete.

»Und Nolan fand das wohl auch noch richtig«, knurrte Tacey.

»Er meinte, es ist besser als Krapfen.« Nadine hatte immerhin den Anstand, ein wenig beschämt dreinzuschauen.

»Ach, meinte er das«, sagte Tacey tonlos.

Mit Tränen in den Augen sah Nadine zu ihr auf und streckte ihr die Salami hin. »Bitte, sei mir nicht böse.« Sie lehnte die Stirn gegen Taceys Bauch.

»Nicht weinen, nicht weinen.« Tacey täschelte ihr den schütteren Scheitel. »Ich bin Ihnen doch gar nicht böse.« Sie bückte sich und umarmte Nadine, die nach Rindswurst und Apfelshampoo roch. Ich bin eifersüchtig, sagte sie sich. Ich bin eifersüchtig auf etwas, das ich gar nicht will. Werde ich langsam verrückt? Zum erstenmal seit Monaten fiel ihr wieder der Blick ihrer Mama ein, als sie Tacey, in heller Wut ihren Koffer packte. Die seltsame Ergebenheit in ihrer Miene hatte Tacey damals nur noch wütender gemacht. Sie wußte, es hatte etwas mit Liebe zu tun, und ihre Mama war mindestens zweimal im Leben verliebt gewesen – in Daddy und in den blöden Kerl, der jetzt bei ihr wohnte. Was Mama wohl zu dieser Geschichte hier sagen würde, dachte Tacey.

Schniefend schlang Nadine die Arme um Taceys Hüften. »Er macht sich gar nichts mehr aus uns«, murmelte sie in Taceys Kleid.

»Ach, aus Ihnen schon noch«, sagte Tacey und strich ihr sanft die Haare glatt. »Seine Mama hört man nie auf zu lieben, nur ist das eben eine andere Art von Liebe.«

Nadine hob den Kopf. »Da hast du recht«, nickte sie. Bedächtig schob sie sich das angenagte Wurstende wieder in den Mund. Unwillkürlich verzog Tacey das Gesicht. Nach einer Weile lächelte Nadine erneut zu ihr auf, so schelmisch und arglos wie ein kleines Mädchen.

KAPITEL 17

Cissy sog die kühle, klamme Höhlenluft ein und summte glücklich vor sich hin. Seit vier Stunden waren sie in Little Mouth unterwegs, und sie fühlte sich vollkommen locker und wohl in ihrem Körper. Über ihr wölbte sich nicht der Himmel, sondern ein Felsendom tief unter der Erde, der sie mit Sicherheit und Geborgenheit umgab. Ich liebe diese Stille, dachte Cissy. Hier unten weiß ich, wer ich bin und was ich kann. O ja, das ist mein geheimer Zufluchtsort, das Herz der Finsternis. Hier gehöre ich her. »Wahrscheinlich bin ich eben ein Höhlenmensch«, raunte sie Mim zu. Und ein ganz schön verrücktes Exemplar dazu, ergänzte sie im stillen. Als Mimi verdutzt die Stirn runzelte, mußte sie lachen.

»Ich bin ja so froh, wieder hier zu sein«, bekannte Cissy, ohne den Überschwang in ihrer Stimme zu kaschieren. Mim lächelte. Sie ist nicht so begeistert wie ich, dachte Cissy. Für sie ist es nur ein Abenteuer. Vielleicht würden Jean und Mim lieber bergsteigen, aber da es hier keine Berge gibt, klettern sie eben in die Tiefe.

»Igitt.« Jean streckte den Arm aus und schüttelte dicken, algenähnlichen Schlamm von ihrem Handschuh. »Ekliges Zeug.«

»Fledermausdreck«, sagte Mim.

»Oder Ratten.« Cissy deutete auf die verstreuten Papierfetzen in einem Felsspalt. Nahe der Erdoberfläche benutzten Kleintiere die Höhle als Unterschlupf. Sie zerrten allerlei Abfall hinein und hinterließen ihre Spuren in den Gängen. Überall, wo die Temperatur über null Grad anstieg, wuchsen Algen und Pilze. Die Höhle war ein Laboratorium aus Fäulnis und Zersetzung. Eine Schweißschicht auf den Steinen war sogar in dieser Kälte ein Brutherd für Bakterien. Unter der Erde machte alles eine Verwandlung durch. Ohne Sonnenlicht, das die Ausdünstungen trocknete, begannen die Steine zu phosphoreszieren, so daß sich jeder Fingerabdruck als glitzernder Fleck abzeichnete. Butterbrotkrümel am Boden boten den Bakterien reichlich Nahrung und leuchteten noch nach Jahren. Die Vorstellung, daß alles hier auf seine Weise weiterlebte, gefiel

Cissy ungemein. Manchmal griff sie nach oben und drückte ihre verschwitzten Handflächen an den Fels über ihrem Kopf, damit dort unten von ihr eine Markierung blieb, wenn sie selbst längst wieder fort war.

»Ich hasse dieses Stinkzeug«, beklagte sich Jean. An einer Felskante kratzte sie den Guano von ihrer Stiefelsohle. »Scheißdreck«, nannte es Mim. »Scheißfledermausdreck.«

Dreck und Fäulnis störten Cissy nicht. Sie sah darin eher das Wesen der Verwandlung all jener Dinge, die den Menschen über der Erde so eindeutig erschienen. Hier im Dunkeln reifte alles zu neuer Substanz, so wie blasse Äpfel in Seidenpapier zu rotwangiger, vollmundiger Süße schrumpelten. Die ungewohnte Hitze ihres Körpers ließ den dunklen Lehm auf ihren Jeans trocknen, und die abblätternde Kruste zeichnete eine Spur durch die engen Felstunnel.

Je weiter sie krochen, desto weniger achtete Cissy auf ihren Körper. Die Schrammen an Knien und Ellbogen empfand sie nicht als Wunden, sondern als Trophäen. Sie konnte einiges an Schmerz wegstecken und trotzdem noch vorankommen. Sie war stärker als der Fels, hartnäckiger als der lose Sand und Kies, der sie in den unterirdischen Bachbetten zu mühsamen Robbenbewegungen zwang. Wenn sie aus den tiefen Stollen herauskletterte und am ganzen Körper vor glühender Erschöpfung zitterte, dann wußte Cissy, daß sie etwas Außerordentliches geleistet hatte. Jedesmal, wenn sie wieder ans Tageslicht kroch, spürte sie, daß sie sich verändert hatte. Als ob der kräftezehrende Weg durchs Dunkel ihr etwas gewährte, was sie sich immer ersehnt hatte: die Konfrontation mit ihrem Gott in weiblicher Gestalt, der gnadenlos fordernden, steinernen Umarmung von Mutter Erde.

Little Mouth galt allgemein nicht als sonderlich aufregend. Paula's Lost war die Höhle, über die so viele Geschichten kursierten. »Ach ja, die wilden Partys«, sagte Jean, als Cissy von Nolans Familie erzählte. Als ob sich damals halb Cayro dort ausgetobt hätte, obwohl gar nicht so viele dabeigewesen sein konnten, wie jetzt gern behauptet wurde. Aber als die Mädchen in die tieferen Regionen vordrangen, entpuppte sich Little Mouth als viel spektakulärer als alles Gerede.

»Schau dir das an, Cissy«, staunte Mim immer wieder.

Cissy bog den Kopf zurück, ließ den Strahl der Taschenlampe kreisen und konnte sich nicht satt sehen. Schicht um Schicht türmten sich die glitzernden Felskanten über ihnen, wie mit Abertausenden von Spiegelscherben gespickt. Die Felsen zu betrachten war wie ein Blick in die Wolken. Man sah Gesichter, Kelche, geblähte Segel, Engelsflügel und Drachenzähne.

»Hier könnte sich jemand eine goldene Nase verdienen«, sagte Jean.

»Tja, wenn man das hier mit Scheinwerfern ausleuchten und fürs Publikum zugänglich machen könnte, hätte man ein neues Disneyland unter der Erde«, stimmte Mim zu.

Cissy ließ den Lichtstrahl über die pulsierenden Glimmersterne tanzen. Die Luft roch streng nach Brackwasser. Knochenbleicher Staub klebte an ihrem Gesicht. Immer wieder mußte sie sich über den Mund wischen und an ihrer Feldflasche nippen. Mim beschwerte sich schon über den Staub. Jean borgte sich Cissys Feldflasche. Schließlich hockten sich alle zum Ausruhen nieder. In den tiefen Schatten zwischen den Felsen gaukelte geisterhaftes Licht. Cissy konnte sich nicht vorstellen, woher es kam. So tief unter der Erde gab es keine Leuchtkäfer, Glühwürmchen oder Schmetterlinge, und Schlangen mußte man auch nicht fürchten. Hier waren höchstens noch Mikroorganismen gefährlich, uralte Viren, die auf menschliches Blut und menschlichen Leichtsinn lauerten.

»Oh, verdammt!« schimpfte Jean. »Mir tut jeder Muskel weh!«

»Was rumpelst du auch immer so gegen die Wände«, neckte Mim sie gutmütig.

Mims sanfte Altstimme vibrierte in Cissys Bauchhöhle und löste insgeheim ein wundervolles Gefühl aus. Unwillkürlich mußte sie lächeln. Wie ein leises Echo von Jean hauchte sie: »Oh, verdammt.«

»Schaut mal hoch.« Mim winkte im Lampenstrahl zu der glitzernden Felskuppel hin. »Wie in einer Kathedrale.«

Cissy nickte. »Unser geheimer Tempel«, flüsterte sie.

Little Mouth war Cissys Lieblingshöhle. Auf alten Karten war sie nur als enge Kaverne verzeichnet, aber während der letzten zehn Jahre waren noch mehr Stollen aufgebrochen worden, und die schwierigen Kletterpassagen hatten die Mädchen immer weiter in ein verzweigtes Labyrinth gelockt.

»Ich glaube, hier muß es irgendwo einen Durchgang zu Paula's Lost geben«, sagte Mim. »Alles ist durch Wasseradern verbunden. Wasser fließt immer nach unten und arbeitet sich überall durch den Kalkstein. Also müßte es auch irgendeinen Weg von hier zur Südseite von Paula's Lost geben, wenn auch vielleicht keinen für uns gangbaren. Aber wir könnten's ja wenigstens mal versuchen, oder?«

»Ach, ich weiß nicht.« Cissy schloß die Augen und stellte sich alle Stollen vor, durch die sie so oft geklettert waren. Beide Höhlen waren aus Kalkstein mit Schiefer- und Graniteinlagen. Paula's Lost lag höher als Little Mouth, aber das Gefälle war sehr gering. »Denk doch nur daran, wie viele Leute einen Verbindungsweg zwischen den Höhlen in Kentucky gesucht haben. Ist dieser Floyd Collins nicht auch so in die Schlagzeilen gekommen? Er wollte es unbedingt aller Welt zeigen, und als sie ihn nach fünf Wochen rausholten, mußten sie ihm den Fuß abschneiden.«

»Ich habe nicht vor, meine Füße in Felsspalten zu stecken«, sagte Mim empört. »Wir sind doch immer vorsichtig, oder etwa nicht?«

»Es geht nicht nur um Vorsicht. Ein Unfall ist schnell passiert.« Cissy dachte an den rotgrauen Sand in Paula's Lost. Hatten sie solchen Sand schon irgendwo in Little Mouth gesehen? Wenn ja, hieß das, daß er vom Wasser mitgeschwemmt worden war?

»Dieser Kies hier«, schlug Jean vor, als sie die Frage bei Tee und Käsesandwiches diskutierten. »Kies ist auch lose. Oben in Paula's Lost ist er ganz silbrig im Lampenschein. Wenn es eine Verbindung gibt, muß hier also der gleiche Silberkies vorkommen.«

Cissy dachte so konzentriert nach, daß sie vergaß, von ihrem Sandwich abzubeißen. »Mhm«, nickte sie schließlich. »Ich bin sicher, daß ich hier mal welchen gesehen habe, hinten am Rand in diesem langen Trichterstollen.« Sie schaute zögernd zu Mim auf. »Das könnte der Durchgang sein.«

»Toll, dann versuchen wir doch, in die Richtung vorzustoßen!« Mim war Feuer und Flamme. »Und wenn wir die Verbindung finden, werden wir sogar noch berühmt!«

»Wir können auf jeden Fall mal anfangen, dann sehen wir ja, ob wir weiterkommen.« Jean klang nicht ganz so optimistisch. Cissy biß in ihr Sandwich und nickte wieder. Kein Grund, es nicht zu versuchen, solange sie vorsichtig waren.

Die südlichen Tiefen von Little Mouth erwiesen sich als schwieriges Terrain. Es schien, als wartete hinter jedem Felsvorsprung, hinter jeder Tunnelbiegung eine böse Überraschung: ein plötzlicher Steinschlag, ein Absturz ins Bodenlose.

»Oh, Scheiße, das nimmt ja gar kein Ende«, stöhnte Mim. »Wie lange kriechen wir eigentlich schon? Meine Finger und Zehen sind total taub. Ich würde mich am liebsten hinlegen und ein Nickerchen machen.«

»Gute Idee«, lachte Jean.

»Warum nicht?« meinte Cissy. »Wir könnten ja mal mit Schlafsäcken und Thermoskannen voll heißem Kaffee wiederkomen. Wir machen soviel Strecke, wie wir können, dann legen wir uns aufs Ohr, wachen warm und ausgeruht wieder auf, und weitergeht's.«

»Und immer weiter und weiter«, lachte Mim. »Vielleicht muß man nur dickköpfig genug sein, um da durchzukommen. Aber was ist, wenn die Thermoskanne leer ist und der Rückweg noch weit? Oder wenn man sich doch mal verirrt, weil man einfach zu lange unter der Erde war? Am Ende wird man hier unten ganz dusselig im Hirn, das ist ja bekannt, darum setzt man sich bei Exkursionen Zeitlimits und geht lieber in Gruppen.«

»Aber wir sind vorsichtig«, beschwor Jean wiederum ihr ständiges Motto. Sie blickten einander an.

Am folgenden Wochenende versuchten sie es zum erstenmal. Für Cissy war es eine Offenbarung, so viele Stunden dort unten zu bleiben. Als sie sich in ihrem Schlafsack zusammenrollte, spürte sie noch stärker als sonst, wie geborgen sie sich in der Dunkelheit fühlte, die sich wie eine Decke um sie legte. Das war es, was sie immer gebraucht hatte, wovon sie niemals genug bekam.

Ihr ganzes Leben litt Cissy immer unter Schlafstörungen. Wenn ihre Schwestern längst friedlich schlummerten, lag sie stundenlang wach, wälzte sich von einer Seite auf die andere und trommelte mit den Fingern auf ihren Hüften herum. Sie kniff die Augen fest zu, um ein Feuerwerk hinter ihren Lidern aufblitzen zu sehen. Mondschein auf dem Fensterbrett. Flurlicht durch die Türritzen. Früher hatten ihr der grüne Schimmer der Zahlen auf Amandas Wecker und das rote Batterielämpchen von Dedes Kofferradio in den unruhigen Nachtstunden Trost gespendet.

Wie war es möglich, mit so wenig Schlaf auszukommen? Cissy

wußte es selbst nicht. Wenn ihre Schwestern schliefen, erzählte sie sich Geschichten oder verfolgte die Phasen der Nacht, die Art, wie die Stille nach und nach immer dichter wurde, wenn der Mond untergegangen war. Dann hörten die Hunde auf zu bellen, und ihr Heulen wurde zu kläglichem Winseln. Lähmende Trauer durchzog die Nacht. Cissy konnte nichts tun, als es auszuhalten, obwohl ihre Ruhelosigkeit in manchen Nächten so schlimm wurde, daß sie aufstand und sich mit einem Buch auf die Veranda vor den kaputten Fernseher setzte, der zwar kein Bild, aber die Stimmen der Nachtsender brachte. Das half allerdings auch nicht. Am besten war es noch, einfach liegenzubleiben, während die Gedanken im Kopf wie ein Uhrwerk tickten, und zu zählen: Minuten, Jahre, Atemzüge. Wie oft hatte sie die Morgendämmerung hinter Dedes Schulter heraufziehen sehen! Sie hatte jede Schattierung verfolgt, vom langsamen Verblassen der Dunkelheit zum fahlen Aufscheinen des neuen Tages. Als Amanda heiratete und Dede in ihr Zimmer zog, wurden die langen Nächte still und einsam, aber selbst allein wachte Cissy mehr, als sie schlief.

Vor der Wochenendexkursion hatte Cissy sich Sorgen gemacht, ob sie neben Jean und Mim überhaupt ein Auge zutun würde. Die beiden hatten Thermoskannen und Proviant mitgebracht, und Cissy das Seil, zusätzliche Lampen und ein Päckchen Spielkarten, um zur Not eine Patience legen zu können, während die beiden anderen schliefen. Wenn es nicht zuviel zum Tragen gewesen wäre, hätte sie zum Zeitvertreib gern ihren Kassettenrecorder mit den Kopfhörern mitgenommen. So blieb ihr nichts anders übrig, als ergeben in ihren Schlafsack zu kriechen und die Augen zu schließen. Mim löschte das Licht, und mit dem Dunkel kam die Stille. In den Tiefen der Grotte plitschte ein Wassertropfen auf die Steine, kaum spürbar strich ein Lufthauch vorbei. Fledermäuse, dachte Cissy. Neonfarben pulsierten durchs Schwarz. Bilder gaukelten über ihre Netzhaut. Blinde Fische. Schmetterlinge. Larven. Delia. Dede. Amanda. Einatmen, ausatmen, aus.

Mims Hand rüttelte sie an der Schulter. Ein behutsam abgeblendeter Lichtstrahl. Mims Augen waren groß und glänzend.

»He! Du hast aber einen festen Schlaf!«

Schlaf. Vier Stunden, wie nichts vorbei. Vier Stunden wie vier Minuten. Laß mich weiterschlafen, dachte Cissy. Sie schüttelte den

Kopf und rappelte sich auf. Unglaublich, kein Traum, sie war tatsächlich weggesackt wie ein Stein. Die erholsamsten vier Stunden ihres Lebens. Das Paradies lag wahrhaftig am Grunde einer tiefen Felsenhöhle.

Cissy sagte niemandem, was sie wußte: wenn sie in einer Höhle leben könnte, würde sie nie wieder eine schlaflose Nacht verbringen.

In den Tagen nach der Übernachtung in Little Mouth mußte Cissy immer wieder an den Silberkies in einem der Stollen denken und an den rötlichen Sand, den sie ebenfalls gefunden hatten. Es war wie eine Verheißung, die sie magisch anzog. Hätten sie noch länger durchgehalten, noch sorgfältiger nachgeforscht, dann hätten sie herausgefunden, wie weit die Gänge reichten. Aber auf diese Weise verirrt man sich schließlich in der Höhle, ermahnte sich Cissy immer wieder. Man begann zu glauben, daß es einen Durchgang geben mußte, bis die Suche nach der Verbindungsroute zur fixen Idee wurde.

An ihrem siebzehnten Geburtstag hatte Delia sie auf einen Ausflug zur Mammoth Cave mitgenommen. Sie hatten im Motel übernachtet und die ganze Besichtigungstour gemacht. Es war eindrucksvoll gewesen, aber nicht sehr aufregend, alles zu zahm und touristisch, die Höhlengänge mit Planken ausgelegt und die Hallen mit bunten Scheinwerfern beleuchtet. Einmal hatte Cissy den Führer dazu überredet, das Licht auszuknipsen, um sich vorzustellen, wie es für den ersten Entdecker gewesen sein mußte, hier erschöpft und überglücklich im kalten Dunkel auf dem Bauch zu liegen. Das war der spannendste Moment der ganzen Tour gewesen, aber viel zu schnell vorbei.

In Little Mouth hatte Cissy dann erlebt, daß man sich vom scharfen Strahl der Taschenlampe, der die einzige Lichtquelle bildete, leicht dazu verleiten ließ, Dinge zu sehen, die nicht da waren, und andere, die vorhanden waren, zu übersehen. Während das diffuse Tageslicht den Augen half, wirkte das künstliche Licht in den Höhlen trügerisch und verzerrend. Es stachelte die Phantasie an, verführte zu Angstvisionen und gab einem das Gefühl, ständig in Lebensgefahr zu sein. Cissy liebte dieses Gruseln über alles.

Seit sie ihr Zimmer für sich allein hatte, hatte sie dicke dunkle

Vorhänge aufgehängt, die Türritzen zugeklebt und die Tür mit einer geräuschdämmenden Decke gepolstert. »Du hast ja ein Zelt daraus gemacht«, sagte Dede, aber das stimmte nicht. Cissy hatte den Raum in eine Höhle verwandelt. Leider war das Dunkel dort niemals tief genug. Echte Dunkelheit gab es nur unter der Erde, eine strenge Landschaft aus Schwarz, Weiß und Grau. Wenn eine Farbe in der Höhle auftauchte, war Cissy vor Schreck zunächst wie geblendet. Was sie sah, brannte sich in ihre Pupillen: eine gelbe Kruste an einem Felsüberhang, ein rosa Schimmer am Rand einer Sandrinne, grüngraue Gesteinsschichten, die im Lampenlicht perlmuttfarben aufschimmerten. Was sie dort in der Tiefe sah, war so subtil, daß es an der Erdoberfläche gar nicht aufgefallen wäre. Dort unten nahm alles eine eigene Bedeutung an, wie auf einer Bühne. Das Dunkel wartete auf das Licht, aber es brauchte keines, es war sich selbst genug. Das Dunkel war unendlich alt, unendlich geduldig. Wenn Cissy nicht gekommen wäre, hätte es auf ein anderes Auge gewartet, das all die Schönheit aufnehmen konnte. Unten im Dunkel wartete alles, seit jeher, für alle Zeit.

»Ich möchte hier begraben sein«, sagte Cissy zu Mim, als sie im matten Laternenschein zwischen den vertrauten Schatten saßen.

»Das wird aber einsam.«

»Nein, ruhig.«

»Und sicher«, sagte Jean. »Hier holt dich keiner weg.«

»Wohl kaum.« Cissy lächelte. »Allein sein, in dieser Ruhe, das ist mein Ideal.«

M. T. war so fett geworden, daß ihre Oberarme wie ein zweites Paar Brüste wabbelten. Mit ihren runden Wangen und weichen Gesichtszügen sah sie aus wie eine Glücksfee, eine Glücksfee mit einem Drüsenproblem und einer warmen, einhüllenden Aura. Ihr kleiner Rosenknospenmund war stets zum Lachen geschürzt, und trotz ihres Umfangs schien sie nichts von ihrer Anziehungskraft eingebüßt zu haben. Sie war immer mit irgendwem »zusammen«, obwohl sie schwor, sie würde bestimmt nie wieder heiraten.

»Einmal reicht«, sagte sie zu Delia. »Als ich Paul heiratete, war es mir ernst damit, aber mit den anderen ist es nicht mehr so. Und wenn ich schon nicht daran glaube, muß ich auch nicht heiraten. Meine Warnung an alle, die's betrifft.«

Die Warnung schreckte niemanden ab. M. T. hatte immer ihre Verehrer. Erstaunlich, wie mädchenhaft sie errötete, wenn sie einen Mann umgarnte und in ihren Bann zog. Noch erstaunlicher war, wie elegant sie ihn dann wieder abzuschütteln verstand. Die Männer gingen leicht verwirrt davon, ohne recht zu begreifen, wie die Sache geendet hatte. Aber sie redeten nicht abfällig über M. T., nein, die meisten nannten sie ein Klasseweib, als ob das ihr Spitzname wäre. »Klasseweib«, murmelten sie im Vorbeigehen, wenn sie ihr begegneten, und M. T. winkte ihnen mit einer graziösen Unbekümmertheit zu, die ihre Zuneigung anerkannte, ohne mehr zu verlangen.

»Diese Frau hat eine teuflische Begabung«, klagte Stephanie. »Sie sollte ihre eigene Fernsehshow bekommen und uns allen beibringen, wie man's macht.«

Wenn man in sie drang, hätten die meisten ihrer früheren Freunde vermutlich zugegeben, daß sie immer noch gerne an M. T. dachten und nichts gegen ein Wiedersehen hätten. Es schien, als hätte sie das drängende Verlangen in ihnen gelöscht, um eine tiefe, anhaltende Befriedigung zu hinterlassen. Wenn sie gerufen wurden, kamen sie sofort an und halfen bereitwillig bei irgendwelchen Besorgungen oder Reparaturen aus. Jackson Melridge säuberte jedes Jahr ihre Regenrinnen von Herbstblättern und ersetzte schadhafte Dachziegel. Garret Sultan mähte ihr im Sommer die Wiese hinterm Haus und erkundigte sich besorgt, wie es ihrem Heuschnupfen ging. Charlie kam ab und zu auf einen Kaffee vorbei und sah den Motor ihres alten Chevys nach. Als sie beschloß, einen neuen zu kaufen, kam er mit. »Ich kann doch nicht zulassen, daß dich irgend so ein alter Fuchs von Autohändler übers Ohr haut.« Danach sonnte er sich in Komplimenten für das Schnäppchen, das er ihr verschafft hatte. »Tja, man muß sich schon ein bißchen um unsere gute M. T. kümmern«, sagte er zu seinen schulterklopfenden Kumpeln. »Das ist man ihr doch schuldig.«

Wenn M. T. die Straße entlangging, wurde sie viel gegrüßt, meist von etwas älteren Herren, die sich erinnerten, wie es war, mit einer süß duftenden, weich gerundeten Frau wie ihr zu tanzen. Die Jungs, die an der Tankstelle herumhingen und sich cool vorkamen, blickten ihr nach und wunderten sich. Was war denn so toll an dieser fetten Alten? Doch wenn sie auf dem Markt an ihr vorbeistreif ten und einen Hauch von ihrem Parfum rochen, wunderten sie sich wieder. So rund, so gelassen, so strahlend vor Selbstbewußtsein. Wenn sie zu dicht an ihr vorbeistrichen, lachte sie tief und heiser auf, ein wissendes, träges, furchtloses Lachen.

»Vorsicht, Junge«, erklärten ihnen die älteren Männer, »das ist ein bißchen zuviel Frau für dich.« Und so kam M. T. zu einer neuen Generation von Verehrern, obwohl alle sicher waren, daß sie *die* nicht mit ins Bett nehmen würde. »Diese Frau braucht einen ausgewachsenen Mann«, sagten die alten Kerle, doch M. T. lächelte nur. Die Jungs harkten ihr den Garten, zeigten ihr die neuesten Tänze, erzählten ihr Geschichten, deren Erstfassung sie längst vergessen hatte. Auch wenn sie nicht mit ihnen schlief, gab sie ihnen das Gefühl, daß sie es vielleicht doch tun würde. Das war eine neue Art von Macht, derer sie sich intuitiv bediente.

»Wie geht's, M. T.?« hörte sie immer wieder, wenn sie unterwegs zum Bonnet war.

»Ganz gut«, rief sie dann stets zurück, ohne sich umzublicken. »Ist nicht einfach heutzutage für eine alte Frau wie mich, aber was soll's.«

»Aber M. T., du bist doch nicht alt! Gerade mal in den besten Jahren, Mädchen!«

Dann lachte M. T., streckte die Hand aus und drückte dem Schmeichler kurz den braungebrannten Arm. Wie eine vertraute ältere Schwester, so selbstverständlich und doch aufregend sexy.

M. T., sagte sich Cissy, hatte ihren eigenen Klan: Männer, die ihr eine Saison lang gehört hatten und dann auf und davon geflattert waren wie Schmetterlinge in den Morgen. Doch M. T.s Duft blieb, besonders bei denen, die später heirateten und nicht mehr so ohne weiteres mit ihr flirten konnten. Sie sehnten sich noch oft nach ihrer himmlischen Umarmung zurück.

»Was ist dein Geheimnis, M. T.? Wie *machst* du das?« fragte Dede lachend, obwohl alle überzeugt waren, daß M. T. über irgendeine magische Technik verfügte, die sie keinem je verraten würde. Denn egal, wie dick sie mit den Jahren wurde, die Männer waren immer noch hinter ihr her.

»Kennst du irgendwelche exotischen Tricks, die nur für fülligere Frauen möglich sind? Erstickst du die Typen halb unter dir, oder was?«

»He, Dede, jetzt mach mal 'nen Punkt.« Steph sah zu M. T. hinüber.

»Ach, laß sie ruhig«, winkte M. T. ab. »Eines Tages muß sie ja doch mal die Wahrheit erfahren.«

Mit einem behaglichen Knurren ließ sich M. T. auf einem der Frisierstühle nieder, trat den Fußhebel bis zur richtigen Sitzhöhe und strich sich mit einem Blick in den Spiegel die Haare zurück. Als sie sich zu Dede umwandte, schauten alle im Bonnet sie erwartungsvoll an.

»Vielleicht«, begann sie, »liegt es einfach daran, daß ich weiß, was Männer wollen.« Sie lächelte, als Steph losprustete. »Oder vielleicht bin ich inzwischen nur so weit, daß ihre Wünsche sich mehr mit meinen Wünschen decken. So fällt's mir nicht schwer, ihnen zu geben, was sie wollen. Und natürlich wollen sie vor allem, daß man's ihnen leichtmacht.«

M. T. hielt inne und zwinkerte Dede zu. »Vielleicht gefällt es ihnen auch, daß sie sich bei meinem dicken Polster keine blauen Flecken holen können. Nicht wie bei gewissen Bohnenstangen, die hier durch die Gegend laufen. Es soll ja Leute geben, für die Liebe gleich Schmerz ist, nicht wahr?«

»Allerdings«, nickte Steph und blickte vielsagend zu Delia hinüber. »Manche können Liebe und Schmerz einfach nicht auseinanderhalten.« Aber Delia schaute aus dem Fenster. Ihr sonnengebräuntes Geicht gab keine Regung zu erkennen. Falls sie litt, würde sie es niemals wissen lassen.

Delia behielt den Kopf oben, auch wenn es manchmal hart war. Mit den Händen unter dem Wasser und fest zusammengepreßten Lippen spülte sie Gillian die Haare aus, während sie dem Geplapper im Laden zuhörte.

»Emmet meinte, bei Goober's wäre wieder so ein Reporter aufgetaucht, der die Leute über Sie ausfragt. Anscheinend wollte er wissen, ob Clint hier noch Verwandtschaft hat.«

»Mhm?« Delia massierte ihr sanft die Kopfhaut. Je wortkarger sie blieb, desto eifriger würde Gillian weiterreden.

»Natürlich hat ihm keiner etwas gesagt. Kein Wunder, der Geizkragen hat denen ja nicht mal einen ausgegeben, geschweige denn mit Geldscheinen gewedelt. So ein schmales Handtuch mit fettigen

Strähnen und schütterem Schnurrbart.« Gillian hielt kurz inne, als Delia das Wasser abdrehte und ihr die Haare ausdrückte.

»Ich hasse Schnurrbärte, Sie nicht?« fuhr sie fort. »So ein Staubfänger mitten im Gesicht sieht doch immer blöd aus, egal ob kurz oder buschig. Mein Richard trug auch einen. Ich habe 'ne Ewigkeit gebraucht, bis er ihn abrasiert hat. Er hatte Komplexe wegen seinem fliehenden Kinn, stellen Sie sich das mal vor. Als ob so ein armseliger kleiner Schnäuzer das verdecken könnte. Nicht zu fassen, was Männer sich so einbilden.«

Delia wickelte ihr ein Handtuch um den Kopf und führte sie zu einem der Frisierstühle. »Alles in Ordnung?« zwinkerte M. T. ihr im Spiegel zu. Delia zuckte die Achseln und richtete ihre Aufmerksamkeit wieder auf Gillian.

»Wollen Sie es nur ein bißchen nachgeschnitten haben, oder hatten Sie sich was Bestimmtes vorgestellt?« Delias Blick im Spiegel war gerade und unverwandt. Sehr aufrecht stand sie hinter Gillians vorgerecktem Kopf.

»Ach, ich vertraue ganz auf Ihre begnadeten Hände.« Gillian betupfte sich die feuchten Schläfen und lächelte einschmeichelnd zu Delia auf. »Sie wissen am besten, was dieser alte Kopf braucht.«

Automatisch erwiderte Delia ihr Lächeln und schloß kurz die Augen. Hier, dachte sie, ich bin hier und nirgendwo sonst, und das hier ist jetzt meine Aufgabe. »Ich werde Ihnen die Spitzen kürzen«, sagte sie, »und an den Seiten ein bißchen etwas wegnehmen. Locker abgestuft, Sie wissen schon.« Ihre Finger strichen zart über Gillians Schläfen. »War das nicht die Frisur, die Sie hatten, als Sie zum erstenmal mit Richard ausgingen?«

Seufzend nickte Gillian mit geschlossenen Augen, so daß Delia Gelegenheit hatte, ihr eigenes Gesicht im Spiegel zu betrachten: die harten Falten um den Mund von all den vielen Momenten, in denen sie sich verkniffen hatte, ihre Gedanken auszusprechen. Falten eines Lebens, das sie hinter sich gelassen hatte und nie bereute. Randall hatte einen Schnurrbart getragen. Er hatte ihr immer gefallen.

Das einzig unverfälschte Glück, das sie je gekannt hatte, war das Gefühl auf der Bühne gewesen, in diesem tobenden Klangmeer, wenn Randall sie wie berauscht von ihrer Stimme anstrahlte. Eine dröhnende Baßlinie verschmolz mit dem treibenden Stakkato des Schlagzeugs. Boogers Hände jagten übers Keyboard. Delia nahm die Melodie auf. Plötzlich schwang sich ihre Stimme empor, kühn und klar, ekstatisch, purer Sex. Für Delia war das die spirituelle Offenbarung schlechthin: ganz in der Musik aufzugehen, in der Harmonie dieser pulsierenden Klänge aus Anspruch und Begeisterung. Dies hatte sie über sich selbst hinauswachsen lassen, über ihre kleine persönliche Trauer und Scham. Ihre Stimme wurde zu einem Instrument, und im Gesang schwang ihre ganze Seele mit. Beim Singen vergaß sie, was sie getan hatte, vergaß die Mädchen, die sie im Stich gelassen hatte. Endlich hörte sie nicht mehr den ständigen Rhythmus ihrer Atemzüge im Hinterkopf. Das eine Leben war von dem anderen abgeschnitten. Beide konnte sie nicht haben. Sie hatte gewählt, weiß Gott, sie hatte das einzige Leben gewählt, das sie ertragen konnte. Aber das andere vergaß sie nie, weder Randall noch die Auftritte, vor allem aber nicht die Musik. Nie hörte sie auf, der Musik nachzutrauern.

In der ersten Zeit nach ihrer Rückkehr verbrachte sie viele schlaflose Nächte damit, sich wieder und wieder ihre alten Platten anzuhören. Sie dachte, sie könnte ihre Verzweiflung mit dem Klang ihrer eigenen Stimme bannen, aber es gelang ihr nicht. In der Musik schwang eine dunkle Schwermut mit, die nach ihr rief, rauh und beißend wie Whiskey mit Honig. Nach dem viel zu süßen ersten Schluck brannte es so feurig in der Kehle, daß ihr ein Lavastrom bis in die Fingerspitzen schoß. Jedesmal, wenn Randalls Baß mit seinen dunklen, drängenden Rhythmen losdröhnte, ging es Delia durch und durch. Immer wieder staunte sie über die Kraft der Musik, die sie zusammen geschaffen hatten, die weit mehr war als nur schöne Lieder auf Vinyl. Jedesmal, wenn sie die Platte wieder von vorne laufen ließ, verstärkte sich Delias Verzweiflung, und sie krümmte sich immer mehr in sich zusammen, bis sie nur noch das Gesicht in die Kissen drehen und weinen konnte.

Nein, so fabelhaft waren Mud Dog nicht gewesen, aber ihre Musik spiegelte ihr innerstes Wesen – die Gitarren, die Randalls ungezahmte Wut und Boogers Weltschmerz herausjaulten, der Trommelwirbel, der Little Jimmys Kampfparole war, und das ätherische Tremolo der Backgroundsängerin, das Delias herzzerreißenden Gesang sanft in pure Seligkeit verwandelte. Wenn sie dieser Musik lauschte, verkrampfte sich Delias Herz, als würde ihr jemand die Seele auswinden. Die Erinnerung an jene Jahre überflutete sie, die Songtexte, die sie gemeinsam mit Rosemary erfunden hatte, die dröhnenden Akkordwechsel von Randall und Booger, die Lieder, die sie aus Delias ruhelosem, zornigem Schmerz und ihrem Schuldgefühl geformt hatten.

Nacht für Nacht lag Delia trauerversunken auf der Couch und lauschte dem Live-Album, das ihre und Randalls Stimme innig verwob. Und ihre Erinnerungen waren düsterer als der dunkle Raum. Sie hatte nichts anderes erwartet als Trübsal und Buße, und nun berauschte sie sich geradezu an ihrer eigenen Verdammnis. Dies alles gehörte zum romantischen Teil der Musik, auch das nächtelange Wachen und Weinen, bis sie keine Tränen mehr hatte. Erst Cissy erreichte, daß sie damit aufhörte. Eines Nachts blickte Delia von der Couch auf und sah ihre jüngste Tochter mit schreckgeweiteten Augen und bebender Unterlippe zwischen den Zähnen in der Tür stehen. Als Delia den Kopfhörer abnahm, rannte Cissy zurück ins Bett. Aber Delia hatte diese Augen gesehen. Sie stellte den Plattenspieler ab, trug ihn nach draußen und zertrümmerte ihn mit einem Stein. Dann saß sie im feuchten Gras, bis die Sonne aufging, und verbannte die Musik, die zehrende Sehnsucht aus ihrem Herzen.

Wie ist das eigentlich? wollten die Frauen im Laden immer von Delia wissen. Wenn man bei einer Rockband ist, einen Rockstar liebt, auf Tournee geht? Wie ist das? Delia zuckte nur die Achseln und antwortete nicht. Sie hätte es nicht erklären können. Es war ein Traum gewesen, das ganze Leben ein Traum. Kein Unterschied zwischen Tag und Nacht, zwischen Drogen und Alkohol pendelnd. Sex unter freiem Himmel, während die Lichter von Los Angeles über die Terrassenmauer blinkten. Feuchte, schwüle Luft, wie eine viel zu schwere Decke. Die Hüften an Steinplatten aufgeschürft, brennender Staub im rechten Augenwinkel. Und drinnen im Bungalow Musik, eine tiefe Frauenstimme, spröde und doch so weich, Janis Joplin mit »Ball and Chain«, eine Frau, die es wagt, ihren Schmerz und ihre unbändige Lebenskraft herauszusingen – wie Delia an guten Tagen. Aber Delia wollte »Ball and Chain« nicht auf der Bühne singen. »Das ist Janis' Hymne«, sagte sie, obwohl es auch ihre hätte sein können. Ihre Stimme hatte das gleiche laszive Flair, besonders, wenn sie getrunken hatte, doch Delia zog die melodischeren Songs vor, die waren eingängiger, Songs, bei denen das Publikum mitsang. Scharenweise strömten die Kids zu ihren Konzerten und brüllten begeistert mit, und das war alles, was Delia wollte – die Euphorie der Menge, das Verschwinden der eigenen Konturen unter dem Phantasiegebilde von Zigtausenden. Sie wollte sich in der Masse auflösen, in einer Orgie aus Klanggewitter und Fangebrüll.

»Ich glaube, in Kalifornien sind die Leute normaler als hier in Georgia«, hatte Delia kurz nach ihrer Rückkehr zu Cissy gesagt. »Aber ich bin hier geboren, und darum will ich auch hier sterben, und nicht nur untätig mit leeren Händen herumsitzen.«

»Aber du hättest mit deiner Musik reich werden können.«

»Tot hätte ich sein können, wie Randall und die Hälfte der Band. Heroin und Speed und dicke Maschinen, die aus der Kurve fliegen. Es stirbt sich so leicht in dieser Branche. Und ich war ja schon mal reich, nur hab ich's damals nicht kapiert, also hat's mir auch nichts bedeutet. Ich wollte etwas anderes. Die Menge, den Lärm, die Gemeinsamkeit.« Doch was sie nicht sagte, war gerade das, was alles hätte erklären können: »Ich mußte ohne Mutter aufwachsen, und meine Kinder auch. Nichts wird das je wiedergutmachen.«

Was kann die Trauer beenden? Was heilt ein gebrochenes Herz? Delia wußte es nicht. Sie hatte versucht, sich selbst vom Schmerz zu befreien, aber sie hatte ihn nur betäubt. Wie lange kann man sich betäuben? »Ein Leben lang«, redete sich Delia hoffnungsvoll ein. »Man muß es nur richtig machen.«

»Gillian, Sie sehen aus wie eine neue Frau.« M. T. nippte an ihrem Eistee mit Pfirsicharoma und lächelte in den Spiegel.

»Hübsch geworden, nicht?« Gillian strich mit den Fingerspitzen über die seidigen Fönwellen, die ihr Gesicht so vorteilhaft umrahmten und den Blick auf die großen dunklen Augen lenkten. »Delia weiß eben, was mir steht.«

»Ach, Ihnen die Haare zu schneiden ist keine Kunst«, sagte Delia und schüttelte den Nylonumhang aus, den sie von Gillians Schultern gezogen hatte. »Man muß einfach nur der Linie Ihres Gesichts folgen. Nur nichts Aufwendiges für eine Frau, die von Natur aus schon gut aussieht.« Ihr eigenes Gesicht schaute sie nicht an. Sie hielt den Blick auf die Hände gesenkt, auf ihre langen, kräftigen

Finger mit den kurzen, unlackierten Nägeln. Nichts Aufwendiges. Nur ihre eigenen Hände.

Die Tropfsteine in der Höhle traten in den verschiedensten Farbschattierungen auf, von Gipsweiß über Gelblich bis zu Rostrot. Nach ihrer ersten Exkursion in Little Mouth träumte Cissy von diesem sonderbar geformten Steinwunder, doch im Traum war es nicht hart, sondern schwammig und zäh wie Zuckerbaiser. Sie legte sich hinein, und es nahm die Form ihres Körpers an, die Wärme ihrer Haut. Weich quoll es zwischen ihren Fingern und Zehen hindurch und legte sich um ihre Hüften. Eine feste, lebendige, langsam, aber stetig wachsende Masse. Tropfsteine hinterließen in Cissy ein weißes Rauschen. Sie wartete gelassen darauf, daß der Gips sie ganz einhüllte, eine sanfte, sichere Schutzschicht für ihre Seele.

Wie ich, dachte Cissy im Traum, dieser Gips ist wie ich, unterschätzt und unbeachtet. Wenn man ihn mit Füßen trat, trat er nicht zurück. Er zerbröselte wehrlos und sog alles in sich auf.

Wenn Cissy von der Höhle träumte, spürte sie den Stein in ihrer Seele, den Fels ihres alten Grolls. Sie wußte, wer sie war und wo sie hingehörte, sie kannte ihren eigenen Wert, den Rhythmus ihres Herzens, »ihren Platz«, wie Delia gesagt hätte.

Mein Reich, dachte Cissy, und im Traum legte sich die Höhle um sie wie ein Mantel. Im Bauch von Little Mouth vergrub Cissy die Hände in den Sand, der so alt war wie die Welt, streckte die Finger aus und vergaß alle Furcht. Was sie auch brauchte, sie würde es finden. Wo immer sie sein sollte, sie war bereits da, in ihrer inneren Heimat.

Das Schnaufen, Stolpern, Füßescharren und gelegentliche, ängstliche Aufkreischen der anderen störte sie wenig. »He, seid ruhig«, wollte sie manchmal sagen, verkniff es sich aber. »Hört doch mal«, flüsterte sie nur, »hört doch mal.« Dann schauten sich Jean und Mim verwirrt um, taub für den Puls des Felsens, den Herzschlag der Erde, das Echo des Mysteriums. Man vermochte nie weit zu sehen, und dahinter herrschte Nacht, absolut und undurchdringlich, das große Dunkel, wo Unvorstellbares lauern konnte.

Die Ausflüge in die Höhlen bedeuteten für Cissy dasselbe wie für die meisten Leute Sex. Im Dunkeln wurde sie sich zum erstenmal voller Stolz ihres Körpers bewußt, ihrer Kraft. Unsichtbar fühlte sie sich frei. Im Dunkel der Höhle bewegte sie sich geschickt, setzte die Füße mit schlafwandlerischer Sicherheit. War es das, was Kalifornien für Delia gewesen war? Das unbekannte Land, wo keiner sie ansah, keiner sie kannte? Wo sie alles werden konnte, was sie wollte, und alles tun konnte, ohne sich Sorgen zu machen, was man über sie denken könnte?

Wenn Cissy von der Reise nach Cayro träumte, war es stets ein Alptraum: Kojoten heulten in der Wüste, und der peitschende Fahrtwind blies ihr durch die kaputte Heckscheibe Sand und stinkende Auspuffgase ins Gesicht.

»An mich hast du dabei keinen Augenblick gedacht, was?« klagte sie Delia im Traum an.

»Hab ich doch!« Die Delia im Traum brüllte aus dem Autofenster wie ein wildes Tier. Die wirkliche Delia hatte nie von der Reise gesprochen. »Wir fahren heim«, hatte sie nur in diesem gleichmütig-sachlichen Ton gesagt, den Cissy haßte. »Ich fahre nach Hause, und du kommst mit.«

»Ein Hodag«, hatte Jean auf ihrem ersten Ausflug zu Cissy gesagt, »ein Hodag ist ein Tier, das auf einer Seite kürzere Beine hat als auf der anderen. Stell dir mal vor, es kann auf steilen Hängen laufen, ohne krumm zu werden. In der Ebene geht das natürlich nicht so gut, darum läuft's nur auf abschüssigem Terrain.« Sie zwinkerte Mim zu.

»Einen Nachteil hat die Sache allerdings«, setzte sie mit Pokerface hinzu. »Es kann immer nur in eine Richtung laufen, niemals denselben Weg zurück, denn wenn es das versucht, fällt es unweigerlich auf die Schnauze.«

»Mhm«, grinste Cissy, »klingt ganz wie Delia.«

KAPITEL 18

Eines Tages wird Amanda einfach platzen wie ein zu prall aufgeblasener Luftballon«, sagte Dede zu Cissy. »So, wie die sich mit ihrer heiligen Familie dauernd unter Druck setzt.«

»Genau«, nickte Cissy. »Und der einzige, der sich wundert, wird der gute Michael sein. Er hat ja nie kapiert, daß sich Amanda für ihn wie eine Blöde abstrampelt.«

»Vielleicht fällt's ihm dann wie Schuppen von den Augen«, kicherte Dede boshaft. Zuerst hatte sie Michael ja noch ganz sympathisch gefunden, aber seit er mit Amanda verheiratet war, mißfiel ihr seine unbekümmerte, blauäugige Art mehr und mehr. »Sieht er denn nicht, was los ist? Amanda übernimmt sich doch völlig, nur um ihm alles hundertfünfzigprozentig recht zu machen.«

»Er liebt sie«, sagte Cissy.

»Ja, und was hat sie davon?« Angewidert winkte Dede ab. »Liebe hilft auch nicht gegen alles.« Sie zupfte an einem der kleinen Silberohrringe, die Nolan ihr geschenkt hatte. »Ich kann's nicht mitansehen, wenn Frauen sich selbst so aufgeben. Damit machen sie's uns anderen nur noch schwerer.«

Amanda stellte sich taub, wenn ihre Schwestern spöttelten, daß sie doch nur zwei kleine Jungs aufzog und keine Kampftruppe für das Wort Gottes. Das verstehen sie nicht, dachte sie. Ihre Familie *war* eine Kampftruppe für den Herrn. Wenn sie sich mit ihnen herumstritt, merkte sie gar nicht, wie ähnlich sie ihrer Großmutter schon geworden war. Grandma Windsor fraß Amandas Seele auf. Nachdem die Alte nicht zu ihrer Hochzeit gekommen war, hatte Amanda alle paar Monate versucht, mit ihr Kontakt aufzunehmen. Doch Luise Windsor behandelte Amanda nun wie einst Delia. Wenn sie sich bei ihr blicken ließ, schlug sie ihr die Tür vor der Nase zu. Amanda hatte den kleinen Michael zu ihr mitgenommen, als er ein halbes Jahr alt war, aber Grandma Windsor hatte sich mittlerweile einen rotgesichtigen, ältlichen Drachen namens Patterson als Haushaltshilfe zugelegt. Sie ließ Amanda nicht über die Schwelle.

»Grandma läßt ausrichten, daß sie sich hingelegt hat. Grandma sagt, sie fühlt sich nicht gut.«

Amanda errötete angesichts dieser wenig subtilen Art, eine Lüge weiterzugeben, ohne selbst zu lügen. In Mrs. Pattersons Worten vernahm sie das Echo von Luises Zorn auf Delia. Sie setzte Michael wieder in den Wagen und fuhr davon, fest entschlossen, die Alte nie mehr zu besuchen, aber zu Weihnachten schickte sie ihr einen Weihnachtsstern und eine Dose selbstgebackener Plätzchen. Es hätte ein christlicher Akt der Nächstenliebe sein können, aber Amanda verspürte ganz altmodische Schuldgefühle. Sie hätte eine Möglichkeit finden müssen, ihre Großmutter zu erreichen.

Um ihr Wirtschaftsgeld aufzubessern, buk Amanda Torten für andere Frauen in Michaels Gemeinde – Geburtstagstorten, herzförmige Torten zum Valentinstag und mehrstöckige Marzipantorten mit Engelshaar dekoriert. Allerdings waren in der Konditorei die Torten billiger, so daß Amanda nur sporadisch Aufträge bekam, doch sie beklagte sich nicht. Sie wirtschaftete einfach noch etwas sparsamer.

Während sie ihre Einkaufslisten schrieb, durchfuhr sie aus heiterem Himmel manchmal ein so scharfer Schmerz, daß sie vornüberkippte und sich erst nach Minuten atemloser Qual wieder aufrichten konnte, um mit heiserer Stimme zu Gott zu flehen.

»Bitte, Herr, laß meine Familie nicht im Stich.« Seit Gabriels Geburt waren die Schmerzen immer schlimmer geworden. Sie wußte, es war Krebs. Das Todesurteil. Ihr Inneres war sicher schon halb zerfressen. Aber sie würde Gott nicht um Heilung anflehen. Sie hoffte ja darauf, mit dem Tod ihren Glauben bestätigt zu sehen. Nach einem besonders heftigen Anfall fuhr sie manchmal zum Bonnet, um Delias Gesicht zu sehen, oder sie kaufte irgendeine unnötige Kleinigkeit in Dedes Laden, nur um zu sehen, wie sie sich aggressiv eine Zigarette ansteckte. Einmal war sie sogar nach Little Mouth hinausgefahren, um nach Cissy Ausschau zu halten. Denn eines wußte sie: ihnen allen würde ihr Tod die Lehre sein, die sie ihnen zu Lebzeiten nie hatte vermitteln können.

Mit der Geburt ihres ersten Enkels hatte Delia zu joggen angefangen. Sie hätte nie gedacht, daß sie dabeibleiben würde. Es war einfach eine Möglichkeit, allein zu sein und den Drang zur Flasche zu bekämpfen, der nach Amandas Hochzeit mit Macht wiedergekommen war. Das einzige, was gegen die quälende Lust auf einen Tequila half, war ein Dauerlauf. Schon bald hatte sich ein festes Verhaltensmuster herausgebildet: kaum spürte sie das Bedürfnis zu trinken, schlüpfte Delia in ihre Laufschuhe und setzte sich in Bewegung. Manchmal genügte schon ein schneller Spaziergang, doch wenn sie wieder sehr verspannt war, half nur noch rennen, rennen bis zur totalen Erschöpfung.

Am liebsten lief sie bei Sonnenuntergang, der Tageszeit, wo ihre Verwirrung, ihre Unruhe am größten war. Die Hunde waren begeistert, daß sie gerade dann vorbeigerannt kam, wenn sie ein bißchen Abwechslung brauchen konnten. Delia trug immer einen Stock bei sich, um sie zu verscheuchen, aber irgendwann wurde es ihr zu dumm, und sie gewöhnte sich an, im Morgenrot zu laufen, wo alles noch kühl und still war.

»Frisch«, sagte sie zu Dede. »Sogar mein Schweiß riecht frischer, seit ich morgens laufe.« Dede schaute verdutzt. Sie wußte nicht recht, ob Delia sie zum Narren hielt.

Delia lief schnell, in ihren alten Turnschuhen und abgeschnittenen Jeans. Sie war früher eine gute Sprinterin gewesen, und langsam bekam sie das Gefühl, als hätte sie jetzt, in mittleren Jahren, mehr Ausdauer als zu ihrer Schulzeit.

»Damals war alles ganz anders. Niemand joggte durch die Gegend, nur die richtigen Sportler, und Mädchen schon gar nicht. Cayro war eben schon immer ein rückständiges Nest.«

Sie wischte den Schweiß vom Nacken. Dede sah ihr an, wie stolz sie auf ihre Kondition war. »Im Sportunterricht haben sie uns ordentlich über die Sandbahn gehetzt. Mir hat das nie etwas ausgemacht. Erst später habe ich gehört, daß auch Frauen an den Olympischen Spielen teilnahmen. Das hätte mir gefallen, das war mein Wunschtraum, aber was hätte ich tun sollen?«

Dede nickte. Tja, was konnte man machen?

»Na, egal.« Delia lächelte halb wehmütig, halb verschmitzt. »So schnell bin ich heute auch nicht mehr. Aber das Rennen ist immer noch ein Rausch.« Sie streckte die Arme aus. Ihre Haut war rosig, als ob sie vor Befriedigung über das Tempo, das sie vorgelegt hatte, leicht errötet wäre. Drei Meilen war sie gelaufen, ohne ein einziges Mal an Dede, Amanda oder Cissy zu denken.

»Man weiß nie, wozu's gut ist«, konstatierte Delia.

Dede mußte plötzlich an Grandma Windsor denken, die sich immer nur langsam und arthritisch bewegt und vor Schmerz nur stur die Zähne zusammengebissen hatte. Der Kontrast zwischen ihrer schlurfenden Großmutter und der sehnigen Delia hätte kaum größer sein können – wie der zwischen einem Planwagen und einem Schnellzug. Dede blickte an sich hinab und sah in ihren langen Fohlenbeinen ein Abbild von Delias Beinen. Ihre kleinen, harten Brüste waren wie Delias Brust geformt, die weicher geworden war durch die Mutterschaft und das aufreibende Leben.

Amanda war von Delias Laufen wenig angetan. »Du bist zu alt für abgeschnittene Jeans«, nörgelte sie nach guter, alter Manier. Aber Dede sah Delia immer voller Bewunderung nach, wenn sie lostrabte. Kaum zu fassen, das war ihre Mutter – ihr Fleisch und Blut. Mein Gott. Mein Gott.

Nach Gabriels Geburt begann Amanda, die Wäsche ihrer Familie jeden Tag zu waschen, manchmal sogar zwei Maschinen am Tag. Jeden Morgen raffte sie alle getragenen Sachen zusammen und zog sogar die Betten ab. Sie konnte kein einziges Stück ungewaschene Wäsche im Haus ertragen. Ihre kleinen Jungen zog sie manchmal direkt neben der laufenden Maschine aus und warf ihre Hemdchen und Socken noch mit ins Seifenwasser.

»Wenn schon, dann auch richtig«, konterte sie mit ihrem Wahlspruch, als Dede ihr vorhielt, daß sie müde aussah. Aber es war mehr als das: die Sauberkeit war längst zur Manie geworden. An schlechten Tagen, wenn ihre Bauchschmerzen so heftig wurden, daß es bis in die Zähne ausstrahlte, holte Amanda die dicken Decken aus dem Schrank und jagte sie durch den Kaltwaschgang. In den schlimmsten Nächten, wenn sie sich so vor Schmerzen krümmte, daß sie nicht mehr liegen konnte, wartete sie, bis Michael eingeschlafen war, stemmte sich mühsam aus dem Bett und schleppte sich in ihre Waschküche. Sie stellte das Bügeleisen an, schüttelte die kleinen Kinderhemdchen aus und schaltete im Radio den Livesender aus Phoenix ein, wo die ganze Nacht ein religiöses Programm mit Hörerbeteiligung lief. Sosehr die verkrampften Nackenmuskeln auch brannten, sie stand übers Brett gebeugt und bügelte verbissen. Baumwolle, Leinen, Kunstfaser. Die pathetischen Litaneien des Rundfunkpredigers beruhigten ihre Nerven, und der feine Sprühnebel aus der Bügelflasche hüllte sie kühlend ein.

Wenn alle im Haus längst schliefen, fuhr Amanda manchmal zum Supermarkt am Cayro Highway, der die ganze Nacht geöffnet hatte. An ihren Schrankfächern hatte sie überall Kärtchen angebracht, auf denen die Vorräte genau aufgelistet waren. Glühbirnen, je vier zu 60, 75 und 100 Watt. Klopapier: Zwölf Rollen. Sie hatte stets mehr von allem, was auf den Listen stand; die Zahlen gaben Minimalmengen an. Wenn von den 100-Watt-Birnen nur noch drei da waren, fuhr Amanda nachts los, um noch einen Doppelpack zu besorgen, und zusätzlich etwas Waschpulver und Kleenexschachteln. Sie wanderte die Regalreihen entlang und hakte ihre Einkaufsliste ab: Heftpflaster, Kakao, Dosenfleisch. Sie wollte alles zur Hand haben, was ihre Familie benötigte. Zwar verdiente Michael eigentlich nicht genug für diese Hamsterwirtschaft, aber das spielte keine Rolle. Was Amanda sich in den Kopf setzte, mußte sie haben. Sie sammelte Rabattmarken und ließ kein Sonderangebot aus. Ihr Haushalt war bis ins Detail durchgeplant, und trotzdem trieb es sie nachts hinaus, um irgendeine Kleinigkeit zu besorgen, die noch in ihren Schränken fehlte, die eine Sache, die sie vergessen hatte.

Ich werde nicht mehr lange für sie da sein, sagte sich Amanda. Solange es noch geht, muß ich alles tun, was in meiner Macht steht. Wieder und wieder betete sie: »Hilf mir, Herr, nimm mir die Angst und mach mich bereit.« Das einzige, worum sie nicht betete, war das Wichtigste von allem – das Leben, das sie ohnehin schon so gut wie verloren glaubte.

Es war Samstag mittag. Amanda konnte Michael und die Jungs in der Küche lachen hören. Geklapper von Plastikbechern, lautes Juchzen, und Michaels gutmütige Ermahnung: »Nicht so wild, Jungs, Mommy will sich ausruhen.«

O ja, wenn ich nur könnte, dachte Amanda in ihrem Bett. Sie wischte sich den Schweiß von der Stirn und zog die Knie an die Brust. Sie lag auf dem Rücken, lose in ein Badetuch gewickelt. Schon zweimal hatte sie heiß geduscht, aber es hatte nichts geholfen. Sobald sie sich aufrichtete, durchfuhr sie der grausame Schmerz wie eine Sichel.

»Nimm mich zu dir, Herr Jesus«, flehte sie. Tränen liefen ihr die Schläfen hinab in die Ohren. Gott, wie sie dieses Flennen haßte. Zornig wischte sich Amanda die Augen und versuchte, tief durchzuatmen. Ihr war so eng in der Brust. Sie bekam nicht genug Luft, einfach nicht genug Luft.

»Ich-mach-das-nicht-mehr-mit«, zischte Amanda abgehackt. Sie biß die Zähne zusammen, wälzte sich auf die Seite, streckte vorsichtig die Beine aus, setzte sich halb auf und tastete mit den Zehen nach dem Bettvorleger. Sie hielt inne, um zu verschnaufen, dann stemmte sie sich hoch. Geschafft. Als sie mit dem ganzen Gewicht auf den Fußsohlen stand, gelang es ihr endlich, tief Atem zu holen. Ein, aus, ein, aus. »Nein. Ich-mach-das-nicht-mehr-mit.«

Sie stand sicher. Sie atmete. Herr Jesus, gib mir Halt. Sie ließ das Handtuch fallen und ignorierte das Schwindelgefühl. Alles war möglich durch den Glauben. Langsam zog sie sich mit riesiger Willensanstrengung an. Wenn Gott sie zu sich nehmen wollte, dann konnte er es auch jetzt tun. Als sie fertig war, atmete sie dankbar auf. Vor dem Spiegel kämmte sie sich das Haar zurück und musterte ihre blassen, angespannten Züge. Amanda wußte, daß sie nicht schön war. Es machte ihr nichts aus. Gott kannte ihr Herz. Wenn sie in den Himmel kam, würde Jesus sie hochheben wie das Schwert, das sie war.

»Lobe den Herrn«, flüsterte Amanda und straffte die Schultern. Noch einmal fuhr sie sich mit beiden Händen durchs Haar, seufzte tief und setzte ihr kämpferisches Lächeln auf. »Lobe den Herrn.«

Als sie aus dem Schlafzimmer trat, blickten Michael und die Jungen erwartungsvoll auf. Stolz musterte Amanda ihre Familie. Fröhlich strahlten die Jungs mit ihren kakaoverschmierten Mundern, während Michael die Milch aufwischte und so tat, als ob er alles im Griff hätte. »Na, was stellt ihr schon wieder an?« sagte sie, trat starr lächelnd einen Schritt vor und brach ohnmächtig zusammen.

»Gallensteine«, konstatierte Dr. Brown. »Nichts Ungewöhnliches bei jungen Frauen, die ihre Kinder dicht hintereinander bekommen haben.« Er schüttelte den Kopf. »Ich weiß wirklich nicht, wie sie so lange damit herumlaufen konnte. Ganz schöne Brocken sind das.«

Michael lehnte sich an die grüne Spitalwand. Sein Gesicht war fahl und abgespannt. Die letzten Stunden hatten ihn stark mitgenommen. Er war überzeugt gewesen, Amanda läge im Sterben, und hatte nicht gewußt, was er zuerst tun sollte: über ihr beten, die Jungs wegschicken oder um Hilfe rufen. Irgendwie hatte er es geschafft, sie rechtzeitig ins Krankenhaus zu bringen. Nun würde sich der Doktor um Amanda kümmern. Sie würde wieder ganz gesund werden, hatte er versprochen. Und daß Gallensteine gar nicht so schlimm wären, nur fürchterlich schmerzhaft. Die Frage sei nur, was Amanda sich wohl dabei gedacht habe, daß sie nicht eher zum Arzt gegangen war. Aber Michael wußte instinktiv, was Amanda gedacht hatte. Sie hatte den Tod erwartet, hatte sich bereit gemacht, ihrem Herrgott vors Angesicht zu treten.

»Sie ist sehr charakterstark«, sagte Michael.

»Sie ist stur wie ein Maulesel.« Delia drückte Michael kurz an sich und wandte sich dann dem Doktor zu. »Und Sie sind sicher, daß sie wieder in Ordnung kommt?«

»Aber ja doch.« Er nickte mit Nachdruck.

»Mit einer Operation?« Michael schaute noch unglücklicher drein. »Amanda ist immer gegen Operationen gewesen.«

»Tja, zum Glück wird das in diesem Fall nicht nötig sein. Wir haben jetzt eine neue Methode. Schallwellen. Wir zertrümmern die Steine von außen, und schon ist der Patient wieder gesund. Sie brauchen nur das Formular hier zu unterschreiben, dann können wir es gleich morgen früh machen.«

»Unterschreiben?« Michael zögerte. »Sollten wir nicht lieber erst Amanda fragen?«

»Michael.« Der Doktor legte ihm die Hand auf die Schulter. »Ihre Frau hat, wer weiß wie lange, die entsetzlichsten Schmerzen ertragen müssen. Ich habe sie jetzt sediert und möchte alles vermeiden, was sie beunruhigen könnte. Unterschreiben Sie erst mal, sie kann es ja morgen noch nachholen.«

Nach einem unsicheren Blick zu Delia hinüber nickte Michael. Er braucht eine Frau, die ihm sagt, was er zu tun hat, dachte Delia. In dem Moment begriff sie mehr über ihn, als sie eigentlich wissen wollte. »Das geht schon klar«, lächelte sie ihm zu. »Keine Sorge.«

»Also gut«, seufzte Michael. »Ich unterschreibe, aber ich möchte vor der Operation noch mit ihr beten. Selbst wenn sie mich nicht hören kann, der Herrgott kann es. Und ich weiß, daß es in Amandas Sinne wäre.« Er nickte, womit er unbewußt den Doktor nachahmte.

Du lieber Gott, dachte Delia, wo ist mein armes Mädchen hineingeraten?

Amanda schwebte. Über ihr pendelte ein Plastikbeutel mit Kochsalzlösung und Morphium. Sie wußte, daß sie in dem Klinikbett lag und eine Nadel im Arm hatte, die ihr Erlösung in die Vene pumpte. Zugleich aber war sie ganz woanders, an einem Ort reinen Friedens, vollkommenen Glücks – sicherlich schon am Himmelstor. Sie schloß die Augen und dankte Gott, daß er sie hierhergebracht hatte.

Sie schwebte, sie trieb auf einem kühlen Silberstrom, dem unendlichen Strom von Gottes Liebe zu den Gläubigen, zu seiner getreuen Tochter. Um sie wirbelten kleine Bläschen, weich und perlweiß schimmernd und glatt wie Butterkugeln. Sie fing ein paar davon ein, ließ sie über die Hand rollen. Ein wunderbares Gefühl, so zart, so federleicht, so süß und kühl.

Amanda schloß die Finger und kicherte in sich hinein. Die zerquetschten Butterkügelchen machten ein komisches Geräusch. Sie drehte den Kopf zur Seite, um es genauer zu hören, aber irgend etwas mischte sich störend dazwischen, ein Summen und Brummen schräg hinter ihr.

Oje, dachte Amanda, Michael betete. Sie seufzte irritiert. Ob sie mitbeten sollte? Sie öffnete den Mund, und eine große, schimmernde Blase schwebte auf, und noch eine, butterzarte Gebetsblasen. Kostbare Perlen ihres Glaubens. Michaels Stimme schien sich zu entfernen. Amanda erinnerte sich an das Gefühl seiner Haut auf der ihren. Er hatte so einen schönen Körper. Gott segne uns, sagte sie, und die Worte wurden zu durchscheinenden Perlen, während Michaels süßer Mund sich auf den ihren senkte.

Lobe den Herrn, sagte Amanda. Laß uns beide den Herren loben. Rhythmisch wiegte sie sich zum Klang von Michaels Stimme. Ich danke dir, Herr. Mit offenen Händen trete ich vor dich hin. Du hast mich reich beschenkt. Lobe den Herrn, in Ewigkeit. Amen. Ich bin gestorben und von Herzen froh.

Am Morgen brachten sie Amanda nach unten mit der Nadel im Arm, die gerade genug von dem magischen Saft in sie träufelte, um ihr das angenehme butterweiche Gefühl im Körper zu erhalten. »Bin ich tot?« fragte Amanda mit schwerer Zunge. Eine Krankenschwester gab ihr einen Schluck Wasser zu trinken. »Nein, Kindchen. Sie sind in guten Händen. Wir werden Sie wieder gesund machen.«

»Na, wunderbar«, sagte Amanda. Sie blickte sich um. Alles war gleißend hell. Dr. Brown beugte sich über sie. Amanda kannte ihn. Sie hatte ihn nie gemocht. »Oje«, sagte sie.

»Mrs. Graham, Amanda.« Er hatte eine fette Stimme, dachte Amanda. Eine selbstzufriedene Miene. Hielt sich wohl für oberschlau. »Wir werden Ihnen jetzt Ihre Gallensteine entfernen, Mrs. Graham.«

Gallensteine? Was redete er da? Sie hatte doch Krebs. Sie lag im Sterben, das war doch sonnenklar. Sterben war so leicht, dachte Amanda, wenn man den rechten Glauben hatte.

Wieder beugte sich Dr. Brown über sie. »Sie werden jetzt gleich etwas spüren. Es sind nur Schallwellen. Das pulsiert ein bißchen, tut aber nicht weh. Es wird die Steine zertrümmern. Dann geht es Ihnen wieder gut.«

Metall blinkte auf. Apparate. Amanda versuchte, sich aufzusetzen, aber die Gurte hielten sie fest. Brustkorb, Schenkel, Schultern – alles an den Tisch angeschnallt. Schlage sie, Herr, betete Amanda. Ein elektrisches Summen erfüllte den Raum. O Gott, flehte Amanda. O Gott.

Die pulsierenden Wellen hallten in ihrem Körper wider, vibrierten durch ihre Knochen, versetzten ihre Gehirnströme in Schwingung. Magisch wie das Morphium, furchtbar wie der Atem Gottes. Die Wellen gingen ihr durch und durch und ließen sie bis in die Seele erbeben.

Lobe den Herrn, dachte Amanda, das kann keine Maschine sein.

Ein leises Murmeln in ihrer Kehle, ein Gebet oder eine Hymne. Das Pulsieren begann erneut. Ein tiefer, elfenbeinglatter Schauder fuhr durch ihre Magengrube. Gott sprach zu ihr, das war es, was sie fühlte. Es ging ihr durch Mark und Bein. Es war wie der Moment, als Michel und sie ihre Söhne gezeugt hatten. Nicht Sex, sondern Anbetung. Michaels Lippen auf ihrer Brust, seine Zähne an ihrer Haut, sein Keuchen, das dem ihren Nahrung gab, und ihr Name wie eine Beschwörung auf seiner Zunge. Es hatte einen Moment gegeben, da erbebte jeder Muskel in ihrem Körper, ein Psalm aus purer Lust. Sie hatte geweint, hatte Michael an sich gepreßt und ohne den Schatten eines Zweifels gewußt, daß sie ein Kind gezeugt hatten. Jetzt rief ihr das Beben in ihrem Inneren diesen Moment wieder ins Gedächtnis, die leidenschaftliche Zärtlichkeit, die glücklich-gelöste Befriedigung. Aber dies hier war nicht der Akt, der Kinder ins Leben rief, sondern etwas heftig Beunruhigendes. Dr. Brown brummelte beschwichtigend über ihr. Fast ärgerte sich Amanda über diesen Verrat ihres Körpers. Ihre Muskeln spannten sich an, um Widerstand zu leisten, doch dann kam wieder diese seltsam entkräftende Welle von Schwingungen, die sie bis ins Mark ergriffen, ein Echo, das ihr bis ans Herz reichte.

Amanda drehte den Kopf hin und her, der einzige Körperteil, den sie noch bewegen konnte. Wahrlich, das mußte mehr als nur die Maschine sein. »Gut so«, sagte Dr. Brown, und Amanda hörte auf, sich zu wehren.

Ja, o Gott, ja. Wieder vibrierte seine Stimme in ihr, durchdrang jede Faser ihres Körpers. Amanda nickte. Sie begriff. Sie wußte nun, wozu sie ausersehen war. Ja, Herr, flüsterte sie. Ja.

Unter dem leisen Raunen von Michaels Gebeten wachte Amanda auf. Er hatte sein Gesicht über sie gesenkt und die Hände um die Metallstange am Kopfende geklammert. Sie sah zu ihm hoch. Michael schaffte es nie, sich einen ordentlichen Haarschnitt machen zu lassen, wenn sie nicht dabei war. Sie schloß die Augen und horchte nach innen. Der Schmerz war weg. Nichts. Kein Pulsieren. Keine Hymne. Keine Perlen. Unter ihren Lidern sickerten Tränen hervor.

Gallensteine.

Herr, vergib mir meinen Hochmut, betete sie.

Sie schlug die Augen auf und wandte den Kopf zur Seite. Michael hielt im Beten inne. »Oh, meine Liebste«, sagte er, nein, schrie er fast. Amanda nickte. Sie fragte sich, was Gott jetzt von ihr wollte. Die Augen fielen ihr wieder zu. Was immer Gott wollte, sie würde später darüber nachdenken. Jetzt wollte sie nur still daliegen und der himmlischen Stille in ihrem Körper lauschen.

Während sich Amanda im Krankenhaus erholte, paßte Cissy bei ihr zu Hause auf die Kinder auf, wenn auch ungern. Jean und Mim wollten wieder in der Höhle übernachten, um den Knick in der Nordwestpassage zu erkunden, wo vielleicht eine Verbindung zwischen Little Mouth und Paula's Lost zu finden war.

»Wann kommt denn deine Schwester wieder?« fragte Mim ungeduldig.

Cissy zuckte die Achseln. »Sie sollte eigentlich heute entlassen werden, aber sie ist noch ziemlich erschöpft. Wenn es irgendein anderer wäre, würde ich ja sagen, sie nimmt ihre Krankheit als Ausrede für ein paar faule Tage, aber das sieht Amanda nicht ähnlich. Ich glaube, sie braucht einfach den Schlaf.«

»Wenn sie wieder zu Hause ist, ziehen wir los«, beschied Jean. »Die Exkursion kann warten. Schließlich läuft uns die Höhle ja nicht weg.«

Für Cissy war jeder Tag in Amandas Familie eine Offenbarung. Wenn sie den Jungs ihren Milchreis kochte, las sie die Indexkärtchen durch, die an alle Schrankfächer und Schubladen geheftet waren. Wenn sie ihre Jeans in die Maschine steckte, fand sie noch mehr Kärtchen an den Regalen in der Waschküche. Nummern und Daten in winziger, penibler Schrift. »Mein Gott, sie schreibt wirklich alles auf«, flüsterte Cissy. Wie bei einer Schnitzeljagd verfolgte sie die Spur der Kärtchen durchs ganze Haus, und alle waren gleichermaßen akribisch beschriftet und angebracht.

»Eure Mama ist verrückt«, sagte sie zu dem kleinen Gabe. »Einfach total verrückt.« Strahlend blubberte er ihr Milchblasen entgegen. Die zwei Jungs, Michael und Gabriel, waren so süß, wie ihre Mama säuerlich war. »Typisch Amanda, nennt ihre Kinder nach Erzengeln«, hatte Dede gespottet, als sie geboren wurden, aber weder sie noch Cissy hatte sich je viel mit den Kleinen befaßt. Amanda ließ sie kaum von ihrer Seite. Sie hielt nichts davon, sie Fremden zur Aufsicht zu überlassen. »Jetzt verstehe ich das«, meinte Cissy. »Sie wollte nicht, daß wir merken, was für Lausebengel das sind.« Cissy hielt Amandas Jungen für das Anstrengendste, was die Welt jemals hervorgebracht hatte.

»Man kann sie keine Minute allein lassen«, beklagte sie sich.

»Das ist doch mit allen Kleinkindern so«, winkte Delia ab. »Amandas Jungs sind genau wie alle anderen, nur niedlicher als die meisten.«

Cissy hatte keine Energie mehr übrig, um sich mit ihr zu streiten. Obwohl sie überzeugt war, daß Delia sich irrte. Der kleine Michael war dreieinhalb und erzählte jede wache Minute wirre Geschichten von Engeln und Lastwagen oder sagte mit seiner durchdringenden Piepsstimme Bibelverse auf. Wenn ihm gar nichts mehr einfiel, sang er mit gräßlicher Ausdauer »Jesus liebt mich«. Baby Gabe, erst vierzehn Monate alt, redete noch kaum, doch um so mehr himmelte er seinen älteren Bruder an und versuchte mit unverständlichem Gebrabbel, Michaels endlosen Redestrom nachzuahmen.

»Ich wette, Gabe lernt erst richtig sprechen, wenn er das Haus verläßt.«

»Ach, der lernt das schon, aber solange Michael in der Nähe ist, wird er kein Wort sagen können.«

Delia kam jeden Mittag und vergewisserte sich, ob Cissy noch nicht durchgedreht war. Sie fand es unendlich komisch, Cissy in der Rolle der Ersatzmutter zu sehen, und genoß die Gelegenheit, ihre Großmuttergefühle einmal richtig auszuleben. Cissy dagegen nahm jede Chance wahr, von den Quälgeistern wegzukommen. Sie wunderte sich, wie schnell Delia und die Jungs ihre eigenen kleinen Rituale entwickelten, die den Kindern genauso gefielen wie der vernarrten Großmutter.

»Für dich gibt's wohl gar nichts Schöneres, was?« maulte Cissy.

»Ganz recht«, lächelte Delia. »Das ist mein Privileg.«

Wenn Delia hereinkam, fing Gabe an zu gurren und schwenkte die Ärmchen, bis sich Delia über ihn beugte. Wenn sie mit der Zunge über die Stelle zwischen seinen zarten blonden Brauen strich, quittierte er das mit begeistertem Quietschen. Das war ihre Art der Begrüßung, und Delia war ganz hingerissen, wie er bei ihrem Kuß das Näschen krauste. Gabe war ihr Liebling. Es sah so possierlich aus, wie er schwankend hinter seinem älteren Bruder hertappte und sich an allem festhielt, was er zu fassen bekam – Möbel, Tischdecken, Hosenbeine oder den Hund. Alle paar Meter stolperte er über seine eigenen Füße, aber er weinte nie, wenn er hinfiel. Er rappelte sich einfach wieder hoch und nahm die Verfolgung seines Idols auf, das sich nie nach ihm umschaute. Wenn Cissy ihn nicht ein dutzendmal aufgefangen hätte, hätte er sich an den Treppenstufen oder den überall herumstehenden Betstühlen sicher den Kopf aufgeschlagen.

»Kein Wunder, daß Amanda im Spital gelandet ist«, meinte Cissy. »Sie hätte ihnen ab und zu mal 'ne Schlaftablette verpassen sollen.«

Delia lachte. »Ich habe dir ja gesagt, du hast keine Ahnung, was bei Amanda los ist. Kinder großziehen, das ist Gottes Art, die Spreu vom Weizen zu trennen. Nur die Starken überleben es. Die Schwachen müssen ihre Mütter zu Hilfe nehmen.«

»Na, dann bin ich eben schwach.« Cissy wischte die letzten Milchreiskleckse von der Küchentür und ließ sich auf einen Stuhl fallen. »Ich überlasse es dir nur zu gerne. Wie idiotisch, daß ich mir diesen Streß aufhalse.«

»Alle Babys sind Engel«, sagte Delia, beugte sich wieder zu Gabe hinab und rieb die Wange an seinem rosa Füßchen. »Mmh, wie gut diese Babyhaut duftet.«

»Herrgott.« Cissy starrte Delia an, als traute sie ihren Augen nicht. »Du klingst ja schon wie eine Süchtige.«

»Warte nur, bis du deine eigenen hast.« Delia strich sanft durch Gabes verworrene Locken.

»Oh, *die* Hoffnung kannst du gleich aufgeben. Da bin ich genau wie Dede. Amanda ist die einzige von uns, die dir Enkelchen beschert. Für mich sind Babys nichts als Schreihälse und Windelscheißer. Und wenn sie eigentlich schon stubenrein sein müßten, dann kacken sie noch heimlich in die Ecken, weil sie nicht auf den Topf wollen, wie der süße kleine Michael-Schatz.«

»Na und? Er hatte gerade erst das Töpfchen entdeckt, als seine Mama krank geworden ist. Da regrediert er jetzt natürlich ein bißchen.«

»Dreieinhalb ist viel zu alt für so was. Ich dachte, Kinder sollten bereits mit zwei Jahren sauber sein.«

Delia schmunzelte. »Hast wohl 'ne Menge darüber gelesen, was?«

»Ich mache hier gerade einen Crashkurs durch. Und ich sage dir, dieser Michael wird mal ein hinterhältiger Typ. Neulich habe ich seine dreckige Unterhose in der Kartoffelkiste gefunden. Ich weiß nicht mal, wie lange sie da schon war. Die Kartoffeln mußte ich natürlich wegwerfen.«

Delia schöpfte dem fröhlich strampelnden Gabe warmes Wasser über Brust und Rücken. Sie wusch ihn in der Babywanne auf dem

Küchentisch. Cissy tat, was sie konnte, um das Haus in Ordnung zu halten, hatte aber eine Heidenangst davor, die Kinder zu baden. Einmal hätte sie Gabe fast fallen lassen, und Michael hatte ihr ins Gesicht gepinkelt, als sie ihn mit dem Schwamm abrubbelte. »Er hat sich schiefgelacht«, schimpfte sie. »Der wußte genau, was er tat.«

Delia erzählte ihr, daß sie als Kleinkind genau dasselbe getan habe. Ja, sie sehe Cissy noch vor sich, wie sie nackt auf dem Wannenrand stand und so weit pinkelte, wie sie nur konnte. »Das ist normal«, sagte Delia. »Es ist ein Zeichen von Lebhaftigkeit, nicht von Bosheit.«

Cissy war sich da nicht so sicher. Klein-Michael saß gerade vor dem speziellen, von Amanda genehmigten Kinderprogramm, das Zeichentrickserien mit Bibelgeschichten zeigte. Kaum setzte die Baßstimme des Ansagers ein, wurde sie schon von dem spitzen Kindersopran übertönt. »Paß auf, paß auf!« Es klang, als warnte er Daniel, sich nicht in die Löwengrube vorzuwagen. Cissy schüttelte seufzend den Kopf. »War irgendeine von uns in dem Alter auch so 'ne Quasselstrippe?«

»Nein. Amanda und Dede waren stille Kinder. Du schon eher, aber das lag wohl daran, daß Randall dich immer noch angefeuert hat.«

»Wieso denn das?«

»Vaterstolz.«

»Reiner Wahnsinn. Am liebsten mag ich die Jungs, wenn sie schlafen. Aber sobald sie wach sind, o weh, da könnte wirklich jeder Gallensteine bekommen. Gallensteine, Leistenbrüche, Bluthochdruck. Ein Wunder, daß nicht mehr junge Mutter einfach umkippen. Hast du die Broschüre gelesen, die Michael aus der Klinik mitgebracht hat? Streß und Gallensaft, das war es, was Amanda die Steine beschert hat. Bestimmt hat sich Amanda nur noch von übriggebliebener Babynahrung, Milchbrei, Apfelmus und Butterbrot ernährt, seit sie die Kinder hat. Und die Galle ist ihr ja immer schon gern übergelaufen. Tja, so ist es wohl, Kinder bringen einen um.«

Delia hob Gabe in seinem warmen Handtuch an ihre Schulter und sah Cissy kopfschüttelnd an. Sie erinnerte sich an Amanda als Kind, die Augen voller Sterne, der kleine Schmollmund so sanft und weich. Ihre hartäugige älteste Tochter war das süßeste Baby gewesen. Cissy war mit mürrischer Miene zu Welt gekommen – ein fahles, zorniges kleines Wesen, jeder Zoll Randalls Tochter. Koliken, Keuchhusten – Cissy war das schwierigste ihrer drei Mädchen gewesen, aber Delia hütete sich, ihr das zu sagen. Gabe rieb seine Wange an ihrem Hals, und Delia gurrte ihm zärtlich ins Haar.

»Oh, du Süßer, du«, flüsterte sie, während sie zusah, wie Cissy das Badewasser ins Spülbecken leerte. »Du kleiner Wonneproppen, du bist Grandmas Bester. Jajajaja, bist du.« Cissy verdrehte ironisch die Augen, und Delia schmunzelte in sich hinein. Witzig, wie sie Cissy immer den größten Gefallen tun konnte, indem sie sich so klischeehaft wie möglich verhielt.

Delia schickte Cissy eine Weile aus dem Haus. Amanda würde bald wieder heimkommen, und Delia wollte jede Stunde nutzen, die sie die Jungs noch für sich haben konnte. Mit einem schnellen Dankeschön war Cissy auch schon zur Tür hinaus. Delia setzte Gabe in seinen hohen Kinderstuhl und fing an, ihn mit Apfelmus zu füttern. Ich habe Talent zur Großmutter, dachte sie glücklich. Mehr als zur Mutter jedenfalls. Sie schaute zur Tür, aber Cissy war schon über alle Berge.

Delia konnte sich in eine seltsame Mischung aus Groll und Sturheit hineinsteigern, wenn es um ihr Schicksal als Mutter ging. Es fiel ihr nie leicht, darüber zu sprechen, aber manchmal schien es ihr, als ergebe doch alles einen Sinn. Sie hatte Betty Friedan gelesen, hatte Janis und Aretha und Little Loretta Young zugehört, und sie hatte schließlich begriffen: die Herren der Schöpfung durften sich in Sünde und Scham suhlen, aber als allein gebliebene Frau durfte man sich nicht so hängenlassen. Delia hatte viel mitgemacht und ihre eigenen Antworten gefunden. Nein, sagte sie sich, während sie Gabe liebevoll fütterte, es war nicht falsch gewesen, Clint zu verlassen, um Randall zu folgen, und dann auch ihn wieder zu verlassen. Sie hatte ihre Cissy bekommen und ihre anderen Töchter wiedergefunden. Alles, was sie getan hatte, hatte sie aus gutem Grund getan. Was Delia zu schaffen machte, war der Preis, den sie dafür gezahlt hatte – und immer noch zahlte: die Blicke von Emmet Tyler, Cissy und Amanda, die kaum mit ihr sprachen, und Dede, die in unbeobachteten Augenblicken manchmal vor sich hinstarrte.

Oft hatte Delia das Gefühl, als säße ihr Grandma Windsor immer noch im Nacken, mit ihren strengen Bibelversen und ihrer baptistischen Bigotterie. Vieles davon konnte sie abschütteln, aber nicht alles. Zum erstenmal war ihr das klargeworden, als Cissy ihr »ich hasse dich« entgegengeschrien hatte, als sie Amanda in die Augen blickte, als sie Dedes genervte Miene sah. Alles hatte seinen Preis. Delia hatte ihr ganzes Leben lang bezahlt. Wenn sie ihre Töchter anschaute, wünschte sie sich nur, daß sie keinen so hohen Preis würden zahlen müssen. Wenn sie ihre Enkel ansah, kam ihr der Gedanke, daß vielleicht doch alles gut enden würde.

KAPITEL 19

Granddaddy Byrd starb im Schaukelstuhl, mit der Zigarette in der Hand.

»Er sah aus wie immer, hockte auf seiner Veranda, während ich mich um den Haushalt kümmerte«, erzählte Mrs. Stone im Bonnet. »Ich habe ihn natürlich ständig im Auge behalten, ob er sich noch bewegt. Die letzten Jahre hat er tagtäglich vierzehn Stunden da draußen gesessen, aber ich habe schon ziemlich regelmäßig nach ihm geschaut.«

Delia und die Mädchen kannten Mrs. Stone kaum gut genug, um sie wiederzuerkennen. Sie war ungefähr zur Zeit von Amandas Heirat bei Granddaddy Byrd eingezogen, aber niemand wußte, wie sie den Alten dazu gebracht hatte, sie in seinem Haus wohnen zu lassen.

»Glaubst du, sie treiben's miteinander?« hatte Dede einmal gefragt.

»Ach was«, sagte Delia. »Sie brauchte eine Unterkunft, und er braucht jemanden, der ihn versorgt. Ein Glück, daß ich nicht dauernd hinmuß, um nachzusehen, ob er nicht schon auf der Straße randaliert.«

»Er ist ein komischer alter Kauz.«

»Ja, und sie ein zähes altes Weib.« Delia wollte nicht über Granddaddy Byrd reden. Sie mochte nicht mal an ihn denken. »Das ist das Beste, was passieren konnte. Jetzt hat er jemanden, der auf ihn aufpaßt und mir die Last abnimmt.«

Mrs. Stone schien etwas befangen und betont förmlich, als sie Delia die Nachricht überbrachte. Wie nett von ihr, meinte M. T., daß sie sich persönlich herbemüht habe, und Mrs. Stone entgegnete, eine solche Nachricht sollte keiner übers Telefon erfahren müssen. Sie schob sich die dünnen Silbersträhnen hinter die Ohren und zog nervös an ihrer Zigarette, als sich Delia neben sie auf die Couch am Eingang des Bonnet setzte. Mrs. Stone war eine stämmige Frau, und die lose Haut an Hals und Armen ließ vermuten, daß sie früher noch viel dicker gewesen war.

»Es war ein guter Tod«, sagte Mrs. Stone. »Ein guter Tod.« Delia nickte und nippte an der kleinen Mineralwasserflasche, die sie aus dem Kühlschrank hinten im Laden geholt hatte. Der Rauch von Mrs. Stones Zigarette kratzte sie im Hals. Seit sechs Monaten hatte sie keine mehr geraucht, und der alte Drang quälte sie noch immer. Wieso hab ich's nur aufgegeben, fragte sie sich, während sie versuchte, sich auf Mrs. Stones Redeschwall zu konzentrieren.

»Wie ich schon sagte, er saß also draußen in dem alten Schaukelstuhl, den ich ihm auf die Veranda gestellt hatte. Das hat vielleicht gedauert, bis ich ihn endlich soweit hatte, daß er sich in den setzte, statt immer nur auf den staubigen Stufen zu hocken und sich Löcher in den Hosenboden zu reißen. Ich glaube, den Schaukelstuhl hat er dann richtig gern gehabt, und die Knie haben ihm auch weniger weh getan, obwohl er das natürlich nie zugab. Sie wissen ja, wie starrköpfig er war.« Mrs. Stone blickte sich nach einem Aschenbecher um und lächelte dankbar, als M. T. ihr ein Glastellerchen reichte, ein Souvenir von Stone Mountain.

»Ach, sieh an, da war ich schon mal.« Mrs. Stone drückte ihre Zigarette mitten auf der goldumrandeten Bergspitze aus und wandte sich wieder zu Delia um.

»Ja, also, wie ich schon sagte. Es war 'ne Weile her, seit er sich die letzte Zigarette angesteckt hatte. Und als ich auf der Veranda den Teppich ausklopfte, hat er sich auch nicht wie sonst geräuspert, Sie wissen schon, wie er immer machte. Und dann hat er immer so zur Seite gespuckt, als ob er vor lauter Staub keine Luft mehr bekommen würde. Nur diesmal hat er sich gar nicht gerührt. Und dann sah ich plötzlich, wie ihm die Asche von den Fingern fiel. Die Finger waren schon angesengt.«

Mrs. Stone lächelte sanft. »Ein friedlicher Tod. Besser kann man sich's gar nicht wünschen.«

Hinter ihrer Schulter sah Cissy, wie Delia die Zähne zusammenbiß. Gleich weint sie, dachte Cissy. Aber Delia schüttelte nur kurz den Kopf und schob ihre Haarklammern fester in den Knoten.

»Verdammt«, sagte Delia. »Wenn es so war, dann war das wohl das einzige, was er jemals richtig gemacht hat.«

Cissy fuhr mit Delia zu Granddaddy Byrds Farm hinaus. Dede schloß sich ihnen in ihrem kleinen VW an, den sie die Rübe nannte und billig von Marcia Pearlmans Neffen Malcolm erstanden hatte. Die Rübe war lila und weiß lackiert und hatte ständig dreckverkrustete Stoßstangen, weil Dede beim Parken immer gern die Böschung hinter ihrem Wohnwagen rammte.

»M. T. hat mich eben angerufen«, sagte Dede zu Cissy, als sie aus dem Wagen stieg. Zu ihren ausgefransten Jeans trug sie eins von Goober's T-Shirts mit aufgedruckten schwarzen Händen über dem Busen und dem Logo »Alles im Griff«. Sie nickte Mrs. Stone zu. »Er ist also wirklich gestorben?«

»Ist er.« Mrs. Stone lächelte. »So leicht, daß es eine wahre Freude war. Der beste Tod, den es je gab.« Sie schaute auf das kecke T-Shirt und errötete, lächelte aber tapfer weiter und führte sie die Verandastufen hinauf ins Haus.

Zum erstenmal, seit Cissy in Cayro war, betrat sie das Farmhaus. Nichts schien sich seit jenem unglückseligen Besuch damals geändert zu haben, obwohl Mrs. Stone die Büsche an der Verandatreppe wieder zum Grünen gebracht hatte. Die alte Treppe war abgerissen und neu gebaut worden. Im Kontrast dazu wirkten die Holzplanken am Haus noch morscher. Der Türrahmen war voll fettiger Fingerabdrücke, die rosa Tapeten in Schulterhöhe mit Schimmelflecken übersät.

»Die habe ich nie sauber gekriegt«, sagte Mrs. Stone, als sie Cissys befremdeten Blick sah. »Mr. Byrd meinte, das käme daher, daß Luke immer pitschnaß an der Wand entlanggerutscht sei, wenn er von seinen Sauftouren heimkam. Kann sein oder auch nicht, auf jeden Fall geht's nicht mehr weg.« Sie wirkte unruhig in Anwesenheit der drei Frauen, die sich in ihrem Heim umsahen.

»Er liegt dort auf seinem Bett. Ich habe ihn nur etwas gewaschen und zugedeckt. Der Junge von der Texaco-Tankstelle hat mir geholfen, ihn reinzutragen.« Sie deutete zu der Kammer, die neben dem Kamin vom Wohnzimmer abging. Durch die halboffene Tür sah man das Kopfende des Bettes – ein dunkles, bäuerliches Holzbett mit abgesägten Pfosten, deren heller Kern unter der Staubschicht durchschimmerte. Die Kissen waren heruntergenommen worden, und an der Stelle, wo Granddaddy Byrd mit leicht nach hinten gekipptem Kopf lag, ragte sein spitzes Kinn hervor.

»Unglaublich schwer ist er gewesen, aber das soll bei Toten ja immer so sein. Ich erinnere mich noch, wie mein seliger Howard nach seinem Ableben plötzlich wie Blei …« Seufzend winkte sie ab. Cissy und Dede starrten sie an, während Delia nur Augen für jene halboffene Tür und den Toten hatte, der dort lag.

»Sie wissen, das Haus gehört Ihnen.« Mrs. Stone versuchte, Delias Aufmerksamkeit auf sich zu lenken. Sie trat vor, so daß ihr Körper die Tür verdeckte. »Ist Ihr elterliches Erbe«, sagte sie. »Ihr Vater hatte sich die Eigentumsrechte gesichert, bevor er starb, und er hat kein Testament hinterlassen. Ich habe alles genau durchgesehen, als ich Mr. Byrd mit den Unterlagen für die Sozialversicherung half. Kein Testament, also gehört jetzt alles Ihnen. Wie ja eigentlich all die Jahre schon.«

Delia schwieg. Sie ging an Mrs. Stone vorbei auf die Kammer zu. Cissy zögerte, ihr zu folgen, während Dede ihnen den Rücken zukehrte und sich das Sammelsurium auf dem Kaminsims ansah.

»Ich habe ihm alles so gut gerichtet, wie ich konnte«, fuhr Mrs. Stone händeringend fort. Cissy dachte, sie meinte die Aufbahrung des Toten, doch schnell wurde klar, daß es nicht darum ging. »Er war mir keine Last, nachdem ich mich erst mal an seine knurrige Art gewöhnt hatte. Er wollte nur seine Ruhe haben. Nur kein Weibergegacker, hat er immer gemurrt. Na, das habe ich mir natürlich nicht gefallen lassen. Den Mund laß ich mir nicht verbieten, wenn ich hier schon die ganze Arbeit mache, hab ich ihm gesagt. Soll ich hier am Ende noch auf Zehenspitzen herumschleichen? Nein, also, ist doch wahr!«

Delia gönnte ihr endlich einen Blick. »Stimmt, er wollte immer seine Ruhe haben.«

»Nun ja, er war ein alter Mann«, nickte Mrs. Stone.

»Wie alt war er denn überhaupt?« mischte Dede sich ein. »Er wollte es ja nie sagen.«

»Ach, sicher weit über neunzig. Als ich seine Sozialversicherungskarte beantragte, haben die auf dem Amt sich ganz schön gewundert. Dachten wohl, er wäre längst übern Jordan.«

Delia wandte sich wieder ab, ging zur Totenkammer und blieb an der Türschwelle stehen. Cissy sah zu Dede hinüber. »Warst du schon öfter hier?«

»Ein paarmal.« Dedes Miene war undurchdringlich. Sie kniff die Lippen zusammen. »Er hat nie viel gesagt.«

Inzwischen schwatzte Mrs. Stone weiter von all ihren guten Taten: wie sie den Alten umsorgt hatte, ihn mit Müh und Not dazu gebracht hatte, die Unterlagen für die Sozialhilfe auszufüllen. Delia warf ihr über die Schulter einen gereizten Blick zu. Cissy fühlte sich wieder einmal übergangen. Irgend etwas verschwiegen Delia und Dede vor ihr – sie spürte es genau, sah es in ihren Augen.

»Natürlich haben sie ihm dann nicht viel gezahlt, ganze 154 Dollar im Monat«, Mrs. Stone war nicht zu bremsen. »Aber mit den Eiern und dem Gemüse, die wir von der Veranda aus verkaufen konnten, habe ich uns doch ganz gut über die Runden gebracht.« Sie schmunzelte selbstzufrieden.

»Auf die Weise ist er wenigstens zu Hause gestorben. So, wie es am besten für ihn war.« Mrs. Stone strahlte Delia mit ihrem hektisch geröteten Mondgesicht an. Ihr Blick wanderte hastig zwischen Cissy und Dede hin und her.

»Denken Sie doch nur an die Tragödie, die der arme Mann erlebt hat. Seine Söhne zu verlieren. Dieser Luke hat ja sein Leben lang im Knast gesessen. Und dann das Unglück mit Ihrem Daddy.« Resigniert hob sie die Schultern. »So viele Verluste«, seufzte sie, »soviel Trauer.«

»Ich möchte ihn sehen.« Delia trat über die Schwelle und zog die Tür hinter sich zu. Mrs. Stone nickte, holte ein Taschentuch hervor und wischte sich die Augen. Cissy konnte zwar keine Tränen sehen, aber ihr Kummer schien ehrlich genug.

Mrs. Stone schneuzte sich kräftig. »Er war der einzige Verwandte, den sie hier noch hatte, nicht wahr? Außer euch Mädchen?« Sie hatte offenbar nicht vor, auch nur einen Moment den Mund zu halten. Als ob all die sprachlosen Jahre neben Granddaddy Byrd in ihr eine unbezähmbare Redewut hinterlassen hätten. Aber vielleicht wußte sie auch nur nicht, wie sie mit trauernden Hinterbliebenen umgehen sollte, die so eigenartig unberührt wirkten.

»Oh, ich habe schon viel von euch gehört.« Mrs. Stone deutete mit dem Taschentuch auf Cissy und Dede. »Delias Töchter. Ach Gottchen, ja. Delias bedauernswerte Töchter.«

Cissy runzelte die Stirn. Wenn der Alte das gesagt hatte, dann hatte er Dede und Amanda gemeint, nicht sie. *Sie* hatte er bestimmt nicht mal erwähnt.

Dede kam herüber und legte Mrs. Stone die Hand auf den Arm.

»Wir wären jetzt gern mit dem Toten allein. Sie haben sicher noch viel zu tun, Ihre Sachen packen, und so. Lassen Sie sich von uns nicht aufhalten.«

Mrs. Stone schaute verdutzt. »Tja, aber... ich wollte doch noch mit eurer Mama... es gibt da noch einiges zu besprechen...«

Oje, dachte Dede, die werden wir nicht mehr los. Wahrscheinlich weiß sie nicht, wo sie hin soll. Sie tätschelte Mrs. Stone beschwichtigend den Arm.

»Jaja, natürlich, dazu ist später immer noch Zeit. Aber Sie haben doch sicher noch Wichtiges zu erledigen, oder?«

Mrs. Stone nickte gekränkt. »O ja, allerdings, das habe ich.« Mit hoch erhobenem Kopf rauschte sie in die Küche.

Die Mädchen blickten ihr hinterher. Als die Küchentür zuschlug, seufzten sie erleichtert auf. »Ein Hintern wie ein Brauereipferd«, grinste Dede. »Wie alt sie wohl ist?«

»Alt genug, um sich nichts mehr vorzumachen«, sagte Cissy giftig, aber Dede nickte nur bedächtig.

»Herrgott, hoffentlich komme ich nie in so 'ne verzweifelte Lage.« Dede griff sich an den Hals. »Verdammt deprimierend, findest du nicht?«

Cissy zuckte die Achseln. »Bist du wirklich mal allein hierher gefahren?« Sie sah Dedes Blick durch den Raum schweifen. Auf der Anrichte saßen häßliche Keramikpuppen wie die Orgelpfeifen aufgereiht, eine wie die andere mit grellbunt bemalten Gesichtern und roten Schürzen.

»Wetten, daß sie Mrs. Stone gehören?«

Cissy lachte. »Wem sonst?«

»Ja, ich war hier«, sagte Dede nach einer kurzen Pause. »Bevor Delia uns von Grandma weggeholt hat.« Sie blickte in die Runde. »Die alte Dame hat eine gute Abfindung verdient. Du glaubst nicht, wie schlimm es hier früher aussah.«

Cissy fand es immer noch ziemlich schäbig, aber immerhin war der Boden gefegt, der lappige Teppich glattgezogen und der Nippeskram abgestaubt. Doch die Luft im Raum roch dumpf und stickig wie auf einem alten Dachboden.

»Und du durftest einfach so allein herfahren?« Cissy beobachtete Dedes Augen, die unruhig hin und her huschten. Irgend etwas stimmte da nicht. Dede sah aus, als hätte sie zuviel Kaffee getrunken oder etwas zu lange verschwiegen. Ihre Nackenmuskeln waren wie Drahtseile gespannt.

»Sicher, allein, was denkst du?« Abrupt drehte sich Dede zum Kaminsims um. »Du hast ja keine Ahnung. Grandma Windsor hat uns nie etwas erzählt. Delias Name war immer mit einem Fluch verbunden. Und ich mußte mir anhören, ich sei genau wie sie, sündig und hartherzig.« Sie hielt inne.

»Wenn das so ist, dachte ich mir, dann kann ich ja auch mal abhauen und mir den verrückten Alten anschauen, über den sich die Leute das Maul zerreißen. Immerhin ist er mein Urgroßvater. Tja, also bin ich hergetrampt.«

»Ich kann mir gar nicht vorstellen, daß er auch nur ein Wort mit dir geredet hat. Du hättest mal sehen sollen, wie er Delia behandelt hat: geräuspert und ausgespuckt, das war alles.«

Dede grinste. »Typisch.«

Zu beiden Seiten des Kamins hingen metallgerahmte Schwarzweißfotos von Autos und Leuten, die um die Autos herumstanden. Immer wieder die gleichen Leute in verschiedenen Gruppierungen: Kinder, eine Frau, ein Mann, und dazwischen – erstaunlich unverändert – Granddaddy Byrd. Dede zeigte auf eines der Fotos.

»Das ist unser Onkel Luke, der Knastbruder. Hat 'ne Weile Stock-Car-Rennen gefahren. Eigentlich hätte ich den gerne getroffen, aber der hat vermutlich seit meiner Geburt nur noch im Bau gesessen.«

Cissy trat näher und betrachtete das Foto. »Hat er einen umgebracht?«

»Irgendwas Schlimmes wird er wohl ausgefressen haben.« Dede zuckte die Achseln. »Der Alte wollte ja nie mit der Sprache rausrücken.«

»Wovon habt ihr dann geredet?»

Dede drehte sich zu Cissy um. »Von Delia, stell dir vor. Er hat von ihr geschwärmt, als ob sie das achte Weltwunder wäre.«

»Aber er hat sie doch gehaßt!«

»Kann sein. Er war aber auch stolz auf sie, und wie. Na ja, er war eben ein wunderlicher alter Mann.«

Cissy sah sich die Fotos genauer an. Das mittlere hatte einen Rußfleck am unteren Rand, als ob jemand eine Kerze zu dicht daran gehalten hätte. Auf dem Bild lehnte die ganze Familie an einem dieser dicken alten Wagen mit runden Kotflügeln. Die Frau hielt ein Baby in den Armen, und zwei kleine Jungen lehnten an ihrem Rock. Neben ihr stand ein gutaussehender Mann mit einem kleinen Mädchen auf den Schultern, und die ganze Gruppe war von einem fast karikaturhaft grinsenden Granddaddy Byrd flankiert, den Cissy nur mit Mühe erkennen konnte.

»Mit dir hat er also gesprochen«, flüsterte sie.

»Ein bißchen. Ich mußte geduldig sein. Keine direkten Fragen, sonst wurde er sofort bissig und hat keinen Ton mehr gesagt. Mir hat das aber nichts ausgemacht, ich bin ja bei Grandma Windsor aufgewachsen.« Sie lachte rauh. »Gegen die war Granddaddy Byrd richtig umgänglich.«

Cissy schüttelte den Kopf. Sie versuchte sich vorzustellen, wie Granddaddy Byrd auf seiner Veranda saß und ganz normal mit seiner Enkelin sprach. Es wollte ihr nicht gelingen. Sie blickte wieder auf das Foto – kein Zweifel, der Alte lächelte, bärbeißig zwar, aber immerhin.

Die anderen Leute auf dem Foto sahen ganz nach heiler Familie aus. Die Frau lachte. Ihre Haare schienen so blond wie Cissys im Spätsommer, und die Ähnlichkeit mit Dede war unübersehbar.

Cissy blickte Dede von der Seite an. »Sie sieht genau aus wie du.«

Dede beugte sich zu dem Bild vor. »Ich finde, sie sieht wie Delia aus.«

»Nein.« Cissy schüttelte den Kopf. »Wie du.«

»Na, meinetwegen, sind ja auch unsere Großeltern. Die verschollene Familie.« Sie tippte nacheinander auf die Personen im Bild. »Delias Mama und Delias Daddy, Granddaddy Byrds Sohn. Und die Jungs. Und Delia selbst. Alle miteinander.«

Cissy starrte auf die Frau mit den kleinen Jungen. »Und sie sind alle umgekommen?«

»Ja.«

»Schrecklich.«

»Was weißt du eigentlich von der Geschichte?« Es klang beinahe anklagend.

Cissy runzelte die Stirn. Ja, was wußte sie eigentlich? Wieder schaute sie auf das kleine Mädchen – Delia. Ein fröhliches Kindergesicht, das aussah, als ob es viel lächelte. Schmal und zart, große Augen, ein niedliches Mädchen von sechs oder sieben Jahren. Die

Jungen hatten verschorfte Knie, spitze Ellbogen und verschmitzte Lausbubengesichter. Das Baby schmiegte sich an den Hals der Mutter. Alle wirkten so einig, so unbeschwert, ein Herz und eine Seele.

Delia war bei Granddaddy Byrd aufgewachsen. Die Familie war irgendwie umgekommen. Auf welche Weise, war immer vertuscht worden. Cissy erinnerte sich noch, wie Delias Miene zu einer stummen Trauermaske erstarrte, wenn irgendwer die Sprache darauf brachte. Ein tragisches Unglück, hieß es. Aber welches? Wann? Warum? Cissy sah sich noch mal all die Autos auf den Fotos an. Dann blieb ihr Blick wieder an Granddaddy Byrds merkwürdigem Lächeln hängen.

Die Kammertür schwang auf. Delia trat heraus, tränenleer. Als Cissy im hageren Gesicht ihrer Mutter die Züge jenes kleinen Mädchens wiedererkannte, zuckte sie innerlich zusammen.

»Ich werde mit Reverend Hillman sprechen müssen«, sagte sie, »oder mit Michael. Wahrscheinlich hätte Amanda es lieber, wenn ich Michael frage.« Sie fuhr sich mit der Hand durchs Haar und blickte zur Küchentür. »Ach ja, und Mrs. Stone, das regeln wir am besten gleich.«

Mit hängenden Schultern bewegte sich Delia in Richtung Küche. Sie wird alt, dachte Cissy. Wie lange war es her, daß das Foto dort aufgenommen wurde? Vierzig Jahre? Sie dachte an den alten Mann drüben in der Kammer, ihren Urgroßvater, der auf dem Foto mit zusammengekniffenen Augen in die Kamera grinste und sich lässig an den Kotflügel lehnte. Teil einer Familie, die sie nicht kannte. Keinen von ihnen. Cissy lief es kalt über den Rücken.

»Sie sind alle tot«, flüsterte sie.

Dede stand dicht neben ihr. »Das passiert eben«, sagte sie. »Schreckliche Dinge gibt es immer.« Sie verschränkte die Arme und vergrub die Finger in den Schultern. »Ich muß mal hier raus, eine rauchen.«

Cissy schaute zur Küche, aber Delia war schon durch die Tür verschwunden. Sie drehte sich um und folgte ihrer Schwester. In Gedanken war sie immer noch bei den Fotos, die jetzt Delia gehörten, wie das Haus und alles andere. Cissy streifte mit der Hand über die fleckige Tapete. Hier hatten einmal Delias Eltern gelebt.

Dede hockte auf den Verandastufen, schüttelte eine Camel aus der Packung und zündete sie mit einem der kleinen Neonfeuerzeuge an, die sie in ihrem Laden gleich neben der Kasse stehen hatte. Mit jeder Handbewegung wechselte das stechende Blau in ein opalisierendes Türkis. Dede bestellte ständig neue Feuerzeuge, die sie selbst bezahlte und dann auf Schritt und Tritt verlor.

Cissy ließ sich neben sie auf die Stufe fallen. Der Himmel hatte sich verdüstert, eine kalte Windbö fegte über den Vorplatz. »Es wird bald regnen«, sagte sie.

»Vor mir aus.« Dede sah Cissy von der Seite an. »Nolan will mich heiraten.«

»Was?«

»Du hast richtig gehört, er will mich heiraten.« Dedes Gesicht war verkniffen, sie wirkte wütend.

»Willst du ihn denn nicht heiraten?«

»Ich will niemanden heiraten.« Dede stampfte mit dem Fuß auf. »Weder Nolan noch sonst jemanden.« Sie nahm einen tiefen Zug aus ihrer Zigarette und stieß den Rauch heftig aus. »Verdammt noch mal.«

»Ich dachte, du liebst Nolan?« fragte Cissy vorsichtig, aber offenbar nicht vorsichtig genug.

Dede sprang auf. »Aber *klar* liebe ich ihn!« Aufgebracht tigerte sie hin und her und wedelte mit ihrer Zigarette. »Aber die Ehe macht doch alles kaputt. Kennst du vielleicht jemanden, der glücklich verheiratet ist?«

»Amanda?«

»Pah! Amanda ist nicht glücklich.«

Cissy schaute zu, wie das blitzblaue Feuerzeug auf der Kante der Verandastufe vibrierte.

»Dede, du liebst Nolan, also heirate ihn auch.«

»Lieber würde ich mir Nolans Namen auf den Arsch tätowieren lassen, als ihn zu heiraten.« Dede blieb abrupt stehen und grinste wie ein Kobold. »Eigentlich eine gute Idee. Besser als ein Trauring.«

Cissy nickte. Sie war sicher, Dede würde alles tun, wenn es nur aus dem Rahmen fiel. Seit Wochen war sie schon so unerklärlich angespannt und hatte sich beklagt, daß Delia wieder öfter mit Emmet essen ging. Cissy wußte, daß Dede ihn im Grunde ganz gern mochte, nur die Vorstellung, daß sich Delia ernsthaft mit einem Mann einlassen könnte, konnte sie nicht ertragen. Aber Nolan? Wo lag da das Problem?

»Es wird die Hölle werden«, sagte Dede.

Cissy sah ihre Schwester an, wie sie da stand und mit zurückgebeugtem Kopf die stürmischen Wolkenberge betrachtete. Ihre Augen waren gerötet und sichtlich feucht. Sie schnippte ihre Kippe ins Gras.

»Es geht alles zum Teufel.« Sie klang mutlos und deprimiert.

O Gott, dachte Cissy, laß sie keinen Blödsinn machen. Sie preßte die Hände auf die Ohren und hörte ihre Zähne knirschen. Nolan war die letzte Zeit so glücklich gewesen, so glücklich. Er war zu einem Vorspielabend nach Atlanta gefahren, und als Cissy ihn gefragt hatte, wie es gelaufen war, hatte er nur selbstsicher gegrinst.

»Warten wir's ab«, sagte er. »Wer weiß, was noch alles auf uns zukommt. Dede und ich, wir haben so einiges vor, aber mehr wird nicht verraten.«

Er begreift es nicht, dachte Cissy, ohne recht zu wissen, ob sie es selbst begriff. Dede sah furchtbar bedrückt aus. Das konnte Cissy verstehen. Dede hatte Angst, ihre Romanze an den schalen Alltag zu verlieren.

Granddaddy Byrds Aussegnungsfeier fand in der Holiness-Redeemer-Kirche statt. Michael brachte Amanda mit, die kaum zu registrieren schien, was um sie herum vorging. Jean und Mim hatten Cissy begleitet. Mrs. Stone brachte ihnen die alte weiße Bibel aus der Byrd-Farm mit, aber Delia tat so, als hätte sie nichts gesehen. Michael klemmte sie sich unter den Arm und zog zum Gebet seine beiden Jungs auf den Schoß. Als sich nach der Beerdigung alle vom Grab entfernten, blieb Delia allein vor den Blumenmassen stehen. Erst eine Stunde später kam sie zur Terrill Road zurück, wo die anderen schon längst im Garten unter den Nußbäumen saßen. Michael ließ Gabe auf seinen Knien hüpfen, während Klein-Michael mit ausgebreiteten Armen über den Rasen rannte und wie ein Flugzeug brummte. Gabe schwenkte die Ärmchen und machte ihn mit begeistertem Summen nach. Nach einer Weile hob Delia die Hand und winkte ihm zu. Sein Vater setzte ihr den Kleinen auf den Schoß, und sie drückte ihn an sich, legte die Wange an seine Babylocken. Michael stand auf und ging seinem Ältesten helfen, der angefangen hatte, die Nüsse aufzusammeln. Er gesellte sich erst wieder zu den anderen, als er Gabe fröhlich krähen und Delia endlich lachen hörte.

KAPITEL 20

Das Beste am Babysitten bei Amanda war, daß Cissy dafür ihren Job beim Wohnungsamt aufgeben konnte. Anfang des Jahres hatte sie die Stellung angetreten und drei Nachmittage pro Woche Immobiliendaten in den Computer eingetippt, aber nach und nach war sie immer später zur Arbeit erschienen. Es gab nichts Langweiligeres auf der Welt, entschied Cissy, als Seite um Seite eintönige Abkürzungen zu tippen, die sich endlos wiederholten. Die Preise wechselten, Makler brachten verschiedene Parzellen zum Eintrag, neues Grundeigentum wurde registriert, und ewig mußte die Datei mit diesen peniblen kleinen Notizen gefüttert werden. Immer wieder vergaß Cissy, Anbauten einzutragen, die als steuerbegünstigte Einliegerwohnungen galten, oder spezielle Details wie dekorative Fensterläden und den sogenannten englischen Garten, der sich von seinem Namensvetter, dem englischen Rasen, vermutlich vor allem durch Ungepflegtheit abhob. Das Problem war, daß Angebot und Nachfrage auf dem Wohnungsmarktsektor weit auseinanderklafften, und die schlampige Art, wie Cissy mit den Daten umging, war auch keine Hilfe.

Oft fragte sich Cissy, ob ihr ein Job als Kellnerin nicht doch mehr liegen würde. Am meisten haßte sie die gelben Klebezettel, die ihr die Kollegen überall hinterließen: »Sie haben vergessen…«; »Sie haben unterlassen…«; »Sie müssen noch…«; »Bitte das nächste Mal zu beachten…« Es hätte ein leichter Job sein sollen, der ihr genug Taschengeld einbrachte, um sie am College über Wasser zu halten, aber das Tippen der unzähligen Details war doch weit mühsamer, als Cissy sich vorgestellt hatte. Wieviel angenehmer war es dagegen, auf Nolans Veranda zu sitzen, nachdem sie die Jungs an Michael übergeben hatte, Soda mit Orangenschnitzen zu trinken und Nolan zuzuhören, wie er Klarinette übte oder endlose Familiengeschichten zum besten gab.

Nolan hielt seine kostbare Klarinette auf dem Schoß, eine Buffet R13 mit einem Selmer-Mundstück. Liebevoll polierte er das seidig schimmernde Holz mit einem weichen Lappen. »Afrikanisches Ebenholz und schweres Silber«, hatte Mr. Clausen gesagt, als er ihm das Instrument geschenkt hatte. »Wenn du es richtig pflegst, hast du dein Leben lang Freude daran.« Beim ersten Spiel auf der neuen Klarinette hatte ihn Nadine so glücklich angestrahlt, daß Nolan sich stets daran erinnerte, wenn er das Instrument ansah. Mr. Clausen und das Bläserkonsortium hatten tausend Dollar dafür ausgelegt, und Nolan war unendlich dankbar, daß er trotz ständig knapper Kasse noch nicht gezwungen gewesen war, das wertvolle Stück zu verkaufen.

»Wie geht's deiner Mutter?« fragte er Cissy. »Sie sah auf der Beerdigung so mitgenommen aus.«

»Wie immer, Delia ist unverwüstlich. Egal was passiert, sie steht jeden Morgen pünktlich auf und geht zur Arbeit.«

Nolan nickte. »Nächste Woche habe ich wieder einen Vorspieltermin in Atlanta.« Er hielt die Augen auf seine Klarinette gesenkt.

Cissy blickte ihn überrascht an. Wieso erzählte er ihr das? »Möchtest du, daß ich mitkomme?« fragte sie besorgt. Eigentlich hatte sie eine weitere Höhlenexkursion mit Jean und Mim geplant.

»Nein, nein.« Nolan schüttelte den Kopf. »Ich wollt's dir nur sagen.« Konzentriert polierte er seine Klarinette. »Diesmal ist es etwas anderes«, setzte er plötzlich hinzu. »Wenn sie mir 'nen Job anbieten, werde ich vielleicht annehmen.«

Obwohl sie ihn oft genug zu diesem Entschluß ermuntert hatte, war Cissy doch betroffen, daß er sie so plötzlich verlassen wollte. »Du könntest dir tatsächlich vorstellen, aus Cayro wegzugehen?«

Nolan wirkte unbehaglich. »Na ja, warum nicht?« Er rollte das Instrument zwischen den Händen hin und her. »Natürlich hängt alles von Dede ab. In letzter Zeit ist sie so ruhelos, übt dauernd auf dem Schießplatz mit der Pistole, die Craig ihr gegeben hat. Sie hat sie immer unter ihrem Fahrersitz dabei.«

Nolan nahm die Klarinette auseinander und putzte sie sorgfältig von innen, ehe er sie in ihrem Kasten verstaute. »Dede ist nicht glücklich, weißt du. Mit mir vielleicht schon, aber irgendwie kommt ihr das Leben zu eintönig vor, das tägliche Einerlei im Laden und so. Manchmal redet sie davon, etwas Neues anzufangen. Irgendwas mit Autos, eine Mechanikerlehre, einen Fahrerjob – ihr alter Traum. Ich möchte ihr die Chance geben, sich zu verwirklichen, und in Atlanta könnte ich ganz gut Geld machen. Ich könnte ein schönes Haus für uns finden und mich meiner Musik widmen.«

»Du hast den letzten Rest Verstand verloren.« Cissy schüttelte heftig den Kopf. »Dede wird nie von hier wegziehen wollen. Und du weißt ja nicht mal, ob du wirklich 'nen Job bekommst.«

»Darüber mach dir keine Sorgen, ich weiß, was ich kann, und ich bin bereit, mich für meine Ziele einzusetzen.« Er wirkte nachdenklich, aber entschlossen. »Ich möchte, daß Dede so glücklich wird, wie sie es verdient.«

Seufzend schloß Nolan die Augen. Als er sie wieder öffnete, sah er Cissy direkt an. »Du bist meine beste Freundin. Ich wollte dir einfach nur sagen, was mir im Kopf herumgeht. Natürlich will ich noch nicht so bald weg von hier. Noch hat sich nichts ergeben, aber man kann ja nie wissen.«

Cissys Blick wanderte über die schattigen Verandastufen in Nolans offenes, hoffnungsvolles Gesicht. »Okay, noch ist nichts passiert, und wenn es soweit ist, werden wir sehen, wie wir damit klarkommen.« Sie stand auf und strich sich die Haare zurück. »Du bist mein Freund, Nolan Reitower. Daran wird sich nichts ändern, auch wenn du dein ganzes Leben auf den Kopf stellst. Aber eines sag ich dir: weihe Dede lieber rechtzeitig in deine Pläne ein. Sie mag keine Überraschungen. Und ihre Reaktionen sind auch nicht so leicht vorherzusehen. Was würdest du machen, wenn sie hier absolut nicht wegwill?«

»In Cayro bleiben, was sonst?« Nolan lächelte. »Für Dede würde ich hier kleine Brötchen backen, bis mir das Fleisch von den Knochen fällt.« Es klang wie eine erfreuliche Perspektive. Als könnte er sich kaum etwas Schöneres vorstellen.

Jeden Nachmittag verbrachte Cissy damit, hinter Klein-Michael und Gabe herzuräumen und sich Sorgen um Amanda zu machen. Es fiel ihr schwer, sich an die Veränderung zu gewöhnen, die seit dem Klinikaufenthalt mit Amanda vorgegangen war. Michael selbst hatte sie verlegen gebeten, noch etwas länger bei ihnen zu auszuhelfen, weil Amanda »noch nicht wieder ganz auf dem Damm« sei.

»Bist du sicher, daß Amanda mich auch hier haben will?« Cissy konnte es nicht glauben.

»Aber ja«, sagte Michael. »Sie ist noch ein bißchen schwach auf den Beinen. Wenn sie sich noch ein paar Tage ausschlafen kann, geht's ihr sicher bald wieder gut.«

»Sie braucht mehr als Schlaf«, murmelte Cissy, doch Michael sah wieder einmal so rührend hilflos aus, daß sie sich nicht mit ihm anlegen wollte. »Natürlich helfe ich euch, solange es nötig ist«, versprach sie. »Wenigstens muß ich dann nicht in dieses blöde Büro.«

In der Woche vor ihrem Krankenhausaufenthalt hatte Amanda Sonntag mittags bei Delia eine bissige Bemerkung über Cissys Höhlengänge mit »diesen seltsamen Mädchen« gemacht. Daraufhin war es zwischen ihr und Cissy zum Streit gekommen.

»Wir treiben keine Unzucht«, sagte Cissy, »sondern ernsthafte Forschung. Wir kartographieren die Gänge zwischen Little Mouth und Paula's Lost.«

»Aha.« Amanda setzte ihre Heiligenmiene auf. »Und wozu soll das gut sein, bitte sehr?«

»Dann kennen wir den Weg.«

»Und dann? Was macht ihr dann?«

»Radieschen pflanzen! Was geht dich das an! Kümmere dich um deinen eigenen Dreck!« Wütend stürmte Cissy aus Delias Küche.

Das war der letzte Wortwechsel zwischen ihnen, bevor Amanda in die Klinik eingeliefert wurde und Granddaddy Byrd starb. Cissy befürchtete, Amanda würde bei der ersten Gelegenheit ihren Streit wiederaufnehmen. Aber die Amanda, die aus der Klinik heimkam, schien keine Kraft mehr zum Zanken zu haben. Sie war morgens kaum zum Aufstehen zu bewegen. Nur wenn Klein-Michael auf ihren Schoß kletterte und eine Geschichte forderte, schien sie ein bißchen aufzuleben. Sie hatte angefangen, ihm die Geschichte von Daniel in der Löwengrube wiederzuerzählen, doch als ihr Sohn vor Begeisterung auf ihr herumhüpfte, hielt sie plötzlich inne und preßte ihn so fest an sich, daß er aufjaulte. »Ach Gott!« rief sie aus tiefster Seele und ließ ihn laufen.

»Alles in Ordnung?« fragte Cissy. Amanda war sehr blaß und hatte rote Flecken auf den Wangen. Mit großen, entsetzten Augen starrte sie Michael nach.

Amanda schüttelte den Kopf. »Ich muß an die Luft. Ich nehme den Wagen.« Und weg war sie, noch ehe Cissy fragen konnte, wann sie wiederkommen würde.

Einerseits war Cissy verärgert, daß sie schon wieder die anstrengenden Jungs am Hals hatte, andererseits erleichtert, weil Amanda nicht mehr zum Streiten aufgelegt war. So verbrachte sie den Tag damit, das ohnehin saubere Haus zu putzen und sich zu überlegen, was sie auf eine erneute Frage nach ihrer Zukunft antworten würde. Sie strich sämtliche Punkte auf der Tagesordnung – Backen und Heimbesuche – und konzentrierte sich darauf, die Jungs zu versorgen. Trotzdem vergaß sie Klein-Michaels Judostunde. Er war erst seit zwei Monaten auf Empfehlung seiner Sonntagsschullehrerin in dem Kurs. Ihrer Meinung nach würde Judo seine Wildheit zügeln.

»Kleine Sportskollegen zum Abreagieren in den Hintern treten, soso«, lachte Dede, als sie anrief. »Wundert mich nicht, bei *der* Mutter.«

Amanda kam kurz vor ihrem Mann heim und ging sofort ins Bett, wo sie sich die Decke über den Kopf zog. »Alles in Ordnung mit ihr?« wollte Michael von Cissy wissen. »Soweit ich weiß«, sagte Cissy. Am nächsten Morgen kam sie etwas später und fand Amanda fertig angezogen am Küchentisch, während die Jungs im Hinterzimmer plärrten.

»Ich muß los«, sagte Amanda, als Cissy zur Tür hereinkam, und war schon draußen, ehe Cissy sie festhalten konnte.

»Kaum bin ich da, verschwindet sie«, beschwerte Cissy sich bei Delia, doch Delia nickte nur.

»Laß sie gehen. Amanda hat sich nie Zeit für sich genommen, laß sie noch ein bißchen ausspannen.«

»Und was ist, wenn sie nicht mehr in den Alltag zurückfindet? Ich kann doch nicht ewig bei ihr babysitten!«

»Eine Woche schaffst du schon noch«, sagte Delia. »Das kannst du deiner Schwester ruhig gönnen. Was hast du denn sonst so Wichtiges zu tun?«

Cissy schmollte, aber nicht ernsthaft. Sie hatte ja Zeit. Mim und Jean drängten zur nächsten Exkursion, ließen sich aber vertrösten. »Nächste Woche«, versprach Cissy. »Ganz sicher.«

Aber in Gedanken war sie nicht bei der nächsten Woche, sondern im nächsten Jahr. Tacey brüstete sich immer damit, was sie am Spellman-College alles vollbringen würde. Dann mußte sich Cissy eingestehen, wie ziellos ihr Herumstudieren am County College war. Die Zukunft war für sie so unklar wie der Verbindungsweg zwischen Little Mouth und Paula's Lost. Ihr Tutor hatte sie gefragt, was sie beruflich machen wolle, aber Cissy hatte ihn nur ratlos angesehen. Ihr einziges Interesse galt den Höhlenexkursionen, die keiner ernst nahm, nicht einmal sie selbst. Sie konnte doch nicht davon leben, daß sie Tag und Nacht durch unterirdische Gänge kroch.

»Du könntest zur Armee gehen«, schlug Dede ihr eines Abends bei Goober's vor. Seit Monaten gingen Dede und Nolan zweimal wöchentlich zu Goober's, bestellten Bier und fritiertes Gemüse und nippten an der Whiskeyflasche in Dedes Handtasche, wenn die Kellnerin gerade wegschaute. Dede behauptete, dem Barwhiskey sei nicht zu trauen, obwohl es mehr der Preis war, der sie abschreckte.

»Red keinen Unsinn, Dede, was soll ich denn da?« Cissy war müde und fertig mit den Nerven und mehr denn je überzeugt, daß sie niemals Kinder haben wollte.

»Ich würd's machen«, verkündete Dede. »Wenn ich du wäre, frisch von der Schulbank weg und mit astreinem Führungszeugnis, würde ich sofort einsteigen.«

»Das kann doch nicht dein Ernst sein!« Nolan war entsetzt. »Wer weiß, wo man dich hinschicken würde!«

»Würdest du etwa nicht mitkommen?« Dede nahm einen Schluck Bier. »Ich dachte, du folgst mir, wo immer ich hingehe?«

»Natürlich folge ich dir.« Irritiert stocherte Nolan auf seinem Teller herum. »Bis in die Hölle und zurück, wenn's sein muß, aber du beim Militär, nein, die Idee ist mir zuwider. Man hört ja so einiges darüber, was Frauen bei der Armee alles passiert.«

»Mann, was soll mir schon passieren, ha?« Dede war rot im Gesicht und streitsüchtig. Hat wahrscheinlich schon ein bißchen zuviel aus der Tasche genippt, dachte Cissy. »Hast du Angst, ich könnte mich in irgendeinen bulligen Kasernenspieß verknallen?«

Nolan blieb der Mund offenstehen. »Nein, nein«, wehrte er hastig ab, »ich finde nur, das paßt zu dir wie die Faust aufs Auge.«

»Wieso denn?« Dede stand schwankend auf. »Vielleicht möchte ich mich ja auch mal verändern, statt den Rest meines Lebens in diesem Kaff zu versauern.«

Sie drehte sich um und stürmte so hastig in Richtung Waschraum, daß sie fast die Kellnerin Sheila umgerannt hätte, die mit einem neuen Teller Knuspergemüse an den Tisch kam.

»Oh, sie hat wohl schon ein bißchen zu viel getrunken«, lachte Sheila und stellte den Teller vor Nolan ab.

»Sieht ganz so aus«, sagte Nolan und warf Cissy einen betretenen Blick zu. »Also, wenn du mich fragst, deine beiden Schwestern machen gerade eine sonderbare Phase durch.«

»Bei Dede kann ich das noch verstehen«, nickte Cissy, spießte einen gebackenen Champignon vom Teller auf und kaute nachdenklich. »Aber daß Amanda sich jemals ändern würde, hätte ich nicht gedacht.«

Nolan schob die Gemüsebällchen auf dem Teller hin und her. »Alles verändert sich.« Er blickte in Richtung Waschraum. »Alles und jeder. Außer mir, natürlich. Dede wünscht sich immer, ich würde sie auch mal so richtig überraschen, aber das habe ich doch schon getan, sie will es nur nicht wahrhaben. Mein Gott, ich bin eben, wie ich bin. Ich arbeite hart und kümmere mich um die Menschen, die ich liebe. Ich mache meine Musik und sehe zu, daß der Laden läuft. Mehr kann ich nicht tun.« Er seufzte. »Schon dreimal habe ich sie gefragt, ob sie mich heiraten will, aber sie sagt nicht ja und nicht nein. Im Bett bringt sie mich schier um den Verstand, aber von Heirat will sie nichts hören.«

Verlegen rutschte Cissy hin und her. »Sie liebt dich.«

»Ja, ich weiß.« Nolan griff nach seinem Bier. »Ich bin nur nicht sicher, ob Dede weiß, was das bedeutet. Ich glaube, sie verwechselt Sex mit Liebe. Sie will immer die große Spannung, die große Leidenschaft, nur sich nicht festlegen, nur keine Verantwortung.«

Er hielt ein Stück Gemüse im Teigmantel hoch. »Ich glaube, Liebe ist wie die Zucchini, an denen Goober's so gut verdient. Die meisten Leute wissen gar nicht genau, was sie eigentlich essen, sie schmecken nur die knusprige Hülle und die scharfe Soße. Was innen drin ist, Karotte, Champignon, Paprika oder Zucchini, ist eigentlich egal, wichtig ist der schöne Schein.«

»Jawohl.« Dede nahm wieder gegenüber von Nolan Platz. »Ich esse das Zeug sowieso nur wegen dem Fett, damit ich mehr trinken kann. Fett ist eine gute Grundlage. Wenn man Bier und Whiskey mischt, braucht man erst mal ordentlich Fett im Magen.« Sie legte den Arm um Nolan und küßte ihn zärtlich aufs Ohr. »Komm, laß uns heimgehen, Schatzi.«

Nolan wischte sich den Mund ab, warf Cissy einen warnenden Blick zu und stand auf. »Bis dann«, rief er über die Schulter zurück. Dede winkte Cissy zerstreut zu.

Als sie gegangen waren, blickte Cissy auf die leeren Biergläser und die chaotischen Überreste der Mahlzeit. Auf dem Teller war ein matschiger Haufen Zucchini zurückgeblieben, von denen Dede die Kruste abgezogen hatte. Sie ernährte sich möglichst nur von gebratenem Essen, Hamburgern und Pfannkuchen, dazu nahm sie massenweise Vitaminpillen. »Jetzt ist sie noch dünn, aber wart's nur ab«, sagte M. T. immer. »Dank ihrer Vorlieben für fette Sachen wird sie eines schönen Tages aufgehen wie ein Hefeteig.«

»Wenn sie nicht vorher schon am Herzinfarkt stirbt«, murmelte Cissy vor sich hin.

»Soll ich dir noch was bringen?« Sheila fing an, den Tisch abzuräumen.

»Erbarmen«, seufzte Cissy. Sie dachte an Nolans Worte: daß Dede nicht wüßte, was Liebe sei.

»Steht bei uns nicht auf der Karte«, sagte Sheila und wischte energisch den Tisch ab.

Am nächsten Morgen ging Cissy sehr früh zu Amanda. Bis die Familie aufstand, hatte sie schon Spiegeleier mit Tomaten gemacht und für die Kinder Rührei in Schüsselchen gefüllt. Michael war begeistert, doch Amanda blinzelte auf ihren Teller hinunter, als wüßte sie mit seinem Inhalt nichts anzufangen. Vor ihrer Krankheit hatte Amanda nur noch Gemüse und Obst gegessen und hin und wieder ein weichgekochtes Ei. Sie buk Brot nach Rezepten aus einem Kochbuch, das von einer kirchlichen Frauengruppe in Nashville verfaßt worden war. Alles mußte irgendeinen biblischen Bezug haben, oder es wurde von Amandas Liste gestrichen.

»Ist es nicht wundervoll?« sagte Michael. Amanda nippte nur stumm an ihrem Milchbecher und sah mit versteinerter Miene zu, wie die Jungs sich Ei in die Haare schmierten.

Eier hatte Amanda immer irgendwie mit Jesus in Verbindung gebracht, obwohl Cissy das nie recht begriffen hatte. Vielleicht wegen Ostern? Am Abend zuvor hatte sie noch mit Dede darüber geredet.

»Gib dir keine Mühe, das begreifst du nie«, meinte Dede. »Bei der ist alles vollkommen irrational, sie tickt nicht so wie du und ich. Was macht sie denn jetzt so?«

»Gar nichts. Sie steht morgens auf und geht aus dem Haus. Am

Spätnachmittag kommt sie zurück und legt sich sofort ins Bett. Sie sagt keinen Ton, und das macht mich nervös. Ich verstehe nicht, was mit ihr los ist. Manchmal habe ich das Gefühl, sie hat den Verstand verloren und brütet still vor sich hin, bis sie eines Tages plötzlich Amok läuft. Soll alles schon vorgekommen sein.«

Dede lachte bitter auf. »Vielleicht ist sie endlich aus ihrem Wolkenkuckucksheim gefallen und fängt an, die Dinge so zu sehen, wie sie sind. Kein Wunder, daß es ihr erst einmal die Sprache verschlägt.«

Während sie Amanda beobachtete, wie sie ihre Milch trank und die Spiegeleier unberührt ließ, mußte Cissy an gestern denken, an Dedes Gesicht in Goober's Bar. Die beiden waren einander ähnlich geworden. Dedes angespannter, unzufriedener Ausdruck erinnerte an ihre ältere Schwester, und die Amanda, die hier mit leerem Blick am Tisch saß, sah jünger aus als früher, wie ein junges Mädchen, dem im Traum eine Familie zugefallen war, mit der es gar nichts anzufangen wußte.

Noch ehe sich Michael auf den Weg zu seinen Hausbesuchen machen konnte, war Amanda schon weg.

»Wo will sie denn hin?« Michael hatte Gabe gefüttert und sich dabei den Jackenärmel über und über mit Eigelb bekleckert.

»Woher soll ich das wissen?« Cissy warf Michael ein Geschirrtuch zu. »Heute mußt du allein klarkommen. Ich brauche einfach mal einen freien Tag, sonst ertränke ich deine Söhne noch im Badewasser.«

Cissy war es gewohnt, Amanda überall zu sehen: vom Kurzwarenladen an der Hauptstraße bis zum Billigbäcker an der Weed Street. Amanda hatte bei ihren Einkäufen stets eine feste Route. Als Pfarrersfrau und Mutter von zwei kleinen Jungen mußte sie ihren Tag gut organisieren. Kinderbetreuung, Gebetszirkel, Ferienkurse in Bibelkunde, Sonntagsschule, Musikstunden – ihr Programm war so straff, daß sie es nie schaffte, irgendwo pünktlich zu sein. Jedes Wochenende war der Großeinkauf im Supermarkt fällig, doch vorher gab es immer noch etwas in letzter Minute zu erledigen. Warmes Essen mußte an die Kranken und Bedürftigen geliefert werden. Eine Kleidersammlung bedeutete zusätzliche Wäsche, die aussortiert, gebügelt und ordentlich gefaltet werden mußte. Für das Frauenkomitee mußten Abtreibungsstatistiken und körnige Aufnahmen von zerstückelten Föten in Emaillebecken fotokopiert werden. Für den Mädchenchor hatte Amanda sogar ein eigenes Lied verfaßt: »Ich verzeih dir, Mutter, aber der Herrgott sieht nicht weg.«

Tag für Tag brummte Amandas schlammfarbener Honda emsig von einem Termin zum nächsten. Wo nimmt sie nur die Zeit her? hatte sich Cissy immer gewundert, wenn sie Amanda wieder mit fliegenden Fahnen in irgendeiner Mission unterwegs sah.

An diesem Freitagnachmittag erspähte Cissy den Honda an dem einzigen Ort, wo sie ihn nie vermutet hätte.

»M. T., halt an!« schrie sie.

»Wozu?« M. T. war ungeduldig. Sie konnte es nicht leiden, wenn sie Chauffeur spielen mußte. Warum machte Cissy nicht endlich ihren Führerschein? »Du hast doch ein gutes Auge«, sagte sie immer. »Und das ist mehr, als man von so manchen Blindgängern sagen kann, die in Cayro herumkurven.«

»Ist das nicht Amandas Wagen?«

»Welcher? Dieser verdreckte Honda vor Goober's? Der könnte doch irgendwem gehören. Hör mal, soll ich dich jetzt zu diesen Mädchen fahren oder nicht? Ich dachte, du wolltest bis ein Uhr dort sein.« M. T. fächelte sich Luft zu. Es war ein heißer Frühling. Sie haßte es, bei Hitze Auto zu fahren, zumal sie es sich nicht leisten konnte, die Klimaanlage die ganze Zeit laufen zu lassen. Das verbrauchte zuviel Benzin. Und außerdem hieß es immer, sie schwitze wohl so stark, weil sie so dick sei. Es machte M. T. nichts aus, daß sie dick war, aber das Gerede darüber nervte sie gewaltig.

»Wenn Amanda nachmittags zu Goober's geht, muß ich das aber wissen!«

»Na, ich habe jedenfalls keine Zeit, dich durch die halbe Stadt zu kutschieren und obendrein noch hinter Amanda herzuspionieren.«

»Dann laß mich hier raus.«

»Dede, Dede, Dede.« Nolan kuschelte sich an Dedes Schultern und drückte sie an sich. »Wie ich dich liebe. Du bist mein ganzes Herz.« Glücklich seufzend schlang er die Beine um die ihren. Seine Zehen krümmten sich vor Wonne.

»Herrgott!« Dede streckte sich abrupt und schob seine Hände

weg. »Laß mich los!« Sie trat nach ihm. »Laß mich los, sag ich!« Beinahe wäre sie aus dem Bett gefallen. Mühsam rappelte sie sich hoch. Nolan setzte sich mit verwirrter Miene auf.

»Was ist denn los?«

»Nichts, verdammt! Kann ich nicht mal aufstehen, wenn ich will?« Dede steckte sich ärgerlich eine Zigarette an und gab dem Kleiderhaufen am Boden einen Tritt. »O Mann, du kannst mich vielleicht manchmal zur Weißglut bringen!«

Sie strich sich die Haare zurück. Ihr Körper schimmerte im Sonnenlicht, das schräg durch die Mullgardinen fiel. Nolan schwang die Beine über die Bettkante und versuchte ein begütigendes Lächeln. »Manchmal magst du es, wenn ich dich so festhalte.«

»Und manchmal mag ich's nicht.« Dede fischte ihre Unterwäsche aus dem Kleiderhaufen und zog sich mit fahrigen Bewegungen an. »Weißt du, eine Frau will manchmal auch einfach nur für sich sein und nicht ständig einen Kerl am Rockzipfel haben.« Dede streifte ihre Bluse über, ein gelbkariertes Westernhemd mit abgeschnittenen Ärmeln, und knipste die Druckknöpfe zu. Die Zigarette hatte sie zwischen die Lippen geklemmt, die Augen gegen den Rauch zusammengekniffen.

»Aber Liebes, ich verstehe doch, daß du mal deine Ruhe haben willst«, sagte Nolan sanft. Er sah zu, wie Dede ihre Schuhe suchte. Der eine Turnschuh lag unter der Bank am Fenster, der andere neben der Kommode. Als sie beide hatte, ließ sie sich auf die Bank fallen und zog sie ohne Socken an. »Vielleicht könnten wir mal ein paar Tage wegfahren, was meinst du?« Nolan stand auf und raffte seine Sachen zusammen. Er stieg in seine Jeans, ohne Dede aus den Augen zu lassen. »Du hast dieses Jahr keinen Urlaub mehr, oder?«

Dede blies den Rauch aus und sah mißmutig vor sich hin. »Mein ganzes Leben habe ich noch keinen Urlaub gehabt.« Sie drückte die Zigarette auf dem Fenstersims aus.

Nolan zog sich ein T-Shirt über den Kopf. »Bist du immer noch sauer auf mich?«

»Fang nicht schon wieder an.«

»Dede, du weißt doch, was ich für dich empfinde. Ich will dich heiraten. Was ist denn so schlimm daran? Du kannst ja auch nein sagen und mich zum Teufel schicken.«

Dede schlug die Hände vors Gesicht.

»Hör zu, Schatz, ich habe dir doch gesagt, daß ich's verstehe, wenn du nicht heiraten willst. Und wenn du lieber so weitermachen willst wie bisher, ist auch alles klar.« Nolan griff nach Dedes Händen und hielt sie fest. »Ich schwöre dir, ich kann auch ewig so weitermachen. Ich kann mich auch zusammenreißen und dich nicht so mit meinen Gefühlen überschwemmen.« Er grinste reumütig.

Dede schüttelte den Kopf. »Nolan.«

Nolan beugte sich vor und vergrub das Gesicht in ihrem zerzausten Haar. »Mmm, du riechst so gut«, flüsterte er.

»Ach, verdammt.« Dede schluchzte fast. Sie stieß ihn von sich.

»Was? Was hast du denn?«

»Nichts.« Dede wischte sich über die Augen.

»Dede?«

»Sei still. Laß mich einfach mal 'ne Weile in Ruhe, okay?« Sie fuhr sich mit den Fingern durch die Haare. Als sie Nolans betroffene Miene sah, lehnte sie sich plötzlich vor und küßte ihn heftig. Ihre Hände umklammerten seinen Nacken. »Du verdammter Kerl, du«, flüsterte sie an seinem Mund.

»Oh, Baby«, murmelte er, »mein Herz liegt dir zu Füßen.« Er legte die Arme um sie, knetete sanft ihre verspannten Schultern und massierte mit kreisenden Fingern ihre Rückenmuskeln bis zu den Hüften hinab. Verzweifelt drängte sich Dede an ihn und vergrub ihre Zähne in seinen Lippen.

»Oh, Gott!« stöhnte Nolan. Halb hob, halb zog er sie zum Bett hinüber.

»Nein.« Mit aller Kraft stemmte Dede sich von ihm ab. Als er aufs Bett zurückfiel, taumelte sie.

»Ich muß gehen«, sagte sie.

»Nein! Dede!« Nolans Stimme zitterte. Er schlug mit der Faust aufs Bett. »Tu mir das nicht an! Sag mir endlich, was los ist!«

Dede strich sich das Hemd glatt. »Später«, sagte sie. »Heute abend.«

Nolan saß immer noch außer Atem auf dem Bett und hörte, wie sie zur Küchentür hinausging und die Verandatreppe hinablief. »Ich verstehe das nicht«, sagte er laut. »Ich verstehe das einfach nicht.«

Er hörte die Autotür zuschlagen und stellte sich vor, wie Dede in ihren lila Schalensitz schlüpfte, wie ihr Haar auf dem staubigen Polster schimmerte. Er dachte an ihr bizarres Verhalten bei

Goober's, letzten Abend. Ihre Stimmungsumschwünge schienen in letzter Zeit immer extremer zu werden, obwohl sie angeblich keine Drogen mehr nahm. Er ahnte ja längst, was mit ihr los war, wagte jedoch seinen Verdacht nicht in Worte zu fassen. Er konnte nur abwarten, bis sie es ihm von sich aus sagte. Seufzend fuhr er sich übers Gesicht. Sein T-Shirt und seine Jeans fühlten sich eng und verschwitzt an. Zum Glück war Tacey gerade mit Nadine zum Einkaufen gegangen, neue Nachthemden, mit dem behindertengerechten Bus, der immer freitags zu Beckman's fuhr. Also war er jetzt allein im Haus, obwohl er es so bitter nötig hätte, Dede in den Armen zu halten und zu spüren, daß sie ihn genauso begehrte wie er sie. Obwohl dieses schmerzhafte Sehnen kein Ende nahm, schienen sie beide in letzter Zeit nur noch verzweifelt zu sein.

»Sie könnte allerdings auch…« Nolan wischte sich den Schweiß aus den Augen. Nein, lieber gar nicht daran denken. Er konnte sowieso nichts tun, bis sich Dede entschloß, mit ihm zu reden.

Nolan hob die feuchten Laken und Socken vom Boden auf. Wenn sonst schon nichts lief, konnte er wenigstens die Waschmaschine laufen lassen und die Küche in Ordnung bringen, bevor Nadine und Tacey wiederkamen. Und zum Abendessen vielleicht etwas vom Fried Chicken Shop an der Yarnell Road besorgen. Die brave Tacey hatte auch mal eine Pause am Herd verdient.

Als Sheila in die Auffahrt einbog, war Nolan gerade beim Geschirrspülen. Die Waschmaschine rumpelte, und alle Fenster standen offen.

»Du wäschst ab?« lachte Sheila. »Sieh da, sieh da, Nolan Reitower, der perfekte Hausmann!« Sie schob die Fliegengittertür auf und streckte ihm ein Notenheft hin. »Das hast du gestern bei Goober's vergessen. Ich dachte, du brauchst es vielleicht.«

»Ja, danke, sehr nett von dir«, nickte Nolan. Er steckte bis zu den Ellbogen im Seifenschaum. »Leg's bitte auf den Tisch.«

Sheila blickte sich in der Küche um. »He, du bist ja echt fleißig!«

»Einer muß es ja machen«, murmelte Nolan bescheiden.

»Und du bist der Typ, der zupackt, wo's nötig ist, was?« Sie krauste schelmisch die Nase. »Das gefällt mir, wirklich. Kein Fleiß ohne Preis, sag ich immer.« Sie trat auf Nolan zu, schaute unter dick getuschten Wimpern zu ihm auf, stellte sich auf die Zehenspitzen und gab ihm einen Kuß.

Nolan schnappte nach Luft und erstarrte mit seinen schaumbedeckten Händen zur Salzsäule.

»Jetzt schau dich nur an!« kicherte Sheila. »Ich beiße doch nicht. Außerdem weiß ich, daß du in festen Händen bist. Das weiß ja die ganze Welt.« Wieder küßte sie ihn. Seine Hilflosigkeit machte ihr einen Heidenspaß.

Als Sheila sich zum Gehen wandte, stand Dede mit einer Einkaufstüte im Arm aschfahl in der Tür.

»Du Dreckskerl«, sagte sie tonlos. »Du gottverfluchter Dreckskerl.«

Nichts in ihrem bisherigen Leben hatte Cissy auf den Anblick vorbereitet, der sie bei Goober's empfing: Amanda mit hochroten Wangen und glitzernden Augen an der Bar. War sie betrunken? Amanda? Betrunken? Mitten am Nachmittag? Vor ihr stand ein hohes Cocktailglas, halb voll mit Goober's berühmter Spezialmischung: Wodka, Cointreau, Kokosmilch, Eis, Ananassaft und Obststücke.

Cissy setzte sich neben sie. »Was machst du denn hier?« Sie wunderte sich, wie sehr ihre Stimme nach Delia klang. Ganz die Mama, dachte sie, soweit ist es mit mir schon gekommen.

Langsam wandte Amanda den Kopf zu ihr um. »Wieso bist du nicht bei den Jungs?«

»Michael ist zu Hause.« Cissy holte tief Luft. Sie konnte den süßlichen Cointreau riechen.

Amanda zuckte die Achseln. »Um so besser.«

»Warum hockst du denn bei Goober's?«

»Weil ich hier Stammgast bin, darum.« Amanda nippte an ihrem Drink und musterte Cissy mit großen Augen. »Du siehst ganz schön geschockt aus«, stellte sie fest.

»Bin ich auch. Was ist eigentlich in dich gefahren? Du verschwindest jeden Tag ohne Erklärung, kümmerst dich nicht mehr um deine Kinder und läßt uns die ganze Arbeit machen. Und wozu das alles? Um dich hier in aller Ruhe zu betrinken?«

»Nicht nur.« Amanda schüttelte den Kopf. »Ich war auch schon im Shopping Center, beim Minigolf und im Videospielsalon in Marietta. Ach ja, und die Nägel habe ich mir machen lassen. Und einmal bin ich nach Chattanooga gefahren, um mir dort die Brücke anzusehen.«

»Wieso?«

»Weil ich sie noch nie gesehen hatte. Ich mußte plötzlich daran denken, wie viele Dinge ich noch nie im Leben gesehen habe, also bin ich hingefahren.« Sie nahm noch einen Schluck. »Ach ja, und am Mittwoch bin ich verhaftet worden.«

»Was?«

»Und wieder freigelassen. Die wollten mich einfach nicht dabehalten, egal, was ich sagte, und ich hab 'ne ganze Menge gesagt. Aber die haben überhaupt nicht reagiert und mich einfach wieder bei meinem Wagen abgesetzt. Sie meinten, ich solle heimfahren und lieber mehr beten.« Sie beugte sich vor und saugte an dem rosa Strohhalm, der in einem der Ananasstücke steckte.

»Ich kannte den Polizisten nicht, aber er wußte alles über mich.« Sie blickte Cissy an. »Als ich nicht aussteigen wollte, hat er mich einfach aus dem Wagen geschubst.« Sie kippelte das fast leere Glas hin und her. »So ein unverschämter Kerl!«

Cissy wand sich auf ihrem Barhocker. »Ich verstehe das alles nicht. Wo haben sie dich denn verhaftet?«

»Bei der Beratungsstelle für Familienplanung.« Seufzend fischte Amanda das letzte Stück Ananas mit dem Strohhalm heraus. »Ich habe versucht, denen die Schreibmaschine zu zerschlagen. Aber das hat nicht geklappt. Die haben mich gleich festgehalten.« Einen Moment blickte sie still vor sich hin. »Ich bin mir ja so dämlich vorgekommen.«

Amanda hatte Tränen in den Augen. Zusammengesunken hockte sie mit resignierter, abgekämpfter Miene da.

»Weißt du«, sagte sie langsam, »ich bin mir in meinem ganzen Leben noch nie dämlich vorgekommen. Immer hatte ich das Gefühl, daß es richtig war, was ich tat, daß Gott seine Hand über mich hielt und mich in allem leitete.«

»Sag mal, geht's dir gut?« Amandas niedergeschlagene Miene machte Cissy allmählich angst.

»Ach was, natürlich geht's mir gut.« Amanda klopfte sich auf den Magen. »Die Gallensteine sind alle zu Staub und Schuld reduziert.« Sie lächelte verlegen, als wäre ihr etwas Unbedachtes herausgerutscht, und schlürfte den letzten Schluck aus ihrem Glas.

»Weißt du, Gott macht es uns absichtlich nicht leicht.« Amanda nickte wehmütig. »Wenn das Leben leicht wäre, welchen Sinn hätte es dann?« Sie runzelte die Stirn. »Ich dachte immer, ich wüßte, was Härte ist. Dachte, es wäre gut, wenn man immer betend bergan steigt, hinauf zum Licht, immer das Ziel im Blick. Und Gott um Hilfe bittet, wenn man nicht mehr weiterkann.« Sie schob das Glas von sich.

»Als ich dachte, ich sterbe, war ich sicher, Gott hatte es so gewollt. Ich mußte mich nur fügen. Ich dachte, Gott will den anderen durch mich eine Lehre erteilen. Ich dachte, ich hätte Krebs wie Clint, irgend etwas, das mich von innen zerfrißt. Ich litt. Stolz und stur und stumm. Mein Gott, ich kam mir so tapfer vor.« Sie lachte bitter. »Und dann nichts weiter als Gallensteine! Pfff!« Amanda sah Cissy von der Seite an. »Glaubst du, Gott hat Humor?« Sie wischte sich mit zwei Fingern den Schweiß von der Stirn und pfiff leise vor sich hin. »Das habe ich mich in letzter Zeit oft gefragt.«

»Ich finde, du solltest mal mit deinem Arzt sprechen.« Cissy war ernsthaft beunruhigt. Trotz allem Irrsinn, den sie von Amanda gewöhnt war, war das zuviel.

»Aber diese Art von Härte«, fuhr Amanda fort, ohne Cissys Einwurf zu beachten, »wenn man gar nicht mehr weiß, was man denken soll, wenn man sich mit seiner Überzeugung so zum Narren gemacht hat – nein, diese Härte kannte ich noch nicht und wollte sie auch nie kennenlernen.«

Schweigend saß Cissy da und starrte Amandas Profil an.

»Aber jetzt werde ich mich wohl daran gewöhnen müssen«, sagte Amanda wie zu sich selbst. Sie tupfte sich mit der Papierserviette über die Schläfen. »Offensichtlich hat Gott *mir* eine Lehre erteilt.«

Der Barkeeper beugte sich über das leere Glas. »Ihr seid doch die Byrd-Mädels, oder?«

Cissy nickte stumm. Ihr Kopf schwirrte, als hätte sie Amandas Cocktail in einem Zug heruntergekippt.

»Tut mir leid, daß ihr's von mir erfahren müßt, aber eure Schwester ist gerade verhaftet worden. Sie hat auf Sheila geschossen, eine unserer Bedienungen. Zum Glück hat sie sie nicht getroffen, dafür aber den Typ von der Bäckerei, ihren Freund, glaube ich.«

Cissy war starr vor Schreck. Dede hatte Nolan erschossen?

»Sie hat versucht, ihn umzubringen«, setzte der Barkeeper hinzu. »Ich hab's eben von Sheilas Mutter gehört. Sie sagte, Dede sei total ausgerastet und hätte das ganze Magazin leergeballert.«

»Ist Nolan schwer verwundet?«

»Wer weiß, vielleicht ist er inzwischen schon tot.«

»Ich fahre«, sagte Amanda. Sie wirkte vollkommen nüchtern. »Los, komm.« Sie nahm ihre Handtasche und die Autoschlüssel vom Tresen, packte die benommene Cissy am Arm und schob sie vor sich her zur Tür hinaus.

KAPITEL 21

Delia hatte Marcia Pearlman mit dem Geld ausgezahlt, das sie ein Jahr nach Amandas Hochzeit von neu aufgelegten Mud-Dog-Platten erhielt. Aber noch immer machte sie ihr jeden Freitagmorgen die Haare, während M. T. und Steph das Bonnet öffneten. An diesem Freitag kam sie erst nachmittags, doch Marcia störte sich nicht daran. Sie lächelte fröhlich, stellte den Fernseher leise und legte sich ein Handtuch um, während Delia ihre Utensilien auspackte.

Marcia war zaundürr und verkrüppelter denn je. Nur mit Mühe konnte sie sich fortbewegen, tief gebückt und sehr vorsichtig. Sie hatte jegliches Interesse am Essen verloren und mußte sich den Wecker stellen, um an die Mahlzeiten zu denken. Ihre einzige Nahrung waren Nudeln und Käse, gedünstetes Gemüse und Fruchtsaft. »In meinem Alter ist das genug«, sagte sie zu Delia. »Obwohl ich doch manchmal ein saftiges Grillschnitzel vermisse.«

»Ich könnte Ihnen eines mitbringen, wenn Sie wollen.«

»Nein, nein, lassen Sie nur. Mein Arzt hat mir Salz und Pfeffer verboten, und selbst ein Schnitzel ist ohne Salz fade.«

Zum Trost brachte Delia ihr statt dessen Brotpudding mit Zitronensoße. »Nicht salzig, nicht scharf, aber sauer«, lachte Delia. »Na, bringt das Ihre Geschmacksnerven auf Trab?«

Marcia nahm einen Bissen und strahlte. »Schmeckt gut, und saftig ist es auch.«

Sie aß noch ein paar Löffel, während Delia einen Stuhl ans Spülbecken rückte. Beide hatten längst ihr gemütliches kleines Ritual entwickelt, für das Marcia sogar aufs Fernsehen verzichtete, auf das sie mit zunehmender Unbeweglichkeit geradezu süchtig geworden war. Sie hatte sich einen Kabelanschluß legen lassen und zappte nun tagaus, tagein durch die Kanäle. »Diese Kids sehen so jung aus«, sagte sie fast jede Woche zu Delia. »Die wissen gar nicht, was ihnen noch alles blüht.«

»Stimmt. Aber meinen Sie nicht, es ist besser so?«

»Nein«, sagte Marcia. »Manchmal denke ich, das Leben sollte mit einem dicken Warnschild geliefert werden.«

Während Delia ihr sanft Shampoo ins Haar massierte, faßte Marcia plötzlich nach ihrer Hand. Ihre Augen waren heute sehr klar und blank, ihre Haut fast durchscheinend. »Ich hatte heute nacht einen seltsamen Traum«, sagte sie. Ein Hauch von Rosa belebte ihre blassen Wangen, und ihre Mundwinkel bogen sich leicht nach oben.

»Aha, einer von diesen Träumen, was?« schmunzelte Delia.

»Nein, nein, nicht was Sie denken. Ich habe von meinem Baby geträumt.«

»Ihr Baby?« Delia hielt mitten in der Bewegung inne. Ihres Wissens nach war Marcias Ehe kinderlos gewesen.

Marcia nickte und schloß die Augen. Ein Wassertropfen lief ihr die Wangen hinab. Delia wischte ihn mit dem Handtuchzipfel weg. »Ich habe mit vierzehn ein Baby bekommen. Ein junges, dummes Ding war ich damals, völlig ahnungslos. Sechs Monate war ich zu Hause eingesperrt und habe dann auch daheim entbunden. Mein Vater hat das Baby nach St. Louis gebracht und es bei einer Frau gelassen, die solche Babys an gute Adoptiveltern vermittelte. Wir haben zu Hause nie darüber gesprochen. Ich hab's nicht mal meinem Mann gesagt, als wir geheiratet haben.«

Sie ließ Delias Hand los. »Vierzehn ist noch so jung«, sagte Delia.

»Eben.« Marcia öffnete die Augen. Die blaßblauen Augen waren umschattet, aber nicht traurig. »Ich habe nie versucht, ihn zu finden«, sagte sie. »Ich habe versucht, ihn aus meinem Herzen zu verdrängen, vor allem, als ich kein Kind mehr bekam.«

»Ich verstehe.« Delia begann, ihr das Haar auszuspülen. Behutsam stützte sie Marcias Kopf mit der Hand ab.

»Es war ein Junge mit blauen Augen«, sagte Marcia. »In meinem Traum hatte er rabenschwarze Haare, und seine Augen waren immer noch so blau. Er kam die Stufen herauf und ins Haus, als ob er sich hier bestens auskennen würde. Er kam auf mich zu und küßte mich auf den Mund. Und er war mir ganz und gar nicht böse. Er war nur froh, mich zu sehen. Und das Seltsamste war, mir ging es genauso. Ich hatte keine Angst. Ich war einfach nur glücklich.«

»Das ist ein schöner Traum.« Delia wickelte ihr ein angewärmtes Handtuch um den Kopf.

»O ja.« Marcia schob das Handtuch kurz hoch, um Delia ins Gesicht zu blicken. »Ich wollte, daß Sie es wissen. Wenn ich sehe, was Sie für Ihre Mädchen getan haben, muß ich immer an meinen Jungen denken. Ich stelle ihn mir bei einer Familie vor, die ihn liebt, mit eigenen Kindern, die ich nie kennenlernen werde.«

»Ach, Marcia, es tut mir so leid.«

»Aber nein, nein.« Marcia schüttelte mit Nachdruck den Kopf. »Mir tut es ja nicht leid. Früher, ja, da habe ich mir oft schreckliche Dinge vorgestellt: daß man ihn schlecht behandeln könnte, daß er hungert und friert und einsam ist. Aber die letzten Jahre habe ich mehr und mehr das Gefühl, daß es ihm gutgeht, daß er nicht unter Steine geraten ist, wie es in der Bibel heißt, sondern in zärtliche Hände. Er wird geliebt, das weiß ich, und er haßt mich nicht.«

Delia sah, wie die faltige, mit kleinen Altersflecken gesprenkelte Haut an Marcias Kehle sich beim Sprechen bewegte. Diese Frau war gut zu ihr gewesen. Eine wahre Freundin. »Das war ein schöner Traum, wirklich«, wiederholte sie gepreßt.

»Ach ja«, seufzte Marcia. Sie zupfte an den feuchten Haarspitzen, die unter dem Handtuch hervorschauten. »Was meinen Sie, sollten wir es diese Woche mal schneiden? Ich möchte für den Gottesdienst am Sonntag gerne adrett aussehen. Das ist alles, was ich heutzutage noch erwarten kann.«

Delia legte wieder die Hände auf Marcias Kopf, schloß die Augen und atmete tief durch. Nur mit der Ruhe, alles würde gutgehen. Das Telefon im Flur schellte laut und durchdringend.

Marcia sah sich irritiert um. »Ich gehe wohl besser dran. Man weiß ja nie, wer's sein könnte.«

Während sie Dede an dem zerkratzten Holztisch im Besucherraum gegenübersaß, fiel Cissy wieder einmal ihre starke Ähnlichkeit mit Delia auf. Dedes vibrierende Energie glich dem summenden Choralton, der Delia umgab, als ob die Luft ringsherum leicht geladen wäre. Denn bei anderen begann die Haut zu kribbeln, und die Nackenhaare stellten sich auf. Bei beiden hatte man immer das Gefühl, daß jeden Moment etwas passieren könnte. Und wenn es dann soweit war, schien jeder eher erleichtert als überrascht.

Und genau das empfand Cissy jetzt hier bei Dede im Gefängnis – Erleichterung. Sie war dankbar, daß niemand getötet worden war und daß der Sturm sich vorerst gelegt hatte, aber an Dedes zitternden Fingern konnte sie sehen, daß sich die Spannung langsam wieder aufbaute.

»Ich bin froh, daß ich geschossen habe.« Dede fuchtelte mit ihrer Zigarette durch die Luft. Als sie Cissys bestürzte Miene sah, schaute sie noch finsterer drein. »Dieser blöde Hund. Der dachte wohl, er kann mich betrügen, der Dreckskerl.« Ihre Stimme war zu laut, ihre Gesten fahrig.

»Mein halbes Leben klebt mir der Kerl schon an den Fersen, auf Schritt und Tritt hat er mich mit seinen Mondkalbaugen verfolgt. Wie einen räudigen Köter habe ich ihn behandelt, aber er ist nur noch mehr hinter mir hergehechelt. Ewige Liebe hat er mir geschworen, dabei hab ich's ja gleich gewußt. Von Anfang an hab ich gewußt, daß es schiefgeht. Wenn einer so hinter einer Frau her ist, wie Nolan hinter mir, muß er sich irgendwann dafür rächen, daß er sich so zum Trottel gemacht hat. Und dann zahlt er's ihr heim.« Sie schnippte die Asche zu dem kleinen Blechaschenbecher hin, ohne hineinzutreffen.

»Deshalb war ich schon darauf vorbereitet, daß so etwas passieren würde. Ich wußte, früher oder später wird er mir irgend etwas Niederträchtiges antun.« Sie hob die Schultern und ließ sie mit einem tiefen Seufzer wieder fallen. »Tja, und so war's dann auch. Hat mich gar nicht gewundert, daß es so kommen mußte.«

Erschöpft sackte Dede gegen ihre Stuhllehne. Cissy wünschte, sie könnte nach ihrer Hand fassen, aber man hatte sie verwarnt, auf keinen Fall von ihrem Platz aufzustehen oder Dede anzufassen. Sie hatte nicht erwartet, daß es ihr so schwerfallen würde, die vorgeschriebene Distanz zu wahren, als sie ihre Schwester nun so niedergeschlagen vor sich sah. Das Mitleid stand ihr wohl ins Gesicht geschrieben, denn Dede wandte sich zähneknirschend ab.

»Verdammt! Ich kann es trotzdem nicht ertragen!« Linkisch wischte sie sich mit der Schulter über die feuchte Wange. »Dieses kleine Miststück! Diese Sheila! Nicht einmal schön, und obendrein saudumm! Gestern hat sie uns noch bedient, und heute knutscht er schon mit ihr herum!«

Cissy beugte sich vor. »Dede, er hat doch gar nicht …«

»Na, und ob er hat!« Dede schlug mit den Fäusten auf den Tisch, daß die Handschellen klirrten. »Warst du dabei oder ich?«

»Dede, das ist doch Schwachsinn. Nolan hat sich nie für Sheila interessiert. Er war ganz normal bei Goober's zum Essen, und Sheila hat höchstens mit ihm geflirtet, wie sie es mit allen Gästen macht. Er kann nichts dafür.«

»Erzähl mir keinen Scheiß, ja? Ich weiß genau, wie so was läuft. Er hat sich heimlich mit ihr verabredet. Behauptet, er liebt mich, und knutscht mit dieser Schlampe. Ich habe schon öfters gesehen, wie sie sich bei ihm in der Bäckerei herumgetrieben und an ihn herangemacht hat. Ich bin doch nicht blind! Ich weiß, was ich weiß.« Dedes Hände zitterten. Sie fixierte Cissy mit starr aufgerissenen Augen.

»Das war kein Zufall!« schrie sie plötzlich los. »Erst macht er mir einen Heiratsantrag, und weil ich nicht gleich ja sage, geht er hin und betrügt mich. Wenn er mich verlassen wollte, hätte er es mir doch auch ins Gesicht sagen können, aber dazu ist er natürlich zu feige!«

»Er hat dir einen Antrag gemacht?«

»Nicht nur einen!«

»Mein Gott! Hör mal, Dede, wenn du angeblich so schlau bist, wieso kapierst du dann nicht, daß Nolan dich liebt?«

»Wenn Nolan mich wirklich lieben würde, wäre das alles nie passiert. Wie oft habe ich ihm gesagt, er soll nichts erzwingen, ich will alles so lassen, wie's ist. Und was macht er? Geht hin und macht alles kaputt! Und ich war blöd genug, ihn zu lieben! Ich habe ihm vertraut, verdammt noch mal, ich habe ihm vertraut!« Dedes Gesicht war weiß wie die Wand.

Cissy sah sie betroffen an. *Das* war es also. Delia Byrds Tochter hatte das eine getan, was sie geschworen hatte, niemals zu tun: Sie hatte ihr Leben in die Hände eines Mannes gegeben. Nolans Liebe zu ihr spielte dabei keine Rolle.

Ich pfeife auf die Vorschriften, dachte Cissy und griff nach Dedes Hand. »Er liebt dich«, sagte sie eindringlich, ohne auf Dedes Grimasse zu achten. »Jetzt liegt der arme Kerl angeschossen in der Klinik, und weißt du, was er sagt? Daß alles seine Schuld war. Wenn es nach ihm ginge, wäre er jetzt im Gefängnis und nicht du.«

»Da gehört er auch hin.« Dede zog ihre Hand weg und sah sich nach der Wärterin um, die sich nicht bewegt hatte. Sie preßte die Unterarme gegen die Magengrube und krümmte sich auf ihrem Stuhl zusammen.

»Ach, Dede.« Cissy faltete die Hände, um sie nicht wieder nach ihr auszustrecken. »Was ist? Brauchst du irgend etwas?« Sie wußte nicht mehr, was sie sagen sollte. Unruhig blickte sie zu der Wärterin hinüber, die starr an ihnen vorbeisah und so tat, als würde sie nichts hören, obwohl sie ganz offensichtlich die Ohren spitzte.

»Nein, nein.« Dede hob ihre Zigarettenschachtel hoch und ließ sie wieder auf den Tisch fallen. »Delia hat mir ein paar Sachen gebracht. Eine ganze Stange Marlboro, das wird 'ne Weile reichen. Man hat sie aber nicht zu mir gelassen, weil sie noch nicht mit den Aufnahmeformalitäten fertig waren. Du hättest sie mal zetern hören sollen.« Dede warf einen schnellen Blick zur Tür hinüber. »Und? Wie geht es ihm?«

Cissy seufzte. »Ganz gut, glaube ich. Delia ist bei ihm. Sie meint, wir sollen uns keine Sorgen machen, er wird's überleben.« Sie hörte selbst, wie angespannt ihre Stimme klang. Wie sollte man an einem solchen Ort normal reden? »Du hast ihn ziemlich schlimm am Bein erwischt. Die Kugel hat den Knochen gestreift. Wer weiß, ob er je wieder normal gehen kann.« Sie zögerte einen Moment.

»Oh, verdammt, Dede, warum bist du nur so ausgeflippt? Du bist doch nicht verrückt, das glaube ich einfach nicht. Warum mußtest du auf ihn schießen, hast du gar nicht nachgedacht?«

Dede schüttelte eine Zigarette aus der Schachtel und steckte sie zwischen die Lippen, ohne sie anzuzünden. »Ach, ich weiß auch nicht, es ging alles so schnell. Wenn ich keine Pistole gehabt hätte, hätte ich ein Messer genommen.« Sie senkte die Stimme. »Es war ja nur 'ne kleine Zweiundzwanziger, Wespenstiche, weiter nichts.« Ihr Blick glitt zur Seite. »Und ich habe kein bißchen gezielt, ehrlich. Ein Wunder, daß ich ihn tatsächlich getroffen habe.«

»Aber du hättest ihn töten können. *Nolan* töten können! Wolltest du das?«

»Unsinn, ich wollte ihn nur verletzen. Damit er merkt, was weh tut. Wenn er mich wirklich geliebt hätte, wäre das nicht passiert.«

»Ach, Dede.«

Dede zündete sich ihre Zigarette an. »Und außerdem sagst du ja selbst, er kommt wieder in Ordnung.«

Cissy sah, wie sie verbissen vor sich hin nickte, während sie mit zitternden Fingern die Zigarette aus dem Mund nahm und den Rauch vor sich hin blies.

»Das will ich ihm aber auch geraten haben, dem verfluchten Kerl.« Dede preßte kurz die Handballen auf die Augen. »Der soll sich mal zusammenreißen.«

»Als Dedes Adresse habe ich den Wohnwagenpark angegeben, und Amanda nach dir als Kontaktperson.« Emmet reichte Delia einen kleinen Pappbecher mit Wasser und setzte sich in den Bürostuhl ihr gegenüber. Sie blinzelte verwirrt. »Die Sache ist die, Delia, es ist nämlich schon ein Reporter dagewesen.«

Delia schluckte zwei Aspirin und schüttelte den Kopf. »Was wollte er? Wo ist meine Tochter?«

»Was wollen diese Typen immer?« Emmet überging die zweite Frage. »Eine Story, einen Skandal, eine Sensationsmeldung. Mädchen schießt auf Liebhaber. Liebhaber wird schwer verletzt ins Krankenhaus geschafft und schreit den ganzen Weg: ›Tut ihr nichts, sie hat es nicht so gemeint.‹ Das ist doch ein gefundenes Fressen für die Meute.«

»Ist mir egal. Ich will meine Tochter sehen.«

»Delia, das sollte dir aber nicht egal sein. Die Sache könnte sich zu einem ziemlichen Skandal auswachsen.« Emmet legte die Hände zusammen und beugte sich ganz nahe zu Delia. »Du hast es mit deinen Töchtern so gut gemacht.«

»Gut?« Delia lachte rauh.

»Jawohl«, nickte Emmet. »All die Jahre hast du ganz allein für sie gesorgt. Du hast ihnen gezeigt, wie sehr du sie liebst. Seit du wieder in Cayro bist, sind hier ständig Reporter aufgekreuzt und wollten Material für eine Story über dich, aber M. T. und ich und alle, die dich gern haben, haben dich immer vor ihnen abgeschirmt. Um dir deine Ruhe zu lassen.«

»Man kann doch nicht der ganzen Meute einen Maulkorb verpassen.«

»Kann man wohl, wenn man genug Leute auf seiner Seite hat, die bereit sind, zum Schein auf Reporterfragen einzugehen und doch nichts zu verraten. Aus der Sicht der Sensationspresse hast du natürlich auch wenig geboten: du hast niemanden umgebracht, bist nicht Amok gelaufen. Mit einem Wort – langweilig. Aber diese Geschichte hier ist genau das, worauf sie schon so lange gelauert haben.«

»Da kann man nichts machen«, sagte Delia.

»Nein, aber wenigstens warst du bisher vor ihnen sicher.«

»Ich habe mich aber nicht sicher gefühlt.«

»Das hast du nie.« Emmet lächelte liebevoll. »Du bist einfach nicht der Typ dafür.«

»Herrgott, Emmet.« Delia sprang auf. »Um mich geht's hier doch gar nicht. Ich will sie sehen!« Sie funkelte ihn herausfordernd an. »Bring mir meine Tochter. Jetzt. Sofort!«

»Schon gut, schon gut.« Emmet erhob sich langsam. »Ich habe dir das nur gesagt, weil du wissen mußt, was auf dich zukommen kann. Ich würde alles für dich tun, Delia, alles.«

»Dann bring mir endlich meine Tochter! Und ohne Handschellen, wenn ich bitten darf. Sie hat Zeit gehabt, sich zu beruhigen, sie wird keinem mehr etwas zuleide tun.«

Delia meinte, es würde sich leichter reden lassen, wenn sie und Dede ganz normal zusammensaßen, Mutter und Tochter. Doch als Emmet Dede hereinführte, half es nicht viel, daß sie nicht gefesselt war und daß es keine Gitter an den Fenstern gab, keine Wärterin an der Tür. Delias Herz klopfte trotzdem zum Zerspringen.

Dede sah furchtbar aus. Ungewaschen und ungekämmt verkrampfte sie die Hände vor der Brust, als ob sie immer noch die Handschellen trüge, vor deren Anblick sich Delia so gefürchtet hatte. »Mama«, entfuhr es ihr unwillkürlich. Als sie das Aufleuchten in Delias Augen sah, setzte sie schnell »Delia« hinzu. Zu spät.

Dede sank in Delias offene Arme. »Es tut mir leid«, flüsterte sie.

Delia drückte sie fest an sich. »Es wird alles wieder gut.« Sie streichelte Dede übers Haar.

»Und Nolan? Cissy hat gesagt, er wird wieder ...?« Aber Delia unterbrach sie.

»Keine Angst, es geht ihm gut. Er wird herkommen, sobald der Doktor ihn gehen läßt.«

»Ich habe ihn verwundet. O Gott, ich hätte ihn töten können! Das wollte ich nicht, wirklich, das wollte ich nicht.« Dede zitterte in Delias Armen.

»Nein, nein, ich weiß, Baby, ist schon gut. Nolan wird sich erholen. Und was den Rest angeht, da mach dir jetzt mal keine Sorgen. Denk einfach nicht daran. Nolan kommt wieder in Ordnung, und du wirst helfen, ihn zu pflegen. So wird alles wieder gut, Liebes, das verspreche ich dir.«

»Ich kann ihn nicht pflegen!« Entsetzt starrte Dede sie an. »Ich habe doch auf ihn geschossen!«

Delia hielt sie auf Armeslänge von sich. »Ja, das hast du, und genau deshalb wirst du dich um ihn kümmern. Du hast doch gesagt, du hättest ihn nicht mit Absicht verwundet. Oder soll das heißen, du liebst ihn nicht?«

»Ich weiß nicht, ich weiß gar nichts mehr. Er hätte mehr Distanz halten sollen. Das sollten eigentlich alle, finde ich. Vielleicht bin ich wirklich verrückt.«

»Unsinn, Baby, dir sind nur mal die Nerven durchgegangen, weiter nichts. Aber es würde dir sicher helfen, wenn du verstehen würdest, was in dir vorgegangen ist.« Delias Stimme klang leise und eindringlich. Impulsiv griff sie nach Dedes Hand. »Hör mir zu. Seit Granddaddy Byrds Tod bist du innerlich ganz zerrissen gewesen. Ich hab's gesehen, jeder hat's gesehen. Wir wußten nur nicht, was wir machen sollten. Je näher ihr euch gekommen seid, du und Nolan, desto nervöser wurdest du. Ich glaube, Kindchen, du weißt nicht, wie du mit Nolans Liebe umgehen sollst. Du hast Angst, daß er zu sehr Besitz von dir ergreift, deshalb hast du mit Panik reagiert.«

Müde ließ Dede den Kopf sinken. Delia faßte sie fest um die Schultern und hob ihr Kinn hoch. »Wann hast du jemals glückliche Liebende gesehen? Du bist mit Clint und diesem ganzen Irrsinn aufgewachsen. Und dann bei mir, nicht wahr? Meiner Meinung nach hast du wahrlich Grund genug, dich vor der Liebe zu fürchten.«

»Ach, ich weiß nicht«, seufzte Dede. »Ich glaube, ich liebe Nolan, aber irgendwie zerbricht es mir das Herz. Wenn er mich anhimmelt, kommt es mir immer vor, als ob er's vielleicht gar nicht so meint. Und dann habe ich ihn mit Sheila gesehen. Da wußte ich, daß alles Lüge war.« Sie schauderte. »Mein Gott, dachte ich plötzlich, siehst du, auch er ist nur auf Eroberungen aus. Die Pistole lag im Auto unter dem Sitz. Ich kann mich nicht mal erinnern, daß ich sie geholt habe. Es kommt mir vor, als hätte ich ihn Sheila küssen sehen und dann gleich geschossen. Nein, ich habe noch gesagt: ›Und du willst mich heiraten?‹ Er hat irgend etwas geschrien, aber ich hab's nicht gehört, weil die Pistole losgegangen ist.«

»Er will dich heiraten?« Delia streichelte besänftigend ihre Schulter. »Davon hast du mir nie etwas gesagt.«

»Ich konnte nicht. Nolan kam mir plötzlich wie ein Fremder vor, alles war so übertrieben. Ich wollte nur noch von ihm weg, und trotzdem konnte ich keine Minute ohne ihn sein. Ich war so verwirrt, aber umbringen wollte ich ihn wirklich nicht.«

»Scht, scht, ganz ruhig.« Delia zog Dede wieder an sich. »Es ist ja vorbei, Baby, es wird wieder gut. Alles kommt wieder in Ordnung.«

Delia hätte auch übers Wetter reden können. Dede hörte nur den beruhigenden Klang ihrer Stimme, den sanften Trost mütterlicher Liebe. Sie lehnte den Kopf an ihre Schulter. Zum erstenmal seit Wochen ließ sie los, ließ ihrer Angst und Verzweiflung freien Lauf.

Zweimal kam Emmet an die Tür, hörte das Schluchzen und ging wieder. Einmal hörte er Dede laut sagen: »Ich wollte ihn nicht verletzen.« Gott sei Dank, dachte Emmet, wenn sie einsah, was sie getan hatte, gab es Hoffnung. Die einzigen, denen nicht zu helfen war, waren Menschen, die sich ihre Schuld nie eingestanden.

Mit der schluchzenden Dede in den Armen dachte Delia das gleiche. Sie erinnerte sich daran, wie sie vor langer Zeit in Randalls Armen um ihre verlassenen Kinder geweint hatte. »Es wird schon wieder gut«, hatte Randall ihr immer gesagt, und sie hatte ihm nur zu gern geglaubt, bis sie endlich begriff, daß es auch noch andere Möglichkeiten gab, als ewig davonzulaufen und ihren Schmerz in Whiskey zu ertränken. Ich kann ihr helfen, dachte sie, während sie Dede festhielt, ich kann ihr zeigen, wie man so etwas übersteht.

Nach einer Weile beruhigte sich Dede langsam, obwohl sie noch immer ihre feuchte Wange an Delias Bluse preßte. »Baby«, sagte Delia, »Nolan wird dich hier rausholen.«

Dede hob ungläubig den Kopf. »Das kann er doch gar nicht.«

»O doch«, nickte Delia, »und wie er das kann. Alles hängt von seiner Aussage ab. So, wie die Dinge liegen, wird es noch etwas dauern, aber ich denke, du mußt so bald wie möglich mit Nolan reden.«

»Ich glaube, das kann ich nicht«, sagte Dede kleinlaut.

»Aber sicher kannst du das.« Delia drückte sie ermunternd an sich. »Hör zu, Schatz, morgen kommt Rosemary, und wenn du möchtest, kannst du für eine Weile mit zu ihr.« Delia hielt kurz inne. »Aber, ehrlich gesagt, halte ich das nicht für die beste Lösung. Ich glaube, wenn du mit Nolan gesprochen hättest, wäre das alles nie passiert. Du *mußt* dich mit ihm aussprechen, Kind.«

»Ich weiß nicht.« Dede fuhr sich mit dem Ärmel übers Gesicht. »Was kann ich denn sagen.«

Delia kramte in ihrer Tasche und holte eine Schachtel Zigaretten hervor. »Hier«, sagte sie und zündete eine für ihre Tochter an.

»Was, du hast wieder angefangen?«

»Nein, ich habe sie nur für dich gekauft«, lächelte Delia.

Dede ließ sich auf Emmets Stuhl fallen und nahm einen tiefen Zug. Delia setzte sich neben sie und sah ihr zu. Ruhig wartete sie, während Dede rauchte und sich im Büro umblickte. »Wir reden sonst nie so offen miteinander, stimmt's?« sagte Dede, als die Zigarette fast zu Ende war.

Delia schüttelte den Kopf. »Wir gehören wohl beide mehr zur schweigsamen Sorte.«

Dede zog noch eine Zigarette aus der Schachtel. »Ich habe viel über dich nachgedacht. Über dich und Clint.« Sie riß ein Streichholz an und sah zu, wie es abbrannte. »Ich habe nie verstanden, wieso du dich ausgerechnet in ihn verliebt hast. Du mußtest doch wissen, was für ein Mensch er war.«

Na gut, sagte sich Delia, reden wir darüber. Sie holte tief Luft. »Ich hätte es wissen müssen, wollte es aber nicht wahrhaben. Ich war so einsam. Als ich Clint traf, sah ich nur, daß er genauso einsam und unglücklich war wie ich. Ich dachte, wir könnten uns gegenseitig von unserem Kummer heilen. Aber Clint war nicht Nolan, Baby. Clint war das genaue Gegenteil.«

»Das weiß ich.«

»Nein, ich glaube nicht, daß du das weißt. Was hast du jemals von mir gelernt? Daß die Liebe gefährlich ist!« Delia schlug die Augen nieder. »Ich wollte nie mit dir über all das reden, weil ich deinen Daddy nicht schlechtmachen wollte, und so habe ich natürlich auch nie etwas von den guten Dingen erzählt. Wie sehr wir uns mal geliebt haben. Wieviel Freude wir an dir und Amanda hatten. Wie schön es am Anfang war, mit ihm zusammenzusein, ihm zu vertrauen. Alles, was an Clint so kaputt war, so gemein, kann das Gute niemals ungeschehen machen. Zum Beispiel hätte ich euch ja sonst nie wiederbekommen. Das habe ich ihm zu verdanken. Obwohl er so verzweifelt und krank gewesen war, hat er doch getan, was er konnte. Er hat euch mir wiedergegeben.«

»Er hat dich fast umgebracht«, warf Dede nüchtern ein. »Ich habe lange genug erlebt, wie er sich Grandma Windsor gegenüber verhalten hat, wie er seinen Vater behandelt hat, und uns Kinder. Der wußte doch gar nicht, was Liebe ist. Immer wenn ich mir eure Beziehung damals vorgestellt habe, hatte ich das Gefühl, ihr müßt beide verrückt sein.«

»Ach, Schätzchen.« Delia verzog schmerzlich den Mund. »Genau das meine ich ja. Das ist alles, was du je erlebt hast: eine Mutter, die dich verließ, und Clint, der seine guten Seiten immer hinter seinen schlechten Eigenschaften verbarg. Aber ich habe ihn einst geliebt, und er mich, und unser spontanes Gefühl damals, das war das Beste an uns.«

»Noch nie hast du gesagt, daß du Clint wirklich geliebt hast.«

»Ich habe lange gebraucht, um ihn hassen zu lernen. Als ich hier her zurückkam, habe ich nur noch Haß gespürt, aber zum Glück hatte ich ja noch mal lange Zeit, erneut umzulernen.« Zärtlich strich Delia über Dedes Wangenknochen. Ihre Tochter war in den letzten Tagen noch schmaler geworden. Die Haut war so straff gespannt, als könnte sie jeden Moment zerreißen. Delia streckte automatisch die Hand nach den Zigaretten aus und zog sie wieder zurück.

»Rosemary habe ich immer erzählt, an meiner Heirat mit Clint wären vier Dinge schuld: der Mond und nochmals der Mond, meine Einsamkeit und – wie sich seine dunkelblonden Haare über dem Hemdkragen kräuselten. Ich mochte es, wie weich sie sich unter meiner Hand anfühlten und wie sie immer so gut nach Heu und Sonne rochen.« Sie errötete. »Und sein Lächeln, dieses träge Lächeln, das mir versprach, ich würde mich nie mehr langweilen, nie mehr einsam sein. Es hat ihn von innen heraus erleuchtet.« Delia starrte auf das kleine Bürofenster, als sei es ein Fenster zur Vergangenheit. »Aber wenn du das Wesen eines Mannes ergründen willst, mußt du dir seine Mutter anschauen. Schau in *ihre* Augen, nicht in seine. Dann siehst du, was dich erwartet. Sieh dir Nadine an. Sie hat Nolans Daddy wirklich geliebt, und sie war gut zu ihm. Ich hätte mir Grandma Windsor besser anschauen sollen, aber ich war so verblendet von Clints Lächeln, daß ich seine Mutter nicht mal dann wahrgenommen habe, als sie mir ins Gesicht gesagt hat, daß sie mich haßt.« Wieder tastete Delias Hand nach den Zigaretten. »Sie hatte so viel Haß in sich, einen unmäßigen Haß auf alles, was ihr Sohn liebte. Das hätte mich warnen sollen. Aber vermutlich werden so wohl die meisten Familien gegründet: physische Anziehung und seelischer Hunger treffen aufeinander, das liegt wohl in unserer Natur.«

»Trotzdem war es Wahnsinn, ihn zu heiraten«, beharrte Dede, doch Delia erzählte unbeirrt weiter.

»Wir wurden in der Holiness-Redeemer-Kirche getraut, weißt du. Reverend Call war der mürrischste alte Prediger, den es gab. Clint bestand darauf, daß ich den Spitzenschleier seiner Mama trug. Ich war natürlich nicht gerade scharf darauf, etwas zu tragen, was seiner Mutter gehörte, zumal es wirklich ein lumpiger, vergilbter alter Fetzen war, aber Clint fand es so romantisch.« Sie seufzte. »Also hab ich mich gefügt, und das war schon der erste Fehler: Ich hatte mich zu etwas überreden lassen, was mir zutiefst zuwider war. Ein schlechtes Vorzeichen, aber wie gesagt, ich war blind.«

Dede ließ Delias Gesicht nicht aus den Augen. »Ich und Amanda, wir haben oft beobachtet, wie du ihn während seiner Krankheit umsorgt hast, wie du ihn gefüttert und gewaschen hast. Wir haben es nicht verstanden. Wenn er nach seiner Morphiumspritze weggetreten dalag, hast du ihn mit einem sehr seltsamen Gesichtsausdruck betrachtet. Ich habe mich immer gefragt, was du wohl dachtest. Erinnerst du dich?«

Delia schloß kurz die Augen. »Manchmal haßte ich ihn so sehr, daß ich nicht einmal den Gedanken an ihn ertrug. Ich habe an dich und Amanda gedacht, habe Zukunftsphantasien gesponnen, irgend etwas, um mich abzulenken. Aber manchmal habe ich auch an sein Lächeln von früher gedacht, an den Geruch seiner Haut, an die Art, wie er mir die Hände auf die Schultern legte.« Delia hob ihre eigenen Hände und sah sie an, als ob sie etwas Kostbares hielten.

»Wenn er Luft holte, hob sich mein Zwerchfell, wenn er rot wurde, fühlte ich mein Gesicht brennen, wenn er meine Haut mit der Zunge berührte, schmeckte ich Salz. Herrgott, wenn er meinen Hals küßte und er mir mit den Händen unter die Bluse fuhr, dann wurde mir ganz warm und wirr, und ich bekam weiche Knie – ich sage dir, Baby, weiche Knie machen im Leben mehr kaputt, als die Leute je zugeben würden.«

Dede riß noch ein Streichholz an und hielt es an ihre Zigarette. »Ich weiß«, nickte sie. »Das ist es ja, was mir angst macht.«

Delia blickte ihre Tochter prüfend an. »Ich war nicht wie du, Dede, ganz und gar nicht.«

»Du hast ihn geliebt«, sagte Dede leise, ohne von ihrer Zigarette aufzuschauen.

»Was ich geliebt habe, war meine Vorstellung von ihm, oder vielleicht auch das, was er gerne gewesen wäre.« Delia besann sich einen Moment. »Aber welche Chance hatte er denn, mit einem Alkoholiker als Vater und einer Hexe als Mutter. Doch das hab ich erst begriffen, als es zu spät war. Und als ich weggerannt bin, rannte ich um mein Leben.«

Delia senkte den Blick, als wäre die Erinnerung noch immer zu qualvoll, um ihr ins Auge zu sehen. »Ach, Dede. Man kennt sich ja selbst noch kaum, und schon findet man sich in Dinge verstrickt, die man nie für möglich gehalten hätte.« Sie richtete sich auf und straffte die Schultern.

»Wie auch immer, Dede, du hast Grandma Windsors Kraft geerbt, du mußt sie nur richtig nutzen. Ich weiß noch, manchmal habe ich regelrecht vor ihrem Anblick gezittert. Diese Frau hatte das Schicksal geschlagen wie einen Brotteig, der zu Stein geknetet worden war. Wahrscheinlich wollte sie, daß es mir so geht wie ihr, daß ich mich zusammenstauchen lasse und mich in mein Los ergebe, zum Beweis dafür, daß sie im Leben nichts falsch gemacht hat.«

»Sie war so hart. Dieses Gnadenlose, das hat Amanda von ihr, diese Härte zu sich und anderen«, sagte Dede zornig.

»Ich weiß nicht, wahrscheinlich haben wir alle etwas davon.« Auf Dedes überraschten Blick hin lächelte Delia leise. »Nun, wenn wir nicht so stark wären, wie könnten wir dann überleben? Grandma Windsor hat mit ihrer unheimlichen Kraft alles durchgestanden, und das wirst du auch, wenn du lange genug lebst. Du wirst schon sehen.«

Dede zuckte die Achseln. »Ich sehe auch jetzt schon genug.«

»Hör zu, Dede. Ob wir's wollen oder nicht, die Dinge passieren: wir werden verletzt, wir werden erwachsen, wir verändern uns. Als ich mich in deinen Vater verliebte, war ich ein anderer Mensch. Das ist es, was ich dir zu sagen versuche.«

Dede nickte. »Wir haben uns immer nur anhören müssen, was

für eine Rabenmutter du warst, was für ein Unmensch. Du hättest uns einfach im Stich gelassen, nur um einem Rockstar nachzulaufen. Die Leute sagten, du wolltest lieber reich und berühmt werden, als Clint Windsors Kinder großzuziehen. Aber ich wußte, das allein kann es nicht gewesen sein.«

»Nein, weiß Gott.« Delia fuhr sich über die Augen. »Es war wieder der alte Zauber, die alte Sehnsucht. Mit Sex und Geld und Ruhm hatte es nichts zu tun.« Sie lächelte. »Randall ist erst nach seinem Tod richtig berühmt geworden, aber er hat mich aufgenommen und versucht, mir zu helfen. Er wußte selbst nicht, was er tat.«

»Und du hast getan, was du tun mußtest.«

Delia faßte Dede bei den Händen. »Paß auf, wenn ich meine fünf Sinne beisammengehabt hätte, wäre ich direkt zur Polizei gegangen und hätte dich und Amanda aus dieser Familienhölle herausgeholt. Clint und Grandma Windsor hätten natürlich ihre Anwälte gegen mich gehetzt. Aber nachdem ich allein fortgelaufen war und *nicht* zur Polizei gegangen bin, halfen mir auch meine blauen Flecken nichts mehr. Ich war die Verbrecherin, die abtrünnige Ehefrau. Tja, und dann haben sie mich nie mehr in eure Nähe gelassen. Ich dachte, ich überlebe es nicht, ich sterbe vor Reue, aber Randall hat mir immer wieder darüber weggeholfen.«

»Er hat sich um dich gekümmert.« Dede paffte an ihrer Zigarette.

»Er hat mich geliebt. Er hat sich immer leicht verliebt, auch wenn es nicht von Dauer war. Und er war nie grausam. Er liebte mich. Er liebte Cissy. Er war nur ...« Sie zuckte die Achseln. »Was willst du wissen, Dede? Ich habe dich nie angelogen, aber es gab so vieles, was ich lieber nicht erzählen wollte. Clint war ein guter Mann, aber er hat sich selbst verloren. Auch Randall konnte ziemlich rücksichtslos sein, aber er hat mich aus meinem Elend herausgeholt. Und eine Liebe, die dich so aufbaut, kann niemals etwas Schlechtes sein.«

»Und doch hast du ihn verlassen.« Gelassen drückte Dede ihre Zigarette aus. Zu ihrer eigenen Überraschung merkte sie, daß sie keinen Groll empfand, nur milde Neugier. »Warum bist du dann zurückgekommen?«

»Die ganze Zeit in Kalifornien habe ich von dir und Amanda geträumt. Mit jedem Atemzug habe ich um euch getrauert. Ich war so voller Trauer, daß mir nur noch der Alkohol blieb. Ich trank, um nicht verrückt zu werden, aber verrückt war ich sowieso schon.« Sie beugte sich vor. »Wie hätte ich in Kalifornien bleiben sollen, wenn ich doch nur daran dachte, wie ich meine Tat wiedergutmachen konnte? Es hat mich alle meine Kraft gekostet, euch wiederzubekommen. Aber wenn ich dich jetzt so sehe, frage ich mich, ob nicht doch alles umsonst war. Vielleicht habe ich euch mit meiner Rückkehr letztlich nichts Gutes getan.« Delia hielt inne und rieb sich über die Arme, als ob ihre Muskeln eingeschlafen wären.

»Du hättest nicht zurückkommen sollen«, sagte Dede. »Ich habe Mud Dog gehört. Deine Stimme – so etwas gibt es nicht noch einmal. Du hattest eine Riesenkarriere vor dir.«

»Nein.« Delias Finger verkrampften sich um ihre Oberarme. »Dede, ich habe das Singen wirklich geliebt, aber ich war nie nüchtern dabei. Betrunken im Studio, betrunken auf der Bühne – immer auf Nebelwolken. So konnte das nicht weitergehen.«

»Du warst großartig.«

»An Säufern ist gar nichts großartig, Baby. Ich habe Cissys Vater geliebt, und als ich euch Mädchen verloren habe, hat er mich gerettet, aber nur einen Teil von mir. Mein eigentliches Ich wollte nie berühmt sein oder in Saus und Braus leben. Es wollte nicht einmal singen, außer für dich und Amanda und Cissy. Mein eigentliches Ich wollte immer nur hier sein.«

Dede stand auf und ging zur Tür.

»Verstehst du, was ich sagen will?« Delias Frage forderte eine Antwort.

Dede drehte sich um. »Ja, einiges, aber ich weiß nicht, was ich davon halten soll.«

»Ich versuche doch nur, dir klarzumachen, daß du dir dein Leben nicht ruinieren sollst, nur weil *ich* soviel falsch gemacht habe.« Delia rieb sich wieder die Arme, ohne Dede anzusehen. »Du mußt Nolan ja nicht heiraten, aber du darfst deine Gefühle nicht verleugnen. Du liebst ihn, du bist wütend auf ihn, du hast Angst. Aber mach weder dir noch ihm etwas vor. Lauf nicht mehr vor dir selbst davon.«

»So wie du?«

Delia schluckte. Sie stand auf, ging zu Dede und nahm sie in die Arme. »Wie ich«, flüsterte sie. »Wie ich.«

Amanda erwartete sie unten am Ausgang. Ihr Gesicht hatte sich verändert, bemerkte Delia. Es wirkte weicher, weniger verkniffen.

»Laß ja nicht zu, daß man sie in die Nervenklinik bringt«, begann Amanda hastig auf sie einzureden. »Ich weiß, daß Emmet es für richtig hält, aber in ihrem derzeitigen Zustand würde man sie vielleicht dort einsperren. Wer weiß, wann wir sie dann wieder herausbekommen würden.«

Delia runzelte die Stirn. »Aber sie braucht Hilfe«, sagte sie müde.

»Sicher«, nickte Amanda. »Trotzdem ist sie kein Fall für die Psychiatrie.« Sie zückte ihr Notizbuch. »Hier, ich habe schon George Creighton von der Baptistengemeinde angerufen. Er ist ein guter Anwalt, er wird wissen, was zu tun ist, um sie so schnell wie möglich freizubekommen.«

Delia schaute zweifelnd. »Ich weiß nicht, immerhin hat sie ihn angeschossen.«

Amanda glättete die Seiten ihres Notizbuchs. »Ja, leider, und wir sind uns alle einig, daß sie Hilfe braucht, aber in der Klinik würde man sie nur mit Tabletten vollstopfen, und das verschlimmert ihren Zustand noch. Wir müssen jetzt einen klaren Kopf behalten, das ist das einzige, was Dede braucht.«

»Du hast recht.«

»Ich denke, sie ist schwanger«, stellte Amanda sachlich fest.

»Was?«

»Das ist die einzig vernünftige Erklärung.«

»Davon hat sie kein Wort gesagt.«

»Dede ist der Typ, der seine Sorgen erst einmal für sich behält. Was ich gut verstehen kann. Und Nolan glaubt das übrigens auch. Das habe ich bei meinem Gespräch mit ihm gemerkt. Er wollte warten, daß sie's ihm freiwillig sagt.«

»Moment mal, hat er nun gesagt, Dede ist schwanger, oder nicht?« Delia hatte das Gefühl, als würden die Beine unter ihr nachgeben. Sie hätte sich jetzt gerne hingesetzt.

»Gesagt hat er's nicht direkt, aber gedacht. Ich hab's ihm angesehen.« Allmählich verlor Amanda die Geduld. »Das mußte früher oder später ja so kommen.«

»Aber wie kann sie so etwas verschweigen!«

»Delia.« Amanda klappte ihr Notizbuch zu. »Vermutlich will Dede im Augenblick nicht daran denken. Du weißt ja, was sie vom

Heiraten hält. Dede hat das Leben in Sünde für sich zum Prinzip erhoben.«

»Oh, mein Gott. Kein Wunder, daß sie die Nerven verloren hat.«

Amanda lächelte. »Irgendwie logisch, wenn man Dede kennt, stimmt's?«

Delia sah Amanda an. »Vielleicht möchte sie es nicht behalten«, sagte sie vorsichtig.

Amanda wich ihrem Blick aus und holte tief Luft. »Ich weiß, aber mit diesem Gedanken will ich nun wirklich nichts zu tun haben. Dede ist aufsässig, aber nicht von Grund auf verdorben. Wenn wir ihr helfen, wird sie schon das Richtige tun.«

»Amanda.« Delias Stimme klang heiser. »Amanda, du versetzt mich immer wieder in Erstaunen.« Sie legte den Arm um die steifen Schultern ihrer Tochter und hielt sie fest, bis deren Körper leicht nachgab.

»Es gibt viel zu tun«, sagte Amanda brüsk und machte sich los. »Die Zeit drängt.«

Wieder in ihrer Zelle, mußte Dede plötzlich an das Bild von Mud Dog denken, das sie mit neun oder zehn Jahren aus einem alten *Rolling-Stone*-Heft ausgeschnitten hatte. Seit sie bei Delia wohnte, hatte sie es nie mehr angesehen. Es war ein Foto vom Tourneebus mit einem Berg von Lautsprechern und Instrumenten auf dem Dach und den Musikern im lockeren Halbkreis davor. Booger und Little Jimmy lehnten an der Hecktür und teilten sich einen Joint. Im Vordergrund präsentierte Randall mit verspiegelter Sonnenbrille und strahlendem Siegerlächeln seine fransenbesetzte Lederjacke. Delia stand neben Rosemary. Lange Haare fielen offen über ihre Schultern, und unter dem buntsamtenen Patchworkrock zeichnete sich deutlich ein runder Bauch ab. Alles strahlte marihuanagesättigte Lässigkeit aus, die wie in einer Zeitkapsel eingefangene Stimmung der frühen siebziger Jahre, die Dede so faszinierte, auch wenn Mud Dog nur eine zweitklassige Rockband war, die erst legendär wurde, als sie sich bereits aufgelöst hatte. Stundenlang hatte Dede damals auf das Foto gestarrt – ihre Mama mit diesem Hippieprinzen und seinem ausgeflippten Hofstaat, und auch die ungeborene Cissy schon andeutungsweise mit im Bild.

Dede wünschte, sie hätte auch so ein Bild von Delia und Clint, bevor sie und Amanda geboren waren – nur die beiden in ihrem jungen Glück. Manchmal malte sie sich im Geiste mit in das Foto hinein – ein blasses Phantom neben Cissy in Delias Bauch.

Dieses Bild berührte sie wie ein Lied – ein Stück von Delias Blues, ihrer Geschichte und all dem, was die einzelnen Figuren zusammen geschaffen hatten. Als Dede sich jetzt dieses Bild in Erinnerung rief, sah sie die Vergangenheit und die Zukunft, nicht nur eine Band auf Tournee, sondern eine auseinandergerissene Familie, die durch die unbeirrbare Entschlossenheit einer einzigen Frau wieder zusammengefunden hatte. Ich bin nicht wie Delia, dachte Dede, ich bin nicht so stark. Aber dann hörte sie Nolans Stimme. Doch, das bist du, sagte er. Du bist so stark, wie es kaum ein Mann aushalten kann.

»Du bist mein ganzes Herz«, hatte Nolan gesagt, kurz bevor Dede auf ihn schoß. Und jetzt, da sie hinter Gittern saß, wußte sie, daß er recht hatte. Sie war sein Herz. Und er – war ihres, so wahr ihr Gott helfe.

KAPITEL 22

Weißt du, was mein Vater immer gesagt hat?« Tacey und Cissy saßen in der Küche, nachdem sie Nadine endlich ins Bett gebracht hatten. »Er hat gesagt, die Weißen sind einfach alle verrückt.«

Sie hatten eine Flasche Wein aus dem Schrank geholt und waren beide schon beim zweiten Glas. Tacey nahm noch einen Schluck und legte den Kopf schräg. »Und wir Schwarzen, hat er gesagt, wir sind auch verrückt, aber nicht so einfach.«

»Mhm«, nickte Cissy. »In meiner Familie haben alle eine Macke. Schau dir Dede an: vermutlich unzurechnungsfähig. Oder Amanda: total durchgeknallt.«

Amanda kam aus dem Flur herein, der zu Nolans Zimmer führte. »So, meinst du? Na, dann ...« Sie griff sich die Weinflasche und goß mit Schwung ein Wasserglas voll.

»Wie geht's ihm?« fragte Tacey einlenkend. »Schläft er?«

»Sagen wir, er ist ruhiggestellt.« Amanda rollte den Kopf, um die Nackenmuskeln zu lockern. »Aber es geht ihm schon besser. Gott sei Dank sind seine Schußverletzungen nicht so schlimm, die Schwellung am Bein geht auch schon zurück. Morgen werden wir ganz schön Mühe haben, ihn im Bett zu halten.«

Stirnrunzelnd blickte Amanda in ihr Glas. »Sag mal, ist der Wein noch in Ordnung? Schmeckt irgendwie komisch.«

Cissy zuckte die Achseln. »Weißt du, wie lange Nadine ihn schon im Schrank stehen hat?« fragte sie Tacey.

»Keine Ahnung.« Tacey nippte prüfend. »Kann sein, daß er gekippt ist. Oder korkelt. Ich kenne mich da nicht so aus, ich trinke ja eigentlich nichts.« Sie schaute Amanda an. »Ich dachte, du auch nicht.«

»Ach, ich fange gerade damit an«, meinte Amanda. »Gestern habe ich mit Cissy einen bei Goober's gekippt. Das werde ich jetzt öfters machen. Ich muß lernen, was es mit der Sünde auf sich hat.«

»Amanda, du machst mir richtig angst«, sagte Tacey.

»Ich weiß, das geht mir selbst so, aber ich vertraue auf den Herrn. Ich bin eben auch nur ein fehlbarer Mensch und wie wir alle auf Gottes Hilfe angewiesen. Ich mache Erfahrungen und versuche, daraus zu lernen.« Sie nahm einen kräftigen Schluck. »Diese Mädchen haben hier angerufen«, wandte sie sich an Cissy. »Zweimal sogar. Sie wollten wissen, was los ist. Angeblich solltest du sie heute abend treffen.«

»Herrje! Das habe ich total vergessen. Wir wollten über Nacht wieder in die Höhle runter.«

Amanda schüttelte den Kopf. »Ich werde dich nie begreifen, Cissy. Was suchst du immer da unten in diesem Höllenschlund? Und Mary Martha Wynchester hat mir erzählt, daß du jetzt auch noch deinen Job gekündigt hast!«

Cissy nickte. »Stimmt. Ich hasse diese Bürowelt.«

Amanda stützte die Ellbogen auf den Tisch und das Kinn in die Hand. »So. Und was wirst du jetzt machen?«

»Nachdenken.« Cissy blickte zwischen ihr und Tacey hin und her. »Bevor das alles passiert ist, hat mir Nolan erzählt, daß Dede unzufrieden ist und etwas anderes machen will. Er klang, als würde es ihm genauso gehen. Anscheinend hat er einen Job in Atlanta in Aussicht.«

»Ja«, sagte Tacey, »das hat er mir auch erzählt. Ich fänd's toll, dann könnte er mich ab und zu im College besuchen.«

»Also, mich hat das ganz schön geschockt.« Cissy drehte ihr Glas zwischen den Fingern. »Komisch, daß man immer meint, alles müßte ewig so bleiben, wie's ist. Und jetzt, nach der Sache mit Dede, wird einem plötzlich bewußt, daß die Dinge ständig in Bewegung sind. Man merkt's nur nicht sofort.« Sie prostete Amanda zu. »Ich denke, ich werde mir erst mal Zeit nehmen, mich ein bißchen umzuschauen und Erfahrungen zu sammeln, so wie du.«

»Na fein, solange du aufhörst, mit diesen Mädchen herumzuziehen.« Amandas Miene nahm den vertrauten mißbilligenden Ausdruck an. »Mit denen stimmt irgend etwas nicht.«

»Quatsch«, fauchte Cissy. »Die sind auch nicht verrückter als du oder ich.«

»Ach ja? Also, neulich habe ich sie zusammen im Wagen sitzen gesehen. Und weißt du was? Geküßt haben sie sich, die beiden Turteltäubchen, so richtig auf den Mund!«

Cissy sah zu, wie Amanda sich wieder das Glas vollschenkte. Geküßt? Mim und Jean?

»Meiner Ansicht nach sind das Lesbierinnen«, sagte Amanda entschieden.

»Pfff«, schnaubte Tacey, »sag das nicht Nadine, sonst lädt sie sie sofort ein und läßt sich alles darüber erzählen. Schlimm genug, daß sie immer noch glaubt, ich treib's mit den Müllmännern. Am Ende bildet sie sich noch ein, ich wäre auch lesbisch.«

»Das ist doch alles aus der Luft gegriffen, Amanda.« Cissy hatte gute Lust, ihrer Schwester eine Ohrfeige zu verpassen.

»Ich weiß, was ich gesehen habe, und ich wette, du hast es auch schon gemerkt. Sag doch, leben sie nicht zusammen? Liegen sie sich nicht ständig in den Armen? Na? Wollten sie nicht mit dir diese Extragruppe gründen, damit sie nicht mit den Jungs mitgehen müssen? Wagst du etwa, das zu bestreiten?«

»Ich muß gar nichts bestreiten«, fuhr Cissy hitzig auf. »Wieso erzählst du mir solchen Mist? Du solltest längst zu Hause bei deinen Kindern sein!«

»Michael paßt auf die Jungs auf. Die sind versorgt. Erklär du mir nicht, was ich zu tun habe.«

»Dann misch du dich auch nicht in mein Leben ein.«

»Ich spreche ja nicht von dir, sondern von diesen Mädchen.«

»Dann hör auf damit!« Cissy fühlte sich, als hätte sich Nadines Wein in reines Gift verwandelt. »Sprich lieber von mir. Vielleicht bin ich ja auch lesbisch.«

»Würde mich nicht wundern«, sagte Amanda ruhig. »Ich habe immer gewußt, daß mit dir etwas verkehrt ist. Habe mir schon gedacht, daß du im unpassendsten Moment damit rausrücken würdest: wenn deine Schwester im Gefängnis sitzt und wir alle vor Sorgen nicht mehr ein noch aus wissen.«

Mit beiden Ellbogen auf dem Tisch schlürfte Amanda ihren Wein. Diese Selbstgerechtigkeit, dachte Cissy, sie hat wirklich Prügel verdient.

»Ich glaube, wir gehen jetzt besser schlafen.« Tacey stemmte sich vom Tisch auf. »Der Tag morgen wird schon schwer genug, ohne daß wir uns auch noch alle in die Haare kriegen.«

»Ich weiß nicht, was ich bin«, sagte Cissy mit zusammengebissenen Zähnen. »Hinter mir steht kein lieber Gott, der mir sagt, ich soll mich betrinken und gemein zu meiner Schwester sein. Ich habe keine Pistole in der Tasche, ich habe gar nichts – vor allem keine Ahnung, was aus mir werden soll. Aber wenn du mir noch einmal so fies kommst, Amanda Graham, werde ich dich so verprügeln, daß du deinen Gott brauchst, um dich wieder aufzuheben, das verspreche ich dir.«

»Hallo, Leute.« Eine sanfte Stimme an der Tür ließ alle überrascht herumfahren. Dort stand Rosemary mit einer kleinen Reisetasche in der Hand. »Bittet ihr mich herein, oder wollt ihr euch erst noch ein bißchen anschreien?«

»Du liebe Güte!«

»Und du bist sicher Tacey.« Rosemary trat ein und setzte ihre Tasche ab. »Ich bin Rosemary. Hat Delia euch nicht gesagt, daß ich komme?«

Tacey nickte beklommen. *Das* war also Rosemary, Delias sagenhafte Freundin aus Los Angeles.

Rosemary stieß einen tiefen Seufzer aus und zog sich einen Stuhl heran. »Könnt ihr mir vielleicht sagen, wo Delia ist? Ich dachte, ich finde sie hier, denn zu Hause ist sie auch nicht.«

Amanda räusperte sich. »Delia ist bei Richter Walmore, um ein gutes Wort für Dede einzulegen, damit sie aus dem Gefängnis kommt.«

»Gut, dann wird sie ja bald zurück sein.« Rosemary kramte Feuerzeug und Zigaretten aus ihrer Handtasche. »Darf man hier rauchen?« fragte sie Tacey.

»Klar«, sagte Tacey, die Zigarettenqualm nicht ausstehen konnte.

»Danke.« Rosemary steckte sich eine an und lächelte Cissy und Amanda zu. »Soso, ihr zankt euch also immer noch, was? Schön, daß wenigstens manche Dinge beim alten bleiben.« Sie blies Rauch aus. »Cissy, kommst du mit mir zu Delia rüber? Vielleicht sollten wir dasein, wenn sie wiederkommt.«

Cissy hob den Kopf und sah, wie Tacey fasziniert und glücklich Rosemary anstarrte. Diese Frau sah keinen Tag älter aus als damals bei Clints Tod. Ihr Haar war so perfekt frisiert, ihre Haut so glatt und schimmernd wie eh und je. Und immer noch trug sie ihr breites Goldhalsband, das im Licht der Deckenlampe glitzerte.

»Gut«, sagte Cissy, »gehen wir.«

Schweigend legten beide den kurzen Weg die Terrill Road hinunter zu Delias Haus zurück. Dort angekommen, lief Cissy voraus, um das Türlicht anzumachen, und stolperte prompt über die unterste Stufe.

»Mist!«

»Warte, ich komme.« Rosemary hatte eine kleine Taschenlampe bei sich. Als sie sie anknipste, schwenkte ein Auto in die Einfahrt ein und erfaßte die beiden im Scheinwerferstrahl.

»Was ist passiert?« rief Delia.

»Cissy ist hingefallen.«

»Rosemary!« Delia ließ das Licht an und kam atemlos herbeigerannt.

»He, Schatz, schön, daß du da bist.« Rosemary gab Delia schnell einen Kuß auf die Wange, dann halfen sie Cissy auf die Beine.

»Ist nicht weiter schlimm«, sagte Rosemary. »Der Wein ist ihr wohl nicht recht bekommen.«

»Welcher Wein?«

»Den sie mit Amanda und diesem netten Mädchen bei Nolan drüben getrunken hat. Als ich reinkam, waren sie schon reichlich beschwipst und mitten im dicksten Streit.« Rosemary legte den Arm um Delia. »So, Schätzchen, dann erzähl mal, was habt ihr denn alles angestellt, seit ich weg war?«

Dede konnte nicht schlafen. Immer mußte sie an Nolan denken und an Delias Worte. Wenn sie zwischendurch kurz eindöste, träumte sie, Nolan sei bei ihr und strecke die Arme nach ihr aus. »Willst du mich erschießen?« sagte sie. »Schieß ruhig, dann geht's mir besser, und dir tut's nicht weh.« Doch Nolan schüttelte nur milde den Kopf. »Ich gehöre dir und du gehörst mir, das weißt du doch.« Seine Worte machten sie hysterisch. Sie schrie ihn an, sie gehöre niemandem, und – wachte allein in der Zelle auf.

Emmet hatte ihr gesagt, Nolan würde zu Besuch kommen, sobald der Arzt es ihm erlaube. Dede knirschte mit den Zähnen. Sie wollte Nolan nicht mehr sehen müssen. Sie wollte, daß er ihr einen Grund gab, ihn zu hassen. Alles wäre viel leichter, wenn sie ihn hassen könnte. Nur die Liebe war es, die ihr gefährlich schien, all dieses Gerede von Familiengründung und vom Umzug nach Atlanta, um endlich machen zu können, was sie wollte. Gab es wirklich Leute, die frei wählen konnten, statt nur mitzunehmen, was ging, und irgendwie das Beste daraus zu machen? Nolan war überzeugt, daß alles möglich wäre. Das war seine Art, sie zu lieben. Unbegrenzte Zuversicht. Sie liebte ihn ja auch, aber so? Als ob die ganze Welt über ihr zusammenbrechen könnte und trotzdem noch alles gut sei, weil er bei ihr war? Menschen wie Nolan glichen Naturgewalten, sie liebten so vollkommen, daß es ihre tiefsten Sehnsüchte befriedigte.

Er ist besser als ich, dachte Dede. Nolan konnte mit seiner Klarinette in Atlanta jederzeit Karriere machen, und doch machte er es von ihr abhängig, ob er in Cayro blieb oder nicht. Wenn jemand Dede einen Zweihunderttausend-Dollar-Lastwagen und eine Route von Georgia nach Arizona anbieten würde, hätte sie keine Skrupel, die Chance zu ergreifen, ganz egal, was Nolan davon hielt. Zum Teufel, sie würde ihn überrollen, falls er sich vor ihr auf die Straße legte.

Außerdem wäre wahrscheinlich alles nie passiert, wenn sie keine Waffe gehabt hätte. Daran war Billy Tucker schuld. Aber hätte sie sich ohne die Sache mit Billy Tucker jemals mit Nolan eingelassen? Vielleicht hatte alles einfach so kommen müssen. Diese dämliche Kellnerin hatte gar nichts damit zu tun. Nolan hatte keinerlei Interesse an ihr, und Dede wußte es. Als er Dede mit der Pistole in der Hand sah, stand deutlich in seiner Miene zu lesen: Na gut, erschieß mich, wenn es sein muß, töte mich, wenn es das ist, was du brauchst. Wie konnte einer einfach ruhig stehenbleiben, um sich von einer Frau abknallen zu lassen?

»Er ist verrückt«, hatte Dede zu Emmet gesagt.

»Stimmt«, hatte Emmet genickt. »Er liebt dich.«

Sehnsucht, Einsamkeit – und was noch? Sein Körper, sein Haar, sein Lächeln, wenn er auf ihr lag?

Im Gefängnis hörte Dede nachts Frauen weinen. Emmet hatte ihr eine Einzelzelle gegeben, aber das hielt sie nicht davon ab zu hören, wie irgendeine Frau in dem Trakt nach ihrem Baby heulte. Nach ihrem Kind? Ihrem Kerl? Und eine andere beschimpfte sie dafür. Egal, was diese Frauen verbrochen hatten, sie waren sicher nicht so verrückt wie sie, dachte Dede. Sie waren wie Delia. Frauen, die sich ihr ganzes Leben für einen Mann kaputtmachten. Und dennoch hatte Delia vorhin dort am Tisch gesessen und von Clint gesprochen, als wäre er nicht durch und durch mies und verachtenswert, wie Dede immer geglaubt hatte.

»Mach nicht denselben Fehler, den ich gemacht habe«, hatte Delia gesagt. »Lauf nicht vor der Liebe davon. Vergrab dein Herz nicht in einem tiefen Loch.«

Dede lag wach und hörte den Frauen zu. Mein Herz ist ein schwarzes Loch, dachte sie. Ich habe mich nie getraut, so wie Nolan zu lieben, immer habe ich das Risiko gescheut. Sie drehte sich zur Seite, zog die Beine an und drückte das Gesicht ins Kissen. Zusammen mit einer Frau, die sie nie gesehen hatte, weinte sie um den einzigen Mann, den sie liebte.

Als Cissy am nächsten Morgen aufstand, war Rosemary schon im Garten und bewunderte Delias Topfpflanzen und Gemüsebeete. Cissy goß sich eine Tasse Kaffee ein und ging zu ihr hinaus.

»Konntest du nicht schlafen?« fragte Cissy.

»Doch, doch, keine Sorge.« Rosemary nickte zu den Rabatten hin. »Sag mal, deine Mutter hat hier ja wirklich ganze Arbeit geleistet.« Sie klopfte eine Zigarette aus der Schachtel. »Sie gönnt sich wohl nicht viel Ruhe, was?«

Cissy hockte sich auf die Verandastufen und nippte an ihrem Kaffee. »Nein, wenn sie nicht im Bonnet arbeitet, ist sie ständig hier draußen. Entweder pusselt sie im Garten herum, oder sie richtet alte Möbel her. Immer fleißig, immer alle Hände voll zu tun, so ist sie eben.«

»Die Glückliche.« Rosemary blickte zu den Nußbäumen hinüber.

»Meinst du?« Cissy sah zu, wie sie vorsichtig über den feuchten Rasen ging. »Auf jeden Fall ist sie rund um die Uhr beschäftigt.«

»Und du?« Rosemary setzte sich neben sie.

»Na ja, du hast ja wohl gehört, was Amanda letzten Abend gesagt hat.«

»Nein, ich habe nur gesehen, daß ihr Schwestern euch nach wie vor kräftig streitet, obwohl ihr eigentlich langsam zu alt dafür seid. Aber das geht mich ja nichts an.« Sie hob eine Augenbraue. »Delia hat mir erzählt, daß du hier aufs College gehst, nebenbei ein bißchen jobbst und sonst bei jeder Gelegenheit unter die Erde abtauchst. Ist das wahr?«

»Könnte man so sagen.« Cissy wippte auf den Fersen hin und her. »Aber den Job hab ich aufgegeben, und am College finde ich's doof. Ich habe zwei Seminare belegt, ohne recht zu wissen, wozu das gut sein soll.«

»Du könntest ja etwas anderes machen.«

»Was denn zum Beispiel?« Cissy sah Rosemary hoffnungsvoll an.

»Wie wär's, wenn du mit mir nach Los Angeles zurückkommst und dich dort an der Universität einschreibst? Falls du die Aufnahmeprüfung schaffst.« Rosemary warf ihr einen vielsagenden Blick zu. »Aber nur dann, wenn du es wirklich willst, sonst hat es keinen Sinn. Zuerst einmal mußt du dir klarwerden, worauf es dir eigentlich ankommt, was dir wirklich wichtig ist.«

Cissy setzte die Tasse neben sich ab und ließ den Kopf hängen. »Das ist es ja. Wenn ich das wüßte, hätte ich wenigstens einen Ansatzpunkt.«

Rosemary gab Cissys Schultern einen Stups. »Delia sagt, du gingst schon seit Jahren in die Höhlen und würdest dich damit unheimlich gut auskennen. Also, wäre das nicht eine Basis für ein Studium? Ich weiß nicht, Archäologie, Geologie, Mineralogie, so etwas in der Richtung vielleicht?«

Cissy starrte Rosemary mit offenem Mund an. »Ist das dein Ernst?«

»Mein voller Ernst.«

»Aber wie sollen wir das bezahlen?« Cissy versuchte, sich ihre Aufregung nicht anmerken zu lassen.

»Ach, da läßt sich schon eine Lösung finden. Du bist immerhin Randall Pritchards Tochter.« Rosemary rieb sich die Schläfe. »Erst mal müssen wir Dede aus ihrem Schlamassel herausholen, und dann kümmern wir uns um den ganzen Papierkram. Das will alles gut vorbereitet sein. Man ändert ja nicht einfach so von heute auf morgen sein Leben.«

»War das Delias Idee?« Cissy schlang die Arme um die Knie und lehnte sich zurück. »Hat sie gesagt, du sollst mit mir darüber reden?«

»Deine Mutter und ich haben von dir gesprochen, ja.« Rosemarys Tonfall blieb völlig gelassen. »Sie liebt dich. Vielleicht weißt du das nicht. Ich erinnere mich, wie sie dich damals nach Randalls Tod hierher verschleppt hat. Du hast wie ein halb ertrunkenes Kätzchen ausgesehen, und Delia war die Katzenmutter, die dich am Nackenfell durch die Gegend zerrte, bis du wieder trocken warst.«

Rosemary stand auf. »Am besten überlegst du dir jetzt alles mal in Ruhe. Delia meint, es könne noch ein paar Tage dauern, bis sie Dede aus dem Gefängnis heraus hat. Sie will, daß sich Dede mit Nolan ausspricht, aber der Arzt läßt ihn vorerst noch nicht aus dem Bett. Mach du nur deine Exkursion mit deinen Freundinnen, aber während du dort unten bist, denk mal ernsthaft drüber nach, wie's mit *dir* weitergehen soll. Und wenn du dich entschieden hast, beraten wir uns mit Delia. Wie du am besten dorthin kommst.«

»Willst du die gute Fee für mich spielen?« rief Cissy ihr nach, als sie durch die Küchentür verschwand.

»Sei lieb zu deiner Mama«, rief Rosemary zurück. »Nimm zur Abwechslung ein bißchen Rücksicht.«

Auf unsicheren Beinen ging Cissy zu Nolans Haus hinüber. »Wie geht's ihm?« fragte sie Tacey.

»Besser als mir«, maulte Tacey, »ich muß einkaufen. Leiste du ihm eine Weile Gesellschaft. Aber weck mir ja Nadine nicht auf. Nachdem ihr weg wart, ist sie die ganze Nacht herumgeturnt.«

An Nolans Tür zögerte Cissy, aber sie konnte sehen, wie sich seine Füße unter der Decke bewegten. »Bist du wach?« fragte sie, und er sagte sofort ja.

Beklommen trat sie ein. Sie wußte nicht recht, was sie erwartete. Letzten Abend hatte er geschlafen, als sie hereinspähte, und war wie ein Toter dagelegen. Sein Gesicht war immer noch bleich, und er hatte dunkle Bartstoppeln ums Kinn. Die Art, wie sich seine Augen bewegten, erinnerte sie an etwas, das sie mit unbestimmtem Gruseln erfüllte. Am liebsten hätte sie sofort die Flucht ergriffen.

»Geh nicht wieder weg«, bat Nolan. »Um Gottes willen, Cissy, hilf mir beim Anziehen. Ich muß sehen, daß ich in die Stadt komme, bevor Tacey wieder da ist.«

»In die Stadt?«

»Ich muß zu Dede.« Nolan versuchte, sich aus dem Bett zu stemmen, aber der dicke Knieverband hinderte ihn am Aufstehen. »Wenn ich's bis in die Stadt schaffe, kann ich mit Emmet reden und herausfinden, wie ich Dede freibekomme. Eigentlich dürfte sie gar nicht im Gefängnis sein. Alles war doch nur...ein Versehen.« Mühsam schob er das Bein über die Bettkante.

Cissy sah, daß er nur seine Unterwäsche anhatte, die kaum eine feuerrote Schürfwunde an der Hüfte verbarg. Jeden Moment drohte er aus dem Bett zu kippen. »Verdammt noch mal, Nolan, mach keinen Mist!« Sie stürzte vor und schob ihn unsanft zurück.

Nolan rang nach Luft. »Nein, Cissy«, flehte er, »versteh doch, du mußt mir helfen.«

»Ich helfe dir ja. Bist du total übergeschnappt?« Cissy drückte ihn auf die Kissen zurück und zog die Decke wieder hoch. »Denk doch mal eine Minute nach. Wer wird dir zuhören, wenn du wie ein Irrer auftrittst? Wenn du Dede freibekommen willst, mußt du dich wie ein vernünftiger Mensch benehmen. Du mußt die Leute überzeugen, daß keiner von euch beiden verrückt ist.«

Nolan starrte sie an. »Meinst du?«

»Allerdings.« Er ist viel zu blaß, dachte Cissy. Zum Erbarmen. »Wenn du etwas für Dede erreichen willst, mußt du wie ein Anwalt denken.«

Nolan preßte die Hand auf die Lippen. »Vielleicht hast du recht«, sagte er erstickt. »Gott, ja, das habe ich nicht bedacht.«

Verlegen tätschelte ihm Cissy den Arm. »Du willst ihr schließlich nicht noch mehr Ärger einbrocken, stimmt's? Ihr beide habt in dieser Sache schon so viel Glück gehabt, das darf man nicht überstrapazieren.«

»Ich habe Mist gebaut«, murmelte Nolan. »Ich habe sie förmlich dazu getrieben. Sie wollte mich nicht verletzen.«

»Ich weiß. Ich habe mit ihr gesprochen.«

»Wie geht's ihr denn?«

»Ganz gut, Nolan, wirklich. Natürlich ist sie noch ziemlich verstört und weiß nicht, was sie dir sagen soll. Ich glaube, sie hat Angst davor, dich zu treffen.«

»Sie braucht doch keine Angst vor mir zu haben!«

»Nein.« Cissy setzte sich auf die Bettkante. Nolan wischte sich mit dem Deckenzipfel über die Augen.

»Ich habe ihr einen Heiratsantrag gemacht.«

»Ich weiß. Sie hat's mir gesagt.«

»Hat sie dir gesagt, daß sie deshalb auf mich geschossen hat?«

»Das konnte ich mir selbst zusammenreimen.«

Nolan schluckte schwer und faßte nach Cissys Hand. »Vielleicht erklärst du's mir dann mal, ich verstehe nämlich immer noch nichts.«

Cissy hielt seinem Blick stand. »Sie hat Angst, verstehst du? Sie glaubt, mit der Ehe geht die Liebe kaputt. Außerdem fürchtet sie sich davor, sich selbst zu verlieren, wenn sie dich zu sehr liebt, und jemand zu werden, den sie verachtet. Sie glaubt, daß ihr es dann irgendwann so macht wie ihre Eltern und euch prügelt. Sie glaubt, sie ist mit einem Fluch behaftet, und hat immer versucht, sich dagegen aufzulehnen.«

Nolan schüttelte den Kopf. »Dann wundert es mich nicht mehr, daß sie auf mich geschossen hat.« Müde schloß er die Augen.

Cissy glättete das Laken über seiner Hüfte. Fast hätte sie ihn auf die Stirn geküßt, so wie ihre Mutter es früher immer tat, wenn sie krank im Bett lag. Sie drängte den Impuls zurück und stand hastig auf. »Gönn dir ein bißchen Ruhe, Nolan. Laß auch mal die anderen sich kümmern, laß dich überraschen, wie geschickt sie sich anstellen können, wenn man ihnen eine Chance gibt.«

Leise schloß Cissy die Tür hinter sich und rief Jean von Nolans Haus aus an. »Paßt es euch heute nachmittag?«

»Was? Kannst du weg?«

»Ich muß mal raus hier«, sagte Cissy. »Ich brauche einen kühlen, dunklen, ruhigen Ort. Ihr auch?«

»Aber hallo!« lachte Jean in den Hörer. »Wie lange können wir denn bleiben?«

»Wenn ihr wollt, über Nacht, hier tut sich so bald nichts.«

»Super! Paß auf, ich sprech das noch mit Mim ab, und dann rufe ich dich gleich bei deiner Mutter an, o.k.?«

Cissy nickte vor sich hin. Eine Lesbierin, dachte sie, meine zwei besten Freundinnen sind Lesbierinnen. Was sagt das wohl über mich aus? Sie schaute zu Nolans Zimmer hin.

Ach, ist mir doch egal, was sie sind, oder was ich bin, dachte sie trotzig. Ich kann im Herbst nach Los Angeles gehen. Da bin ich frei wie der Wind.

Wenn in Expeditionsberichten von Unfällen die Rede ist, wird immer angemerkt, durch welche Fehler es dazu kam, welche warnenden Vorzeichen übersehen worden waren. Die Liste umfaßt unterschiedliche Dinge: unzureichende Ausrüstung, brüchige Seile, nicht rechtzeitig ausgetauschte Batterien, schlechte physische Verfassung der Teilnehmer, oder auch ganz banale Mißgeschicke. Zum Beispiel wurden wichtige Abzweigungen verpaßt, weil die Karten fleckig oder unvollständig waren. Nach fünf Stunden in den Tiefen von Little Mouth wußten alle drei, daß irgend etwas schiefgelaufen war, obwohl keine von ihnen hätte sagen können, woran es genau lag.

Cissy ertappte sich in Gedanken bei Dede. Ich hätte nie hier heruntersteigen dürfen, während es zu Hause so viele Probleme gibt.

»Komisch«, sagte Mim, »hier waren wir doch früher schon mal. Ich kenne diese Gänge, und trotzdem kommt mir nichts bekannt vor. Ich kann mich weder an so viel Sand erinnern noch an diesen Felsen da vorne.« Obwohl die eigenartig phallusförmige Formation, die an ein senkrecht stehendes Hot dog erinnerte, auffallend genug war.

Ein solcher Markstein hätte in ihren Notizen oder in einer der Karten auftauchen müssen, war aber nirgends verzeichnet. Wahrscheinlich waren sie schon am Anfang irgendwo versehentlich falsch abgebogen. Der Weg, dem sie zu folgen glaubten, existierte gar nicht.

»Wo, meint ihr, sind wir jetzt?« flüsterte Mim. Ihre Worte hallten hohl vom nackten Felsen über ihnen wider.

»Irgendwo, wo wir vorher noch nie gewesen sind«, sagte Jean nüchtern. »Wir müssen zurück, genau den gleichen Weg, den wir gekommen sind, und schauen, wo wir die verkehrte Abzweigung erwischt haben.«

»Oder nach irgendeinem Orientierungspunkt suchen«, sagte Cissy.

»So groß ist die Höhle ja nicht.« Mim klang entschlossen, als wollte sie keine Krisenstimmung aufkommen lassen. »Außerdem waren wir ja schon oft genug hier unten. Wenn wir nur ein paar hundert Meter zurückgehen, finden wir bestimmt irgend etwas.«

Fels auf Fels, Sand und Geröll, glatte, schräg abfallende, schwarzgraue Steinflächen, nadelscharfe Kiesel, die sich in Knie und Handflächen gruben – irgend etwas mußten sie doch einmal wiedererkennen. Sie sprachen sich gegenseitig Mut zu. Auf einer früheren Exkursion hatten sie an den Felswänden mit Leuchtfarbe aufgesprühte Richtungspfeile gesehen. Mim hatte über Ignoranten geschimpft, die überall ihre Spuren hinterlassen und unbedingt alles verschandeln mußten, egal wo sie hinkamen.

Damals hatte Cissy ihr zugestimmt. Die Pfeile waren häßlich und stachen einem noch in die Augen, wenn man wegschaute. Aber jetzt, da sie Stunde um Stunde durch unmarkierte Gänge krochen, bildete sie sich ständig ein, irgendwelche Farbstreifen zu sehen, und war den Tränen nahe, wenn sie sich immer wieder als optische Täuschung herausstellten. Ich werde hier noch sterben, dachte Cissy, nur um gleich danach trotzig den Kopf zu schütteln.

Eine Stunde später bat Jean um eine kurze Rast. »Wer weiß, vielleicht sterben wir hier unten«, flüsterte sie. Cissy zuckte zusammen, Mim kicherte nervös.

»Kommt gar nicht in Frage! Ich habe noch so viel vor im Leben. Ich war noch nicht in New York, und den Pazifik habe ich auch noch nie gesehen. Und so viele Orgasmen, daß es mir für immer reichen würde, hatte ich auch noch nicht.«

Jean lächelte. Ihre Zähne schimmerten perlweiß im indirekten Licht von Cissys Lampe. »Ich auch nicht, aber der letzte war wirlich schön.«

Alle mußten grinsen. Mim hatte eine Tafel Schokolade. Jean holte Salzcracker mit Erdnußbutter hervor, und Cissy steuerte Käse und Salami bei. Bedächtig aßen sie und nippten sparsam an ihrem Wasservorrat, der bald zur Neige gehen würde.

»Wir werden den Ausgang schon wiederfinden«, sagte Mim zuversichtlich. »Wir müssen einfach nur die Richtung beibehalten.«

»Meine Knie tun fürchterlich weh«, beklagte sich Jean. »Wenn wir noch lange auf allen vieren kriechen müssen, machen sie irgendwann schlapp.«

»Hauptsache, es geht aufwärts«, sagte Cissy wider besseres Wissen.

Zwanzig Meter weiter vorne machte der Gang eine Haarnadelkurve und wurde noch enger. Jetzt mußten sie auf den Ellbogen robben. Immer wieder rutschten ihre Sohlen auf dem losen Kies ab.

»Das ist wirklich schlimm«, keuchte Jean.

Kann man wohl sagen, dachte Cissy. Schlimmer konnte es kaum noch kommen. Mim schluchzte hinter ihr auf, und Jean fuhr sie grob an, sie solle sich gefälligst zusammenreißen.

Bei der nächsten Rast schlug Jean vor, eine der Lampen auszuknipsen. »Wir müssen Energie sparen. Wer weiß, wie lange wir das Licht noch brauchen werden.«

Jeans Stimme kam Cissy seltsam rauh vor. Ihr Gesicht wirkte im trüben Lampenschein noch hagerer und war von Erschöpfung gezeichnet. Cissy hoffte, daß sie selbst nicht auch schon so fertig aussah, doch ihre zitternden Waden und das Brennen in Hals und Augen waren kein gutes Zeichen. Am liebsten hätte sie sich zu einem Nickerchen hingelegt und gewartet, bis Gott oder sonstwer sie hier herausholte.

»Mir ist so kalt«, jammerte Mim.

Cissy schloß die Augen. Sie hatte nicht mehr die Kraft, sich umzuschauen.

»Ach, du schaffst das schon.« Durchgeweichte Hosenbeine scheuerten über den körnigen Sand. Jean rutschte näher zu Mim hin. Das Geräusch dröhnte überlaut.

Cissy dachte daran, wie sie hinterher bei Jean und Mim wohlig entspannt in der gemütlichen Wärme am Ofen sitzen würden, wie sie Wein trinken und das ganze Abenteuer noch einmal Revue passieren lassen würden. Frauen waren die besten Höhlenforscher, behauptete Mim immer, weil sie zäher waren und mehr Fett auf den Knochen hatten, obwohl Kraft und Kondition natürlich auch eine Rolle spielten. Aber das Wichtigste war schieres Durchhaltevermögen.

Cissy lachte in sich hinein. Bei Wein und Brathuhn war es immer leicht, von Durchhalten und Disziplin zu schwadronieren. Es gab sogar Höhlenfreaks, die absichtlich hungerten, um sich durch die engsten Felsspalten und Stollen quetschen zu können, wo keiner ihnen folgen konnte. Cissy stemmte sich weiter vor. Unter ihrer Schuhspitze brach ein Stück Kalkstein ab. Ein Echo hallte durch den Gang.

»Das ist Floyd Collins«, flüsterte Jean. Mim kicherte.

Cissy schob die Hände in die Achselhöhlen und grinste vor sich hin. Sie hatte zwei Bücher über den Fall Floyd Collins gelesen, die allerdings weniger von dem unglücklichen Jungen handelten als von dem Affenzirkus über der Höhle, in der er starb. Während er unten im Dunkeln vor Kälte schlotterte und verhungerte, hatte die Rettungsmannschaft über ihm ein Saufgelage abgehalten und zynischerweise sogar schon Andenken verkauft. Bei ihrem ersten Abstieg zu dritt hatte Mim dies scherzhaft »einen auf Floyd Collins machen« genannt.

»Paßt auf, wo ihr die Füße hinsetzt, geht bloß kein unnötiges Risiko ein.«

Wieder hallte Steinschlag durch den Schacht. Unwillkürlich schauderte Cissy. Sie stellte sich vor, wie jener beklagenswerte Geist ewig ruhelos im Felslabyrinth zwischen Kentucky und Tennessee bis hinunter nach Georgia umherirrte. Das war eine typische Gruselstory für lange Abende am Kamin. Habt ihr schon die Geschichte von Floyd Collins gehört, dem hinkenden Geist, der jetzt ohne seinen linken Fuß durch die Höhlengänge stolpert und euch unversehens an der Schulter packt, um euch seine traurige Geschichte ins Ohr zu raunen? Von den Reportern, die ihm Zettel hinabwarfen und ihm einen grandiosen Grabstein und Reichtümer für seinen Daddy versprachen, wenn er ihnen nur noch schnell beschrieb, wie es sich anfühlte, wenn man in einem finsteren Loch verreckt, während droben die Welt schon einen rauschenden Leichenschmaus feierte?

»Ich bin berühmt«, flüsterte er, obwohl im Tageslicht schon längst keiner mehr seinen Namen erwähnte. »Ich bin berühmt, und du könntest es auch werden.«

Cissy sah Farben hinter ihren Lidern aufschimmern, während sie sich die substanzlose Gestalt vorstellte, die nun für immer durch die steinerne Unterwelt geisterte und unaufhaltsam die steilsten Riffe, die schmalsten Grate entlangschlüpfte. Ein Geist braucht kein Dynamit, keine Axt, kein Seil. Selbst eine massive Felswand war für den guten alten Floyd Collins durchlässig, und die Dunkelheit seine Heimat. Tot und doch unvergänglich lebte er im Atem der Höhle weiter. Sein Körper war in die Ausdünstungen übergegangen, in den Fledermausdreck und die langsam sich absetzenden Staubschichten. Eine Legende. Eine Bedrohung. Ein Witz, der nie komisch gewesen war. Man beschwor seinen Namen, um nicht seinem Schicksal anheimzufallen, um sich nicht eines Tages in einem finsteren Loch wiederzufinden, aus dem es kein Entrinnen gab.

Wie Floyd, dachte Cissy. Wenn ich dünn genug werde, schlüpfe ich einfach überall durch. Wie viele Kalorien verbraucht die Angst? Wenn ich vor Angst mein ganzes Wesen ausschwitze, könnte ich dann wie ein Aal durch diese verfluchten Felsspalten zum Licht hinaufglitschen? Könnte ich nicht körperlos wie Floyd werden, eine reine Essenz aus Hoffnung und Erinnerung?

»Cissy? Cissy! Alles okay mit dir?«

»Jaja, geht schon.«

»Du hast irgend etwas vor dich hin gemurmelt.«

Cissy schüttelte den Kopf. »Hab nur an was gedacht.«

Sie schaute sich nach den beiden um. Waren sie wirklich ein Liebespaar? Gott, war sie naiv gewesen. Jean atmete schwer. Als sie den Arm ausstreckte, fühlte sie, daß die Felswand nach oben hin schräg anstieg. Mit etwas Glück würden sie sich vielleicht bald aufrichten können.

Jeans Lampenstrahl huschte gedämpft über die Wände und verlor sich im gähnenden Schattenmund des endlosen Tunnels vor ihnen. Irgendwo in der Ferne tropfte Wasser. Cissy hielt einen Moment den Atem an und wünschte, Jean würde ihr Licht ausknipsen und sie im Dunkeln ausruhen lassen. Wenn sie sich nicht bewegte, fühlte sie sich in der Dunkelheit sicher aufgehoben, aber Jean und Mim brauchten das Licht, das wußte sie. Auf sie wirkte das Dunkel nicht beruhigend. Cissy dagegen machten die tanzenden Schatten nervös, die ständig den Eindruck erweckten, als bewege sich die zerklüftete Erdkruste über ihr.

»Halluzinationen«, hauchte Cissy und fühlte, wie Mim näher zu ihr hinkroch, bis ihre Hüften sich berührten.

»Wie eine Oase in der Wüste«, flüsterte Mim.

Die Ausbuchtungen im Fels glänzten schimmelgrau und feucht im schwachen Licht. Manche hatten vorgewölbte Tropfsteinnippel. In Cissys verschwommener Vorstellung waren es warme Brüste, die in der klammen Luft schwitzten. Am liebsten hätte sie sich vorgereckt und die schimmernden Tropfen abgeleckt, süßen, dickflüssigen Felsensirup.

»Schmeckt nicht«, flüsterte Mim ihr ins Ohr.

»Nein, sicher nicht«, lachte Cissy. »Habe ich wieder laut gedacht?«

»Das tust du schon die ganze Zeit. Und das ist Kalkstein, der kann nur sauer und bitter schmecken. Denk jetzt nicht an Zucker. Denk dran, wie wir hier rauskommen, ehe wir erfrieren.«

Cissy drehte den Kopf, so daß ihr Mund ganz dicht an Mims

Ohr war. »Schön ist es aber trotzdem.« Ihre Stimme vibrierte eigenartig, wie ein leises Schnurren, das sich im Echo brach. »Schau nur, wie sich das Licht an den Steinen bricht, wie die Wassertropfen glitzern.«

»Sieht aus wie kleine, grausame Eissterne«, knurrte Jean rauh. »Kein Zucker, sondern Frostglasur.«

»Ist dir denn so kalt, Jean?« fragte Mim besorgt.

»Kalt ist gar kein Ausdruck. Meine Hände hören nicht mehr auf zu zittern. Selbst meine Achselhöhlen sind eisig.« Sie räusperte sich. »Wenn ich noch spucken könnte, würde ich Hagelkörner spucken.«

»Ach, mein armer Schatz.« Mim rutschte zu ihr hin, um ihr die Schultern zu reiben.

»He, laß das«, kicherte Jean.

Cissy hörte nassen Stoff über klamme Haut streifen. Sie kroch auf das Geräusch zu. Mims Hände massierten energisch Jeans Rücken unter den feuchten Kleiderschichten. Jeans Kichern verebbte zu sanftem Protest.

»Finger weg, Süße«, sagte sie neckisch, »dafür ist jetzt wirklich nicht der richtige Moment.«

»Du mußt aus dem nassen Hemd raus«, entgegnete Mim mit strenger Stimme.

Cissy rührte sich nicht. Sie wollte sich da nicht einmischen. Still wie ein Mäuschen horchte sie auf das zärtliche Handgemenge, das Zischen und Flüstern, das von den Höhlenwänden widerhallte, das Pochen ihres eigenen Herzens.

»Verdammt, was soll das«, beklagte sich Jean. »Ich friere mich tot, und du willst mich auch noch ausziehen.«

»Cissy, komm her!« rief Mim verzweifelt. »Hilf mir!«

Cissy seufzte. Sie wußte nicht genau, was Mim vorhatte, aber offenbar war sie wild entschlossen, sich durchzusetzen. Cissy rutschte an der Felswand entlang zu Jean hin. Als sie ihre Schulter berührte, drehte Jean sich zu ihr um und lachte sie an. Mim zerrte hektisch an Jeans schmutzstarrenden, nassen Klamotten.

»Hilf mir«, flehte sie immer wieder, »komm schon.«

»Es ist zu kalt!« Jeans Stimme klang schleppend und matt.

Unterkühlung, schoß es Cissy durch den Kopf. Mim hat recht: Hier in der feuchten Höhle kann man schnell erfrieren, wenn man so erschöpft ist. Sie schob Jeans eisige Finger weg und knöpfte ihr das Flanellhemd unter der Jacke auf.

»Das muß alles runter!« drängte Mim fast hysterisch.

Mit einem letzten Aufflackern erlosch Jeans Licht. Plötzlich legte sich dichte Dunkelheit um sie. Cissy zögerte keine Sekunde. Sie knipste ihre Lampe an und verkeilte sie so in einem Felsspalt, daß der Strahl direkt auf die beiden Frauen gerichtet war. Mim hatte sich ihr Hemd vom Leib gerissen und rubbelte damit über Jeans Rippen, während Jean sich hilflos in ihren halb heruntergezogenen Jackenärmeln verhedderte. Plötzlich wollte sie Mim helfen, ihr die Hose abzustreifen, doch ihre Finger waren zu starr und kraftlos. Cissy kroch heran, klemmte sich Jeans Oberkörper zwischen die Beine und nestelte mühsam die Knöpfe auf.

»Ich hab's gleich, ich hab's gleich.« Jean plagte sich noch immer ungelenk mit ihrem Hemd herum, als es ihr mit einem Ruck über den Kopf gezogen wurde.

»Weg damit, alles muß runter.« Mims Stimme klang angespannt. Mühsam versuchte sie das Zähneklappern zu unterdrücken.

»Ja, gut.«

Jeans fahler Körper war mit Gänsehaut überzogen. Cissy spürte, wie ihr aus Mitgefühl selbst eisige Nadelstiche auf der Haut kribbelten. Mim schob ihre Freundin fest in Cissys Arme zurück und begann, ihr heftig Bauch und Beine abzurubbeln. Jean blinzelte schläfrig und wehrte sie mit matten Bewegungen ab.

»Lieg still«, kommandierte Mim. »Widerstand zwecklos.«

»Sag mir nur, was ich tun soll«, sagte Jean greinend wie ein übermüdetes Kind.

»Hilf mir, bitte!« Mim wurde immer verzweifelter, je mehr Jean zitterte. Cissy versuchte, Jeans Rücken zu rubbeln und sich gleichzeitig umzuschauen. Die leichte Schräge, auf der sie rasteten, neigte sich nach vorne hin auf die Felswand zu, an deren Grund es weißlich schimmerte. Sand, sagte sich Cissy, das mußte Sand sein. Abrupt rückte sie von Jeans bibberndem Körper ab, schnappte sich die Lampe und richtete den Lichtstrahl auf die helle Fläche.

»Da vorne ist ein Sandbett!« Sie fing an, Jean hinüberzuzerren, noch ehe Mim begriff, was sie tat.

»Sag mir, was ich tun soll«, wiederholte Jean matt. »Ich kann nicht mehr denken. Sag's mir halt, ich tu ja, was ihr wollt.«

»Hier lang, los, komm schon.«

Cissy hievte Jean unsanft über den steinigen Boden. In der anderen Hand schleppte sie das feuchte Kleiderbündel. Mim stolperte schluchzend hinterdrein. Noch immer krallte sie sich an Jeans Schulter, als könnte sie es nicht ertragen, den Kontakt zu ihr zu verlieren. Cissy schubste Jean vor sich in den Sand, ohne auf ihren hilflosen Protest zu achten, als der rauhe Schlick ihr Bauch und Beine aufschürfte. Grob stieß sie Mim auf die andere Seite, so daß Jean zwischen ihnen eingeklemmt war. Dann begann sie erneut, heftig mit dem schmutzigen Kleiderballen auf ihr herumzuschrubben, als ob sie ein Waschbrett bearbeitete. Als sich Mim auf ihrer Seite gleichermaßen beteiligte, steigerte sich Jeans Quietschen zu schmerzhaftem Schluchzen.

»Schon gut, Baby, das muß jetzt sein«, gurrte Mim begütigend. »Das bringt dich wieder auf die Beine. Wir wärmen dich auf, Baby, du wirst schon sehen, wir wärmen dich auf.«

Cissy rubbelte mit aller Kraft. Nach und nach wurde ihr von der Anstrengung ebenfalls warm, aber es war nur eine trügerische Hitze, die zu kalten Schweißausbrüchen führte. Sie schaufelte sich Sand als zusätzliche Isolierschicht über den Rücken. Ihr Körper fühlte sich unter den schweren, feuchten Kleidern federleicht an, als ob ihre innerste Substanz durch den Kraftaufwand allmählich verdunstete.

»Reiben, reiben, bis es brennt«, schrie sie wie im Rausch, »los, gib's ihr. Rubbeln, fester, fester!«

Und Mim rubbelte noch kräftiger, während Cissy kurz zurückkroch, um ihre Rucksäcke zu holen. Sie hatten noch einmal trockene Wäsche zum Wechseln und die Plastiktüten, in die sie die Karten eingewickelt hatten. Das war es, was sie jetzt als zusätzliche Wärmedämmung brauchten. Sie zerriß die Tüten und dann auch die Karten, so leid es ihr tat, aber Jean hatte jeden wärmenden Fetzen nötig, den sie auftreiben konnten.

Dank Jeans kritischer Verfassung blieben ihnen nicht mehr so viele Stunden, wie sie gehofft hatten. Sie mußten ohne Pause weiterkriechen, denn falls sie noch mal anhielten, würde das ihr Ende sein, hier unten in der klammen Dunkelheit. Cissy überlegte einen Moment. Würde sie die beiden allein lassen, wenn es die letzte Möglichkeit wäre, sich selbst zu retten? Würde sie das über sich bringen? Doch, wahrscheinlich schon, dachte Cissy. Ich will leben. Ich will hier lebendig rauskommen.

»Paß auf, du schaffst das«, flüsterte Mim in Jeans zerzaustes Haar, während sie sie schlecht und recht wieder einpackten. »Keine Angst, du schaffst das, Baby.«

Cissy stieß Mim an. »Wir müssen weiter.«

»Laß sie doch noch ein bißchen ausruhen.« Mim klang den Tränen nahe.

»Hör mir zu.« Cissy packte Mim fest am Arm. »Das hier ist wie ein Schneesturm, da kann man sich auch kein Nickerchen leisten, sonst ist man geliefert. Bewegung, Bewegung. Wir müssen weiter.«

»Bitte, Mim«, winselte Jean. »Mir wird doch gerade erst wieder ein bißchen warm.«

»Das kommt dir nur so vor.« Cissy spürte, wie sich ihre Schultern entschlossen strafften, als ob sich ein Eisenkern durch ihr Rückgrat schob. »Du wirst sterben, wenn du hier bleibst«, sagte sie und hörte Delias Tonfall in ihrer Stimme durchklingen. So hatte Delia geredet, als sie sie den ganzen Weg quer durchs Land geschleift hatte. Sie hatte gedrängt und ihren Willen durchgesetzt und Cissy zu etwas gezwungen, was ihr wie der schiere Wahnsinn vorgekommen war. Es hatte ihr nichts ausgemacht, daß Cissy sie dafür gehaßt hatte. Sie hatte sich nicht darum gekümmert, daß es keinen Grund gab zu glauben, sie würden am Ende eine sichere Zuflucht finden.

»Sie hat recht.« Mim rappelte sich auf und zog Jean am Gürtel mit sich. »Komm, Schatz, wir müssen weiter.«

Weinend kroch Jean neben ihr her. »Ich hasse dich, ich hasse dich«, schluchzte sie. Cissy lächelte. Sie war unendlich erleichtert, daß Jean wieder etwas Lebensgeist zeigte.

»Jaja, ich hasse dich auch«, sagte sie. »Ich hasse diese Steine und diesen Sand und Gott und Georgia und den Geist von diesem verfluchten Floyd Collins, aber ich bin nicht bereit, hier unten abzukratzen. Und du auch nicht, solange ich dich irgendwie antreiben kann.«

Cissy knotete ihr das Seilende, das sie noch um die Taille gewickelt hatte, um die Gürtelschnalle und kroch wie ein Zugpferd voran. Sie hörte Jean aufschreien, als das Seil sich spannte und sie mit einem Ruck nachzog. Mit der widerstrebenden, weinenden

Frau im Schlepptau war es noch sehr viel mühsamer, in dem engen Felstunnel vorwärts zu kommen. Mim kroch ächzend hinterdrein und fluchte jedesmal, wenn sie mit dem Kopf gegen Jean stieß.

Cissy nahm keine Rücksicht mehr auf die Mädchen. Wenn sie anhielten, trieb sie sie mit Fußtritten weiter. Sie wußte genau, was sie zu tun hatte, wie weit sie noch kriechen mußten, wie oft sie noch flach auf dem Rücken unter Felsvorsprüngen durchrobben mußten. In ihrer Erinnerung war der Tunnel plötzlich taghell. Es war der Weg ins Freie.

»Los, macht schon«, rief sie über die Schulter zurück. »Das ist der richtige Weg. Ich erkenne ihn wieder.«

»Was gibt's denn da zu erkennen?«

»Doch, echt.« Cissy kratzte sich den scheuernden Sand aus dem Kragen. »Ich war hier schon mal. Jetzt ist alles klar. Wenn ihr nicht mitkommt, könnt ihr meinetwegen hier unten verrotten.«

Die eine schniefte jämmerlich, die andere fluchte. Cissy kümmerte sich nicht darum. Das Seil um ihre Taille spannte sich und ließ wieder nach. Sie folgten ihr. Das war das einzige, was zählte. Wenn sie so weitermachten, würde keine von ihnen auf der Strecke bleiben.

»Ich hasse dich«, tönte es wieder heiser von hinten, und Cissy lachte laut auf.

»Aber sicher«, sagte sie, »was denn sonst.« Heiter und hoffnungsvoll kroch sie stur und stetig bergan. Die Sandschicht unter ihr war fahlweiß wie Buttermilch, der rauhe Schiefer ringsum schimmerte wie schwarze Rabenflügel. Ihr Puls klopfte in gleichmäßigen purpurroten Schwingungen, ihr Atem war himmelblau. Sie hatte Randalls beruhigende Stimme im Ohr. Nein, Daddy, gelobte sie, ich mache nicht schlapp. Wenn Delia mich so weit schleifen konnte, dann kann ich, verdammt noch mal, diese Weiber aus dem Loch hier herausschleppen.

Als sie drei Stunden später schließlich die Leuchtfarbenpfeile fanden, bebte Cissy vor Erschöpfung am ganzen Körper, doch ihr Kopf war voller Triumphgefühl. Venice Beach, dachte sie, Los Angeles, ich komme. Ich muß es nur wollen.

»Daddy«, flüsterte Cissy, als ihr das Morgenlicht ins Gesicht schien. »Daddy, ich komme zurück. Ich werde hier nicht sterben. Ich werde herausfinden, wozu ich fähig bin.«

»Oh, Gott sei Dank«, schluchzte Mim hinter ihr. Ihr Gesicht war zerkratzt und voller Schmutzstreifen. Auf Händen und Knien kletterte sie ins Licht hinauf. »Nie, nie wieder mache ich so etwas, das war das letzte Mal.«

»Ach, man weiß nie, was man noch alles machen wird«, meinte Cissy und ließ sich glücklich auf den Boden fallen. »Das Leben hält so viele Überraschungen bereit.«

Sie blickte an Jeans schlaffer, schlammverkrusteter Gestalt vorbei auf den gähnenden Höhlenschlund von Paula's Lost, der halb von wildem Wein überhangen war. »Ich glaube, unsere Karten können wir vergessen«, sagte sie. »Wir haben den Durchgang entdeckt, aber diesen Weg finden wir nie wieder. Die Höhlen haben uns zum Narren gehalten!«

KAPITEL 23

Delia saß im Café und wartete auf Emmet Tyler. An der Theke stand eine neue Kellnerin mit langem Gesicht und schlechtsitzender Perücke. Wie hypnotisiert starrte Delia zu der Frau hinüber, die ihre verunglückte Haarpracht ständig mit kleinen Kopfbewegungen zurechtrückte. Das könnte ich ihr im Handumdrehen richten, dachte Delia. Sie erinnerte sich an Amy Tylers Perücke, die sie vor vielen Jahren einmal umfrisiert hatte.

»Ach Gott, wie die Zeit vergeht«, seufzte sie. Sie hatte zu viel Kaffee getrunken. Noch eine Tasse, dachte sie, und ich fange an zu flattern.

»Hast du was von Emmet gehört?« Cissy schlüpfte auf die Bank ihr gegenüber. Die Abschürfungen in ihrem Gesicht sahen aus wie eine Kriegsbemalung, ihre Handknöchel waren bandagiert, aber ihre Augen strahlten wach und klar.

Delia schüttelte den Kopf. »Er ist noch nicht dagewesen.«

»Hm.« Cissy blickte sich um. »Jean ist noch zur Erholung bei ihrer Mutter. Mim sagt, es ginge ihr soweit ganz gut, aber sie sei noch ziemlich erledigt. Den Rest des Semesters möchte sie nur noch schlafen.«

Delia sah sie betroffen an. »Mein Gott, Cissy, wenn ich mir vorstelle, du hättest da unten sterben können.«

»Ich weiß«, lächelte Cissy. »Aber ich hab's überlebt, und nur darauf kommt es an.«

Delia krampfte die Finger ineinander. »Na, auf jeden Fall ist es schön, dich lächeln zu sehen«, sagte sie gepreßt.

»Nun, wir haben etwas geschafft, was noch keinem vor uns gelungen ist: Wir haben den Durchgang von Little Mouth nach Paula's Lost gefunden. Leider konnten wir ihn nicht auf der Karte markieren, weil wir gar nicht wußten, wo wir sind, und so haben wir keinen Beweis. Jean und Mim haben geschworen, sie setzen keinen Fuß mehr in die Höhle, also werde ich wohl nie mehr dazu kommen, den Weg aufzuzeichnen.«

»Ist das denn so wichtig?«

»Ach, ich weiß nicht. Ironie des Schicksals, würde ich sagen.« Cissy sah sich wieder zur Tür um. »Aber Emmet wollte doch auf jeden Fall kommen?«

»Wenn alles erledigt ist. Falls er nicht in der nächsten halben Stunde auftaucht, könnten wir auch bei ihm auf dem Revier vorbeischauen.« Delia schob ihre Kaffeetasse fort. »Meine Güte, fast hätte ich dich verloren. Und Dede hätte beinahe Nolan erschossen. Und Amanda hat angefangen zu trinken. Ich weiß wirklich nicht mehr weiter.« Ihre Stimme zitterte.

»Ich habe mir solche Mühe gegeben, euch eine gute Mutter zu sein. Ich bin nüchtern geblieben, habe für euch gesorgt, aber irgend etwas habe ich falsch gemacht. Keine von euch scheint zu wissen, wer sie ist und was sie will und wie sehr ich euch liebe.«

Cissy drückte die Hände flach auf den Tisch. »Nein«, sagte sie, »das Problem ist, wir wissen nicht, wer *du* bist. Ich jedenfalls nicht. Ich kenne dich gar nicht wirklich. Du hältst immer alles zurück. Clint hat mir weit mehr von dir erzählt als du selbst. Als wir bei Granddaddy Byrd waren, hat mir Dede Fotos von deiner Familie gezeigt. Du hast nie ein Wort über sie verloren.«

»Ich habe dir doch gesagt, daß alle umgekommen sind und daß Granddaddy Byrd mich aufgezogen hat.«

»Und du meinst, das reicht? *Wie* sind sie denn umgekommen? Wann? Was ist passiert? Du hattest eine Mutter, einen Vater, jede Menge Geschwister. Ich habe sie auf den Fotos gesehen. Aber du redest nie von ihnen. Du hüllst dich immer nur in dein geheimnisvolles Schweigen, obwohl du doch angeblich solchen Wert auf Offenheit legst.«

Delia wich ihrem forschenden Blick aus. Es war sehr still im Café. Die Kellnerin mit der rutschenden Perücke polierte Gläser, ein Pärchen am Tresen schwieg sich an, und hinten in der Ecke rührte ein einzelner Gast leise klirrend in seiner Tasse. Delia war so flau zumute, als ob sich ihre Knochen allmählich in Gelatine auflösen würden.

»Ich brauche eine Zigarette«, sagte sie.

Cissy war verblüfft.

»Wirklich, ich halt's nicht mehr aus.« Delia winkte der Kellnerin zu. »Entschuldigen Sie, Ma'am, hätten Sie vielleicht 'ne Zigarette für mich?« Delia strich sich nervös die Haare zurück. »Ich sterbe auf der Stelle, wenn ich nicht sofort etwas zu rauchen bekomme.«

Die Kellnerin runzelte die Stirn, bequemte sich dann aber zu ihrem Tisch herüber und holte aus der Tasche unter ihrer Schürze eine Schachtel Kool Lights hervor. »Das Gefühl kenne ich«, sagte sie gedehnt. »Wenn das hier je ein Nichtrauchercafé wird, kündige ich noch am selben Tag.« Sie streckte Delia die Schachtel hin, schüttelte eine Zigarette für sie heraus, gab ihr Feuer, nahm sich selbst auch eine und steckte sie an. Sie schaute auf Delias zitternde Hände und Cissys verdatterte Miene.

»Schrecklich, diese Sucht, nicht wahr?« lächelte sie, verstaute Schachtel und Feuerzeug wieder in ihrer Tasche und zeigte auf die leere Tasse. »Kann ich Ihnen noch etwas bringen?«

»O ja, etwas richtig schön Sündiges, was hierzu paßt.« Delia wedelte mit ihrer Zigarette. »Könnten Sie mir einen eiskalten Milchshake machen?«

»Schokolade oder Vanille? Wir haben aber auch Eiskaffee.«

»Nein, nein, bloß keinen Kaffee mehr. Lieber Schokolade.« Delia inhalierte glücklich. So viel Zeit war seit ihrem letzten Zug vergangen, und doch mußte sie nicht einmal husten. Zum Teufel, dachte sie, das ist wirklich die schlimmste Droge auf der Welt. »He«, rief sie der Kellnerin nach. »Kennen Sie das Bonnet hier in der Straße? Den Frisiersalon?«

»Der mit den vielen Topfpflanzen im Fenster?«

»Ja, das ist meiner. Schauen Sie doch mal vorbei. Ich könnte Ihnen eine Frisur machen, die noch viel besser zu Ihrem Typ paßt.«

Die Frau nickte. »O ja, gern, vielen Dank.«

»Sie kann echt Hilfe brauchen«, zischte Cissy boshaft, als die Kellnerin in der Küche verschwand.

»Brauchen wir alle«, sagte Delia, nahm noch einen Zug und drückte ihre Zigarette in der Untertasse aus. Dann blickte sie Cissy direkt ins Gesicht.

»Eins wollte ich dich schon lange mal fragen: erzählst du eigentlich irgendwem von deiner Sehbehinderung?«

Cissy zuckte zurück und errötete heftig.

»Wohl kaum, was?« Delia schüttelte den Kopf. »Du erwähnst nicht so nebenbei: ›Ach, übrigens – mein Daddy hätte mich fast tot gefahren, weil er Drogen nahm und sich einen Dreck darum kümmerte, daß er meine Mutter und mich im Auto hatte?‹« Sie musterte Cissy mit strenger Miene. »Und du erklärst auch nicht, daß du ihn trotzdem lieb hattest? Und wie egal es dir ist, daß du keinen Führerschein machen kannst?«

»He, was soll denn das jetzt?« Cissy schien den Tränen nahe, wollte aber Delia nicht die Genugtuung geben, sie aus der Fassung gebracht zu haben.

»Ich versuche, dir etwas klarzumachen.« Die Kellnerin setzte ein großes Glas Schokoladenmilchshake vor ihr ab. Delia bedankte sich mit einem kurzen Lächeln und begann, die Hülle vom Strohhalm zu pellen.

Cissy rutschte auf der Bank hin und her, als sei sie kurz davor, die Flucht zu ergreifen. Delia griff über den Tisch und packte sie beim Arm. »Nein. Du bleibst hier. Ich will dir nicht weh tun. Ich rede von seelischen Verletzungen, von Schmerzen, die so tief sitzen, daß man sie nicht mit anderen teilen kann.«

Cissy schüttelte ihre Hand ab. »Du redest und redest, aber du erzählst nichts.«

»Nein.« Delia fuhr sich mit der Zungenspitze über die Lippen. »Du hast recht. Ich habe dir nie von meiner Familie erzählt. Es gibt Dinge, die so schrecklich sind, daß man einfach nicht darüber reden kann. Ich nehme an, Granddaddy Byrd hat es Dede erzählt, und Amanda wird wohl auch etwas davon gehört haben, aber nicht von mir. Ich konnte nicht mal daran denken.« Sie legte die Hände um ihr Glas. »Bist du sicher, daß du es wissen willst?«

»Sag's mir.« Cissys Miene war ein Spiegelbild von Delia. Genauso ernst, genauso hart. »Erzähl es mir einfach.«

»Es war im Juli 1959. Ich war elf. Wir wollten zusammen wegfahren, aber ich hatte mich in letzter Minute entschieden, lieber doch nicht mitzukommen. Alles Weitere hat sich daraus ergeben.«

Sie wollten für ein verlängertes Wochenende nach Fort Jackson fahren, die ganze Familie: Delia, ihre Mama, ihr Daddy und ihre drei Brüder. Sie wollten dort Onkel Luke abholen, der gerade seinen Militärdienst beendet hatte. Einen Tag für die Hinfahrt, einen Tag für die Rückfahrt, in der prallen Sommerhitze. Doch Delia hatte plötzlich beschlossen, mit ihrer Freundin Julia daheim zu bleiben. Wozu im stickigen Auto schwitzen, wenn sie statt dessen unentwegt Eis schlecken und mit dem Wurf junger Hunde spielen konnte, den Granddaddy Byrd unter seinem Traktor entdeckt hatte.

Delias Brüder, drei flachsköpfige, braungebrannte Orgelpfeifen, hatten sie noch damit geneckt, daß sie sich die Chance entgehen ließ, die Militärparade zu sehen und in einem fabelhaften Motel mit Swimmingpool und Klimaanlage zu übernachten. Ihr Daddy hatte sie zum Abschied auf die Arme genommen und dafür gelobt, daß sie auf den Ausflug verzichtete, um ihren Brüdern mehr Platz im Wagen zu lassen. Ihre Mama hatte sie auf die Stirn geküßt und an ihren schwangeren Bauch gedrückt. Im Oktober würde es noch ein Brüderchen oder Schwesterchen geben, eine Miniatur-Delia, die wie einer der süßen Samtnasenwelpen aus der Armbeuge ihrer Mama hervorblinzelte.

Vier Tage wollten sie wegbleiben, vielleicht etwas länger, falls das Wetter umschlug oder ihre Mama sich vor der langen Rückfahrt noch ausruhen mußte. Delia sollte die erste Nacht bei Julia verbringen und dann zu Granddaddy Byrd zurückkehren.

»Gib mir noch einen Kuß«, rief Daddy ihr durchs Autofenster zu. Delia steckte den Kopf hinein, verkratzte sich die Wange an seinen Bartstoppeln, roch den leicht verschwitzten Puderduft ihrer Mama, streckte ihrem Bruder Tom die Zunge raus und kniff Max in die Schulter.

Leroy krähte: »Such mir den dicksten Rüden aus!«

Der alte Ford knatterte in einer Staubwolke davon.

»Hast du schon gefrühstückt?« rief Julias Mutter.

Delia zuckte die Achseln und blickte der Familienfuhre nach. Eine Hand winkte über dem blaßblauen Dach. Ihre Mama oder einer der Brüder? Delia wußte es nicht. Sie wußte gar nichts. Das Auto war mit der Familie im Hitzedunst entschwunden, und plötzlich stand sie mutterseelenallein da. Sie kamen niemals zurück. Die Welt schloß sich über ihnen wie ein Vorhang, und Delia blieb mit einem jungen Hund im Arm zurück. Nach einer Woche fuhr Granddaddy Byrd nach Fort Jackson, um Luke bei der Suche zu helfen. Er kam verwirrt und zornig und ebenso hilflos wie Delia zurück. Keiner fand je heraus, was passiert war.

Endlos hatte Delia die Szene vor ihrem inneren Auge abgespult: die winkende Hand über dem Autodach, den Geruch der warmen Plastiksitze und der vertrauten Körper, das ungeborene Geschwisterchen – geraubtes Leben. Sie weinte um das Baby, wenn sie weinte, um die verlorene Chance, das Geheimnis. Granddaddy Byrd weinte nie. Er mauerte sich in sein Schweigen ein. Delia spürte den Druck dieses Schweigens bis in die Knochen. Manchmal legte sie ihm die Hand auf den Arm und spürte, wie er sich entzog, kalt und fern wie der Mond am Nachthimmel. Granddaddy Byrd ersäufte die Welpen nacheinander in der Regentonne, während Delia mit brennenden Augen zusah und die Zähne in die Backen grub, um nicht zu schreien.

Als der Ford kurz vor Weihnachten bei einem Altwagenhändler in Savannah gefunden wurde, kam Onkel Luke für drei Tage zu ihnen. Zum erstenmal spürte Delia einen Anflug von Hoffnung – nicht für ihre Brüder oder ihre Eltern, sondern für sich, Hoffnung auf irgendeine Erklärung. Doch Luke hatte kein Wort für sie übrig. Er war ganz nach seinem Vater geraten, nichts als stumme Wut und Verzweiflung. Luke warf Delia grimmige Blicke zu, als fragte er sich, mit welchem Recht sie noch da war und etwas von ihm forderte, was er nicht geben konnte. Er schob den Teller Käsenudeln fort, die sie für ihn aufgewärmt hatte, und kippte nur dumpf Granddaddy Byrds Whiskey in sich hinein, während Delia in ihr kaltes Bett kroch. Am Weihnachtsmorgen fand sie ihn schnarchend auf der geblümten Couch im Wohnzimmer vor. Sie starrte seinen offenen Mund und seine dunkel umschatteten Augen an, und wieder spürte sie die Versteinerung wie ein Reptil an ihr emporkriechen, das sie mit Haut und Haar zu verschlingen drohte.

Mit ihren elf Jahren tat Delia das einzige, was sie konnte. Sie ballte die Hände ungeschickt zu Fäusten und trommelte mit aller Kraft auf ihren Onkel ein, auf sein Stoppelkinn und sein verwachsenes Ohr, auf seinen schlaffen Säuferbauch. Und die ganze Zeit schrie sie wie ein Neugeborenes. Ein hohes, durchdringendes, animalisches Wimmern, das immer schriller und schriller wurde und sich zu einem befreienden, lebensrettenden Gebrüll steigerte. Ihr Schreien ließ Granddaddy Byrd von seinem steinharten Bett hochfahren und katapultierte ihren Onkel auf die Beine. Granddaddy Byrd kam verstört ins Zimmer gewankt, doch seine kalten Hände konnten sie nicht zum Schweigen bringen. Er hob sie so mühelos hoch, wie er damals die Welpen am Nackenfell gepackt hatte, aber sie strampelte und trat nach ihm, bis er sie fallen ließ und zurückwich. Zwei Männer standen bebend und schreckensbleich vor ihr – vor einem schmächtigen, kleinen Ding, das sie mit einem Schrei in Schach hielt.

Es war ihre Welt, ihre gestohlene Welt, um die Delia so laut und verzweifelt klagte. Diese Welt lebte immer in ihr weiter, so weit sie sie auch wegschob. Der maßlose Schmerz brannte in ihrem Blick, auf ihren zerbissenen Lippen und breitete sich um sie aus wie ein unentrinnbarer Schatten. Mit jedem Atemzug trauerte Delia um ihr verlorenes Leben und um die Menschen, die sie geliebt hatte. Als sie Jahre später auf die Bühne trat und sang, war es diese Klage, die aus ihrer tiefsten Seele aufstieg.

»Delia Byrd singt wie der Engel der Apokalypse«, schrieb ein Rezensent. »Sie singt, als wäre sie auf den Grund des Lebensstroms getaucht und vollgesogen mit dem Wissen um den Tod zurückgekommen.« Delia hatte gelacht, als sie das gelesen hatte. Sie versank in einem heiligen Rausch, aus dem sie lange nicht nüchtern auftauchte. »Uferlos«, sagte sie und verkroch sich in Randalls Arme. »Ich bin im Lebensstrom untergetaucht.«

»Grundgütiger Himmel«, sagte Cissy.

»Ich habe sie verflucht: Onkel Luke und Granddaddy Byrd und auch meine Mama und meinen Daddy, und wer immer es war, der sie mir weggenommen hatte. Oh, ich hätte Gott verflucht, wenn ich ihn vor mir gehabt hätte.« Delia lächelte bitter. »Und seither fluche ich, ob ich singe oder vor mich hin summe. Du weißt ja, ich kann nicht still sein.«

Cissy schluckte. Die Gesichter auf den Fotos, die glückliche Familie, die unbekannten Verwandten umringten sie plötzlich in dem engen, überheizten Café. Die Mutter beugte sich vor und berührte sanft Cissys Wange. Die drei lebhaften Jungen zogen pfeifend vor Delias blassem Gesicht vorbei. Der verschollene Großvater nahm Delia in den Arm. Dann verblaßten sie wieder wie die Geister, die sie waren. Nur Delia saß noch mit dem Strohhalm zwischen den Fingern da und trank einen Schluck.

»Mhm«, sagte sie, »hatte ganz vergessen, wie gut das schmeckt.«

Kurz nach dem Valentinstag kam Luke Byrd wegen Totschlags ins Gefängnis. Das Urteil wurde sicher zu Recht verhängt, meinte

Delia. »Der Mann hätte von vorneherein hinter Gitter gehört, wo er niemandem schaden konnte.«

Die Leute sagten, Luke sei ständig betrunken gewesen, seit er nach dem tragischen Verschwinden der Familie die Farm seines Vaters verlassen hatte. Im Vollrausch war er frontal mit seinem Laster in einen anderen Wagen gerast und hatte einen Fremden getötet, der nichts von Lukes Wut und Verzweiflung wußte. Während der Gerichtsverhandlung stand Luke betäubt und schweigend da und blinzelte betreten zu dem Richter hinüber, der durchaus verständnisvoll wirkte und wiederholt nickte, als Lukes Anwalt den Verlust der Familie als mildernden Umstand anführte. Aber die Angehörigen des Opfers hielten nichts von Nachsicht, und Delia ebensowenig. »Unverantwortlich«, sagte sie, »noch mehr Leid zu verursachen, nur weil man selbst vor Trauer apathisch ist und scheinbar nichts mehr fühlt. Offensichtlich tat es ihm nicht einmal leid, daß er den Mann getötet hatte.« Ein paar Jahre später brachte er dann zwei Männer bei einer Kneipenschlägerei in Memphis um. Für dieses Verbrechen saß er jetzt immer noch im Knast.

»Er dachte wohl, diesmal käme er wieder so leicht davon«, sagte Delia. »Eines darf man nie vergessen: Typen wie Luke gibt es überall, Verrückte, die dir das Leben nehmen können, ohne daß es irgend etwas mit dir zu tun hat. Wer weiß, vielleicht haben diejenigen, die mir damals mein angestammtes Leben raubten und mich als Waisenkind zurückließen, ja auch gemeint, sie müßten sich für irgendein Unrecht am Schicksal rächen.«

Delia wandte sich ab und unterdrückte ein schmerzliches Grollen in der Kehle. »Solche Sachen passieren, ohne jeden Bezug zu unseren Wünschen und Erwartungen. Luke hatte nie vor, jemanden umzubringen, so wie auch meine Mama nie vorhatte, einfach sang- und klanglos zu verschwinden. Aber glaubst du, ich hätte dir das als kleines Mädchen erzählen können? Oder als wir nach Cayro zurückgekommen sind? Oder als Clint starb? Kann eine Mutter ihren Kindern so etwas zumuten? Darf sie ihnen ein so grausames Weltbild vermitteln?«

Cissy saß so lange schweigend da, bis Delia unruhig wurde. Sie umfaßte beschwörend Cissys Hände auf dem Tisch. »Ist ja gut, Baby, das ist ja alles schon so viele Jahre her.«

Nein, dachte Cissy. Es geschieht immer noch, immer wieder. Sie mußte an Dede denken, wie sie ahnungsvoll die Hände gerungen hatte. »Irgend etwas Furchtbares wird passieren. Alles wird zum Teufel gehen«, hatte Dede geklagt. Der Schrecken früherer Tage hatte ein Echo und setzte sich immer noch weiter fort.

»Ich hatte ja keine Ahnung«, sagte Cissy schließlich. »Ich dachte immer, es wäre ein Autounfall oder ein Feuer gewesen. Irgend etwas...«

»Irgend etwas Schreckliches«, beendete Delia den Satz. Sie hielt kurz Cissys Blick fest und schaute dann zu Tür. »Ich glaube, Emmet kommt jetzt nicht mehr. Wenn wir die Sache vorantreiben wollen, sollten wir besser hinübergehen. Ich will nicht, daß Dede noch eine Nacht im Gefängnis verbringt.«

Cissy nickte stumm. Sie sah zu, wie Delia das Geld für den Kaffee und den Milchshake auf den Tisch zählte und der Kellnerin zuwinkte, die freundlich zurückwinkte.

Mit tauben Beinen quetschte sich Cissy zwischen Bank und Tischkante hinaus. Sie blickte in Delias abgespanntes Gesicht, in ihre traurigen braunen Augen.

»Ich hab dich lieb«, sagte sie.

Delias Blick wurde sanft. Die Fältchen in ihren Augenwinkeln vertieften sich, obwohl sie nicht lächelte.

»Ich weiß«, flüsterte sie und nahm ihre Tochter bei der Hand.

Nolan wippte nervös in seinem Rollstuhl hin und her. Wenn er die Bremse nicht angezogen hätte, wäre er schon halb in Atlanta gewesen, bis Emmet endlich aus dem Gerichtsgebäude auftauchte.

»Was ist, geht's ihr gut?« fragte er hastig, während Emmet ihn ins Vorzimmer des Haftrichters schob. »Bitte, ich muß unbedingt wissen, ob's ihr gutgeht.«

»Nein, natürlich geht's ihr nicht gut.« Allmählich verlor Emmet die Geduld mit Nolan. »Dazu hat sie auch wirklich keinen Grund, Junge. Schließlich hat sie sich strafbar gemacht, nicht? Sie kann froh sein, daß sie Angehörige hat, die für sie bürgen. Ich bin gar nicht sicher, ob sie nicht besser eingesperrt bleiben sollte.«

»Dede hat nichts hinter Gittern verloren.« Nolan bebte förmlich vor Entrüstung. »Dazu hätte es nie kommen dürfen.«

»Sicher, sicher, aber du solltest dir ruhig auch mal ein paar Fragen stellen. Zeit zum Nachdenken hast du jetzt ja reichlich.« Emmet strich seine Haare zurück. »Du liebst sie, soviel ist klar, und alle sagen, sie liebt dich auch. Aber wenn eine Frau auf den Mann schießt, den sie liebt, dann ist doch irgend etwas mit ihr nicht in Ordnung. Ich kann ja nachfühlen, daß du sie hier heraushaben willst, aber ganz im Verträuen, Junge: du bist genauso verrückt wie sie. Ihr braucht beide Hilfe.« Er beugte sich dicht zu Nolan vor. »Verstehst du, was ich meine?«

»Jawohl, Sir«, nickte Nolan, »aber Sie verstehen mich und Dede nicht. So etwas wird nie wieder passieren.«

»Wollen wir's hoffen, Junge.« Emmet stand auf und streckte den steifen Rücken durch. »Ich rate dir nur, denk noch mal gut über alles nach, während ich sie holen gehe.«

Als sie zur Tür hereinkam, spürte Nolan, wie ihm die Luft wegblieb. Dede wirkte förmlich geschrumpft. Ihr Gesicht war eingefallen, und die dunklen Augenringe machten sie um Jahre älter. Das Erstaunlichste aber war der weiche, verletzliche Zug um Mund und Kinn.

»Nolan«, flüsterte sie, und es brach ihm das Herz. So eingeschüchtert hatte sie in ihrem ganzen Leben nie geklungen. »Es tut mir leid«, sagte sie.

»Nein, nein«, flehte er. »Ich war's doch, der...«

»Nolan, um Gottes willen, hör auf.« Dedes Kinn begann zu zittern. »Ich kann's nicht ertragen, wenn du dich so aufführst.«

»Wie denn? Als ob ich dich liebe? Als ob ich dich noch immer liebe?«

Beide schwiegen. Dede trat von einem Fuß auf den anderen und zog sich schließlich einen Stuhl heran.

»Wir sollten das lieber lassen«, sagte sie, sobald sie vor ihm saß. »Du solltest von mir wegbleiben, bis du dir darüber klar bist, was du tust.«

»Ich weiß, was ich tue.« Nolan schaute auf ihre Hände, die ihre mageren Knie umklammerten. Auf dem rechten Handrücken hatte sie einen blauen Fleck. Er wollte seine Hand darauf legen, eine tröstliche Geste versuchen, doch er wußte, es war besser, sie jetzt nicht anzufassen. Er schloß die Fäuste um die Räder seines Rollstuhls.

»Ich werde mich nie ändern, Dede. Ich liebe dich, und mehr gibt's da nicht zu sagen.«

Dede schüttelte den Kopf. »Ach, Nolan«, flüsterte sie.

Unwillkürlich streckte Nolan die Hand nach ihr aus und hielt mitten in der Bewegung inne, als Dede zurückzuckte. »Wirklich, Liebes, was kann ich sonst noch sagen? Auch wenn du wieder auf mich schießen würdest, würde sich daran nichts ändern. Aber vermutlich wäre es besser für uns beide, wenn du's läßt.« Er sah, wie sie langsam den Kopf hob und ihm in die Augen blickte.

»Weißt du, ich glaube, wir sollten offener miteinander sein«, tastete er sich vor. »Vielleicht könntest du mir erzählen, was dich so verletzt hat.«

Dede sah ihn unverwandt an, ihre Augen füllten sich mit Tränen. Ihre Hand kam der seinen entgegen, die immer noch wartend in der Luft verharrte, und ihre Finger verflochten sich ineinander. »Ach, Nolan«, seufzte sie wieder. »Ich weiß nicht, womit ich dich verdient habe, aber wenn du dir sicher bist, dann will ich's versuchen. Ich will versuchen, mir selbst zu vergeben.«

»Ja«, sagte Nolan schlicht. Er drückte ihre Hand an sein Herz. »O ja.« Dede beugte sich vor und küßte ihn leicht und zärtlich. Mit einem rauhen Schluchzen zog er sie auf seinen Schoß. »Dede, Süße, das mußt du aber nicht tun. Wir müssen gar nichts tun. Wir können einfach heimgehen und uns festhalten, bis alle vergessen haben, was passiert ist.«

»Nein, nein.« Dede küßte Nolans Augenlider, seine Schläfen, seine Wangen. »Der Richter mag mich nicht, Nolan. Er will mich hier eingesperrt lassen, aber ich kann's nicht mehr aushalten, ich muß raus.« Sie lehnte sich zurück und zog eine Grimasse. »Ich muß dir noch etwas sagen. Ich bin schwanger. Ungefähr im dritten Monat, und wie's aussieht, bleibt's dabei.«

Nolan blieb der Mund offen. »Oh, Dede, das ist ja wundervoll!« Wider küßte er sie, doch sie stemmte sich von ihm ab und musterte ihn eindringlich. »Bist du sicher?«

»Na, und ob!« Er strahlte. »Unser Baby«, flüsterte er. »Unser Baby wird das Beste sein, was uns je passiert ist.«

»Ich möchte nicht heiraten, Nolan«, sagte Dede. »Ich liebe dich, ungelogen, und ich will mit dir zusammenleben, aber heiraten kommt nicht in Frage.«

Als Antwort nahm Nolan sie fest in die Arme, küßte sie wieder und wieder und streichelte ihren Rücken. »Dede Windsor, du bist die schwierigste Frau, die ich je getroffen habe, schlimmer noch als meine Mutter. Und du weißt verdammt gut, daß ich lieber in Sünde mit dir leben würde, als mit irgendeiner anderen Frau in den Himmel zu kommen. Aber du mußt wissen, daß ich diesem Kind ein richtiger Vater sein will.«

Dede zuckte die Achseln. »Von mir aus, dann kannst du ihm ja die Windeln wechseln. Ich hasse Gestank. Und wenn es abgestillt ist und ich meine Bewährung hinter mir habe, will ich den Truckerkurs machen, der in Chattanooga angeboten wird!«

Nolan seufzte glücklich. »Alles klar.« Seine Hände glitten unter ihre Bluse.

Dede packte ihn bei den Handgelenken. »Ich hatte schon daran gedacht, es loszuwerden.« Versonnen schaute beide einen Moment auf ihren Bauch.

»Ach, was soll's«, sagte Dede schließlich, »wir können's auch nicht schlechter machen als alle anderen, oder?«

»Nein«, versicherte Nolan, »bestimmt nicht.«

KAPITEL 24

Erinnerst du dich an den Tag, als Randall starb?« Es war fast dunkel. Delia saß an ihrem alten Gartentisch unter der bunten Glühbirnenkette, ein Glas Wasser mit Zitronenscheiben vor sich. Von der anderen Straßenseite tönten Klarinettenläufe herüber. Aus dem Haus schallte Amandas und Cissys Gezänk, dazu M. T.s tiefes Lachen und dazwischen Klein-Michael, der Gabe mit unermüdlicher Piepsstimme »Jesus liebt mich« vorsang.

»Na, und wie«, lächelte Rosemary und schwenkte bedächtig ihr halbvolles Glas mit Whiskey, den Nolan spendiert hatte. Aber sie nippte nur sparsam. Eigentlich wollte sie nichts weiter als hier mit Delia in der friedlichen Abendstille sitzen. Die Luft war noch warm, die leichte Brise, die durch die Nußbäume fächelte, brachte den Duft von Holzfeuer mit.

»Ich war völlig durchgedreht.«

Rosemary nickte. »Könnte man sagen.«

»Wahrscheinlich wußte ich gar nicht, was ich tat, als ich Cissy einfach mit Gewalt hierherbrachte.«

»Du hast nur an Dede und Amanda gedacht.«

Delia stützte die Ellbogen auf. Ihr Gesicht war angespannt, der Blick verlor sich in weite Ferne. »Ich habe alles versucht, um nicht verrückt zu werden, aber das war ich wohl schon. Welche Mutter zerrt ein zehnjähriges Kind quer durchs ganze Land, wenn es gerade erst seinen Vater verloren hat?«

»Du hast dich gut um sie alle gekümmert.«

Delia schüttelte den Kopf. »Nein, ich habe nur teilweise meine Fehler wiedergutgemacht. Und nicht einmal da bin ich mir sicher.«

»Sie lieben dich.«

Delia schwieg. Sie setzte ihr Glas auf den Tisch. »Ich wünschte, Dede würde Nolan heiraten.«

»Sie wird niemanden heiraten, aber ich glaube, sie bleibt bei ihm.«

»Ich komme mir so alt vor.«

»Du bist nicht alt.«

»Bin ich wohl. Alt wie ein Fels in der Brandung.« Delia lehnte sich in ihren Stuhl zurück und schob die Hände in die Jeanstaschen. »Allmählich werde ich sie alle verlieren. Cissy geht mit dir nach Kalifornien. Und Dede zieht eines Tages vielleicht mit Nolan weg. Weiß Gott, wo alle landen werden. Das Haus wird leer sein.«

Rosemarys Lächeln wurde noch breiter. »Jaja, die Küken werden flügge, die Glucke bleibt allein. Der tragische Lauf der Dinge.« Die Verandatür flog auf und knallte wieder zu. Im Lichtschein, der aus der Küche fiel, stand Klein-Michael. Hinter ihm lehnte Gabe quengelnd am Fliegengitter und krallte sich in die Maschen.

Rosemary nickte in ihre Richtung. »Irgend etwas kommt immer nach«, sagte sie.

Delia blickte zu den Jungs hin, und ihre Miene leuchtete auf. »Freche Bengel«, flüsterte sie und lächelte ihrem Enkel zu, als er die Stufen hinuntertapste.

»Wir sollten ein paar neue Songs schreiben«, sagte Rosemary, hob ihr Glas hoch und schüttete es im Gras aus. Sie beobachtete, wie Klein-Michael auf Delias ausgebreitete Arme zurannte. Sie stellte das Glas verkehrt herum auf den Tisch, legte den Kopf in den Nacken und nickte zu dem tiefgrünen, leise raschelnden Blätterdach hin.

»Ja, es ist Zeit für ein paar neue Songs.«

DANKSAGUNG

Ich bin meinen Freunden und meiner Familie zutiefst für ihre liebevolle Hilfe und Unterstützung dankbar, auch wenn ich hier nicht alle einzeln erwähnen kann. Ganz besonders danke ich Carole DeSanti, Joy Johannessen, Jim Grimsley, Amy Bloom, Jewelle Gomez, Diane Sabin, Sydelle Kramer, Lillian Lent und vor allem Frances Goldin. Für sie alle würde ich mit Freuden in eine Höhle und wieder hinaus klettern.

Als ich meine Familie bis ans Ende ihrer Kräfte strapaziert hatte, gab es drei Orte, wohin ich mich zurückziehen konnte, um an diesem Manuskript zu arbeiten – die MacDowell Colony, die mir erneut zu der Einsicht verholfen hat, daß ich für Schlitterpartien zu alt bin, das La Rose Hotel in Santa Rosa, Kalifornien, wo man mich meine Kapitel über den ganzen Boden ausbreiten und tagelang in Deckung gehen ließ, und das Haus von Sabin und Gomez in San Francisco. Jeder Autor sollte solche Zufluchtsstätten geboten bekommen.

Meinen innigen Dank an euch alle.